Knaur

Von Elizabeth Thornton ist außerdem erschienen:

Gefährliche Sehnsucht (Band 69022)

Über die Autorin:

Elizabeth Thornton ist in Schottland aufgewachsen und lebt heute mit ihrem Mann in Kanada. Vor ihrer Karriere als Schriftstellerin arbeitete sie als Lehrerin. Für ihre Erfolgsromane hat sie bereits zahlreiche Preise erhalten.

Elizabeth Thornton

Gefährliches Glück

Roman

Aus dem Amerikanischen
von Elisabeth Hartmann

Knaur

Die amerikanische Originalausgabe erschien 1995 unter dem Titel
»*Dangerous to Kiss*« bei Bantam Books, New York

Besuchen Sie uns im Internet:
www.droemer-knaur.de

Vollständige Taschenbuchausgabe April 1999
Droemersche Verlagsanstalt Th. Knaur Nachf., München

Redaktion Sandra Läderach
Umschlaggestaltung Agentur Zero, München
Umschlagabbildung Thomas Schlück, Garbsen
Satz MPM, Wasserburg
Druck und Bindung brodard & taupin, La Flèche
Printed in France
ISBN 3-426-69030-6

2 4 5 3 1

Prolog

Sie erwachte mit einem Entsetzensschrei und wußte im ersten Moment nicht, wo sie war, als wäre sie in eine andere Zeit, in ein anderes Haus, an einen anderen Ort versetzt worden. Während sie langsam zu sich kam, beruhigte sich allmählich auch ihr Puls. Sie war in Sicherheit. Niemand verfolgte sie. Niemand wußte, wer oder wo sie war.

Das Prasseln des Regens gegen die Fensterscheiben hatte sie fast wieder in den Schlaf gelullt, als ein Blitz aufzuckte und Donner grollte. Sie stützte sich im Bett auf, in der Erwartung, daß Quentin in ihr Zimmer platzen würde. Natürlich würde er seine Angst vor dem Gewitter nicht eingestehen. Mit seinen acht Jahren gab Quentin längst nicht mehr zu, vor irgend etwas Angst zu haben. Ein amüsantes Versteckspiel stand bevor. Er würde, da er bemerkt zu haben glaubte, daß seine Gouvernante Angst vor dem Donner hatte, so tun, als wäre er gekommen, um *sie* zu trösten. Und sie ihrerseits hatte Verständnis für seine Großspurigkeit.

Als der Sturm noch wilder heulte und ihr kleiner Schutzbefohlener noch immer nicht an der Tür erschienen war, tastete Deborah nach der Kerze auf dem Tischchen neben ihrem Bett. Nach mehreren vergeblichen Versuchen, sie anzuzünden, gab sie es auf, schlüpfte aus dem Bett und griff nach ihrem Morgenrock. Im nächsten Moment hatte sie den Flur zu

Quentins Zimmer durchquert, nur um das Bett des Jungen leer vorzufinden.
Sie zögerte und fragte sich, ob ihr Arbeitgeber, Lord Barrington, ihr vielleicht zuvorgekommen war und seinen Sohn zu sich ins Zimmer geholt hatte, oder aber ob Quentin wieder einmal ein Spielchen mit ihr trieb. Da sie letzteres für die wahrscheinlichere Antwort hielt, tastete sie sich zurück in den Flur bis zum Geländer am Kopf der Treppe. Im dunklen Treppenhaus strahlte das Licht unter der Tür zur Bibliothek seiner Lordschaft wie ein Leuchtfeuer. Erst jetzt fiel ihr ein, daß ihr Arbeitgeber an diesem Abend eine Verabredung mit Lord Kendal hatte. Quentin würde sich also nicht in der Bibliothek aufhalten. Wo mochte er sich versteckt haben?
An der Stelle, wo die Treppe einen Bogen beschrieb, zögerte sie. »Quentin?« rief sie leise. »Quentin?« Sie erhielt keine Antwort.
Mit einem leisen, verärgerten Ton begab sie sich auf die Suche und überlegte schon im voraus, welche Folgen Quentins Streich nach sich ziehen könnte. Sein Gesundheitszustand war etwas labil, denn er hatte gerade eine fiebrige Erkrankung überstanden. Falls er sich ohne Morgenmantel und Pantoffeln umhertrieb, würde sie ihm gehörig die Leviten lesen.
Als sie die Tür zur Bibliothek passierte, hörte sie Stimmen und blieb stehen. Sie verstand nicht, was gesprochen wurde, hörte jedoch, daß die eine Stimme die ihres Dienstherrn war, und sie klang tief beunruhigt. Angst überkam sie, daß Quentin etwas zugestoßen sein könnte. Schon griff sie nach der Türklinke, hielt jedoch mitten in der Bewegung inne, als Lord Barringtons Stimme die Stille unterbrach.
»Laßt den Jungen gehen«, flehte er. »Um Gottes willen, habt Mitleid. Er ist nur ein kleiner Junge. Ausgerechnet Ihr. Ken-

dal, Lord Kendal ... Tut ihm nichts zuleide!« In wachsender Angst hob er die Stimme. »Quentin, lauf um dein Leben!«
Ein dumpfer Aufprall war zu hören, und Deborah erwachte aus ihrer Starre. Ein Schuß peitschte auf, als sie die Tür aufstieß und Quentin sich in ihre Arme stürzte. Das Bild ihres Dienstherrn, der am Boden lag, und einer über ihm stehenden Schattengestalt zuckte durch ihr Bewußtsein, doch ansonsten nahm sie nichts wahr. Ihr Instinkt bestimmte ihr Handeln. Sie schlug die Tür zu und packte Quentins Hand.
Dann rannten sie davon, rannten und rannten ...

Erstes Kapitel

John Grayson, der Earl of Kendal, hatte eines seiner selbst geschaffenen Prinzipien gebrochen und zahlte jetzt den Preis dafür. In Paris hatte er eine flüchtige Affäre mit einer verheirateten Frau gehabt, der Gattin eines seiner Kollegen im Auswärtigen Amt zu allem Überfluß, und jetzt wurde sie ihm verdammt lästig.

Affäre war ein viel zu großes Wort für die Angelegenheit. Er hatte eine Nacht mit ihr verbracht, mehr nicht. Sie hatte ihm leid getan. Die Untreue ihres Mannes war ein offenes Geheimnis. Er war beschwipst gewesen, und Helena war einsam und schön und ach so verfügbar. Aber verdammt noch mal, das lag inzwischen fast drei Monate zurück. Er hatte sie mit dem obligatorischen Schmuckstück abgefunden und die Sache damit als beendet betrachtet. Von Helena hatte er erwartet, daß sie sich an die Spielregeln hielt, nicht aber, daß sie ihn in seinem eigenen Haus stellte. Sie war eine gebildete Frau von Welt. Die Reihe ihrer Liebhaber deckte sich nahezu mit dem Register des *House of Lords*. Der Stand der Dinge war ihr bekannt.

Unglücklicherweise konnte er ihr nicht völlig aus dem Weg gehen. Sie bewegte sich in seinen Kreisen. Und irgendwie hatte sie sich in die Gefolgschaft seiner Mutter eingeschlichen. Als er an jenem Nachmittag den Salon seiner Mutter

betrat und sich Helena gegenüber sah, wußte er, daß ihr einzig und allein mit rücksichtsloser Härte beizukommen war. Deshalb bot er ihr an, sie heimzugeleiten. Was er zu sagen hatte, geschah besser unter vier Augen.
Es fiel ihm allerdings nicht leicht, zu einer Dame hart zu sein. Er hätte schon in der Kutsche etwas sagen müssen. Jetzt fand er sich in *ihrem* Salon wieder, in *ihrem* Haus am Cavendish Square und trank den ausgezeichneten Cognac ihres Gatten. Er hinterließ einen schlechten Geschmack auf seiner Zunge.
»Ich wußte nicht«, sagte er, »daß Ihr so eng mit meiner Mutter befreundet seid.«
Lady Helena Perrin lehnte sich in träger Herrlichkeit in die Daunenpolster des weißen Sofas zurück, wo ihre dunkle Schönheit, wie sie wohl wußte, sehr vorteilhaft zur Geltung kam. »Ach nein, Gray? Wir haben uns in Paris kennengelernt und mochten uns auf Anhieb.« Unter gesenkten Lidern genoß sie den erfreulichen Anblick ihres früheren Liebhabers. Die Sonne hinter dem Fenster in seinem Rücken fiel reizvoll in sein goldenes Haar. Während er sich katzenhaft reckte, um seine erhebliche Körperlänge dem zierlichen, vergoldeten Armsessel anzupassen, beobachtete sie das kraftvolle Muskelspiel seiner langen, schlanken Beine.
Nach seiner Trennung von der Ballettänzerin, die er eine Weile ausgehalten hatte, nährte Helena die Hoffnung, die Affäre mit dem Earl wieder aufleben lassen zu können. Ihres Wissens stand das kleine Haus in Hans Town, in dem Gray die lange Reihe seiner Mätressen installierte, schon seit über einem Monat leer. Zur Zeit hatte er keine Geliebte, und darin sah sie ihre Chance. Sein Sträuben war ihr bewußt, doch sie wertete es als Skrupel. Gray und ihr Gatte waren Kollegen. Diese Tatsache sollte ihr allerdings nicht im Wege stehen.
»Gray«, sagte sie vertraulich, »Eric ist sehr großzügig. Ich

habe jede Freiheit, kann kommen und gehen, wie ich will, genauso wie er.«
Gray verzog die Lippen zu einem zynischen Lächeln. Diskretion – das war das oberste Gebot seiner Klasse. Selbst wenn alle Welt wußte, daß er mit Helena geschlafen hatte, würde doch keiner mit der Wimper zucken, solange sie den Schein wahrten. Am wenigsten von allen ein Gatte, der seine Eroberungen wie Trophäen vorführte. So hielt man es in seiner Welt, nicht aber in seiner Familie. Seine Mutter, das wußte er wohl, wäre zutiefst empört, wenn sie ahnte, daß er sich mit einer verheirateten Frau eingelassen hatte. Zur Hölle, es empörte ja sogar ihn selbst.
Leise Ironie tönte seine Stimme. »Augenscheinlich bin ich nicht so zivilisiert wie er. Helena, jene Nacht in Paris war ein Irrtum. Es hätte niemals geschehen dürfen. Und es wird nie wieder geschehen.« Noch härter konnte er nicht sein.
Er schickte sich an aufzustehen. »Zweifellos«, sagte er, »werde ich Euch heute abend auf dem Empfang sehen.«
»Und nach dem Empfang?«
»Nach dem Empfang bin ich zu einer privaten Party in Carleton House geladen.«
»Dann sehe ich Euch vielleicht am Donnerstag bei den Horshams?«
Gott im Himmel, gab die Frau denn niemals auf? Wie hart mußte ein Mann denn sein? »Das wird nicht möglich sein«, sagte er. »Ich werde nicht kommen.«
Sein Tonfall klang keineswegs ermutigend, doch Helena war zu erfahren in diesem Spiel, um sich davon abschrecken zu lassen. »Gray«, sagte sie und lachte, um die Zurückweisung abzuschwächen, »wir haben eben erst angefangen zu plaudern, und Ihr wollt schon gehen?«
»Worüber wünscht Ihr zu plaudern?«

»Nun ... zunächst mal über Euer Mündel und Miss Weyman. Seit wir alle in Paris waren, habe ich sie nicht mehr gesehen. Wie geht es ihnen?«
Gray hob den Kopf und richtete den plötzlich sehr aufmerksamen Blick auf ihr Gesicht. »Ich wußte nicht, daß Ihr Miss Weyman kennt.«
»Ich bin ihr einmal, vor der Tragödie, begegnet.«
Noch vor wenigen Sekunden hatte er es eilig gehabt. Jetzt verriet ihr seine nachlässige Haltung, daß er alle Zeit der Welt zur Verfügung hatte. Er legte die gestiefelten Füße an den Knöcheln gekreuzt auf ein niedriges Mahagonitischchen.
»Ihr seid ihr begegnet?« fragte Gray. »Wo denn in Paris?«
Er kann sich doch nicht für Deborah Weyman interessieren, dachte sie sich. Zum einen war die Frau mindestens dreißig Jahre alt. Zum anderen war sie so unscheinbar. Wenn sie sich recht erinnerte, schien Lord Barrington die Frau allerdings geschätzt zu haben. Er hatte im Hintergrund gesessen, hatte häufig gelächelt und Miss Weyman präsentiert, als wäre sie sein Protegé und nicht die Gouvernante seines Sohnes. Der arme Lord Barrington. Eine Woche später war er tot, ermordet von einem Einbrecher, den er in der Nacht vor seiner Abreise aus Paris auf frischer Tat ertappt hatte.
Es war eine furchtbare Geschichte, um so schockierender, als es jeden von ihnen hätte treffen können. Sie alle standen in Verbindung zum Diplomatischen Corps; sie alle hatten sich zu jener Zeit in Paris aufgehalten und versucht, Frankreich zu verlassen, bevor die Grenzen geschlossen wurden. Lord Barrington hatte seine Gattin vorausgeschickt, aber seine eigene Abreise hinausgezögert, weil sein Sohn nicht reisefähig war, und diese Verzögerung mußte er mit dem Leben bezahlen.
Die Franzosen hatten sich erstaunlich großzügig gezeigt. Obwohl zwischen ihren Ländern der Krieg erklärt worden war,

hatten sie das Auswärtige Amt über die Tragödie informiert und waren sogar soweit gegangen, die Überführung von Lord Barringtons sterblicher Hülle zur Bestattung in die Heimat zu veranlassen. Nach dem Begräbnis war Lady Barrington, Quentins Stiefmutter, ein kaum der Schule entwachsenes junges Ding, zu ihrer Familie nach Devon zurückgekehrt. Was Quentin und seine Gouvernante betraf, konnten sie von Glück sagen, daß sie nicht für die Dauer des Kriegs in Frankreich festgehalten wurden, wie es so vielen anderen englischen Besuchern geschah, die zu lange gezögert hatten. Wieder einmal hatten die Franzosen erstaunlichen Großmut walten lassen – nun, vielleicht nicht einmal gar so erstaunlich, wenn man bedachte, daß Gray ein persönlicher Freund des französischen Außenministers Talleyrand war. Was auch immer der Grund gewesen sein mochte, Miss Weyman und Quentin durften jedenfalls ausreisen und residierten nun auf einem von Grays Besitztümern, um sich in aller Ruhe von den Strapazen zu erholen. Helena hatte gehofft, sie auf Lord Barringtons Begräbnis zu sehen, doch die prekäre Gesundheit des Jungen hatte ihre Teilnahme verhindert. Sie dachte an ihre eigenen Kinder und unterdrückte ein Schaudern.

»Helena«, unterbrach Gray milde ihre Gedanken. »Du erwähntest Miss Weyman. Wann und wo hast du sie getroffen?«

»Auf dem Rasen des Hauses, das Lord Barrington in Paris gemietet hatte, fand ein Picknick statt. Alle Kinder waren mit ihren Eltern eingeladen. Miss Weyman hatte es für Lord Barringtons Jungen arrangiert.«

Sie und Eric hatten mit ihren eigenen Kindern teilgenommen, doch davon sagte Helena nichts. Gray gegenüber sprach sie nie von ihren Kindern, es sei denn, er fragte direkt nach ihnen. Sie wollte um jeden Preis alles vermeiden, was von ihr als

begehrenswerter Frau ablenkte. Eine Mutter von zwei halbwüchsigen Söhnen in Eton und einer kleinen Tochter entsprach nicht dem Eindruck, den sie zu vermitteln wünschte.
»Wann war das?« wollte Gray wissen.
»Daran erinnere ich mich noch genau. Es war im Mai, wißt Ihr, kurz bevor seine Majestät Frankreich den Krieg erklärte. Nun, Ihr erinnert Euch sicher noch an das Durcheinander, als jeder versuchte, aus Paris herauszukommen, bevor Bonaparte die Grenzen schloß?«
»O ja, ich erinnere mich, wie sollte ich auch nicht? Ich war ja dort.«
Lady Helena wußte nicht, was sie von Grays merkwürdigem Ton und seinem Interesse an Deborah Weyman halten sollte, doch der Verdacht, der sich einschleichen wollte, behagte ihr ganz und gar nicht.
Gray stellte sein Glas ab. »Ich habe einen besonderen Grund«, sagte er, »für meine Fragen nach Miss Weyman. Vielleicht habe ich einmal erwähnt, daß Miss Weyman und ich in Gils letztem Willen gemeinsam als Quentins Vormünder eingesetzt sind?«
»Lord Barrington hat eine Frau zum Vormund seines Sohns bestimmt? Ausgesprochen seltsam.«
»Ja, nicht wahr? Und da ich sie kaum kenne und wir bald einmal über die Zukunft des Jungen beratschlagen müssen, wüßte ich gern, mit was für einer Sorte Frau ich es zu tun habe. Oh, nicht, daß es von Bedeutung wäre. Nach englischem Gesetz ist die Bezeichnung Vormund für eine Frau, wie Miss Weyman bald erfahren wird, sofern sie es nicht schon weiß, eine bloße Höflichkeitsfloskel.«
»Ihr kennt Miss Weyman kaum? Aber ich dachte ... nun ... Lord Barrington war doch Euer Freund, nicht wahr, und Euer Kollege im Auswärtigen Amt? Und Ihr wart beide Delegierte

bei den Friedensgesprächen in Paris. Die Frau muß doch irgendeinen Eindruck bei Euch hinterlassen haben?«
Gray hob die Schultern. »Ich habe sein Haus in Saint Germain nie betreten, und meines Wissens war Miss Weyman nie zu den Empfängen der Britischen Botschaft geladen. Warum sollte sie auch, sie ist ja nur eine Gouvernante.«
»Aber ... seitdem? Nachdem sie Quentin heim nach England gebracht hat?«
Gray bereute allmählich schon, das Thema Deborah Weyman überhaupt angeschnitten zu haben. Helena war gewitzt, und wenn er nicht achtgab, würde sie schnell erraten, daß er die Frau noch nie im Leben gesehen hatte. »Ich hätte gern gehört«, sagte er lächelnd, »was für einen Eindruck sie auf eine Frau macht. Mir kam sie vor, als ob ... nein, ich will Euch ja keine Worte in den Mund legen. Wie fandet Ihr sie?«
Nachdem ihr Verdacht in sich zusammengefallen war, hub Lady Helena sogleich zu einer lebhaften Schilderung all dessen an, was sie über Deborah Weyman wußte. Das war schnell erledigt, denn sie hatte das Mädchen nur zu besagter Gelegenheit einmal getroffen.
»Entspricht das Eurem Eindruck?« fragte sie scherzhaft.
Bevor er antworten konnte, erkundigte sich eine höfliche Stimme von der Tür her: »Ich störe doch wohl nicht?«
Gray erhob sich, als Eric Perrin ins Zimmer trat. Er war genauso alt wie Gray, dunkel, dunkler als seine Frau und ausgesprochen attraktiv. Er lächelte, doch es war ein höfliches Lächeln ohne Wärme. Zivilisiert, dachte Gray zynisch, als sie die üblichen Nettigkeiten austauschten. Einer Bemerkung, die Perrin ihm gegenüber einmal hatte fallen lassen, zufolge wußte er, daß seine Affäre mit Helena dem Mann bekannt war. Wäre Helena seine, Grays, Frau gewesen, hätten ein paar fehlende Zähne Perrins Lächeln empfindlich verunziert.

Er mochte Eric genauso wenig wie dieser ihn. Das hatte nichts mit Helena zu tun, sondern mit ihrer Arbeit im Auswärtigen Amt. Er war über Perrins Kopf hinweg befördert worden, und das hatte Perrin ihm niemals verziehen. Gray hielt sich nicht lange auf, wies auf die vorgerückte Stunde hin und verabschiedete sich bald.
Einige Minuten lang herrschte Schweigen. Helena nippte an ihrem Sherry. Perrin ging zum Sideboard und schenkte sich einen Drink ein.
»Du bist früh zurück«, sagte sie.
Er hob die Schultern und setzte sich in den Sessel, den Gray freigemacht hatte. »Ein Mann hat doch wohl das Recht, hin und wieder in seinem eigenen Haus das Abendbrot einzunehmen.«
Das klang scharf, und sie wußte nicht recht, was sie darauf antworten sollte. Sie nahm es auf die leichte Schulter. »Haben dich deine sämtlichen Flirts im Stich gelassen, Eric?«
Seine Antwort enthielt keine Skrupel. »So ähnlich. Ist Kendal dein neuer Flirt?«
Auch ihre Antwort enthielt keine Skrupel. »So ähnlich. Warum fragst du?«
»Aus keinem besonderen Grund. Einfach so.« Er stürzte seinen Drink hinunter und erhob sich. »Falls du mich suchst, bin ich bei Gwen im Kinderzimmer«, sagte er und schlenderte aus dem Zimmer.

Als Gray das Kendal House am Berkeley Square erreichte, ging er geradewegs in die Bibliothek. Aus irgendeinem Grund hing Helenas Parfümduft an seinen Kleidern, und er hatte keine Lust, seiner Mutter, der verwitweten Gräfin, deren Nase unfehlbar war, oder seiner jüngeren Schwester, Lady Margaret, die dazu neigte, überall Skandale zu wittern, eine

Erklärung abzugeben. Sein Bruder Nick war sogar noch lästiger. Der Bengel würde auf der Stelle eine enorme Summe darauf verwetten, daß eine Nase voll Duft ihm die Identität der Dame verraten würde. Und das lästigste daran war die Tatsache, daß er die Wette gewinnen würde. Der Gedanke trieb ein Lächeln auf Grays Lippen, doch es verschwand gleich wieder, als ihm einfiel, daß Nick sich in Bath aufhielt und auf seine Ankunft wartete, damit sie endlich die Angelegenheit mit Miss Weyman beilegen konnten.

Er trat in die Bibliothek und schritt zu einem Beistelltisch zwischen zwei hohen Fenstern, um sich ein Glas Sherry einzuschenken. Bevor er Gelegenheit dazu hatte, machte ihn ein Hüsteln auf die Gegenwart seines Sekretärs, Mr. Philip Standish, aufmerksam. Er sah sich um, bemerkte Philips Gesichtsausdruck und sagte angewidert: »Ihr habt recht, Philip. Ich rieche entsetzlich. Die Frauen sollten lernen, sorgfältiger bei der Wahl ihres Parfüms vorzugehen. Oh, dabei fällt mir ein: Sorgt bitte dafür, daß Lady Helena Perrin ein ... na, wie auch immer, ... ein Zeichen meiner Wertschätzung erhält.«

»Ein Zeichen sehr großer Wertschätzung?« erkundigte sich der Sekretär und hoffte, daß die Röte aus seinen Wangen weichen möge. »Mäßiger Wertschätzung«, korrigierte Gray. In Paris hatte er sich schon von einer diamantbesetzten Nadel getrennt, und es ärgerte ihn, daß es so teuer werden konnte, eine Frau loszuwerden.

Mr. Standish tauchte die Feder ins Tintenfaß und notierte pflichtbewußt, daß die Dame ein rubingeschmücktes Armband zu erhalten habe. Die Geschenke, die Lord Kendal seinen Frauen zukommen ließ, waren äußerst aussagekräftig.

»Habt Ihr die Briefe zum Unterzeichnen fertig?« fragte Gray.

»Sie liegen auf Eurem Schreibtisch.«

»Wie geht es dem Pfarrer?« fragte Gray, während er die Briefe überflog.
Philip freute sich über die Frage. Das Interesse seiner Lordschaft an seinen Angestellten war echt. Er nahm seine Brille ab und polierte sie mit seinem Taschentuch. »Danke, Sir, es geht ihm gut, und er läßt seine Grüße ausrichten.«
Gray bemerkte das Lächeln und zog die Augenbrauen hoch.
Philip lachte und schüttelte den Kopf. »Ich habe heute einen Brief von ihm erhalten, in dem er mich ins Gebet nahm, weil ich mir die Hand mit Siegellack verbrannt habe. Da fühlte ich mich wieder wie ein kleiner Junge.«
»Das haben Eltern wohl so an sich«, sagte Gray. »Wie geht es übrigens Eurer Hand?«
»Ist so gut wie neu.« Die Verletzung lag drei Monate zurück und war längst verheilt, doch Philip unterließ es, seinen Brotgeber darauf hinzuweisen.
Während Gray sich wieder seinen Briefen zuwandte, schweiften Philips Gedanken wie so oft zurück in die Zeit in Oxford, wo er und Gray sich kennengelernt hatten. Damals schon war Gray eine strahlende Erscheinung gewesen, groß, athletisch, gewandt in jeder erdenklichen Sportart. Er selbst dagegen war schwach auf der Brust. Er steckte die Nase in seine Bücher. Er hatte nicht Grays Ressourcen im Rücken, auf die er zurückgreifen konnte, falls er in seinen Studien versagte. Er hatte sich nie mit Gray und seinen Freunden herumgetrieben. Sie hatten zu viel Geld und waren zu wild für seinen Geschmack. Doch die beiden jungen Männer freundeten sich gewissermaßen an, als Philip sich bereit erklärte, Gray fürs Abschlußexamen in Homers Griechisch zu unterweisen. Gray vergaß eine gute Tat niemals, und als er vor einem Jahr entdeckte, daß Philip sich mehr schlecht als recht als kleiner Angestellter der Admiralität über Wasser hielt, bot er ihm ohne zu zögern

die entschieden lukrativere und angesehenere Stelle als sein Privatsekretär im Auswärtigen Amt an.
Philips Vater, der fromme Pastor, hatte seinen Sohn überreden wollen, bei der Admiralität zu bleiben. Gerüchte über Grays sexuelle Abenteuer kursierten in Adelskreisen bis hinauf nach Chester, und der Pfarrer fürchtete den Einfluß eines solchen Mannes auf Philips Moral.
Gray hatte auch noch eine andere Seite, hatte Philip dem Pastor geschrieben. Gray gehörte zu einer elitären Gruppe junger Männer, auserwählt von Premierminister Pitt, die für Aufgaben im Staatsdienst ausgebildet wurden. Gray hatte eine Neigung für Außenpolitik und war schließlich im Auswärtigen Amt gelandet, wo er enormen Eindruck auf den Staatssekretär machte. Er arbeitete hart und lange, besonders jetzt, da der Krieg mit Frankreich wieder aufgeflackert war. Und damit der Pastor nicht fürchten mußte, daß die Begabungen seines Sohnes verschwendet wären, hatte Philip darauf hingewiesen, daß seine Tätigkeit bedeutend mehr umfaßte als lediglich die Alltagsgeschäfte. Genaugenommen arbeitete er mit Gray zusammen im Auswärtigen Amt. Seine Arbeit war streng vertraulich. Er kam mit Männern in Berührung, die schon zu Lebzeiten Legenden waren. Unter Lord Kendals Protektion würde er es weit bringen. Der Pastor ließ sich überzeugen und die Angelegenheit auf sich beruhen.
»Worum muß ich mich vor meiner Abreise noch kümmern?« fragte Gray.
Philip griff nach einem Dokument und räusperte sich. »Die Verlängerung des Mietvertrags für das Haus in Hans Town ist fällig. Soll der Vertrag verlängert werden oder nicht?«
Mit solchen Kleinigkeiten konnte er sich nicht belasten, nicht wenn er entschieden dringlichere Sorgen hatte. »Verlängern«, sagte er. »Ist das alles?«

»Nur noch eine Sache. Wo kann ich Euch notfalls in den kommenden zwei Wochen erreichen?«
»In Gloucestershire«, antwortete Gray.
»Wie geht es Quentin?«
Gray war schon im Begriff, sich zu erheben. »Den Umständen entsprechend. Sehe ich dich heute abend auf dem Empfang, Philip?«
Philip wußte, daß Widerspruch sinnlos war, sobald Gray diesen Ton anschlug. »Ich freue mich schon darauf«, sagte er nur.
»Schön.«
Nachdenklich starrte Philip zur Tür, die Gray hinter sich geschlossen hatte.

Gray trat in sein Zimmer, zog seine Jacke aus und warf sich in einen gepolsterten Armsessel. Seine Gedanken waren finster, und gleichzeitig hatte eine rastlose Energie sich seiner bemächtigt. Drei Monate lang hatte er eine Rolle gespielt, eine Lüge gelebt und das Gerücht ausgestreut, daß mit seinem Mündel und dessen Gouvernante alles geklärt wäre. Das Theaterspiel sollte bald ein Ende haben, und dann würden alle wissen, daß Deborah Weyman Quentin entführt hatte und sich mit ihm versteckt hielt. Sein Agent hatte über einen Monat gebraucht, um sie ausfindig zu machen, und danach noch fast einen weiteren Monat, um die Information zu überprüfen und ihr Vorgehen zu beobachten. Aber bei Gott, sie hatten sie gefunden! Und diesmal würde sie ihm nicht entkommen; diesmal würde er persönlich zur Stelle sein und dafür sorgen, daß nichts schiefging.
Er erhob sich, ging zum Klingelzug neben dem Kamin und betätigte ihn energisch. Als ein Diener erschien, trug Gray ihm auf, in den Keller zu steigen und eine Flasche vom

feinsten Cognac zu holen. Das war bald erledigt. Er trank das erste Glas in tiefen Zügen aus. Indem er den Kopf über seine Maßlosigkeit schüttelte, schenkte er sich ein zweites Glas voll, setzte sich und trank es langsam aus. Dann schloß er die Augen und konzentrierte sich völlig auf die Ereignisse bis zum jetzigen Augenblick.

Paris. Alles hatte in diesen letzten gehetzten Tagen nach der Kriegserklärung in Paris angefangen. Sie hatten es kommen sehen, und die Mitglieder des Diplomatischen Corps hatten ihre Frauen und Kinder vorsichtshalber nach Hause geschickt, bevor die Franzosen beschlossen, die Grenzen zu schließen. Er war einer der letzten gewesen, die abreisen wollten, wie auch sein guter Freund Gil Barrington. Gil hatte den Aufbruch verschoben, weil Quentin nicht reisefähig war. Zur gleichen Zeit war er einer Sache auf der Spur gewesen, bevor er den Tod fand. Barrington stand kurz davor, jemanden zu demaskieren, der während der Friedensgespräche heikle Informationen an die Franzosen verraten hatte.

Gray hatte gewußt, daß Informationen zu den Franzosen durchgesickert waren, doch es war ihm nicht gelungen, die Quelle zu entdecken. An dem Abend, als Gil ermordet wurde, hatte er eine Verabredung mit dem Freund gehabt, um die Ergebnisse ihrer Recherchen zu vergleichen, eine Verabredung, die Gil dann abgesagt hatte. Zu jenem Zeitpunkt hatte Gil sich nichts dabei gedacht. Damals hatte er natürlich nicht klar genug gedacht. Alles befand sich im Zustand des Chaos. Jeder versuchte, aus Paris herauszukommen. Er hatte erwartet, Gil in London zu treffen. Statt dessen erhielt er eine Woche nach seiner Rückkehr die Nachricht von Talleyrand, daß Lord Barrington tragischerweise von einem Dieb ermordet worden sei, den er in der Bibliothek seines Hauses in Saint Germain gestellt hatte.

Als der Schock über diese Nachricht abgeklungen war, konnte Gray nach einigem Nachdenken Talleyrands Bericht über Gils Ermordung nicht einfach so hinnehmen. Gils Tod kam zu günstig, konnte kein Zufall sein. Vor seinem Tod hatte Gil etwas Wichtiges in Erfahrung gebracht. Gil hatte keine Beweise, aber er hätte ihm einen Namen nennen können. Hätte er die Verabredung mit Gil doch bloß eingehalten, dann wäre der Verräter in ihren Reihen vielleicht längst entlarvt und Gil wäre noch am Leben. Zu diesem Zeitpunkt fing er an, an der Nachricht zu zweifeln, die Gil ihm zugeschickt hatte, um das Treffen abzusagen. War sie gefälscht oder war sie echt?

Er hatte beschlossen, erst zu entscheiden, wenn Miss Weyman in England eingetroffen wäre. Er hatte sie nicht in Verdacht, damals noch nicht. Er wollte sie lediglich befragen, da sie eine der letzten war, die Gil lebend gesehen hatten. Gray wußte ungefähr, wann sie in England zu erwarten war. Auch das hatte Talleyrand geregelt. Sie und der Junge hatten freies Geleit bis Calais zugestanden bekommen. In Dover waren sie dann auch eingetroffen, doch Grays Verdacht nahm eine andere Richtung, als Deborah Weyman wie auch Quentin sich von der Eskorte entfernten, die sie in seinem Auftrag nach London geleiten sollte. Das geschah in voller Absicht, sowohl von ihrer Seite als auch von der des Jungen. Daran bestand kein Zweifel. Seine Kutscher hatten die beiden verfolgt, aber in einer der überfüllten Straßen Dovers aus den Augen verloren.

Von dem Tag an war die Jagd eröffnet. Er hätte Alarm schlagen und die Miliz vom einen Ende des Landes bis zum anderen einschalten können, um sie aus ihrem Versteck zu holen. Nur aus einem Grunde hatte er von dieser Idee abgelassen. Es durfte nichts geschehen, was das Leben des Jungen gefährden könnte. Eine Frau in Panik war gefährlich. Quentins Wohl, und nur das, zählte jetzt. Ihm blieb nur ein Trost: Quentin wußte nicht, in welcher Gefahr er schwebte. Dank der Tatsache, daß er so bereitwillig mit Miss Weyman ging, konnte Gray davon überzeugt sein. Was für eine Geschichte die Frau dem Jungen erzählt hatte, wußte Gray zwar nicht, doch um Quentins willen war er froh, daß er sich nicht mit der Angst um sein Leben quälen mußte.

Bevor Gray über sein Vorgehen entschied, hatte er alle Eventualitäten sorgfältig abgewägt. Zunächst hatte er niemanden außer den Kutschern, vor denen sie in Dover davongelaufen war, ins Vertrauen gezogen, und deren Schweigen hatte er großzügig belohnt. In der Erwartung, daß Miss Weyman Lösegeld für den Jungen fordern würde, und aus Angst, daß sie sich erneut verstecken würde, wenn sich die Entführung herumsprach, machte er bekannt, daß Miss Weyman und sein Mündel sicher in England angelangt seien und sich nun auf einem seiner fernen Landgüter erholten. Als nach einer Woche immer noch keine Lösegeldforderung eingegangen war, wußte er nicht mehr, was er denken sollte. Wenn sie kein Geld wollte, was dann?

Er hatte wohl tausendmal hin und her überlegt. Das einzig Wertvolle, was er sonst zu bieten hatte, waren Informationen, die sie an den Feind verkaufen konnte. Warum aber hatte sie dann noch nicht Kontakt zu ihm aufgenommen? Als eine weitere Woche verstrich, ohne daß er von ihr hörte, wendete er sich in aller Heimlichkeit an Lord Lawford, den Kopf des Geheimdienstes im Kriegsministerium, und trug ihm sein Anliegen vor. Nach Lawfords Meinung, die Gray bald teilte, hielt sie den Jungen als Geisel für irgendein schändliches Vorhaben. Sie mußten Quentin finden, und zwar bald. Zu diesem Zweck hatte Lawford Gray seinen besten Agenten zur Verfügung gestellt, einen Mann, der sein volles Vertrauen genoß.

Campbell, der Agent, hatte Fragen gestellt, die Gray nicht beantworten konnte. Was war Miss Weymans Hintergrund? Wer waren ihre Eltern, ihre Freunde? Bei wem war sie vor Lord Barrington angestellt? Bald schon war klar, daß Miss Weyman eine geheimnisumwitterte Person war. Vier Jahre lang war sie Quentins Gouvernante gewesen, und doch schien keiner von Gils Freunden auch nur das geringste über sie zu wissen. Nur wenige hatten sie überhaupt einmal kennengelernt. Sie zeigte sich nie in der Gesellschaft, sondern lebte sehr zurückgezogen.
Die nächsten paar Wochen waren die längsten in Grays Leben. Er hatte schon fast die Hoffnung aufgegeben und war im Begriff, die Angelegenheit an die Öffentlichkeit zu bringen, als Campbells Bericht bei ihm eintraf. Er war nach Devon gereist, um Gils Witwe, Sophie Barrington, zu befragen; nicht offen, sondern getarnt als Miss Weymans verloren geglaubter Vetter, der nicht wußte, wo er sie suchen sollte. Im Laufe des Gesprächs erfuhr er, daß Deborah Weyman direkt von einer Mädchenschule in Bath zu Quentin gekommen war. Das war nicht viel, aber doch die einzige Spur, die sie hatten. Campbell brachte dann schließlich heraus, daß eine gewisse Deborah Mornay, eine Witwe, nach Bath gekommen war und eine Stelle als Lehrerin in Miss Hares Schule für junge Damen angenommen hatte. Einer der Kutscher, der das Mädchen in Dover hatte abholen sollen, wurde Campbell zugeteilt, um sie zu identifizieren. Dieser war nahezu sicher, daß es sich bei Deborah Mornay und Deborah Weyman um dieselbe Person handelte.
Diese Nachrichten waren nicht ausschließlich gut. Einiges daran gab Anlaß zur Sorge. Der Junge war nicht mehr bei ihr. Gray merkte, daß seine Finger sich um das Glas verkrampft hatten, und zwang sich zur Entspannung. Quentin war in

Sicherheit. Darauf hätte er sein Leben wetten können. Miss Weyman hätte ihn nicht quer durch Frankreich geschleppt, um ihn dann in England umzubringen. Weitaus näher lag die Vermutung, daß sie ihn irgendwo in ihrer Nähe versteckt hatte. Sie konnte ihn nicht bei sich behalten, wenn sie als Lehrerin in einer Mädchenschule unterrichtete. Wie auch immer, er mußte davon ausgehen, daß Quentin gesund und wohlbehalten war. Alles andere war undenkbar.
Plötzlich richtete er sich auf und griff nach der Schublade einer kleinen Kommode neben dem Kamin. Darin fand er Briefe in runder Kinderschrift, Briefe von Quentin, in denen er ihm für verschiedene Geburtstags- oder Weihnachtsgeschenke dankte. Lange Zeit betrachtete Gray diese Briefe. Sie zu lesen, war nicht nötig. Er kannte sie auswendig. Seit Quentins Entführung hatte er sie wohl ein Dutzend Mal gelesen.
Jetzt erkannte er, was er anfangs nicht bemerkt hatte: Quentin war ein einsamer kleiner Junge. Es gab keine Onkel und Tanten, keine Vettern zum Spielen, keine Verwandten, die sich um ihn kümmerten. Aus diesem Grunde hatte Gil in seinem letzten Willen ihn und Miss Weyman als Vormünder eingesetzt. Quentins einziger lebender Verwandter war Gils Bruder, ein junger Mann, der sich in den Westindischen Inseln niedergelassen und Gil seit Jahren kaum noch geschrieben hatte.
Die Stiefmutter des Jungen war nicht viel besser. Als er Sophie erklärt hatte, er hielte es für Quentins Seelenfrieden für das beste, wenn er auf seinem Besitz in Gloucestershire Ruhe fand, hatte sie nicht widersprochen und nicht verlangt, den Jungen zu sehen. Sie würde Quentin schreiben, hatte sie beiläufig gesagt, als sie die Kutsche bestieg, die sie zum Besitz ihrer Eltern in Devon bringen sollte. Doch in London hatten ihn bisher noch keine Briefe von Sophie erreicht.
Er durfte sie nicht so hart verurteilen. Sophie war noch sehr

jung und noch nicht einmal ein Jahr mit Gil verheiratet gewesen. Sie und Quentin hatten kaum Zeit gehabt, einander kennenzulernen. Aber verdammt noch mal, es mußte doch wenigstens einen Menschen geben, der den Jungen zu sehen verlangte! Keine Menschenseele meldete sich, und obwohl es Grays Plänen zugute kam, machte es ihn auch traurig. Ein kleiner Junge hatte Besseres verdient!

Eine Uhr schlug die Stunde und unterbrach ihn in seinen Überlegungen. Er stellte sein Glas ab, streckte sich, stand auf und schritt im Zimmer auf und ab. Er fühlte sich wie ein Tiger im Käfig. Es juckte ihn in den Fingern, endlich etwas zu unternehmen. Von Anfang an hatte er an Campbells Nachforschungen beteiligt sein wollen. Lord Lawford hatte ihn zur Vorsicht gemahnt. Kein Mensch wußte, was die Frau tun würde, wenn sie in Panik geriet, oder ob der Verräter im Auswärtigen Amt Hand in Hand mit ihr arbeitete. Er durfte nichts unternehmen, was sie auf die Gefahr hätte aufmerksam machen können. Die Zeit zum Handeln würde kommen, wenn auch nicht jetzt gleich. Und weil Lawford sein Geschäft verstand und Gray seine Ansicht respektierte, hatte er sich aufs Warten verlegt.

Im vergangenen Monat war es ihm kaum mehr möglich gewesen, so zu tun, als ob nichts geschehen wäre, denn inzwischen war Miss Weyman aufgespürt. Gray hatte sich gezwungen, nichts zu unternehmen, bevor er seiner Sache ganz sicher war. Jetzt war Campbells Auftrag erfüllt, und dieser arbeitete wieder für Lord Lawford. Der Rest lag bei Gray, und für seine Pläne kamen nur zwei Menschen in Frage, denen er sich anvertrauen konnte. Der eine war sein Bruder Nick, der andere sein Schwager, Lord Hartley. Nick und Hart waren bereits in Bath und warteten auf seine Ankunft, um die Sache ins Rollen bringen zu können.

Im Geiste ging er noch einmal seine Informationen über Mrs. Mornay durch, mit deren Hilfe er seinen Plan geschmiedet hatte. Sie war nervös, sehr nervös. Ihre Stellung an der Schule war zeitlich begrenzt. Sie suchte eine Stelle bei einer freundlichen Familie auf dem Lande. Jeden zweiten Mittwoch suchte Mrs. Mornay mit einer Gruppe ihrer Mädchen die berühmte Kathedrale in Wells auf oder ging dort einkaufen. Keine andere Lehrerin der Schule besuchte Wells. Einzig und allein Mrs. Mornay.
Er hoffte inbrünstig, daß er sich nicht verkalkuliert hatte. Er dachte noch eine Weile über seinen Plan nach und wurde ruhiger. Sein Plan stellte die geringste Bedrohung für Quentin dar. Es war ohnehin zu spät, einen Rückzieher zu machen. Trotzdem unterschätzte er seinen Gegner keineswegs. Deborah Weyman hatte unter Beweis gestellt, daß sie eine kluge, einfallsreiche Frau war. Gut möglich, daß sie sogar bei Gils Ermordung die Hand im Spiel gehabt hatte.
Kalter Zorn erfaßte ihn. Bald, sehr bald schon würde Deborah Weyman sich in seiner Macht befinden, und dann würde sie einsehen, wie dumm sie war, sich mit ihm anzulegen.

Zweites Kapitel

Deborah betrachtete sich in dem kleinen Spiegel über dem Waschbecken und nickte zufrieden. Die Dame, die ihr Nicken erwiderte, sah älter aus als dreißig. Ihre Haut entbehrte, obwohl faltenfrei und feinporig, den rosigen Schimmer der Jugend. Ihre Nickelbrille verlieh ihr ein wenig Würde. Ihr Haar, soweit es unter der tief in die Stirn gezogenen Haube aus Musselin überhaupt zu sehen war, wirkte stumpf und mausbraun. Das hochgeschlossene dunkle Wollkleid war genauso fade wie ihre Gesamterscheinung. Hoch zufrieden mit dem, was der Spiegel ihr zeigte, verließ Deborah das Zimmer.

Im Flur verhielt sie für einen Augenblick den Schritt. Aus Erfahrung wußte sie, daß sie Rückenschmerzen bekam, wenn sie die Schultern hängenließ. Gegen ihre aufrechte Haltung konnte sie nichts tun, doch es gab andere Möglichkeiten für eine junge Frau, die älter erscheinen wollte. Ihre Bewegungen mußten langsam und gemessen aussehen. Langsam und gemessen, wiederholte sie im Geiste und schritt zur Treppe.

»Guten Morgen, Sarah.«

»Morgen, Mrs. Mornay.«

»Guten Morgen, Millicent.«

»Morgen, Mrs. Mornay.«

Während sie die Mädchen auf der Treppe begrüßte, verzog

Deborah die Lippen zu einem sorgfältig geprobten halben Lächeln. Sie gab sich größte Mühe, möglichst selten zu lächeln. Ihre Grübchen betrachtete sie nämlich als Fluch, denn Grübchen zerstörten die Wirkung, die sie sich so hart erarbeitet hatte.

Vor dem Büro der Direktorin angelangt, klopfte sie kurz an die Tür und trat dann ein. Sie wurde erwartet. Als Miss Hare sie sah, griff sie nach der Teekanne auf ihrem Schreibtisch und schenkte Deborah eine Tasse voll ein.

Miss Hare gegenüber brauchte sie keine Rolle zu spielen. »Morgen, Bunny«, sagte Deborah und hauchte einen Kuß auf Miss Hares Haube, bevor sie die dargereichte Tasse mit Untertasse entgegennahm.

Die Beziehung zwischen den beiden Damen ging weit über die zwischen Arbeitgeberin und Angestellter hinaus. Hier herrschte aufrichtige Zuneigung, und die war nicht zu übersehen. Deborahs Kindheit war nicht eben glücklich gewesen. Miss Hare, von Deborah mit dem Spitznamen Bunny belegt, war die Quelle ihrer ansonsten gering bemessenen Sicherheit gewesen. Einstmals war Miss Hare Deborahs Gouvernante gewesen. Mit der Zeit wurde sie Deborahs Festung, zu ihrer einzigen Zuflucht in einer verräterischen Welt.

»Guten Morgen, Deborah.« Miss Hares Stimme klang genauso energisch, wie die gesamte Erscheinung wirkte. Sie war groß und gut gebaut und neigte ein wenig zur Fülle. Sie kleidete sich ähnlich wie Deborah zur Zeit, wenn auch nicht gar so altmodisch. Sie hatte Taille und Saum aller ihrer Kleider anheben lassen, um der gängigen Mode gerecht zu werden. In ihrem Kleiderschrank befand sich, in Seidenpapier gehüllt, eines jener neuen Musselingewänder mit eckigem Ausschnitt und Puffärmeln, die gerade in Mode kamen. Im richtigen Moment, das heißt, sobald diese Mode allgemein

akzeptiert war, würde sie es tragen. Obwohl sich Miss Hare im Grunde nicht sonderlich für Mode interessierte, betrachtete sie es als ihre Pflicht, ihren Schülerinnen ein Beispiel zu geben, was guten Geschmack betraf. Sie wünschte sich, daß ihre Lehrerinnen sich diese Regel ebenfalls zu eigen machen würden. Ihrer Meinung nach waren sie entschieden zu konservativ. Deborah bildete da keine Ausnahme. Andererseits hatte Deborah natürlich gute Gründe, sich zu verkleiden.
»Ich glaube«, sagte Miss Hare, »ich könnte da eine passende Stelle für dich gefunden haben.«
Das war eine erfreuliche Nachricht für Deborah, wie ihr Grübchenlächeln verriet. »Bunny, du bist ein Engel.«
Miss Hare teilte Deborahs Begeisterung nicht. Sie lehnte sich in ihrem Sessel vor und sagte ernst: »Deborah, bist du sicher, daß du es willst? Warum bleibst du nicht in der Schule? Hier hast du den sichersten Hafen, den du dir nur wünschen kannst.«
»Du weißt doch, daß ich mich zur Lehrerin nicht eigne. Mit nur einem oder zwei Kindern in meiner Obhut arbeite ich bedeutend besser. Außerdem wage ich es nicht, zu lange an einem Ort zu bleiben, solange ich nicht weiß, daß Lord Kendal meine Spur verloren hat.«
Sie tauschten einen ernsten Blick, dann seufzte Miss Hare.
»Bunny, du weißt, daß ich nicht übertreibe. Der Mann ist gefährlich. Ich schwöre es dir.«
»Bist du ganz sicher? Verzeih mir, Liebe, ich weiß doch, daß du äußerst ungern über jene Nacht redest, aber wäre es nicht möglich, daß du in dem Durcheinander den Namen falsch verstanden hast, den Lord Barrington rief? Ich kann mir schwer vorstellen, daß ein Mann von Lord Kendals Bedeutung so tief sinken und einen Mord begehen würde. Außerdem war Lord Barrington sein Freund.«

Deborah gab die Antwort, die Miss Hare schon wiederholt erhalten hatte, seit Deborah in der Schule um Asyl gebeten hatte. »Ich habe es mit meinen eigenen Ohren gehört, und ich höre recht gut. Lord Barrington sprach seinen Angreifer mit Lord Kendal an, nicht nur einmal, sondern zweimal. Außerdem war er an jenem Abend mit ihm verabredet. Wer sonst sollte es gewesen sein?«
»Aber hast du sein Gesicht gesehen?«
»Es war zu dunkel. Die Kerze stand hinter ihm.«
Miss Hare lehnte sich zurück und musterte Deborah versonnen. »Deborah«, sagte sie schließlich, »selbst wenn alles so wäre, wie du es darstellst, mußt du den Jungen doch herausgeben. Das verstehst du doch gewiß?«
»Ich habe die Absicht, Quentin herauszugeben«, erwiderte Deborah eifrig. »Das weißt du genau. Ich warte nur noch auf eine Antwort auf die Briefe, die ich seinem Onkel geschrieben habe.«
»Dem Onkel, der Besitzungen auf den Westindischen Inseln sein eigen nennt und der in den letzten Jahren gelinde gesagt nur höchst unregelmäßig mit Lord Barrington korrespondiert hat?«
Deborah wandte den Blick ab. »Ja.«
»Und wenn er deine Briefe nicht beantwortet?«
»Dann werde ich Quentin persönlich zu ihm bringen und ihm den Sachverhalt erklären. Was soll ich denn sonst tun? Wenn ich Quentin seiner Stiefmutter oder sonst jemandem überlasse, würde er seinem Vormund, Lord Kendal, ausgeliefert, dem Mann, der seinen Vater ermordet hat. Und was, meinst du, würde dann mit Quentin geschehen?«
Angesichts Deborahs Erregung beschäftigte Miss Hare sich taktvoll damit, einen Teller mit Biskuits und Makronen zu servieren. Deborah war es dann, die den Faden ihres Ge-

sprächs dort wieder aufnahm, wo sie ihn fallengelassen hatten.

»Alles wäre anders, wenn Quentin meine Geschichte bezeugen könnte. Aber du weißt ja, was geschehen ist. Es war zuviel für ihn. Niemand überwindet den Schock, die Ermordung seines Vaters mit ansehen zu müssen. Der Arzt spricht von einem Trauma. Eines Tages mag die Erinnerung zurückkommen, oder auch nicht. Inzwischen müssen wir um unser Leben fürchten und können Lord Kendal nicht der Polizei ausliefern.«

Sie schluckte krampfhaft. »Glaubst du denn, ich hätte nie mit dem Gedanken gespielt, mit meinem Wissen zu den Behörden zu gehen? Was würde es mir einbringen? Sie würden in meiner Vergangenheit forschen, und wenn sie die Wahrheit über mich erfahren, würden sie keinem meiner Worte mehr Glauben schenken.« Sie lachte bitter auf. »Womöglich würden sie mir den Mord an Lord Barrington anlasten. Schließlich wird eine Frau, die ihren eigenen Verlobten umgebracht haben soll, bestimmt nicht vor dem Mord an ihrem Arbeitgeber zurückschrecken.«

»Rede nicht so!« befahl Miss Hare streng. »Du hast Albert nicht umgebracht. Du hast dich gegen seinen Angriff gewehrt.«

Mit finsterer Miene griff sie nach der Teekanne und schenkte die Tassen voll. Innerlich haderte sie mit den himmlischen Mächten wegen dieser traurig verworrenen Angelegenheit. Es war an der Zeit, daß der Herrgott selbst einmal in Deborahs Geschicke eingriff.

Sie blickte Deborah an, und ihr Gesichtsausdruck wurde weich. Das bewirkte Deborahs Anblick ständig bei ihr. Seit dem Augenblick, da sie als Gouvernante das Kind in ihre Obhut genommen hatte, betete sie Deborah an. Deborah war

ausgehungert gewesen nach Zärtlichkeit, und Miss Hare hatte ihre geballten Mutterinstinkte ausleben können. Deborah war so sehr ihre Tochter, als hätte sie sie selbst zur Welt gebracht.
In jenem öden, unglücklichen Haus hatte sie sich oft gefragt, wie ein so liebliches, unschuldiges Kind wie Deborah dort hatte überleben können. Woher stammten ihre Warmherzigkeit, ihr flinker Verstand, ihre empfindsame Seele? Vom Vater ganz gewiß nicht. Der war ein kaltherziges Monstrum, ein gefährlicher Mann mit eisernem Willen.
Sie legte die Hand vor die Augen. »Du hast in den letzten Jahren nicht viel vom Leben gehabt.« Sie betrachtete Deborahs fade Kleidung. »Du verkleidest dich, um älter auszusehen, versuchst, deine Schönheit zu verbergen, hast ständig Angst, daß dich jemand erkennen könnte. Das ist doch kein Leben für eine junge Frau, Deborah.«
»Du mußt nicht denken, ich wäre unglücklich gewesen. Die vergangenen vier Jahre als Quentins Gouvernante waren die schönsten meines Lebens. Alles lief so gut, bis ... ja, bis.« Sie schluckte schwer und suchte in ihrer Tasche nach einem Taschentuch. Nachdem sie sich die Nase geputzt hatte, setzte sie sich aufrechter hin und schlug ein anderes Thema an. »Ich bin dir so dankbar, weil du stets an meine Unschuld geglaubt hast, zunächst, was meinen Verlobten betrifft, und nun auch im Fall von Lord Barrington.«
»Ich kenne dich, meine Liebe. Es ist dir gar nicht gegeben, jemandem absichtlich etwas zuleide zu tun.«
Deborah schauderte, doch sie brachte ein Lächeln zustande. »Danke, Bunny. Diese Worte werde ich dir nie vergessen, genauso wenig wie alles, was du für mich getan hast.«
Miss Hare schnaubte gereizt. »Lauter Unsinn!« rief sie, aber sie lächelte, was nicht oft bei ihr vorkam.

»Und jetzt«, bat Deborah, »erzähl mir von der Stelle, die du erwähnt hast.«
Einen Augenblick lang erwog Miss Hare innerlich, ob sie nicht besser auf das Thema zurückkam, was aus Quentin werden sollte. Ein rascher Blick auf Deborahs starrsinnig vorgeschobenes Kinn überzeugte sie, daß jeder weitere Vorstoß in diese Richtung sinnlos sein würde. Sie seufzte und ließ sich noch ein wenig Zeit, um ihre Gedanken zu ordnen. »Ich hatte ein Gespräch mit einem gewissen Mr. Gray«, hub sie an. »Ursprünglich hatte er geplant, seine Schwester in unsere Schule zu geben, damit sie einen gewissen Schliff bekäme. Nun, das ist doch unsere Aufgabe den uns anvertrauten Mädchen gegenüber, nicht wahr? Je länger wir redeten, desto deutlicher wurde mir allerdings, daß dem Mädchen und ihrem Bruder besser damit gedient wäre, wenn sie eine Privatlehrerin zur Verfügung hätten. Kaum war mir dieser Gedanke gekommen, dachte ich natürlich an dich.«
»Lehrerin? Nicht Gouvernante?«
»Vielleicht hätte ich Mentorin sagen sollen. Sieh mal, Mr. Gray hat es im Leben zu etwas gebracht. Soviel ich weiß, hat seine Familie mit Brauereien ein Vermögen erwirtschaftet. Viel wichtiger aber ist, daß er ins Parlament gewählt wurde. Du verstehst, was das bedeutet?«
»Nein«, sagte Deborah.
Miss Hare musterte Deborah von der Seite. »Es bedeutet, daß er und seine Schwester in London Wohnung nehmen und in höchsten Kreisen verkehren werden. Miss Gray muß als Gastgeberin für ihren Bruder einspringen, dabei ist das arme Mädchen kaum der Schule entwachsen. Sie weiß so gut wie gar nichts über höfische Etikette oder darüber, wie man sich in der Gesellschaft zu bewegen hat, und schon gar nicht darüber, wie es in der Londoner Gesellschaft zugeht.«

»Du willst doch nicht etwa vorschlagen, daß ich nach London ziehe, Bunny? Um Himmels willen, dort könnte ich meinem Vater oder meiner Stiefmutter begegnen. Was sollte dann wohl aus mir werden?«

Miss Hare gestattete sich ein kleines Lächeln. »Aber das ist doch das Wunderbare. Mr. Gray beabsichtigt nicht, seine Schwester nach London zu holen, solange sie nicht ausreichend firm in feinem Benehmen ist.« Sie lehnte sich zurück und legte um der Wirkung willen eine kleine Pause ein. »Das Mädchen wohnt auf seinem Besitz, ziemlich abgelegen.«

»Wo ist das?« wollte Deborah wissen.

Miss Hare fixierte Deborah scharf. »Wells, Deborah. Mr. Grays Landsitz befindet sich am Stadtrand von Wells.«

Deborahs Schreck wich allmählich eifrigem Interesse. »Wells«, sagte sie und schöpfte tief Atem.

»Ja, Wells. Und er hat noch mehr zu bieten. Er ist bereit, großzügig für jemanden von deiner Begabung zu bezahlen. Zudem geht es nur um ein paar Monate.«

Es war zu schön, um wahr zu sein, und das weckte Deborahs Angst. »Was genau hast du ihm von mir erzählt?«

»Nicht mehr und nicht weniger, als wir besprochen haben, für den Fall, daß sich jemand nach dir erkundigt, und hinzu kommt natürlich meine persönliche Empfehlung hinsichtlich deines Charakters und deiner Fähigkeiten.«

Das Zeugnis war überragend ausgefallen, doch Miss Hare hätte nicht ein Wort darin als Übertreibung angesehen. Deborah war tatsächlich eine äußerst fähige junge Dame. Kein Wunder, da sie, Miss Hare, Deborah in jungen Jahren weitestgehend erzogen hatte. Natürlich hatte Mr. Gray eine ganze Reihe von Fragen bezüglich Deborahs Erziehung gestellt, die sie diplomatisch, aber ohne etwas Bedeutsames zu verraten, beantwortet hatte. Die einzige Frage, die sie ratlos hinterließ, war die nach Deborahs Schwächen.

»Nun mal ehrlich«, hatte Mr. Gray gesagt. »Niemand ist perfekt, auch nicht Mrs. Mornay. Jeder Mensch hat einen Makel oder eine Schwäche, etwas, was nicht ohne weiteres hinzunehmen ist.«

Er mußte wohl etwas in ihrer Miene gelesen haben, denn seine freundlichen Augen hatten sich beunruhigend verengt, und sie hörte sich sagen, daß Deborahs Fehler darin bestünde, sich ausnutzen zu lassen, was aus dem Blickwinkel eines künftigen Arbeitgebers ja keineswegs ein Makel sein mußte.

Deborah beobachtete Miss Hares wechselndes Mienenspiel, das so verschiedene Gefühle verriet, und stellte Tasse und Untertasse ab. »Bunny, du verstehst doch, daß Lord Kendal schlau ist, viel schlauer als du oder ich? Er könnte mir einen Gendarmen auf den Hals hetzen oder selbst die Miliz. Die Macht hat er. Oder«, fügte sie bedeutungsschwer hinzu, »er schickt seine Agenten.«

Miss Hare stieß einen langen Seufzer aus. »Ehrlich, Deborah«, sagte sie, »ich fürchte, du läßt deine Phantasie mit dir durchgehen. Nein, nein, ich habe keine Lust, mich auf ein Streitgespräch einzulassen. Wenn du Mr. Gray kennenlernst, wirst du über deine eigenen Worte lachen. Glaub mir, einen harmloseren, bescheideneren Gentleman habe ich noch nie kennengelernt. Er war mir auf Anhieb sympathisch.«

Deborah entspannte sich allmählich. Miss Hares Menschenkenntnis war ausgezeichnet. Wenn sie Mr. Gray auf Anhieb mochte, mußte er ein überaus imposanter Herr sein. »Vermutlich«, sagte sie, »will er ein Gespräch mit mir?«

Miss Hares Augen blitzten. »Er will dich ohne dein Wissen testen, weißt du, um zu sehen, wie du mit den Mädchen zurechtkommst.«

»O nein!« stöhnte Deborah.

»Morgen«, sagte Miss Hare. »Morgen hast du mit ihm zu rechnen.«

Deborahs Kopf schwirrte nach diesem Tag. Das Gespräch mit Miss Hare machte es ihr unmöglich, sich auf ihre Aufgabe zu konzentrieren, und das nutzten die Mädchen aus.

Seufzend, mit hängenden Schultern, betrachtete sie sich lange und kritisch im Spiegel über dem Waschtisch in ihrem Zimmer. Mit einem leisen verzweifelten Schrei riß sie sich plötzlich die Brille von der Nase und die Musselinhaube vom Kopf und warf sich dann aufs Bett. Wann würde das alles einmal ein Ende haben? Ihre Jugend verging, und sie trug noch dazu bei, den Prozeß zu beschleunigen! Hatte sie denn den Verstand verloren? Es war so ungerecht, ach, so furchtbar ungerecht! Als Lord Barrington sie einstellte, hatte sie ihr Glück kaum fassen können. Nach fünf Jahren in Miss Hares Institut hatte sie gewußt, daß es ihr nicht lag, große Gruppen heranwachsender Mädchen zu unterrichten. Und die Stelle bei Lord Barrington erschien ihr als ideal. Sein Landsitz lag fernab von allem Getriebe, und dort gab er nie Gesellschaften. Und später, als er sie nach seiner Heirat aufgefordert hatte, Quentin nach Paris zu begleiten, da hielt sie sich für das glücklichste Mädchen auf der ganzen Welt. Hätte Quentin doch bloß kein Fieber bekommen! Wären sie doch bloß mit Lady Barrington nach Calais aufgebrochen! Aber Quentin hatte Fieber bekommen, und sie war bei ihm geblieben, um sich um ihn zu kümmern. Und dann waren sie beide Zeugen eines Mordes geworden.

Eines Mordes. Wie war es möglich, daß ein Mädchen in ihrem Alter in zwei Mordfälle verwickelt wurde? Mit geballten Fäusten wischte sie heftig die Tränen ab. Jetzt war nicht der

richtige Zeitpunkt, sich dem Selbstmitleid zu überlassen. Sie mußte nachdenken.
Sie drehte sich auf den Rücken und starrte hinauf an die Decke. Die Zeitungen hatten berichtet, ihr Arbeitgeber wäre von einem Dieb ermordet worden, der in sein Pariser Haus eingebrochen war. Doch das war lediglich Theorie. Sie konnte sich sehr gut vorstellen, was dabei herauskam, wenn bekannt wurde, daß Quentins Gouvernante von ihrem eigenen Vater eines Mordes angeklagt wurde, der vor acht Jahren geschehen war. Dann würde sie auch des Mordes an Lord Barrington verdächtigt werden. Dann würde sie mit Sicherheit gehängt. Zumindest hätte sie dann aber die befriedigende Gewißheit, daß die Machenschaften ihres Vaters ihm nichts eingebracht hatten.
Sie unterdrückte das hysterische Lachen, das in ihr hochsprudelte. Unter den derzeitigen Gegebenheiten war ihr Vater ihre geringste Sorge. Sie mußte sich auf Lord Kendal konzentrieren. Den Mann hatte sie nie kennengelernt und auch nie den Wunsch dazu verspürt, doch aus den Bemerkungen von Lord und Lady Barrington hatte sie sich ein Bild von ihm gemacht. Er stand in dem Ruf, der angesehenste Mann in ganz England zu sein. Doch das war nur das Gesicht, das er der Öffentlichkeit zeigte. Sein Privatleben hielt einer allzu sorgfältigen Überprüfung wohl nicht stand. Zweifellos war er ein großer, dunkler, attraktiver Mann. So waren Männer seiner Art nun mal, die Sorte Männer, deretwegen Frauen in Ohnmacht sanken. Seine arrogant hochgezogenen Augenbrauen, sein zynisches Lächeln konnte sie sich nur zu gut vorstellen. Bah!
Sie richtete sich in sitzende Stellung auf, lehnte den Rücken gegen das Kopfende des Bettes und konzentrierte sich, versuchte, sich zu erinnern, was genau sie von ihm wußte. Obwohl er Quentins Pate war, hatte er den Jungen ihres

Wissens in den vergangenen vier Jahren nur sehr selten gesehen. Lord Barrington hatte diese Nachlässigkeit seines Freundes damit entschuldigt, daß Lord Kendal eher in London zu Hause war, während Quentin vorwiegend auf dem Lande lebte. Sicher, er hatte Quentin Geschenke geschickt und sie hatten brieflichen Kontakt gepflegt, aber selbst in Paris hatte Lord Kendal nichts unternommen, um die Bekanntschaft mit seinem Patensohn wieder aufzufrischen. Er hatte sich nicht einmal bei dem Picknick sehen lassen, das sie veranstaltet hatte. Als Stellvertreter hatte er seinen Sekretär geschickt. Schön und gut, wenn Lord Barrington behauptete, die Friedensgespräche würden die Zeit und Energie seines Freundes komplett in Anspruch nehmen, aber als Pate ...

An diesem Punkt ihrer Überlegungen hielt sie inne und schauderte vor Entsetzen. Zu welchen Gedanken verstieg sie sich? Es wäre für sie alle viel besser gewesen, wenn Lord Kendal Quentin nie im Leben nahe gekommen wäre. Und daß in Lord Barringtons Tonfall jedesmal, wenn er von Kendal sprach, so etwas wie Bewunderung mitgeschwungen hatte – unglaublich! Bis zu jener letzten Nacht.

Sie hatte nicht die geringste Ahnung, was in dieser Freundschaft falsch gelaufen sein könnte. Aber eines wußte sie. Sie hatten über irgend etwas gestritten, bevor der Schuß abgefeuert wurde. Das war kein Unfall gewesen. Dessen war sie ganz sicher. Lord Kendal war ihr und Quentin gefolgt und hätte sie wohl auch erwischt, wenn die Diener nicht dazwischengekommen wären. O Gott, all dies erinnerte sie so sehr an ein anderes Ereignis. Wer würde ihr glauben, wenn sie die Wahrheit sagte? Wie sollte sie jemanden davon überzeugen, daß der angesehenste Mann in ganz England seinen besten Freund ermordet hatte? Die Menschen ließen sich so leicht von Äußerlichkeiten täuschen. Sie ahnten ja nichts von dem

Haß und der Leidenschaft, die unter einer charmanten Fassade verborgen sein konnten. Sie aber wußte davon. Dafür hatte ihr Vater gesorgt.
Ihre Gedanken schweiften ab. Sie dachte an Lord Barringtons bessere Tage, an die Zeit, als er ein lässiger, charmanter Mann mit hübsch blitzenden dunklen Augen war. Es war unmöglich, ihn nicht zu mögen. Wenn er daheim war, schien der gesamte Haushalt aufzuleben. Dann war es, als wäre der verlorene Sohn aus einem fernen Land zurückgekehrt.
Quentin hatte seinen Vater angebetet. Waren sie zusammen, wirkten sie wie zwei spielende Kinder. Deborah allerdings hatte sich gewünscht, daß Quentins Vater mehr Zeit mit seinem Sohn hätte verbringen können. Quentin war ein so einsamer kleiner Junge. Sie hatte ja Verständnis für die berufliche Anspannung ihres Brötchengebers. Er leistete wichtige Arbeit im Auswärtigen Amt. Er seinerseits begriff, daß Quentin wahre Mutterliebe entbehren mußte. Aus diesem Grunde hatte er eine Gouvernante statt einer Hauslehrerin für seinen Sohn eingestellt. Als er dann heiratete, hatte sie gehofft, daß sich alles ändern würde. Wenn es ihr auch das Herz zerriß, wäre sie doch bereit gewesen, Quentin seiner neuen Mutter zu überlassen. Dann stellte sich jedoch heraus, daß das Mädchen, das Lord Barrington geheiratet hatte, dem Landleben nichts abgewinnen konnte, wenngleich sie auf dem Lande aufgewachsen war. Sie besuchte Quentin kaum jemals. Sophie liebte Partys, Einkaufsbummel und all die Ablenkungen, die die Stadt zu bieten hatte. Selbst in Paris hatten Quentin und sie Sophie kaum zu sehen bekommen. Lord Barrington hatte versucht, sie darauf hinzuweisen, doch das hatte zu nichts geführt. Diese Schwäche ihres Arbeitgebers hatte Deborah gelegentlich doch geärgert. Er war zu gut für diese Welt. Sie wünschte sich, daß er hin und wieder mal mit der

Faust auf den Tisch schlug, nicht nur, wenn es um seine Frau ging, sondern auch, was Quentin betraf. O Gott, wie hatte das geschehen können? Es war so ungerecht! Er war doch so ein guter Mensch gewesen.

Ich werde nicht weinen, sagte sie zu sich selbst und blinzelte die Tränen weg. Lord Barrington war tot, aber sie war noch hier. Irgendwie, irgendwann würde sie dafür sorgen, daß Lord Kendal für seine Tat bezahlte. Im Augenblick war sie in erster Linie Quentin verpflichtet. Sie mußte ihn fortschaffen. Unbedingt.

Ihr Kinn zitterte, sie schloß die Augen und dachte an Quentin. Kurz nach dem Tod seiner Mutter war sie zu ihm gekommen, und sie erinnerte sich noch genau an ihre erste Begegnung. Damals hatte sie nicht geahnt, daß dieser ernste Vierjährige schon bald das Wichtigste in ihrem Leben sein würde. Sie erinnerte sich an sein erstes Pony und daran, wie sie in seiner Achtung gestiegen war, als er erkannte, daß sie eine ausgezeichnete Reiterin war. Sie erinnerte sich an Situationen, wenn sie an seinem Bett gesessen und mit kalten Waschungen sein Fieber bekämpft hatte. Sie erinnerte sich, wie sie ihn in den Armen gewiegt hatte, wenn er aus einem bösen Traum erwachte und nach der Mama rief. Und sie erinnerte sich an ihre Angst, als ihr bewußt wurde, wieviel er ihr bedeutete. Sie konnte nicht für immer bei ihm sein. Sie war nicht seine Mutter. Sie war nur seine Gouvernante.

Unvermittelt stand sie auf und ging zu einer Kommode, auf der eine kleine in Eiche geschnitzte Truhe stand. Sie zog einen Schlüssel aus der Tasche und schloß die Truhe auf. Darin befand sich ein Beutel aus Samt. Dessen Inhalt entleerte sie in ihre Handfläche. Winzige Diamanten, die ein ovales silbernes Medaillon rahmten, blitzten ihr entgegen. Sie öffnete das Medaillon und betrachtete die Miniatur darin. Ein junges

dunkelhaariges Mädchen mit einem leisen Lächeln auf den Lippen blickte ihr entgegen. Das war alles, was ihr von ihrer Mutter geblieben war. Wenn sie dieses liebe Gesicht betrachtete, kam eine wahre Flutwelle von Erinnerungen über sie, ganz ähnlich denen, die sich noch vor wenigen Augenblicken um Quentin drehten, nur diesmal war sie das einsame Kind.
Sie schluckte und drehte das Medaillon um. Auf der Rückseite war ihr Name eingraviert, ihr wirklicher Name. Dieses Medaillon war ihr wertvollster Besitz, ein Geschenk ihrer Mutter zum letzten Weihnachtsfest, das sie zusammen verlebt hatten. Sie konnte es nicht tragen, weil ihr Name eingraviert war. Seit sie vor dem Gesetz auf der Flucht war, konnte sie sich nur noch verstecken. Das Medaillon holte sie nur im Verborgenen hervor, wenn sie sich unbeobachtet wußte. Wenn Lord Kendal ihr auf der Spur war, wäre es nur um so gefährlicher, dieses Medaillon in ihrem Besitz zu haben. Der Gedanke allein ließ sie schaudern. Bedeutend klüger wäre es doch, es Miss Hare zur Aufbewahrung anzuvertrauen. Sie erwog diese Überlegung eine Weile und kam zu einem Entschluß. Wenn sie das Institut verließ, würde sie ihr Erinnerungsstück Miss Hare geben, damit sie es aufbewahrte, bis sie ... ja, bis wann? Sie konnte sich nicht vorstellen, eines Tages frei zu sein, das Medaillon ohne Angst vor Entdeckung tragen zu dürfen. Wenn sie klug wäre, würde sie es vernichten, doch das brachte sie nicht übers Herz. Also würde sie es Miss Hare geben und es, so Gott es wollte, eines Tages zurückholen.
Sie ließ das Medaillon an seiner Kette wieder in den Beutel gleiten und legte beides zurück in die Truhe. Mit den Fingerspitzen massierte sie ihre Stirn. In ihrem Kopf drehte sich alles vor Angst und Sorge. War es richtig gewesen, in Bunnys Institut Zuflucht zu suchen? Von den anderen Lehrerinnen konnte sich keine an sie erinnern, und sie hatte sich so große

Mühe gegeben, ihr Äußeres zu verändern, daß selbst ihr eigener Vater sie nicht mehr erkannt hätte. Und sie glaubte nicht, daß Lord Kendal sie jemals ausfindig machen würde. Sie gab sich stets so große Mühe, nichts zu verraten, was sie mit jemandem aus ihrer Vergangenheit in Verbindung bringen könnte. Selbst Lord Barrington hatte einen Haufen Lügen aufgetischt bekommen, um ihn zu überzeugen, daß sie die richtige Gouvernante für seinen Sohn war. Lügen, Lügen, Lügen. Ihr Leben war zu einer einzigen Serie von Lügen geworden, nur jetzt steckte sie schlimmer denn je in einem Dilemma. Früher hatte sie nur an sich selbst denken müssen. Jetzt hatte sie Quentin. Was sie bestürzte, war die Tatsache, daß kein Aufschrei erfolgte, als Quentin verschwand, daß nichts, nicht ein einziges Wort davon in den Zeitungen gestanden hatte. Dafür war gewiß Lord Kendal verantwortlich. Er wollte sie und Quentin zum Schweigen bringen, bevor sie ihm Schaden zufügen konnten. Deborah hoffte nur, daß ihm die Angst genauso im Nacken saß wie ihr. Was er zumindest im Augenblick nicht wissen konnte, war, daß er vor ihrer Entlarvung sicher war.

Wäre Quentin in der Lage gewesen, ihre Geschichte zu bestätigen, hätte sie das Risiko auf sich genommen und sich mit ihrem Wissen direkt an die zuständige Behörde gewandt. Doch Quentin fehlte jegliche Erinnerung an jene Nacht. Er war vom Gewitter aufgewacht, und danach erinnerte er sich erst wieder daran, daß sie in Calais an Bord eines Frachtschiffs gegangen waren. Er hatte nicht einmal gewußt, daß sein Vater tot war.

Deborah schauderte erneut, und sie schlang die Arme fest um den Oberkörper. Lord Kendal würde Quentin niemals finden, versicherte sie sich selbst, es sei denn, er fand sie, und selbst dann würde sie ihn nicht zu dem Jungen führen. Allein der

Gedanke daran ließ ihr übel werden vor Angst. Wenn ihr etwas zustieß, was sollte dann aus Quentin werden?
Mit einem unterdrückten Stöhnen fing sie an, im Zimmer auf und ab zu gehen. Ihr würde nichts zustoßen. Sie hatte sich ihren Plan zurechtgelegt, an den sie sich halten würde. Sie wagte es nicht, allzu lange an einem Ort zu bleiben. Mr. Gray war zum genau richtigen Zeitpunkt in Erscheinung getreten. Und wenn Lord Kendal seine Helfer schickte, die herumschnüffelten und Fragen nach ihr stellten, würde Miss Hare schon wissen, was sie zu tun hatte.
Es war von äußerster Wichtigkeit, daß sie einen guten Eindruck auf Mr. Gray machte. Das dürfte ihr nicht schwerfallen. Er lebte in der Provinz, und sie verfügte über das Wissen und das Geschick, seine Schwester auf das gesellschaftliche Leben vorzubereiten. Davon mußte sie ihn überzeugen.

Drittes Kapitel

Im rot und weiß gehaltenen Salon von Miss Hares Institut für junge Damen nahm die rituelle Teestunde ihren Lauf. Es war kein sinnentleertes Ritual wie in unzähligen Haushalten in ganz England an nahezu jedem Wochentag. Vielmehr handelte es sich hier um eine Übung in richtigem Benehmen, in der die Mädchen die notwendigen Handreichungen lernten und ihre Fähigkeiten als Gastgeberinnen der vornehmen Gesellschaft getestet wurden. Das war die Theorie.

In der Praxis allerdings, so dachte Deborah betrübt, war es die reine Tortur, nicht zuletzt weil der Ehrengast an diesem besonderen Nachmittag zufällig ein gutaussehender, vorzeigbarer Gentleman war, den Miss Hare nur kurz vorgestellt hatte, bevor sie ihn seinem Schicksal überließ. Natürlich war er, dieser Mr. Gray, der Herr, der eine Mentorin für seine jüngere Schwester suchte, und Deborah hätte vor Enttäuschung weinen mögen. Zweifellos war die Teestunde die denkbar schlimmste Situation, um sie zu überrumpeln. Sie konnte mit den Mädchen nichts anfangen. Sie hatten nicht die geringste Lust, die Grundregeln einer höflichen Unterhaltung zu erlernen. Alle waren sie mannstoll und flirteten aufs Unverschämteste. Miss Hare lud häufig männliche Gäste zur Teestunde ein, aber ein Herr von Mr. Grays Format hatte sie

noch nie besucht. Es war unvermeidlich, daß die frechen Gören zu kichern und zu tuscheln anfingen.
Er war fraglos sehr attraktiv. Nach Deborahs Erfahrung zeigten die meisten gutaussehenden Männer dazu passend eine gehörige Portion Einbildung. Sie lebten davon, sich von Frauen anhimmeln zu lassen und verstanden es mit ihrem Charme, die Frauen ihrem Willen zu unterwerfen. Mr. Gray aber war ganz anders. Deborah hatte nur ein paar Minuten gebraucht, um ihn einschätzen zu können. Auf den ersten Blick hatte sie erkannt, daß er es nicht gewöhnt war, im Mittelpunkt zu stehen. Er fühlte sich unbehaglich und schien zufrieden zu sein, daß sie den überwiegenden Teil der Unterhaltung bestritt. Seine Bescheidenheit, seine Befangenheit Frauen gegenüber waren geradezu rührend.
Während sie ihn musterte, drehte er den Kopf und sah sie an mit Augen so blau und klar wie ein Gebirgsbach, bevor er den Blick abwandte. Ein gewisses Unbehagen überkam sie, der Eindruck von einer Katze im Taubenschlag, dann fand sie zu ihrer Ausgeglichenheit zurück. Sie war übernervös. Sie bildete sich vieles nur ein. Falls Lord Kendals Lakaien sie jemals ausfindig machten, würden sie sich nicht die Zeit nehmen, Tee mit ihr zu trinken. Wie Geier würden sie über sie herfallen und sie in Stücke reißen. Dieser stille, unaufdringliche Herr entsprach ganz dem Eindruck, den sie von ihm hatte. Hier hatte sie nichts zu fürchten. Warum lächelte er dann? Woran dachte er?
Gray beglückwünschte sich zu seinem Beschluß, sich dem Mädchen auf diese Weise zu nähern. Zuerst hatte er sich vorgestellt, sie zu packen und gewaltsam zu entführen. Sein Gespräch mit Miss Hare hatte ihn zu einem subtileren Vorgehen überredet. Er zweifelte nicht daran, daß Miss Hare Himmel und Hölle in Bewegung setzen würde, wenn er ihren

Schützling schlecht behandelte. Sie würde nicht nur die Gendarmen rufen, sondern der Sache mit der Beharrlichkeit einer Bulldogge auf den Grund gehen. Und er wünschte sich weiß Gott nicht, daß andere in seine Geschäfte mit Miss Weyman hineingezogen wurden.

Je länger er sie beobachtete, desto stärker wurde seine Überzeugung, daß er es nicht mit einer feindlichen Agentin, sondern mit einer arglosen Unschuld zu tun hatte, die unversehens in die Klemme geraten war. Es würde nicht viel Aufwand kosten, sie so einzuschüchtern, daß sie aufgab. Er war fest überzeugt, daß er sie in ein paar Tagen, wenn nicht noch schneller, dahin bringen würde, ihm alles zu sagen, was er wissen wollte. Dennoch bedauerte er es ein wenig, sie hart anfassen zu müssen. Es war nicht seine Art, gegen wehrlose Frauen vorzugehen. Diesen Gedanken wies er von sich, kaum daß er ihm gekommen war. Er konnte ja nicht sicher sein, ob sie wirklich so unschuldig war, wie sie wirkte, und selbst, wenn sie es war, hatte sie doch Quentin entführt, und Quentins Sicherheit hatte Vorrang vor allem anderen.

Deborah strich mit dem Finger über ihre Stirnfalte und wünschte die aufkommenden Kopfschmerzen zum Teufel. Sie gab ihr Bestes, um die klimpernden Wimpern und Seufzer ihrer Schützlinge zu ignorieren. Als Millicent Dench sich allerdings erhob, um dem Gast ein weiteres Gurkensandwich anzubieten, richtete Deborah sich starr in ihrem Sessel auf. Bei Millicent mußte sie mit allem rechnen. Das Mädchen war nicht eigentlich schlecht, konnte einer Herausforderung aber einfach nicht widerstehen. Ein rascher Blick in die Gesichter der Mädchen verriet Deborah, daß sich etwas anbahnte.

Sie war schon im Begriff, das Mädchen zurechtzuweisen, als Mr. Grays Stimme sie daran hinderte. »Vielen Dank, Miss Dench«, sagte er. »Aber ich ziehe etwas Süßeres vor. Miss

Moir, ich hätte gern ein Stückchen von diesem Kuchen, wenn Ihr so freundlich sein wollt.«
In dem Schweigen, das nun folgte, schwang unterschwellige Hochspannung mit. Deborah wußte, daß ihr etwas entgangen war, hatte jedoch nicht die geringste Ahnung, was es gewesen sein könnte. Ihr war klar, daß Millicent einen Korb bekommen hatte – das bewiesen allein schon die hochroten Wangen des Mädchens – aber dahinter steckte noch mehr. Etwas war geschehen, und sie war die einzige Anwesende, der es entgangen war. Und noch etwas anderes war ihr bewußt. Die Waage schlug zu Mr. Grays Gunsten aus, und seine harmlosen Worte waren schuld daran.
Sie sah ihn neugierig an und entdeckte Eigenschaften an ihm, die ihr zuvor entgangen waren – seine breiten Schultern, den kraftvollen männlichen Körperbau, und wenn sie es jetzt richtig bedachte, enthielt seine angenehme Stimme auch etwas Bezwingendes. Hatte sie sich in ihm getäuscht? Wenn es so wäre, hatte es kaum Bedeutung. Dieser Gentleman konnte so bezwingend sein wie Jupiter, solange er nicht versuchte, sie zu bezwingen. Die Gefahr bestand nicht. Seine Geschäfte würden ihn gleich wieder nach London führen, und sie und Miss Gray wären auf seinem einsamen Landsitz sich selbst überlassen. Es wäre ideal, wenn sie es nur schaffen könnte.
Als Mr. Gray sich ihr zuwandte, sah sie ein Lächeln in seinen Augen; ohne Worte tauschten sie eine Botschaft aus. Er würde ihr später mitteilen, welchen Scherz das Mädchen sich hatte erlauben wollen. Als sie kaum merklich nickte, richtete Mr. Gray sein Augenmerk wieder auf die Tasse und die Untertasse in seiner Hand. Das Lächeln verschwand nicht von Deborahs Lippen.
Sie hatte sich nicht in ihm getäuscht. Er war tatsächlich ein netter Mann, die Sorte Mann, die einer Frau in gewissem

Maße ein Freund sein konnte. Andere Männer, die sie als Freunde bezeichnet hatte, waren stets älter gewesen, ausgenommen Lord Barrington. Ihre Gedanken schweiften ab, und ein versonnener Ausdruck trat auf ihr Gesicht, der dem Herrn, der gewissenhaft seinen Tee trank, keineswegs entging.

Mit einem Ruck fand sie in die Gegenwart zurück und stellte fest, daß die Mädchen ihre Nachdenklichkeit ausgenutzt hatten und unzählige Fragen auf Mr. Gray abschossen. War er verheiratet? Verlobt? Wie alt war er? Welchen Beruf übte er aus? Wo wohnte er? Warum war er nach Bath gekommen? Deborah als einziger anwesender Lehrerin oblag es, die Mädchen in die entsprechende Richtung zu lenken, wenn die Unterhaltung erlahmte, oder sie zurückzuhalten, falls sie ihrer Neugier zu sehr die Zügel schießen ließen. Obwohl sie gern selbst mehr über Mr. Gray gewußt hätte, hatte die Erfahrung sie doch gelehrt, daß die Mädchen, wenn sie ihnen den kleinen Finger reichte, die ganze Hand nehmen würden, und niemand konnte ahnen, was ihnen als nächstes einfiel.

»Mädchen«, sagte sie, kam jedoch nicht weiter. Ein Gong ertönte, laut und klar, und Deborah gab sich Mühe, ihre Erleichterung nicht allzu deutlich zu zeigen. Eine Dame, die ihr Brot mit der Erziehung der Kinder anderer verdiente, mußte jede Situation beherrschen.

»Zeit für die Hausaufgaben«, sagte Deborah fröhlich zu Mr. Gray, und die Mädchen stöhnten.

Unter leisem Protest und viel Gekicher verließen die Mädchen den Raum. Deborah unterstützte sie, indem sie ihnen die Tür offen hielt und sie daran erinnerte, daß sie am nächsten Morgen unregelmäßige französische Verben wiederholen würden und daß sie von ihnen die Beherrschung der Konjugationen erwartete. Als das letzte Mädchen an ihr vorbeigeschlüpft war, schloß Deborah nachdrücklich die Tür und lehnte sich mit dem Rücken dagegen, um sich ein wenig zu sammeln.

Plötzlich wurde ihr bewußt, daß Mr. Gray sich beim Aufbruch der Mädchen erhoben hatte und nun verlegen am Fenster stand, und höflich forderte sie ihn auf, doch Platz zu nehmen. »Möchtet Ihr ein Glas Sherry?« erkundigte sie sich.

In Miss Hares Institut wurden die Gäste ausnahmslos zu einem Glas Sherry eingeladen, wenn die Tortur der Teestunde bewältigt war. Auf Mr. Grays Nicken hin ging Deborah zu einem Sideboard an der Wand. Gläser und Karaffe befanden sich hinter einer verschlossenen Tür, und sie mußte sich bücken, um beides aus dem Versteck zu holen.

Während Gray sich setzte, musterte er die üppige Rundung ihres Hinterteils. In seinen Augen funkelte es wohlgefällig. Ihm ging durch den Kopf, daß Deborah Weyman nicht die geringste Ähnlichkeit mit den Beschreibungen aufwies, die ihm geliefert worden waren. Eine alte Jungfer? Zugeknöpft? Langweilig und uninteressant? Sie wollte, daß die Leute sie so einschätzten. Sie hatte sich eindeutig dieser Rolle gemäß gekleidet mit ihrem hochgeschlossenen blauen Wollkleid und der unvermeidlichen weißen Haube, die ihr Haar völlig bedeckte. Ein ungeschultes Auge würde nicht hinter diese Fassade blicken. Welch ein Pech für die Dame, daß er nicht nur ein geübter Beobachter, sondern zudem ein berüchtigter Frauenkenner war. Das war sein Vorteil.

Da sie sich völlig auf das Tablett mit den zwei Gläsern und der Karaffe konzentrierte, gestattete er sich, sie in aller Ruhe zu begutachten. Ihr Teint wirkte grau – Puder vermutlich –, in einem Versuch, der feinen Knochenstruktur, für die manche anerkannte Schönheit der vornehmen Gesellschaft ihr sicherlich gern den Hals umgedreht hätte, Würde und Alter überzustülpen. Das formlose Kleid diente ihr auch nicht besser als der graue Gesichtspuder. Sie hatte eine Figur, die in der derzeitigen Mode hochgezogener Taillen und durchsichtiger Materialien genauso gut aussehen würde wie in Sack und Asche. Weich, wohlgerundet, fraulich. Als sie ihm den Sherry reichte, verriet seine Miene nichts. Ihre strahlenden Augen hinter der Nickelbrille waren gerahmt von – er blinzelte und schaute noch einmal hin. Er wollte verflucht sein, wenn sie nicht sogar ihre Wimpern beschnitten hatte! Besaß diese Frau denn keinen Funken Eitelkeit?

»Mir ist etwas entgangen, nicht wahr?« fragte Deborah. »Deshalb lächelt Ihr so geheimnisvoll vor Euch hin.«

»Wie bitte?« Gray senkte die Wimpern, um sich ihrem eindringlichen Blick zu entziehen.

Deborah setzte sich. »Mir ist etwas entgangen, als Millicent Euch das Gurkensandwich anbot. Was war es?«

Wenn er ein Wörtchen über die Art, wie sie sich kleidete, mitzureden hätte, würde er als erstes die Haube verbannen. Keine Locke, keine losgelöste Haarsträhne war zu sehen. »Ein Briefchen.«

»Ein Briefchen?«

»Mhm.« Rotes Haar oder blondes? Eines von beiden mußte es sein. Es sei denn, sie hatte ihr Haar gefärbt. Das traute er ihr ohne weiteres zu. Hätte er sich hier in einem Gasthaus befunden, und wäre sie keine Dame, so hätte er ihr fünfzig, nein, hundert Guineen angeboten, damit sie diese verfluchte Haube absetzte.

»Wollt Ihr behaupten, Millicent hätte Euch ein Briefchen zugesteckt?«

Ihre Stimme klang jetzt wieder spröde und sachlich. Allmählich verstand er, warum sie sich aus dem öffentlichen Leben zurückgezogen hatte. Sie konnte ihre Rolle nicht durchhalten.

»Das Briefchen«, erinnerte Deborah ihn sanft.
»Das Briefchen? Ach ja. Es war in dem Gurkensandwich versteckt.« Sie versuchte, ein Lächeln zu unterdrücken, und ihre Grübchen faszinierten ihn. Niemand hatte etwas davon gesagt, daß sie Grübchen hatte.
»O weh, ich fürchte, ich werde es Miss Hare zeigen müssen. Dieses Mädchen ist unverbesserlich.«
»Ich fürchte, das wird nicht möglich sein.«
»Warum nicht?«
»Als sie den Raum verließ, hat sie es sich zurückgeholt. Ich glaube, sie hat es aufgegessen.«
Als Deborah lachte, lehnte er sich entspannt in seinem Sessel zurück und war sehr zufrieden mit sich selbst. Dieser ängstliche, wachsame Ausdruck in ihren Augen war jetzt völlig verschwunden. Langsam konnte er sie einschätzen. Je mehr er seine Männlichkeit verbarg, desto vertrauensseliger wurde sie. Unglücklicherweise hatte Deborah Weyman etwas an sich, das an die weicheren Saiten seines Wesens rührte. Das war ihr Vorteil.
Deborah nippte an ihrem Sherry und versuchte, ihre Ungeduld zu bezwingen. Als ihr künftiger Brotgeber war es an ihm, das Interview zu beginnen. Ihm fehlte die vornehme Gewandtheit. Sie hatte nichts an ihm auszusetzen. Im Gegenteil, seine Unerfahrenheit gefiel ihr. Sie ließ ihn unbeholfen, jungenhaft, harmlos erscheinen. Außerdem verfügte sie über ausreichend gesellschaftlichen Schliff für sie beide zusammen.
»Wie Miss Hare andeutete, sucht Ihr eine Erzieherin für Eure kleine Schwester?« sagte sie.
Alles in ihm sträubte sich, das Geschäftliche zu regeln. Viel zu bald würde alles anders werden. Das Vertrauen in ihren Augen würde schwinden; nie wieder würde Miss Weyman

ihm vertrauen. Schade, aber es war nahezu unvermeidlich. Dennoch wollte er es ihr an diesem Punkt seines Spiels nicht zu schwer machen. Das kam später.
Deborahs Unruhe war nicht zu übersehen. »Ihr wünscht sicherlich Referenzen von früheren Arbeitgebern«, sagte sie in dem Versuch, ihn unmerklich zum Thema zu führen.
»Referenzen?« Er lehnte sich noch ein wenig bequemer in seinen Sessel zurück. Mit einem schiefen Grinsen sagte er: »Ach, Miss Hare hat mir die Umstände erläutert. Als Ihr jahrelang mit Eurem inzwischen verstorbenen Gatten in Irland lebtet, habt Ihr die Beziehungen zu Euren früheren Arbeitgebern einschlafen lassen.«
»Das ist richtig.«
»Ich verstehe vollkommen. Außerdem zählt Miss Hares Empfehlung bedeutend mehr für mich.«
»Danke.« Die erste Hürde hatte sie genommen. Und es war nicht schwieriger, als einem Kleinkind Süßigkeiten wegzunehmen. Mr. Gray war vertrauensseliger, als sie zu hoffen gewagt hatte. Das beschämte sie, und sie wandte den Blick ab.
»Entschuldigt meine Frage«, sagte Gray, »aber eines hat Miss Hare mir nicht recht erklärt. Sie erwähnte, daß Ihr meiner Schwester zusätzlich zur Unterweisung in den Umgangsformen auch den letzten Schliff geben würdet. Wie wollt Ihr dabei vorgehen?«
Eine peinliche Pause entstand, dann hob Mr. Gray sein Glas an die Lippen, und Deborah sank innerlich in sich zusammen. Sie wußte, daß sie aussah wie der letzte Mensch auf Erden, der irgend jemandem Schliff beibringen konnte.
Lange blickte sie gedankenverloren auf ihre gefalteten Hände. Gray bemerkte ihren Gesichtsausdruck und fragte leise: »Was ist geschehen? Was habe ich gesagt?« Er beugte sich vor und strich sanft mit einem Finger über ihr Handgelenk.

Seine Berührung fuhr wie eine Schockwelle durch ihren gesamten Körper. Sie zitterte, stammelte und schwieg dann. Als sie den Blick hob und Gray in die Augen sah, hatte sie sich wieder gefangen. »Ich weiß, was Ihr denkt«, sagte sie.
»Tatsächlich? Das bezweifle ich.« Auch er hatte die Berührung mit ihrer Haut wie einen Schock empfunden, und ihre Wirkung auf ihn versetzte ihn in Erstaunen.
Sein Blick war so milde wie sein Lächeln. Ohne darauf zu achten, sagte Deborah: »Ihr müßt verstehen, Mr. Gray, daß Gouvernanten und Lehrerinnen nicht für ihre modische Erscheinung bezahlt werden. Vielmehr haben Arbeitgeber entschieden mehr für Gouvernanten übrig, die in ihren Schranken bleiben. Dienstboten tragen Livree. Auch wir Gouvernanten tragen eine Art Livree. Ihr werdet sicher bemerkt haben, daß die Lehrerinnen in Miss Hares Institut kaum voneinander zu unterscheiden sind.«
»Da irrt Ihr Euch. Ich würde Euch überall wiedererkennen.«
Das Kompliment kam unerwartet und freute sie, bis sie sich erinnerte, daß Mr. Gray sie ja als alternde Jungfer ansah. Sie kannte seine Sorte und hätte ihr letztes Hemd darauf verwettet, daß er älteren Damen gegenüber äußerst galant war. Als nächstes würde er sie in die Wange kneifen und darauf schwören, daß sie in jungen Jahren eine Menge Männerherzen gebrochen haben müßte. Es war unerträglich.
»Es ist nur ...« begann sie.
»Wart Ihr glücklich als Gouvernante?«
»Wie bitte?«
»Es kann nicht leicht für Euch gewesen sein, Eure Persönlichkeit der vorgefaßten Vorstellung darüber, wie Ihr zu sein habt, zu beugen.«
Sie war nicht ungern Gouvernante gewesen. Es war ihre ausgeklügelte Tarnung, die so schwer zu ertragen war. In

gewisser Weise war es wie eine Gefängnisstrafe, doch das durfte sie ihm nicht sagen. Ihre Wimpern zuckten hinter der Brille. Sie wollte nicht sein Mitleid, sondern seine Achtung. Sie mußte ihn davon überzeugen, daß sie die richtige Kandidatin für die Stellung war, die er anbot.

»Mr. Gray, was ich klarzumachen versuche, ist folgendes.« Im Bewußtsein, daß ihr Tonfall nahezu spitz war, versuchte sie, dies durch ein Lächeln abzumildern. »Wenn Ihr mich anseht, glaubt Ihr es vielleicht nicht, aber ich kenne das Leben bei Hofe, ich weiß, wie man ein Mädchen auf die erste Saison vorbereitet, ich bin durchaus versiert in der Mode und dem Benehmen in den höchsten Kreisen bei Hofe. Ich kann Euch keine Beweise vorlegen, bin aber gern bereit, mich einer Prüfung zu unterziehen. Stellt mir eine Frage, ganz gleich, welche, und ich werde sie Euch beantworten.«

Er spürte die Verzweiflung hinter ihren Worten. Er hatte sie in der Hand. Jetzt kam es darauf an, das Gespräch rasch zu einem Ende zu bringen und einen geeigneten Zeitpunkt für ihre Übersiedelung in die Villa zu vereinbaren, die Nick am Stadtrand von Wells gemietet hatte. Doch er hatte keine Lust, das Gespräch zu Ende zu bringen, jetzt noch nicht. Miss Weyman strahlte etwas aus, eine Traurigkeit, eine Versonnenheit und, ja, eine zu Herzen gehende Tapferkeit, die ihn anzog wie ein Magnet. Er wollte ihre erfreuliche Gesellschaft noch ein wenig länger genießen, und wenn es nur ein paar Minuten waren. Möglicherweise war es das einzige Mal, daß sie ihm mit Wohlwollen begegnete. Wieder spürte er Bedauern, und es erstaunte ihn.

»Ich weiß nicht, was ich fragen soll«, sagte er mit einem ratlosen Blick.

»Denkt an Eure Schwester. Was wünscht Ihr Euch für sie?«

Das war leicht zu beantworten. Die wirkliche Margaret war

schwer zu bändigen und würde ihm graue Haare einbringen, bevor er sie sicher unter die Haube gebracht hatte. »Nun ...« begann er, und allmählich fand er in seine Rolle hinein.
»Nichts, was Ihr sagt, kann mich in Verlegenheit bringen, das verspreche ich.«
Er senkte halb die Lider. Wenn die Dame gern ein Spielchen spielen wollte, sollte sie es haben. »Wie Miss Hare Euch wohl gesagt hat«, setzte er an, »ist meine Schwester Margaret eine beachtliche ... hm ... Erbin. Oh, mißversteht mich nicht. Margaret ist nicht dumm. Sie weiß Bescheid über Mitgiftjäger und dergleichen. Es fehlt ihr allerdings an Erfahrung, solche Männer abzuwehren. Welchen Rat würdet Ihr ihr geben?«
»Nichts leichter als das«, sagte Deborah und ging die Frage genauso offen an wie ein Problem, das ein Mädchen während des Unterrichts anschnitt. »Solche Männer sollte sie meiden wie Gift.«
Und genau das hatte er selbst zu Meg gesagt, doch sie hörte nicht auf ihn. Trotz ihrer jungen Jahre glaubte sie, mit Männern umgehen zu können. Wahrscheinlich war Meg erfahrener als Miss Weyman.
Sie beobachtete ihn mit ihren strahlenden Augen. Er legte die Fingerspitzen aneinander, so daß seine Hände ein steiles Dach bildeten, und sagte: »Manche Herren werden dadurch nur um so hartnäckiger. Sie betrachten es als Herausforderung. Wenn sie ... wenn sie nun überrumpelt würde, wie ... wie Ihr zum Beispiel jetzt, allein mit mir, hinter geschlossenen Türen?«
Deborahs Blick huschte nervös zur geschlossenen Tür und wieder zurück zu Gray. Vorsichtig rutschte sie in ihrem Sessel nach vorn und starrte entsetzt auf seine linke Schulter.
»Was ist los?« fragte Gray verwirrt.
»Nicht bewegen!« flüsterte sie. »Eine Wespe will gerade in Euren Kragen krabbeln.«

»Was!«
Während Gray aufsprang und wirkungslos mit den Händen fuchtelte, sprang Deborah zur Tür. Die Hände an der Klinke, drehte sie sich um und lachte Gray an. »Schon gut, Mr. Gray«, sagte sie. »Da war gar keine Wespe.«
Nach und nach machte sein wütender Blick einem verlegenen Grinsen Platz. Kopfschüttelnd sagte er: »Das war ja teuflisch!« Er schritt auf Deborah zu. Bei der Tür angelangt, lehnte er sich lässig mit der Schulter dagegen. »Ihr habt mich überzeugt, daß Margaret es nicht besser treffen könnte«, sagte er. »Um der Harmonie willen halte ich es allerdings für vorteilhaft, die Bezeichnung Gouvernante zu umgehen und durch Gesellschafterin zu ersetzen. Was sagt Ihr dazu, Mrs. Mornay?«
Deborahs Augen leuchteten, ihre Stimme zitterte. »Ihr werdet es nicht bereuen, Mr. Gray. Das verspreche ich Euch.«
»Ich glaube es Euch wohl. Bleibt uns nur noch, Tag und Stunde festzulegen, wann ich Euch zu meiner Schwester bringe.«
»Ich muß zuerst mit Miss Hare reden.«
»Natürlich.«
Deborah drückte die Türklinke, allerdings ohne Erfolg. »Wärt Ihr so liebenswürdig, Mr. Gray?« sagte sie, um anzudeuten, daß die Tür sich nicht öffnen ließ, solange er dagegen lehnte. Mit einer geschmeidigen, völlig unbedrohlichen Bewegung packte er sie beim Handgelenk und hielt sie fest. In Deborahs Augen war keine Angst, nur eine Frage.
»Und was, meine liebe Mrs. Mornay«, sagte Gray, »geschieht, wenn meine Schwester sich in einer solchen Situation wiederfindet?« Er hob ihre Hand und fing ihren schwachen Widerstand ab, als sie sich zu befreien versuchte. »Welchen Rat würdet Ihr ihr dann geben?«

Deborah schenkte ihm ihr Grübchenlächeln. »Sofern das Mädchen Lungen hat, sollte sie sie nutzen. Sie sollte schreien, Mr. Gray. Schreien sollte sie, und wenn sie gerettet ist, was sicherlich geschehen wird, sollte sie behaupten, ihr wäre eine Wespe in den Kragen gekrabbelt.«

»Ihr habt wohl auf alles eine Antwort«, sagte er gedehnt, wie schläfrig, und kam ihr näher. »Ich weiß, wie man eine Frau am Schreien hindern kann. Was wäre, wenn ... wenn der besagte Herr versuchen würde, sie zu küssen?« Er senkte den Blick auf Deborahs Mund.

Er war ihr nahe, so nahe, und sie fühlte seinen warmen Atem auf ihrer kühlen Wange. Es war weder Angst noch Neugier, was sie gefangenhielt, nicht mal sein fesselnder Griff an ihrem Handgelenk. Ein seltsames Sehnen erwachte in ihr und breitete sich in Wellen aus, bis sie erwartungsvoll schauderte. Langsam, unaufhaltsam zog er ihr Handgelenk zu sich heran. Ihre Lippen teilten sich; sie vergaß zu atmen. Er senkte den Kopf, sie hob den ihren.

Direkt vor der Tür ertönte ein Gong. Grays Augen sprühten. Deborah blinzelte ein paarmal in rascher Folge und blickte dann um sich, als wüßte sie nicht, wo sie war.

Als sie nach Luft schnappte, ließ er sie los und trat rasch einen Schritt zurück. Sie blickte immer noch erstaunt zu ihm auf und erschrak, als er schwungvoll die Tür öffnete und sie mit einer Handbewegung aufforderte voranzugehen.

»Wenn mich nicht alles täuscht«, sagte er, »ist die Zeit für die Hausaufgaben vorüber.«

Röte stieg ihr in die Wangen, während sie besorgt in seinen Augen forschte. »Mr. Gray, ich weiß nicht, was ...«

Er begann im selben Augenblick zu sprechen. »Ihr wolltet mir auf den Fuß treten, nicht wahr?«

»Wie bitte?«

»Ihr habt so getan, als wolltet Ihr mir entgegenkommen, um mir dann, wenn ich abgelenkt war, auf den Fuß zu treten?«
Sie klammerte sich an seine Worte, als hätte er ihr einen Rettungsring zugeworfen. »Ja. Genau das war mein Plan.«
Als sie in den Flur hinaustraten, gerieten sie in den Strom der Mädchen auf ihrem Weg zu den verschiedenen Unterrichtsstunden. Deborah war froh über das Durcheinander und ließ sich auf eine nebensächliche Plauderei ein, bis Mr. Gray sich schließlich von ihr verabschiedete. Kaum hatte die Tür sich hinter ihm geschlossen, machte sie auf dem Absatz kehrt und lief zu dem hohen Spiegel im Gemeinschaftsraum der Lehrerinnen.
Was sie darin sah, gab ihr die Sicherheit zurück. Unmöglich, daß Mr. Gray mit ihr geflirtet haben könnte. Das hatte sie sich nur eingebildet. Mit schleppenden Schritten begab sie sich zu Miss Hares Büro.

In der Bibliothek des Hauses, das Gray für seinen Aufenthalt in Bath gemietet hatte, spielten zwei Herren Karten. Einer der beiden war Nicholas Grayson, Grays jüngerer Bruder. Nick war groß und blond wie Gray und hatte das gute Aussehen seines Vaters geerbt. Er war allerdings der jüngere Sohn, und das machte den großen Unterschied zwischen den Brüdern aus. Gray trug Verantwortung, die Nick weder erstrebte noch kannte. Er war finanziell unabhängig und führte ein vergnügtes, lockeres Leben, und wenn er dieses Leben auch manchmal ein wenig langweilig fand, war es doch dem, was seine Mutter, die Gräfin-Witwe, für ihn vorgesehen hatte, allemal vorzuziehen. Ehe und Kinder hatten keinen hohen Stellenwert in Nicks Plänen. Diese traurigen Pflichten, so hörte man ihn oft genug abschätzig sagen, fielen seinem unglücklichen Bruder, dem Earl, zu.

Der zweite Beteiligte war Lord Hartley, ihr gemeinsamer Schwager, der vor neun Jahren ihre ältere Schwester Gussie geheiratet hatte. Hart, ein nüchtern wirkender Gentleman, befand sich in den späten Dreißigern und hatte dunkles Haar und einen dunklen Teint. Zwar mochte er seine Schwäger, doch gleichzeitig hatte er auch einen Heidenrespekt vor ihnen. Sich selbst betrachtete er als langsamen, schwerfälligen Burschen, wogegen die anderen zwei wie Quecksilber waren. Manchmal, wenn er sich mit ihnen unterhielt, fiel es ihm schwer, ihren flinken Gedankengängen zu folgen. Ein weniger gründlicher Mann hätte sich, wenn er nicht dumm erscheinen wollte, nicht weiter bemüht, doch Hart zeichnete sich durch seine Hartnäckigkeit aus. Schon eine ganze Weile wälzte er Grays Plan in seinem Kopf hin und her, doch er verstand dessen Vorhaben noch immer nicht soweit, daß es ihn restlos zufriedengestellt hätte.

»Also«, sagte er, »dies soll wohl die beste Vorgehensweise sein?«

»Und das heißt?« Nick sammelte die Karten vom Tisch. »Ich gebe, wenn ich das richtig sehe?«

»Wie? O ja. Ich überlege nur folgendes. Wäre es nicht einfacher, Miss Weyman der Gendarmerie zu übergeben?«

»Du hast gehört, was Gray gesagt hat. Beamte und Gendarmen sind auf die Buchstaben des Gesetzes eingeschworen und folgen einer vorgegebenen Prozedur. Und das beansprucht viel Zeit. Hinzu kommt, daß Gray nichts unternehmen will, was dem Verräter im Auswärtigen Amt nützlich sein könnte. Deshalb muß alles ganz heimlich geschehen.« Nicks Augen funkelten in Erwartung der nächsten Frage.

Hart betrachtete sein Blatt und ordnete die Karten. Nach einer Weile sagte er: »Und Gray ist der Entlarvung des Verräters keinen Schritt näher gekommen?«

»Du hast gehört, was er gesagt hat. Er hat ihm Dutzende von Fallen gestellt – ohne jeden Erfolg. Keine Spur. Kein Hinweis.«
»Was hältst du davon?«
»Daß dieser Agent entweder äußerst vorsichtig ist oder aufgegeben hat. Vielleicht wartet er auch auf den ganz großen Coup, auf etwas, das mit Miss Weyman oder dem Jungen zu tun hat.«
»Kann nicht Miss Weyman selbst die Verräterin sein?«
»Aber nein«, sagte Nick. »Das ist ausgeschlossen.«
Obwohl Hart froh war, das zu hören, fragte er behutsam: »Warum ist das ausgeschlossen?«
»Weil Miss Weyman keinen Zugang zu den Informationen hatte, die den Franzosen übermittelt wurden. Sie hätte nur dann etwas wissen können, wenn Gil es ihr verraten hätte, und das ist schwerlich anzunehmen.«
Hart senkte stirnrunzelnd den Blick auf seine Karten. »Für mich ergibt das alles keinen Sinn. Niemand hatte sie in Verdacht. Warum sollte sie nach ihrer Ankunft plötzlich mit dem Jungen durchbrennen?«
Nick seufzte. »Hart, du wirst es einfach hinnehmen müssen, daß gewisse Fragen sich erst beantworten lassen, wenn Gray Miss Weyman verhört hat.«
Die nächsten paar Minuten widmeten sie sich schweigend ihrem Kartenspiel. Nick war keinesfalls überrascht, als er gewann. Harts Gesichtsausdruck verriet ihm nämlich, daß dieser mit den Gedanken weit weg war.
Als Nick sich anschickte, neu zu mischen, sagte Hart: »Ich glaube nicht, daß sie Gil umgebracht hat.«
»Ach? Warum nicht?«
»Weil«, erklärte Hart, »Miss Hare sie in den höchsten Tönen empfohlen und Gil sie als Quentins Vormund eingesetzt hat.

Das alles hört sich nicht so an, als könnte sie eines Mordes fähig sein.«

»Nein, aber vielleicht weiß sie, wer der Mörder war. Und daß sie Quentin entführt hat, läßt sich nicht leugnen. In irgendeiner Weise ist sie schuldig, Hart, warum wäre sie sonst mit dem Jungen geflohen?«

Darauf wußte Hart keine Antwort. Er starrte mürrisch auf seine Karten. Als plötzlich eine Tür schlug, hoben beide Herren den Blick. Sie hörten, wie Gray in den Flur trat, und im nächsten Moment öffnete sich die Tür und er trat ein. Beinahe ohne die zwei eines Blickes zu würdigen, ging er zum Tisch mit den Karaffen und Gläsern. Nachdem er sich einen Schluck Brandy eingeschenkt und ausgetrunken hatte, wandte er sich den anderen beiden zu.

»Ihr brecht sofort nach Wells auf«, sagte er. »Es freut euch sicher zu hören, daß alles genau nach Plan gelaufen ist. Miss Hare vertraut mir. Das Mädchen vertraut mir. Wir sind also auf dem besten Weg zum Erfolg.«

Nick hatte die Brauen hochgezogen. »Gray, was zum Teufel ist passiert? Du führst dich auf, als wäre Miss Weyman entwischt.«

Grays Lächeln war eisig. Hart spürte die Kälte in seinem Nacken. Er hob die Hand und strich sich gedankenverloren übers Haar.

»Passiert ist nur«, sagte Gray mit ebenso eisiger Stimme, »daß ich mir ganz sicher bin, Miss Weyman in wenigen Tagen weichkochen zu können, wenn nicht sogar innerhalb von Stunden.«

Auf seine Worte folgte Schweigen. Nick und Hart tauschten einen flüchtigen Blick, dann sagte Nick vorsichtig: »Das ist ja großartig, Gray, und wenn es so ist, brauchen wir dieses, hm, Theater doch eigentlich gar nicht weiterzuspielen.«

Gray stürzte den Rest seines Brandys hinab und stellte das Glas heftig ab. »Benutz deinen Verstand, Nick. Miss Weyman hat unter Beweis gestellt, daß sie eine kluge, einfallsreiche Frau ist. Ich bin überzeugt, sie weichkochen zu können, aber nur, wenn ich sie unter Druck setze.«

Hart dachte an Daumenschrauben und siedendes Öl und schluckte krampfhaft. »Sag mal, Gray, alter Junge, du wirst doch nicht ...«

Grays Stimme war scharf wie ein Peitschenhieb. »Sei kein Narr, Hart. Ich werde ihr nichts tun, nicht in diesem Sinne.«

Wenn diese Worte ihn auch kaum beruhigten, verfiel Hart doch in Schweigen.

Gray blickte von einem zum anderen. »Dann sehe ich euch vor Ablauf der Woche in Wells. Und, Hart, vergiß nicht, was ich dir gesagt habe. Ich will nicht, daß du dich auf ein Gespräch mit dem Mädchen einläßt. Du mußt finster dreinschauen und so wenig wie möglich sprechen. Du bist zu gut für diese Welt, das ist dein Problem. Denk einfach an Jason«, empfahl er ihm mit einem Hinweis auf Harts achtjährigen Sohn. »Stell dir vor, wie du dich fühlen würdest, wenn man ihn entführt hätte.«

Hart machte ein wahrhaft finsteres Gesicht, und Gray nickte. Er wandte sich Nick zu. »Nick?«

»Ich kenne meine Rolle. Ich soll ihr Freund und Beschützer sein.«

»Vergiß es bloß nicht.«

Seine Hand lag schon auf dem Türgriff, als Nick ihn zurückhielt. »Sag mal, Gray, willst du uns gar nichts über dein Gespräch mit Miss Weyman erzählen?«

»Was willst du wissen?«

»Nun, ... zunächst mal, wie ist sie so?«

»Verängstigt. Verletzlich. Arglos. Ist deine Frage damit beantwortet?«
»Schon möglich, aber ... glaubst du immer noch, daß sie Gil ermordet haben könnte?«
»Warum sollte ich nicht?«
»Nun ... glaubst du es?«
Mit einem gereizten Fluch drehte Gray sich um. »Ich wäre schön dumm, wenn ich mich von einem Paar großer, unschuldiger Augen und ihrem einnehmenden Wesen täuschen lassen würde. Und ich bin nicht dumm.«
»Ich verstehe«, sagte Nick verwundert.
»Schön. Wenn ihr mich jetzt bitte entschuldigen wollt?« Die Tür schloß sich hinter Gray.
Hart räusperte sich. »In einer solchen Stimmung habe ich ihn noch nie erlebt.« Er sprach leise, als vermutete er Lauscher hinter der Tür.
»Ich auch nicht«, pflichtete Nick ihm bei.
»Was mag wohl in ihn gefahren sein?«
»Wenn ich es nicht besser wüßte ...« begann Nick, vollendete den Satz jedoch nicht.
»Was dann?«
»Es kann nicht sein.« Nick starrte immer noch auf die geschlossene Tür und hatte die Stirn in nachdenkliche Falten gelegt. »Nein, ich muß mich irren.« Im nächsten Moment erstickte er ein Lachen hinter der vorgehaltenen Hand.
»Dürfte ich mitlachen?« fragte Hart offenkundig verärgert.
Ein freches Funkeln trat in Nicks Augen. »Armer Gray!« In plötzlicher Verwunderung sah er seinen Schwager an. »Weißt du, Hart, daß ich das noch nie ausgesprochen habe?«
»Was?«
»Armer Gray.«
Hart wünschte sich in den Schoß seiner Familie in Kent. Zwar

war seine Frau eine geborene Grayson, aber sie redete wenigstens verständlich. Er warf seine Karten auf den Tisch und stand auf. »Tun wir am besten, was Gray sagt.«

Nick erhob sich ebenfalls. »Das beste für uns wird sein«, sagte er und legte dem älteren Mann freundschaftlich den Arm um die Schultern, »wenn wir Gray in der nächsten Zeit mit Samthandschuhen anfassen, bis diese Sache erledigt ist.« Er lachte immer noch, als er das Haus verließ.

Viertes Kapitel

Die Reise zu Mr. Grays Villa war von denkbar schlechtem Wetter begleitet. Es nieselte unaufhörlich, und vom Bristol-Kanal war ein feiner Nebel hereingeweht. Das hatte zur Folge, daß der Kutscher die Pferde im Schneckentempo laufen ließ. Diese Unannehmlichkeiten wurden Deborahs Meinung nach in gewissem Maße gemildert, als Mr. Gray kurz hinter Radstock beschloß, in der Kutsche weiterzureisen statt auf dem Pferderücken.

»Scheußliches Wetter«, sagte Gray, setzte sich ihr gegenüber und wischte sich energisch den Regen vom Kragen seines Mantels. Mit einem Lächeln fuhr er entschuldigend fort: »Verzeiht mein Eindringen, Madam, aber mein Pferd hat genauso wenig Lust zu ertrinken wie ich. Das ist das Problem mit diesen Vollblütern – sie sind viel zu empfindlich. Jupiter scheut unweigerlich, sobald er in eine Pfütze tritt. Himmel, man könnte meinen, ich hätte von ihm verlangt, den Ärmelkanal zu durchschwimmen.«

Gray lehnte sich in die Ecke der Kutsche, einen Arm lässig auf der Banklehne ausgestreckt. Er bemühte sich, das entschuldigende Lächeln aufrechtzuerhalten. Seine Gedanken waren nicht annähernd so freundlich wie seine Miene.

In der intimen Atmosphäre der Kutsche mit Miss Weyman zusammengepfercht zu sein, war das letzte, was er sich wünschte. Das Wetter machte ihm nichts aus, Jupiter auch nicht. Er wollte nur verhindern, daß er in seiner Einstellung zu dem Mädchen nachgiebiger wurde. Solange er auf Abstand blieb, fühlte er sich einigermaßen sicher vor all ihren ihr unbewußten Reizen.

Umstände außerhalb seiner Kontrolle hatten ihm einen Strich durch die Rechnung gemacht. Glücklicherweise wußte Miss Weyman nicht, daß er auf ihrem Weg durch Radstock, am Weißen Hirschen vorbei, von Lady Pamela Becket erkannt und begrüßt worden war, einer von Helenas besten Freundinnen. Bis dahin hatte er nicht daran gedacht, daß der Landsitz der Beckets an der Straße nach Wells gelegen war. Es war durchaus möglich, daß ihr Gatte, der Marquis, mit einer Schar von Gästen zur Jagdsaison dort weilte. Deshalb hielt er es für angebracht, den Rest des Weges unerkannt in der Kutsche zuzubringen.

Deborah beeilte sich, ihn zu beruhigen. »Ach, Mr. Grayson, daß es regnet, ist doch nicht Eure Schuld. Ihr habt ja nicht voraussehen können ...« Sie brach ab, als ihr in den Sinn kam, daß das Wetter seit zwei Tagen unverändert war. Also hatte er wissen müssen, daß es Unsinn war, ein Pferd zu reiten, das vor jeder Pfütze scheute.

Gray las ihre Gedanken ganz richtig und sagte: »Aber ich wußte es ja. Farley, mein ältester Dienstbote, war es, der behauptete, daß Wetter würde beinahe noch vor unserer Abreise aus Bath umschlagen. Seine Gicht ist eine Art Barometer, und bisher hat es nie versagt. Und ... nun, ich wußte, daß ich nicht mit Euch in der Kutsche reisen dürfte. Versteht Ihr?«

Sie mochte ihn. Sie mochte ihn aufrichtig, ganz besonders sein chevalereskes Verhalten ihr gegenüber. Er hatte für heiße Steine für ihre Füße und für eine Reisedecke gesorgt.

Außerdem amüsierte und freute sie sein offenkundiges Widerstreben, mit ihr zusammen in der Kutsche zu sitzen, als könnte diese kleine Ungehörigkeit ihren Namen beschmutzen. Mr. Gray hatte die glückliche Begabung, einer Frau das Gefühl von Schutz und Sicherheit zu vermitteln. Seine Schwester konnte sich glücklich schätzen.

Deborah neigte sich zu ihm vor und sagte: »Niemand kann Euch zum Vorwurf machen, daß Ihr Schutz vor dem Regen gesucht habt. Ich rate Euch, macht Euch keine weiteren Gedanken darüber.«

Sein Blick war intensiv und undeutbar, und Deborah lehnte sich zurück, um den Abstand zwischen sich und ihm zu vergrößern. Der Blick hielt an, und ihr Herz setzte einen Schlag aus, doch als er lächelte, beruhigte sie sich wieder.

Gray hatte wohl bemerkt, daß sie auf Abstand bedacht war, und ihn überkam die Versuchung, über sie herzufallen. Die Frau in ihrer grenzenlosen Unerfahrenheit weckte seine primitivsten Instinkte. Er wußte nicht, wie lange er seine Eunuchenrolle noch spielen konnte. Warum sie es ihm abforderte, wußte er nicht; es war eines der Rätsel um Deborah Weyman, die er zu lösen gedachte. Aber alles zu seiner Zeit.

»Hätte ich gründlich genug geplant«, sagte er, »hätte ich eines von Miss Hares Mädchen zu unserer Begleitung engagieren müssen, als Anstandsdame sozusagen.«

Sehr lehrerinnenhaft schnalzte sie mit der Zunge. »Ihr könnt mir glauben, Mr. Gray, daß ich aus dem Alter heraus bin, in dem man eine Anstandsdame benötigt. Ich bin kein unerfahrenes Mädchen.«

Viel zu bereitwillig verschenkte sie ihr Vertrauen. Das war ihr fataler Schwachpunkt, den er skrupellos gegen sie genutzt hatte. Er hätte sich freuen sollen, daß alles so ausgezeichnet nach Plan lief, doch statt dessen fühlte er zwar keine Gewis-

sensbisse, aber doch eine gewisse Abscheu. Und Bedauern. Ungeduldig mit sich selbst drängte er diese Gedanken beiseite. Hier ging es um Quentin und nur um Quentin.
Er sah, daß irgendeine Reaktion von ihm erwartet wurde, und sagte: »Ich bin so frei, das zu bezweifeln.« Damit wandte er sich ab und blickte aus dem Fenster.
Deborah nahm seine Antwort hin als das, was sie war: eine gedankenlose Floskel. Ihre Laune trübte sich. Es war so deprimierend. In seinen Augen war sie sicher schon auf dem besten Weg zum Altenteil. Dabei hatte sie noch nie einen Mann kennengelernt, der ihr nur halb so gut gefiel wie er.
Wieder einmal verspürte sie den Wunsch, sich ihm anzuvertrauen. Er hatte so ein freundliches Gesicht, so ein unbefangenes Lächeln, und seine Sorge für ihr Wohlergehen ging weit über das Übliche hinaus. Sie wagte es nicht, etwas zu sagen. Sie war Mrs. Deborah Mornay, und um Quentins willen mußte sie Mrs. Mornay bleiben, bis sie den Jungen in Sicherheit gebracht hatte.
Als sie plötzlich unter ihren Gedanken schauderte, streckte Mr. Gray die Hand aus, zog sie jedoch sofort wieder zurück. »Was gibt es?« fragte er sanft.
Sie hob die Schultern und versuchte zu lachen. »Die Nerven, fürchte ich. So geht es mir immer, wenn ich eine neue Stelle antrete.«
Er blickte ihr forschend in die Augen und lächelte dann. »Ich habe Euch bei der Ausübung Eurer Tätigkeit erlebt, Mrs. Mornay, und bin überzeugt, Ihr könnt Euch behaupten.«
Merkwürdig, so etwas zu sagen, und doch beschwichtigte es ihre Unruhe. »Danke«, sagte sie und schwieg dann.

Als sie in die kleine mittelalterliche Stadt Wells einfuhren, blickte Deborah flüchtig aus dem Fenster. »Der Nebel lichtet sich«, sagte sie, »und es hat aufgehört zu regnen.«
»Die meisten Menschen«, bemerkte Gray wie beiläufig, »zeigen ein bißchen mehr Interesse, wenn sie Wells zum ersten Mal sehen.«
»Für mich ist es ja nicht das erste Mal. Ich war schon mit einigen Mädchen aus dem Institut hier. Wir sind sogar schon bis Glastonbury gekommen. Diese Gegend ist so geschichts- und sagenträchtig, daß Miss Hare derartige Ausflüge als überaus wichtig für die Allgemeinbildung der Mädchen hält.«
Hochinteressant, dachte Gray. Obwohl die Worte Deborah leicht von den Lippen kamen, hatte sie doch die Hände ineinander verkrampft. »Finden solche Ausflüge regelmäßig statt?« fragte er leichthin.
»O nein, überhaupt nicht, nur dann, wenn es uns in den Sinn kommt.« Das Thema behagte ihr nicht, und deshalb wies sie Gray auf die Fassade des Gasthauses *King's Arms* hin, als die Kutsche abrupt in den Hof abbog.
Wie so viele Häuser in dieser Gegend war das Gasthaus ein niedriger Fachwerkbau mit kleinen Fenstern und unebenem Dachfirst. Deborah war schon früher hier gewesen und wußte, daß das Haus auch im Inneren sein ursprüngliches Ambiente bewahrt hatte. Die Räume waren dunkel und feucht und erinnerten sie an die Kohlenkeller, in denen sie als Kind zu spielen pflegte. Zitternd, auf eine ungemütliche halbe Stunde eingerichtet, ließ sie sich von Gray aus der Kutsche helfen.
Stallknechte eilten herbei, um die Pferde auszuschirren, und Gray führte Deborah durch die Hintertür in das Gasthaus. Der Lärm aus dem Schankraum verriet, daß es sich um eine beliebte Schenke handelte. Deborah hielt sich eng an Gray,

während dieser den Wirt suchte, der sie bald eine enge, steile Treppe hinauf in ein Séparée führte. Nachdem Gray sich ausreichend um Deborahs Wohl bemüht hatte, zog er sich zurück, um die Stalljungen in der Behandlung Jupiters zu unterweisen, wonach er den Wirt bitten wollte, ihnen ein Glas Wein zu servieren.
»Ach, und um Eures Seelenfriedens willen rate ich Euch, während meiner Abwesenheit den Riegel vor die Tür zu legen«, sagte er noch.
Das war bald erledigt, und nachdem Deborah ihren Mantel abgeworfen hatte, stellte sie sich dicht ans Kaminfeuer und hob ihre Röcke, um ihre kältestarren Glieder zu wärmen. Mr. Gray, so überlegte sie, war ein überaus rücksichtsvoller Arbeitgeber. Nicht viele ihrer Bekannten hätten sich solche Mühe wegen einer kleinen Gouvernante gegeben. Irgendwie mußte sie ihm dafür danken, allerdings ohne ihn in Verlegenheit zu bringen. Er war wirklich ein Schatz.
Da sie sich unbeobachtet wußte, setzte sie ihre Brille ab und tanzte zögernd um die Möbel herum. Sehr gern hätte sie auch die Haube abgelegt und ihre Locken ausgeschüttelt, doch sie konnte ihr Haar nicht so ohne weiteres wieder hochstecken. Sie hielt inne und stellte sich vor, wie Mr. Gray reagieren würde, wenn er sie sah, wie sie wirklich war. Würde er sie hübsch finden? Würde er völlig verdutzt sein? Würde er sie ... küssen wollen? Sich erinnernd hob sie die Finger an die Lippen. Doch er hatte sie nicht küssen wollen. Es war nur ein Spiel gewesen, mehr nicht.
Energisch schob sie solche Überlegungen von sich und trat an das kleine Fenster. Von dort aus waren nur der Hof und die Ställe des Gasthauses zu sehen und in der Ferne die Mendip-Hügel. Aber Quentin war hier. Hier! Und Mr. Grays Villa befand sich nur einen Katzensprung von Wells entfernt. Bald,

sehr bald schon würde sie in der Lage sein, den Jungen regelmäßig zu besuchen. Niemand würde sich etwas dabei denken, wenn Miss Grays Gesellschafterin ihre Freizeit gern in Wells verbringen wollte.
Sie blickte hinaus auf die Mendip Hills und dachte an Quentin, als sie das Klopfen an der Tür vernahm. Automatisch griff sie nach ihrer Brille und schob sie sich auf die Nase, bevor sie, wie sie vermutete, dem Wirt mit dem bestellten Wein die Tür öffnete.
Die Dame, die dann jedoch auf der Schwelle stand, war ein Ausbund an Eleganz. Ihr hochtaillierter Reisemantel war von feinstem Samt und mit schwarzem Zopfmuster gesäumt. Den dazu passenden Hut schmückten lange Federn. Ihre Wangen waren gerötet, und ihre braunen Augen blitzten freundlich. Deborah konnte sie sich ohne weiteres vorstellen, wenn sie mit den Hunden jagte oder den Vorsitz in irgendeiner Versammlung führte. Das Wort Picknick schoß ihr durch den Kopf und verursachte ein gewisses Unbehagen.
»Miss Weyman«, sagte Lady Pamela Becket, »Ihr seid es also. Ich sah Euch am Fenster, als ich aus meiner Kutsche stieg. Darf ich für einen Augenblick eintreten?«
Deborah fuhr zurück, als hätte man ihr einen Schlag versetzt. Diese gepflegte Stimme hatte sie zum letzten Mal auf dem Rasen von Lord Barringtons Haus in Paris gehört, als Quentins Freunde zum Picknick geladen waren.
Lady Becket trat ein und legte bekümmert die Stirn in Falten. »Was habt Ihr, meine Liebe? Ihr seht aus, als wäre Euch ein Gespenst begegnet.«
Deborahs Gedanken verirrten sich in verschiedenste Richtungen. Einer davon trug allerdings das Hauptgewicht. Sie mußte Lady Becket loswerden, bevor Mr. Gray zurückkam.
Indem sie ihre geballte Willenskraft zusammennahm, knick-

ste sie und sagte in einem Tonfall, der nichts von ihrer Erregung verriet: »Lady Becket, welche Freude. Unglücklicherweise bin ich nicht in der Position, Gäste zu empfangen. Versteht Ihr, mein Dienstherr ...«

Lady Becket lachte und brachte sie mit einer Handbewegung zum Schweigen. »Ach, Ihr braucht nicht zu befürchten, daß Euer Arbeitgeber etwas gegen meine Anwesenheit einzuwenden hätte. Lord Kendal und ich sind gute Bekannte, dank Helena, versteht Ihr?« Sie stieß einen leisen gereizten Ton aus. »Was rede ich da? Ihr versteht natürlich nicht. Vergebt mir mein loses Mundwerk, Miss Weyman.«

Nachdem Lord Kendals Name gefallen war, nahm Deborah Lady Beckets Geplauder nur noch sehr verschwommen wahr. Die Zunge schien ihr am Gaumen zu kleben, ihre Füße waren schwer wie Blei. In ihrem Kopf taumelten die Gedanken wirr durcheinander.

»Lord Kendal?« fragte sie matt.

Während Deborah sprach, ging Lady Becket zum Kamin und wandte ihren Rücken dem wärmenden Feuer zu. »Ich habe sein Pferd erkannt, wißt Ihr? Jupiter, so heißt es doch wohl? Hätte ich gewußt, daß er in unsere Gegend kommt – ich meine jetzt Lord Kendal –, wäre ich sicher gegangen, ihn zu unserer kleinen Hausparty einzuladen. Deswegen bin ich hier. Wer nicht wagt, gewinnt nicht, sozusagen, und Lord Kendals Anwesenheit wäre ein großer Coup für mich, wenn ich ihn nur überreden kann.«

Ihre Ladyschaft beäugte ihre zur Salzsäule erstarrte Gesprächspartnerin mit unverhohlener Neugier, kam zu der Überzeugung, daß sie Miss Weyman mit ihrer zusammenhanglosen Erklärung verwirrt hatte, und begann von vorn. »Als ich vorm Weißen Hirschen aus meiner Kutsche stieg, ritt Gray, das heißt, Lord Kendal, an mir vorbei. Da gab ich meinem Kutscher den Befehl, Eurem Wagen zu folgen. Ich weiß, daß Gray sich irgendwo hier aufhält, denn Jupiter steht im Stall. Der Wirt allerdings weiß nichts von Lord Kendal, doch als ich ihm seine Beschreibung gab, schickte er mich hierher. Miss Weyman, so sagt doch, fehlt Euch etwas? Bitte, setzt Euch doch, ich hole Euch ein Glas Wein.«

»Was für eine Beschreibung?« wollte Deborah wissen. Innerlich war sie wie zerrissen und sagte sich, daß es nicht wahr sein konnte. Lord Kendal war groß und von finsterer Attraktivität. Woher sie das wußte, hätte sie allerdings nicht sagen können. Jedenfalls hatte er nicht die geringste Ähnlichkeit mit Mr. Gray.

Lady Becket seufzte. »O weh, ich rede schrecklich wirres Zeug, nicht wahr? Aber Ihr wißt schon: groß, blond und mit dem Gesicht eines Engels. Lord Kendal, meine ich. Soll ich Euch nicht doch lieber ein Glas Wein bestellen?«

Deborah griff bereits nach ihrem Mantel. Obwohl ihr schwindlig war von der schockierenden Erkenntnis, zwang sie sich zu einem ganz natürlichen Verhalten. »Ich bin ein wenig erschöpft von der Reise«, sagte sie. »Es hat wirklich weiter nichts zu bedeuten. Nehmt doch bitte Platz, Lady Becket. Ich werde Lord Kendal suchen.«

Lady Beckets Blick heftete sich auf den Mantel, den Deborah an ihre Brust gepreßt hielt. »Ach, dann ist er also nicht hier in der Nähe?«

»Ich vermute, er hält sich in den Stallungen auf«, antwortete Deborah und huschte unversehens aus dem Zimmer.

Am Kopf der Treppe hüllte sie sich in ihren Mantel. In ihrem Kopf fügten sich viele rätselhafte Kleinigkeiten zu einem deutlichen Bild zusammen. Es waren jedoch keinesfalls Kleinigkeiten, sondern Hinweise darauf, daß nicht alles so war, wie es schien. Sie hätte weinen mögen über ihre Leichtgläubigkeit.

Sie schickte sich gerade an, die Treppe hinunterzusteigen, als sie heraufkommende Schritte vernahm und den Namen Gray sagen hörte. Flink machte sie auf dem Absatz kehrt und lief in entgegengesetzter Richtung davon, in der Hoffnung, die Hintertreppe zu finden. Sie hatte Glück. Ohne nach links oder rechts zu blicken, stürmte sie die Holztreppe hinunter bis nach draußen. Dort hielt sie inne und versuchte, sich zu orientieren.

Inzwischen war Gray die Treppe hinaufgestiegen und schritt auf das Zimmer zu, in dem er Deborah zurückgelassen hatte. Nach einer Lagebesprechung mit Nick und Hart im Schankraum hatte er sich entschieden, keine Rast einzulegen, sondern Miss Weyman sofort wegzuschaffen. Er hatte sich nicht geirrt, was die Beckets betraf. Sie veranstalteten eine Hausparty, und wenn die Gäste sich langweilten, fielen sie ab und zu in Wells ein. Das Risiko, einem von ihnen über den Weg zu laufen, wollte er nicht eingehen.

Er klopfte an die Tür und erwartete, daß Deborah ihm öffnete. Doch als er dann Pamela Becket gegenüberstand, wußte er sich durchschaut.

»Gray! Nun, das ging aber wirklich schnell.«

»Wo ist sie?« Seine Stimme klang gebieterisch und keineswegs freundlich.

Lady Becket sah verunsichert zu ihm auf. Eine solche Begrüßung hatte sie nicht erwartet. »O weh, wußte ich doch, daß Miss Weyman irgendwie verstört war. Habe ich etwas Falsches gesagt? Ihr müßt wissen ...«

»Verdammt noch mal, Weib, sagt mir endlich, wohin sie gegangen ist.«

»Sie wollte Euch suchen, um ...«

Mit einem derben Fluch fuhr Gray herum und hastete davon. Im Schankraum fand er Nick und Hart, die gerade die Rechnung mit dem Wirt beglichen. »Hart«, sagte er, »bezahl für mich und komm nach draußen. Nick, hol die Pferde und folge uns. Der Vogel ist ausgeflogen.«

Nick und Hart tauschten einen aufgestörten Blick und folgten dann unverzüglich Grays Anweisungen.

Deborah hastete inzwischen die High Street in Richtung Markt entlang. Wenn sie auch schwer versucht war, Unterschlupf bei Quentins Gastgebern zu finden, riet ihr Instinkt ihr doch anders. Koste es, was es wolle, sie mußte Quentin beschützen. Sie mußte Lord Kendal von dem Jungen ablenken. Wenn sie ihm nun entkommen konnte, würde sie später entscheiden, was das beste Vorgehen für sie war.

Zwei Umstände wirkten sich zu ihren Gunsten aus. Zum einen war Markttag, und trotz des unfreundlichen Wetters wimmelte es in der Stadt von Bauern und Händlern und deren Kunden. Zudem kannte sie Wells wie ihre Westentasche, hatte sich mit der Stadt vertraut gemacht für den Fall, daß sie und Quentin vielleicht einmal um ihr Leben laufen mußten.

»Haltet den Dieb!«

Auf Lord Kendals Ruf hin blickte Deborah über die Schulter zurück. Gerade stürmte er aus dem Gasthaus *King's Arms*. Passanten blieben stehen und gafften. Der Lärm der Straßenverkäufer, die ihre Waren anpriesen, wirkte sich zu Deborahs Vorteil aus. Niemand achtete auf den Mann, der sie verfolgte. Sie schürzte ihre Röcke, schlüpfte zwischen zwei Verkaufsständen hindurch und drängte sich vor bis an den Rand der Menschenmenge in Richtung Penniless Porch jenseits des Platzes, dem turmbewehrten Torhaus, das Zugang zur Kathedrale gewährte. Dort angekommen, rang sie keuchend nach Luft.

Es kostete sie gewaltige Selbstbeherrschung, reglos unter dem bogenförmigen Tor zu verweilen, wo seinerzeit die Armen um

Almosen gebettelt hatten. Jetzt waren ihre Gebete nicht weniger eindringlich als die jener armseligen Geschöpfe, und sie wurden erhört, als die Herumlungernden sich entfernten und sie allein ließen. Mit hastigen Bewegungen tastete sie nach der Hutnadel, die ihre Haube hielt. In ihrer Panik riß sie sich die Haube vom Kopf und bemerkte kaum den stechenden Schmerz, als die Hutnadel sich löste. Ebenso verfuhr sie mit ihrer Brille. Sie stopfte diese Utensilien in ihre Tasche und schüttelte ihr Haar aus. Eine Flut rotgoldenen, mit grauem Puder bestäubten Haares fiel weit über ihre Schultern herab. Nachdem sie den Puder so gut wie möglich mit den Fingern ausgekämmt hatte, überquerte sie rasch den kleinen Platz und trat in die Kathedrale. Kein Geräusch vom geschäftigen Treiben des Marktplatzes her drang durch die festen Mauern ihres Asyls. Nur einer der Priester führte eine Gruppe durch das Gotteshaus und erklärte die Einzigartigkeit der Architektur. Zwar sprach er mit gedämpfter Stimme, doch die festen Mauern warfen jedes Wort prüfend zurück.

Beinahe geräuschlos durchschritt Deborah die Kathedrale. Sie hatte die Besuchergruppe schon fast erreicht, als das Portal sich knarrend öffnete und feuchte Herbstluft einließ. Ohne innezuhalten schloß Deborah sich der Gruppe an und positionierte sich so, daß sie die westliche Mauer im Auge behielt. Ihr Puls raste. Dort stand Lord Kendal, die Hände in die Hüften gestützt, und schaute sich forschend in der Kirche um. Aber er suchte nach einer unscheinbaren Person mit Spitzenhaube und Brille. Aus dieser Entfernung würde er sie doch niemals erkennen können?

Deborahs Nerven beruhigten sich, als er zum nördlichen Flügel hinüberging, doch als sich ihm dort ein dunkelhaariger Herr anschloß, wurde ihr fast übel vor Angst. Jetzt waren sie zu zweit.

Deborah richtete ihr Augenmerk auf das ungewöhnliche Figurenspiel der alten Uhr, war sich jedoch trotzdem unangenehm der Tatsache bewußt, daß Lord Kendal und sein Gefährte die nördlichen und südlichen Gänge unter den gotischen Bögen der Kathedrale systematisch abkämmten. Das Klicken ihrer Sporen verriet ihr den Weg, den die beiden Männer nahmen. Wahre Gentlemen betraten keine Kirche mit Sporen bewehrt. Diese Herren betrachteten sich offenbar als über die üblichen Regeln erhaben.

Eine Glocke bimmelte.

»Ah, jetzt kommt er«, sagte eine Dame namens Mavis.

Kaum hatte sie die Worte ausgesprochen, als auch schon ein Miniatur-Ritter aus einer kleinen Pforte oberhalb des Zifferblatts der alten Uhr trat. Deborah hielt den Atem an. Plötzlich war Lord Kendal am Zugang zum Querschiff aufgetaucht und musterte mit seinen Adleraugen jedes einzelne Gesicht. Indem sie sich in den Knien ein wenig einsinken ließ, hoffte Deborah, in der Gruppe von Besichtigern wie ein Kind zu wirken.

Deborah ließ Lord Kendal nicht aus den Augen, der seinem Freund ein Zeichen gab, woraufhin dieser in einen der Seitengänge abbog und unsichtbar für sie wurde. Inzwischen schritt der dunkelhaarige Mann zur westlichen Mauer hinüber und bezog dort Posten an den Ausgängen. Zwei Dinge wurden Deborah jetzt klar. Die Männer waren offenbar sehr sicher, daß sie sich noch in der Kathedrale aufhielt, und zudem schien Lord Kendal sich sehr gut auszukennen.

Doch noch war nicht alles verloren. Ein Schritt in den Gang zur Kanzel und dann ein rasches Abschwenken nach links und schon hätte sie ihr Ziel erreicht. Unter dem Kapitelsaal befanden sich zahlreiche kleine Räume. Zudem war dieser Teil der Kathedrale nicht der Öffentlichkeit zugänglich und bot damit ein hervorragendes Versteck.

»Entschuldigt vielmals, Madam«, sage Gray und näherte sich bedrohlich.
Deborah tat so, als hätte sie ihn nicht gehört, und richtete den Blick fest auf die Tür vor ihr.
»Sir, da dürft Ihr nicht hinein«, meldete sich der Priester, der die Führung veranstaltet hatte.
»Kann ich doch, zum Teufel!« Das wiederum war Grays Stimme. »Deborah? Ich weiß, daß Ihr es seid.«
In diesem Moment ließen sie ihre Nerven im Stich; sie stürmte davon.
»Deborah!« brüllte Gray.
Jetzt hatte sie keine Chance mehr, ein Versteck zu finden, keine Zeit, sich einen Plan zurechtzulegen. Sie mußte handeln oder sterben. Als sie zur Treppe zum Kapitelsaal stürmte, kam gerade eine Gruppe von Geistlichen herunter. Sie drängte sich an ihnen vorbei, und dabei flatterten Papiere und Bücher zu Boden. Das behinderte sie zwar, Gray jedoch noch stärker. Immer mehr Geistliche kamen herunter und verstopften die Treppe und den engen Korridor. Gray fluchte, und die Geistlichen entschuldigten sich unterwürfig bei seiner Lordschaft. Ihr wurde beinahe übel.
Mit wild klopfendem Herzen stob sie weiter bis hinaus ins Freie. Kein Nebel verbarg sie jetzt vor ihren Verfolgern; es gab keine Läden oder Gasthäuser, in die sie schlüpfen konnte, um dann durch die Hintertür zu entwischen. Sie befand sich noch auf dem Grundstück der Kathedrale, inmitten mehrerer mittelalterlicher Häuschen mit Reetdach und kleinen eingezäunten Gärten. Weit und breit war keine Menschenseele zu erblicken. Die Priester hatten sich entweder zum Gebet versammelt oder sie befanden sich im Kapitelsaal. Zwar gab sie sich längst verloren, doch der Überlebenswille war stärker. Sie rannte durch die schmale Gasse, als ginge es um Leben oder Tod.

Sie hörte keinen Verfolger hinter sich. Als sie einen Blick nach hinten wagte, sah sie, daß Lord Kendal und sein dunkelhaariger Begleiter sich irgendwie zweier Pferde bemächtigt hatten. Sie zogen die Gurte straff und waren im Begriff aufzusitzen. Ihre Bewegungen verrieten keine Eile; sie waren wohl sehr sicher, sie einholen zu können. Die Angst verlieh ihr ungeahnte Kräfte. Ihre Füße flogen geradezu über das Kopfsteinpflaster, und sie stürmte in die Hauptstraße ein, als gelte es, eine Ziellinie zu überqueren.
Dann sah sie ihn. Er saß auf seinem mächtigen Rotschimmel und kam auf sie zu. Sie schüttelte den Kopf und wich zurück, nicht willens, ihren Augen zu trauen. Er verfolgte sie. Sie wußte es doch. Sie wandte den Kopf und konzentrierte sich auf die beiden Reiter, die sich ihr näherten. Lord Kendal war es wohl nicht, aber jemand, der ihm sehr ähnlich sah, vielleicht sein Zwilling. Jetzt waren sie zu dritt. Sie erkannte sein Gesicht, während der Hufschlag auf den Pflastersteinen bedrohlich wurde. Vorsichtig wich sie zurück, immer weiter in die Siedlung hinein. Er trieb sie seinen Gefährten in die Arme. Im nächsten Moment würden sie sie haben. Er hatte sie in die Zange genommen.
Sie sah ihn an, sah ihn ganz genau an und erkannte ihn kaum wieder. Von dem netten Mr. Gray war nichts mehr übrig. Seine Augen wirkten hart und kalt. Sein Gesicht sah aus wie aus Stein gemeißelt. Er saß zu Pferde wie ein Herrscher. Offenbar war er ein Mann, der wußte, was er wert war. Dennoch wußte er nicht, wo Quentin war, ansonsten wäre dieses Theater überhaupt nicht nötig gewesen.
Er neigte sich herab und bot ihr seine Hand. »Ihr habt Euer Rennen gehabt«, sagte er. »Macht es Euch selbst doch nicht so schwer. Kommt, Deborah, gebt mir die Hand. Wir reiten zusammen.«

Sie konnte genauso gut schauspielern wie er. Sie senkte den Blick und fing heftig an zu weinen.
»Deborah«, sagte er, und sie glaubte, etwas Weiches in seiner Stimme zu hören.
Sie kramte in ihrer Tasche, als suchte sie ein Taschentuch. »Bitte«, schluchzte sie, »bitte!«
Sie krallte die Finger um ihre Spitzenhaube mit der Hutnadel darin. Die Männer hinter ihrem Rücken kamen näher. Lord Kendal aber hielt die Zügel locker, er schien überzeugt zu sein, daß sie geschlagen war.
Urplötzlich trieb sie ihre Hutnadel dem Rotschimmel in die Flanke. Das Tier bäumte sich entsetzt auf, und Gray hatte große Mühe, sein Roß zu kontrollieren. Deborah wartete nicht darauf zu sehen, wer Sieger wurde. Sie wich den Hufen des Pferdes aus und rannte, so schnell sie konnte.
Auf der Hauptstraße angelangt, wandte sie sich nach rechts. Hier verkehrten vorrangig Fahrzeuge von Bauern zum Markt oder zurück. Ihr Gehirn funktionierte nicht mehr richtig. Nur ihr Instinkt trieb sie noch weiter, mitten auf die Straße. Und schon hörte sie das Donnern von Hufen hinter sich. Auf einen Schrei hin drehte sie sich um und blieb wie angewurzelt stehen. Ohne Vorwarnung wurde sie hochgerissen und fand sich in Grays Sattel wieder.
Der darauf folgende Aufruhr brachte Deborah wieder zu Verstand, und sie wehrte sich nach Leibeskräften.
»Ich fürchte, die Dame ist besinnungslos«, sagte Gray.
Als sie seine Finger an einer empfindlichen Stelle an ihrem Hals spürte, wollte sie schreien. Doch kein Ton kaum aus ihrer Kehle. Sie hatte das Gefühl, als würden ihre Lungen bersten, und dann verschwamm alles vor ihren Augen und sie fiel in ein tiefes dunkles Loch.

Fünftes Kapitel

Deborah erwachte wie aus einer tiefen Betäubung. Erst allmählich klärte sich ihr Kopf. Sie wurde sich der monotonen Bewegungen des Pferdes bewußt, des weichen Dämmerlichts, des Regens, und der Tatsache, daß ihr Kopf an der Schulter eines Mannes ruhte, der sie mit starkem Arm umfangen hielt. Ihre Lider zuckten und hoben sich widerstrebend. Mr. Gray, dachte sie und schmiegte sich enger an ihn. Doch plötzlich waren ihre Gedanken völlig klar, und sie wehrte sich wie eine Besessene. Erst da erkannte sie, daß ihr die Hände auf den Rücken gefesselt waren.

Sie vernahm einen heftigen Fluch und fühlte sich noch fester umklammert. Dennoch wehrte sich Deborah nach Leibeskräften. Sie konnte nur das eine denken: daß sie einem Mörder in die Hände gefallen war. Sie mußte fort von ihm. Keuchend, schluchzend vor Angst trat sie mit den Füßen um sich.

Ihre wilden Tritte verfehlten ihr Ziel und trafen statt dessen den Hals des Pferdes. Jupiter tänzelte und wieherte, brach dann seitwärts aus, doch Grays feste Hand am Zügel verhinderte sein Durchgehen. Deborah wurde der Atem knapp unter dem Druck seiner Arme, und ihre Angst verzehnfachte sich. Sie schlug um sich, warf den Kopf hin und her und versetzte Gray einen schmerzhaften Hieb ans Kinn. Der Druck seiner

Umklammerung ließ nach, das Pferd stieg, und sie selbst stürzte zu Boden.
Sie war geübt im Fallen. Indem sie sich so drehte, daß eine Schulter und ein Oberschenkel den Aufprall trugen, nutzte sie den Schwung ihres Falls, um sich vor den Hufen des Pferds in Sicherheit zu bringen. Atemlos, zusammengerollt lag sie da und keuchte. Als sie das Klirren von Sporen hörte, kam sie auf die Knie und wandte sich ihrem Entführer zu. Mit wogendem Busen und sprühendem Blick stand sie unsicher auf.
In ihrer Angst hatte sie vergessen, daß sie es mit drei Männern zu tun hatte. Der Dunkelhaarige hielt die Pferde an den Zügeln, während die anderen beiden sich ihr zu Fuß näherten.
»Dein Mädchen«, sagte der jüngere Mann lachend, »ist eine hübsche Handvoll, Gray. Irgendwie hatte ich sie für stiller gehalten. Warum wehrt sie sich immer noch, obwohl sie weiß, daß sie keine Chance hat?«
Gray lächelte nicht. »Ich weiß nicht, es sei denn, sie ist sich einer übergroßen Schuld bewußt.«
Deborah sah sich um und suchte nach einem Fluchtweg. Am Horizont erkannte sie die Silhouette einer Hügelkette. Zu beiden Seiten von ihr wuchsen Hecken, hinter denen Wiesen mit säuberlich geschichteten Heuhaufen im Regen lagen. Der Weg bestand aus weiter nichts als ausgefahrenen Räderspuren zwischen den dichten Büschen hindurch. Und bald würde die Dunkelheit undurchdringlich sein.
Ihr Blick fuhr zurück zu den beiden Männern. Als der jüngere nach ihr greifen wollte, wirbelte sie herum und lief davon. Gray hatte sie eingeholt, bevor sie die Hecke erreichen konnte. Sie schlug der Länge nach hin, und als sie aufstehen wollte, spürte sie Grays Knie im Rücken und seine Hand in ihrem Haar, die ihren Kopf in den Nacken zog. Die andere Hand hatte er drohend erhoben, als wollte er sie schlagen.

In Erwartung des Hiebes spannten sich ihre Nerven an. Ihre Augen weiteten sich, die Lippen öffneten sich halb. Als Sekunden verstrichen waren, bewegte sie sich unwillkürlich, um dem Druck in ihrem Rücken auszuweichen. Die Hand in ihrem Haar griff fester zu und entriß ihr einen Schmerzensschrei.

»Ja«, sagte er und ließ den Blick aus schmalen Augen über ihr Gesicht wandern, »Ihr tut gut daran, mich zu fürchten.«

Die Warnung war überflüssig. Nie im Leben hatte sie einen Mann mehr gefürchtet oder verabscheut. Nachdem sie nun sein wahres Gesicht gesehen hatte, fand sie alles an ihm abstoßend. Er war das Gegenteil von dem Mann, der zu sein er vorgegeben hatte. Er war gnadenlos, brutal, mörderisch. Sobald sie ihm nicht mehr nützlich sein konnte, würde er sie zweifellos töten. Sie konnte nur darauf hoffen, die schwere Stunde so lange wie möglich hinauszuzögern und bereit zu allem zu sein, wenn sich die Gelegenheit ergab.

Mit einem kleinen, schicksalsergebenen Ton wurde sie schlaff wie eine Kodderpuppe.

»So ist's schon besser«, sagte Gray und zog sie unsanft hoch. »Versuch so etwas noch einmal, und ich prügle dich windelweich.«

»Hör mal, Gray ...«

»Es reicht, Nick!«

Deborahs Miene verriet nichts, wenngleich sie sich der Spannung zwischen den beiden Männern bewußt war. Sie musterte Nick verstohlen. Womöglich konnte sie in ihm einen Verbündeten gewinnen. Das ließ sich jedoch jetzt noch nicht entscheiden. Er hob gleichgültig die Schultern und wandte sich ab. Der Dunkelhaarige dagegen wirkte genauso grimmig wie ihr Entführer. Von ihm war keine Hilfe zu erwarten.

Sie schrie auf, als sie in Richtung der Pferde gestoßen wurde.

Indem sie die Wimpern über ihre vor Haß sprühenden Augen senkte, taumelte sie vorwärts bis zu dem riesigen Rotschimmel. Gray saß auf, und Nick hob Deborah zu ihm in den Sattel. Wieder spürte sie die kräftigen Arme und Schenkel an ihrem Körper. Und sie spürte noch mehr. Da ihr die Hände auf dem Rücken zusammengebunden waren, war sie Gray auf bedeutend intimere Weise nahe, als ihr lieb gewesen wäre. Nach Luft schnappend ruckte sie nach vorn. Er lachte nur leise und zog sie wieder an sich. »Hör auf zu zappeln«, flüsterte er nur für sie hörbar, »sonst kann ich nicht dafür garantieren, daß ich mich benehme.«
Sie drehte sich halb zu ihm um. Er zog die Brauen hoch, schüttelte den Kopf, schnalzte mit der Zunge und gab seinem Pferd die Sporen.

Deborah kam es wie eine Ewigkeit vor, bis sie endlich auf einen verkommenen Bauernhof abbogen und die Pferde zügelten. Die Ereignisse des Tages hatten sie gezeichnet. Ihre Arme schmerzten, sie konnte sich vor Erschöpfung kaum auf den Beinen halten, und bei jedem Schritt schmerzten Schulter und Hüfte. Und sie wußte, daß sie schauderhaft aussah.
Ihr Entführer dagegen, der als erster absaß, wirkte so frisch und tatendurstig wie zu Beginn des Abenteuers. Er bewegte sich geschmeidig, und unter dem nassen Umhang war seine Kleidung ohne Zweifel makellos. Es ärgerte sie maßlos, daß die Konfrontation, die sie in die Knie gezwungen hatte, so wenig Eindruck bei ihm hinterließ.
Als er ihr aus dem Sattel half, war es allein ihrer Willenskraft zu verdanken, daß ihre Knie nicht den Dienst versagten. Innerlich voller Hohn hörte sie ihn mit seiner gepflegten Aussprache Befehle erteilen. Im Befehlen schien er sehr versiert zu sein.

Einiges erfuhr sie dabei immerhin. Der dunkelhaarige, finstere Mann hieß Hart. Während Nick die Pferde in einer Scheune unterbrachte, trat Hart in das Bauernhaus, um Licht zu machen. Währenddessen zerrte Deborahs Entführer an ihren Fesseln, bis die Stricke sich lösten.
Ihr Stolz befahl ihr, nicht zu verraten, wie ihre Handgelenke brannten. Von Gray war kein Mitleid zu erwarten. Sie kehrte ihm den Rücken zu, musterte das Anwesen und erschrak. Es war eine verlassene Ruine, als menschliche Behausung denkbar ungeeignet. Die Fenster im Erdgeschoß waren vernagelt. Das Reetdach war so schadhaft, daß an manchen Stellen die nackten Sparren zu sehen waren.
»Ist das hier Eure Villa, Lord Kendal?« Deborahs Stimme zitterte vor Empörung.
Indem er sie mit der Hand an ihrem Ellbogen vorwärts schob, antwortete er milde: »Für meine Zwecke reicht dieses Haus, Miss Weyman.«
Sie entriß ihm ihren Arm. »Ich heiße Mrs. Mornay, wie Ihr sehr gut wissen solltet.«
»Lady Becket ist da anderer Meinung.«
»Lady Becket kennt mich nicht.«
»Es ist sinnlos, Deborah. Einer meiner Kutscher hat Euch identifiziert.«
»Kutscher?« Sie sah ihn verblüfft an.
Er gab geduldig Antwort. »Der Kutscher, den ich Euch nach Dover entgegengeschickt hatte.«
»Ich sage es noch einmal: ich bin Deborah Mornay, Witwe. Miss Hare verbürgt sich für mich. Euch ist ein scheußlicher Fehler unterlaufen.« Ihre Augen funkelten voller Abneigung. In seinen dagegen blitzte es belustigt. »Tatsächlich, Deborah?« fragte er lässig und gedehnt. Er hatte seine Handschuhe abgestreift und fuhr mit einem Finger an einer längst getrock-

neten Tränenspur auf ihrer Wange entlang. Sie warf den Kopf in den Nacken. Das Blitzen in ihren Augen amüsierte ihn offenbar. »Vorsicht«, sagte er leise, »bringt mich nicht in Versuchung, Euch auf die Probe zu stellen.«

»Und was soll das heißen?«

Mit einem Finger strich er sich über den Nasenrücken. »Miss Weyman dürfte vermutlich noch Jungfrau sein, Mrs. Mornay aber nicht.«

Verständnislos sah sie einen Moment lang in sein lächelndes Gesicht und errötete dann bis unter die Haarwurzeln. Sein Gelächter folgte ihr, als sie sich schwankend abwandte und zum Haus lief.

Hart hatte immerhin schon ein paar Lampen angezündet und versuchte nun, allerdings ohne sichtbaren Erfolg, ein Feuer im Kamin zu entzünden. Als er Deborah sein grimmiges Gesicht zuwandte, verließ sie der Mut. Sie hielt sich selbst ohnehin nicht für übermäßig tapfer, hatte jedoch gelernt, ihre Ängste zu überwinden. Wut und Empörung waren ihre wirksamsten Waffen. Wer sich auf seine Wut konzentrierte, vergaß die Angst, und gegen den Mann, der sie entführt hatte, verspürte sie wahrhaft gigantische Wut.

»Setzen!« Der unhöfliche Befehl kam von Lord Kendal.

Nur einen Augenblick zögerte sie, entschied dann aber, daß es sich nicht lohnte zu streiten und nahm in dem ihr angewiesenen Sessel Platz. »Ich verlange eine Erklärung für Euer empörendes Verhalten«, sagte sie.

Gray setzte sich ebenfalls. Seinen Mantel hatte er abgelegt, und es freute Deborah keineswegs, seine tatsächlich makellose Kleidung bewundern zu können. Abgesehen von seinen Stiefeln war nun wirklich nichts an seiner Erscheinung auszusetzen. Hemd, dunkles Jackett, Wildlederhosen ... nichts wies auch nur ein Fleckchen auf. Deborahs Kleider dagegen waren kniehoch beschmutzt und rochen nach nassen Pferden. Wenn Gray doch wenigstens so stinken würde wie sie! Ohne seine Erlaubnis abzuwarten, legte sie ihren Umhang ab. Es war genauso, wie sie es befürchtet hatte. Ihr Kleid sah nicht besser aus als der Mantel, wirkte vielmehr so, als hätte sie darin geschlafen.

Innerlich kochte sie vor Wut, und das betrachtete sie als günstig. »Eure Verwandlung, Mr. Gray«, sagte sie spitz, »... oder muß ich sagen, Lord Kendal? – ist atemberaubend. Ihr habt den Tag als gewöhnlicher Bürger begonnen und seid jetzt ein hoher Adliger. Ich meine, Ihr schuldet mir eine Erklärung.«

Er antwortete ihr völlig lässig. »Ich könnte von Euch dasselbe verlangen. Ihr habt den Tag als ältliche Gouvernante begonnen, und nun schaut Euch doch an. Da ich im Augenblick die Oberhand habe, finde ich, es ist an Euch, eine Erklärung abzugeben.«

Sie fuhr sich mit der Zunge über die Lippen und überlegte angestrengt. »Eltern und Vormünder haben eine ausgeprägte Abneigung gegen jugendliche Gouvernanten. Ich habe versucht, mir ein älteres Aussehen zu geben. Mehr steckt nicht dahinter.«

An diesem Punkt trat Nick in den Raum. Er blickte in Deborahs Richtung und ging dann zum Kamin, um dem Dunkelhaarigen beim Entzünden des Feuers zu helfen. Es war nur ein flüchtiger Blick gewesen, doch sie spürte seine Besorgnis. Hoffentlich bildete sie es sich nicht nur ein.

Als sie wieder zu Lord Kendal hinübersah, beschlich sie das unheimliche Gefühl, daß er ihre Gedanken gelesen hatte. In der Hoffnung, ihn abzulenken, fuhr sie in ihren Erklärungen fort. »In diesem Punkt habt Ihr recht. Als Lady – Becket, nicht wahr? – zu mir kam, hielt sie mich für jemand anderen. Ihr

könnt Euch aber sicherlich vorstellen, wie ich mich fühlte, als sie mir zu verstehen gab, daß der Mann, den ich für Mr. Gray hielt, niemand anderer als der Earl of Kendal ist.«
»O ja, das kann ich mir sehr gut vorstellen«, sagte Gray trocken.
»Woher sollte ich wissen, was Ihr mit mir vorhabt? Gentlemen gehören oft so merkwürdigen Clubs und Gesellschaften an. Wußte ich denn, ob Ihr nicht ein Verführer oder ... oder noch Schlimmeres seid?«
»Merkwürdigen Gesellschaften?« fragte Gray.
»Der Höllenfeuer-Club zum Beispiel ... Ja, ich weiß, er existiert nicht mehr, aber soviel ich weiß, sind andere an seine Stelle getreten.«
Das war keine Lüge. Solche Clubs florierten, und anständige Frauen fürchteten sie. Man munkelte, daß die Lüstlinge, aus denen sich ihre Mitgliederschaft zusammensetzte, Jungfrauen entführten und sich an ihnen vergingen, um sie später in die Harems östlicher Potentaten zu verkaufen. Deborah hörte solche Schauergeschichten mit Skepsis, doch jetzt nutzte sie die Gelegenheit und gab vor, daran zu glauben.
»Und deswegen seid Ihr wie ein aufgescheuchtes Kaninchen weggelaufen? Ihr fürchtetet, ich, ein Weiberheld, könnte es auf die Tugend einer alternden Schulmamsell abgesehen haben?«
So, wie er es sagte, klang es wirklich ein wenig lächerlich, doch mangels einer besseren Geschichte mußte sie dabei bleiben.
»Ich wußte doch nicht, was Ihr mit mir vorhabt«, sagte sie steif, »aber ich fürchtete um mein Leben.«
»Soso. Warum habt Ihr dann nicht jemanden um Hilfe gebeten? Gelegenheiten gab es weiß Gott genug dazu. Lieber Himmel, einmal steckten wir sogar mitten in einer Traube frommer Priester. Warum habt Ihr Euch nicht an sie gewandt?«

Ihr Blick war verächtlich und gleichzeitig angstvoll. »Und hätten sie mein Wort über das Eure gestellt? Ich glaube nicht. Ich bin nur eine Frau. Ihr seid ein Edelmann. Nichts, was ich gesagt hätte, würde sie von meiner Unschuld überzeugt haben. Eure Geschichte dagegen hätten sie, ganz gleich, wie haarsträubend erlogen sie sein mochte, geehrt wie das Evangelium.«
»Das klingt mir so«, sagte Gray, »als ob Ihr aus Erfahrung sprecht. Wer seid Ihr, Deborah Weyman? Ich weiß, daß Ihr aus Miss Hares Institut zu Gil gekommen seid. Doch woher kamt Ihr davor?«
Sie schluckte ihre Angst herunter. »Wie ich schon sagte, lebte ich bis vor kurzem mit meinem Gatten in Irland. Und wer ist Gil?«
Grays blaue Augen schienen bis auf den Grund ihrer Seele zu schauen. Sie wollte sich abwenden, doch sein Blick hielt sie fest.
»Wie auch immer«, sagte er, »ich werde die Wahrheit von Euch erfahren.«
Sie verstand nicht gleich, daß sie fürs erste in Ruhe gelassen werden sollte. Gray gab Nick einen Wink, und als er sich dem Tisch näherte, wandte sie sich ihm eifrig zu.
»Mr. –«
»Ach, nennt mich doch Nick«, bot er lässig an. »Es wäre Unsinn, sich streng an die Etikette zu halten. Hier, ich habe Euch ein Glas Wein mitgebracht. Ihr seht aus, als könntet Ihr es gebrauchen. Der alte Hart wärmt gerade den Eintopf auf. Ich schätze, Ihr habt seit dem Frühstück nichts mehr zu Euch genommen.«
Seine freundlichen Worte, seine offenkundige Anteilnahme angesichts von Lord Kendals Grausamkeit waren beinahe ihr Untergang. Sie mußte mehrmals schlucken, bevor sie ihre

Stimme wiederfand. »Danke, Nick. Aber ich wüßte gern ... das heißt ... könntet Ihr mir zeigen, wo ich ... hm ... mir die Nase pudern kann?«

»Die Nase ...? Ach, die ... aber natürlich. Wie rücksichtslos von uns, nicht früher daran zu denken. Hier entlang bitte.« Er wies ihr mit einer Handbewegung den Weg.

»Hart, bring sie zum Abort«, sagte Gray.

Das grobe Wort wie auch der Tonfall bewirkten ein plötzliches Innehalten. Wieder einmal wurde sich Deborah der unterschwelligen Feindseligkeit zwischen den beiden Männern bewußt. Sie hätte schwören können, daß sie Brüder waren und daß ihre Streitigkeiten, die auf Nicks Seite hauptsächlich auf Ablehnung beruhten, schon in ihrer Kindheit ihren Anfang genommen hatten. Was auch immer ihre Basis sein mochte, war ihr gleichgültig; wichtig war nur, daß sie sich einigermaßen sicher fühlte, solange Nick in der Nähe war.

Der dunkelhaarige Mann, Hart, hatte nach einer Laterne gegriffen und hielt ihr nun die Tür offen. Wortlos führte er sie einen ausgetretenen Pfad am Haus entlang zu dem kleinen Häuschen. Die Laterne war im Grunde überflüssig, denn das Örtchen stank dermaßen, daß sie es auch in völliger Dunkelheit gefunden hätte.

Obwohl Deborah mit diesem Weg nichts bezweckte – sie mußte wirklich –, hatte sie doch gehofft, ein paar Minuten zu gewinnen, um sich über die Lage des Hauses in bezug zu Wells zu orientieren. Es konnte kaum mehr als eine Meile von der Stadt entfernt sein. Bei Sonnenuntergang hatten sie Wells verlassen und waren noch vor Einbruch der Dunkelheit an ihrem Ziel angekommen. Hätte Nick sie zur Toilette begleitet, hätte sie ihn befragen können. Den Mann namens Hart anzusprechen, brachte sie jedoch nicht über sich. Er hatte etwas an sich, daß sie erzittern ließ – wie er sie ansah, sie düster anfunkelte. Lord Kendal brachte sie vielleicht um, wenn er mit ihr fertig war, aber das wäre sauber und schnell. Dieser Mann jedoch würde sie erst quälen.

Der Weg zurück verlief ebenfalls schweigend. Auf der Schwelle zur Küche blieb Deborah stehen. Ihr Blick umfing den kleinen Raum; Nick war nirgends zu sehen. Auf eine Handbewegung ihres Entführers hin zog Hart sich zurück und schloß die Tür hinter sich.

Fest entschlossen, sich ganz natürlich zu geben, nahm sie ihren vorherigen Platz auf dem steiflehnigen Stuhl wieder ein und stärkte sich mit kleinen Schlucken von ihrem Wein. Als das Schweigen sich ausdehnte und sie seinen Blick nicht länger ertragen konnte, richtete sie ihre Aufmerksamkeit auf den Herd. Darin brannte ein hübsches Feuerchen, und der Duft aus dem rußgeschwärzten Topf, der darüber hing, erinnerte sie daran, daß sie seit dem Frühstück nichts gegessen hatte. Der Gedanke, daß Gray ihr zu essen geben würde, war ungeheuer tröstlich.

Minuten verstrichen. Schließlich besiegte Deborah ihre Angst und fragte beiläufig: »Wo sind die anderen?«

»Ich habe sie weggeschickt, um mit Euch allein zu sein.«

Ihre vorherige Angst war nur ein blasser Schatten dessen, was sie jetzt empfand. Ohne Nicks Anwesenheit fühlte sie sich ausgeliefert, und Grays Worte klangen überaus bedrohlich in ihren Ohren.

Als er sich erhob, sprang sie erschrocken auf. Mit spöttischem Kopfschütteln ging er zum Herd und kam sogleich mit einem Tablett, das er auf den Tisch stellte, zurück.

»Eßt!« befahl er und wies auf die Schüssel mit Eintopf, die er ihr vorgesetzt hatte.

Eßt! Setzt Euch! Sitzt auf! Tut dies! Tut das! Sie hatte den

Befehlston dieses Mannes von Herzen satt. Es paßte ihr außerdem ganz und gar nicht, daß sie ihm gegenüber ihre Angst verraten hatte. Zwar knurrte ihr Magen unüberhörbar, und trotzdem sagte sie gleichgültig, nur um Gray zu trotzen: »Danke, mir ist der Appetit vergangen.«

Er lächelte böse. »Aber nicht das Gehör, möchte ich hoffen. Versuchen wir's noch einmal: Setzt Euch und eßt!«

Hilflos ballte sie die Hände zu Fäusten, setzte sich dann voll unterdrückter Wut und griff nach einem Löffel. Messer und Gabeln gab es nicht.

Er grinste teuflisch. »Ich unterschätze Euch keineswegs, wie Ihr sicherlich bemerkt.«

Das sollte wohl ein Kompliment sein. Hätte sie ein Messer gehabt, wäre die Versuchung, es gegen ihn zu richten, weiß Gott groß gewesen. Er saß abwartend da und beobachtete sie mit belustigtem Blick. Nach dem ersten Löffelvoll bedurfte es keines Drängens mehr. Sie kam um vor Hunger, und der Eintopf war durchaus eßbar. Neben ihrer Schüssel lag ein Stück Brot, und auch das aß sie auf. Servietten gab es nicht, und als sie ihr Mahl beendet hatte, kramte sie in ihrer Tasche nach einem Taschentuch, um sich die Lippen abzutupfen. Erst danach wagte sie einen Blick in Richtung ihres Tischgefährten.

Er hatte seine Mahlzeit vor ihr beendet, lehnte sich lässig zurück und trank seinen Wein. Sie verabscheute seine überhebliche Miene. Sie griff nach ihrem Glas und nahm einen kleinen Schluck Wein.

»Wo ist Quentin?« fragte er.

Ihre Hand zuckte, und etwas Wein floß auf ihr Kleid. Sie tupfte die Nässe mit dem zusammengeknüllten Taschentuch ab und wiederholte unsicher: »Quentin?«

»Ja, Quentin. Versucht nicht, mich an der Nase herumzuführen, Deborah, oder alles wird noch viel schlimmer für Euch.«

»Ich kenne niemanden dieses Namens«, behauptete sie kleinlaut.

Er neigte sich vor, eine Hand auf den Tisch gestützt, und sah ihr tief in die Augen. Deborah verstand jetzt nicht mehr, wie sie sein Gesicht einmal hatte als freundlich bezeichnen können. Er war der Teufel in Menschengestalt.

»Was ist passiert, Deborah? Seid Ihr unversehens in etwas hineingeraten?«

Ihre Stimme klang heiser. »Ihr redet Unsinn. Ich verstehe kein Wort.«

»Nein? Dann laßt Euch erzählen, was Euch meiner Meinung nach zugestoßen ist. In Paris wurdet Ihr angeworben. Ich glaube nicht, daß Ihr selbst Gil ermordet habt, doch als Euer Komplize ihn tötete, bekamt Ihr es mit der Angst zu tun. Deshalb seid Ihr in Dover vor meinen Kutschern geflohen. War es so? Hört mir gut zu, Deborah. Wenn Ihr mich zu Quentin führt, laß ich Euch gehen. Ich schwöre es.«

Falls er sie verwirren wollte, gelang es ihm erstaunlich gut. Die entsetzliche, verdrehte Wahrheit war leider, daß sie ihm glauben wollte. Doch sie wußte, daß kein weiterer in den Fall verwickelt war. Er war an jenem Abend mit Lord Barrington verabredet gewesen. Seinen Namen hatte Lord Barrington ausgesprochen, bevor er ermordet wurde. Wenn es nach dem Willen dieses Mannes gegangen wäre, hätte er Quentin ebenfalls getötet. Deshalb versuchte er, sie in Verwirrung zu stürzen. Es war nur ein Schachzug, der sie dazu bringen sollte, ihn zu Quentin zu führen.

Nachdenken. Sie mußte überlegen, wie Mrs. Mornay in dieser Situation handeln würde. Ihre Beine wollten sie kaum tragen, als sie sich erhob. »Ich fürchte, Ihr habt den Verstand verloren«, rief sie, bemüht, empört zu erscheinen. »Wie oft muß ich Euch noch sagen, daß ich nicht Deborah Weyman

bin? Glaubt bloß nicht, daß Ihr ungeschoren mit allem davonkommt. Falls mir etwas zustößt, bringt Miss Hare Euch dafür an den Galgen.«
Er lehnte sich auf seinem Stuhl zurück und betrachtete sie leidenschaftslos. Als er dann sprach, bediente er sich eines eindringlichen, sachlichen Tons, als redete er mit einem uneinsichtigen Kind. »Es können Wochen vergehen, bevor Miss Hare Verdacht schöpft, und bis dahin finden sich keine Spuren mehr von Mr. Gray und Mrs. Mornay. Ihres Wissens – und mehr weiß auch sonst niemand – habt Ihr Bath verlassen, um eine neue Stelle anzutreten. Monate können vergehen, bevor Euch jemand vermißt. Ach, ich bestreite ja gar nicht, daß Miss Hare gewissermaßen in Sorge geraten könnte, wenn sie nichts von Euch hört, doch wenn sie sich dann erinnert, daß Ihr Euch in der Obhut des netten Mr. Gray befindet«, – bei diesen Worten lächelte er diabolisch – »wird sie gewiß keine überstürzten Maßnahmen ergreifen. Mich würde es nicht wundern, wenn ein halbes oder sogar ein ganzes Jahr vergeht, bevor sich wirklich jemand auf die Suche nach Euch macht, und bis dahin sind längst alle Spuren verwischt.«
Im Geiste bedachte Deborah diesen düsteren Schurken mit jedem Schimpfnamen, den ihr begrenztes Vokabular hergab. Der nette Mr. Gray – das war es, was ihr den Rest gegeben hatte, und zudem verriet auch sein gemeines Lächeln, daß er es wußte. Er hatte ihre Tarnung von Anfang an durchschaut. Dann hatte er seinen Charme spielen lassen, und sie war dumm genug gewesen, darauf hereinzufallen. Auch das wußte er. Und er war kein netter Mr. Gray. Er war ein Schweinehund durch und durch. Dieses Wort war auf den Lippen einer Lady fehl am Platze, und das gab ihr die Sicherheit, daß sie ihn richtig charakterisiert hatte. Schweinehund, wiederholte sie still für sich noch einmal, und wünschte sich den Mut, ihm

das Wort ins Gesicht zu schleudern. Viel lieber noch hätte sie ihr Glas Wein genommen und es über seinem Kopf entleert, und sei es nur, um seinen makellosen Aufzug zu zerstören. Doch ihre Klugheit siegte. Er würde sie für eine solche Tat leiden lassen. So waren seinesgleichen nun einmal.
Als er aufstand, straffte sie die Schultern. »Immerhin«, sagte er in dem gelangweilten Tonfall, den sie inzwischen hassen gelernt hatte, »scheint Ihr den Ernst Eurer Lage zu verstehen. Denkt nach, Deborah. Ihr seid in meiner Macht. Niemand ist da, der Euch retten könnte. Nein, heute abend wollen wir nicht länger darüber reden. Innerhalb von wenigen Minuten werdet Ihr bereit sein, mir zu gestehen, daß ihr die Königin von England seid, wenn ich es verlange. Überhaupt eine entzückende Vorstellung: daß Ihr tut, was ich verlange.«
Sein Scherz traf auf taube Ohren. »Wohin bringt Ihr mich?« Sie ahnte neue Gefahren und verkrampfte sich.
»Ins Bett«, sagte er mit Nachdruck und griff nach der Laterne. Angst und Wut stiegen in Deborah auf. Deswegen also hatte er Nick und Hart weggeschickt. Er wollte sie auf die Probe stellen, so wie er es angedroht hatte, um zu beweisen, daß sie unter keinen Umständen eine verheiratete Frau sein konnte. Wenn er darüber Bescheid wußte, würde sein Verhör erst richtig anfangen. Jeder Nerv in ihr war zum Zerreißen angespannt, als sie nach ihrem Weinglas griff.
»Was soll..?«
Gray richtete sich auf.
»Ungeheuer!« schrie sie und schleuderte das Glas nach ihm. Es machte sie froh zu sehen, wie der rote Wein sich über sein strahlend weißes Hemd ergoß, und dann stürzte sie zur Tür. Im Flur holte er sie ein. Wie einen Sack voll Kohlen warf er sie über die Schulter. Sie kämpfte wie eine Wilde, um sich zu befreien. Ihr Widerstand trug ihr weiter nichts ein als ein paar

gezielte Hiebe aufs Hinterteil. Ein paar von diesen Schlägen trafen leider auch ihre verletzte Hüfte, und der Schmerz überfiel sie in Wellen. Sie war nicht stark genug, um sich zu wehren. Als er in die Küche zurückkehrte und die Laterne holte, merkte sie es kaum.

Eine steile Treppe führte zu dem Zimmer. Es gab nur ein Fenster, vernagelt wie die anderen im Untergeschoß, und ein paar Strohsäcke auf den nackten Bodendielen. In der Ecke, unter der Dachschräge, war ein Waschtisch untergebracht, komplett mit Krug und Becken und diversen Handtüchern. Ein Feuer brannte nicht.

Gray stellte die Laterne ab und ließ Deborah nicht gerade sanft auf einen der Strohsäcke fallen; dann stand er vor ihr, die Hände in die Hüften gestemmt, die Beine leicht gespreizt.

»Dummes Ding«, knurrte er. »Weißt du denn nicht, wann es Zeit ist aufzugeben? Willst du unbedingt, daß ich dir weh tue?«

Mit großen, angstvollen Augen blickte sie zu ihm hoch.

Er zog die Brauen zusammen, dann dämmerte es ihm, und er warf den Kopf in den Nacken und lachte lauthals. »Ihr habt doch nicht etwa geglaubt, ich würde Euch vergewaltigen?«

Ihr Stolz diktierte ihr die einzig mögliche Antwort. »Daran habe ich überhaupt noch nicht gedacht.«

Er sah sie zweifelnd an. »Zunächst einmal seht Ihr aus wie eine Vogelscheuche.«

»Vielen Dank«, fuhr sie ihn an.

»Und Ihr riecht ... streng. Liebe Miss Weyman, mein Geschmack geht leider in eine andere Richtung.«

Sie hörte es natürlich voller Erleichterung, wenngleich keine Frau es liebte, so unschmeichelhaft beschrieben zu werden. Mit einem kleinen Schniefen schaute sie sich verächtlich in dem Raum um. »Soll ich etwa in diesem ungezieferverseuchten Gemäuer schlafen?« fragte sie beißend.

Er grinste. »Fürchtet nichts. Ich werde in Eurer Nähe sein und Euch beschützen vor ... hm ... Spinnen und Mäusen oder was auch immer«, und er deutete auf den anderen Strohsack.
In hitziger Wut sah sie ihn an. »Wollt Ihr damit sagen ..., daß ich diesen Raum mit Euch teilen muß?«
»Genau. Kurzum, Deborah, ich fürchte, ich kann Euch nicht trauen. Entweder ich oder einer von den anderen wird Euch stets im Auge behalten. Müssen wir darüber jetzt auch wieder streiten, oder gebt Ihr freiwillig nach?«
Sie preßte die Lippen zusammen.
Er deutete mit einer lässigen Handbewegung auf den Waschtisch. »Damen zuerst«, sagte er.
Sie zögerte noch einen Moment, sah ein, daß Widerrede sinnlos war, und stand auf. Ihre Hüfte schmerzte so sehr, daß sie glaubte, jeder vorsichtige Schritt könnte ihr letzter sein. Doch ihr Stolz hielt sie aufrecht. Es würde sich als fatal erweisen, wenn sie vor diesem Mann eine Schwäche zugab.
Das Wasser im Krug war eiskalt. Sie sehnte sich nach einem heißen Bad, gestattete sich statt dessen unter Grays neugierigen Blicken aber lediglich eine flüchtige Katzenwäsche mit kaltem Wasser. Ein zerbrochenes Kammstück lag neben dem Becken, doch es war so schmutzig, daß sie nicht in Versuchung kam, es zu benutzen. Nachdem sie ihre Nachtwäsche vollendet hatte, ging sie zurück zu ihrem Strohsack.
»Zieht Euch aus«, sagte Gray. »Bitte, kein Widerspruch mehr, Deborah, tut, was ich Euch sage. Oh, Euer Hemd könnt Ihr anbehalten.«
Sein Tonfall verriet ihr, daß er sich ungemein amüsierte. Sie kehrte ihm den Rücken zu, damit er nicht Zeuge ihrer Beschämung wurde. Tränen brannten in ihren Augen. Das war der Mann, der vorgegeben hatte, so zurückhaltend und auf gute Sitten bedacht zu sein, daß er nicht in der Kutsche mit ihr

reisen wollte. Eines Tages, so Gott wollte, würde sie ihn am Galgen baumeln sehen.

»Beeilt Euch«, verlangte er, »oder ich werde Euch eigenhändig entkleiden.«

Sie zog sich das Kleid über den Kopf und begann, die Bänder ihres Unterkleids zu lösen. Als sie in Hemd und Unterhose dastand, hielt sie inne. Es war genug.

»Die Unterhose, Deborah«, sagte er, »oder, das schwöre ich Euch, ich ziehe sie Euch selbst aus.«

Er würde gewiß nicht davor zurückschrecken. Die Reste ihres Widerstands verflüchtigten sich. Sie war so erschöpft, daß ihr jede Bewegung schwerfiel. Wieder drohte Dunkelheit sie zu umfangen, und mit einem Blinzeln wehrte sie sie ab. Wortlos öffnete sie das Band ihrer knielangen Unterhose und zog sie aus. Als sie sich auf den Strohsack niederlegte, kam sie sich vor wie ein geprügelter Hund. Nicht einmal der Anblick von Grays keinesfalls blütenweißem Hemd konnte sie aufmuntern. Sie wollte sich von ihm fort auf die Seite drehen, doch ihre Hüfte schmerzte viel zu sehr. Auf dem Rücken liegend starrte sie an die rußgeschwärzte Decke.

Eine Decke wurde über sie geworfen. Sie hörte Grays Schritte im Raum, doch sie drangen kaum in ihr Bewußtsein vor. Mit jeder Faser schrie ihr Körper nach Ruhe. Bald schon flatterten ihre Lider, und sie schlief ein.

Gray entzündete eine Kerze an seiner Laterne, um damit das Feuerholz im Kamin in Brand zu setzen. Als er das leise Schniefen von Deborahs Strohsack her hörte, ging er leise zu ihr. Er ließ sich auf ein Knie nieder und betrachtete sie. Ihr volles rotbraunes Haar umgab in wirren Locken ihr Gesicht. Nase und Wangenknochen waren mit kleinen Sommersprossen gesprenkelt, unter ihren Augen lagen dunkle Ringe. Mit einem Finger fing er eine Träne auf, die an ihrer gestutzten

Wimper hing. Sie hatte die Stirn in Falten gelegt. Schon als er sie demaskierte, hatte er gewußt, daß sie ein hübsches Mädchen war, doch diese Verwandlung übertraf seine kühnsten Erwartungen.
Unwillkürlich führte er den tränenfeuchten Finger an seine Lippen und ließ ihren Geschmack seine Zunge kitzeln, was den Hunger auf mehr in ihm wachrief. Gnadenlos verdrängte er seine abschweifenden Gedanken und wartete, bis der Impuls sich verflüchtigt hatte, bevor er entschlossen die Bettdecke zurückschlug.
Er rechnete nicht mit ihrem Erwachen. Die paar Tropfen Laudanum in ihrem Eintopf zeigten endlich Wirkung. Mit dem Auge des Experten musterte er erst das eine, dann das andere Handgelenk. Sie waren aufgeschürft von den Fesseln, jedoch nicht so sehr, daß sie hätten verarztet werden müssen. Der Verletzungen durch ihren Sturz vom Pferd war er sich allerdings nicht so sicher. Es hatte seit einer kleinen Weile so ausgesehen, als würde sie auf dem rechten Bein leicht hinken, und als er ihr einen Klaps gegeben hatte, war sie eindeutig zusammengezuckt. Ihm würde sie sich freilich nicht anvertrauen. Er war das Ungeheuer, das sie entführt hatte. Mit nicht ganz ruhigen Händen hob er ihr Hemd an.
Ihr Körper war wunderbar geformt, üppig oder schlank an den jeweils richtigen Stellen. Besorgt konzentrierte er sich jetzt jedoch auf ihre Verletzungen. Als er behutsam den Bluterguß an ihrer rechten Hüfte berührte, wimmerte sie und entzog sich seiner Hand. Dieselbe Reaktion zeigte sie bei der Berührung ihrer Schulter. Die Untersuchung der Rippen aber ließ sie still über sich ergehen. Zufrieden, daß sie nicht ernsthaft verletzt war, deckte er sie wieder zu, ging zum Feuer und legte noch einen Kloben auf die Glut.
Den Blick in die Flammen gerichtet, überdachte er seine

Strategie. Deborah mußte ihn fürchten und hassen. Er warf einen Blick auf das schlafende Mädchen. Daß sie so energisch Widerstand leisten würde, hatte er nicht erwartet. An diesem Punkt wären die meisten Frauen ihres Standes längst gebrochen gewesen. Er bewunderte ihren Mut, bedauerte aber gleichzeitig, daß sie es sich so schwer machte. Sie wollte nicht zugeben, daß sie geschlagen war. Das fachte sein Interesse an ihr noch stärker an. Nichts war über die Zeit bekannt, bevor sie Quentins Gouvernante wurde, außer daß sie aus Miss Hares Institut gekommen war. Campbell, Lord Lawfords Agent, hatte tiefer schürfen wollen, doch kein Mensch wußte etwas über Deborah Weyman. Miss Hare war natürlich die Schlüsselfigur, doch diese hielt ihre Zunge achtsam im Zaum. Wer war Deborah Weyman, und was hatte sie zu verbergen? Miss Hare, die er mochte und achtete, hatte sich ausschließlich lobend über sie geäußert. Was Gil betraf, so mußte sie schon gehörigen Eindruck auf ihn gemacht haben, wenn er sie sogar als Quentins Vormund einsetzte.
Seine Gedanken drehten sich im Kreis, und er legte ein weiteres Scheit aufs Feuer. Gil hatte Quentins Gouvernante beiläufig erwähnt, doch damals hatte er, Gray, kaum zugehört. Er erinnerte sich lediglich daran, daß Gil außerordentlich erleichtert war, Quentin, der den Verlust der Mutter allmählich überwand, endlich wieder glücklich zu sehen. Quentin war glücklich, Miss Weyman ein Goldschatz, und Gil war frei, sich seiner Arbeit im Auswärtigen Amt zu widmen. Jetzt wünschte Gray sich, Gil doch in seinem Haus in Saint Germain aufgesucht zu haben, und sei es nur, um Deborah kennengelernt zu haben. Er hatte es stets tunlichst vermieden. Der Grund war Sophie Barrington. Sie war die geborene Kokotte, und das hatte einen Keil zwischen ihn und Gil getrieben. Gray hatte den Eindruck gehabt, daß Gil in seiner

Ehe nicht glücklich war. Nicht, daß Gil ihm gegenüber etwas geäußert hätte. Er war charmant wie eh und je, doch selbst wenn er fröhlich plauderte und lachte, wirkte seine Heiterkeit manchmal gezwungen und nicht so natürlich wie früher.

Gray schüttelte lächelnd den Kopf in der Erinnerung daran, daß Gil sie mit seinem Charme damals in den Schultagen von Eton oft genug aus der Klemme gezogen hatte. Die Lehrer hatten stets vermutet, daß er, Gray, Gil zu Schandtaten verleitete, und da sie davor zurückschreckten, Gil, den sie gern für unschuldig hielten, zu bestrafen, kam auch er meistens ungeschoren davon. In Wahrheit hatte Gil die Begabung, sich aus allem herauszureden. Eine Karriere als Diplomat war ihm auf den Leib geschneidert.

Lange Zeit stand er am Kamin, eine Hand auf den Sims gestützt, während seine Gedanken abschweiften. Allmählich erlosch das Lächeln auf seinem Gesicht, und seine Miene wurde hart und starr. Er vergegenwärtigte sich die Tatsache, daß Gil ermordet worden war und Deborah Weyman womöglich schuld an dem Verbrechen war. Wenn sie nicht die Mörderin war, konnte sie immer noch eine Komplizin sein. Zumindest aber hatte sie Quentin entführt, und das allein schon war ein Kapitalverbrechen. Er durfte sich ihr gegenüber keine weicheren Gefühle erlauben. Er mußte versuchen, sie zu brechen. Er mußte tun, was nötig war, um Quentin zu finden.

Sie mußte ihn fürchten und hassen lernen, und ihre offensichtliche Angst vor seiner »ungezügelten Leidenschaft« hatte den Keim zu einem Plan in ihm gelegt. Mit diesem nüchternen Gedanken begann er, sich auszukleiden.

Sechstes Kapitel

Es war ein schockierender, peinlicher Traum, wie sie noch keinen erlebt hatte. In einem dunklen Winkel ihres Bewußtseins war ihr klar, daß sie aufwachen konnte, wenn sie es wollte, und der Traum wäre vorüber. Aber noch nicht jetzt. Sie war zu müde, zu benommen und viel zu neugierig auf die ungewohnten, aber angenehmen Gefühle, die sie überkamen. Niemals wäre ihr in den Sinn gekommen, daß es ihr gefallen könnte, wenn ein Mann sein haariges Bein an ihrer nackten Haut rieb und mit den Händen sanft ihr Gesäß knetete. Sie wußte, daß sie dem ein Ende machen konnte, aber es war schließlich nur ein Traum, und dafür konnte niemand sie zur Rechenschaft ziehen.

Selbst im Schlaf wunderte sie sich, daß sie so empfänglich sein konnte für die Zärtlichkeiten eines Mannes, den sie verachtete und fürchtete. Wenn sie schon in romantischen Träumen über einen Mann schwelgen sollte, hätte sie eher erwartet, daß es einer wäre, den sie mochte, Nick zum Beispiel oder Mr. Gray. Das war das Merkwürdige an Träumen – sie verwandelten harmlose Menschen in Ungeheuer und Ungeheuer in Liebhaber, und man konnte nichts dagegen tun.

Die Hände an ihrem Po kneteten weiter, und sie stöhnte leise, ergriffen von wohligen Schauern. All ihre Sinne konzentrierten sich auf das, was er mit ihr tat. Ihr Atem ging unregelmäßig, ihr ganzer Körper vibrierte, und ihre Lenden sehnten sich nach etwas Unbekanntem.

»Na also«, sagte die heisere Stimme in ihrem Traum, »jetzt weiß ich endlich, wie ich diese entzückenden Grübchen herbeizaubern kann. Ihr glaubt ja nicht, wie sehr ich sie vermißt habe.«

Ihr Lächeln schwand, und sie preßte die Augen fest zu, bevor sie sie dann langsam, ganz langsam öffnete. Aus kürzester Entfernung blickte Deborah in Grays freche blaue Augen. Rasch schloß sie wieder die Lider und versuchte es noch einmal. Aber er war immer noch da, als sie sie ein zweites Mal öffnete.

»Und das hier«, sagte Gray, »will ich eigentlich schon tun, seit ich Euch zum ersten Mal gesehen habe.« Mit beiden Händen streichelte er ihr Gesäß, grub die Finger in das zarte Fleisch und zeichnete die Furche zwischen ihren üppigen Rundungen nach.

Mehrere Dinge gleichzeitig wurden ihr schmerzhaft bewußt. Ihrer beider Strohmatratzen waren nebeneinander vor das Feuer geschoben worden, und das einzige, was nackte Haut von nackter Haut trennte, war ihr dünnes Hemd und seine Unterhose. Das Demütigendste von allem aber war, daß er in keiner Weise Zwang auf sie ausübte. Sie überließ sich nur zu bereitwillig seiner amourösen Annäherung, ja, sie ermutigte ihn gar noch! Mit den Händen umklammerte sie seine bloßen Schultern, als hätte sie Angst, er könnte sich ihr entziehen! Freilich leistete er nicht die geringste Gegenwehr. Welcher Mann würde das schon tun?

Nach einem Augenblick spannungsgeladenen Schweigens explodierte sie in einem Wirbel von strampelnden Beinen und fuchtelnden Armen.

»Holla!« Gray packte ihre Handgelenke und wälzte sich auf

Deborah, wodurch sie wehrlos war. Er seinerseits war wehrlos vor Lachen.

Zitternd lag sie da und starrte ihn an, Mordlust in den Augen. Der Schmerz durch den Druck seines Körpergewichts auf Schulter und Hüfte war noch das geringste von dem, was er ihr antat. Er hatte sie lächerlich gemacht, und das war unverzeihlich.

»Ihr sagtet doch«, preßte sie zwischen den Zähnen hervor, »daß Euer Geschmack in eine ganz andere Richtung tendiere. Doch eigentlich hätte ich mit so etwas rechnen müssen.«

Er schüttelte den Kopf. »Da irrt Ihr Euch gewaltig. Zugegeben, ich für meinen Teil habe Eure Matratze näher ans Feuer gezogen, aber nur, um Eurer Unrast ein Ende zu machen, als es durchs Dach regnete. Eure Schreie ließen vermuten, daß ich versuchte, Euch zu ertränken. Das gesamte Haus war in Aufruhr.« Natürlich war sie von dem vorm Schlafengehen genossenen Laudanum so gut wie bewußtlos gewesen, doch darüber verlor Gray klugerweise kein Wort.

Mit finsterer Miene schaute sie sich im Zimmer um. Es dämmerte kaum, dennoch drang genug Licht durch die Ritzen in den vernagelten Fenstern, um sie ihr karges Quartier erkennen zu lassen. Vage erinnerte sie sich daran, daß ihr Wasser ins Gesicht getropft war. Und an der Stelle, wo am Abend ihr Strohsack gelegen hatte, war jetzt eine große Pfütze.

Falls er glaubte, sie würde sich bei ihm bedanken, konnte er warten, bis er schwarz wurde. Sie hatte nicht darum gebeten, in diesen Schweinestall verschleppt zu werden. Wäre er nicht gewesen, läge sie in diesem Augenblick warm im Bett in ihrem makellosen Zimmer in der Schule und wartete auf Betty, das Mädchen, das ihr einen Becher mit dampfender Schokolade brachte. Gray hätte sie weiß Gott in einem bequemeren Gefängnis halten können. Doch sie verstand seine Gründe. Er wollte nicht, daß sie sich wohl fühlte. Indem er sie immer tiefer erniedrigte, hoffte er, ihren Willen zu brechen.

Unter hochgezogenen Brauen blickten seine listigen Augen auf sie herab. Es ärgerte Deborah, daß er so gut aussah und sich dessen so bewußt war. Noch mehr ärgerte sie, daß er – zumindest in ihrem Traum – durchaus eine Wirkung auf sie hatte. Ganz sicher wirkte er so auf die meisten Frauen. Was konnte er dafür? Frauen waren so leichtgläubig. Mehr als sein gut geschnittenes Gesicht, seine breiten Schultern und den kräftigen Körper, der kein Gramm Fett zuviel aufwies, würden sie nicht sehen. Vermutlich hatten schon unzählige Frauen dem Verlangen nachgegeben, ihm das seidige blonde Haar aus der Stirn zu streichen oder diese goldene Haut zu liebkosen, die Gedanken weckte an …

»Deborah, flirtet Ihr mit mir?«

Ruckartig sah sie zu ihm auf. Sein Spott, der sie so wütend machte, war offensichtlich. Sie schnappte nach Luft, krächzte und schnappte noch einmal nach Luft, bevor sie ein Wort hervorbrachte. »Eurer Einbildung kommt nur noch Eure Dummheit gleich. Flirtet eine Gefangene mit ihrem Kerkermeister?«

Er befreite sie von einem Teil seines Gewichts, und das Atmen fiel ihr ein bißchen leichter, bis er anfing, mit seinen Handrücken über ihre nackten Arme zu streichen. »Vielleicht«, sagte er ruhig, »wenn sie hofft, daß er dann gnädig mit ihr verfährt. Habt Ihr aus diesem Grund versucht, mich zu verführen, Deborah? Denn wenn es so war, muß ich Euch warnen: das gelingt Euch bei mir nicht. Ich will, daß das von Anfang an zwischen uns klar ist.«

Kreischen war so unwürdig. Mit leiser, fester Stimme und einer Spur von Herablassung erwiderte sie: »Ich habe nicht versucht, Euch zu verführen.« Als ob sie es überhaupt könnte! Sie hatte nicht die geringste Ahnung über die Beziehungen zwischen den Geschlechtern. Um ein Haar hätte sie es ihm gesagt, doch früh genug fiel ihr wieder ein, daß sie für ihn ja Mrs. Mornay bleiben wollte.

»Nein?« fragte er launig. »Mir kam es aber sehr wie eine Verführung vor. Als ich heute morgen aufwachte, klebtet Ihr geradezu an mir. Natürlich tat ich das, was jeder echte Mann tut, wenn er eine Frau in seinem Bett vorfindet.«

»O ja, natürlich«, brauste sie auf. Und sie konnte sich die Anzahl der Frauen, neben denen er im Lauf der Jahre aufgewacht war, sehr gut vorstellen. Ihre Stimme klang prüde, sehr vornehm: »Wenn Ihr es wissen wollt: ich habe von meinem verstorbenen Gatten geträumt.«

Er schwieg, und sie stahl einen Blick in sein Gesicht. Seine Augen waren undurchsichtig, verbargen seine Gedanken vor ihr. Er wälzte sich auf die Seite, bettete den Kopf dicht neben den ihren und legte einen Arm lässig über ihre Taille. Sie machte sich darauf gefaßt, von neuem ausgelacht zu werden. Eines war gewiß, sie würde nicht wie eine verschreckte Jungfrau auf ihn losgehen, nachdem er eindeutig und verletzend klargestellt hatte, daß sie nicht sein Typ war. Andererseits nahm keine anständige Frau eine solche Position mit einem Mann ein, der nicht ihr Gatte war. Langsam, kaum merklich, rückte sie immer mehr von ihm ab.

»Vermißt Ihr das Leben als verheiratete Frau?« fragte er.

Sie ahnte eine Falle und antwortete vorsichtig: »Es tut so weh. Ich ... ich mag nicht darüber reden.«

Er senkte halb die Lider. »Fehlt es Euch, in den Armen eines Mannes zu liegen?«

Nie im Leben. »Das kommt vor«, gab sie zu, bemüht, sich den Anschein zu geben, daß sie wußte, worüber sie sprach.

»Und geküßt zu werden?«
Wie unter Zwang blickte sie auf seine Lippen. Sie waren zum Küssen geschaffen, und wahrscheinlich konnten Dutzende von Frauen ebendies aus eigener Erfahrung bestätigen.
Es bereitete ihr großes Vergnügen, mit gerade dem richtigen Maß an Schüchternheit zu behaupten: »Toms Küsse waren unvergleichlich. Ich werde sie bis an mein Lebensende nicht vergessen.« Das war nicht einmal gelogen. Tom war seinerzeit Stalljunge von Belvidere. Den Tag, als er über sie herfiel und sie regelrecht abschlabberte, würde sie wirklich nie vergessen. Es war ekelhaft. Der arme Tom. Die anderen Stalljungen hatten ihn mit dem blauen Auge aufgezogen, das er sich dafür bei ihr eingehandelt hatte. Wenn sie es dem Mann, der sie jetzt so quälte, doch auf gleiche Weise heimzahlen könnte!
»Ich nehme an«, sagte Gray, »daß Ihr die ehelichen Pflichten genossen habt, denn sonst wärt Ihr wohl nicht so eifrig auf Verführung bedacht gewesen, als ich heute morgen aufwachte.«
Alles war so verwirrend, so mehrdeutig. Sie war überzeugt, daß er ihre Antwort, ganz gleich, wie sie ausfiel, kalt lächelnd gegen sie verwenden würde. Ja. Nein. Sie hatte nicht die geringste Ahnung, wohin das alles führen sollte. Im Gefühl, an Boden verloren zu haben, versuchte sie, das Thema zu wechseln.
»Lord Kendal«, sagte sie in einem Versuch, sachlich zu erscheinen, und schnappte dann gehörig nach Luft, als seine Hand versehentlich ihre wohlgerundete Brust streifte.
»Ja?«
Ihre Stimme verlor ihre Festigkeit, und Deborah flüsterte heiser: »Was habt Ihr mit mir vor?«
Er stützte sich auf einen Ellbogen auf und neigte sich über sie. In seinen Augen war keine Spur von Belustigung oder Spott,

und das erstaunte sie. »Sagt mir, wo Quentin ist«, verlangte er, »dann lasse ich Euch gehen. Besteht Ihr aber weiterhin darauf, eine Witwe zu sein, dann soll es mir ein großes Vergnügen sein, Euch Lügen zu strafen.«
Sie war eine Lügnerin, eine geübte Lügnerin, und sie warf ihr ganzes Geschick in die Waagschale, als sie empört sagte: »Es ist sinnlos, mit Euch zu reden. Ihr seid entschlossen zu glauben, was Ihr glauben wollt. Wenn ich etwas von dem Jungen wüßte, würde ich es Euch ganz gewiß sagen, meint Ihr nicht auch?«
Seine Augen verengten sich zu Schlitzen, und die Hand, die ihren Arm streichelte, hielt inne. »Von welchem Jungen?« fragte er leise.
Sie begriff, daß ihr ein Fehler unterlaufen war, wußte aber nicht, welcher. Sie schluckte und flüsterte: »Quentin.«
»Ich habe nie behauptet, daß Quentin ein Junge wäre.«
Sie stotterte und stammelte, bis sie schließlich hervorstieß: »Ihr müßt es gesagt haben, sonst wüßte ich es nicht.«
»Diese Lüge kann Euch nicht retten. Seht Ihr, Miss Weyman, ich habe sorgfältig darauf geachtet, nichts über Quentin zu sagen, um Euch so eine Falle stellen zu können. Und, verdammt noch mal, es ist mir gelungen.«
Verzweifelt schrie sie: »Dann wird Nick es gesagt haben!«
»Ich habe Nick verboten, über Quentin zu sprechen. Außerdem, wann sollte er Gelegenheit dazu gehabt haben? Ihr habt ohne mein Beisein keine zwei Worte gewechselt. Ihr seid Deborah Weyman. Und ich will Euer Geständnis hören.«
»Selbst wenn ich es nicht bin?«
Sein Blick brachte sie zum Schweigen, während er in sanft streichelnder Drohung seine Hand an ihre Kehle führte. Deborahs Herz setzte einen Schlag aus, und sie rechnete fest damit, daß Grays Finger im nächsten Moment zudrücken und sie erwürgen würden.

Seine verführerische Stimme stand in keinem Verhältnis zu der Boshaftigkeit seiner Worte. »Sagt mir, was ich wissen will, Deborah, oder ich werde unter Beweis stellen, daß Ihr keine Witwe seid. Wirklich, tut uns beiden den Gefallen. Jungfrauen liegen mir nicht.«

Sie sah ihm fest in die Augen und gab sich keinerlei Mühe, ihre Meinung über ihn zu verbergen. Er war ein Ungeheuer; von ihm war keine Gnade zu erwarten. Wie hatte sie es vergessen können? Und zweifellos hatte sie es tatsächlich für eine Weile vergessen. Er war wie ein Chamäleon, verwandelte sich vor ihren Augen und verwirrte sie mit seinen zahlreichen Masken.

»Gebt Ihr auf, Deborah?« fragte er herausfordernd.

Nur eines verhinderte, daß sie mit der Wahrheit herausplatzte wie ein verängstigtes Kind. Quentin. Sie mußte Quentin schützen, koste es, was es wolle. Während Grays mächtige Schultern über ihr drohten, versuchte sie es mit einer letzten Verzögerungstaktik. Mit blitzenden Augen zischte sie: »Nick wird Euch dafür umbringen.«

Sie erkannte, daß ihre Worte nicht ohne Wirkung blieben. Seine strahlenden, wachsamen Augen wurden dunkel wie das schlammige Wasser der Themse, doch es reichte nicht, um ihn anderen Sinnes werden zu lassen. Seine Antwort kam leise und verspottete sie. »Aber meine Süße, Nick ist nicht hier. Und die Tür ist verriegelt.«

Als er den Kopf senkte, ging sie mit geballten Fäusten auf ihn los. Dann war er über ihr, hielt ihre Handgelenke fest und zwang sie hinter ihren Rücken. Mit einem Griff riß er ihr Hemd vom Hals bis zur Taille auf. Sie wand sich und bäumte sich auf, um ihn abzuschütteln. Mit seinem Körpergewicht hielt er sie nieder, drückte sie in die Matratze und zwang mit seinen kräftigen Schenkeln ihre Beine auseinander. Sein Kuß war brutal und strafend; sie schnappte mit den Zähnen nach seinen Lippen, und sie war verdutzt und erschrocken, als sie tatsächlich in seine weich schwellende Unterlippe drangen. Starr vor Angst wartete sie auf seine Reaktion. Er zahlte mit gleicher Münze zurück, und Deborah schrie auf, als ihr eigenes Blut ihr in den Mund quoll.

Er wich ein wenig zurück und starrte auf sie herab, jegliche Gefühle hinter halb gesenkten Lidern verborgen. Ihre Angst und ihre Wut klangen ab. Er hatte ihr weh getan, und tief im Inneren hatte sie tatsächlich geglaubt, er würde eine gewisse Grenze nicht überschreiten.

»Deborah?« flüsterte er.

Sie schloß die Augen, um ihn nicht ansehen zu müssen.

Sie hörte ihn seufzen, dann spürte sie seine Lippen auf ihrem Mund, die allen Schmerz und alles Blut wegnahmen. Diese neuartige Zärtlichkeit war ihr Ruin. Sie wollte gehalten und getröstet werden, aber ihn wollte sie nicht. Sie wollte ihre Mutter oder Miss Hare oder irgendeine andere freundliche Dame, der nur ihr Wohl am Herzen lag.

Doch Deborah hatte keine Chance. Gray drückte sie an sich und wiegte sie in seinen Armen, heilte ihre verletzte Lippe mit sanften Küssen, wischte mit der Zungenspitze ihre Tränen ab, kehrte zurück zu ihren Lippen und öffnete sie mit sanftem Druck, um weich und milde den Schmerz zu lindern, den er ihr zugefügt hatte. Ihr Kopf ruhte in seiner Armbeuge. Ihr Widerstand war schwach und ohne Überzeugungskraft. Gray beachtete ihn gar nicht, neigte vielmehr ihren Kopf zurück, um sich mit Lippen und Zunge an ihrem Mund zu sättigen.

Seine Berührung war so anders, seine leise geflüsterten Worte so tröstlich, daß Deborah kaum glauben konnte, denselben Mann vor sich zu haben, der sie eben noch grausam gequält hatte. Die Rückkehr dieses Mannes, den sie fürchtete, würde sie nicht ertragen. Allein der Gedanke an ihn ließ sie wieder krampfhaft aufschluchzen. Sie war es so leid, ihn überlisten zu müssen, war so erschöpft von der Anstrengung, tapfer zu sein.

Die Hände, die sich über ihren Körper bewegten, spendeten Trost, zogen sie eng und warm an seinen Körper, und wenn jemand des Trostes bedurfte, dann war sie es. In den letzten paar Monaten war sie durch die Hölle gegangen. Jeder Mensch erreichte irgendwann die Grenze dessen, was er ertragen konnte.

»Ja«, flüsterte er, als sie sich an ihn schmiegte. Seine Finger verschwanden in ihrem üppigen Haar, trennten die seidigen Locken und genossen das Gefühl. »Ich wußte, daß es genau diese Farbe haben müßte. Küß mich, Deborah.«

Sie konnte nicht gegen ihn kämpfen und auf einen Sieg hoffen. Das Wissen ließ sie stillhalten, als er sich wieder über ihre Lippen neigte, doch bei der ersten Berührung ihrer Brust versuchte sie zurückzuweichen. Er schmiegte die andere Hand um ihren runden Po, hielt sie fest, und wie mit einer Flutwelle kam ihr Traum zurück. Ihr gesamter Körper pulsierte, sie atmete schwer, und das Sehnen in ihrem Schoß war wie ein Schmerz. Sie stöhnte, und als Gray diesen leisen Laut des Behagens vernahm, stockte sein Atem, um dann hastiger zu werden, als er ihre Erregung spürte.

Mit einem Wimpernschlag änderte sich das Muster seiner süß tröstenden Zärtlichkeiten. Seine Küsse schienen ihr das Herzblut aussaugen zu wollen, seine Hände strichen über Haut und Knochen, liebkosten und berührten intimste Stellen. Er ließ keinen Flecken Haut aus; bedachte sie über und über mit der Ehrerbietung von Lippen und Zunge: ihre Brüste, ihre Taille, ihre Waden, ihre Knie. Sie stand in Flammen, sie ertrank; der

Druck in ihrem Körper steigerte sich zu einem Delirium der Lust.
Schon eine ganze Weile dachte Gray an nichts anderes mehr als an sein Begehren für diese Frau, die, wie er sich bereitwillig eingestand, ihn von Anfang an gereizt hatte. Er war im Begriff, sie zu nehmen, hob ihre Knie an, als er aus den unteren Räumen Geräusche hörte. Nick und Hart waren aufgewacht. An Nick und Hart wollte Gray jetzt nicht denken. In der nächsten Sekunde würde er in Deborahs köstlichen Körper eindringen, in der nächsten Sekunde wäre er auf dem Weg zur Erfüllung.
Die Tür nach draußen schlug, und Grays Gedanken verlagerten sich. Mit dem, was er hier tat, verfolgte er einen Zweck, und es war ratsam, dies nie zu vergessen. Er wollte Deborah in Angst und Schrecken versetzen, nicht aber nach ihr geifern wie ein grüner Junge nach seiner ersten Frau. Was zum Teufel war über ihn gekommen?
Er schüttelte den Kopf, als müßte er sein Hirn von einem dichten Nebel befreien. Das war doch nicht er, dieser Lüstling, der die Unerfahrenheit einer Frau ausnutzte! Er wußte es besser! Als er fünfzehn Jahre alt war, hatte sein Vater, was selten vorkam, die Hand gegen ihn erhoben, als er versucht hatte, im Schuppen hinter der Kirche die Tochter des Pfarrers zu verführen. Ein Mann verführte keine unschuldige Frau, selbst dann nicht, wenn sie willig war, und Sally Wentworth war mehr als willig gewesen. Ein Mann behandelte alle Frauen mit Höflichkeit und Achtung, ob sie es nun verdienten oder nicht. Seit seinem Eintritt in die Schule hatten beide Elternteile ihm dies eingebleut, und er seinerseits hatte es seinem jüngeren Bruder beigebracht. Deborah Weyman war ein Sonderfall. Er mußte sie brechen, doch diese Behandlung hatte sie nicht verdient.

Deborah spürte seine veränderte Einstellung, hob den Kopf und blickte ihn unsicher an. Einen Augenblick lang las sie die gleiche Unsicherheit in seinen Augen, doch dann verhärtete sich sein Gesicht zu einer kalten Maske.
»Deine letzte Chance, Deborah«, sagte er. »Sag mir, wo Quentin ist, oder ich werde dich wirklich ficken.«
Dieses unflätige Wort hatte genau die Wirkung auf sie, die er sich erhofft hatte. Blitzschnell zog sie das Knie hoch und traf ihn in den Bauch, so daß er der Länge nach hinstürzte. Selbst wenn er den Stoß hätte abwehren wollen, was nicht der Fall war, wäre er wohl nicht schnell genug gewesen. Wunderbar! Während er sich vor Schmerzen krümmte, sprang sie auf die Füße und zeterte wie ein Fischweib von Billingsgate über seine lüsternen Absichten. Ihr Geschrei würde unweigerlich Nick als Retter auf den Plan rufen, und dazu war es höchste Zeit. Gray duckte sich, als erst der eine, dann der andere Schuh nach ihm geworfen wurde. Als Deborah keine weiteren Wurfgeschosse mehr fand, wich sie zurück. Beim ersten Poltern von Schritten auf der Treppe schnappte Gray sich seine Hosen und zog sie an.
Jemand hämmerte gegen die Tür und rappelte an der Klinke. »Schließt sofort auf.« Das war Nicks Stimme. »Deborah, ist alles in Ordnung? Schließt auf, sage ich, oder ich reiße die Tür ein.«
Deborah kauerte sich in eine Ecke, den Handrücken auf den Mund gepreßt, und starrte Gray an, als wäre ihm plötzlich ein zweiter Kopf gewachsen. Ohne ihre erschrockenen Augen zu beachten, befahl er gepreßt: »Bedeck dich, Weib, wenn du nicht willst, daß Nick zu Ende führt, was ich begonnen habe.«
Reglos starrte sie ihn weiterhin an, bis er eine hastige Bewegung in ihre Richtung machte, dann griff sie sich eine der Bettdecken und wickelte sich hinein. Erst jetzt zog Gray einen

Schlüssel aus der Tasche und reagierte auf Nicks wildes Hämmern an der Tür.
Kaum hatte Gray die Tür geöffnet, drängte Nick sich auch schon an ihm vorbei ins Zimmer. Mit einem Blick auf Deborahs blutige Lippe fiel er wutentbrannt über Gray her. »Was zum Teufel geht hier vor? Was hast du ihr angetan? Ich warne dich, Gray, ich lasse nicht zu, daß ihr ein Leid geschieht.«
Grays schönes Gesicht verriet nicht eine Spur von Unbehagen. »Warum fragst du nicht die Dame, was passiert ist?«
Deborah ertrug es nicht, Nick anzusehen. Sie schämte sich bis in die tiefste Seele, wissend, daß sie sich an ihrer eigenen Verführung beteiligt hatte. Mit gebrochener Stimme sagte sie: »Er hat ein Wort geäußert, das ich nicht hören mochte.«
Verdutzt blickte Nick von einem zum anderen. »Was für ein Wort?«
Gray hob die Schultern. Deborah wandte sich um und begann, ihre Kleider einzusammeln.
»Und das war alles?« Nicks Tonfall verriet sein Mißtrauen.
Gray verschränkte die Arme vor der Brust. Er sprach beiläufig, doch seine Worte waren tödlich. »Wenn ich sie nehmen will, Nick, dann tue ich das, und ich werde nicht deine Erlaubnis einholen.«
Das Schweigen, das auf diese Worte folgte, war schwer und beängstigend. Deborah traute sich kaum zu atmen.
Nick sah Gray lange stumm an. Seine Feindseligkeit schien langsam abzuebben. »Diese Frau ist anders, Gray, und du weißt es.«
Gray lachte, stimmte weder zu noch widersprach er. »Komm mit, Nick, und überlaß Miss Weyman sich selbst, damit sie sich ankleiden kann.« Er legte einen Arm um Nicks Schultern und führte ihn aus dem Zimmer. Sorgfältig schloß er die Tür hinter sich.

»Was ist nun wirklich geschehen, Gray?«
Sie befanden sich noch auf der Treppe, und Gray legte einen Finger an die Lippen. Erst in der Küche sagte er: »Ich habe sie in Heidenangst versetzt, oder genauer gesagt: in Angst und Schrecken vor ihrem skrupellosen Entführer. Halb glaubt sie schon, daß ich entschlossen bin, meinen Spaß mit ihr zu haben. Morgen, Hart.«
Hart blickte von der Pfanne auf, in der er Speck briet, und grunzte eine Begrüßung.
Nick setzte sich auf einen Stuhl. »Halb glaubt sie es?« fragte er fassungslos. »Gray, du kannst mir nichts vormachen. Du müßtest dich selbst einmal sehen! Deine Lippen sehen aus wie durch den Fleischwolf gedreht, und Miss Weymans nicht viel besser. So liebst du eine Frau? Ist das eine Kostprobe des unvergleichlichen Charmes, mit dem du, seit du kaum die Schule verlassen hattest, Frauen um den Verstand, wenn nicht aus den Kleidern bringst? Wenn es so ist, streng dich lieber etwas an, Alter. Selbst ich kann das besser.«
Ein Topf schepperte, doch keiner der beiden Brüder achtete darauf. »Ich will nicht mit ihr schlafen«, sagte Gray. »Wir haben das Ziel, ihren Willen zu brechen, hast du das vergessen?« Er griff sich eine dicke Scheibe Brot, die über dem Feuer röstete, und biß hinein.
»Ich würde dir vielleicht glauben«, sagte Nick und grinste hämisch, »wenn mir beim Betreten des Zimmers nicht der schwüle Geruch der Leidenschaft entgegengeschlagen wäre. Er hat mich beinahe umgeworfen!«
Hart ließ die Bratpfanne fallen und fluchte, als er sie ohne Topflappen wieder aufhob und auf die Herdplatte knallte. Mit zornigem Blick fuhr er zu Gray und Nick herum, die richtiggehend erschraken.
»Wenn ihr die Dame entehrt habt, kriegt ihr es mit mir zu

tun«, erklärte er. »Das gehörte nicht zu unserer Abmachung.«
Die Brüder tauschten einen Blick. »Hart! Hart!« sagte Gray und zog ein langes Gesicht. »Hast du so wenig Vertrauen zu mir? Nick übertreibt, wie immer. Er meint es nicht so.«
»Ach, nein?« forderte Nick ihn heraus.
»Nick, erklär's ihm!«
»Na gut. Hart, du kennst mich. Ich habe mich nur ein wenig über Gray lustig gemacht. Dein Problem, Hart, besteht darin, daß du keine Brüder hast. Hättest du welche, dann wüßtest du auch, daß es keinen größeren Spaß gibt, als einander aufzuziehen. Stimmt doch, Gray, oder?«
Seine beschwichtigenden Worte lockerten Hart ein wenig auf. Es war ihm niemals ernsthaft in den Sinn gekommen, daß Gray Miss Weyman entehren könnte, ganz gleich, welches Ziel er verfolgte. Die Graysons waren nicht so. Er erinnerte sich noch sehr gut an das angsteinflößende Verhör durch Gray, als er endlich seinen Mut zusammengenommen und um Gussies Hand angehalten hatte. Gray interessierte sich nicht für Reichtum oder Titel. Er wollte nur, daß seine Schwester einen Mann bekam, der sie glücklich machte. Die Graysons waren dazu erzogen worden, ihre Frauensleute zu ehren, und wenn Hart in dieser Beziehung zu wünschen übrig ließe, würde Gray ihm das sehr übelnehmen. Hart zweifelte nicht daran, daß er in diesem Fall eines schönen Tages bei Morgengrauen Gray gegenüberstehen würde, eine Duellpistole in der Hand.
Miss Weyman gehörte zwar nicht zu Grays »Frauensleuten«, war aber immerhin Angehörige des schwachen Geschlechts. Hart hatte noch nie erlebt, daß Gray, trotz seines Zynismus, Frauen etwas anderes als Respekt und Sanftmut entgegenbrachte, ja, selbst den frechsten Flittchen. Miss Weyman

freilich war anders. Es war nicht auszuschließen, daß sie mit dem Mord an Grays Freund zu tun hatte. Gray konnte skrupellos sein, doch Hart glaubte nicht, daß er sich jemals über die Richtlinien seiner Erziehung hinwegsetzte. Er hoffte es jedenfalls.

Hart spürte zwei Augenpaare auf sich und sagte zögernd: »Ich beteilige mich unter gar keinen Umständen an irgend etwas ... nun ... Unehrenhaftem.«

»Nick auch nicht. Ich auch nicht.« Mit grausam weicher Stimme fuhr Gray fort: »Aber du gibst doch zu, daß die Umstände ungewöhnlich sind? Sie weiß, wo Quentin ist. Ich will ihn finden. Wenn es eine andere Möglichkeit gäbe, meinst du nicht, daß ich dann zugreifen würde?«

Die Kampflust war zwar von Harts Gesicht gewichen, doch er blieb stur. »Ich kann nicht glauben, daß sie in den Mord an Gil verwickelt ist oder daß sie Quentin etwas zuleide tun würde.«

»Das zu glauben, fällt mir auch schwer.«

»Ja, und?«

»Wie ihr wißt, habe ich mich auch früher schon mal geirrt.«

Nick sagte mit blitzenden Augen: »Hart, hab ich dir nicht gesagt, daß er in das Mädchen verliebt ist? Gray wird ihr kein Härchen krümmen. Er hat nur einmal in ihre schönen himmelblauen Augen geschaut, und schon ...«

»Ihre Augen sind grün«, berichtigte Gray.

Nick schüttelte sich vor Lachen. »Hab ich's nicht gesagt, Hart? Wie gesagt, er schaute nur einmal in diese schönen himmelgrünen Augen, und schon schlug das Schicksal zu. Sie ist sein Mädchen. Er glaubt genauso wenig wie du und ich, daß sie eine Mörderin ist. Und wenn alles vorüber ist, muß er für sein Handeln einstehen. Du solltest Mitleid mit ihm haben, Hart. Wie ich.«

Grays Augen glommen belustigt. »Wenn alles vorüber ist«, sagte er, »werde ich mich glücklich schätzen, das Weib nie wiedersehen zu müssen. Übrigens, Nick, wenn du das nächste Mal als Retter auftrittst, mach es nicht gar so dramatisch. Deine heutige Szene war ein bißchen dick aufgetragen.«

»Ganz wie du willst«, antwortete Nick munter.

»Und, Hart, mach nur so weiter. Ich glaube, vor dir hat sie fast noch mehr Angst als vor mir.«

Harts einziger Kommentar bestand darin, daß er einen Kessel mit kochendem Wasser auf den wackligen Tisch knallte. »Du solltest dich rasieren«, empfahl er Gray und deutete auf den Kessel.

»Wie man sich auf solchen Missionen nach seinem Kammerdiener sehnt«, bemerkte Gray. »Mein Portemanteau ist wohl im anderen Zimmer?«

»Miss Weymans ebenfalls«, erwiderte Nick. »Soll ich ihn ihr hinaufbringen?«

»Lieber nicht. Schließlich soll sie sich so elend und unbehaglich wie nur möglich fühlen. Bitte, Hart, meine Nerven halten dieses Klappern von Töpfen und Pfannen nicht mehr aus.« Er griff nach einer Blechtasse und füllte sie mit heißem Wasser. »Also«, sagte er, »auf diese Weise bringen wir die Angelegenheit zu einem raschen Abschluß.«

Siebtes Kapitel

Als Gray die Tür geschlossen hatte, verlor Deborah keine Zeit und begann sogleich mit ihrer Toilette. Das bißchen Wasser im Krug, das von der vorabendlichen Waschung übriggeblieben war, war eiskalt. Mangels eines Waschlappens tauchte sie einen Zipfel des fadenscheinigen Handtuchs hinein und rieb damit hastig ihren gesamten Körper ab. Auch Hände und Gesicht wurden nur sehr flüchtig behandelt. Wenige Minuten später hatte sie sich angekleidet. Ihr Haar war schmutzig und verfilzt. Voller Abscheu betrachtete sie den zerbrochenen, schmutzigen Kamm, bevor sie ihn schließlich doch zur Hand nahm und sich damit durchs Haar fuhr.

Nachdem sie sich frisiert hatte, so gut es ging, wartete sie ungeduldig darauf, daß jemand sie abholte und nach draußen zum Toilettenhäuschen führte. Minutenlang schritt sie gereizt in dem Raum auf und ab, überzeugt davon, daß sich niemand um ihr Befinden kümmerte. Dann schaute sie sich im Zimmer nach dem unvermeidlichen Nachttopf um. Sie fand ihn unter dem Waschtisch, und er wimmelte von Maden.

Sie unterdrückte einen Schrei, ließ den Nachttopf fallen und wich hastig einen Schritt zurück. Das hatte Gray mit Absicht getan, um sie weichzukochen, bis sie ihm sagte, was er wissen wollte. Wütend über eine so gemeine Taktik – ein weiterer

Beweis für die Ungehobeltheit dieses Mannes – benutzte sie das abgestandene Waschwasser aus dem Eimer, um die ungeladenen Gäste zu ertränken, und wünschte sich, ebenso mit ihrem ruchlosen Entführer verfahren zu können. Es war entsetzlich. Lieber würde sie platzen, bevor sie diesen schmutzigen, heruntergekommenen Nachttopf benutzte.

Mit ihrer Empörung wuchs ihr Mut. Entschlossen ging sie zur Tür und hämmerte mit ihrem Schuh gegen das Holz. Binnen weniger Minuten drehte sich der Schlüssel im Schloß, und der finster blickende dunkelhaarige Mann, den sie Hart nannten, stand vor ihr.

Die hitzige Beschwerde erstarb ihr auf der Zunge. Sie wußte nicht, wie sie diesen Mann einschätzen sollte, und beschloß, ihn lieber nicht zu provozieren. »Ist es gestattet, daß ich den Abtritt aufsuche?« fragte sie mit einem schwachen Lächeln.

Er bedachte sie mit einem unergründlichen Blick, bevor er sie die Treppe hinunter in die Küche führte. Lord Kendal und Nick waren nicht zu sehen, doch sie hörte ihre Stimmen aus einem Nebenzimmer.

Wenig später wurde sie wieder in ihrem Zimmer eingesperrt. An einem warmen Frühstück lag ihr nichts, doch für ein Stück trockenes Brot und etwas Heißes zu trinken hätte sie ihr letztes Hemd gegeben. Man hatte ihr nichts angeboten. Lord Kendal war widerlicher als eine räudige Ratte.

Kendal war ein furchteinflößender Feind, doch auch er war nicht unfehlbar. Er glaubte, sie ließe sich problemlos derart einschüchtern, daß sie tat, was er wollte, doch in diesem Punkt befand er sich gewaltig auf dem Holzweg. Er war auf sie angewiesen. Nur solange sie lebte, war sie wertvoll für ihn. Wenn ihr etwas zustieß, sah er seine Pläne durchkreuzt.

Ihr entschlüpfte ein Ton, halb Schluchzen, halb Lachen. Wem wollte sie da etwas einreden? Sie war so leicht einzuschüch-

tern. Sie war keine Heldin. Und wenn sie manchmal tatsächlich mutig erschien, wie Miss Hare zum Beispiel meinte, dann lag es nur daran, daß sie mit dem Rücken zur Wand stand und ihr nichts anderes übrigblieb. Selbst ein in die Enge getriebenes Kaninchen kämpft um sein Leben. Wenn Albert das gewußt hätte, wäre er heute bestimmt noch am Leben.
Sie hatte sich angewöhnt, Erinnerungen an diese scheußliche Zeit rücksichtslos zu verdrängen, sobald sie sich meldeten. Diesmal gelang es ihr nicht recht. Das kam von der Angst. Ihr Denkvermögen ließ sie mehr und mehr im Stich.
Rastlos stand sie auf und begann, auf und ab zu gehen. Da sie fror, hob sie ihren Mantel auf, legte ihn sich um die Schultern und trat ans Fenster. Durch eine der Ritzen blickte sie hinaus auf ein Gerstenfeld, und dahinter erkannte sie die Silhouette der Hügel im rosa schimmernden Morgendunst.
In Belvidere, wo sie geboren und aufgewachsen war, prägte nicht die Natur die Landschaft, obwohl sie den Anschein großer natürlicher Schönheit erweckte. Alles war von Menschenhand geschaffen – der See, die Bäche, die sanften Mulden und Hügel, die Baumgruppen, die Eichen- und Ulmenhaine. Das Haus selbst war mehr ein Palast als ein Heim. Sie erinnerte sich an kalten weißen Marmor, an griechische Säulen, an Säle voller unbezahlbarer Gemälde und Antiquitäten und anderer Sammelobjekte.
Diesen prachtvollen Besitz zu unterhalten, hatte Unmengen Geld gekostet. Geld. Das war alles, was sie ihrem Vater je bedeutet hatte. Bebend lehnte sie den Kopf gegen das vernagelte Fenster, schloß die Augen und befahl den Erinnerungen zu verschwinden, doch es war hoffnungslos. Resigniert gab sie sich ihnen hin.
Als Kind hatte sie nicht gewußt, daß ihr Vater ihre Mutter nur wegen ihres Vermögens geheiratet hatte, hatte nichts

gewußt von dem Haß ihres Vaters auf die Gattin, die seiner Meinung nach so tief unter ihm stand. Die Eltern ihrer Mutter gehörten zur Zunft der Kaufleute, und ihr Vater betrachtete seine Frau als Krämerstochter. Im Vokabular des Earls gab es kein verächtlicheres Wort.

Deborah und ihr Bruder Stephen kannten sein wüstes Temperament und fürchteten ihn, ahnten aber nicht, daß ihre Mutter die größte Wucht seiner Launen abfing. Sie sahen ihn selten und waren froh über seine Gleichgültigkeit ihnen gegenüber, und wenngleich sie einen großen Teil des Tages im Schulzimmer verbrachten, war doch die restliche Zeit der Mutter vorbehalten, und das war wunderschön. Zu dritt durchstreiften sie zu Pferde die Wälder und Wiesen, sie sammelten Blumen und preßten sie zwischen Buchseiten, sie freundeten sich mit Zigeunern und den Dorfbewohnern an. Die Mutter war der Mittelpunkt ihrer kleinen Welt; sie beteten sie an.

Das alles änderte sich mit dem Tag, an dem die Mutter sie in eine Kutsche schob und sagte, sie würden einen langen Urlaub antreten. Sie wußten, daß irgend etwas ganz und gar nicht stimmte, denn die Mutter weinte und trieb den Kutscher zur Eile an. Sie waren noch nicht weit gekommen, als der Vater sie einholte. Er befahl den Kindern auszusteigen, und schickte die Mutter allein auf den Weg. An diesem Tag sah Deborah ihre Mutter zum letzten Mal.

Jahre vergingen, lange, schmerzvolle Jahre, bevor Stephen und sie verstanden, was mit ihnen geschehen war. Aus dem Dienstbotenklatsch und anderen Quellen setzten sie das Puzzle Stück für Stück zusammen. Ihre Mutter hatte in Angst vor den unkontrollierten Wutausbrüchen ihres Mannes gelebt, und nach einem besonders schlimmen Erlebnis, als sie glaubte, er würde sie umbringen, hatte sie ihre Kinder genommen und die Flucht ergriffen. Doch es gab keine Rettung für sie. Nach dem mißlungenen Fluchtversuch verbannte der Earl seine Frau in ein einsames Häuschen auf seinem Besitz, während die Kinder in Belvidere bleiben mußten. Das Gesetz erlaubte es ihm, so zu handeln.

Das Gesetz erlaubte ihm noch mehr. Nicht ein Penny aus ihrem Vermögen wurde der Mutter jemals zurückerstattet. Sie war mittellos, und selbst, wenn sie frei gewesen wäre, hätte sie sich nicht allein durchbringen können, geschweige denn zwei kleine Kinder. Sie gab aber die Hoffnung nicht auf. Heimlich hatte sie an ihren Anwalt geschrieben und versucht, den Beweis zu erbringen, daß ihr Gatte als Erzieher zweier Kinder denkbar ungeeignet war. Beamte waren gekommen und hatten die Kinder verhört, und diese wiederum hatten die Aussage ihrer Mutter gestützt. Dennoch bestand nie ein Zweifel daran, wessen Wort sich die Beamten beugen würden. Der Vater war charmant, wortgewandt und so unübersehbar vornehm. Als der Earl mit den Beamten fertig war, wurde der Geisteszustand seiner Frau in Zweifel gezogen, einer Frau, die ganz offensichtlich ihre unschuldigen Kinder gegen den Vater aufgehetzt hatte.

Jetzt nahm der Earl Rache. Es dauerte nicht lange, bis er seine Frau in eine Anstalt sperren ließ. Binnen eines Jahres war sie tot. Und seinen wildesten Haß sparte sich der Earl für seine Kinder auf, die seiner Meinung nach die Mutter unterstützt hatten, indem sie den Beamten gegenüber aus der Schule plauderten.

Tränen traten in Deborahs Augen, als andere Erinnerungen in rascher Folge in ihr aufstiegen. Wie Stephen wenige Tage, nachdem der Earl seiner neuen Frau die Kinder vorgestellt hatte, zur Schule fortgeschickt wurde. Ihre Stiefmutter war, wie der Vater sie nie vergessen ließ, von genauso reinrassig edlem Blut wie er. Dann folgte die Geburt ihrer Halbschwester Elizabeth, und Deborah erinnerte sich, wie ihre Freude dem Entsetzen wich unter dem Schimpfen der Stiefmutter, sie solle das Kind nicht anfassen, sie würde ihm schaden. London, und ihre erste Saison, die zum Alptraum für sie wurde. Das Haus ihres Vaters in The Strand, und ihr sechzehnter Geburtstag, an dem sie ihrem Verlobten, Albert Hollander, vorgeführt wurde. Albert, der versuchte, sie zu vergewaltigen, und sein Gesichtsausdruck, als das Treppengeländer nachgab und er drei Stockwerke tief zu Tode stürzte.

Sie lehnte den Kopf an die harten Bretter des vernagelten Fensters und versuchte, ihren hastigen Atem zu beruhigen. Albert hatte den Tod nicht verdient. Sie hatte ihn nicht umbringen wollen. Doch es waren ihre Hände gewesen, die ihn gestoßen hatten in einem verzweifelten Versuch, sich aus seinem Griff zu befreien. Sie war in die Enge getrieben worden, und sie hatte gekämpft wie eine Wildkatze.

Die Erinnerungen, die nun folgten, waren nahezu genauso schlimm. Wie ihr Vater drohte, was mit ihr geschehen würde, falls sie sich als genauso rebellisch erwies wie ihre Mutter. Windsor, und Stephen, der sie an die Behörden verraten hatte, als sie ihn dort treffen wollte.

Stephens Verrat war das Schmerzlichste von allem, denn der Verlust der Mutter und der Abscheu gegen den Vater hatten sie eng zusammengeschmiedet. Ob er unter Gewissensnöten gelitten hatte wegen seines Verrats an ihr? Sie vermutete es, denn sie hatte gehört, daß er danach aus der Schule ausgerissen und zur Armee gegangen sei. Das letzte, was sie von ihm erfahren hatte, war, daß er immer noch mit der britischen Armee in Indien stationiert war.

Wäre Miss Hare nicht gewesen, sie wüßte nicht, was aus ihr hätte werden sollen. Als ihr Vater ihre Verlobung verkündete,

war Miss Hare entlassen worden. Doch Deborah hatte gewußt, wo sie ihre Gouvernante finden konnte, und nach ihrem knappen Entkommen in Windsor hatte sie bei ihr Zuflucht gefunden.
Zur Zeit würde ihr Vater sich zur Jagd in Belvidere aufhalten. Ihre Halbschwester Elizabeth durfte alt genug sein für ihre erste Saison. Das würde Geld kosten, viel Geld. Sie, Deborah, war vielleicht nicht in der Lage, an ihr Vermögen heranzukommen, aber ihr Vater ebensowenig, seit Deborah volljährig war. Das konnte ihm nur gelingen, wenn er sie wieder in die Klauen bekam. Sie zweifelte nicht an dem Ergebnis, wenn das geschehen sollte. Er würde sie zwingen, einen Mann, ähnlich wie Albert, zu heiraten oder sie in eine Irrenanstalt stecken.
Plötzlich spürte sie intuitiv, daß sie nicht allein war, und fuhr zur Tür herum. Grays Lächeln verlosch, als er Deborahs Gesicht sah.
Er sprach kurz und knapp mit ihr. »Es besteht kein Grund für solch großen Kummer. Sag mir, was ich wissen will, und ich laß dich gehen.«
Sie preßte die Hände an die Schläfen. »Was? Ach, Ihr seid es.«
»Wen hattest du denn vermutet?«
Ihr Lächeln war bitter. »Jemanden, der Euch sehr ähnlich ist.«
»Wer ist das?«
Sie schüttelte den Kopf. »Selbst eine Gefangene hat ein Recht auf ihre Gedanken.«
Es überraschte ihn, wie sehr er sich wünschte, sie würde sich ihm anvertrauen, wie sehr er sich wünschte, sie zu trösten. Er ahnte, daß das, was sie dermaßen verstört hatte, über ihre derzeitige Situation hinausging. Ihre Vergangenheit lag im Dunkeln. Das nagte an ihm, oder vielleicht war es auch die Frau selbst, die an ihm nagte. Die Widersprüchlichkeiten in ihrem Charakter verwunderten ihn. Sie hatte Angst vor ihm

und war doch tollkühn in ihrem Trotz. Sie war zerbrechlich und doch eisenhart. Als er sie jetzt betrachtete, sah er nichts von dem schüchternen, verletzlichen Wesen, das sich vor dem blutarmen Mr. Gray gefürchtet hatte. Den Kopf in den Nakken gelegt, den Blick furchtlos auf ihn gerichtet, sah sie aus wie eine mythische Kriegsgöttin. Das war natürlich nur gespielt. Sein Instinkt verriet ihm, daß sie dem Zusammenbruch nahe war.

In sanfterem Tonfall sagte er: »Deborah, ich will dir helfen. Falls du dich vor etwas oder vor jemandem fürchtest, kann ich dich beschützen, aber zunächst muß ich wissen, wo Quentin ist.«

Er sah, wie sie für einen Augenblick mit sich kämpfte, dann jedoch blitzten ihre Augen vor Verachtung. »Euren Schutz habe ich schon genießen dürfen, also nein danke, und offen gesagt, es macht keinen Eindruck auf mich. Noch deutlicher: ich würde mein Vertrauen eher auf ein Nest voller Vipern setzen als auf einen Mann wie Euch.« Im Bewußtsein, daß sie mehr und mehr die Kontrolle verlor, wandte sie sich zur Seite, um die Handtücher auf dem Waschtisch zusammenzulegen, und nutzte diesen kurzen Augenblick, um sich zu sammeln.

Seine Enttäuschung war so bitter wie sein Zorn. Sie zwang ihn, das Spiel fortzusetzen. Er hatte keine Lust, weiterhin die Rolle des Tyrannen zu spielen, er wollte sie nicht mehr ängstigen oder verletzen. Er wollte, daß sie aufgab, bevor er sie völlig am Boden zerstörte.

Er riß sich zusammen, als er erkannte, daß er schon wieder in die altbekannte Falle tappte. Er wußte nicht das geringste über sie, sagte er sich zur Erinnerung. Irgendeiner Tat hatte sie sich schuldig gemacht. Eine unschuldige Frau entführte keinen hilflosen Jungen und flüchtete, als wären die Höllenhunde hinter ihr her.

Gray verstand nicht, was in ihn gefahren war. Keine Frau hatte ihn je so berührt wie diese, und von allen Frauen war ihr am allerwenigsten zu trauen. Das durfte er um Himmels willen nie vergessen.
»Dein Frühstück steht bereit«, sagte er und hielt ihr die Tür offen.
In der Küche saßen Nick und Hart am Tisch. Beide erhoben sich, als Deborah eintrat.
»Miss Weyman gegenüber besteht kein Anlaß für solche Höflichkeiten«, bemerkte Gray und bedeutete ihnen, sich zu setzen.
Nick ließ sich wieder auf seinen Stuhl fallen, Hart jedoch ging zum Herd. Wegen der vernagelten Fenster brannten Lampen, und Deborahs Blick huschte von einem Mann zum anderen.
»Setz dich, Deborah«, sagte Gray.
Sie sah ihn wachsam an. Er trug einen frischen, tadellos sitzenden Anzug. Sein weißes Hemd wies keinen einzigen Flecken auf, keine Spur von dem Wein, den sie ihm am Vorabend ins Gesicht geschleudert hatte. Auch Nick und Hart sahen frisch und sauber aus.
Zorn brannte in ihr auf. Während sie allmählich roch und aussah wie eine Kesselflickerin, waren sie ausstaffiert, als wollten sie sich einen vergnüglichen Tag machen. »Wo ist mein Portemanteau?« verlangte sie zu wissen. Sie wurde abgelenkt, als Hart ihr einen Teller voll zerlaufener Spiegeleier mit Speck vorsetzte und einen Becher mit einer dampfenden Flüssigkeit. »Danke«, sagte sie und bemerkte nebenbei, daß ihr diesmal sogar ein Messer anvertraut wurde.
»Ach ja«, sagte Nick. »Im ...« Er hielt inne, als Gray ihn mit einer heftigen Handbewegung zum Schweigen brachte.
»Wo haben sie ihn denn zurückgelassen?« fragte Gray.
»In Eurer Kutsche, wie Ihr sehr wohl wißt.« Allein der An-

blick dieser zerlaufenen Eier wollte ihr den Magen umdrehen. Sie hob den Becher an die Lippen und nahm einen kleinen Schluck. Kaffee? Tee? Es hätte beides sein können, oder auch eine Mischung aus beidem. Das Aussehen des Getränks gab keinen Aufschluß. Es war dunkel und zäh wie Sirup. Sie stellte den Becher ab.

»Meine Kutsche habe ich in Wells gelassen«, sagte Gray.

»Mitsamt meinem Portemanteau?«

Er neigte den Kopf.

»Und was ist mit Eurem Portemanteau und Nicks und Harts?«

Auf seine belustigte Miene hin straffte sie die Schultern.

»Oh, wir waren vorausblickend genug, sie mitzubringen.«

Und sein Grinsen weckte den Wunsch in ihr, ihm mit den Fingernägeln mitten durchs Gesicht zu kratzen. Sie spießte ein Stückchen Speck auf ihre Gabel und schob es in den Mund. Als knusprig konnte man ihn nicht bezeichnen. Er war so hart, daß sie glaubte, auf Nägeln zu kauen. Um nicht daran zu ersticken, war sie gezwungen, einen Schluck von der abscheulichen Brühe zu trinken, die Hart ihr vorgesetzt hatte.

Als sie merkte, daß sie als einzige aß, fragte sie, an Nick gewandt: »Wollt Ihr nicht frühstücken?«

Er sah sie verdutzt an. »Nun ...«, begann er.

Gray antwortete an seiner Stelle. »Nick und ich fahren heute morgen nach Wells und wollen im *King's Arms* speisen. Soviel ich weiß, bekommt man dort ein ausgezeichnetes Frühstück.«

Das brachte das Faß zum Überlaufen. Abrupt sprang Deborah auf die Füße.

»Wohin willst du?«

»Das hier ist kaum besser als ein Schweinestall«, schrie sie. »Wenn Ihr mich vergiften wollt, warum gebt ihr mir dann

nicht einfach einen Becher voll Schierling? Das wäre allemal noch besser als dieser Schlangenfraß, den Ihr Frühstück nennt.«
Gray wandte sich mit leisem Lachen an Hart. »Ich fürchte, Deborah weiß deine Kochkünste genausowenig zu schätzen wie Nick und ich.« In Deborahs Richtung fuhr er dann fort: »Sag mir, was ich wissen will, dann lade ich dich zum Frühstück im *King's Arms* ein. Was magst du am liebsten? Schinken? Räucherhering? Oder zart geschmorte Nierchen? Nick und ich ...«
Seine blitzenden Augen gaben ihr den Rest. Mit einer heftigen Handbewegung wischte sie den Teller samt Inhalt vom Tisch und machte einen Schritt auf die Tür zu.
»Keinen Schritt weiter, Deborah, oder du wirst es bereuen.«
Die Atmosphäre in dem kleinen Raum war spannungsgeladen. Tief innerlich begann Deborah zu zittern. Ganz langsam drehte sie sich zu ihrem Entführer um.
Auch Nick war aufgestanden. Er bemerkte Deborahs Blässe und die Angst in ihrem Blick. »Wirklich, Gray, ist das alles nötig?«
»Sattle die Pferde, Nick.«
»Aber ...«
»Tu, was ich dir sage.« Gray sprach bedrohlich leise.
Mit einem besorgten Blick auf Deborah gehorchte Nick.
»Hart, geh mit ihm.«
Als die Tür sich hinter Hart geschlossen hatte, sagte Gray: »Komm hierher, Deborah.« Sie zögerte, und er fuhr sie an: »Sofort!«
Sie mußte sich zwingen, ihre Füße in Bewegung zu setzen. Er war ein Mörder. Woran lag es nur, daß sie es immer wieder vergaß?
Gray musterte ihr Gesicht. »Ja«, sagte er, »du hast allen

Grund, Angst vor mir zu haben. Jetzt hör mir genau zu. Du solltest dich glücklich schätzen, Deborah, denn dir wird eine kurze Verschnaufpause gewährt. Nick und ich wollen Lady Becket einen Besuch abstatten, um uns zu vergewissern, daß sie keinen Verdacht geschöpft hat. Gegen Abend sind wir wahrscheinlich zurück. In der Zwischenzeit kannst du dir ausmalen, was dich erwartet, wenn du dich weiterhin weigerst, mir zu sagen, was ich wissen will.« Er nickte, befriedigt über den Ausdruck, der in ihre Augen trat. »Jawohl, Deborah, wir machen dort weiter, wo wir heute morgen aufgehört haben. – Und was diesen Schuppen angeht . . .« Er blickte sich in dem unordentlichen Raum um und betrachtete ihre Frühstücksreste auf dem Boden. »Du hast recht. Es ist ein Schweinestall. Ich erwarte von dir, daß du ihn bewohnbar machst. Mit anderen Worten, wenn ich heimkomme, soll alles so sauber sein, daß wir vom Boden essen könnten. Verstanden?«
Sie nickte wortlos, doch ihre Gedanken wirbelten wild durcheinander. Sie sollte sich ihm nicht widersetzen, sondern dem Schicksal danken, daß er und Nick fortgingen. So blieb nur ein Mann zu ihrer Bewachung zurück. Wells konnte nicht so weit entfernt sein. Zwar war sie nicht in der Lage, den Weg zu Fuß zurückzulegen, doch wenn sie Harts Pferd in die Hände bekam, hatte sie die Chance zu fliehen.
Gray lachte leise und schüttelte den Kopf. »Spar dir den Gedanken, Deborah. Hart ist nicht so zivilisiert wie ich. Falls du versuchst, ihm zu entkommen, kann ich für nichts garantieren.«
Seine Worte über Hart mochten durchaus zutreffen, doch besonders erschütterte es sie, daß er so einfach ihre Gedanken lesen konnte. »Ich weiß nicht, wovon Ihr redet«, sagte sie.
Er lächelte sein teuflisches Lächeln. »Oh, ich glaube, doch«, sagte er und verließ den Raum.

Deborah hörte gedämpfte Stimmen direkt vor der Tür, dann trat Hart ein. Er war nicht so groß wie Lord Kendal, aber um einiges schwerer, wie Deborah vermutete. Hart gehörte zu den Männern, deren Kinn selbst nach frischer Rasur stets bartstoppelig aussah, und das ließ ihn finster und grimmig wirken.

»Gray will, daß hier saubergemacht wird«, sagte er.

Sie beäugte ihn nervös. Das waren die ersten verständlichen Worte, die er an sie gerichtet hatte. Vielleicht würde sie sich nicht mehr so vor ihm fürchten, wenn es ihr gelang, ihn in ein Gespräch zu ziehen. »Dazu brauche ich heißes Wasser, und zwar sehr viel«, sagte sie versuchsweise.

Er deutete auf einen Holzeimer beim Ausguß und dann auf das kahle Fenster. »Die Pumpe ist im Hof, direkt hinter dieser Tür da.«

Deborah fuhr sich mit der Zunge über die Lippen und wagte einen zweiten Vorstoß. »Es ist nicht hell genug; ich kann kaum sehen, was ich tue.«

Wortlos ging Hart zum Fenster, packte eines der Bretter und riß es mühelos ab. Ein zweites und ein drittes folgten. Der Mann war stark wie ein Bulle.

Deborah schluckte und krempelte sich die Ärmel hoch.

Als es Abend wurde, schmerzte jeder einzelne ihrer Muskeln vor Erschöpfung. Sie hielt in ihrer Arbeit am Ausguß inne, streckte sich und massierte sich mit einer Hand den unteren Teil ihrer verkrampften Wirbelsäule. Ihr Blick schweifte hinüber zu dem schweigsamen Mann, der seit mindestens zwei Stunden am Feuer saß und sie anstarrte, als wäre er eine ausgehungerte Katze und sie eine Maus im Käfig. Wie dumm von ihr zu glauben, sie könnte ihm entkommen. Nachdem sein Herr fort war, hatte er seine Wachsamkeit verzehnfacht.

Sie konnte nicht einmal zur Toilette gehen, ohne daß er vor der Tür Wache stand, und wenn er selbst einmal austreten mußte, schloß er sie gewissenhaft zunächst in ihrem Zimmer ein.

Jetzt sah sie sich in dem kleinen Raum um und begutachtete ihr bisheriges Werk.

Die schmiedeeiserne Herdplatte glänzte, und vom eichenen Rauchfang hing eine Reihe blitzblanker Töpfe und Pfannen. Der Tisch war zwar immer noch wacklig und zerkratzt, aber jeder einzelne Schmutzfleck war sauber weggeschrubbt. Der Steinboden war gekehrt und gescheuert, der Abwassereimer ausgeleert, und auf der Bank neben dem Ausguß stand ein Bottich mit frischem Wasser. Selbst ihr eigenes Zimmer hatte Deborah einer gründlichen Reinigung unterzogen. Auf dem Waschtisch stand ein Krug mit frischem Wasser, und, das Wichtigste von allem, der widerliche Nachttopf war in einem Zuber mit kochendheißem Wasser eingeweicht worden.

In Gedanken versunken trocknete sie sich mit einem groben Handtuch die Hände ab. Sie verstand nicht recht, was in ihr vorging. Sie wußte, was sie von Kendal zu halten hatte, doch sie schien es immer wieder zu vergessen. Als er sie ruhig und ernst gebeten hatte, sich ihm anzuvertrauen, war sie bis in die Grundfesten ihres Seins erschüttert gewesen. Für eine Sekunde, den Bruchteil einer Sekunde, war sie doch tatsächlich unentschlossen gewesen. In diesem Augenblick hatte sie sich nichts sehnlicher gewünscht, als ihre Bürde auf seine breiten Schultern laden zu können. Als ihr dann jedoch einfiel, daß gerade er ja diese Bürde war, da verwandelte ihr Zögern sich in Empörung. Trotzdem, sie war gefährlich nahe daran gewesen, sich zu verraten. Sie mußte fliehen, bevor sie völlig den Verstand verlor.

Er war ein Mörder, erinnerte sie sich selbst. Sie haßte ihn,

fürchtete ihn, wünschte ihm von ganzem Herzen, daß er seine gerechte Strafe bekam. Und wenn sie jemals wieder spüren sollte, daß weichere Gefühle für ihn aufkamen, würde sie sich selbst die Kehle durchschneiden und ihm die Mühe ersparen.
Sie breitete die Geschirrtücher auf dem Spültisch zum Trocknen aus, als sie ein Horn blasen hörte. Es folgten noch ein paar Stöße ins Horn, dann vernahm sie Lord Kendals Stimme, die ein Seemannslied sang. Deborah erkannte die Melodie, aber nicht die Worte.
»Was wollen wir tun mit dem losen Mädchen?« grölte seine Lordschaft aus voller Kehle.
Eine andere Stimme setzte ein, Nicks, und Deborah hielt nicht allzuviel von der schlüpfrigen Antwort. Es hörte sich an, als wären beide sternhagelvoll.
Hart bedachte Deborah mit einem seiner drohenden Blicke, stand dann auf und ging rasch zur Haustür. Deborah zog die Brauen zusammen. Beinahe war sie versucht, nach ihrer Haarnadel zu greifen. Die beiden Stimmen waren so laut, als wollten sie die Mauern einstürzen lassen. Hart versuchte vergeblich, sie zum Schweigen zu bringen.
Rüpel, dachte Deborah. Von Nick hätte sie so etwas nicht gedacht. Betrunken war nicht das richtige Wort für die beiden. Auf diesen Gedanken folgte eine beglückende Erkenntnis. Vielleicht bot sich ihr nie mehr eine bessere Gelegenheit zur Flucht.

Achtes Kapitel

Deborah zuckte zusammen, als die Tür aufgestoßen wurde und Gray, einen Arm um Nicks Nacken gelegt, ins Zimmer schwankte. In seiner freien Hand hielt er das Horn eines Postillions, in das er jetzt mit aller Macht hineinblies. Das erzeugte in der kleinen Küche einen ohrenbetäubenden Lärm.

Deborah verschränkte die Arme unter der Brust. Zwar war der Aufzug beider Herren reichlich demoliert, doch sie musterte nur Gray mit wachsendem Zorn. Sein Haar war windzerzaust und naß vom Regen. Sein Halstuch saß schief, Hemd und Weste waren aufgeknöpft und offenbarten seinen muskulösen Brustkorb und den kräftigen Hals. Seine Hosen waren rettungslos zerknittert. Deborahs Blick fiel auf seine Stiefel. Beide waren mit rüschigen, rosenknospenverzierten Strumpfbändern geschmückt. Ruckartig hob sie den Kopf und sah wieder auf sein Haar. Nein, nicht windzerzaust, entschied sie, sondern von einer Frauenhand zerstrubbelt.

Deborah war stolz darauf, mit ihrem Schnauben genau die richtige Mischung aus Belustigung und Verachtung zum Ausdruck gebracht zu haben. »So also unterhält Lady Becket ihre Gäste?«

Nick räusperte sich. »Eigentlich, Deborah, haben wir Lady Becket schon vor ein paar Stunden verlassen.«

Aus schmalen Augen betrachtete sie Gray, schniefte und hielt die Nase hoch.

Langsam breitete sich ein Lächeln über Grays Züge aus. »Verdammt noch mal, Nick, ich kann ihr nicht widerstehen, wenn sie mit mir flirtet.« Damit schüttelte er Nicks Arm ab, der ihn zurückhalten wollte, ging zu Deborah und hängte sich an ihren Hals.

Deborahs Knie gaben nach unter seinem Gewicht, und bevor sie sich noch wehren konnte, küßte er sie wild mit offenem Mund, und Hitzewellen liefen über ihren Körper, um sich in ihrem Schoß zusammenzuballen. Etwas ungemein Süßes brach in ihr auf, doch dann roch sie ihn. Den Brandy konnte sie ja noch ertragen, doch der Duft von billigem Parfüm setzte eine andere Art von Hitze in ihr frei. Es zuckte ihr in den Fingern, ihn zu ohrfeigen.

Sie riß den Kopf zurück und funkelte Gray böse an. »Ihr stinkt wie ein ... wie ein ...« Ihr Busen wogte.

»Hurenhaus?« half er ihr aus. »Ach, das ist Nicks Schuld. Das ›Schmuckkästchen‹, weißt du? Gleich hinter dem *King's Arms*.« Sein Gesicht wurde lang. »Es hat nicht funktioniert. Ich habe Nick gleich gesagt, daß es nichts nützt.«

Über Grays Schulter hinweg sah Deborah Nick vielsagend die Schultern heben, bevor er sich einen Stuhl zurechtrückte und sich setzte. »Ich weiß nicht, Gray«, sagte er. »Ich hatte doch den Eindruck, daß du dich einigermaßen amüsiert hast.«

Gray sah Deborah lüstern an. »Amber und Garnet sind auf ihre Art schon ganz gut. Ich muß sogar zugeben: sie sind recht einfallsreich. Doch ihre Tricks haben einen Makel. Man kann einem Mann keinen Vorwurf machen, daß er Frischfleisch aus seinen eigenen Beständen will.«

Nick schickte Deborah einen sehr direkten Blick zu und schüttelte den Kopf.

Deborah verstand, daß Nick sie beruhigen wollte. Der betrunkene Rüpel, der da so schwer an ihrem Hals hing, war so ausgelaugt von seinen amourösen Abenteuern, daß er für keine Frau mehr eine unmittelbare Bedrohung darstellte. Sie war froh darüber und überaus dankbar für Nicks Eingreifen. Trotzdem ärgerte es sie maßlos, daß Gray sich mit leichten Mädchen vergnügt hatte, während sie sich die Finger wund schuftete, um sein Haus zu putzen. Mit *einfallsreichen* leichten Mädchen, was immer das auch heißen mochte. Dieser Mann beunruhigte sie stark, und das ärgerte sie. Nein, es machte sie verdammt wütend.

Ihre Bewegung erfolgte so wild, so plötzlich, daß das Ergebnis sie selbst überraschte. Gray taumelte rücklings, drehte sich halb um die eigene Achse und schoß dann auf den offenen Kamin zu. Nick sprang auf. Deborah war schneller. Mit einem Angstschrei griff sie nach Grays Rockschößen und riß ihn zurück, bevor er in die Glut stürzen konnte. Mit einem dumpfen Aufprall landete er auf dem Hinterteil.

»Wirklich, Deborah«, hub Nick an.

Gray fuchtelte lässig mit der Hand über seinem Kopf herum. »Nein, misch dich nicht ein, Nick. Das gehört zu ihrem Liebesspiel. Sie ist eine richtige Amazone, wenn sie erst einmal loslegt. Wirklich, allmählich finde ich Gefallen an dieser starken, beherrschenden Sorte Frauen. Da fragt sich ein Mann, wer wohl Oberhand gewinnen wird.«

Das war offenbar ein zotiger Witz, denn beide Männer lachten hinter der vorgehaltenen Hand.

Deborah blickte kochend vor Wut von einem zum anderen und lief hastig ein paar Schritte auf und ab. »Ihr seid eine Schande für Euren gesamten Stand«, fuhr sie die Männer an.

»Ja, das hast du mir bereits zu verstehen gegeben«, sagte Gray und wirkte dabei eher wie ein frecher Schulbub statt wie ein dekadenter Schurke. »Schau nur, ich hab dir ein Geschenk mitgebracht.«

Gedankenlos nahm sie die Strumpfbänder entgegen, dann schnappte sie nach Luft.

Er lächelte unschuldig. »Ich war mir sicher, daß sie dir gefallen würden, weißt du, weil deine eigenen Sachen doch so schlicht und praktisch sind.«

Ihre Stimme wurde bedrohlich laut. »Und Ihr dachtet, Ihr macht mir eine Freude mit den abgelegten Sachen einer anderen Frau?«

»Das sind keine abgelegten Sachen. Ich habe sie beim Würfeln gewonnen.«

Er sagte nichts mehr, als sie zum Kamin stapfte und die Strumpfbänder nachdrücklich mitten auf die glühenden Kohlen warf.

In das daraufhin einsetzende Schweigen sagte Gray beleidigt: »Wenn sie nicht passen, findet sich vielleicht noch etwas anderes. Ich habe weiß Gott noch mehr gewonnen.«

Als Gray anfing, in seinen Rocktaschen zu kramen, und Nick einen Warnton ausstieß, stampfte Deborah mit dem Fuß auf. »Habt Ihr denn überhaupt kein ...« Mitten im Satz unterbrach sie sich, da ihr plötzlich ihre eigene Dummheit bewußt wurde. Dieser Wortwechsel war doch lächerlich. Sie schimpfte wie eine eifersüchtige Ehefrau. Er war ihr Entführer, und sie war seine Gefangene.

Ohne das rüschige Stück Unterwäsche zu beachten, das Gray ihr anbot, fragte sie Nick: »Wo ist Hart?«

»Er versorgt die Pferde und, hm, macht Licht vor dem Haus, für die Gäste, die wir erwarten.«

»Gäste?« wiederholte sie vorsichtig.

»In erster Linie für Hart«, sagte Gray, »aber nicht nur.« Er erhob sich auf die Knie, dann auf die Füße und fand mit Nicks

Hilfe einen Platz am Tisch. Während er das Wäschestück wieder in die Tasche stopfte, beobachtete er Deborah heimlich unter halb geschlossenen Lidern hervor. »Hart ist, wie ich selbst auch, ein Kenner feiner Edelsteine. Er wird uns dankbar sein für diese nette Geste.«
»Edelsteine?«
Er lächelte. »Nicht einmal du kannst so naiv sein, Deborah. Ach, kein Grund, so böse dreinzuschauen. Du bist und bleibst der Diamant, der schönste Edelstein von allen.«
Sie konnte nicht glauben, was sie doch mit eigenen Ohren hörte. Nicht einmal Gray konnte so tief im Schmutz waten. Nicks schmerzlich entschuldigende Miene zerstörte diese schwache Hoffnung. Heiß stieg ihr die Röte ins Gesicht. Gray wollte den Schuppen in sein privates Bordell umwandeln, und sie sollte mit von der Partie sein. Taub vor Angst sah sie zu, wie Nick zum Schrank ging und Gläser und eine Flasche Brandy holte. Großzügig schenkte er ein und reichte Gray ein Glas.
»Ich möchte in mein Zimmer gehen«, sagte Deborah und blickte Nick beschwörend an.
Gray nahm einen kräftigen Schluck Brandy. »O nein, Deborah«, sagte er, »das paßt mir nicht. Du, mein Schatz, wirst an unserer Orgie teilnehmen.«
Orgie. Das Wort allein rief ihr all die Gerüchte über die Ausschweifungen seiner Standesgenossen ins Gedächtnis zurück. Man würde sie zwingen, Opium zu nehmen, und dann von einem zum anderen weiterreichen, und wenn sie mit ihr fertig waren, würden sie sie an irgendein Bordell in die Sklaverei verkaufen.
»Mir wird übel«, flüsterte sie und stürzte zur Tür.
Gray stand halb auf, aber Nick war schneller. »Ich kümmere mich um sie«, sagte er, schnappte sich ihren Mantel und folgte ihr nach draußen.

Deborah taumelte die Stufen hinunter, lehnte sich gegen die Außenwand des Schuppens und würgte heftig. Sie lehnte noch immer völlig erschöpft an der Mauer, als Nick sie einholte.

»Wenn Ihr ein Mann wäret, würdet Ihr dieser Sache Einhalt gebieten«, sagte sie in dem Versuch, wütend statt außer sich vor Angst zu erscheinen.

»Das habe ich vor.«

»Ihr seid genauso schlimm wie ... was habt Ihr gesagt?«

Er legte ihr den Mantel um die Schultern. »Vertraut mir, Deborah. Ich habe alles im Griff.«

Sie war noch nicht ganz bereit, ihm zu glauben. »Was habt Ihr im Griff? Warum sollte ich Euch vertrauen?«

»Ich habe Gray überredet, ein Stündchen oder zwei im ›Schmuckkästchen‹ zu verbringen, nicht wahr? Ja, ich weiß. Der Trick war nicht so erfolgreich, wie ich gehofft hatte. Er ist besessen von Euch, versteht Ihr? Die Frauen haben es Gray immer leicht gemacht. Zurückweisungen verkraftet er nicht so gut.«

Sie konzentrierte sich auf das einzig Wichtige. »Wie komme ich fort von hier? Die anderen werden mich hindern.«

»Gray ist nicht in der Lage, irgend etwas zu verhindern. Und Hart könnt Ihr mir überlassen.«

Ihr Herz raste vor Aufregung. »O Nick, wenn Ihr bitte eines der Pferde für mich satteln würdet!«

Er schüttelte den Kopf. »Dann weiß Gray, daß ich bei Eurer Flucht die Hand im Spiel hatte. Ich muß daran denken, meine eigene Haut zu retten.«

»Aber in diesem Wetter und in der Dunkelheit schaffe ich es zu Fuß nicht bis nach Wells«, rief sie verzweifelt.

»Das verlange ich ja auch gar nicht. Hört mir genau zu. Die Abordnung vom ›Schmuckkästchen‹ muß jeden Augenblick

hier eintreffen. Die Kutscher haben Anweisungen, die Mädchen morgen irgendwann wieder hier abzuholen. Ihr, meine liebe Deborah, steigt in eine der leeren Kutschen, wenn sie zurück zum *King's Arms* fahren. Danach müßt Ihr Euch dann allein durchschlagen.«
»Wieso zum *King's Arms*?«
»Dort hat Gray seine Pferde untergestellt, und dort übernachten die Kutscher. Ihr werdet verstehen, daß wir sie hier nicht gebrauchen können.«
»Und was ist mit Lord Kendal und Hart? Werden sie mich nicht verfolgen?«
»Wie gesagt, überlaßt sie nur mir.«
Ein Wirrwarr von Fragen tobte in ihrem Kopf, doch bevor sie noch eine aussprechen konnte, näherte sich eine Kutsche.
Nicks Hand schloß sich um Deborahs Arm. »Jetzt oder nie«, sagte er und zog sie mit sich zum Haupteingang. Im Schatten der Hausecke blieben sie stehen und warteten, bis die Kutsche anhielt. Hart, eine Laterne in der Hand, trat vor und öffnete den Schlag. Gray stand schwankend auf der Treppe, hell beleuchtet vom Licht aus dem Hausinneren.
»Wartet, bis ich Euch ein Zeichen gebe«, flüsterte Nick und gesellte sich zu den anderen.
Deborah drückte sich an die Hauswand und versteckte sich hinter einem Vorhang von Efeu. Alles ereignete sich so rasch, daß ihr keine Zeit blieb, Nicks Vorschläge zu überdenken. Doch sie vertraute ihm. An diesen Gedanken klammerte sie sich und unterdrückte mit Gewalt ihre verschwommenen Unsicherheiten.
Ihre Augen weiteten sich, als die Passagiere der Kutsche ausstiegen. Trotz des Septemberregens sahen diese Damen aus, als trügen sie weiter nichts als durchsichtige Schleier, die, wenn der Wind sie hob, eine Menge rosa Fleisch preisgaben.

Die Mädchen kicherten. Die Männer lachten wohlgefällig. Deborah klappte empört den Mund wieder zu.
Sie zählte fünf Mädchen. Zwei von ihnen schlangen die Arme um Grays Nacken. Beinahe hätte sie vor Abscheu laut geschnaubt. Seinem Gesichtsausdruck nach zu urteilen würden Stunden vergehen, bevor Gray sich wieder an die Existenz einer Deborah Weyman erinnerte. Er ging voran ins Haus, gefolgt von Hart und den anderen Mädchen. Zurück blieben der Kutscher und Nick.
»Wir erwarten Euch dann morgen«, sagte Nick, »so gegen Mittag.«
»Aye, Sir. Ich werde zur Stelle sein«, antwortete der Mann.
»Einen Augenblick noch. Die Tür da ist nicht richtig geschlossen.«
Nick ging zur Tür an der Deborah zugewandten Seite der Kutsche, riß sie mit einer Hand offen und winkte Deborah mit der anderen aus ihrem Versteck hervor. Sie huschte heran, drückte sich an das Heck der Kutsche und schlüpfte schnell zur Tür, die Nick für sie offenhielt. Sie stieg ein, und Nick schlug die Tür zu.
»So ist's besser«, sagte er. »Eines der Mädchen wird sie offengelassen haben. Wiedersehen, Jenkins. Ach, und viel Glück.« Mit dieser rätselhaften Bemerkung, die, wie nur Deborah wußte, für sie bestimmt war, ging Nick zurück ins Haus.
Der Parfümgestank im Inneren der Kutsche erinnerte Deborah an den Duft, den sie an Gray gerochen hatte. Mit klappernden Zähnen hüllte sie sich fester in ihren Mantel und wagte kaum zu atmen, bis das Gefährt sich schließlich mit einem Ruck in Bewegung setzte.
Es war die längste Fahrt ihres Lebens, nicht etwa, weil die Entfernung zwischen diesem Schuppen und Wells so groß

war, sondern weil der Kutscher ein Schneckentempo vorlegte; wie sie vermutete, aus Angst, die Pferde seiner Lordschaft könnten in diesem scheußlichen Wetter zu Schaden kommen. Jeden Augenblick rechnete sie damit, die donnernden Hufe sie verfolgender Pferde zu hören. Doch außer dem Stöhnen des Windes und dem unablässigen Geplauder des Kutschers und seines Begleiters, der die amourösen Abenteuer seines Dienstherrn aufzählte, war nichts zu hören.

Als sie Wells erreichten, waren Deborahs Nerven zum Zerreißen gespannt. Sie konnte nicht fassen, wie reibungslos alles gelaufen war. Das hatte sie Nick zu verdanken. Ohne seine Hilfe wäre sie niemals so weit gekommen. Eines Tages, so Gott es wollte, würde sie ihm hoffentlich danken können für alles, was er für sie getan hatte. Was jedoch seinen Bruder betraf …

Lord Kendal würde sie nie wiedersehen. Das Wissen allerdings hatte nicht die erwartete Wirkung auf sie. Sie hätte sich darüber freuen müssen. Statt dessen zog sich ihr Herz schmerzhaft zusammen, und sie war entsetzt. Nein, es tat ihr keineswegs leid, ihn niemals wiederzusehen, sagte sie sich. Das leise Bedauern, das sie immer noch spürte, galt Mr. Gray, und da dieser Herr gar nicht existierte, hatte sie keinen Grund zur Klage.

Sie wurde aus ihren Gedanken gerissen, als die Kutsche um eine Kurve bog und in den Hof des *King's Arms* rollte. Mit gespitzten Ohren und hart klopfendem Herzen rutschte sie tiefer in die Polster und umfaßte den Türgriff. Kaum stand die Kutsche, öffnete sie die Tür und sprang hinaus.

Stallknechte kamen gelaufen, beachteten sie aber kaum, sondern machten sich eilig daran, die Pferde auszuschirren. Als sie an ihnen vorbeihuschte, wagte sie einen raschen Blick über die Schulter zurück. Lord Kendals Kutscher stiegen erst jetzt vom Bock, und selbst, wenn sie sie gesehen hätten, vermuteten sie sicherlich keinen Fahrgast ihres Gefährts in ihr. Jeder, der sie jetzt noch sah, mußte sie für eine Frau niederen Standes halten, deren Geschäfte sie ins Gasthaus führten. Sie sah aus wie eine Scheuermagd oder eine Waschfrau, und diese Rolle war ihr im Augenblick sehr recht. Eine Dame ohne Begleitung wäre aufgefallen. Eine Arbeiterfrau konnte nach Belieben kommen und gehen, ohne beachtet zu werden.

Zu ihrer Überraschung war der Schankraum des Gasthauses gut besucht. Wells war ein kleiner Ort, und auf dem Lande gingen die Menschen früh zu Bett. Die gepflegte Ausdrucksweise vieler Gäste ließ darauf schließen, daß es sich um Auswärtige handelte. Mit gesenktem Kopf durchschritt Deborah den engen Flur, passierte den Schankraum und fand die Eingangstür.

Hier zögerte sie und tat so, als würde sie sich lässig umschauen. Nachdem sie sich vergewissert hatte, daß niemand sie beobachtete, trat sie aus der Tür auf die High Street hinaus. Es war dunkel, viel dunkler, als für diese Stunde üblich war. Wolken verdeckten den Mond und die Sterne. Nur die Laternen vor den Häusern zeigten Deborah den Weg.

Jetzt mußte sie nicht mehr so vorsichtig sein. Sie bog um mehrere Ecken, bis sie in eine von Mauern gesäumte Gasse hinter den Häuserzeilen gelangte. Hier brannten keine Laternen, und ein leiser Schrei entfuhr ihr, als sie unverhofft in Pfützen und Schlaglöcher trat. Sie zählte das vierte Tor in der Mauer, hockte sich nieder und tastete das Muster der Mauersteine ab, bis sie unter einem lockeren Ziegel den Schlüssel zur hinteren Pforte fand. Sie atmete hörbar, und ihre Finger zitterten, als sie aufschloß, den Garten betrat und das Tor hinter sich wieder zuzog. An der Rückseite des Tuchladens befand sich eine Außentreppe zum Obergeschoß. Während sie hinaufstieg, hielt sie öfter inne, um zu Atem zu kommen. Von ihrem Standpunkt aus konnte sie über die Gasse hinweg die Rückfronten der Häuser in der nächsten Straße sehen. In einigen Fenstern brannte noch Licht, doch alles war so still, wie es sein sollte. Nicht einmal eine Katze regte sich in dieser trüben Nacht.

Mit einem Zipfel ihres Mantels wischte sie sich den Regen aus dem Gesicht. Noch einmal holte sie tief Luft, dann klopfte sie leise an die massive Holztür. Als nichts geschah, klopfte Deborah noch einmal, diesmal etwas kräftiger. Die Tür öffnete sich knarrend, und Deborah schlüpfte geschwind ins Haus und zog die Tür hinter sich zu.

»Deborah! Was führt denn Euch zu dieser Nachtstunde hierher?« Mrs. Nan Moffat war beinahe sechzig Jahre alt, und in ihren gewöhnlich so glänzenden braunen Knopfaugen zeigte sich Erschrecken.

»Quentin«, sagte Deborah und schluckte den Kloß in ihrem Hals hinunter. »Laßt mich ein paar Minuten mit ihm allein, ja? Dann komme ich zu Euch und erkläre alles. Nein, kein Grund, so verstört dreinzuschauen. Es ist alles in Ordnung. Ich möchte den Jungen nur sehen.«

Mrs. Moffat sah aus, als wollte sie widersprechen, doch dann wurde ihr rundes Gesicht weich. »Ich setze den Kessel auf«, sagte sie, »und lasse John wissen, daß Ihr hier seid.«

»Nan? Wer ist da? Mit wem redest du?«

Als John Moffat aus dem hinteren Zimmer kam, drehte Deborah sich um und stieg eilig die Treppe zum Boden hinauf. Die erste Tür war die zu Quentins Zimmer. Deborah öffnete sie leise und schlüpfte ins Zimmer.

Der Junge schlief zwar, aber trotzdem brannte eine Kerze auf dem Kaminsims. Seit dem Mord an seinem Vater hatte Quentin Angst, im Dunkeln einzuschlafen. Auf Zehenspitzen durchquerte Deborah das Zimmer und blieb am Bett des Jungen stehen.

Im Aussehen schlug er nach seinem Vater, mit dunklem Haar und dunklen Augen, doch während Lord Barrington sich einer robusten Gesundheit erfreut hatte, war Quentin sehr anfällig. Das hatte ihnen allen stets große Sorge bereitet, und so war es noch heute. Hinzu kam eine neue Sorge. Quentin sprach nie über seinen Vater, und Deborah drängte ihn auch nicht dazu.

War sie ihm gerecht geworden? Auf diese Frage gab es keine klare Antwort. Sie hatte ihr Bestes getan, hatte ihn bei Leuten untergebracht, die sie kannte und denen sie vertraute. Vor ihrer Eheschließung war Nan Moffat Quentins Kindermädchen gewesen, und davor hatte sie dessen Vater betreut. John Moffat war einmal Lord Barringtons Verwalter gewesen. Als es an der Zeit war, die Arbeit niederzulegen, hatten die beiden zu aller Überraschung geheiratet und sich in Wells niedergelassen, wo sie einen Tuchladen eröffneten.

Als Deborah mit Quentin vor ihrer Tür gestanden hatte, waren sie zutiefst erschrocken, und noch größer war ihr Entsetzen nach Deborahs Bericht über die Ereignisse in Paris. Sie hatte ihnen nahezu alles erzählt. Nur Lord Kendals Namen hatte sie nicht genannt. Die Moffats hatten ihn schließlich schon als kleinen Jungen gekannt, mochten ihn und vertrauten ihm. Deborah hatte gefürchtet, sie würden ihr kein Wort glauben, wenn sie ihn des Mordes an Lord Barrington bezichtigte. Und deshalb hatte sie gesagt, sie wüßte nicht, wer ihr Verfolger sei, doch Quentins Leben sei in Gefahr. Sie war noch weiter gegangen, hatte ihnen eine schreiende Lüge erzählt, indem sie behauptete, Quentins Onkel auf den Westindischen Inseln sei jetzt der Vormund des Jungen, und sie müßten abwarten, bis dieser kam, um Quentin zu holen.

Wäre Quentins Gesundheit stabiler gewesen, hätte Deborah nicht gezögert, ihn persönlich zu seinem Onkel zu bringen. Doch so wollte sie die lange Seereise nicht riskieren, noch nicht. Sollte es allerdings notwendig werden, würde sie es tun.

Deborah setzte sich aufs Bett, strich mit den Fingern durch Quentins Haar und wischte es ihm aus der Stirn. Seine Lippen verzogen sich zu einem Lächeln.

»Deb?« sagte er und schlug die Augen auf.

»Ich dachte, du schläfst.«

»Und ich dachte, du wärst Tante Nan, bis ich dich gerochen habe. Wo warst du? Du bist am Mittwoch nicht gekommen.«

Sein Tonfall enthielt keinen Vorwurf, nur sachliche Neugier, und Deborah empfand tiefe Dankbarkeit für die Moffats, die den Jungen augenscheinlich so lieb und gut betreuten.

»Ich habe dir doch gesagt, wie es sein würde«, antwortete sie leichthin. »Ich kann nicht sooft ich will fort von der Schule. Was ist mit deinem Zahn passiert?«

Er berührte die Lücke zwischen den Schneidezähnen mit dem Finger, kramte dann unter seinem Kopfkissen und zeigte ihr einen kleinen Zahn. »Schau«, sagte er.

Deborah untersuchte den Zahn genauestens. »Er ist blutig«, sagte sie.

Quentin strahlte sie an. »Onkel John hat einen Faden um meinen Zahn gebunden und ihn an der Türklinke befestigt, und als Tante Nan dann die Tür öffnete, hat sie mir den Zahn gezogen. Es war scheußlich. Onkel John sagt, ich bin mutig wie ein Löwe.«

»Tatsächlich? Und warum liegt der Zahn unter deinem Kopfkissen?«
»Ach, weißt du, er soll sich in einen Penny verwandeln, während ich schlafe. Aber ich weiß ja, daß es keine Zauberei gibt. Deshalb bin ich wach geblieben. Ich war sicher, daß Tante Nan kommen und den Zahn gegen einen Penny austauschen würde.«
Sein Grinsen war hinreißend. Es rührte an Deborahs Herz. »Du glaubst nicht an Zauberei?«
»Natürlich nicht! Ich bin doch kein Baby.« Sie lächelte, erstarrte dann aber, als von unten ein schreckliches Donnern ertönte. Reglos vor Schrecken blickte sie auf die offene Tür. Als sie wütende Stimmen hörte, stand sie rasch auf, schlich zur Tür und dann zur Treppe. Was sie sah, veranlaßte sie, sich eng an die Wand zu drücken. Lord Kendal, nüchtern und grimmig wie ein hoher Richter, klopfte mit der Reitpeitsche gegen seinen Schenkel. Hinter ihm stand Nick. Die Moffats rangen die Hände und versuchten offenbar, ihn zu beschwichtigen. Deborah brauchte nicht mehr zu sehen. Obwohl der Schock ihrer Entdeckung ihr in den Knochen saß, gab sie nicht auf. Ihre Gedanken eilten ihr bereits voraus zu Quentin und zu der Frage, wie sie ihn fortschaffen konnte.
»Deb, was ist los?« Quentin war schon aufgestanden und stieg in seine Hosen.
Im Schloß steckte kein Schlüssel. »Wir gehen auf eine Reise«, sagte sie. »Weißt du noch? Ich habe dir doch erzählt, daß es einmal soweit sein würde. Nein, laß dein Nachthemd an und stopf es in die Hosen. Du brauchst noch deine Jacke und deine Schuhe. Beeil dich, Quentin.« Während sie sprach, zog sie einen kleinen Stuhl zur Tür und klemmte die Lehne unter die Klinke. Das würde ihre Verfolger wenigstens einen kurzen Moment aufhalten.

»Er ist es, nicht wahr?« Quentins Stimme zitterte verräterisch. »Der Mann, der hinter uns her ist? Der Mann, der meinen Vater umgebracht hat?«

Das Blut brauste ihr in den Ohren, alle Sinne waren geschärft. Ihre Stimme klang leise und beherrscht. »Ja, er ist es. Stell dich ans Fenster, ich blase schnell noch die Kerze aus.«

Kaum war die Flamme erloschen, hörte Deborah bereits Schritte auf der Treppe. Sie bezwang ihre Angst und trat ans Fenster, das aufs Dach hinausführte. »Ich gehe zuerst. Keine Angst, Liebling. Uns wird nichts geschehen. Onkel John wird die Gendarmen holen. Wir brauchen nur auf dem Dach zu bleiben, bis sie hier sind.«

Sie wußte selbst nicht, woher sie diese tröstenden Worte nahm. Sie glaubte keineswegs daran. Wäre sie allein gewesen, hätte sie wahrscheinlich geschrien wie von Sinnen. »Mutig wie ein Löwe«, flüsterte sie Quentin zu und kletterte übers Fenstersims.

Er nahm ihre Hand mit dem unverbrüchlichen Vertrauen eines Kindes, das glaubt, seine Beschützer besäßen die Macht eines Halbgottes. Deborah war sich bewußt, daß sie sich mehr fürchtete als Quentin. Sie zeigte auf die Reihe von Schornsteinen oben auf dem Dachfirst, und er nickte. Wenn sie es bis auf die andere Seite schafften, bevor es Lord Kendal einfiel, aus dem Fenster zu sehen, hatten sie die Chance zu entwischen.

Als sie sich beide auf dem Dach befanden, schloß Deborah das Fenster, dann krochen sie wie Krabben zu den rauchenden Schornsteinen hinauf. Es war noch viel schlimmer, als Deborah vermutet hatte. Die Schindeln waren schlüpfrig vom Regen, und der Wind tobte um sie herum wie ein tanzender Derwisch. Er zerrte an ihren Kleidern und riß ihnen die Worte von den Lippen, bevor sie ausgesprochen waren. Wäre ihr

etwas mehr Zeit zur Vorbereitung geblieben, hätte sie Quentin mit einem Seil gesichert. So jedoch hielt sie nur krampfhaft seine Hand fest.
Sie hörten eine Tür zersplittern und Lord Kendals donnernde Stimme, die sie aufforderte, sich zu zeigen.
»Schau nicht zurück!« rief Deborah, drückte Quentins Hand und zog ihn weiter. Sie hatten schon beinahe ihr Ziel erreicht, als Quentin von einem Hustenanfall ergriffen wurde. Sie wagten nicht innezuhalten. Deborah nahm den Jungen in den Arm, flüsterte ermutigende Worte und zog ihn mit letzter Kraft das verbleibende Stückchen zu den schützenden Schornsteinen. Die Ziegel fühlten sich warm an, und sie kauerten sich keuchend an die Mauer.
»Deborah? Quentin?« hörten sie Lord Kendals Stimme von jenseits ihres Verstecks. »Ich weiß, daß ihr dort draußen seid. Du hast die Tür verbarrikadiert, und einen anderen Fluchtweg gibt es nicht. Antworte mir, verdammt noch mal!«
Deborah verfluchte sich wegen dieses dummen Fehlers und blickte wild um sich. Also wußte Lord Kendal, daß sie sich auf dem Dach befanden, aber nicht, in welche Richtung sie gegangen waren. Mit etwas Glück schlug er den falschen Weg ein. Sie mußte eine Möglichkeit finden, vom Dach herunterzukommen, vielleicht durch eines der anderen Mansardenfenster oder ...
Ihr Blick blieb an einer Mulde im Dach haften. Sie stand auf, um sich ein besseres Bild machen zu können. Es war keine Mulde. Es war ein Dachfenster, das zum Dachboden eines der anderen Häuser führte. Sie zitterte vor Aufregung. Noch war nicht alles verloren. Sie bedeutete Quentin zu bleiben, wo er war, und tastete sich langsam zu dem Dachfenster. Der Wind zerrte an ihr, hätte sie fast umgerissen.
Quentins Schreckensschrei ließ sie herumfahren. Der Junge

war aufgestanden und sah dem Mann entgegen, der sie verfolgte.
Gray streckte ihm eine Hand entgegen. Seine Stimme klang so sanft und beruhigend, wie es im Sturmgebraus möglich war. »Komm zu mir, Quentin. Ich bin's, Onkel Gray. Erinnerst du dich noch an mich?«
»Du bist nicht mein Onkel«, sagte der Junge mit bebender Stimme. »Das kann nicht sein. Deb!« schrie er und stürzte sich ihren schützenden Armen entgegen.
Sie war bereits auf dem Rückweg zu ihm und streckte die Hand nach ihm aus. Ihre Finger berührten sich, doch Quentins regennasse Hand entglitt ihr. Schrill schrie sie seinen Namen, als er ausrutschte. Sie fiel entsetzt nieder und folgte ihm, griff immer wieder verzweifelt ins Leere.
»Auf die Knie, Junge!«
Quentin gehorchte Grays Befehl, doch auch das konnte ihn nicht retten. Wimmernd rutschte er immer näher an den Rand des Daches heran. Deborah war wie erstarrt vor Schrekken. Sie öffnete den Mund, doch aus dem Schrei wurde nur ein gequältes Stöhnen.
Wie in einem Traum sah sie Kendal nach dem Jungen greifen. Sie rollten gemeinsam herab und landeten an der einzigen Stelle des langen Dachsaums, an der sich ein dekoratives Giebeldreieck befand.
Deborah schluchzte leise, als weitere Gestalten in ihr Blickfeld traten.
»Gib mir den Jungen, Gray.« Das war Nicks Stimme. »Komm schon, Quentin. Kennst du deinen Onkel Nick nicht mehr? So ist es richtig, mein Sohn. Leg die Arme um meinen Nacken. Jetzt bist du in Sicherheit.«
»Bist du's wirklich, Onkel Nick?«
Die Stimmen wurden unverständlich, als der Mann und der

Junge hinter den Schornsteinen verschwanden. Dann stand *er* vor ihr, und sie hob langsam den Kopf, um ihm ins Gesicht zu sehen.
Er streckte die Hand aus, und sie nahm sie und blinzelte Tränen und Regen fort, um besser sehen zu können. Sein Gesicht konnte sie nicht erkennen, doch seine Stimme ließ keinen Zweifel an seinen Gefühlen.
»In meinem ganzen Leben bin ich nie so versucht gewesen, eine Frau zu verprügeln«, sagte er.

Neuntes Kapitel

»Was hast du geglaubt?« brüllte Gray.

Deborah griff nach ihrer Tasse und nahm noch einen Schluck von dem Tee, dem Gray einen belebenden Schuß Brandy zugesetzt hatte. Sie hustete. »Ich hatte geglaubt, Ihr hättet Lord Barrington umgebracht«, sagte sie.

Ihre Stimme zitterte fast genauso stark wie ihre Finger, und das war keineswegs allein eine Reaktion auf die Katastrophe, die sie auf dem Dach beinahe ereilt hätte. Der furchteinflößende Mann, der jetzt vor ihr stand, bebte nahezu sichtlich vor männlicher Empörung. Sie hatte Angst, ihm in die Augen zu sehen.

Gray blickte finster auf sie herab. Flüchtig begegnete sie seinem Blick, wandte jedoch schnell die Augen wieder ab. Ihre Lippen zitterten, und wie in einem unbewußten Versuch, sich unsichtbar zu machen, schrumpfte sie in ihrem warmen Morgenrock zusammen.

»Trink deinen Tee«, befahl Gray, griff nach der Feuerzange und legte noch ein paar Kohlebrocken auf die Glut im Kamin.

Deborah nahm an, daß das Verhör durch Lord Kendal noch lange nicht beendet sein würde. Das Feuer reichte noch für mindestens eine Stunde, und erst dann würden sie alle zu Bett gehen können. Nachdem sie gebadet und sich zur Nacht bereitgemacht hatte, sehnte sie sich nur nach einem warmen, weichen Bett und Schlaf, der alles vergessen ließ.

Ihr Blick wanderte zur geschlossenen Tür. Deborah wünschte sich von Herzen, daß jemand eintreten und Lord Kendal von ihr ablenken möge. Darauf bestand jedoch kaum Hoffnung. Quentin schlief in seinem Bett, und Mrs. und Mr. Moffat hockten in der Küche und warteten auf Befehl seiner Lordschaft, bis er sie ebenfalls verhören wollte. Wo Nick und Hart waren, wußte Deborah nicht. Sie hatten ihren Portemanteau geholt, und nachdem sie sich noch eine Weile mit Quentin beschäftigt hatten, waren sie gegangen, um irgend etwas für seine Lordschaft zu erledigen.

Gray setzte sich Deborah gegenüber in einen Sessel. »Also«, sagte er, »wollen wir noch einmal von vorn beginnen? In Dover bist du mit Quentin geflüchtet, weil du überzeugt warst, ich hätte seinen Vater ermordet und wolle nun auch den Jungen umbringen?«

»Ja«, flüsterte sie und schniefte leise.

»Du hast geglaubt, ich wäre der Mörder?«

Sie nickte kurz und drückte sich noch tiefer in ihren Sessel. Ihre großen Augen waren naß von Tränen.

»Der Mörder«, sagte Gray und zwang sich, sachlich zu bleiben, obwohl er Deborah am liebsten angeschrien hätte. Seine sonst gerühmte Beherrschung drohte ihn im Stich zu lassen, und er kannte auch den Grund. Die wenigen Minuten auf dem Dach hatten ihm arg zugesetzt. Für einen entsetzlichen Augenblick hatte er gefürchtet, sie beide zu verlieren. Er hatte Deborahs Panik nicht verstanden, hatte nicht geahnt, wie weit sie gehen würde, um ihm zu entkommen. Daß er den Grund nun kannte, trug nichts dazu bei, seine Laune zu heben. *Mörder.* Er hatte sein ganzes Leben in den Dienst für sein Vaterland gestellt. Niemand hatte seine Integrität jemals in Frage gestellt. Sicher, in den letzten paar Tagen hatte er absichtlich versucht, Deborah einzuschüchtern. Aber er ein Mörder? Das ging zu weit.

Er musterte sie eingehend. Sie war sehr blaß und konnte anscheinend nicht aufhören zu zittern. »Du sollst deinen Tee trinken«, sagte er.
Sie beeilte sich, ihm zu gehorchen, nahm mehrere tiefe Schlucke und beobachtete ihn über den Rand der Tasse hinweg.
»Du hast dich nicht so benommen, als ob du mich für einen Mörder hieltest«, bemerkte er mürrisch in der Erinnerung an die Momente, als sie in seinen Armen dahingeschmolzen war, und an andere Gelegenheiten, wenn sie ihn ihre spitze Zunge spüren ließ.
»Nein«, sagte sie gepreßt, bevor sie den Rest ihres Tees austrank.
Gray trommelte mit den Fingern auf der hölzernen Armlehne. »Hältst du mich immer noch für einen Mörder?«
Sie schüttelte heftig den Kopf. »O nein. Als ich Quentin auf dem Dach nicht halten konnte und Ihr ihn gerettet habt«, sie schluckte, »da wußte ich, daß mir ein entsetzlicher Fehler unterlaufen war.«
Allein der Gedanke an das, was er durchgemacht hatte, als sie dem Rand des Daches entgegenrutschte, ließ seinen Zorn erneut aufflammen. Seine Stimme wurde bedrohlich laut. »Begreifst du, daß ihr beide tot sein könntet? Kannst du dir vorstellen, wie ich mich dann fühlen würde? Ich hätte mir für den Rest meines Lebens Vorwürfe gemacht und hätte nie erfahren, warum ...« Er unterbrach sich, als ihre Lippen wieder zu zittern begannen und neue Tränen kamen.
Seufzend reichte er ihr sein Taschentuch. Sie nahm es mit spitzen Fingern und tupfte ihre Augen ab.
Als sie anfing, sein Taschentuch hoffnungslos zu zerknüllen, nahm er es ihr ab. »Laß uns von vorn anfangen, ja?« sagte er sanft und brachte ein Lächeln zustande. »Erzähl mir, was in jener Nacht geschehen ist.«

Sie nickte ergeben. »Es donnerte, und Quentins Bett war leer. Ich sah Licht unter der Tür zur Bibliothek und wollte nachsehen, weil ich dachte, Quentin würde mir einen Streich spielen.«
Als sie innehielt, sagte Gray ruhig: »Soviel ich weiß, war Lady Barrington ein paar Tage zuvor nach England abgereist, aber du bist geblieben, weil Quentin nicht reisefähig war?«
»Lord Barrington hatte Vorkehrungen für uns drei getroffen, das heißt, für Lady Barrington, Quentin und mich, mit den Capets zu reisen. Doch als Quentin dann Fieber bekam, bin ich geblieben, um ihn zu versorgen.«
»Ich verstehe. Der Mann, der Gil an jenem Abend aufsuchte, wußte also nichts von Quentins und deiner Anwesenheit?«
Sie überlegte einen Augenblick. »Vermutlich nicht. Da es Quentin so schlecht ging, verließ Lord Barrington kaum das Haus, also hatte er wohl kaum Gelegenheit, es irgend jemandem gegenüber zu erwähnen. Ich kann es allerdings nicht mit endgültiger Sicherheit sagen.«
»Weiter. Du hast Licht unter der Tür zur Bibliothek gesehen. Und dann?«
»Dann hörte ich Stimmen.«
»Was hast du gehört?«
Sie schluckte, als die Erinnerung über sie hereinbrach. »Lord Barrington flehte Euch an«, – sie holte tief Atem, als seine Augen aufblitzten, – »flehte jemanden an, den Jungen zu verschonen.«
»Das verstehe ich nicht. Wo war Quentin?«
»In der Bibliothek.«
»Also war Quentin Zeuge des Mordes? Ist es so?«
Sie schluckte und nickte.
Sein Tonfall wurde scharf. »Und der Junge sagt, er hätte *mich* gesehen?«

»Nein, nein. Ihr versteht nicht. Quentin erinnert sich an nichts zwischen dem Zeitpunkt, als er die Bibliothek betrat, und dem Augenblick, als er sich auf dem Schiff nach England wiederfand. Der Arzt sagt, die Erinnerung käme vielleicht nie zurück. Daß er den Mord an seinem Vater mit eigenen Augen ansehen mußte, war ein zu großer Schock für ihn. Er will sich nicht erinnern.«
Gray sah sie lange an. »Wir kommen später darauf zurück«, sagte er. »Weiter jetzt. Berichte ganz genau, was Gil gesagt hat.«
»An den genauen Wortlaut erinnere ich mich nicht, aber er sagte Euren Namen, nicht nur einmal, sondern zweimal ...«
»Was hat er gesagt?«
Sie senkte den Blick auf ihre ineinander verkrampften Hände. »Er sagte: ›Kendal, Lord Kendal, verschont den Jungen.‹ Und dann sagte er: ›Quentin, lauf um dein Leben‹. Mehr weiß ich nicht.«
»Bist du sicher, daß er ›Lord Kendal‹ gesagt hat?«
»Ja«, sagte sie und vermied es, ihn anzusehen.
»Gil hätte mich nie mit meinem Titel angesprochen.« Sie sah ihn groß an, und er fuhr eindringlich fort: »Wir kannten uns schon seit unserer Schulzeit, lange bevor einer von uns den Titel übernahm. Unter vier Augen nannte er mich Gray, und ich redete ihn mit Gil an. Wenn ich mit jemand anderem über ihn sprach, mit jemandem, der ihn nicht so gut kannte, redete ich von Lord Barrington. Verstehst du, was ich damit sagen will? Anscheinend war ich das Gesprächsthema zwischen Gil und seinem nächtlichen Besucher.«
Sie blickte ihn fest an. »Das war nicht alles. Ich wußte, daß Ihr an jenem Abend einen Termin mit ihm ausgemacht hattet. Als ich das Licht unter der Tür sah, fiel es mir wieder ein.«

»Ich hatte Nachricht erhalten, daß er den Termin absagen mußte.«
»Davon wußte ich nichts.«
Nach einer Weile fragte Gray: »War Gil noch mit jemand anderem verabredet?«
»Nicht, daß ich wüßte.«
Gray sah, daß ihre Tasse leer war, griff nach der Flasche neben seinem Sessel und schenkte ihr ein wenig Brandy ein. Seine eigene Tasse füllte er ebenfalls.
»Du fängst schon wieder an zu zittern«, bemerkte er. »Das hier stärkt die Nerven. Trink.« Er wartete, bis sie die Tasse an die Lippen geführt hatte, bevor er selbst einen herzhaften Schluck nahm.
Nach einer kleinen Pause sagte er: »Lassen wir das für den Augenblick. Erzähl mir, was weiterhin geschah.«
Verlangend blickte sie auf die geschlossene Tür, und er sagte weich: »Ja, ich weiß. Du bist erschöpft. Diese letzten zwei Tage waren für keinen von uns besonders angenehm.«
»Und wessen Schuld ist das?« wollte sie wissen, und trotz ihrer zitternden Lippen und tränenfeuchten Augen gelang es ihr, ein wenig Aufbegehren in ihrer Stimme mitschwingen zu lassen.
Er zog die Brauen hoch, war jedoch keineswegs verärgert über ihren Trotz. Er hatte in Erwägung gezogen, sie erst am nächsten Morgen, wenn sie ausgeruht war, ins Verhör zu nehmen, sich dann aber dagegen entschieden. Im Moment war sie ihm gegenüber aufgeschlossen, weil er Quentins Leben gerettet hatte. Niemand wußte, wie ihre Stimmung am Morgen sein würde, doch Gray vermutete, daß sie ihm die Schuld an allem angelastet hätte. Im Augenblick war er im Vorteil, und er mußte die Gelegenheit nutzen.
»Erzähl mir, was als nächstes passierte«, drängte er.

Sie nahm ein winziges Schlückchen aus ihrer Tasse, bevor sie ihm antwortete. »Ich muß wohl rein instinktiv gehandelt haben. Ich riß die Tür auf, als der Schuß losging, und Quentin stürzte sich in meine Arme.«
»Du hast den Mörder gesehen?« fragte er scharf.
»Ich habe jemanden im Schatten über Lord Barringtons Leiche stehen sehen.« Sie lachte freudlos. »Ich habe überhaupt nicht überlegt, was ich tat, ich habe nicht einmal daran gedacht, Lord Barrington zu Hilfe zu kommen. Ich packte Quentin, und dann rannten wir los.«
»Und Gils Mörder hat dich gesehen?«
»Nein. Ich hatte keine Kerze, und im Flur war es dunkel. Es ist höchst unwahrscheinlich, daß er mehr als einen Schatten gesehen hat. Andererseits kann er sich an fünf Fingern ausrechnen, daß ich die Gouvernante gewesen sein muß, wenn Quentin noch im Hause war.«
Gray nickte. »Und dann?«
Deborahs Lippen zitterten. »Es war furchtbar. Ich schlug die Tür zu, aber er verfolgte uns trotzdem. Die Angestellten schliefen in ihren Betten, und wenn ich wohl auch wußte, daß der Schuß sie aufgeweckt haben mußte, glaubte ich doch nicht, daß sie rechtzeitig bei uns sein würden. Wir versteckten uns hinter dem Vorhang im Blauen Salon.« Sie schauderte. »Ich wußte, daß er da war. Ich hörte sein hastiges Atmen in der Dunkelheit und war halb ohnmächtig vor Angst, daß er uns auch hören könnte. Dann ... dann ... ich weiß nicht. Wahrscheinlich hat er dann vor den Dienstboten Reißaus genommen.«
»Und danach? Was hast du den französischen Behörden erzählt?«
»Nichts, das heißt, zumindest nichts von Bedeutung.« Als Gray sie verständnislos anschaute, fügte sie rasch hinzu: »Wir

befanden uns im Krieg mit den Franzosen. Und überhaupt, was hätten sie tun können? Ich wollte nicht zu lange zögern, um nicht Gefahr zu laufen, für die Dauer des Kriegs in Frankreich bleiben zu müssen. Dort gab es niemanden, der mir hätte helfen können. Ich mußte Quentin nach Hause bringen. Deshalb habe ich nichts gesagt.«

»Ich verstehe. Und als ihr dann in Dover angekommen wart, hast du Quentin genommen und bist losgerannt?«

Sie senkte den Blick und nickte. »Ich bekam einen Heidenschreck, als Euer Kutscher mich ansprach und meldete, daß er uns in Eurem Auftrag abholen sollte.«

Hier entstand ein langes, unbehagliches Schweigen, bis Gray sagte: »Du konntest nicht darauf hoffen, Quentin auf unbegrenzte Zeit hier verstecken zu können. Was hattest du für die kommenden Jahre mit ihm vor?«

Ihre Unterlippe zitterte. »Ich habe an seinen Onkel auf den Westindischen Inseln geschrieben. Ich hatte gehofft, er würde Quentin zu sich nehmen.«

»George?« sagte Gray. »Du hast an George geschrieben?« Teils bewunderte er ihren Einfallsreichtum, teils war er entsetzt. Dieses Mädchen schreckte vor nichts zurück.

»Ja«, sagte sie kleinlaut. »Anders wußte ich mir nicht zu helfen.«

»Warum hast du dich nicht an die Behörden gewandt, als du in England ankamst? Das hätte jeder vernünftige Mensch getan.«

Sie hob die Nase ein wenig höher. »Was hätte ich ihnen sagen sollen? Das ich Euch, einen Mann von hohem Stand, in Verdacht hatte? Wenn Ihr die Tat bestritten hättet, was zweifellos geschehen wäre, was dann? Ich weiß, daß Ihr als Quentins Vormund eingesetzt seid. Man hätte ihn Euch zugesprochen. Und das wollte ich auf gar keinen Fall zulassen.« Ihr fiel etwas ein, und sie platzte heraus: »Ich könnte Euch dieselbe Frage stellen. Warum habt Ihr nicht die Behörden eingeschaltet, als Ihr glaubtet, ich hätte Quentin entführt? In den Zeitungen hat nichts dergleichen gestanden.«

In den nächsten Minuten erklärte Gray ihr seine Handlungsweise und seine Gründe dafür, nachdem ihm klargeworden war, daß sie Quentin entführt hatte. Er verschwieg nichts, ging sogar soweit, ihr von dem Verräter im Auswärtigen Amt zu berichten und von seiner Überzeugung, daß sie, Deborah, mit diesem unter einer Decke steckte. Es bereitete ihm ein höllisches Vergnügen zu sehen, daß sie ihn am Ende seines Berichts anfunkelte wie eine verbrühte Katze. Des Mordes verdächtigt worden zu sein, behagte ihr genausowenig wie ihm.

Gray überging ihren Blick und fuhr fort: »Du bist auch als Quentins Vormund eingesetzt worden. Wußtest du das, Deborah?«

»Hmmm«, schnaubte sie. »Das hätte mir viel genützt. Ich bin eine Frau und daher bedeutungslos. Meine Meinung hätte kein Gewicht gehabt. Wie hätte ich mich Euch widersetzen sollen?«

Unvermittelt beugte Gray sich vor, griff ihr unters Kinn und hob ihr Gesicht ins Licht. Sie stieß einen Schreckensschrei aus, machte aber keine Anstalten, sich Gray zu entziehen. »Das hört sich an«, sagte er, »als hätte ein Mann dich schlecht behandelt. Wer bist du, Deborah Weyman? Was verbirgst du vor mir?«

Bevor sie die Lider senkte, bemerkte Gray doch die Angst in ihrem Blick, doch als sie die Augen wieder öffnete, war diese Angst verschwunden. »Ich verberge gar nichts«, sagte sie, »und wenn es anders wäre, wärt Ihr der letzte Mensch, dem ich mich anvertrauen würde. Wenn der morgige Tag vorüber

ist, bete ich, daß sich unsere Wege nie wieder kreuzen mögen.«
»Ein merkwürdiger Wunsch, falls du Quentin wiedersehen möchtest.«
»Soll das heißen ...« – sie holte tief Luft –, »daß Ihr mir trotz allem, was geschehen ist, noch gestatten würdet, ihn hin und wieder zu sehen?«
Seine Stimme klang nachdenklich. »Ich habe noch nicht entschieden, was ich mit dir tun soll.«
Sie entzog sich seinem Griff. »So. Ihr wollt mich also wegen der Entführung Quentins den Behörden übergeben, nicht wahr?«
»Mach dich nicht lächerlich. Alles in allem hast du im Interesse des Jungen bemerkenswert intelligent gehandelt. Da kann ich dir keinen Vorwurf machen.«
Ein wenig beschwichtigt, sagte sie: »Dann verstehe ich nicht, warum Ihr mir droht.«
»Ich drohe dir, Deborah?« fragte er versonnen.
Seine kühlen blauen Augen sahen sie merkwürdig forschend an. Sie spürte die Macht dieses Blicks mit jeder Faser ihres Körpers. Was mochte er sehen? Plötzlich merkte sie, daß ihre bloßen Zehen unter dem voluminösen Morgenrock hervorlugten, und sie verbarg sie schnell. Grays Lippen zuckten. Als er die Hand bewegte, zuckte Deborah zusammen.
»Deborah«, sagte er, »ich habe nur nach meiner Tabaksdose gegriffen.«
Beide blickten zur Decke hinauf, als im Zimmer über ihnen etwas umstürzte. Im nächsten Moment, als sie Quentin nach Deborah rufen hörten, sprang sie auf und stürzte zur Tür. Gray folgte ihr gemäßigteren Schritts.
Quentins Zimmer lag im Dunkeln. Deborah zündete unverzüglich eine Kerze an.

»Es war so dunkel, und ich konnte ihn atmen hören«, schluchzte Quentin. Er hielt Mrs. Moffat umschlungen und weinte an ihrem mütterlichen Busen. »Und als ich vor ihm weglaufen wollte, bin ich gestolpert und hingefallen.«

Deborah setzte sich zu ihm aufs Bett und legte ihm die Hand auf die Schulter. »Ist ja gut, mein Liebling. Denk nicht mehr daran. Es war nur ein böser Traum.«

Quentin warf sich in ihre Arme und wärmte sich an ihrem Körper.

»Wen hast du atmen gehört?« Gray stand am Fußende des Betts. Deborah schickte ihm einen warnenden Blick, den er jedoch nicht beachtete. »Wer hat geatmet, Quentin?«

Quentin blinzelte in rascher Folge mit den Augen und kam zu sich. »Onkel Nick wahrscheinlich. Er hat mir eine Geschichte vorgelesen, und dabei bin ich eingeschlafen. Als ich aufwachte, war es dunkel im Zimmer.«

Mrs. Moffat schnalzte mit der Zunge. »Ich habe ganz vergessen, deinem Onkel zu sagen, daß er die Kerze brennen lassen muß. Schon gut, schon gut, mein Schätzchen. Die Kerze brennt wieder, und Miss Weyman wird bei dir im Zimmer schlafen. Du brauchst also keine Angst zu haben.«

Quentins Gesichtchen hellte sich auf. »Schläfst du bei mir im Bett, Deb?«

»Wenn du es möchtest«, sagte sie liebevoll.

»Ganz sicher nicht.« Grays Tonfall war nahezu gereizt. Er fixierte Deborah mit einem strengen Blick. »Ich will nicht, daß der Junge verweichlicht wird.«

Deborah stellte die Stacheln auf, doch bevor sie etwas sagen konnte, kam Quentin ihr zuvor: »Ich bin kein Baby mehr. Es war nur ein Scherz, Onkel Gray. Ehrlich.«

Gray lächelte. »Wir beide wissen das, alter Junge, aber Frauen sind nun mal Frauen. Sie tun nichts lieber, als uns arme

Männer zu umsorgen, als wären wir Hundebabys. Ich kann dir nur raten: schieb dem von Anfang an einen Riegel vor.«
»Ich umsorge niemanden!« erklärte Deborah voller Zorn. »Außerdem denke ich, daß ich am besten weiß, was gut ist für Quentin.«
»Mag sein«, sagte Gray und verschränkte die Arme vor der Brust, »aber das steht bis jetzt noch gar nicht fest.«
Mrs. Moffat blickte verunsichert von einem zum anderen. »Ich habe das Feldbett für Euch bereitgemacht, Miss Weyman«, sagte sie nervös und deutete auf die Lagerstatt an der Wand. »Und Ihr schlaft im Gästezimmer, Lord Kendal.«
»Nein«, wehrte er ab. »Ich möchte lieber in diesem Zimmer schlafen, bei Quentin. Miss Weyman kann das Gästezimmer haben.«
Wieder einmal kam Quentin Deborahs Entgegnung zuvor. »Im Ernst, Onkel Gray? Macht es dir nichts aus, mit mir in einem Zimmer zu schlafen?«
»Es wäre mir eine Ehre. Außerdem müssen wir Männer zusammenhalten.«
»Und ... und ...« Quentin schluckte, bevor er entschlossen weitersprach. »Du kannst auch ruhig die Kerze auspusten. Ich habe keine Angst im Dunkeln. Ich habe vor gar nichts Angst.«
Deborah traute ihren Ohren nicht. Quentin fürchtete sich zu Tode vor der Dunkelheit. Sie hatte wiederholt versucht, ihm diese Angst zu nehmen, doch vergebens. Und jetzt, nach ein, zwei Stunden in Kendals Gesellschaft, war der Junge bereit, ihm zuliebe alles zu tun. Es war, als gäbe es sie, Deborah, gar nicht mehr.
Sie wandte den Blick ab, begegnete jedoch Grays Augen.
Zwar war Grays Bemerkung an Quentin gerichtet, doch er sah Deborah dabei an. »Die Kerze auspusten? Warum sollte ich? Ich schlafe immer bei Kerzenlicht, und trotzdem hat noch kein

Mensch behauptet, ich hätte Angst im Dunkeln. Wenn einer es wagen sollte, fordere ich ihn zum Duell.« Er beugte sich über den Jungen und zog ihm die Bettdecke hoch bis unters Kinn. Seine Stimme war sehr weich, sehr tröstlich, und Deborah spürte ein Brennen in den Augen. »Jetzt sei brav und schlaf schön ein. Ich möchte noch mit Tante Nan und Onkel John sprechen, dann gehe ich auch zu Bett. Es dauert nur ein paar Minuten. Wünsch den Damen eine gute Nacht.«

Im Flur, als Deborah die Treppe hinuntergehen wollte, hielt Gray sie mit einem Blick zurück.

»Gute Nacht, Deborah«, sagte er mit Nachdruck.

Mrs. Moffat stieg die Treppe hinunter, ohne sich noch einmal umzusehen. Diese Unterhaltung sollte offenbar privater Natur sein.

»Gute Nacht«, erwiderte Deborah, machte auf dem Absatz kehrt, marschierte zu ihrem Zimmer und schloß heftig die Tür hinter sich.

Der Schlaf kam nicht so schnell, wie sie es sich vorgestellt hatte. Zwar schmerzte ihr vor Erschöpfung jeder einzelne Knochen im Leib, doch in ihrem Kopf ging es noch drunter und drüber. Sie konnte keinen Gedanken länger als eine Minute verfolgen. Doch was schließlich blieb, war das Wissen, daß Quentin nicht mehr ihr gehörte. Sie war froh, ausgesprochen froh, daß alles sich zum Positiven entwickelt hatte, doch nachdem der Schrecken nun überstanden war, mußte sie an ihre Zukunft denken, und die lag öd und leer vor ihr.

In Quentins Leben war jetzt kein Platz mehr für sie. Ein achtjähriger Junge brauchte einen Hauslehrer. Das wußte sie seit dem Tag, da sie seine Gouvernante geworden war. Natürlich würde er ihr schreiben, wenn sie eine neue Stelle gefunden hatte, doch nach und nach würden seine Briefe spärlicher werden, bis sie ganz versiegten. Miss Hare hatte sie darauf vorbereitet, was sie zu erwarten hatte.

Schluchzend drehte Deborah sich auf die Seite und versuchte, an etwas Erfreulicheres zu denken. Die Stimmen von unten lenkten sie ab, obwohl sie nur schwach zu hören waren. Zwar verstand sie nicht, was gesprochen wurde, doch sie war sicher, daß es um sie ging. Lord Kendal war ein hartnäckiger Mann. Er würde die Moffats bis in alle Einzelheiten nach ihr ausfragen, um Widersprüchlichkeiten in ihrer Geschichte aufzudecken.

Wer bist du, Deborah Weyman? Was verbirgst du vor mir?

Über der Frage, ob wohl jemals die Zeit kommen würde, da sie wirklich sie selbst sein durfte, schlief sie endlich ein.

Als Gray eine Stunde später das Zimmer betrat, das er mit Quentin teilen wollte, überdachte er noch einmal alles, was er von den Moffats erfahren hatte. Bis auf ein Detail hatten sie Deborahs Geschichte bestätigt. Ihnen hatte sie gesagt, sie wüßte nicht, wer der Mörder war. Er verstand ihr Widerstreben. Wahrscheinlich hatte sie gewußt, daß die Moffats es nicht hingenommen hätten, wenn sie ihn des Mordes bezichtigt hätte. Sie kannten ihn seit seiner Schulzeit mit Gil, und selbst wenn er rechtskräftig wegen Mordes verurteilt worden wäre, hätten sie an dem Glauben an seine Unschuld festgehalten.

Dem Geheimnis, das Deborahs Vergangenheit umgab, war er jedoch keinen Schritt näher gekommen. Mrs. Moffats Meinung nach war Deborah ein Engel, und viel mehr hatte sie dazu nicht zu sagen. Das Ehepaar wußte nichts über Deborahs Herkunft oder ihr Leben, bevor sie Quentins Gouvernante wurde.

Gray konnte sich Deborahs einsamen Lebenswandel problemlos vorstellen. Der Beruf der Gouvernante war ohnehin voller

Unannehmlichkeiten. In Deborahs Fall kam noch die schmerzliche Einsamkeit hinzu. Vor seiner Heirat hatte Gil höchst selten Gesellschaften gegeben. Er lebte weitgehend in London, während Quentin seine Zeit unter Deborahs Aufsicht auf dem Lande verbrachte. Es wäre besser für sie gewesen, wenn sie eine Stellung in einer respektablen Familie von weniger hohem Stand gefunden hätte, mit der Möglichkeit, Altersgenossen zu treffen. Statt dessen hatte sie Gils Angebot angenommen und sich auf dem Lande vergraben. Später, nach Gils Eheschließung, hatte sie Quentin nach Paris begleitet. Doch soviel Gray wußte, hatte sie keinen Kontakt zu den Mitgliedern des Diplomatischen Corps gehabt. Das hatte gewiß nicht an Gil gelegen, sondern war Deborahs eigener Entschluß gewesen.

Daß die Moffats nach Miss Hare ihre engsten Vertrauten waren, fand Gray befremdlich. Ein Mädchen wie Deborah hatte bestimmt keine Probleme, gleichaltrige Freunde oder einen Ehemann zu finden. Trotz seines schwerwiegenden Verdachts hatte er sich auf Anhieb zu ihr hingezogen gefühlt, ebenso wie Nick und Hart. Warum also mied sie die Gesellschaft?

Es bedurfte keiner ausschweifenden Phantasie, um daraus zu schließen, daß Deborah vor etwas in ihrer Vergangenheit davonlief, etwas, das sie zwang, ihr Äußeres zu verändern, sobald sie in die Öffentlichkeit trat. Er hatte keine Vorstellung, was es sein könnte, ahnte jedoch, daß er es nicht würde beheben können. In was für Schwierigkeiten konnte ein Mädchen von achtzehn oder neunzehn Jahren, wie sie damals gezählt haben mochte, geraten? Was immer es war, es zählte jetzt nicht mehr. Er war ihr etwas schuldig, weil sie sich so gut um Quentin gekümmert hatte, und er würde tun, was in seiner Macht stand, um sie zu schützen.

Er setzte sich auf das schmale Feldbett und zog sich die Stiefel aus, als er plötzlich innehielt und sich Deborah vorstellte, nicht, wie sie jetzt aussah, sondern als schöne junge Frau in modischer Kleidung. Ohne Schwierigkeiten stellte er sich vor, wie sie im Salon einer Dame Tee einschenkte oder auf einem grandiosen Ball von Freiern umringt wurde. Seine Vorstellung ging noch weiter: Deborah als Gattin eines vornehmen jungen Gentleman, in ihrer eigenen Wohnung, mit einer Kinderschar an ihren Rockzipfeln. Braunhaarige Kinder mit großen grünen Augen und unwiderstehlichen Grübchen, dachte er und lachte leise. Deborah als Ehefrau? Der Gedanke hatte sein Gutes. Er würde sich verwirklichen lassen, unter der Schirmherrschaft seiner Mutter. Gray dachte noch eine Weile darüber nach, und die Vorstellung gefiel ihm immer besser. Das war die perfekte Lösung für Deborahs Probleme. Die Frage war jedoch, ob sie damit einverstanden wäre.

Fraglos mußte er lernen, die Finger von ihr zu lassen. Er dachte nicht daran, sich wegen des Vorfalls in dem Häuschen zu schämen. Wenn sie auch unerfahren und arglos war, glich sie doch gleichzeitig in ihrer unterdrückten Leidenschaft einem unter Druck stehenden Dampfkessel. Keinem echten Mann wäre es anders ergangen als ihm. Der Mann, der sie einmal sein eigen nannte, konnte sich glücklich schätzen. Er, Gray, allerdings würde nicht dieser Mann sein. Für Deborah war er nur ein nichtswürdiger Wurm, schlimmer noch: eine reißende Bestie, ihr ruchloser Entführer. Dieser Eindruck hatte sich in ihr festgesetzt. Ob es wohl möglich war, das jemals zu ändern? Gray fragte sich, warum er das überhaupt wünschte.

Er schaute traumverloren ins Leere, bis die Kerze flackerte und dann verlosch. Mit einem leisen Fluch stand er auf und humpelte, nur einen Stiefel an den Füßen, zu den Kerzen auf dem Sims. Auf halbem Weg stolperte er über einen Gegen-

stand auf dem Boden und fiel der Länge nach hin. Sein Wutgebrüll weckte nicht nur Quentin, sondern auch Deborah im Nebenzimmer auf.
Sie erwachte von Quentins Lachen und einer Reihe von Flüchen. Sie hörte, wie mehrmals der Feuerstein gestrichen wurde und Quentin unter Heiterkeitsausbrüchen Ratschläge gab. Dann erhob Lord Kendal drohend die Stimme und schimpfte auf Miss Deborah Weyman, die ihren Koffer mitten im Wege hatte stehenlassen.
Sie kuschelte sich ins Bett und zog sich die Decke bis an die kalte Nase. Lord Kendal war aus der Haut gefahren, und sie hatte Schuld. Mit einem Lächeln auf den Lippen schlief sie wieder ein.

Zehntes Kapitel

Nichts kann einen Menschen mehr zu weißglühendem Zorn anstacheln, als der Nachgeschmack von sinnloser Angst. So dachte Deborah, als sie in ihrem Schlafzimmer umherstapfte und sich für den neuen Tag wappnete, der bereits zur Hälfte vorüber war, wenn sie der Porzellanuhr auf dem Kaminsims Glauben schenken wollte. Am Vorabend war sie, wie nicht anders zu erwarten, von Reue zerfressen gewesen, weil sie die Lage falsch eingeschätzt und damit Quentins Leben in Gefahr gebracht hatte. An diesem Morgen jedoch listete sie all die sinnlosen Ängste auf, die sie von den Händen *dieses Mannes* hatte erleiden müssen, und nachdem sie ihn nun nicht mehr fürchtete, kannte ihr Zorn keine Grenzen.

Gelächter lockte sie in die Küche. Sie wußte, daß Hart und Nick im *King's Arms* nächtigten. Als sie dann jedoch den Raum betrat und Quentin und Lord Kendal allein vorfand, stutzte sie. Worüber hatten sie geredet? Worüber lachten sie? Sie tat Grays Anwesenheit mit einem Wimpernzucken ab und schaute Quentin an. Seine Augen blitzten, seine Wangen war rot vor Aufregung.

Gray lehnte in einem Stuhl und hatte seine Füße mit den Stiefeln bequem auf einen zweiten hochgelegt. Ein Blick in Deborahs Gesicht verriet ihm alles, was er wissen mußte. Es war genauso, wie er es sich gedacht hatte. Nachdem sie sich von dem schrecklichen Abenteuer des Vorabends erholt hatte, betrachtete sie ihn keineswegs mehr als ihren Retter. Jetzt war er wieder der skrupellose Entführer, der sie in Todesängste versetzt hatte, und sie würde ihn für seine Sünden bezahlen lassen.

Als er Deborah sah, sprudelte Quentin ein aufgeregtes Geplapper hervor, das der Earl mit erhobener Hand stoppte.

»Wir dürfen die Höflichkeit den Damen gegenüber nicht vergessen«, sagte er und ließ den Worten die Tat folgen, indem er geschmeidig aufstand.

Quentin beobachtete ihn genau und folgte seinem Beispiel.

Als Deborah die beiden nur wortlos ansah, sagte Gray sanft: »Ich glaube, es gehört sich für eine Dame zu knicksen, wenn ein Herr ihr seine Ehrerbietung zeigt.«

Angesichts der Tatsache, daß Quentin die Vorgänge höchst aufmerksam verfolgte, knickste sie widerwillig und nahm Platz. Gray und dann auch Quentin setzten sich ebenfalls.

In leichtem Ton fragte sie: »Wo sind die anderen? Was ist mit meinem Frühstück? Und warum hat man mich nicht früher geweckt?«

Bei diesen Worten schlug Quentin die Hand vor den Mund, sah auf die Uhr und rief: »Verflixt! Wir haben dich vergessen, Deborah.«

»Ihr habt mich vergessen?« wiederholte sie, bemüht, nicht zu zeigen, wie gekränkt sie war.

»Onkel Gray hat mir von Papa erzählt, weißt du, von der Zeit, als sie zusammen in Eton waren.«

»Du weißt doch, wie das ist«, sagte Gray leichthin. »Wir haben uns mitreißen lassen. Außerdem dachte ich, du könntest ein bißchen zusätzlichen Schlaf gut gebrauchen.«

»Und Onkel Gray sagt, ich werde auch nach Eton gehen, wie Papa. Ist das nicht famos, Deb?«

»Wann gehst du nach Eton?« fragte sie scharf.
Der Mann und der Junge tauschten einen Blick. »Das steht noch nicht fest«, antwortete Gray.
Deborah öffnete schon den Mund, um ihre Meinung dazu zu sagen, doch Gray gebot ihr mit einem vielsagenden Blick zu schweigen. Vor Kindern und Dienstboten stritt man nicht.
»Wir haben bereits gegessen«, bemerkte Gray, »haben jedoch den Befehl, dich zu bedienen. Die Moffats sind im Laden, und Hart und Nick müssen etwas für mich erledigen. Nein, bleib sitzen. Quentin und ich sind durchaus in der Lage, dir ein Frühstück zu servieren.«
Die beiden schienen ihre Arbeit sehr zu genießen, als wäre es ein großartiges Abenteuer, sich in der Küche einer Frau zurechtzufinden. Es dauerte nicht lange, bis der Kessel mit Wasser auf dem Feuer stand und der Tisch mit einer Auswahl köstlicher Pasteten und kaltem Aufschnitt gedeckt war.
Deborah war so in ihre Gedanken versunken, daß sie es kaum wahrnahm, als Quentin sich entschuldigte, weil er seinen Unterrichtsstoff durcharbeiten mußte, und Gray ihren Teller füllte. Sie griff nach Messer und Gabel und spielte versonnen mit den Speisen auf ihrem Teller.
Sie war ärgerlich, aber mehr noch gekränkt. Lord Kendal hatte seinen großen Auftritt, und sie selbst war plötzlich unsichtbar. Er plante bereits Quentins Zukunft, ohne sie zu Rate zu ziehen. Aber nein, sie war ja nur die Gouvernante.
»Deborah«, sagte Gray in das lastende Schweigen hinein, »es ist nur natürlich, daß Quentin sich jetzt mir zuwendet. Ich war der beste Freund seines Vaters. Ich kann dem Jungen Unmengen von Geschichten erzählen. Verstehst du nicht? Das läßt ihn seinen Verlust leichter ertragen. Du hast seine Zuneigung nicht verloren, wie du offenbar befürchtest. Laß ihm Zeit.«

Sie sah ihn kurz an. Seine Freundlichkeit weckte den Wunsch in ihr, ihm alle Schrecken der vergangenen Monate und all ihre Ängste hinsichtlich der Zukunft anzuvertrauen. Gleichzeitig wollte sie sich sein Mitleid verbitten. Er hatte sie entführt, in Angst und Schrecken gehalten, sie um ihr Leben bangen lassen. Dieser Mann konnte niemals ihr Freund sein, auch in hundert Jahren nicht.
»Du sollst wissen«, sagte er so demütig, wie sie ihn nie erlebt hatte, und so, als hätte er ihre Gedanken gelesen, »daß ich von Herzen bedaure, was du in diesen vergangenen Tagen durchgemacht hast. Verstehst du nicht, daß ich dich so schnell wie möglich kleinkriegen mußte?« Als sie grimmig in ein Stück Brot biß, blitzten Grays Augen frech auf. »Was ich getan habe, hat mir keine Freude gemacht. Aber es mußte getan werden, und zwar schnell. Begreif doch, daß ich nicht der Mann bin, der ich zu sein vorgab. Wenn du mich besser kennenlernst, Deborah ...«
»Ich soll Euch besser kennenlernen?« imitierte sie seinen beschwörenden Tonfall. Sie beugte sich über den Tisch, bis ihre Nasen einander fast berührten. »Lieber lerne ich einen tollwütigen Hund besser kennen.«
»Verdammt noch mal, Weib, wirst du mir einmal zuhören?« donnerte er plötzlich, und sie duckte sich. »Wir haben mehr zu überlegen als deine kleinen Kümmernisse. Ein Mörder läuft frei herum, und es ist sehr wahrscheinlich, daß er es auf dich und Quentin abgesehen hat.« Er nickte angesichts ihrer schockierten Miene. »Ja, Deborah. Der Mörder. Versetz dich mal in seine Lage. Was mag er denken? Er weiß, daß Quentin ihn in jener Nacht gesehen hat. Wahrscheinlich wundert er sich, daß er bis heute nicht verhaftet worden ist.« Er ließ ihr ein Weilchen Zeit, damit seine Worte richtig einsinken konnten, und fuhr dann fort: »Ich habe überall verbreitet, daß du

und Quentin in aller Abgeschiedenheit auf meinem Besitz in Gloucestershire weilt, doch meines Wissens hat noch niemand herumgeschnüffelt oder nach dir gefragt, und das würde der Mörder tun, Deborah, es sei denn, er glaubt, er habe nichts zu befürchten.«

Ihr Gehirn arbeitete blitzschnell. »Vielleicht ist er in Frankreich? Vielleicht hatte er Angst, nach England zurückzukehren?«

»Nicht, wenn es derjenige ist, den ich in Verdacht habe. Nein, seine Identität kenne ich nicht; ich bin lediglich überzeugt, daß es sich um den Verräter handelt, dem Gil die Maske vom Gesicht reißen wollte. Und da keiner meiner Kollegen im Auswärtigen Amt letzthin untergetaucht ist, ist anzunehmen, daß der Mörder genauso weiterlebt wie bisher. Nun, was schlägst du vor zu tun?«

Sie schüttelte den Kopf. »Ich weiß es nicht.«

»Überlege«, verlangte er gepreßt.

Das tat sie, und dann sagte sie: »Er wird entsetzliche Angst haben. Mehr fällt mir nicht ein.«

»Oder aber er weiß, daß Quentin das Gedächtnis verloren hat und daß du ihn in jener Nacht unmöglich erkannt haben kannst.«

Ohne etwas zu sehen, starrte sie ihn an, während sie seine Worte erwog. »Aber niemand außer Miss Hare und den Moffats weiß von Quentins Gedächtnislücke, und kein Mensch hat Fragen gestellt.«

»Ja, ich weiß. Denk scharf nach, Deborah. Hast du den französischen Beamten gegenüber etwas erwähnt, als du verhört wurdest?«

»Nein«, erwiderte sie nicht ganz sicher. »Ich habe ausgesagt, Quentin und ich wären herbeigeeilt, als wir den Schuß hörten, nicht aber, daß wir den Mord mit angesehen haben. Sie sahen selbst, daß Quentin unter Schock stand, wußten allerdings nicht, daß er sich an nichts erinnert. Das habe ich selbst erst am Abend, bevor wir Paris verließen, festgestellt. Ich machte mir solche Sorgen, daß ich den Arzt gerufen habe.«

»Quentin wurde am Vorabend eurer Abreise von einem Arzt untersucht?«

Sie nickte.

»Ah«, sagte er und lehnte sich zurück. »Allmählich verstehe ich.«

»Was versteht Ihr?«

»Daß der Bericht über Quentins Gedächtnisverlust dem Mörder nach England übermittelt wurde. Deshalb hat er nicht versucht, dich aufzuspüren.« Er sah sie mit blitzenden Augen an. »Weißt du eigentlich, wieviel Glück du gehabt hast, Deborah? Wieviel Glück wir alle gehabt haben? Ihr seid entkommen, bevor die Franzosen wußten, daß du und Quentin eine Bedrohung für ihren Agenten darstellt. Allmählich macht alles einen Sinn.«

Deborah bemerkte mürrisch: »Meiner Meinung nach ist es eher der Agent, der Glück gehabt hat. Wenn es stimmt, was Ihr sagt, weiß er sich in Sicherheit, während Quentin und ich ständig auf der Hut sein müssen. Deshalb will ich auch nicht, daß Quentin nach Eton geschickt wird.«

»Hm? Ach so, du brauchst nicht zu befürchten, daß ich ihn zur Schule schicke, bevor ich ganz sicher bin, daß ihm keine Gefahr mehr droht.«

Sie machte eine hilflose Handbewegung. »Also was ist zu tun? Ich möchte, daß Quentin ein normales Leben führt, habe aber Angst, daß er, sobald er sich öffentlich zeigt, angegriffen werden könnte.«

Er faßte sie scharf ins Auge. »Hast du eigentlich auch einmal Angst um dich selbst, Deborah Weyman?«

Sie erschrak dermaßen über seinen Ton, daß sie ruckartig den Kopf hob und Gray groß ansah. Der weiche Ausdruck auf seinem Gesicht ließ sie ohne zu überlegen antworten: »Todesangst, aber das ist mir nicht neu.« Als er aufhorchte, zog sie sich rasch in sich zurück. »Also, wie verfahren wir nun? Vermutlich habt Ihr die Angelegenheit gründlich durchdacht?«

»Sehr gründlich.« Er ließ den Themenwechsel zu, merkte sich jedoch ihre gedankenlose Bemerkung. *Todesangst. Aber das ist mir nicht neu.* Er öffnete seine Tabaksdose, schnupfte eine Prise und ließ sie wieder zuschnappen.

Schließlich sagte er: »Wir müssen den Mörder zweifelsfrei wissen lassen, daß weder du noch Quentin ihn identifizieren könnt.«

»Und wie soll das gehen?«

»Ganz einfach, indem ihr beide euch öffentlich in London sehen laßt. Quentins Gedächtnisverlust geheimzuhalten, ist sinnlos, aber wir machen auch nicht viel Aufhebens darum. Wir behaupten lediglich, daß der Tod seines Vaters ihn aus dem Gleichgewicht gebracht hat. Wenn jemand sich auf ihn stürzen will, habe ich den Täter, doch das ist höchst unwahrscheinlich. Dann hätte er es längst getan. Nein. Unser Mörder wird aufatmen, wenn er mit eigenen Augen sieht, daß er frei von jedem Verdacht ist.«

Er hatte kaum ausgeredet, als sie aufbrauste: »Darum geht es Euch gar nicht! Ihr hofft vielmehr, daß der Schock, dem Mörder seines Vaters gegenüberzustehen, Quentins Gedächtnis wieder aktiviert. So ist es doch, nicht wahr? Im Auswärtigen Amt treibt sich ein Spion herum, und Ihr verlangt, daß Quentin ihn für Euch stellt.«

Ein Muskel in Grays Wange zuckte. »Das ist eine verdammte Lüge! Du hast gesagt, der Arzt hätte nicht viel Hoffnung, daß

Quentins Gedächtnis wieder lückenlos funktionieren könne. Wenn es aber dazu kommen sollte, daß Quentin den Mörder seines Vaters identifizieren kann, um so besser. Was ist daran falsch? Verstehst du denn gar nichts? Solange dieser Mensch nicht gefaßt ist, müßt Quentin und du ständig um euer Leben fürchten.«
Sie sprang auf und stützte sich mit beiden Händen auf den Tisch. »O ja, ich verstehe sehr gut. Wer sollte Euch besser verstehen als eines Eurer Opfer? Quentin und ich sind Eure Schachfiguren. Köder, genauer gesagt.«
Seine Augen sprühten vor Zorn. »Mach dich nicht lächerlich! Das Risiko, daß ihr eingeht, wenn der Mörder dich und Quentin zu sehen bekommt, ist gering. Habe ich nicht alles eingehend erklärt? Der Mörder wiegt sich in Sicherheit. Außerdem werdet ihr zwei streng bewacht. Später, in ein oder zwei Wochen, könnt ihr auf meinem Besitz in Kent wohnen. Falls du einen besseren Plan hast, würde ich ihn gern hören.«
»Ich habe keinen Plan, aber Euer Vorschlag ist zu gefährlich. Ich lasse es nicht zu, hört Ihr mich? Ich lasse es nicht zu!«
»*Du* läßt es nicht zu? Du hast kein Mitspracherecht in dieser Sache, Miss Weyman. Du kannst tun, was du willst; ob es dir paßt oder nicht, Quentin kommt mit mir nach London.«
Die beiden fochten einen hitzigen Kampf mit Blicken aus. Mit leiser, wütender Stimme erklärte Deborah: »Ich denke nicht im Traum daran, Quentin zu verlassen, solange ich nicht weiß, daß er außer Gefahr ist.«
»Heißt das, du nimmst meine Einladung an?«
»Einladung?« Ihr Busen wogte. »Das war doch keine Einladung! Ihr habt mir in Eurer gewohnten Überheblichkeit einen Befehl erteilt.«
Er musterte sie lange und nachdenklich, und Belustigung funkelte in seinen Augen. »Ich bitte um Verzeihung«, sagte

er. »Du hast nun mal anscheinend diese seltsame Wirkung auf mich. Ich versichere dir, mit anderen Damen verfahre ich nicht so despotisch. Da bin ich vielmehr – du wirst es kaum glauben – für meinen Charme berühmt.«

Ohne sich von ihrer finsteren Miene beeindrucken zu lassen, fuhr er fort: »So schlimm wird es gar nicht sein. Du wirst meine Mutter mögen, und ich zweifle keinen Augenblick daran, daß sie dich auch mag. Du bist jetzt Quentins Vormund, und das fällt durchaus ins Gewicht. Du wirst in meinem Haus zu Gast sein, Gast meiner Mutter, und du wirst wie ein Mitglied der Familie behandelt werden. Natürlich erwarte ich, daß du dich in allen Dingen von mir leiten läßt. Das muß von Anfang an völlig klar sein zwischen uns. Ich muß wissen, daß du mir bedingungslos vertraust, sonst gelingt unser Schachzug nicht. – Es ist ja nur für ein paar Wochen, danach ziehst du mit Quentin in mein Haus in Kent. Ich schwöre dir, ich will Quentin bestimmt nicht als Köder benutzen. Es gibt andere Wege, um diesen Schuft zu schnappen. Wenn ich meinen Verräter stelle, habe ich den Mörder. Ich versuche doch nur, ihn dermaßen in Sicherheit zu wiegen, daß er unvorsichtig wird. Früher oder später unterläuft ihm dann ein Fehler.«

Schlußendlich gab Deborah nach, wie Gray wohl von vornherein gewußt hatte. Solange Quentin bei ihm war, hatte er die Oberhand, und trotzdem gefiel ihr sein Vorschlag nicht. Es war schön und gut zu sagen, der Mörder fühle sich aufgrund seines Wissens um Quentins Gedächtnisverlust sicher, aber nichts war wirklich sicher. Und Deborah war nicht restlos überzeugt davon, daß der Verräter im Auswärtigen Amt und Lord Barringtons Mörder eine und dieselbe Person waren. Aber Lord Kendal war überzeugt davon, und die Meinungen anderer zählten für ihn nicht. Für Deborah enthielt seine Argumentation jedoch einfach zu viele ›wenn‹.

Sie hätte Quentin am liebsten zu seinem Onkel auf die Westindischen Inseln gebracht, wußte aber, daß Lord Kendal nie im Leben seine Zustimmung gegeben hätte. Er hätte es als Feigheit ausgelegt. Sie schniefte. Nun, dann war sie eben feige. Sie würde lieber weglaufen statt zu bleiben und zu kämpfen. Sie konnte sich genauso wenig ändern wie Lord Kendal. Der Mann war starrsinnig, skrupellos, unversöhnlich, und obwohl diese Eigenschaften sie abstießen, war sie doch um Quentins willen froh, daß sein Vormund kein Schwächling war, sondern ein Mann, der sich und die Seinen zu schützen wußte.

Nachdem Gray gegangen war, starrte Deborah eine geraume Weile auf ihren unberührten Teller und überlegte, ob es wirklich ratsam war, in Lord Kendals Londoner Haus einzuziehen. Sie konnte nie an London denken, ohne sich an Albert und The Strand zu erinnern. Aber du würdest ja nur ein paar Wochen in London bleiben, schalt sie sich selbst. Ihr Vater und ihre Stiefmutter ließen sich vor Beginn der Saison nur selten in der Stadt blicken, und bis dahin waren sie und Quentin längst in Kent. Und was auch kommen mochte, sie würde Quentin nicht aus den Augen lassen, bis Lord Kendal den Verräter gefaßt hatte.

Währenddessen beglückwünschte sich Gray zu seinem leichten Sieg. Er hatte gewußt, daß Quentin der unwiderstehliche Köder sein würde, der Deborah nach London lockte. Ihre Treue und Hingabe für den Jungen standen außer Frage. Ihm, Gray, freilich, ihrem ruchlosen Entführer, mißtraute sie.

Er hatte nicht gelogen, was seine Gründe für ihre Übersiedelung nach London betraf. Sicher, er hatte mit dem Gedanken gespielt, Quentin als Köder zu benutzen, und als letzten Ausweg würde er wohl auch zu diesem Mittel greifen, aber eben nur als letzten Ausweg. In diesem Falle stand ihm der

Kampf seines Lebens mit Deborah bevor. Er schüttelte den Kopf, als er merkte, daß er lächelte.
Dennoch war er nicht restlos ehrlich ihr gegenüber gewesen. Im Auswärtigen Amt hatte er dem Verräter schon Dutzende von Fallen gestellt, ohne Erfolg. Der Krieg war augenblicklich leider ins Stocken gekommen. Frankreich wie auch England bewaffneten sich bis an die Zähne. Es konnte noch Monate dauern, bevor der Kampf ernsthaft begann, Monate, bevor der Spion in Versuchung kam, seinen Auftraggebern Informationen zu übermitteln. Und er hatte seine Spuren gut verwischt. Deswegen hatte er Gil zum Schweigen gebracht.
In London würde Gray Zeit finden, Deborahs Vertrauen zu gewinnen, und auch dafür, ihre Herkunft zu erforschen. Wenn er dann den Umstand geklärt hatte, der bei jeder Erwähnung ihrer Vergangenheit diesen gehetzten Ausdruck in Deborahs Augen rief, dann würde er dafür sorgen, daß sie einen angemessenen jungen Ehemann fand, der sie so schätzte, wie sie es verdient hatte.
Als er die Treppe zu Quentins Zimmer hinaufstieg, versuchte er in Gedanken, die in Frage kommenden jungen Männer seiner Bekanntschaft aufzulisten, die eine Frau wie Deborah wert wären. Zu seiner Verwunderung fiel ihm kein einziger Name ein.

Elftes Kapitel

Am Morgen ihres Aufbruchs nach London packte Mrs. Moffat bereits die Koffer, als Deborah die Augen aufschlug. Quentin stand mit strahlender Miene neben ihrem Bett.

»Ich habe dir deine Schokolade gebracht, Deb«, sagte er.

Sie nahm den Becher entgegen, doch ihr Blick war auf das Kleid geheftet, das Mrs. Moffat für sie bereitgelegt hatte. Sie hatte es noch nie im Leben gesehen.

Quentin konnte seine Aufregung kaum beherrschen und platzte heraus. »Das war Onkel Gray, Deb. Er hat für alles gesorgt.«

»Wofür«, fragte Deborah ahnungsvoll, »hat Onkel Gray gesorgt?«

»Neue Kleider! Und ... und alles!« rief Quentin.

»Was hat er getan?« Sie richtete sich auf und stellte den Becher Schokolade ab.

Mrs. Moffat hob den Kopf, und als sie Deborahs Gesicht sah, stieß sie einen ungeduldigen Ton aus. »Ich weiß, was Ihr jetzt denkt, Mädchen, und Ihr braucht gar nicht erst diese sture Miene aufzusetzen. Es ist in keiner Weise ungehörig, Kleider von einem Mann anzunehmen, wenn er im Auftrag seiner Mutter handelt. Lord Kendal hat mir alles erklärt. Deb, Ihr solltet dankbar sein, daß er sich so große Mühe macht. Seine

Mutter wußte wohl, daß Ihr nicht wie eine Bettlerin in London erscheinen wollt.«

Eine Bettlerin. Das schmerzte. »Hat ... hat er mich so genannt?« fragte Deborah, und aus einem unerfindlichen Grund wurde ihr das Herz schwer.

»Natürlich nicht. Er ist ein richtiger Gentleman. Und ich will doch nur Euer Bestes. Er mag Euch, Deb, das weiß ich. Wenn Ihr ihn nur anlächeln, nett sein würdet, Ihr wißt schon, dann würdet Ihr über das Ergebnis wahrscheinlich ganz schön staunen.« Und mit einem Lächeln ließ sie Deborah stehen, die noch lange über ihre Worte nachdachte.

Heiraten, das war's, woran Mrs. Moffat dachte. Deborah fühlte ein hysterisches Lachen aufsteigen und schluckte es herunter. Sie stand schnell auf und begutachtete die bereitgelegten Kleidungsstücke. Unter den Falten eines grünen Reisekleids lagen geschickt verborgen feinste, spitzenbesetzte Unterwäsche und weiße Seidenstrümpfe mit vergißmeinnichtbestickten Strumpfhaltern.

»Wo sind meine eigenen Sachen?« fragte sie Quentin.

»Onkel Gray hat angeordnet, daß Mrs. Moffat sie wegschafft.«

»So, hat er das?« Sie zitterte vor Empörung am ganzen Körper.

Quentin suchte besorgt ihren Blick. »Deb, magst du Onkel Gray nicht?«

»Dein Onkel Gray, ich kann dir sagen ...« Quentins Gesichtsausdruck brachte sie zum Schweigen. Es bedurfte nur eines Worts von ihr, um einen Keil zwischen Quentin und seinen Vormund zu treiben. Sie holte tief Luft und begann noch einmal von vorn. »Dein Onkel Gray weiß ganz genau, was einer Dame gefällt.«

Er forschte in ihrem Gesicht und setzte sich dann zufrieden in einen Polstersessel. »Wußtest du schon«, sagte er, »daß Onkel Hart einen Sohn in meinem Alter hat?«

Soso, Onkel Hart, dachte Deborah unfreundlich. »Nein, das wußte ich nicht.« Sie lächelte mühsam.

»Er sagt, Jason und ich werden noch die besten Freunde, weißt du, wie Papa und Onkel Gray.«

Sie hörte die Unsicherheit in seiner Stimme und wandte sich ihm endlich richtig zu. »Und?«

»Beste Freunde haben keine Geheimnisse voreinander.«

Sie wußte, an welches Geheimnis er dachte, und antwortete behutsam: »Du kannst ihm erzählen, daß du dich an nichts erinnerst, und damit ist es genug. Verstehst du, Quentin?«

In diesem Punkt waren sie und Gray sich einig geworden. Daß Quentin unter einer Gedächtnislücke litt, mochte die Welt erfahren, nicht aber, daß er Zeuge des Mordes gewesen war. Das würde nur zu unsinnigen Spekulationen herausfordern und Quentin das Leben schwermachen. Und der Mörder würde sich seinen Reim darauf machen, und darauf kam es an.

Quentin nickte. »Onkel Gray hat es mir erklärt. Wenn ich den Leuten erzähle, daß ich in jener Nacht in der Bibliothek war, löchern sie mich mit Fragen.«

»Was ist es dann? Was bekümmert dich?«

»Warum kann ich mich nicht erinnern, Deb? Ich versuche es immer wieder, aber nichts regt sich. Papa ... Papa ...«

Sein Gesicht verzog sich, und er stürzte sich in Deborahs Arme. Sie wiegte ihn sanft, während er herzzerreißend schluchzte. »Papa muß mich doch hassen. Warum kann ich mich nicht erinnern, wer ihn erschossen hat?«

Seine Worte erschreckten sie. Sie hatte wohl gewußt, daß es ihn schmerzte, sich nicht an jene Nacht erinnern zu können, doch daß er sich auch noch schuldig fühlen könnte, war ihr nicht in den Sinn gekommen. Sie strich ihm das Haar zurück und hielt ihn im Arm, bis seine Tränen sich erschöpft hatten. Nach einer Weile schniefte er kräftig, schluckte und wischte sich die Tränen ab. Dann blickte er zu Deborah auf. »Du weinst«, sagte er.

Sie versuchte nicht, ihn festzuhalten, als er aus ihren Armen fort drängte. Sie kniete sich neben ihn, betete um die richtigen Worte und sagte: »Dein Onkel Gray liebt dich, nicht wahr, und er weiß auch, daß du dich nicht erinnerst. Dein Papa liebte dich mehr als alles auf der Welt. Warum sollte er anders denken als Onkel Gray? Sie waren beste Freunde, und beste Freunde denken gleich, nicht wahr? Dein Papa könnte dich niemals hassen, Quentin. Ich habe dir gesagt, was geschehen ist. Er hat dich gerettet. Er hat gesagt, du solltest weglaufen, und dann war ich da, um dir zu helfen.«

Er schniefte noch einmal und überlegte. »Trotzdem wünsche ich mir, daß ich mich wieder erinnern könnte«, sagte er.

»Das weiß dein Papa auch. Und eines Tages kommt deine Erinnerung von selbst zurück, du wirst schon sehen.«

»Wirklich, Deb?«

»Wirklich.«

Plötzlich sah sein Gesichtchen ganz grimmig aus. »Gut«, sagte er. »Dann fangen wir den Mann, der Papa umgebracht hat, und hängen ihn auf.«

Mit einem unbehaglichen Gefühl blickte Deborah dem Jungen nach. Ihr war es gleichgültig, ob Lord Barringtons Mörder je gefaßt wurde, solange Quentin nur in Sicherheit war.

Flink zog sie die neuen Kleider an, aber erst, als sie den Salon betrat, wo Gray saß und Zeitung las, erinnerte sie sich, daß sie noch ein Hühnchen mit ihm zu rupfen hatte.

»Ich wüßte gern, was das hier bedeuten soll«, sagte sie, indem sie auf das grüne Reisekostüm deutete, das sie angezogen hatte.

Gray legte seine Zeitung beiseite und musterte sie kühl. »Setz dich, Deborah«, forderte er sie auf. »Bevor die anderen kommen, hätte ich gern noch einiges mit dir besprochen.«
Sie schleuderte ihm einen wütenden Blick zu, doch da sie diesen Tonfall und seine Bedeutung schon kannte, nahm sie Platz, tappte aber leicht mit dem Fuß auf den Boden, um Gray wissen zu lassen, daß sein befehlsgewohntes Auftreten sie nicht völlig unterwerfen konnte.
Als Gray sich leicht nach vorn neigte und sie fest ins Auge faßte, kam ihr Fuß zur Ruhe. »Ich habe dir gestern gesagt«, begann er, »daß du Gast in meinem Haus sein wirst. Und da es nun mal so ist, wirst du dich auch entsprechend kleiden, um nicht unnötige Spekulationen oder gar Verdächtigungen zu provozieren. Falls du fürchtest, dadurch in meiner Schuld zu stehen, betrachte meine Auslagen einfach als Teil meiner Vergütung der Dienste, die du in den vergangenen paar Monaten Quentin erwiesen hast. Verdammt noch mal, Mädchen«, brauste er auf, als sie sich anschickte zu antworten, »für meine Dienerschaft tue ich dasselbe, indem ich ihnen ihre Livree stelle, und das ist eine kostspielige Angelegenheit, glaub mir. Du bist Quentins Vormund und Gast meiner Mutter. Ich will nicht, daß man dich für die arme Verwandte hält. Das würde ein schlechtes Licht auf meine Familie werfen.«
Die arme Verwandte, das war fast so schlimm wie Bettlerin. Glaubte er denn, es machte ihr Spaß, sich wie eine Vogelscheuche zu kleiden? Sie liebte schöne Kleider und hübsche Sachen genauso sehr wie andere Mädchen auch, hatte nur niemals die Gelegenheit oder das Geld zur Verfügung gehabt, sich so etwas zu gönnen. Sie wollte es sich auch nicht gönnen, nicht um den Preis, daß man dadurch auf sie aufmerksam wurde.

In ihren Augen brannte Ablehnung, doch sie war nicht in der Stimmung für einen Streit mit Gray. Im Vergleich zu ihrer Sorge um Quentin waren ihre Kümmernisse nebensächlich. »Welche Angelegenheiten möchtet Ihr besprechen?« fragte sie.

Ihre Kapitulation schien ihn zu verwundern, und nach einem forschenden Blick in ihr Gesicht sagte er: »Ich war so frei, ein Mädchen für dich einzustellen, wenigstens für die Zeit der Reise nach London. Dort hat meine Mutter sicherlich genug Zofen, die dich bedienen können. Das Mädchen kann dann also nach Wells zurückkehren.«

Deborah wußte selbst, daß sie nur aus Prinzip widersprach, doch sie konnte sich nicht bremsen.

»Ich brauche kein Mädchen. Ich bin aus dem Alter heraus, da man eine Anstandsdame benötigt.«

»Wie alt bist du, Deborah?«

»Vierundzwanzig.«

»Und ich bin fast zehn Jahre älter als du. Du siehst also, ein Mädchen ist unerläßlich. Oh, ich denke nicht an deinen guten Ruf, sondern an meinen. Sollte ich so töricht sein, dich zu kompromittieren, wären die Folgen gräßlich. Zu heiraten, Deborah, und dann noch einen Frauenhelden – das wäre mehr als eine Katastrophe.«

Als sie lächelte, wurden seine Augen schmal. »Laßt Euch beruhigen, my Lord«, sagte sie. »Weder Ihr noch alle Armeen des Königs zusammengenommen könnten mich jemals in diese tödliche Falle locken.«

»Dieselben Worte habe ich bei Gelegenheit auch schon ausgesprochen.«

Sie stieß einen übertriebenen Seufzer aus. »Zumindest ein Punkt, in dem wir übereinstimmen.«

Gray lehnte sich lässig zurück und verschränkte die Hände

hinter dem Kopf. »Du wirst deine Meinung ändern, wenn du dem richtigen Mann begegnest.«
Seine typisch männliche Antwort führte sie fast in Versuchung, ihm in einigen Punkten gründlich die Meinung zu sagen. Aber nur fast. Sie wollte nicht, daß er ihre Gedanken las, wollte nicht, daß er mit seinem scharfen Verstand versuchte, zwei und zwei zusammenzuzählen.
»Ihr sagtet«, erinnerte sie ihn milde, »daß Ihr einiges mit mir zu besprechen hättet. Wenn das alles war, my Lord, würde ich mich jetzt gern von den Moffats verabschieden.«
»Das war noch nicht alles«, sagte er und richtete sich straff auf. »In wenigen Minuten kommen Nick und Hart, und ich verlange von dir, daß du ihnen mit Herzlichkeit und Achtung begegnest. Du wirst die Ereignisse der vergangenen Tage aus deinem Gedächtnis streichen, als hätten sie nie stattgefunden. Hast du verstanden, Deborah?«
»Niemals werde ich die Ereignisse der letzten Tage aus meinem Gedächtnis streichen können!«
Ihr empörter Ausbruch schien Gray nicht zu berühren. »Dann wirst du dich eben als großartige Schauspielerin beweisen müssen. Du wirst so tun, als wäre nichts gewesen. Ich lasse nicht zu, daß Nick und Hart deinen Temperamentsausbrüchen zum Opfer fallen, nur weil sie meine Befehle befolgt haben. Wenn du nur nachdenken wolltest, würdest du auch begreifen, daß es ihnen genauso widerstrebte wie mir, dich so zu behandeln, vielleicht sogar noch mehr, denn ich lasse mich von Tränen und Versicherungen schöner junger Frauen nicht so leicht beeindrucken.«
Sie sah ihn verständnislos an. Nick und Hart hatte sie zuletzt gesehen, nachdem Gray sie, Deborah, vom Dach gerettet hatte. Da das Haus der Moffats zu klein für alle war, hatten sie im *King's Arms* genächtigt und waren nur selten hergekom-

men, und wenn, dann stets zu einer Zeit, da sie schon schlief oder noch nicht aufgestanden war. Zum ersten Mal kam ihr der Gedanke, daß sie ihr womöglich aus dem Weg gingen oder den Befehl hatten, sie zu meiden, und sie fragte sich nach dem Grund.

Die Antwort, die ihr dazu einfiel, lag im Grunde auf der Hand. Sie hatten Angst, ihr unter die Augen zu treten, solange ihre Wut noch schwelte. Hart hätte Grund dazu gehabt, aber Nick war schließlich ihr Freund. Er hatte sich gegen seinen eigenen Bruder auf ihre Seite geschlagen, war sogar so weit gegangen, ihr bei der Flucht zu helfen. Nick konnte nichts dafür, daß Lord Kendal zu klug für sie war. Nick brauchte keine Angst vor der Begegnung mit ihr zu haben, es sei denn ...

Es fiel ihr wie Schuppen von den Augen. Sie sprang so heftig auf, daß ihr Stuhl zu Boden fiel. »Teufel!« schrie sie. »Nick und Hart haben nur Eure Befehle befolgt! Ich hatte nie die Chance zur Flucht! Von Anfang bis Ende war alles geplant. Nick war nie auf meiner Seite!«

»Ich dachte, du wüßtest es. Ich glaubte wirklich, du hättest dir inzwischen alles zusammengereimt.«

»Mein Gott, was für eine Schlangenbrut! Habe ich von Eurer Mutter und Euren Schwestern Ähnliches zu erwarten, wenn ich nach London komme? Sind alle Graysons aus dem gleichen Holz geschnitzt?«

Er sprang auf, und plötzlich sprühten seine Augen vor Zorn. »Du magst mich beschimpfen, solange du willst, aber wenn du von meiner Mutter und meinen Schwestern sprichst, dann bitte mit dem nötigen Respekt.«

Sie wandte sich hastig ab, wollte nur noch seiner verhaßten Gegenwart entkommen. Gray war schneller. Er packte sie beim Arm und riß sie wieder zu sich herum.

»Du hast mir dein Wort gegeben, mir in allen Punkten zu

gehorchen. Wenn du es zurücknehmen willst, sag's mir jetzt. Ich lasse meine Familie nicht von einer ungezogenen Göre durch den Schmutz ziehen. Bedenke aber eines, Deborah, bevor du mir deine Antwort gibst. Wenn du Quentin jetzt im Stich läßt, hast du dein Recht verwirkt, ihn jemals wiederzusehen.«
Sie waren so in ihren Streit vertieft, daß sie die Stimmen im Flur nicht hörten.
»Nicht einmal Ihr könnt so grausam sein!« schrie sie.
»Laß es drauf ankommen!« erwiderte er.
»Also wirklich, seid ihr zwei immer noch nicht aufbruchsbereit?« Nick stand mit einem verlegenen Lächeln unter der Tür. Hart stand hinter ihm, den besorgten Blick auf den umgestürzten Stuhl geheftet.
Deborah entriß Gray ihren Arm und wandte sich zu den beiden Männern um. Wie dumm war sie doch gewesen, wie dumm, blind und leichtgläubig! Die Worte, mit denen sie über die zwei herfallen wollte, lagen ihr schon auf der Zunge.
»Deborah!« Grays Augen waren kalt und hart. Sein Tonfall verhieß unverzügliche Strafe für den Fall des Ungehorsams.
Sie versank in einem tiefen, respektvollen Knicks, den sie über Gebühr lange ausdehnte. »Gentlemen«, sagte sie, indem sie sich erhob, »ich hatte noch keine Gelegenheit, Euch für Eure Gastfreundlichkeit und Eure zahlreichen Gefälligkeiten zu danken.«
Ihre Herzlichkeit ermutigte Nick, weiter in das Zimmer zu treten. Die Bedeutung ihrer Bemerkung war ihm noch nicht klargeworden. Hart, der mehr Erfahrung mit den Launen einer Frau hatte, trat den strategischen Rückzug ans entfernte Ende des Sofas an. Gray straffte die Schultern.
Deborah lächelte jeden der Herren freundlich an. »Worte reichen nicht, um meine Gefühle zum Ausdruck zu bringen.

Darf ich mich auf den Ausdruck meiner Hoffnung beschränken, jedem von Euch eines Tages in gleicher Münze zurückzahlen zu können?«
Nick verfolgte ihren anmutigen Abgang mit einem versonnenen Lächeln. Hart stieß den Atem aus, den er lange angehalten hatte. Gray fuhr sich mit den Fingern durchs Haar.
»Nun«, sagte Nick an seine Gefährten gewandt. »Das ist ja noch einmal gutgegangen. Dieses Mädchen hat das sanfteste, großmütigste Herz, das ich je erlebt habe. Gray, du kannst dich glücklich schätzen.«
Gray stieß einen wütenden Fluch aus und verließ ebenfalls das Zimmer. Hart verdrehte die Augen und riet Nick, sich nicht dümmer anzustellen, als er ohnehin schon sei.
»Was habe ich denn gesagt?« fragte Nick aufmüpfig und folgte Hart auf den Fersen, der die Treppe hinunter zur wartenden Kutsche lief. »Was habe ich gesagt?«

Die Kutsche hielt an, und Deborah, unsanft aus ihrem leichten Schlummer gerissen, fuhr ruckartig hoch. Mit ihrem Handschuh wischte sie das beschlagene Fenster frei und blickte nach draußen. Der Nieselregen behinderte die Sicht, doch sie wußte, daß Gray auf seinem Pferd irgendwo da draußen war. So ging es schon, seit sie vor zwei Tagen die Reise angetreten hatten. Obwohl die Kutsche bequem Platz für sechs Personen bot, stiegen die drei Herren kaum jemals ein, sondern zogen es vor, zu Pferde zu folgen und alle ein, zwei Stunden eine Rast einzulegen. Sie machten einen großen Bogen um Deborah, in der Annahme, sie wünschte es so. Bis zu ihrem nächsten Rastplatz würde sie keinen von ihnen zu Gesicht bekommen.
Sie lehnte sich wieder in den Sitz zurück und schloß die Augen. Diesmal wollte der Schlaf nicht kommen, doch zahl-

lose Gedanken gingen durch ihren Kopf. Die Anstrengung, ihre Begleiter auf Abstand zu halten, machte sich allmählich bemerkbar. Sie hatten bedeutend Schlimmeres verdient als ihr ausgedehntes Schweigen. Trotzdem hatte sie das Gefühl, sich selbst zu strafen, indem sie die anderen übersah. Das Mädchen, das zu ihrer Begleitung angestellt worden war, erwies sich als angenehme Gesellschaft, doch Treana war kaum der Schule entwachsen. Sie war keine geübte Unterhalterin, und Deborah sehnte sich nach Gesprächen mit Erwachsenen. Mehr als einmal war sie während der Mahlzeiten versucht gewesen, sich am Tischgespräch zu beteiligen. Grays Miene ließ vermuten, daß er mit Absicht versuchte, sie aus der Reserve zu locken. Sie beschränkte ihre Zuwendung auf Quentin, doch leider hing der Junge ständig nur seinem Idol an den Lippen, gierig auf jedes Wort, das Gray von sich gab. Ihr Schweigen fiel ihm nicht auf, und wenn doch, dann glaubte er, daß auch sie an Lord Kendals Lippen hing.

Manchmal konnte Deborah kaum noch glauben, daß die feinen Herren, die sich während der langen, ermüdenden Reise so aufopferungsvoll um ihr Wohl bemühten, dieselben waren, die sie als Gefangene in Angst und Schrecken gehalten hatten. Besonders Hart hatte sich einer bemerkenswerten Wandlung unterzogen. Er sprach sie äußerst ehrerbietig an, doch viel stärker noch beeindruckte sie seine Freundlichkeit gegenüber Quentin. Sein Sohn Jason, so versprach er ihm, wartete sehnsüchtig auf Quentins Besuch, und dann würden die beiden Jungen eine herrliche Zeit miteinander verleben. Hart sprach so liebevoll von seiner Frau und seinem Sohn, daß es Deborah kaum gelang, sich zu erinnern, wie ein Blick von ihm ihre Knie zum Zittern brachte, als sie seine Gefangene war. Das war das Rätselhafte an den Männern. Bevor eine Frau ihnen nicht endgültig ausgeliefert war, konnte sie nicht wis-

sen, ob sie ihre überlegene Kraft dazu nutzen würden, sie zu schützen oder sie zu vernichten. Harts Frau hatte Glück, doch es hätte ebensogut auch schiefgehen können.
Sie öffnete halb die Augen und sah, daß das Mädchen sie verstohlen betrachtete. Das war nichts Neues. Treana unterlag dem Irrglauben, den Nick aus unerfindlichen Gründen noch genährt hatte, daß Lord Kendal sein Herz an sie, Deborah, verloren habe. Deshalb beobachtete Treana ihre Herrin unentwegt, musterte ihre Kleider, schätzte ihr Benehmen ein, lauschte ihren Worten, als wäre sie die zweite Besetzung für Deborahs Rolle in einem Theaterstück, das sie probten.
Das Mädchen war in Lord Kendal verliebt. Allerdings zeigte Treana es nicht so deutlich wie manche anderen Frauen, die sie auf ihrem Weg in den Gasthäusern getroffen hatten. Sie verfolgte ihn lediglich mit seelenvollen Blicken und seufzte vielsagend, wenn ihr Held ein paar belanglose Worte an sie richtete. Die Blicke, mit denen sie Deborah musterte, sobald sie sich unbeobachtet glaubte, waren eher vorwurfsvoll. Sie verstand nicht, warum Deborah soviel Distanz zwischen Lord Kendal und sich legte, und Deborah klärte sie auch nicht darüber auf.
Das alles zehrte allmählich an Deborahs Nerven, und sie bedauerte es nicht, daß das liebeskranke kleine Mädchen zurück nach Wells reisen sollte, sobald sie in London angekommen waren. Seine Lordschaft hatte versprochen, daß seine Mutter genügend Mädchen zur Verfügung hatte. Hoffentlich waren nicht alle so naiv wie Treana.
Als sie in Marlborough im *Castle Inn*, dem letzten Aufenthalt des Tages, Halt machten und Gray ihr beim Aussteigen behilflich war, sprach sie ihn freundlich an, wie immer, wenn Quentin in der Nähe war. Soweit Quentin wußte, waren sie beste Freunde. Das Lachen in Lord Kendals Augen verriet ihr, daß er sie durchschaute.

Gray wußte gleich, als es an seiner Zimmertür klopfte, daß etwas nicht in Ordnung war. »Was gibt es, Treana?« fragte er. Das Mädchen riß erstaunt den Mund auf, als hätte es noch nie einen Mann in offenem Oberhemd gesehen. Gray wartete nicht, bis sie sich von ihrem Schrecken erholt hatte. Sein Rock lag auf dem Bett. Er griff danach und fragte gereizt: »Geht es um Miss Weyman? Um Gottes willen, Mädchen, so rede doch.«

Mit gesenktem Blick stammelte Treana ihre Botschaft. »Bitte, Euer Lordschaft, Miss Weyman sagt, Ihr möchtet unverzüglich kommen. Dem Jungen geht es nicht gut.«

Gray versuchte gar nicht erst, dem verstörten Mädchen nähere Informationen zu entlocken. Die Tür zu Quentins Zimmer war nur ein paar Schritte entfernt. Er schlüpfte in seinen Rock, durchschritt den Korridor und trat nach einem flüchtigen Klopfen ein. Deborah saß auf der Bettkante und strich Quentin das Haar aus der Stirn. Das Gesicht des Jungen glühte. Als er Gray sah, begann er schwer zu atmen und zu stöhnen.

Deborah stand auf und ging Gray entgegen. Sie war schon zur Nacht gekleidet. Unter dem dunkelgrünen Kragen ihres Schlafrocks sah Gray die weiße Spitze des Nachthemds. Ihre großen, glänzenden Augen sprachen von ihrer Angst. Er streckte ihr die Hände entgegen, und sie umklammerte sie fest.

»Ganz ruhig«, sagte er. »Hab keine Angst. Ich bin jetzt bei dir. Erzähl mir, was passiert ist.«

»So habe ich ihn noch nie erlebt. Ich weiß nicht, ob er sich nur den Magen verdorben hat oder ob es etwas Ernsteres ist. Wir sollten vielleicht einen Arzt kommen lassen.«

Gray beugte sich über den Jungen. Quentin sah ihn an, und sein Blick kam Gray eine Spur zu unschuldig vor. Ein tiefer

Atemzug weckte seinen Verdacht. Er schüttelte den Kopf, richtete sich auf und wandte sich Deborah zu. »Wo ist der Sherry, den ich heute abend auf dein Zimmer habe bringen lassen?«

»Sherry? Davon weiß ich nichts.«

Als Antwort auf Deborahs fragenden Blick schüttelte auch das Mädchen den Kopf.

»Ich vermute«, sagte Gray, »daß Quentin uns diese Frage beantworten kann.«

Quentin leckte sich die Lippen. »Ich habe ihn getrunken«, sagte er heiser.

»Wieviel?«

Quentins Blick wanderte zum Kleiderschrank. »Weiß ich nicht.«

Im Schrank fand Gray die Sherryflasche und ein benutztes Glas. »Etwa zwei Gläser voll, schätze ich«, sagte er und hielt die Flasche gegen das Licht.

Deborah zog scharf den Atem ein. »Ist das ... ist das schlimm?«

Gray verbiß sich ein Lächeln. »Ziemlich schlimm, aber es waren kleine Gläser. Laß uns lieber allein, Deborah. Das hier ist Männersache, also misch dich nicht ein. Treana, ich benötige eine Karaffe voll kalten Wassers. Sofort, Mädchen.« Mit diesen Worten schlug Gray ihnen die Tür vor der Nase zu.

Deborah löste den Blick nicht eine Sekunde von der Tür. Ein paarmal, als sie würgende Laute, gefolgt von nahezu tierischem Stöhnen, vernahm, riß es sie aus ihrem Sessel, doch wenn das Stöhnen abschwoll, sank sie wieder zurück. Nach kurzer Zeit kam Treana mit dem gewünschten kalten Wasser. Deborah nahm ihr die Karaffe aus der Hand, klopfte leise und trat auf Grays Aufforderung hin ins Zimmer.

Gray saß auf der Bettkante und wusch Quentins Gesicht und

Hände mit einem Waschlappen. Quentin lächelte schwach, als Deborah näher kam.
»Tut mir leid, Deb«, sagte er. »Das war dumm von mir.« Nach einem Blick in Grays Gesicht fuhr er mannhaft fort: »Dafür, daß ich dich so geängstigt habe, hätte ich die Peitsche verdient.«
Gray lachte. »Habe ich das gesagt? Nun, es war nicht wörtlich gemeint, also füge nicht noch mehr zu Deborahs ohnehin schon schweren Sorgen hinzu. Es gibt keine Schläge. Was du jetzt leidest und morgen noch leiden wirst, ist Strafe genug.« Er streckte die Hand nach der Karaffe aus. »Wenn er das getrunken hat, wird es ihm schon etwas besser gehen, und wenn das nicht der Fall sein sollte, kann er es als Strafe dafür betrachten, daß er seinen Onkel nachäffen wollte.« Angesichts ihrer hochgezogenen Brauen nickte er bekräftigend. »O ja. Der kleine Lord Barrington hier studiert meine Angewohnheiten und glaubt, er wäre ein Mann, wenn er meinem Beispiel folgt. Jetzt weiß er es besser.«
Deborah stand ein wenig abseits und sah zu, wie Gray Quentin zwang, die gesamte Karaffe leer zu trinken. Er war Herr der Lage, und sie hätte vor Dankbarkeit weinen mögen.
Als Quentin sich besser fühlte, begleitete sie Gray zur Tür und auf den Flur hinaus. Das Mädchen blieb zurück, um über Quentin zu wachen. Deborah sah Gray mit großen, tränenfeuchten Augen an. »Eurer Meinung nach bin wohl ich schuld, weil ich nicht genug aufgepaßt habe?«
»Ich denke nichts dergleichen. Quentin hat genau das getan, was jeder andere Junge auch getan hätte, sobald sich die Gelegenheit bot. Deborah, weißt du denn nicht, wie Jungen sind?«
Sie schluckte. »Ihr denkt also, ich hätte mich wegen einer Nichtigkeit aufgeregt?«

Er verlangsamte seine Schritte und sah sie eindringlich an. »Sei nicht so streng zu dir. Ich würde dich niemals wegen deiner Sorgen um Quentin tadeln.«
»Es ist sehr gütig, daß Ihr mich so leicht davonkommen laßt.«
»Deb«, flüsterte er, »wein doch nicht. Bitte weine nicht.«
Auf seine tröstenden Worte hin stürzten ihr die Tränen, die sie so tapfer zurückgehalten hatte, in Strömen aus den Augen. Als Gray die Arme nach ihr ausstreckte, schmiegte sie sich willig hinein.
»Ich ... ich weiß nicht, was mit mir los ist«, sagte sie mit erstickter Stimme. »Ich war so allein. Und jetzt ...« Sie verschluckte die Worte, wußte gar nicht mehr recht, was sie hatte sagen wollen.
»Schschsch. Du hast in letzter Zeit eine Menge durchgemacht, mehr, als mancher Mann verkraftet hätte. Du bist auch nur ein Mensch, Deborah. Zur Abwechslung brauchst du mal jemanden, der sich um dich kümmert.«
Als er sie züchtig auf die Stirn küßte, seufzte sie und lehnte den Kopf an seine Schulter. Gray nahm sie fester um die Taille und zog sie eng an seinen Körper. Sie wich leicht zurück und sah zu ihm auf.
»Ich bin froh, daß Ihr Quentins Vormund seid«, flüsterte sie. »Bei Euch wird er es gut haben. Es tut mir leid, daß ich so unhöflich zu Euch war. Von jetzt an, das verspreche ich, werde ich Euch nicht mehr bekämpfen.«
Er lächelte. »Werde nun bloß nicht so unterwürfig, Deb, sonst erkenne ich dich gar nicht wieder.«
Darauf hin schenkte sie ihm ihr Grübchenlächeln, und er zeichnete es zart mit dem Finger nach. Als es wieder verschwand, blickte er forschend in Deborahs Gesicht. Er spürte ihren weichen Busen an seiner muskulösen Brust beben.

Deborah lag so anschmiegsam und fraulich in seinem Arm, als ob es die natürlichste Sache der Welt wäre.
»Fangt so etwas gar nicht erst an«, warnte sie ihn und versuchte, sich seinem Griff zu entwinden, indem sie sich mit einer Hand von seiner breiten Brust abstemmte. Als sie nach Luft schnappte, blickte er nach unten. Ihre Hand war unter sein geöffnetes Hemd geglitten.
Entsetzt schrie sie auf: »Ihr seid ja nahezu unbekleidet!«
Er grinste ihr ins hochrote Gesicht. »Deb, du hast mich schon entschieden spärlicher bekleidet gesehen. Magst du es nicht, meine nackte Haut unter den Fingern zu fühlen? Einmal hat es dir doch gefallen, weißt du noch? Ich jedenfalls genieße es sehr.«
Ihr entfuhr ein leiser, empörter Laut, dann trat sie Gray auf die Zehen und entzog sich ihm. »Ihr habt mir nahegelegt, die Zeit als Eure Gefangene zu vergessen.« Über seine Schulter hinweg huschte ihr Blick zu Quentins Tür. Wenn sie dorthin gelangen wollte, mußte sie leider notgedrungen an Gray vorbei. »Ich versuche zu vergessen, ich versuche es aufrichtig, aber es wird mir nicht gelingen, wenn Ihr mich immer wieder daran erinnert.« Sie straffte die Schultern und hob das Kinn. »Wenn Ihr jetzt bitte zur Seite treten würdet, Lord Kendal, dann möchte ich mich gern in mein Zimmer zurückziehen.«
»Findest du nicht, daß ›Lord Kendal‹ ein bißchen zu förmlich ist nach allem, was wir gemeinsam durchgestanden haben? Hart nennst du auch nicht ›Lord Hartley‹ oder my Lord. Sag Gray zu mir. Es klingt viel freundlicher.«
Sie sah böse in sein lachendes Gesicht. Als sie einen Schritt zurückwich, folgte er. Er stellte ihr nicht ernsthaft nach, redete er sich ein. Immerhin hielten sie sich in einem öffentlichen Flur auf. Jeden Augenblick könnte jemand auftauchen. Er hoffte es von Herzen, denn er konnte dem Drang, Deborah

zu ärgern, einfach nicht widerstehen. Kaum war dieser Gedanke zu Ende gedacht, als er ihn energisch zur Seite drängte. Er ärgerte sie nicht, er spielte mit ihr, und er wollte verdammt sein, wenn sie selbst nicht diejenige war, die ihn immer wieder dazu herausforderte.

Als er sich auf sie stürzte, kreischte sie unwillkürlich. Arme wie Schraubstöcke zogen sie eng an seinen Körper. »Gray«, sagte er und lachte auf sie herab. »Ich möchte es aus deinem Mund hören.«

Ihre Augen blitzten. »Dann müßt Ihr warten bis zum Sankt-Nimmerleins-Tag, my Lord.«

Diese Antwort durfte er nicht straflos hinnehmen. Er küßte sie schnell und heftig. »Gray! Sag es, Deborah!«

Sie preßte die Lippen zusammen. Er küßte sie noch einmal und noch einmal. Als ihre Lippen weicher wurden, erhöhte er den Druck, bis ihr Mund sich willig unter seinem öffnete. Er drängte sich mit dem ganzen Körper gegen sie. Das Spielchen war vergessen, als er spürte, wie sie seinen Wünschen nachgab. Er ließ die Hände über die weichen Rundungen ihres Hinterteils gleiten, knetete es, hob sie etwas an und preßte sie fest gegen seinen Unterleib.

Deborah versuchte, sich zu wehren. Er war ein Weiberheld. Für ihn war alles nur ein Spiel. Ihrem Körper allerdings schien dies gleichgültig zu sein. Heiße und kalte Schauer überrieselten sie, so daß sie sich haltsuchend an Gray klammern mußte. Der süße Schmerz in ihrer Brust breitete sich aus und sank hinab in den unteren Teil ihres Körpers, sammelte sich zwischen ihren Schenkeln. Unwillkürlich öffnete sie die Beine. Gray stöhnte auf und drückte Deborah an die Wand.

»Gray!« schrie sie auf. »Gray!«

Als er zurückwich, waren seine Pupillen groß und wild, genau wie die ihren. Keiner sprach ein Wort. Beide standen wie erstarrt

und sahen einander schwer atmend an. Gray fand als erster zu sich. Er ließ die Hände sinken und trat einen Schritt zurück. Als Deborah, ihres Halts beraubt, taumelte, riß sie sich mit Mühe zusammen und drückte die Knie durch. Ihre Wangen glühten.
»Nun, das war doch gar nicht so übel, oder?« Seine Stimme klang in seinen eigenen Ohren zittrig. »Ich heiße Gray, Deborah. Von jetzt an sagst du Gray und du zu mir.«
Sie raffte ihre Röcke und schlüpfte flink an ihm vorbei. Vor der Tür zu Quentins Zimmer drehte sie sich halb zu ihm um. Trotz des schwachen Kerzenlichts erkannte Gray, daß schon wieder dieses herausfordernde Funkeln in ihren Augen war.
»Gute Nacht, Onkel Gray«, sagte sie zuckersüß und verschwand schnell hinter der Tür.
Leise lachend wollte Gray in sein eigenes Zimmer zurückkehren, doch sein Lachen erstarb, als er Nick in einer dunklen Nische stehen sah, die Arme vor der Brust verschränkt, eine Schulter gegen die Wand gelehnt.
»Wieviel hast du gesehen?« fragte Gray, als er ihn erreicht hatte.
»Genug.«
»Kein Grund, so böse dreinzuschauen. Es hatte nichts zu bedeuten.«
»Ach nein?« Nick folgte Gray in sein Zimmer und schloß die Tür. »Ich nehme doch an, daß du dem Mädchen einen Heiratsantrag machen wirst?«
»Du liebe Zeit! Warum sollte ich? Deb ist nicht das erste hübsche Mädchen, das ich geküßt habe. Mußte ich die anderen etwa auch heiraten?«
Ohne eine Aufforderung abzuwarten, entkorkte Nick eine Flasche Sherry und schenkte zwei Gläser voll. »So etwas nennst du einen Kuß?« fragte er herausfordernd. »Du hast das arme Mädchen fast verschlungen.«

Gray nahm das Glas entgegen, das Nick ihm reichte. »Deb und mich trennen Welten«, sagte er.
»Was soll das heißen?«
»Du weißt schon.« Gray hob gleichgültig die Schultern. »Ich bin zu alt für sie.«
»Zu alt? Du bist wohl kaum reif fürs Altenteil. Der Altersunterschied kann doch nicht mehr als – wieviel? – acht oder neun Jahre betragen?«
»Ich meine ja auch, vom Standpunkt der Erfahrung aus gesehen.«
Nick ließ sich in einen Polstersessel nieder. Sein Blick tanzte vergnügt. »Ich verstehe«, sagte er. »Sie hat etwas Besseres verdient. Ist es das?«
Gray senkte halb die Lider, um seine Gedanken zu verbergen. »Ist es denn nicht so?«
Nick warf den Kopf in den Nacken und lachte lauthals. »Ach, Gray«, sagte er. »Ich hätte wissen müssen, daß du dich mit Händen und Füßen dagegen wehren würdest.«

Zwölftes Kapitel

Kendal House am Berkeley Square war ein dreistöckiges Haus mit Ziergiebeln über den oberen Fenstern. Es ließ sich nicht vermeiden, daß Deborahs Gedanken zum Haus ihres Vaters, Belvidere, abschweiften, zu seinem Landsitz bei Windsor, und zu Strand House, gleich um die Ecke von Charing Cross. Das waren Paläste, in die Kendal House ohne weiteres zehnmal hineingepaßt hätte.

Solcherlei Gedanken waren ihr gar nicht bewußt, als Gray sie in eine Halle mit weißem Marmorboden und zarten blauen Tapeten führte. Sie hielt Quentins Hand sehr fest und versuchte, durch ihr eigenes fröhliches Beispiel das Selbstbewußtsein des Jungen zu stärken. Quentin brauchte nicht zu wissen, daß ihr die Knie zitterten. Immerhin hatte Gray nicht vor, sie ohne jegliche Vorwarnung seiner Mutter vorzuführen. Er hatte Nick vorausgeschickt, um ihre Ladyschaft auf den Besuch vorzubereiten.

Im Obergeschoß schlug eine Tür, und mehrere Stimmen gleichzeitig wurden laut. Quentin rückte ein wenig näher an Deborah heran, und sie ihrerseits rückte ein wenig näher an Gray heran.

»Onkel Gray, wo ist Papa?«

Ein Junge mit zerzaustem dunklen Haar tauchte am Kopf der Treppe auf und setzte zu einem gefährlichen Abstieg an. In

seinem Gefolge erschienen drei Damen, und Nick bildete die Nachhut.
Hart, der in diesem Augenblick die Eingangshalle betrat, rief verdutzt: »Jason! Was tust du hier? Und wo ist Mama?«
»Wir besuchen Großmama.« Interessiert richtete der Junge sein Augenmerk auf Quentin, doch es war nicht zu übersehen, daß er unbedingt dringliche Nachrichten loswerden mußte. »Papa, wir kriegen ein Baby. Ich hab' gehört, wie Mama mit Großmama darüber sprach.«
»Ich weiß«, sagte Hart, »doch das ist nicht für die Allgemeinheit bestimmt.« Verweisend sah er die beiden grinsenden Diener an, die Koffer und Portemanteaus in die Halle schleppten.
»Du weißt es?« Jason konnte seine Enttäuschung nicht verbergen. »Aber wie kannst du das wissen?«
Hart grinste verlegen und hob die Schultern.
Einen Moment lang herrschte verdutztes Schweigen, dann aber lachten und redeten alle gleichzeitig. Gray und Nick klopften Hart herzhaft auf den Rücken und äußerten sich lautstark über seinen Glückstreffer. Als eine der Damen sich aus der Gruppe löste, stürzte Gray sich auf sie und schloß sie herzlich in die Arme.
»Gussie, du glaubst nicht, wie ich mich für dich freue.«
»Ich hatte die Hoffnung schon fast aufgegeben.« Sie schniefte in seinen Kragen.
»Du doch nicht«, bemerkte Hart, zog seine Frau aus Grays Umarmung und drückte sie seinerseits liebevoll an sich, »sonst wäre ich immer noch Junggeselle.«
Die Bemerkung verursachte erneutes Gelächter. Als zur gleichen Zeit mehrere verschiedene Gespräche angeknüpft wurden, stand Deborah befangen da. In ihrem ganzen Leben hatte sie noch niemals ein so formloses Gebaren bezeugt. In ge-

mischter Gesellschaft sprach man um nichts in der Welt über ungeborene Babys. Sie fällte kein Urteil, sondern staunte lediglich über die Überschwenglichkeit dieser ungewöhnlichen Familie.

Während alle lachten und redeten, hatte sie Gelegenheit, Grays Mutter und Schwester zu mustern. Sie erweckten den Eindruck von Reichtum und guter Erziehung und sahen gut aus mit ihren goldbraunen Haaren. Dann senkte sich Schweigen über die Gruppe, und aller Augen richteten sich auf Quentin. Einen Augenblick lang empfand Deborah nichts als Panik. Sie legte den Arm um Quentins Schulter, sein Arm schlang sich verstohlen um ihre Taille. Dann war Gray an ihrer Seite und stellte sie vor, und die Gefahr war gebannt.

Die Countess betrachtete Deborah ernst und lange, bevor sie lächelte. »Das also ist Deborah«, sagte sie. »Und du bist Quentin. Meine Lieben, willkommen in unserem Heim. Diese Worte klingen so unangemessen, sind aber durch und durch aufrichtig gemeint.« Sie umspannte Deborahs Hände mit festem Griff. »Ihr habt eine schlimme Zeit hinter Euch, doch das ist nun Vergangenheit. Wir wollen unser Bestes tun, damit Ihr vergeßt.«

Im ersten Moment glaubte Deborah, die Countess spräche von ihrer Entführung, doch ein rascher Blick in Grays ruhige Augen belehrte sie eines Besseren. Er hatte angedeutet, daß er seiner Familie nur das erzählen würde, was auch für die Öffentlichkeit bestimmt war, nämlich daß der Schock über den Tod seines Vaters Quentins Gedächtnisverlust bewirkt habe, und daß sie ein paar Monate auf dem Lande verbracht hätten, um die Tragödie zu verarbeiten. Niemand sollte wissen, daß Quentin und Deborah Zeugen des Mordes waren, oder daß sie sich nach ihrer Ankunft in England versteckt hatten. Das würde zuviel Neugier wecken, zuviel Spekulation, und ihrem Seelenfrieden bestimmt nicht zuträglich sein. Sie war hier, weil sie Quentins Vormund war und weil sie und Gray über die Zukunft des Jungen entscheiden mußten.

Der warme Empfang war mehr, als sie erwartet hatte. Ein Kloß steckte ihr im Hals. Die Countess war ihr auf Anhieb sympathisch, und intuitiv wußte sie, daß es umgekehrt genauso war. Sie räusperte sich, suchte, ihre Stimme wiederzufinden, um auf die freundlichen Worte einzugehen, als Gray eine seiner Schwestern nach vorn zog, um sie vorzustellen.

»Meine Schwester Gussie«, sagte er und legte der jungen Frau liebevoll den Arm um die Schultern. »Wenn du sie anschaust, wirst du es nicht glauben, aber seinerzeit hat Gussie mir das Leben zur Hölle gemacht. Ältere Schwestern sind oft tyrannisch, weißt du, aber nachdem sie sich jetzt mit Hart und Jason herumschlagen muß, kommen wir zwei recht gut miteinander aus.«

Gussie ignorierte das Gelächter, das seinen Worten folgte. Auch sie nahm Deborahs Hände und drückte sie fest. »Deborah«, sagte sie mit einem warmen Lächeln. »Ich hoffe, Ihr glaubt nicht alles, was dieser Schurke von sich gibt. Als ob er einer bedeutungslosen Frau gestatten würde, ihn zu knechten! Der Tyrann ist er, auch wenn man es ihm nicht ansieht.«

»Ja«, sagte Deborah, »das glaube ich Euch.«

»Oho!« Gussie warf Gray einen herausfordernden Blick zu. »Dahinter steckt eine Geschichte, die ich nur zu gern kennen würde.«

»Gussie!« Hart lachte, wenn auch nicht sehr überzeugend, und zog seine Frau wieder an seine Seite, bevor er Deborah informierte: »An die Graysons muß man sich erst einmal gewöhnen. Diese Art Geplänkel liegt ihnen im Blut.«

»Ja, auch das glaube ich«, sagte Deborah bescheiden.

Jason und Quentin wurden unruhig. Nach einer kurzen Besprechung mit Hart verabschiedeten sie sich und rannten die Treppe hinauf in das alte Kinderzimmer, wo ein Heer von Zinnsoldaten sich zur Schlacht formiert hatte.

Voller Angst sah Deborah Quentin gehen. Ohne ihn fühlte sie sich verloren. Als sie Grays Hand auf ihrer Schulter spürte, hob sie den Blick und fand neuen Mut.

Gray merkte wohl, daß seine Mutter begierig verfolgte, was sich zwischen ihm und Deborah abspielte, und deshalb machte er Deborah flugs mit dem noch verbleibenden Familienmitglied bekannt. »Und das ist meine Schwester Meg.«

Das Mädchen war hinreißend mit einem von den Augen der Graysons beherrschten, herzförmigen Gesichtchen. Ihr Haar war blond, wenn auch nicht so hell wie das ihrer Geschwister, und sie wirkte unverhohlen neugierig. Deborah mußte flüchtig an Millicent Dench denken, das Mädchen in Miss Hares Institut, das sich zu den unmöglichsten Schandtaten herausfordern ließ. Frühreif, dachte sie und war heilfroh, nicht Lady Margaret Graysons Gouvernante zu sein.

»Lady Margaret«, sagte Deborah leise.

»Oh, bitte sagt doch Meg zu mir.« Sie musterte Deborah ausgiebig von Kopf bis Fuß. »Eine Gouvernante wie Euch habe ich noch nie gesehen. Wenn ich doch auch grüne Augen und sherryfarbene Haare hätte! Blondes Haar und blaue Augen sind so gewöhnlich.«

»Nur in unserer Familie«, bemerkte Gray trocken. »Meg, hast du deine Manieren vergessen?«

»Oh.« Beschämt blickte Meg von Deborah zu Gray. »Habe ich etwas Ungezogenes gesagt? Das passiert mir anscheinend immer wieder.«

»Das finde ich nicht«, wehrte Deborah ab. »Ich habe noch von keiner Frau gehört, die etwas gegen ein Kompliment einzuwenden hätte. Danke, Meg. Das habt Ihr sehr nett gesagt.«

Die Countess schob ihren Arm unter Deborahs. »Kommt mit, meine Liebe. Ich zeige Euch Euer Zimmer. Ihr möchtet Euch sicher erst einrichten, bevor wir speisen. Quentin bewohnt das Zimmer neben dem Euren. Das ist Euch doch hoffentlich angenehm?«

Am Arm der Countess wurde Deborah, gefolgt von Grays Schwestern, fortgeführt. Kaum hatten sie die Biegung der Treppe hinter sich, ging Gray auf Nick los.

»O nein«, sagte Nick als Antwort auf seinen Blick, »ich habe Mutter genau das berichtet, was du mir vorgegeben hast. Nicht einmal andeutungsweise habe ich etwas davon verlauten lassen, daß dein Interesse an Miss Weyman anders als brüderlicher Art sein könnte. Das würde ich doch niemals tun! Sonst könntest du auf die Idee kommen, es mir heimzuzahlen, und das würde mir genausowenig gefallen wie dir.«

»Nick, laß uns eines klarstellen. Ich habe überhaupt kein Interesse an Deborah Weyman, weder brüderlicher noch anderer Art. Ich fühle mich verantwortlich für das Mädchen, das ist alles. Verstanden?«

»O ja«, sagte Nick und schlug Gray auf die Schulter. »Ich habe voll und ganz verstanden. Laß uns eine Flasche Champagner aufmachen. Schließlich erfährt man nicht jeden Tag, daß man Onkel wird.«

Hart legte einen Arm um Nicks und den anderen um Grays Schulter und drängte beide in Richtung Bibliothek. Er grinste von einem Ohr bis zum anderen. »Onkel zu werden, ist ja schön und gut, aber wartet es nur ab. Eines Tages werdet ihr hören, daß ihr Vater werdet, und dann habt ihr richtig was zu feiern.«

Nick zog eine Augenbraue hoch. »Woher willst du wissen, daß wir das nicht schon gehört haben?«

Sprachlos blieb Hart stehen und sah erst Nick, dann Gray an. »Ihr habt doch nicht ... ich kann ... aber ...«

Nick beschloß, seinen Schwager zu erlösen. »Keine Sorge, Hart. Meines Wissens laufen bisher keine ... hm ... unehelichen Graysons im Land herum, wenn ich auch für Gray nicht die Hand ins Feuer legen würde. Was sagst du dazu, Gray?«

Gray fand das genausowenig lustig wie Hart. »Diese Art von Geschwätz ist es, die böse Gerüchte ins Leben ruft. Wenn Mutter oder unseren Schwestern einmal so etwas zu Ohren kommen würde, was dann?«

Nick zwinkerte Hart zu und trat in die Bibliothek. »Oder Miss Weyman? Armer Gray! Ihr wird noch eine ganze Menge zu Ohren kommen, und du kannst nichts dagegen tun.« Mit einem ungerührten Grinsen zog er die Glocke, um einen Diener herbeizurufen.

Die Gerüchte erreichten Deborah früher, als Nick vermutet hatte, und sie kamen aus völlig unerwarteter Richtung. Als die Herren sich nach dem Nachtmahl bei Port und Brandy noch ein wenig im Speisesaal aufhielten, zogen sich die Damen zu Tee und Unterhaltung in den Salon zurück. Gussie und Meg probten ein Duett auf dem Klavier, und die Countess beschäftigte sich mit einer Stickarbeit.

Zuerst versuchte die Countess sehr vorsichtig, etwas über Deborahs Hintergrund zu erfahren. Deborah war auf solche Fragen vorbereitet und spann ein Lügengewebe, das nicht so leicht zu entwirren war und die Neugier der Countess fürs erste befriedigte. Danach sprachen sie über Quentin und die Auswirkungen seines Verlusts auf sein kindliches Gemüt. Schließlich senkte sich Schweigen über die kleine Gruppe.

Nachdem sie sich mit einem raschen Blick zum Klavier hinüber vergewissert hatten, daß Gussie und Meg nicht zuhör-

ten, lächelte die Countess Deborah verschwörerisch an. »Gray ist sehr dankbar für alles, was Ihr für Quentin getan habt.«
»Ach ja?« antwortete Deborah vorsichtig.
»Er ist der Meinung, daß diese letzten Monate sehr schwer für Euch waren, und will Euch dafür entschädigen.« Deborah sagte nichts dazu, und die Countess fuhr munter fort: »Die Zeit, die Ihr mit uns verbringt, sollt Ihr als Urlaub betrachten. Gray hat mich gebeten, Euch in die Gesellschaft einzuführen, Partys zu veranstalten und so weiter.«
Das war Deborah neu, und schon wollte sie Einwände erheben, doch dann besann sie sich eines Besseren. Das alles gehörte zu Grays Plänen bezüglich Quentins Schutz, und sie hatte ihr Wort gegeben, sich nach seinen Anweisungen zu richten. Trotzdem war ihr nicht wohl bei dem Gedanken, öffentlich in Erscheinung treten zu müssen, und noch unbehaglicher wurde ihr bei der Vorstellung, wie die Countess soviel überflüssige Beachtung für eine kleine Gouvernante wohl auffassen würde. Sie lächelte und äußerte die erste Banalität, die ihr in den Sinn kam. »Seine Lordschaft ist zu gütig.«
Die Countess nickte und sagte sich, daß es von seiten Grays tatsächlich nur Gutmütigkeit wäre, was sie sehr schade fand. Als er vor dem Nachtmahl zu einem stillen Tête-à-tête in ihr Zimmer gekommen war und ihr genaue Verhaltensregeln bezüglich Deborah Weyman auf den Weg gegeben hatte, war sie voreilig zu dem Schluß gekommen, daß ihr Sohn nun endlich die Frau getroffen hatte, die sein Interesse längerfristig gefangennehmen konnte. Sie hätte es besser wissen müssen.
Ihre Hoffnungen wurden unverzüglich zunichte gemacht. Miss Weyman war Gast in ihrem Haus, so erfuhr sie, weil sie für Quentins Seelenfrieden unabdingbar war. Seit vier Jahren

betreute sie den Jungen schon und hatte sich besonders in den schweren, der Tragödie folgenden Monaten ganz und gar Quentin gewidmet. Er war ihr soviel Dank schuldig, wie er nie im Leben würde abstatten können. Und da Quentin nun bald zur Schule nach Eton gehen würde, mußten Vorkehrungen für die Zukunft des Mädchens getroffen werden. Warum sollte Deborah unter den jungen Herren, die Meg umschwärmten, nicht auch einen passenden Ehemann finden können?

Der Countess fielen dazu zahlreiche Gründe ein, nicht zuletzt das Temperament seiner Schwester. Meg war kein bescheidenes Veilchen und würde es nicht freundlich aufnehmen, wenn eine andere Frau in ihrem Revier wilderte. Um keinen Streit vom Zaun zu brechen, hatte die Countess darüber geschwiegen und statt dessen die fehlende Mitgift zur Sprache gebracht. Mit einer lässigen Handbewegung hatte Gray diesen Einwand abgetan. Gil hatte Miss Weyman ein hübsches Legat zukommen lassen, und damit wäre alles geregelt gewesen, hätte die Sache nicht noch einen Haken gehabt: Deborahs dummen Stolz. Sie durfte nicht einmal ahnen, daß Heiratspläne für sie geschmiedet wurden.

Jetzt saß die Countess Deborah gegenüber und kam zur Sache.

»Es wäre ein schwerer Fehler, Deborah, wenn Ihr dem Interesse meines Sohnes an Eurer Person zuviel Gewicht beimessen würdet.«

»Wie bitte?« fuhr Deborah erschrocken auf.

Das Duett am Klavier brach urplötzlich mit einem schrillen, disharmonischen Ton ab.

Die Countess suchte verzweifelt nach den richtigen, taktvollen Worten. »Ihr seid Gast in meinem Haus, Deborah. Ich fühle mich für Euch verantwortlich. Ich mag Euch und will nicht, daß Ihr Euch grämt.«

»Daß ich mich gräme?« Eine Alarmglocke schrillte in ihrem Kopf. »Wollte man sie etwa noch einmal entführen?«
»Mama hofft«, mischte Gussie sich ein und setzte sich neben Deborah aufs Sofa, »daß Ihr vernünftig genug seid, Euer Herz nicht an Gray zu verlieren.«
Meg ließ sich in einen Polstersessel fallen. »Es ist wirklich unerträglich, wie die Frauen ihn anhimmeln, wie Hunde, die über einem saftigen Knochen seibern. Ist Euch das noch nicht aufgefallen? Kein Mädchen in Mamas Diensten ist jünger als fünfzig Jahre, weil die jungen Dinger nicht länger als eine Woche bleiben könnten. Zu komisch, findet Ihr nicht auch?«
»Meg«, mahnte die Countess, »wie du das sagst, klingt es, als würde Gray sie ermutigen. Du weißt, daß er so etwas nie tun würde.«
»Ach nein? Von meiner letzten Gouvernante habe ich allerdings anderes gehört. Miss Peachum, erinnerst du dich an sie, Mama?«
»Natürlich. Ich mußte der Frau kündigen, nicht wahr? Und was soll das heißen, daß du von Miss Peachum anderes gehört hättest?«
Megs Augen blitzten. »Sie hat gesagt, Gray hätte zwar nie das Wort an sie gerichtet, doch es wäre auch nicht nötig gewesen. Seine sprechenden Blicke hätten gereicht. Da mußte ich sie über einiges aufklären.« Sie nahm eine kandierte Pflaume aus dem Schälchen auf dem Teetisch und schob sie sich in den Mund. »Das war's dann.«
»Was war's dann?« wollte die Countess wissen, die einerseits dieses Gespräch, das nicht für Megs Ohren bestimmt war, abbrechen wollte, andererseits aber auch zu gern Näheres erfahren hätte.
»Ich habe ihr von dem Haus in Hans Town erzählt. Das war

wahrscheinlich grausam, aber letztendlich war es besser für sie zu wissen, daß sie sich keine Hoffnungen machen durfte.«

»Du weißt von dem Haus in Hans Town?« fragte die Countess entsetzt.

»Aber natürlich«, erwiderte Meg und griff nach einer zweiten Pflaume. »Das ist doch allgemein bekannt.«

Deborah, die mit wachsender Ungeduld versuchte, auch einmal zu Worte zu kommen, preßte plötzlich die Lippen zusammen. Sehr interessiert blickte sie von einer Dame zur anderen. Als das Schweigen sich ausdehnte und niemand Anstalten machte, ihre brennende Neugier zu befriedigen, fragte sie leise: »Das Haus in Hans Town? Das ist in Knightsbridge, nicht wahr?«

Gussie meinte: »Es ist besser, wenn sie es weiß, Mama.«

Die Countess wischte sich mit einem weißen Spitzentüchlein die Stirn. Schließlich faßte sie einen Entschluß und sagte: »Vergeßt nicht, Deborah, Gray ist Junggeselle.«

»Und ein Frauenheld«, fügte Meg munter hinzu.

Die Witwe schickte ihrer Tochter einen strafenden Blick. Wenn es so weiterging, dachte Deborah, würde sie niemals die saftigen Einzelheiten über Lord Kendals Privatleben erfahren. Bald würden die Herren zu ihnen stoßen, und dann war die Gelegenheit verpaßt.

»Er ist Junggeselle«, wiederholte Deborah auffordernd.

»Ja«, sagte die Countess. »Deshalb dürft Ihr jedoch nicht glauben, daß er nicht zu gegebener Zeit ein guter Ehemann sein wird. Er hat nur noch nicht die richtige Frau gefunden. Wenn es soweit ist, fällt das Haus in Hans Town der Vergangenheit anheim. Darauf kann ich Euch mein Wort geben.«

Meg unterdrückte ihr Kichern.

Gussie schüttelte den Kopf. »Mama, deine Erklärungen sind nicht sonderlich aussagekräftig. Darf ich?«

»Bitte.«
»Mama wollte sagen, daß es Gray nicht an weiblicher Gesellschaft mangelt. Deshalb hat er dieses Haus in Hans Town. Nein, Ihr braucht nicht zu fürchten, daß Gray es auf Euch abgesehen haben könnte! Seine Geliebten sind stets erfahrene Frauen von Welt. Mit einem tugendhaften Mädchen würde er sich nie einlassen. Gouvernanten und dergleichen sind nicht sein Stil.«
»Was genau«, fragte Deborah ohne ein Zeichen von Scham, »meint Ihr mit ›Frauen von Welt‹?«
Als Gussie zögerte, sagte Meg: »Zum Beispiel Mrs. Brewster. Mama, du brauchst nicht so schockiert dreinzuschauen. Ich bin beinahe achtzehn Jahre alt. Solcher Klatsch wird nun mal der Schwester eines solchen Mannes zugetragen.«
»Das ist es nicht, was mich schockiert«, sagte die Countess. »Aber Mrs. Brewster! Du liebe Zeit! Sie ist so vulgär, obwohl sie Schauspielerin ist. Was um alles in der Welt mag Gray an ihr finden?«
»Wahrscheinlich ist sie einfallsreich«, bemerkte Deborah ätzend.
Ihr Beitrag zur Unterhaltung war für die anderen ohne Bedeutung, und nach einer Weile fuhr Gussie fort: »Das ist Schnee von gestern, Meg. Das letzte, was ich hörte, ist, daß Mrs. Brewster sich mit einem rubinbesetzten Armband brüstet, und die neue Bewohnerin des Hauses in Hans Town heißt Caterina Cesari. Sie tanzt in der Oper in Covent Gardens, und Miss Cesari ist keineswegs vulgär. Nein, wirklich, Mama, sie spricht sehr gepflegt, und seit Gray sie einkleidet, ist sie sogar recht elegant. Das sagt sogar Hart.«
»Und das wird wohl etwas heißen«, meinte die Countess matt.
»Ein Armband mit Rubinen?« fragte Meg. »Ich hätte gedacht, Mrs. Brewster wäre einen Diamanten wert gewesen. Trotz-

dem, das ist immer noch besser als ein schlicht goldenes Armband.« Auf Deborahs fragenden Blick hin erklärte sie: »Die Armbänder, die Gray seinen Geliebten zum Abschied schenkt, sagen gewöhnlich eine ganze Menge über seine Meinung von der Betreffenden aus. Einige wenige wurden gar mit einer Halskette aus Diamanten belohnt.«
Die Countess stöhnte auf. »Von solchen Dingen dürftest du gar nichts wissen, Meg. Und wir sollten auch nicht darüber reden. Was würde Gray dazu sagen, wenn er es wüßte?«
»Unsinn, Mama«, sagte Gussie. »Alle jungen Mädchen interessieren sich brennend für solche Geschichten. Ich war in Megs Alter auch nicht besser.« Sie blickte Deborah sehr offen an. »Es ist nun mal so, daß Gray sehr beliebt ist bei den Frauen. Er kann charmant und freundlich sein, doch das hat nichts zu bedeuten. Es wäre ein Fehler, zuviel daraus abzuleiten.«
Deborah lehnte sich zurück. Ihr Gesicht war gerötet. »Ihr erzählt mir das alles, weil Ihr fürchtet, ich laufe Gefahr, mein Herz an ihn zu verlieren?« Ihre ernsten Mienen sprachen für sich, und Deborah lachte laut auf. »Ich kann Euch versprechen, daß ich mich nicht in ihn verlieben werde.« Das wußte sie mit absoluter Sicherheit. »Lord Kendal und ich sind nicht unbedingt gute Freunde. Um ganz ehrlich zu sein: für meinen Geschmack ist er ein bißchen zu tyrannisch.«
Die blauen Augen der Countess weiteten sich vor Überraschung. »Ich glaube fast, das ist Euer Ernst.«
Um ein Haar hätte Deborah den Damen die Augen geöffnet über diesen charmanten Lüstling, der sich mit Frauen so gut auskannte und den sie offenbar verehrten. Doch natürlich durfte sie es nicht tun, denn mit ihrem Hiersein verfolgte sie ja ein Ziel, und das war wichtiger als alles andere.
Sie lächelte gezwungen. »Ihr vergeßt, Lord Kendal und ich

haben die Vormundschaft über Quentin inne. Uns verbinden geschäftliche Beziehungen. Um es deutlich zu sagen: wir sind nicht immer einer Meinung, und wenn Lord Kendal abgewiesen wird, bleibt von seinem sogenannten Charme nicht viel übrig. Er hat Launen, Madam, die er vor mir nie zu verbergen gesucht hat.«

»Also, das ist ja hochinteressant«, bemerkte Gussie. »Mir ist noch keine Frau begegnet, an der Grays Charme wirkungslos abgeprallt wäre.«

»Jetzt kennt Ihr eine«, sagte Deborah. »Dürfte ich noch etwas Tee haben?«

Als die Herren sich zu ihnen gesellten, war Deborah die Anmut in Person. Sie wußte, daß Grays Mutter und Schwestern sie nicht aus den Augen ließen, und sie achtete darauf, nicht das geringste Interesse an dem vielgerühmten Earl zu verraten. Sie ignorierte Gray zwar nicht, ließ aber auch nie den Blick in seine Richtung schweifen, wenn sie mit einer anderen Person redete.

Und er interessierte sie tatsächlich nicht, redete sie sich ein. Trotzdem entschuldigte sie sich, sobald sich die Gelegenheit ergab, um nach Quentin zu sehen.

Dreizehntes Kapitel

»Ein Trinkspruch, meine Herren. Auf einen ruhmreichen britischen Sieg über die Franzosen an den Küsten unseres Landes!«

Die Gruppe lärmender Trinker an einem Ecktisch im Speiseraum des *White's Club*, dem exklusivsten Club in St. James, bestätigte lautstark die Meinung des Sprechers, bevor alle ihre Gläser leerten. Gray und sein Begleiter sahen eine Weile schweigend zu, bevor sie ihnen den Rücken kehrten.

»Ich muß schon sagen«, bemerkte Lord Lawford, »die Kriegsbegeisterung nimmt allmählich hysterische Ausmaße an. Ein Trinkspruch auf die französische Invasion! Der junge Leathe sollte es besser wissen. Er ist immerhin ein richtiger Soldat.«

»Meint Ihr?« fragte Gray. »Ich hörte, daß er durch seine Abdankung seinem Kommandeur die Mühe erspart hat, ihn vors Kriegsgericht zu stellen.«

Lawford wunderte sich über Grays Unbarmherzigkeit. Er warf noch einen Blick zu dem Tisch der jungen Männer hinüber, von denen einige die Uniform von Offizieren der Miliz trugen, der britischen Reservearmee aus Freiwilligen und Zivilisten. »Diese jungen Hüpfer wissen nicht mal, wo bei einer Muskete vorn und hinten ist. Vermutlich glauben sie, die französische Invasion mit Duellpistolen abwehren zu können. Wenn sie ihren Willen bekommen, werden sie erfahren

müssen, daß mehr dazu gehört als schicke Uniformen und leere Sprüche, um Bonaparte zu verjagen.«
Gray lehnte sich in seinem Sessel zurück und musterte seinen Gefährten. Oliver Lawford war Anfang der Fünfzig, hatte hängende Schultern und ein Affengesicht. Seine Kleidung wirkte schäbig. Lawfords Aussehen allerdings täuschte. Zu seiner Verwandtschaft zählten zwei Herzöge, ein Marquis und ein Earl. Er verfügte über einen rasiermesserscharfen Verstand und ein phänomenales Gedächtnis. Sein Betätigungsfeld war der Geheimdienst, doch während Gray dem Auswärtigen Amt unterstand, gehörte Lawford dem Kriegsministerium an. Sie waren nicht unbedingt Freunde, doch sie vertrauten einander. Und wie Gray auf seiner Suche nach Deborah Weyman und Quentin hatte feststellen können, war es äußerst nützlich, einen Mann wie Lawford zu kennen.
Gray hob sein Glas mit Burgunder und nahm einen Schluck. »Jetzt berichtet mir doch bitte, was Ihr über unseren Verräter in Erfahrung gebracht habt.«
»Verdammt wenig, um ehrlich zu sein. Zu viele Personen müssen überprüft werden, zu viele sind eingeweiht, und alle sind über jeden Zweifel erhaben, sind Säulen des Diplomatischen Corps. Diese Leute haben Einfluß.« Lawford hielt inne, um seine Gedanken zu ordnen. »Ich stimme Eurem Plan bei, die Sache aus der anderen Richtung anzugehen. Ihr vermutet, der Informant sei identisch mit Barringtons Mörder, und ich denke, da habt Ihr recht.«
»Wieso?«
»Was?«
»Wieso denkt Ihr, ich hätte recht?«
Einen Augenblick lang wirkte Lawford verdutzt. »Weil ... nun, weil alles auf diese Schlußfolgerung hindeutet. Lord Barrington wußte etwas und verabredete sich deshalb mit

Euch. Ihr erhieltet die Absage des Termins, eine Nachricht, die in meinen Augen höchst verdächtig ist. Ich glaube nicht, daß Barrington den Termin wirklich abgesagt hat. Mein Instinkt flüstert mir ein, daß Barringtons Mörder von der Verabredung Wind bekommen hat und beschloß, den Termin selbst wahrzunehmen. Und deshalb schickte er Euch die Nachricht mit der Absage.«

»Das gleiche sagt auch mein Instinkt«, erklärte Gray. »Und das bedeutet, es muß jemand sein, der mir oder Gil nahesteht.« Er warf einen Blick über die Schulter, als von Leathes Tisch her brüllendes Gelächter ertönte. Dann wandte er sich wieder seinem Gefährten zu und nahm einen neuen Faden auf. »Wie steht es mit Alibis? Wo hielt sich wer auf, als Gil ermordet wurde?«

»Wer weiß? Jeder versuchte, schnellstmöglich aus Paris herauszukommen. Nehmt Euch, zum Beispiel. Lord Kendal, wo wart Ihr, als Lord Barrington ermordet wurde?«

Gray hätte um ein Haar gelacht. »Ich befand mich auf halbem Wege nach Calais.«

»Kann das jemand bestätigen? Euer Sekretär zum Beispiel?«

Leicht verdutzt antwortete Gil: »Ich war allein. Mein Sekretär und ich hatten uns in dem Durcheinander aus den Augen verloren. Ich war schon in London, als ich die Nachricht von Gils Tod erhielt.«

Lawford lächelte. »Das sagen mehr oder weniger alle. Versteht Ihr? Wir haben so gut wie gar keinen Anhaltspunkt. Die meisten von denen, die uns überhaupt etwas sagen könnten, befinden sich zur Zeit hinter den französischen Linien, wo wir sie nicht erreichen können. Uns bleiben nur Lady Barrington, Quentin, Euer Mündel, und seine Gouvernante.«

Gray reagierte nicht auf Lawfords fragenden Blick. Er hatte

ihm die grundlegenden Umstände von Gils Tod und Deborahs Flucht nach Wells mit Quentin anvertraut. Ausgelassen hatte er lediglich ihre Entführung und die Zeit, die sie als seine Gefangene verbracht hatte, nicht, weil er sich dadurch selbst in ein schlechtes Licht gerückt hätte, sondern weil er Deborahs untadeligen Ruf nicht schädigen wollte.

»Seid Ihr sicher, daß Miss Weyman Euch alles erzählt hat, was sie weiß?« fragte Lawford.

»Völlig sicher.«

»Und es gibt keinen Hinweis darauf, daß der Junge sein Gedächtnis wiederfinden könnte?«

»Nicht den geringsten.«

»Dann wißt Ihr so gut wie ich, daß nur eines zu tun übrig bleibt.«

Gray ließ sich Zeit, die Gläser neu zu füllen, bevor er antwortete. »Ich lasse nicht zu, daß mein Mündel als Köder benutzt wird. Der Junge hat schon genug durchgemacht. Außerdem soll der Mörder, wenn wir Quentin zur Schau stellen, sowieso nur denken, daß von dem Jungen keine Gefahr droht.«

»Wenn ich der Mörder wäre«, überlegte Lawford, »lebte ich in der ständigen Angst, daß der Junge sich wieder erinnern könnte.«

»Er wird gut behütet. Und deshalb müssen wir den Verräter finden, womit wir auch den Mörder hätten, und dann erst wäre Quentin in Sicherheit.«

»Und wie geht es Quentin?«

Gray überlegte eine Weile, bevor er antwortete. »Erstaunlich gut. Zur Zeit ist er in Channings – Ihr wißt schon, Harts Wohnsitz.«

»Ja, ich weiß. Der Besitz grenzt direkt an den Euren, nicht wahr?«

Gray nickte. »Hart hat Quentin mitgenommen, damit er mit

seinem Sohn zusammen reiten und fischen kann. Gussie ist in der Stadt geblieben. Damen waren nicht eingeladen.«

»Manchmal tut es gut, sich von der Weiberwelt zurückzuziehen«, bemerkte Lawford lachend.

»Ja, nicht wahr?« pflichtete Gray ihm bei.

Doch deswegen war es zwischen ihm und Deborah zu einem mächtigen Streit gekommen. Sie hatte Quentin begleiten wollen, obwohl es eine reine Männersache sein sollte und die restliche Familie erst nach etwa einer Woche folgen würde. Gray war grob geworden und hatte sie beschuldigt, Quentin am Gängelband zu halten. Schließlich hatte er ihr empfohlen, sich mit Quentin zu einigen. Ihr gemeinsam gefaßter Entschluß sollte für ihn bindend sein. Quentins Gesicht, als er hörte, daß Deborah mitkommen wollte, hatte dann den Ausschlag gegeben. Deborah wollte die Sache herunterspielen und behauptete, es wäre ja nur ein Vorschlag gewesen, doch Gray erkannte wohl, daß sie tief verletzt war. Er war ihr gefolgt, doch sie war nicht in der Stimmung, sich trösten zu lassen, am allerwenigsten von ihm. Also hatte er Quentin zu ihr geschickt. Eine Stunde hatten sie zusammen verbracht, und Gray hatte zwar keine Ahnung, worüber sie gesprochen hatten, aber für Deb war es ausgesprochen wichtig gewesen. Trotzdem wußte er, daß sie die Tage zählte, bis sie alle nach Channings reisten.

»Und Miss Weyman?« fragte Lawford. »Wie geht es ihr?«

»Sehr gut«, sagte Gray und lächelte vor sich hin.

»Mein Neffe«, sagte Lawford, »weiß zu berichten, daß Miss Weyman sich diskret nach einer neuen Stellung erkundigt, wenn Euer Mündel zur Schule geht.« Das war eine faustdicke Lüge, doch Lawford wußte, wie jeder Geheimdienstler, der sein Geld wert war, wie man Informationen einheimst.

Grays Kopf ruckte hoch. »Da irrt sich Euer Neffe.«

Mit trägem Blick studierte Lawford Grays kalte blaue Augen. »Tatsächlich?« fragte er milde und lächelte in sich hinein. »Wahrscheinlich habt Ihr recht. Ich wiederhole nur, was ich von Roger hörte.«
Gray winkte dem Kellner, die Rechnung zu bringen. »Ich wäre Euch sehr verbunden«, sagte er, »wenn Ihr Augen und Ohren offenhalten würdet. Vielleicht gerät irgend etwas auf Euren Schreibtisch, was uns auf die Spur des Verräters bringen könnte.«
»Ich habe bereits einige meiner wichtigsten Mitarbeiter alarmiert«, sagte Lawford, »aber ich habe nicht viel Hoffnung, es sei denn, unser Spion wird wieder aktiv. Vielen Dank für die Einladung. Beim nächsten Mal geht das Essen auf meine Rechnung.«
Miss Weyman wurde nicht mehr erwähnt, und Lawford hatte auch nicht damit gerechnet. Er hatte einen wunden Punkt berührt, und jetzt konnte er es kaum erwarten, ihre Bekanntschaft zu machen. Zwar machte er sich nichts aus dem gesellschaftlichen Leben, doch er hatte sich entschlossen, sich für Deborah Weyman tatsächlich herauszuputzen und sich den Gefahren von Salongesprächen auszusetzen. In der Schublade seines Schreibtisches lagen zahlreiche Einladungen zu Partys und Empfängen. Eine davon trug das Siegel des Earls.
Als die Gläser geleert waren und die Rechnung beglichen war, standen sie auf. Sie hatten schon fast die Tür erreicht, da kam ein junger Mann mit einem schmalen, hübschen Gesicht und dunklem Haar hereingestürmt und prallte gegen sie. Es war der Viscount Leathe, der den Trinkspruch ausgegeben und damit Lawford die Laune verdorben hatte. Er fand sein Gleichgewicht wieder und setzte zu einer Entschuldigung an, als er plötzlich Gray erkannte und heftig zurückfuhr.
»Leathe«, grüßte Gray mit eisiger Höflichkeit. Er hatte Lord

Leathe das letzte Mal im Bois de Boulogne gesehen, wo er ihm aufs Pferd geholfen hatte. Zuvor hatte er ihn zusammengeschlagen, weil er es gewagt hatte, seine Schwester Meg zu küssen und zu liebkosen. Hätte Gray nicht den Skandal gefürchtet, wäre es unweigerlich zum Duell gekommen. »Ich hörte«, sagte Gray, »Ihr hieltet Euch zur Jagdsaison in Yorkshire auf.«

Leathes unverschämter Ton war beabsichtigt. »Die Jagd in London liegt mir mehr.«

Ein Muskel zuckte in Grays Wange. »Dann werden wir uns zweifellos in Kürze wiedersehen.«

»Darauf freue ich mich schon«, höhnte Leathe.

Auf dem kurzen Weg zum Berkeley Square kochte Gray vor Wut. Er hatte Leathe versprochen, ihm eine Kugel in den Kopf zu jagen, wenn er ihn noch einmal in der Nähe seiner Schwester erwischte. In ihrem kurzen Wortwechsel hatte Leathe ihn nun aber praktisch mit dem Hinweis verhöhnt, daß er Meg immer noch als seine Beute betrachtete, selbst auf die Gefahr hin, daß er sich mit ihrem Bruder duellieren mußte. Leathe war ein unverschämter Bengel, dem man dringend eine Lektion würde erteilen müssen. Er war wild und unbeherrscht, und das hatte sich während der Jahre in der Armee weiß Gott nicht gelegt. Wo er auftauchte, provozierte er Skandale.

Vor etwa einem halben Jahr war er wie ein unheilverkündender Komet in Paris aufgetaucht. Leathes Beschäftigungen waren Glücksspiel, Duell und Frauen. Gray verwunderte das nicht. Es war allgemein bekannt, daß schlechte Erbanlagen sein Blut verdarben. Seine Mutter war in einer Irrenanstalt gestorben. Seine Schwester war wie vom Erdboden verschluckt, nachdem ihr Verlobter unter mysteriösen Umständen ums Leben gekommen war. Und Leathe selbst war einem Skandal in der Schule entkommen, indem er sich zur Armee meldete. Seinem Vater galt Grays Mitgefühl. Der Earl of Belvidere trug es mit Fassung. Obwohl er sich seinem Sohn und Erben entfremdet hatte, munkelte man, daß er alle Hebel in Bewegung setzte, um eine Versöhnung herbeizuführen. Seine Bemühungen waren jedoch bisher fruchtlos geblieben. Leathe schien es darauf angelegt zu haben, sich noch vor seinem nächsten Geburtstag zugrunde zu richten. Und der Junge war nicht älter als Nick!

Wenn es nach Gray gegangen wäre, hätte dem Viscount jede Tür in London verschlossen bleiben müssen. Darauf zu hoffen, war jedoch sinnlos, denn Leathe hatte einen nicht von der Hand zu weisenden Vorzug: er besaß mehr Geld als die Bank von England. Selbst Grays nicht unbedeutendes Vermögen verblaßte im Vergleich zu Leathes. Und aus diesem Grunde waren ehrgeizige Eltern nur zu gern bereit, den schlechten Charakter des Viscounts zu übersehen, in der Hoffnung, ihre Töchter in großem Stil mit ihm zu verheiraten. Gray schnaubte. Wenn Leathe an Heirat dachte, wollte er nicht mehr John Grayson heißen. Nein. Leathe hatte nur eines im Sinn: er wollte die Welt aus den Angeln heben, nur so zum Spaß.

In Kendal House angekommen, legte er seinen Mantel ab und ging geradewegs in den Salon, wo er seine Mutter mit ein paar Gästen wußte.

An der Tür blieb er ungesehen stehen und musterte Deborah. Sie sah bildhübsch aus in den Kleidern, die er für sie ausgesucht hatte, und fügte sich neben seiner Mutter und seinen Schwestern so wunderbar in die Familie ein, als ob sie dazugehörte.

Das reichte ihm nicht. Er wollte ihr die schwere Bürde von den Schultern nehmen. Sie sollte in Sicherheit und glücklich sein. Sie sollte keine Geldsorgen haben und auch nicht anderer

Leute Kinder beaufsichtigen. Er wünschte nur das Allerbeste für sie, und, bei Gott, das sollte sie bekommen.

Lady Helena blickte auf und bemerkte Gray. »Gray!« Sie lächelte und klopfte auf den freien Platz an ihrer Seite.

Er ignorierte die Einladung und setzte sich statt dessen auf einen Stuhl, von dem aus er beide Damen im Blick hatte. Deborahs Miene war ungetrübt, und ihm fiel ein Stein vom Herzen. Als sie seinen Blick auf sich ruhen sah, hob Deborah die Brauen und sah ihn kühl fragend an. Er lächelte ihr zu, um ihr zu bedeuten, wie sehr ihre sorgfältig zurechtgemachte Erscheinung ihm gefiel. Nur widerwillig hatte sie sich dieser Verwandlung unterzogen. Gray stand bei ihr immer noch in Ungnade, und er ahnte, daß jemand sie vor ihm gewarnt haben mußte, wahrscheinlich seine eigene Mutter. Deborahs kühle Blicke und ihre Temperamentsausbrüche störten ihn nicht, er genoß es vielmehr, die Klinge mit ihr zu kreuzen, doch er würde nicht zulassen, daß jemand anderer sie in Verlegenheit brachte, schon gar nicht eine abgelegte Geliebte.

Lady Helena verfolgte diesen schweigenden Austausch. Ihr war längst aufgefallen, daß Deborah Weyman keineswegs mehr die unscheinbare Gouvernante war, die sie in Paris kennengelernt hatte. Diese elegante Erscheinung würde in jeder Umgebung bestehen können. Und jetzt bemerkte Helena zu ihrem Leidwesen, daß sie Grays Gesicht nie so weich gesehen, nie dieses warme, intime Lächeln erlebt hatte. Sie traute ihren Augen nicht.

Deborah brach das Schweigen. »Lady Helena hat mich heute abend nicht erkannt.«

»Nein, tatsächlich nicht«, bestätigte Helena und riß sich zusammen. »Miss Weyman hat sich erstaunlich verändert.«

Gray sah Helena an, eine deutliche Warnung im Blick. »De-

borah«, erklärte er, »war der Meinung, als Gouvernante eher ernstgenommen zu werden, wenn sie älter aussah.«
Helena lächelte zuckersüß. »Das sagte sie mir bereits. Aber Ihr habt sie durchschaut?« Gray neigte den Kopf, und Helena lachte, bevor sie leichthin fortfuhr: »Gebt acht, Miss Weyman. Er ist der geborene Verführer.« Sie erhob sich anmutig. »Es war mir ein Vergnügen, Euch wiederzusehen, Miss Weyman.« Mit einem Blick bedeutete sie ihrem Gatten, daß es Zeit zum Aufbruch war. »Gray, würdet Ihr bitte auf mich warten, bis ich mich von Eurer Mutter verabschiedet habe?«
Als sie allein im Flur waren, streifte Helena ein goldenes Armband von ihrem Handgelenk. »Du Hurensohn«, zischte sie und schlug ihm das Armband in die Hand. Ohne die zwei schweigenden, erschrockenen Diener zu beachten, stapfte sie hinaus.
Gray hatte eben das Armband in seine Tasche gleiten lassen, als Eric Perrin aus dem Salon kam. »Was ist mit Helena?« fragte er.
»Sie holt ihren Mantel.« Gray bot keine weiteren Auskünfte an, und nach kurzem Zögern wünschte Perrin ihm höflich eine gute Nacht und stieg die Treppe hinab. Als Perrin um die Biegung verschwunden war, ging Gray zurück zu den Gästen.

»Du bist sehr still heute abend, Eric.«
Eric Perrin hielt sich an der Schlaufe fest, als die Kutsche in die Bond Street einbog, und sah dann seine Gattin an. »Ich dachte an Miss Weyman. Du hast mit ihr gesprochen, und ich frage mich, worüber.«
»Über Eton«, erklärte Helena. »Quentin wird bald nach Eton gehen, und sie wollte meine Meinung dazu hören.«
»Warum fragt sie nicht Kendal? Er ist der Vormund des Jungen.«

»Ja, aber Kendal hat keine zwei Söhne in Eton. Ich glaube, sie macht sich Sorgen, aber ich habe mein Bestes getan, um sie zu beruhigen. Außerdem ist sie auch Vormund des Jungen.«
»Wo steckte übrigens Quentin? Ich hätte gedacht, daß er sich auf einer so legeren Gesellschaft für ein paar Minuten hätte zu uns gesellen können.«
Helena blickte ihn verwundert an und hob die Schultern. »Ich glaube, er ist zu Hartleys Sohn aufs Land gefahren. Jason und er sind inzwischen beinahe unzertrennlich.«
»Merkwürdig, die Sache mit seinem Gedächtnis, nicht wahr?«
»Miss Weyman hat es mir erklärt. Quentin und sie haben die Leiche seines Vaters gefunden. Der Schock war zuviel für den Jungen.« Plötzlich fror sie und hüllte sich fester in ihren Mantel.
»Das ist nicht das einzige, was mir merkwürdig vorkommt.«
»Wie meinst du das?«
»Miss Weyman ist die Gouvernante des Jungen, bleibt aber in der Stadt, während er aufs Land reist. Was sagst du dazu?«
Es war Helena von Herzen gleichgültig. Sie sagte scharf: »Sie ist keine bezahlte Angestellte, sondern Lady Kendals Gast. Meiner Meinung nach will Gray sie heiraten.«
Eine Weile herrschte Schweigen, dann sagte Perrin: »Tut mir leid, daß ich überhaupt was gesagt habe.«
Sie schloß die Augen und stieß heftig den Atem aus. »Es ist egal.«
»Ich will nicht, daß du dich grämst.«
Wieder bog die Kutsche um eine Kurve, und Helena öffnete die Augen und sah ihren Gatten an, als wäre er ein Fremder. In mancher Hinsicht war er ihr wirklich fremd. Sie hatte ihn nie ganz verstanden, obwohl sie seit zehn Jahren verheiratet waren. Sie war ihm buchstäblich verkauft worden, damit ihr Vater seine Schulden begleichen konnte. Dabei konnte sie sich

noch glücklich schätzen, daß gerade Perrin am meisten geboten hatte und nicht einer der Freunde ihres Vaters, lauter ältliche, ekelhafte Lüstlinge mit Appetit auf junges Fleisch. Eric war nicht viel älter als sie, sah gut aus, war reich und hätte jedes Mädchen haben können. Ob er den Handel bedauerte, wußte sie nicht. Ihr Umgang war nicht sonderlich vertraut. Im Grunde aber glaubte Helena, daß er ganz zufrieden war mit seinem Geschäft. Schließlich floß in den Adern seiner Kinder blaues Blut. Sie hatte Beziehungen in höchsten Kreisen und nutzte diese, um die Karriere ihres Gatten voranzutreiben. Mit Charme und Anmut organisierte sie Dinnerpartys. Sie beschwerte sich nie über seine Seitensprünge oder darüber, daß er sie vernachlässigte. Er war großzügig, verweigerte ihr nie ein neues Kleid oder was immer sie sich wünschte. Und er stellte sich blind ihren Liebschaften gegenüber. Sie hätte gern gewußt, ob er in seinem Liebesnest in Kensington mit seiner neuen Geliebten glücklich war.
»Was hast du?« fragte er leise.
Sie atmete langsam aus. »Ich mag nicht allein sein. Verlaß mich heute abend bitte nicht, Eric.«
Im Dämmerlicht der Kutsche schienen seine Augen zu strahlen. »Willst du mich, Helena, oder könnte es jeder beliebige Mann sein?«
Sie ahnte seine Erregung und lachte herausfordernd. »Es darf jeder x-beliebige sein, solange er so attraktiv und männlich ist wie du.«
Er stieß einen Laut aus, den sie nicht zu deuten wußte, und dann griff er nach ihr.

Nach dem Aufbruch der Perrins fühlte Gray sich in seiner Rolle als Gastgeber entschieden behaglicher. Er wechselte ein paar Worte mit Lord Denning, der spät eingetroffen war und

schmollte, weil Philip Standish Deborah für sich allein beanspruchte. Nach einem ausführlichen Gespräch über Dennings neues Pferd wandte Gray sich den anderen anwesenden Herren zu. Hay und Banks, die jungen Herren, die zu Megs Gefolge gehörten, fanden seine Zustimmung. Ihr Ruf war untadelig, sie stammten aus guten Familien und benahmen sich wie Gentlemen. Daß sie, wie alle anderen auch, Weibergeschichten hatten, nahm er ihnen nicht übel. Sie waren halt Männer. Ein Heiliger würde Meg außerdem nie halten können. Das wiederum erinnerte ihn an Viscount Leathe, und er gesellte sich zu seiner Mutter am Teetisch.
Sie lächelte, als er sich zu ihr setzte. »Ich habe den Eindruck«, begann er, »daß Deborah und Mr. Standish sich mögen. Sie haben sich in Paris kennengelernt, weißt du? Anläßlich irgendeines Picknicks.«
Gray folgte ihrem Blick. Deborah und Philip saßen gemütlich auf dem Sofa beieinander, und Philip lachte über etwas, das sie gesagt hatte. Gray verzog das Gesicht. »Philip und Deborah? Wohl kaum.«
»Hm«, machte seine Mutter mit einem zufriedenen Zwinkern in den Augen. »Warum sollten sie nicht zueinander passen?«
Er lieferte die nächstliegende Erklärung. »Philip ist arm wie eine Kirchenmaus. Es wäre ein idiotischer Schritt für sie beide.«
Sie seufzte theatralisch. »Ich fürchte, du hast mal wieder recht.«
»Mal wieder?« fragte Gray gedankenverloren. Deborah hatte Philips Hand ergriffen und schien darin zu lesen, was dem Herrn offenbar sehr peinlich war.
Die Countess fing an, Namen an den Fingern ihrer Hand abzuzählen. »Mr. Daniels, sagst du, ist zu alt für sie; Mr.

Markham ist zu jung, Lord Tweesdale würde sie, was ich kaum gutheißen kann, niemals heiraten, sondern ihr höchstens die Position einer Geliebten bieten. Wen gab es sonst noch? Ach ja, Crossleys Erbe ist zu verwöhnt und Denning will nur eine Versorgerin für seine mutterlosen Kinder. Aber, Gray, du hast mir ausdrücklich nahegelegt, mit diesen Herren Kontakt zu pflegen, weil sie in Frage kämen. Nun wüßte ich gern, wieso du dich anders besonnen hast. Wenn es so weitergeht, bringen wir Deborah nie unter die Haube.«
Gray hörte kein Wort von dem absichtlich provozierenden Geplauder seiner Mutter, er war völlig in die Beobachtung Deborahs vertieft. Nach und nach näherten sich ihr jetzt auch andere Gäste und verlangten lachend, sie möge ihnen aus der Hand lesen.
»Gray?« Die Countess versuchte, die Aufmerksamkeit ihres Sohnes wieder auf sich zu ziehen.
»Hm? Ach ja, Deborah. Mach dir keine Sorgen, Mutter. Uns bleibt noch reichlich Zeit, sie zu verheiraten. Jetzt wollte ich eigentlich über Leathe reden. Er ist zurück.«
»Leathe.« Die Countess ließ den Blick zu ihrer Tochter wandern. Sie hatte so eine dumpfe Ahnung, daß der junge Leathe Meg mehr bedeutete, als sie eingestand. Es hätte sie nicht einmal überrascht, wenn Meg den jungen Mann ermutigte. Sie verstand nur zu gut, daß Leathe ihrer Tochter gefiel. Brave Mädchen fühlten sich immer zu bösen Jungen hingezogen, weil sie glaubten, sie läutern zu können. Das war reines Wunschdenken. Arme Meg.
Sie stimmte Grays Vorschlag zu, am Ende der Woche zu Harts Besitz zu fahren.
»Dort ist Meg in Sicherheit vor Leathe«, erklärte Gray, »und Channings liegt der Stadt so nahe, daß Gäste mühelos hinkommen können. Außerdem weiß ich, daß Deborah über-

glücklich sein wird, wenn sie wieder mit Quentin vereint ist.« Das erinnerte ihn an etwas. »Übrigens, hat Deborah etwas darüber geäußert, daß sie eine neue Stelle als Gouvernante annehmen will?«

Die Countess lächelte in sich hinein. »Ich glaube«, sagte sie, »Lord Denning könnte dir mehr darüber sagen.«

»Denning?« Gray heftete den Blick auf den besagten Herrn. Denning ist auf seine Art schon in Ordnung, dachte Gray leidenschaftslos. Zwar trat er ein bißchen dandyhaft auf, aber nicht auf vulgäre Weise. Er sah ganz anständig aus. Allerdings war er Witwer mit zwei kleinen Töchtern, die dem Kinderzimmer noch nicht entwachsen waren. Nach einiger Zeit des Nachdenkens war er zu dem Schluß gekommen, daß Deborah nicht mit einem Stall voll Kleinkindern belastet werden sollte, bevor sie überhaupt Gelegenheit hatte, das Leben zu genießen. Er beobachtete sie, während sie auf eine Frage Dennings antwortete. Er entdeckte keinerlei Interesse ihrerseits, und das ließ ihn dem Ausritt zum Richmond Park, den er arrangiert hatte und an dem Denning teilnehmen würde, etwas ruhiger entgegensehen.

»Was«, fragte er schließlich, »könnte Denning denn wohl über Deborahs Pläne hinsichtlich einer neuen Stelle sagen?«

Die Countess erstickte ein Lachen. »Ich schätze, der arme Mann wollte Deborah behutsam zur Heirat überreden, sie aber zog aus seinen Bemerkungen den Schluß, daß er ihr eine Stelle als Gouvernante anbot.«

Gray lächelte. »Und hat sie sie angenommen?«

»Nein. Sie hat Denning erklärt, daß sie bereits eine Stelle habe, aber gern bereit wäre, ihrer alten Gouvernante zu schreiben und um Empfehlungen zu bitten. Der arme Mann war völlig verwirrt.« Ihre Miene wurde ernst. »Weißt du, Gray, ich glaube nicht, daß Deborah heiraten möchte. Oh, sie

ist sehr zuvorkommend zu unseren jungen Gästen, läßt aber keinen näher an sich heran.«
»Unsinn. Jede junge Frau möchte heiraten. Würdest du mich bitte entschuldigen, Mutter?«
Die Countess sah neugierig zu, wie Gray sich zu den Leuten gesellte, die Deborah umringten, und sie energisch aus ihrem Kreis holte. Er führte sie zum Klavier und blieb wie ein Wachhund an ihrer Seite, während sie ein Musikstück auswählte. Gray und Deborah? Die Vorstellung lockte ein Lächeln auf die Lippen der Countess.
Nick beobachtete Gray und Deborah ebenfalls, und als sich die Gelegenheit ergab, bemerkte er dicht an Grays Ohr: »Das ist doch eine regelrechte Farce.«
»Was?« fragte Gray geistesabwesend.
»Du beobachtest Miss Weyman und Philip, und Mutter wägt jedes Wort und jede Miene.«
»Das bildest du dir nur ein, Nick.«
Nick nahm es kommentarlos hin. »Philip wäre wohl der geeignete Mann für Deborah?« fragte er dann. Gray zog die Brauen zusammen, und Nick fuhr fort: »Er stammt aus einer guten Familie, und unter deiner Schirmherrschaft könnte er es weit bringen im Diplomatischen Corps. Außerdem wirkt er jung für seine mehr als dreißig Jahre, sieht gut und männlich aus. Und Deborah scheint ihn zu mögen. Was mehr kann man wünschen?«
Gray blickte Nick fest in die Augen. »Eigentlich«, sagte Gray gedehnt, »dachte ich an jemanden in meiner Nähe, an jemanden wie dich, Nick.«
Nick vergaß, den Mund wieder zu schließen. »O nein! Du willst sie doch nicht mir aufdrängen, Gray? Sie ist zu alt für mich.«
»Unsinn«, winkte Gray ab. »Du bist in etwa so alt wie sie.«

»Ich bin ein grüner Junge! Das hast du selbst oft genug gesagt. Ich habe noch viele Jahre vor mir, um meine Freiheit zu genießen, bevor ich mich an eine Frau binde. Außerdem beliebst du zu scherzen. Du willst sie für dich selbst. Ich weiß es.«

Gray lächelte nur, und Nick entfernte sich schließlich, um mit Denning Schach zu spielen.

Gray lehnte sich in seinen Sessel zurück und nahm mit mechanischen Bewegungen eine Prise Tabak. Philip und Deborah? Das wollte ihm einfach nicht in den Kopf gehen. Philip war so prüde und penibel, und von diesen Eigenschaften hatte Deb ohnehin schon mehr als genug für sie beide.

Was Nick betraf, konnte er sich eine Verbindung auch nicht recht vorstellen. Nick war zu jung, zu unerfahren. Deb hätte ihn an der Kandare, bevor noch die Tinte auf der Heiratsurkunde getrocknet war, wenn nicht noch früher. Und es gab noch einen weiteren, zwingenderen Grund, die zwei voneinander fernzuhalten. Wenn Deborah Nick heiratete, wäre sie seine Schwägerin, würde im selben Haus mit ihm leben und ihm näher sein, als gut für ihn war. Soweit durfte es niemals kommen. Und es hatte ja auch keine Eile, beschwichtigte er sich selbst. Bis Quentin zur Schule kam, würden noch Monate vergehen. In der Zwischenzeit würde sich schon ein geeigneter Heiratskandidat finden.

Vierzehntes Kapitel

»Sophie! Welch freudige Überraschung!«

Auf dem Weg die Treppe hinunter vernahm Deborah Grays herzliche Begrüßung. Übers Geländer hinweg sah sie eine junge Frau, von Kopf bis Fuß in erbarmungsloses Schwarz gekleidet, die Gray beide behandschuhte Hände entgegenstreckte. Gray ergriff sie kurz und nahm das Mädchen dann in die Arme. Das verwunderte Deborah nicht. Alle Graysons neigten zu solchen Umarmungen, zu Schulterklopfen und überschwenglichen Küssen. Ihren Freunden gegenüber hielten sie nicht viel von steifer Etikette.

Als Gray das Mädchen wieder losließ, sah Deborah glänzende schwarze Locken unter einer kompliziert geschnittenen Haube hervorlugen und ein Gesicht von einer beinahe kindlich reinen Schönheit. Das Gesicht war Deborah wohlbekannt. Es gehörte zu Sophie Barrington, Gil Barringtons junger Witwe. Deborah hatte ihre Ladyschaft das letzte Mal gesehen, als die Capets sie in ihrer Kutsche abholten, um sie von Paris nach England zu begleiten. Genau wie damals weinte sie auch jetzt leise in ein weißes Spitzentüchlein. Sophie Barrington hatte eine Vorliebe für Tränen und Ohnmachtsanfälle. Ihre Nerven waren so schwach, daß es nicht viel brauchte, um sie zittern zu lassen wie Espenlaub, und das suchten die meisten Leute um jeden Preis zu vermeiden.

»Gray«, sagte Lady Barrington und krallte eine Hand in seinen Rockaufschlag. Sie schluckte tief. »Auf deine Nachricht von Quentins Gedächtnisverlust hin mußte ich unbedingt kommen. Ich ahnte ja nicht, daß der arme Junge so gelitten hat. Deshalb muß ich mit eigenen Augen sehen, daß es ihm so gut geht, wie du schriebst. Wir waren einander immer so eng verbunden.«
»Wie schade, daß du ihn verpaßt hast. Er weilt zur Zeit in Channings, aber die ganze Familie begibt sich zum Wochenende dorthin. Magst du dich nicht anschließen?«
»Leider habe ich in dieser Woche Termine.«
»Dann in der folgenden Woche? Ich weiß, daß meine Schwester eine Ablehnung nicht hinnehmen würde. Sie wird sich so freuen, dich zu sehen, Sophie.«
»Wirst du auch da sein, Gray?«
»Leider nicht. Schließlich herrscht Krieg, und meine Anwesenheit im Auswärtigen Amt ist notwendig. Aber den einen oder den anderen Tag werde ich wohl in Channings verbringen können.«
Sophie lachte. »Wie könnte ich ablehnen? Ach, Gray, es ist so schön, dich wiederzusehen.«
Deborah war schon im Begriff, weiter die Treppe hinunterzusteigen, als Sophies nächsten Worte sie wie angewurzelt stehenbleiben ließen.
»Und was hat all das, was ich über Miss Weyman höre, zu bedeuten, Gray?«
»Was hast du gehört?«
»Daß sie sich ganz erstaunlich verändert haben soll.«
Gray antwortete leichthin: »Ach, das. Ja, Deb hat versucht, älter auszusehen, um Eindruck auf ihre Arbeitgeber zu machen. Sie fürchtete, daß Gil, wenn er gewußt hätte, wie jung sie im Grunde noch ist, ihre Fähigkeiten als Gouvernante angezweifelt hätte.«

Deborah spähte über das Treppengeländer, als Sophie ein silberhelles Lachen ertönen ließ. Mit einem neckischen Lächeln auf den Lippen sah sie zu Gray auf. Gray hatte den Arm um ihre Schultern gelegt.
»Wie öde für die arme Miss Weyman«, sagte Sophie. »Und dabei war es wirklich völlig überflüssig. Soweit ich mich erinnere, ist sie ein unscheinbares Mädchen.«
»So? Ich könnte nichts dazu sagen. Meine Mutter findet sie recht hübsch.«
Deborah machte auf dem Absatz kehrt und lief zur Dienstbotentreppe. Innerlich entschuldigte sie sich dafür, daß sie Sophie Barrington aus dem Weg ging, damit, daß Nick und Meg mit einer Gruppe von Freunden bei den Stallungen hinter dem Haus auf sie warteten. Sie wollten einen Ausflug zum Richmond Park unternehmen. Sie warten zu lassen, wäre unhöflich gewesen. Außerdem verspürte Deborah keinerlei Lust, jenes zärtliche Wiedersehen zu stören.
Wir waren einander immer so eng verbunden. Deborah hätte um ein Haar gelacht. Es ließ sich an einer Hand abzählen, wie oft ihre Ladyschaft jemals das Schulzimmer betreten oder Quentin in ihre Pläne mit einbezogen hatte. Das alles hatte Lord Barrington maßlos enttäuscht. Sie ist noch so jung, sagte Deborah sich in dem Versuch, fair zu sein, jung und flatterhaft und mannstoll wie die Mädchen in Miss Hares Institut. Und ihr, Deborahs, Zorn stand in keinerlei Zusammenhang mit dem milden, dümmlichen Lächeln auf Grays Gesicht, als Sophie mit ihren langen, geschwungenen Wimpern klimperte und unverschämt mit ihm flirtete.
Nur noch ein paar Tage, dann war sie wieder bei Quentin. Ohne ihn hatte sie sich verloren gefühlt. Wenn sie nicht wußte, was Quentin gerade trieb, wie es ihm ging, hatte sie keine Ruhe. Es war nicht fair zu behaupten, sie wolle ihn am

Gängelband führen, wie Gray es gesagt hatte. Es war die Angst um ihn, die sie so rastlos machte.

Jetzt lächelte sie dem Pferdeburschen entgegen, der ihr hinterhereilte, als sie das Haus verließ. Ihr Lächeln verstärkte sich noch, als sie die Stallungen betrat.

»Was hat dich so lange aufgehalten?« fragte Meg. Sie saß bereits zu Pferde und sah hinreißend aus in ihrem pflaumenfarbenen Reitkostüm und der passenden Kappe mit wippender Feder.

»Nichts Besonderes«, antwortete Deborah und lächelte auch den anderen Reitern begrüßend zu.

Insgesamt waren sie sechs, die zwei Pferdeburschen nicht mitgezählt. Mr. David Banks hatte seine Schwester Rosamund mitgebracht, und Lord Denning seine Kutsche mit einem Festessen, das einem König Ehre gemacht hätte, wie er sagte.

Es war ein schöner Tag, die Gesellschaft war nett, und auf Richmond hatte man sich freuen können. Deborah straffte die Schultern, stieg leichtfüßig auf den Schemel und schwang sich in den Sattel.

Obwohl gutes Wetter für einen Ausritt herrschte, war es doch einigermaßen kalt, und als sie im Park angelangt waren, schlug Lord Denning einen Besuch im nächsten Gasthaus vor, um heißen Tee oder Grog zum Aufwärmen zu trinken. Meg wollte nicht. Sie waren zum Reiten in den Park gekommen, und sie dachte nicht daran, jetzt schon aufzugeben. Ein gut gelaunter Wortwechsel entstand, und schließlich entschied man, dem ursprünglichen Plan zu folgen. Während die Damen mit heißen Ziegeln und Pelzdecken ausgerüstet in der Kutsche warteten, bereiteten die Herren die Pferde vor, dann ritten sie gemeinsam durch den Park, bevor das Picknick stattfand.

Nick ritt voran. Er gab seinem Pferd die Sporen, und es schoß davon. Ein Ruf ertönte, und Bank und Lord Denning folgten ihm. Die Damen blickten ihnen nach, bis sie hinter einer Bodenwelle verschwunden waren, und tauschten lächelnde Blicke.

»Wie ein Kavallerieangriff«, sagte Rosamund Banks. Sie hatte ein hübsches, von rotblondem Haar gerahmtes Gesicht und Grübchen, und Deborah empfand stets Mitleid mit Menschen, die mit Grübchen geschlagen waren.

Rosamund und Deborah waren es, die eine Unterhaltung in Gang hielten, während Meg aus dem Fenster heraus die Reiter und Kutschen beobachtete. Deborah freute sich, jemanden gefunden zu haben, der Paris genauso liebte wie sie, und so bemerkte sie nichts von Megs Beschäftigung.

Die zwei Mädchen tauschten Erinnerungen aus, als Meg ihnen unhöflich ins Wort fiel: »Ich sterbe vor Langeweile, wenn ich noch länger untätig hier herumsitzen muß. Mach dir keine Sorgen um mich, Deb. Ich nehme einen der Burschen mit.«

»Wie bitte?«

Deborah und Rosamund fühlten sich überrumpelt. Bevor sie es verhindern konnten, war Meg aus der Kutsche gestiegen und band ihr Pferd los. Sie rief einen der Burschen herbei, und schon im nächsten Moment sprintete sie hoch zu Roß, gefolgt von dem Burschen, davon. Verdutzt beobachteten Deborah und Rosamund, wie ihr ein Reiter auf einem mächtigen schwarzen Hengst entgegenkam.

»O weh«, sagte Rosamund, »David wird furchtbar enttäuscht sein.« Sie schüttelte den Kopf. »Wenn Nick hier wäre, würde er die Sache unterbinden. Das ist wirklich nicht recht von Meg.«

Deborahs Zeit als Lehrerin in Miss Hares Institut hatte ihr ein paar Erfahrungen mit heranwachsenden Mädchen eingebracht. Sie wußte genau, was vor sich ging. Meg hatte mit voller Absicht mit einem ihrer Anbeter vereinbart, sich zu treffen, sobald die beiden Herren ihrer Begleitung nicht in der Nähe waren, um sie daran zu hindern.

Deborah spähte aus dem Fenster, konnte den Herrn aber nicht erkennen. »Wer ist er, kennt Ihr ihn?«

Rosamund schüttelte den Kopf. »Ich weiß nur, daß ihr Bruder dieses Rendezvous nicht billigen würde, sonst hätte der Mann sich ihr in aller Offenheit genähert.«

»Millicent Dench«, sagte Deborah in Gedanken an das Mädchen, das ihr bei Miss Hare das Leben schwergemacht hatte, und sie knirschte mit den Zähnen. »Ich hätte mit dergleichen rechnen müssen. Zum Glück war Meg so vernünftig, den Pferdeburschen mitzunehmen.« Was Millicent gewiß nicht getan hätte.

Kaum waren die Worte ausgesprochen, als der Bursche sein Pferd wendete und in die Richtung der Kutsche zurückkam. Unter Deborahs entsetztem Blick verschwanden Meg und ihr Liebhaber hinter einer immergrünen Hecke.

»O nein«, sagte Rosamund. »Sie hat den Burschen zurückgeschickt!«

»Ich gehe ihnen nach«, sagte Deborah. Ohne Rücksicht auf Rosamunds Flehen, doch bitte die Rückkehr der Herren abzuwarten, stieß sie den Schlag auf und saß kurz darauf auf ihrem Pferd. Als der zweite Bursche sich anschickte, sie zu begleiten, befahl sie ihm, bei Miss Banks zu bleiben, bevor das Pferd mit donnernden Hufen davonstob.

»So hat mich noch keiner geküßt.« Meg berührte mit zitternden Fingern ihre Lippen.

Stephen Montague, Viscount Leathe, lächelte. »Und Ihr seid wohl schon oft geküßt worden?«

»Nicht annähernd so oft wie Ihr, wenn ich den Gerüchten Glauben schenken darf.« Ohne zu lächeln befreite sie sich aus seinen Armen und wanderte ziellos zwischen den Ruinen umher, die von dem ehemaligen Jagdhaus aus dem Besitz von Königen übriggeblieben waren.

»Ihr dürft den Gerüchten glauben«, sagte er und behielt sie aufmerksam im Auge. »Ich habe nie behauptet, ein Mönch zu sein.«

Sie drehte den Kopf in seine Richtung. »Höre ich Hohn aus Euren Worten?« Als er nicht antwortete, lachte sie freudlos. »Ich muß verrückt sein, mich so mit Euch zu treffen. Wenn ich zu den anderen zurückkehre, werde ich bitter dafür bezahlen müssen. Wenn Ihr doch wenigstens versuchen würdet, Euch mit meinen Brüdern zu vertragen! Und Euch endlich als Gentleman zu präsentieren!«

Sein Hohn war überdeutlich. »Ich dachte, das hätte ich getan, als ich Euch bat, mich zu heiraten. Was könnte denn noch respektabler sein?«

Sie sah ihn hilflos an. Es war unklug, ihn zu lieben, das wußte sie. Er war genauso, wie ihre Brüder ihn darstellten, wenn nicht schlimmer. Sie wußten längst nicht alles von ihm, aber Stephen hatte es ihr erzählt, nicht als Geste des Vertrauens, sondern so, als wäre es ein großartiger Witz. Er war nicht wie sie. Er war nicht in einer Familie aufgewachsen, in der Liebe und Disziplin Hand in Hand gingen. Disziplin hatte er kennengelernt, eiserne Disziplin, und dagegen hatte er sich aufgelehnt. Er war nicht so schlecht, wie Gray behauptete. Gut war er allerdings auch nicht.

»Ihr sagtet«, erinnerte er sie, »Ihr würdet mir heute Eure Antwort geben. Wie lautet sie, Meg? Brennen wir durch oder trennen wir uns für immer?«

Es klang so beiläufig, als wäre ihre Antwort ihm kaum wichtig, und das ärgerte sie. Sie preßte die Lippen zusammen, beherrschte jedoch ihr aufbrausendes Temperament. »Ich kann nicht mit Euch durchbrennen, Stephen. Das müßt Ihr verstehen. Und es ist im Grunde auch nicht notwendig. Wenn Ihr nur tun wolltet, worum ich Euch gebeten habe, würde meine Familie sich einverstanden erklären.«

»Eure Familie?« Er verzog spöttisch die Lippen. »Worauf beruht eigentlich ihr gewaltiger Stolz, verdammt noch mal? Wenn sie mich nicht nehmen wollen, wie ich bin, dann sollen sie zum Teufel gehen, dann könnt Ihr auch zum Teufel gehen.«

Sie war Lady Margaret Grayson, Tochter eines Earls, und niemand, auch nicht Leathe, der Sohn eines Earls, durfte so zu ihr sprechen. Leidenschaftlich brach es aus ihr heraus: »Ich bin stolz auf meine Familie, Stephen, stolz auf meine Brüder. Einen Mann, als dessen Gattin ich mich schämen müßte, kann ich nicht heiraten.«

In der daraufhin entstehenden langen, angespannten Pause sah sie, wie sich seine Schultern strafften. Er sagte leise: »Dann sind wir beide wohl noch einmal mit heiler Haut davongekommen.«

»Lady Margaret! Ihr sitzt sofort auf und kommt zurück zur Kutsche.«

Auf Deborahs Befehl hin fuhren ihrer beider Köpfe herum. Ihr Pferd ging jetzt im Schritt, und sie zügelte es vor einer der zusammengestürzten Mauern. Zwar war sie noch um einiges von den beiden entfernt, und die Sonne blendete sie, aber sie erkannte doch, daß sie Zeugin eines Streits zwischen Liebenden war. Meg schien im Begriff zu sein zu weinen.

Deborah bat mit sanfterer Stimme: »Kommt mit, Meg. Wenn wir gemeinsam zurückreiten, wird niemand Fragen stellen, zumindest keine, die wir nicht beantworten könnten. Es wäre dumm, noch länger zu zögern. Der Pferdebursche folgt mir, und er könnte Eurem Bruder Bericht erstatten.«

Als Meg leise aufschluchzte und zu ihrem Pferd stolperte, wandte Deborah sich dem Fremden zu. Er machte keinerlei Anstalten, Meg beim Aufsitzen behilflich zu sein.

»Ihr seid wohl die ehrenwerte Gouvernante«, spottete er. »Miss Weyman, nicht wahr?« Er musterte sie eingehend und bemerkte dann nüchterner: »Ich kenne Euch irgendwoher, stimmt's?«

»Nicht, daß ich wüßte.« Die Worte kamen automatisch. Der Mann kam ihr vertraut vor, etwas an ihm machte ihr angst. Sie beschattete die Augen mit der Hand und lenkte ihr Pferd näher an ihn heran. »Ihr seid mir gegenüber im Vorteil, Sir«, sagte sie. »Lady Margarets Brüder wollen jedoch sicherlich den Namen des Herrn wissen, von dem sie Satisfaktion fordern müssen.« Es war eine leere Drohung. Deborah hielt nichts vom Duellieren und hatte auch nicht vor, aus der Schule zu plaudern. Sie versuchte lediglich, dem jungen Mann und Meg klarzumachen, wie ernst ihre Lage war.

»Leathe«, schleuderte er ihr entgegen. »Sagt ihnen, es war Leathe.«

Das war der letzte Name, den sie erwartet hätte. Die Farbe wich aus ihrem Gesicht, sie wurde kreideweiß und zerrte so krampfhaft an den Zügeln, daß ihr Pferd stieg. Nur mit Mühe brachte sie es wieder unter Kontrolle.

»Deborah, was ist Euch?« schrie Meg auf.

Leathe trat einen Schritt vor, dann noch einen. Als Deborah im Sattel schwankte, griff er rasch in die Zügel. Jetzt erst konnte er das Gesicht unter der federgeschmückten Kappe deutlich sehen. »Deborah?« sagte er zweifelnd und wendete ihr Pferd, so daß die Sonne ihr ins Gesicht schien. »Mein Gott, du bist es!«

Grüne Augen starrten eindringlich in grüne Augen, und die Stille dehnte sich endlos aus.

»Nein!« schrie Deborah plötzlich und entriß dem jungen Mann die Zügel. In der viel größeren Gefahr, die ihr drohte, war Meg vergessen. Sie grub dem Pferd die Fersen in die Weichen und schoß nach vorn.

»Deborah, warte!« Noch während er nach ihr rief, sprang er schon in den Sattel.

Instinktiv schlug sie den Weg zur Kutsche ein. Wie ein Pfeil schoß sie auf ihrer Stute zwischen den Bäumen hervor. Hinter sich hörte sie das Donnern von Hufen und wußte, daß ihr Tier keine Chance gegen den kraftvollen Hengst hatte. Trotzdem stürmte sie weiter. Leathe strich an ihr vorbei und schnitt ihr den Weg ab. Ihr Pferd stieg und versuchte auszuweichen, doch er entriß Deborah mit einem Griff die Zügel und brachte das Pferd zum Stehen. Er war ein ausgezeichneter Reiter, wie sie sehr wohl wußte. Dieses Talent hatten alle Montagues gemeinsam.

Sie wehrte sich heftig, als er sie vom Pferd heben wollte, doch es beeinträchtigte ihn kaum.

»Verdammt noch mal, Deborah!« Er hielt sie bei den Schultern und schüttelte sie kräftig. »Was ist in dich gefahren? Ist das eine Art, mich nach all diesen Jahren zu begrüßen? Warum habe ich nichts von dir gehört? Ich bin durch die Hölle gegangen, wenn ich mir vorstellte, was dir zugestoßen sein konnte. Ich dachte, du wärst tot.«

»Du hast mich verraten!« schrie sie. »Ich habe dir vertraut, aber du hast mich verraten!«

»Ich habe dich nie verraten. Ich schwöre es!«

»Lügner! Sie warteten schon auf mich! Vater und die Miliz erwarteten mich.«

»Ich weiß. Ich habe alles mit angesehen. Ich weiß nicht, woher

Vater wußte, daß wir uns dort treffen wollten, aber ich schwöre dir, ich habe nichts verraten. Und wie kannst du so etwas von mir glauben? Ich habe unseren Vater gehaßt, ich hasse ihn immer noch.«

Sie waren so miteinander beschäftigt, daß sie nichts in ihrer Umgebung wahrnahmen. Ein Pistolenschuß riß sie in die Gegenwart zurück. Sie blickten um sich und sahen voller Schrecken, daß Reiter sich näherten. Nick führte die Gruppe an, Mord im Blick, und schwenkte eine rauchende Pistole über seinem Kopf.

Deborah sah ihrem Bruder flehentlich in die Augen. »Sag ihm nichts, verstehst du? Kein Wort! Ich bin Deborah Weyman, und du bist mir zu Hilfe gekommen, als mein Pferd durchging.«

Er nickte bedächtig. »Ich verstehe. Aber das ist noch nicht alles gewesen. Wir müssen uns wiedersehen, und zwar bald.«

Für mehr Worte blieb keine Zeit. Nick war vom Pferd gesprungen und schon in Hörweite angelangt, und im nächsten Augenblick waren sie von einer Anzahl wutschnaubender Herren umgeben, wovon sämtliche darauf brannten, Leathe zum Duell zu fordern. Der Viscount ließ sich zur allgemeinen Verwunderung nicht provozieren, und wenn er auch sehr zurückhaltend blieb, bestätigte er doch Deborahs Geschichte von dem durchgehenden Pferd. Wollte man sie nicht der Lüge bezichtigen, mußte man ihre Geschichte, wenn auch noch so widerwillig, hinnehmen.

Meg sagte nichts, doch in ihren Augen blitzte das Mißtrauen, und sie bedachte Leathe mit einem strengen Blick, als er Deborah die Hand küßte. Ohne sie zu grüßen ritt er davon.

Für Gray mußte die ganze Geschichte noch einmal erzählt werden, als er am Abend nach Hause kam. Er befragte Debo-

rah in seiner Bibliothek, und inzwischen hatte er schon mehrere verschiedene Versionen der Ereignisse gehört. Die Widersprüche störten ihn kaum. Er ahnte die Wahrheit. Für ihn sah es so aus, als hätten Meg und Leathe ein Stelldichein vereinbart, das durch Deborah gestört wurde. Das durchgegangene Pferd diente lediglich als Vorwand, um ein Duell zu verhindern, denn wenn Deborah oder Meg Leathe vorgeworfen hätten, sie gekränkt zu haben, wäre ein Duell unvermeidlich gewesen. Frauen waren jeder Lüge fähig, wenn es darum ging, ein Duell zu verhindern.
Allerdings blieben da zwei Punkte, die Gray schwer beschäftigten. Der erste war Megs bockige Art. Zwar bestätigte sie Deborahs Aussagen, deutete aber an, daß Leathe und Deborah sich kannten und offenbar ausgezeichnet verstanden. Gray verstand nicht, wie das möglich sein sollte. Deborah stand unter strenger Aufsicht, und wenn sie sich mit Leathe getroffen hätte, wüßte er, Gray, davon, es sei denn, sie hätte, wie Meg, ein heimliches Stelldichein vereinbart. Das aber glaubte Gray nicht von Deborah. Der zweite Punkt, der ihm zu denken gab, war Leathes Verhalten, als Nick ihm befahl, Deborah loszulassen. Der Viscount war ungewohnt freundlich und umgänglich, sagte Nick, und ließ sich nicht zu der Herausforderung reizen, die Nick auf der Stelle angenommen hätte.
»Dein Pferd ist also durchgegangen«, sagte Gray und betrachtete versonnen das Spiel des Kerzenlichts auf Deborahs Gesicht. »Das verwundert mich allerdings. Ich weiß doch, daß du eine ausgezeichnete Reiterin bist.«
»Danke«, sagte Deborah und preßte die Lippen aufeinander. Sie hatte beschlossen, daß es um so besser wäre, je weniger sie von sich gab.
Gray lächelte, er durchschaute ihr Vorhaben. »Was ist nun

wirklich geschehen, Deborah? Hast du irgend etwas zu Leathe gesagt, das ihn veranlaßte, dir zu folgen, als du ihn mit Meg ertappt hattest? Ich glaube, der Bursche hat ein sehr aufbrausendes Temperament.«

Wahrscheinlich wußte er, daß ihre Geschichte von vorn bis hinten erlogen war, doch um aller Beteiligten willen mußte sie an ihr festhalten. Sie fuhr sich mit der Zunge über die Lippen. »Wie ich bereits sagte, sind Meg und ich ein Stück geritten und trafen rein zufällig den Viscount. Sein schwarzer Hengst schnappte nach meiner Stute, und sie ging durch. Mehr ist nicht passiert. Ich habe nichts vom aufbrausenden Temperament des Viscounts bemerkt. Er war ungemein charmant. Fragt Nick. Fragt alle anderen.«

Schweigen lastete über ihnen, während Gray diese Worte wägte. Schließlich sagte er: »Mir ist zu Ohren gekommen, daß du Leathe heute keineswegs zum ersten Mal gesehen hast, daß du und er vielmehr sehr vertraut miteinander seid.«

Das war natürlich Megs Werk. Das Mädchen war eifersüchtig. Deborah versuchte, die Bemerkung als nebensächlich abzutun. »Ja, ich kenne ihn. Beim Reiten trifft man so viele junge Herren. Stephen kennt sich besonders gut mit Pferden aus.«

»Stephen?«

Sie erkannte ihren Fehler und versuchte, ihn zu berichtigen. »Ich hörte, daß Meg ihn so nannte.« Ihre Augen waren klar wie Kristall.

Er ließ diesen Blick auf sich wirken, der für seine Begriffe einfach eine Nuance zu unschuldig war, und im nächsten Sekundenbruchteil ging die Saat des Mißtrauens, die Meg gelegt hatte, auf und begann zu wachsen. Er sagte grob: »Ich lasse nicht zu, daß du dich mit einem wie Leathe einläßt. Er ist ein Taugenichts. Wenn du die Geschichte seiner Familie kennen würdest, hättest du ihn nie im Leben ermutigt.«

Sie hatte schon von Nick und den anderen über Leathe und dessen berüchtigte Familie gehört, bevor sie den Heimweg antraten. Schweigend mußte sie zuhören, als sie Verachtung nicht nur gegen ihren Bruder, sondern die gesamte Sippe der Montagues häuften. Das hatte weh getan, aber nicht halb so schlimm wie dies jetzt.

Die unbedachten Worte sprudelten über ihre Lippen, als wäre ein Damm gebrochen. Es ging um mehr als Grays Verachtung für ihre Familie. Die Eifersucht, die sie seit der skandalösen Offenbarungen seiner Mutter sorgsam unterdrückt hatte, fand ein Ventil und brach sich mit aller Macht Bahn. »Ihr müßt gerade reden! Wieso glaubt Ihr, Ihr wärt besser als er? Hat er jemals unschuldige Frauen entführt und Eure schmutzigen Spielchen mit ihnen getrieben? Und wer gibt Euch das Recht zu entscheiden, was das Beste für mich ist? Ihr seid nicht mein Vormund. Falls ich mich mit dem Viscount Leathe einlassen will oder ... oder einen Liebhaber nehmen will oder was auch immer, geht es Euch nicht das geringste an, genausowenig, wie Eure Geliebten mich etwas angehen.«

Sie wußte, wie flink er war, wenn die Situation es erforderte, war aber doch überrumpelt, als er sie nun bei den Schultern packte und sie wie eine Bittstellerin vor sich auf die Knie zwang. Wie eiserne Krallen gruben sich seine Finger in ihr weiches Fleisch, doch sie war zu erschrocken, um sich zu wehren.

»Was glaubst du wohl, wieviel ich mir noch von dir bieten lasse?« Seine Stimme klang tief und heiser. Sein Atem ging stoßweise. »Halte dich von Leathe fern, oder, bei Gott, du wirst einen Geliebten haben, aber dieser Geliebte werde ich sein, ob du mich willst oder nicht.«

Sie ohrfeigte ihn, bevor sie wußte, was sie tat, bevor sie überlegen konnte, welche Folgen es für sie haben würde.

Seine Augen sprühten Blitze, dann senkte er den Kopf, und sie spürte seinen Atem auf ihrer Haut. Angst schnürte ihr die Kehle zu, sie begann zu zittern.

»Deborah«, sagte er leise, »wann lernst du endlich, daß es unklug ist, mich zu reizen?« Und er verlieh seinen Worten Nachdruck, indem er ihr einen heftigen Kuß aufzwang.

Unerfüllte Leidenschaft und nackte Eifersucht sprachen aus diesem Kuß. Sein Mund war heiß und hart; seine Arme umschlangen ihre Taille in wilder Besitzergreifung. Er war froh, daß sie ihm diesen Vorwand zum Austoben der in ihm brodelnden Wut geliefert hatte, froh, ihr beweisen zu können, daß er nicht so geschlechtslos war, wie sie zu glauben schien. Wochenlang hatte sie ihn behandelt, als wäre er Luft, hatte ihre freundlichen Worte und ihr flirtendes Lächeln den jungen Hüpfern vorbehalten, die um sie herumtänzelten. Daß diese Herren auf seine Einladung hin gekommen waren, zählte nicht. Er war ein Mann, mehr Mann, als sie ahnte, und er wollte verdammt sein, wenn er es sie vergessen ließ. Mit einer zielsicheren Bewegung hob er sie auf seinen Schoß.

Der Kuß war ein Fehler. Das wußte er, sobald er spürte, wie ihre Lippen unter den seinen weicher wurden und die Arme, die ihn zurückgehalten hatten, anfingen, ihn näher zu ziehen. Weil er nach ihrer Berührung und ihrem Geschmack hungerte, war er in seine eigene Falle getappt. Er wollte sie nicht wieder loslassen, nachdem er nun wußte, daß sie ihm gehören konnte. Einen Augenblick noch hielt er an seinen Skrupeln fest, obwohl er wußte, daß es hoffnungslos war. Schon gab er sich selbst die Erlaubnis und schwor sich, hinterher alles wiedergutzumachen.

Er knöpfte ihr Kleid auf und zog es herab, dann ihr Hemdchen, bis ihre Brust entblößt war. Mit dem Daumen rieb er eine zarte Spitze, bis sie zu einer festen Knospe wurde und ihr

Körper sich wand vor Lust. Er trank ihr leises erregtes Wimmern wie ein Verdurstender in sich hinein. Es passierte ihm schon wieder. Kaum hatte er sie berührt, war er versessen darauf, sie zu nehmen, sie unter sich zu spüren und sich in ihr zu versenken. Mit einer anderen Frau hatte er so etwas noch nie erlebt. Er rückte sie in seinen Armen zurecht, so daß ihr Körper ihm voll zur Verfügung stand. Als sein Mund sich um eine harte Brustspitze schloß, schob er eine Hand unter ihren Rock und ließ sie langsam vom Knöchel bis zum Schenkel hinaufwandern.

Deborahs Gedanken waren Grays nicht unähnlich. Es passierte ihr schon wieder. Er brauchte sie nur zu berühren, und schon war sie wie Wachs in seinen Händen. Er konnte mit ihr tun, was er wollte, konnte aus ihr machen, was er wünschte. Er war stark, männlich und fordernd und skrupellos noch obendrein. Sie hätte entsetzt sein sollen. Statt dessen genoß sie es.

Sie wollte ihn verzweifelt festhalten. Das konnte nicht sein. Er verabscheute den Namen Montague, ihren Namen. Aber da war noch mehr. Eines nicht zu fernen Tages mußte sie sein Haus verlassen und in der Versenkung verschwinden. Seit ihrer Ankunft in London hatte sie kaum an etwas anderes denken können. Alles veränderte sich. Bei Quentin und bei Gray war kein Platz für sie. Sie wußte nicht, was die Zukunft bringen mochte außer Kummer und Schmerz und der Sehnsucht nach allem, was sie verloren hatte. Deshalb sollte sie den Augenblick genießen, nehmen, was sich ihr bot, bevor es nichts mehr gab. Erinnerungen, das würde das einzige sein, was ihr später blieb. Sie zog an seinem Haar, zog seinen Kopf zu sich heran, damit sie ihn küssen konnte.

Er schmeckte ihre Tränen auf der Zunge und hob den Kopf, um sie anzusehen. In ihren Augen stand ein Vorwurf.

»Gray?« Sie wußte nicht, warum er aufgehört hatte.
»Sag kein Wort.« Er blickte ihr lange in die Augen. Er wußte, daß er sie hätte haben können, wollte aber keine widerwillige Geliebte. Er fluchte, stand auf und schob Deborah in den Sessel.
Er wartete, bis er seinen Atem wieder unter Kontrolle hatte, und sagte dann: »Ich meine es ernst. Halte dich von Leathe fern. Wenn du ihn ermutigst, dann weiß ich, daß jeder Mann dich haben kann. Dann kann dich nichts mehr vor mir schützen, Deborah. Gar nichts.«
Und mit dieser empörenden Beleidigung drehte er sich um und ließ sie allein. Sie war sprachlos vor Kränkung und Schock, als er die Tür hinter sich schloß. Um nicht zu weinen, besann sie sich auf ihren Stolz, und sie zeigte dem leeren Raum die Zähne und überlegte sich Dutzende von Beleidigungen, die sie Gray hätte ins Gesicht schleudern können, eine schärfer als die andere.

Fünfzehntes Kapitel

Deborahs Versuche, ein Treffen mit ihrem Bruder zu vereinbaren, schlugen immer wieder fehl. Während der drei Tage vor ihrem Aufbruch nach Channings wurde sie streng bewacht, und nicht nur von Burschen und Dienstboten. Ritt sie aus, konnte sie sicher sein, daß Gray sie begleitete. Genauso war es, wenn sie einkaufen oder zur Bibliothek gehen wollte, um Bücher auszuleihen. Gelegentlich sah sie Leathe flüchtig auf seinem großen schwarzen Hengst, er aber gab nie ein Zeichen, ob er sie auch gesehen hatte, und sie war dankbar für seine Umsicht. Offenbar war er sich Grays wachsamer Augen genauso bewußt wie sie. Als sie jedoch erfuhr, daß Gray sie nach Channings begleiten und mit ihnen dort bleiben würde, brach sie den Vorsatz, den sie an jenem Abend faßte, als er um ein Haar mit ihr geschlafen hätte. Sie sprach ihn als erste an.

»Ich dachte«, sagte sie, »es herrscht Krieg.«

Sie befanden sich in Hatchard's Buchladen und schmökerten in den Neuerscheinungen. Wer sie sah, hätte nicht geglaubt, daß sie einander kannten. Nur in Gesellschaft gaben sie sich ein wenig lockerer und begegneten einander zumindest höflich. Aber da sie im Augenblick allein waren, beschränkten sie sich auf langes Schweigen und kühle Blicke.

»Das heißt?« fragte Gray.

»Solltet Ihr nicht im Auswärtigen Amt sein und Eurer Arbeit nachgehen?«
Sie sahen einander nicht ein einziges Mal an. Ihre ungeteilte Aufmerksamkeit galt den Büchern in den Regalen.
»Im Gegensatz zu dem, was du in den Zeitungen gelesen hast, Deborah, sind wir noch nicht bereit, uns den Franzosen entgegenzustellen, genausowenig wie diese auf die Konfrontation mit uns vorbereitet sind. Wenn der Tag naht, sollst du die erste sein, die es erfährt.«
»Lord Denning behauptet etwas anderes.«
»Was sagt denn Lord Denning?«
»Seiner Meinung nach ist der Krieg wegen der Jagdsaison zum Stillstand gekommen. Das Parlament hat Sitzungspause. Das Kriegsministerium, die Admiralität, das Auswärtige Amt – alle lassen die Arbeit ruhen, weil die englischen Gentlemen lieber auf die Jagd gehen wollen als alles andere.«
Das war nicht völlig von der Hand zu weisen, wie Gray eingestanden hätte, wenn er nicht so verstimmt gewesen wäre. Das hatte nichts mit Leathe zu tun. Als er in Ruhe über die Sache nachgedacht hatte, war ihm klargeworden, daß Deborah ihr Bestes getan hatte, um Meg zu schützen. Deborah war so verklemmt, daß sie sich nie im Leben mit einem wie Leathe einlassen würde. Den Motiven des Viscounts mißtraute er allerdings ganz entschieden. Wie ein Hund auf einer heißen Spur strich er um Deborah herum, und Gray war entschlossen, ihn auf Distanz zu halten. Nein. Was ihn maßlos ärgerte, war die Tatsache, daß Deborah ihn bestrafte, weil er es gewagt hatte, Hand an sie zu legen. Sie hatte genossen, was er mit ihr getan hatte, doch das würde sie niemals zugeben.
»Lord Denning«, erklärte er, »ist ein Schwachkopf, wie jeder, der auch nur über ein Quentchen Intelligenz verfügt, nach

höchstens zwei Minuten in seiner Gesellschaft feststellen würde.«
Wutsprühende Blicke prallten aufeinander.
»Wollt Ihr damit sagen, daß es mir an Intelligenz mangelt?« fragte Deborah. Lord Denning zu verteidigen, kam ihr gar nicht in den Sinn.
Grays Nase kam der ihren so nahe, daß sie goldene Fleckchen in seiner Iris erkennen konnte. »Wem der Schuh paßt, der zieht ihn an«, sagte er.
Deborah klappte ihr Buch zu, drehte sich auf dem Absatz um und verließ hoch erhobenen Hauptes den Laden. Mit versteinertem Gesicht folgte Gray ihr und geriet einem Jungen, der Äpfel von seiner Schubkarre verkaufte, in den Weg. Die Karre kippte, die Äpfel purzelten herunter, und der wütende Junge gab sich erst zufrieden, als Gray ihn mit einer Gold-Guinee für seinen Verlust entschädigt hatte. Auf dem Heimweg sprach Deborah kein Wort. In ihrer Hand verbarg sie einen Zettel, den der Kamerad des Jungen ihr in all der Verwirrung unbemerkt zugesteckt hatte.
Allein in ihrem Zimmer, glättete sie das Blatt Papier. Die Nachricht kam von ihrem Bruder. Er ließ sie wissen, daß er über die geplante Fahrt nach Channings informiert war und daß sie ihn, sofern es ihr gelang zu entwischen, im *Weißen Schwan* in Dartford finden konnte, wo er für die folgende Woche Quartier genommen hatte. Seine Räume befanden sich direkt über dem Haupteingang; sie würde sie nicht verfehlen können.
Der Weg von Channings nach Dartford war problemlos zu Fuß zu bewältigen.

Die Begrüßung in Channings verlief genauso, wie Deborah sie sich vorgestellt hatte. Kaum waren sie aus der Kutsche

gestiegen, trat Hart aus der Haustür und stürzte sich auf sie, küßte und umarmte die Damen und schlug Gray herzhaft auf den Rücken, und unmittelbar danach kamen Quentin und Jason ums Haus gerannt und fielen über die Neuankömmlinge her.
Quentin war kaum wiederzuerkennen, und für Jason galt das gleiche. Ihre Hosen waren an den Knien zerrissen, ihre Jacken waren speckig. Hände und Gesicht waren genauso schmutzig wie die Kleidung. Deborah sah die Jungen streng an, dann schien sich in ihrem Inneren ein Knoten zu lösen, und sie stimmte in das allgemeine Gelächter ein.
»Wir haben die Ställe ausgemistet«, erklärte Quentin. »Mr. Perch hat es uns erlaubt.«
Hart erklärte: »Mr. Perch ist mein Pferdepfleger. Er weiß alles, was es über Pferde zu wissen gibt, und hat versprochen, die Jungen zu unterweisen, solange sie bereit sind, ihrerseits etwas dafür zu tun.«
»Und wir alle wissen, was das bedeutet«, sagte Gray und erntete erneut Gelächter.
Deborah richtete ihre Haube, redete und lachte zugleich, als sie Grays Blick begegnete. Die Kälte war daraus verschwunden, und sein Lächeln war warm und vertraulich. Sie spürte, wie sie auf seinen Blick reagierte, dann wurde sie von einem jungen Mann abgelenkt, den sie im Ansturm der Begrüßung bisher übersehen hatte.
Gray stellte ihn vor. Mr. Jervis war Quentins sogenannter Tutor. Er wirkte sympathisch und erinnerte Deborah an Grays Sekretär, Philip Standish. Doch Mr. Jervis verfügte über einen Vorzug, den Mr. Standish nicht aufwies. Wie Gray es ausdrückte, war er sehr nützlich, wenn es zum Streit kam.
»Nein«, sagte Gray jetzt auf eine Frage Harts. »Nick schließt sich uns nicht an. Er besucht Freunde in Hampshire.«

»Auf Schürzenjagd vermutlich«, flüsterte die Witwe für alle hörbar Gussie zu.
Quentin hüpfte von einem Fuß auf den anderen. Er konnte es anscheinend nicht erwarten, Deborah etwas mitzuteilen. »Deb, Charlie hat Junge. Willst du sie sehen? Sie sind im Stall, winzige Hundchen mit schwarzen Flecken. Oder sind es weiße? Ich vergesse es immer wieder. Charlie hat gar nichts dagegen, wenn Fremde die Kleinen streicheln.«
»Charlie?« fragte Deborah skeptisch.
»Charlotte, unsere Dalmatiner-Hündin«, klärte Jason sie auf.
»Jungen Hunden kann ich nicht widerstehen«, sagte Deborah. »Gib mir eine halbe Stunde Zeit, dann treffen wir uns im Stall.«
Die Jungen rannten davon und zerrten Mr. Jervis hinter sich her. Versonnen blickte Deborah ihnen nach. Sie sah mit eigenen Augen, daß Quentin in besten Händen war. Die Graysons waren gut zu ihm. Gray hatte in vielen Punkten recht gehabt. Warum hatte sie dann das Gefühl, weinen zu müssen?
Unwillkürlich richtete sie den Blick auf Meg. Wenn die anderen es auch nicht merkten, hatte sich das Mädchen doch von Deborah zurückgezogen. Meg war verwirrt und gekränkt, und Deborah wußte nicht, wie sie alles wieder ins Lot bringen sollte. Die Wahrheit durfte sie nicht sagen. Außerdem würde Gray niemals erlauben, daß Meg Stephen heiratete. Je schneller das Mädchen über ihn hinwegkam, desto besser.
»Warum so nachdenklich?«
Unter Grays leiser Frage fuhr Deborah zusammen. Die anderen gingen ins Haus, und sie schaute ihnen nach. »Ich mag Eure Familie«, sagte sie. »Sehr sogar. Wie schade, daß ...«
Als sie sich mitten im Satz unterbrach, um ihren Rock zu schürzen, bevor sie die Treppe hinaufstieg, sprach Gray für sie zu Ende. »Wie schade, daß ich nicht bin wie sie?«

Sie ging nicht auf seinen scherzhaften Ton ein, sondern bedachte ihn mit einem schwer zu deutenden Blick, der sein Lächeln erlöschen ließ. »Daß so wenige Menschen so sind wie sie, wollte ich sagen.«

Den restlichen Nachmittag widmete sie Quentin. Sie rechnete damit, daß Jason oder Gray oder einer von den anderen mit von der Partie sein würden, doch alle hielten eine Entschuldigung bereit. Ihrer Vermutung nach hatte Gray dafür gesorgt, daß sie und Quentin ein wenig Zeit für sich allein hatten.

Sie fand ihren ersten Eindruck von Quentin bestätigt. Sein Horizont hatte sich erweitert, und er war in seinem Element. Sie bedauerte es nicht, fühlte sich jedoch schrecklich allein. Alles hatte einen bittersüßen Geschmack für sie. An die Zukunft wollte sie gar nicht denken. Sie weigerte sich strikt. Die Gegenwart war alles, was sie hatte, und sie wollte das Beste daraus machen.

Beim Dinner ging es recht fröhlich zu, wie immer bei den Graysons. Später, als sie sich in den Salon zurückgezogen hatten, lobte Gussie die Freuden des Landlebens. Auf dem Lande, so sagte Gussie, fand man alles, was die Stadt zu bieten hatte, und noch einiges mehr. Die Gesellschaften waren vielleicht nicht so prunkvoll, und trotzdem wäre es auf dem Tanzboden schon zu mancher Verbindung zwischen einem Mädchen vom Lande und einem Edelmann gekommen, der zur Jagdsaison in der Gegend weilte. Als das brüllende Gelächter der Herren abgeebbt war, erging sie sich in Lobpreisungen der Einkaufsmöglichkeiten in Dartford und der Reitwege in den umliegenden Hügeln. Dort gab es interessante Spazierwege und zahlreiche alte Ruinen.

»Und dann ist da noch Sommerfield«, sagte Gray, als Gussie einmal Atem schöpfen mußte. »Das ist eine Besichtigung wert.«

»Sommerfield?« fragte Deborah.
Hart erklärte: »Das ist seit drei Jahrhunderten der Sitz der Earls und Barons of Kendal. Von den Fenstern im Obergeschoß aus könnt Ihr das Dach sehen. Dort ist Gray zu Hause, wußtet Ihr das nicht?«
»Doch, jetzt, da Ihr es sagt, erinnere ich mich.«
»Wir würden jetzt dort wohnen«, sagte Gray, »wenn die Arbeiter nicht gerade mit der Renovierung beschäftigt wären. Eine Decke ist eingestürzt, und die anderen sehen aus, als wollten sie es ihr gleichtun. Nun, gefährlich ist es dort nicht, aber sehr staubig. Wenn du Lust und Zeit hast, will ich dir den Besitz gern einmal zeigen.«
Es war ein Friedensangebot, und sie nahm es nur zu gern an.
»Danke. Es würde mich sehr freuen.«
Hart schnaubte verächtlich. »Gebt lieber acht, Deborah. Gray liegt immens viel an dem Schutthaufen. Wenn Ihr ein negatives Wort äußert, lernt Ihr seine schwärzeste Laune kennen.«
»Es dient nur zum Repräsentieren?« Deborah wußte genug über solche Häuser.
Die Countess beantwortete unschuldsvoll ihre Frage. »Jedes Haus ist nur ein Repräsentationsobjekt, solange keine Kinder darin leben. Doch das läßt sich leicht ändern.«
Diese Bemerkung zog weitere Sticheleien auf Grays Kosten nach sich, und Deborah lachte zwar pflichtschuldigst, doch nicht aus vollem Herzen. Allmählich fühlte sie sich zu wohl, zu aufgehoben in dieser liebevollen Familie.
Ein Bild kam ihr in den Sinn, ein Bild von ihrem Vater, der in Belvidere Gäste bewirtete. Er lächelte auf eine für Deborah völlig ungewohnte, verhaltene Weise. Sie erkannte ihn kaum. Er war ein geschickter, verbindlicher Gastgeber, und überaus umgänglich. In seinen Augen war keine Kälte, wie sonst immer, wenn er sie oder Stephen ansah. Er haßte sie, sah in

ihnen nur die Kinder ihrer Mutter, und sie konnten ihm nichts rechtmachen.
An ein Ereignis erinnerte sie sich besonders deutlich. Stephen war in den Ferien nach Hause gekommen. Es war ihrer beider erster Ausflug in die Gesellschaft der Erwachsenen, und sie benahmen sich tadellos. Die Gäste hatten sich kaum verabschiedet, als der Earl schon über seinen Sohn herfiel, Eiseskälte im Blick. Stephens Tischmanieren wären gräßlich, seine Beiträge zur Unterhaltung unerträglich. Er wäre nicht geeignet, Titel und Besitz von Belvidere zu erben. Deborah an seiner Stelle hätte sich wie ein geprügelter Hund davongeschlichen. Stephen mit seinen vierzehn Jahren begann, sich seiner Kraft bewußt zu werden. Am Tag, da er Belvidere erbte, so entgegnete er, würde er es in Brand setzen. Er wußte, daß er für diese Bemerkung würde bezahlen müssen, und er hatte bezahlt.
Irgendwo im Haus schlug eine Uhr. Acht Uhr, dachte Deborah. In wenigen Stunden würde sie Stephen wiedersehen. Geduld, ermahnte sie sich, während sie mechanisch auf eine Frage der Countess antwortete. Während des Tages konnte sie nicht ungesehen entkommen, aber sobald alle schliefen, würde sie sich hinausschleichen und die zwei Meilen nach Dartford laufen. Ein Pferd aus den Ställen auszuleihen, wäre zu riskant gewesen. Außerdem machte der Weg ihr nichts aus. Sie hoffte nur inbrünstig, daß Stephen allein sein würde, wenn sie ihn aufsuchte. Er wußte ja nicht, daß sie kam. Sie hatte ihm keine Nachricht übermitteln können.
Ihr Blick huschte zu Meg. Das Mädchen war sehr still, sehr niedergeschlagen. Arme Meg, und all die armen Frauen, die unglücklich liebten. Ein Gedanke drängte sich ihr auf, ein noch nicht ganz ausgeprägter Gedanke, und sie schob ihn energisch von sich.

Die Uhr auf dem Kaminsims schlug die volle Stunde. Gray hob den Blick aus der Zeitung und sah, daß Mitternacht schon vorüber war. Seine Muskeln waren verkrampft, sein Nacken steif. Zwei Stunden lang hatte er über all den Informationen gebrütet, die er zu diversen Themen gesammelt hatte. Da war Mr. Jervis' Bericht über Quentins Fortschritte, ein Bericht des Arztes über seinen Gesundheits- und Geisteszustand. Und da waren Notizen über zwei Gespräche, die er mit Sophie Barrington geführt hatte, eines kurz nach Gils Tod und das andere, das vor nicht ganz einer Woche stattgefunden hatte.

Eines war klar. Er war der Entlarvung von Gil Barringtons Mörder nicht näher gekommen. Er fürchtete, es nie zu erfahren, es sei denn, Quentin fand seine Erinnerung wieder, und das wurde immer unwahrscheinlicher. Der Gedanke, dem Mörder mit Quentin oder Deborah als Köder eine Falle zu stellen, wollte ihn nicht loslassen, obwohl er ihn immer wieder zur Seite drängte. Deborah würde niemals zustimmen. Sie würde es für viel zu riskant halten. Freilich waren Risiken damit verbunden, doch manchmal lohnte es sich, sie in Kauf zu nehmen. Man mußte alle Umstände genauestens gegeneinander abwägen. Er dachte lange darüber nach, spielte mit der Idee, entwarf mögliche Strategien. Doch er kam immer wieder zum Ausgangspunkt zurück. Deborah würde niemals zustimmen.

Deborah. Der Lösung dieses Rätsels war er auch um keinen Schritt näher gekommen.

Gray war unruhig, und er wußte auch den Grund. Er begehrte Deborah, war schon nahezu besessen von ihr. Schon fing er an, sich in seiner Phantasie Dinge auszumalen, und nicht nur die typisch männlichen Vorstellungen, wie er sie in sein Bett holen würde. Das Gespräch über Sommerfield an diesem Abend hatte etwas in ihm ausgelöst. Er konnte sich Deborah sehr gut in seinem Haus vorstellen, wie sie seinem Tisch vorsaß, mit einer Kinderschar an ihrem Rockzipfel. Die Jungen würden blaue Augen und blonde Haare haben und dem Vater ähnlich sehen, während die Mädchen natürlich die rotbraunen Locken und grünen Augen ihrer Mutter hatten. Es war ein weibischer Wunschtraum, nicht würdig eines richtigen Mannes, und warum zum Teufel sie ihn zum Lächeln brachte, verstand er selbst nicht. Er war seines Begehrens, seines Grübelns müde und benötigte dringend körperliche Betätigung, um sich die Flausen auszutreiben. Die überdeutlichen Bilder, die dieser Gedanke wiederum hervorrief, entlockten ihm derbe Flüche, und spontan entschloß er sich zu einem Spaziergang an der frischen Luft. Er war an der Tür zu Deborahs Zimmer vorbeigegangen, als sich hinter ihm eine andere Tür leise knarrend öffnete.

»Und wie geht es Leathe?«

Er fuhr herum und sah seine Schwester Meg. Ihre Augen waren rotgerändert, sie war im Nachthemd und wich ängstlich vor ihm zurück. »Ach, du bist es, Gray. Entschuldige bitte.«

»Wen glaubtest du denn zu sehen?«

Ihr Gesicht verzog sich, und sie würgte etwas Unverständliches hervor, bevor sie in ihr Zimmer zurückwich. Er konnte es nicht dabei belassen, nicht, wenn sie solchen Kummer hatte. Ohne anzuklopfen folgte er ihr ins Zimmer und schloß die Tür.

»Du hast meine Frage nicht beantwortet, Meg. Wen hattest du erwartet? Mit wem hast du mich verwechselt?«

»Mit niemandem. Ich ... ich habe mich geirrt. Darf ich jetzt bitte schlafen gehen?« Sie schlüpfte unter die Bettdecke und deutete auf die Kerze. »Ich wollte sie gerade löschen.«

Er blickte sie fest an. »Irgend etwas macht dir Kummer, und ich will wissen, was es ist. Geht es um Leathe?«

»Bitte, Gray, ich will nicht darüber reden, ja?«
Verdutzt blickte er sich in Megs Zimmer um, fand aber nicht den geringsten Anhaltspunkt. »Hattest du Streit mit ihm? Oder vielleicht Deborah?«
Mit geballten Fäusten wischte sie sich die Tränen von den Wangen. »Nenne in meiner Gegenwart nie wieder den Namen dieser Frau!«
Er zog die Stirn in Falten. »Du hast mich für Deborah gehalten, nicht wahr?« *Und wie geht es Leathe?* In plötzlichem Begreifen flackerten seine Augen auf. Er griff sich die Kerze, fuhr herum und eilte in Deborahs Zimmer. Das Bett war unberührt, sie war nicht da. Wütend ging er zurück.
»Wo ist sie?« fragte er.
»Ehrlich, Gray, ich weiß es nicht.« Ihre Augen waren geweitet vor Angst. Sie hatte ihn noch nie so außer sich erlebt.
»Aber du weißt, daß sie sich mit Leathe treffen will? Was hat sie dir erzählt? Antworte, Meg, oder ich schüttele dich, bis du mir die Wahrheit sagst.«
Sie wich vor ihm zurück und schüttelte den Kopf.
»Um Gottes willen, wenn du etwas weißt, dann sag es mir! Sie kann doch nicht mitten in der Nacht in der Gegend umhertappen. Was könnte ihr alles zustoßen! Womöglich liegt sie längst tot in einem Straßengraben.«
»Ich weiß nicht, wohin sie wollte!«
Er senkte die Stimme. »Aber du hast gesehen, daß sie das Haus verließ?«
Sie nickte und wandte den Blick ab.
»Und du glaubst, daß sie sich mit Leathe treffen will?«
»Mit wem denn sonst?«
»Und wo finde ich Leathe?«
»Ich weiß es nicht. Er hat mir nicht gesagt, wo er sich einmieten wollte. Er ist mit Matthew Derwent und seinen

Eltern befreundet. Vielleicht wohnt er bei ihnen, aber ich weiß es nicht.«
»Du weißt aber, daß er in diese Gegend kommen wollte?«
»Ja«, flüsterte sie.
Er holte tief Luft. »Woher weißt du das?«
»Ich habe ihm eine Nachricht geschickt, daß wir hierherkommen, und habe auch seine Antwort erhalten. Er sagt, er würde schon einen Weg finden, mich zu treffen.« Ihre Schultern bebten, und neue Tränen stiegen ihr in die Augen. »Ich dachte, er liebt mich, aber es war von Anfang an Deborah. Ich habe dir doch gesagt, daß sie sich von früher kennen. Ach, Gray, was soll ich nur tun?«

Viscount Leathe schenkte ein Glas Wein ein und reichte es seiner Schwester. Er war froh, seine Hände in diesem peinlichen Augenblick beschäftigen zu können. Sie hatten ihre Gefühle nie besonders zur Schau getragen, doch der flüchtige Kuß, den Deborah ihm nach ihrem Eintritt in sein Zimmer auf die Wange gedrückt hatte, schien ihm der Situation denn doch nicht ganz angemessen. Seit fast neun Jahren hatten sie einander nicht gesehen. Er wollte sie in den Arm nehmen, fürchtete aber, es könnte zu überschwenglich wirken, um ernstgenommen zu werden.
Im Kamin brannte ein Feuer, und Deborah saß so nahe an der Glut, daß sie alle paar Minuten ihren Rock in Sicherheit bringen mußte, damit er nicht Feuer fing. Das half, die Verlegenheit zu überwinden, denn im Grunde hätte sie sich ihrem Bruder am liebsten in die Arme geworfen und sich die Augen ausgeweint.
»Du bist ganz blau vor Kälte«, sagte Leathe und reichte ihr das Glas. »Was zum Teufel treibt dich, zu dieser gottlosen Stunde hierherzukommen? Du hättest von Wegelagerern überfallen

werden können oder noch schlimmer. Warum hast du nicht bis zum Morgen gewartet? Gott weiß, was der Wirt davon hält, daß eine Frau mich mitten in der Nacht in meinen Räumen aufsucht.«

Ihr Tonfall war ziemlich trocken. »Nach allem, was ich so von dir höre, Stephen, wird er sich nicht viel dabei denken. Dein Ruf ist nicht gerade tadellos, wie du sicherlich selbst weißt.«

Er grinste, setzte sich und streckte seine Füße in den Stiefeln dem Kaminfeuer entgegen. »Ich dachte auch nicht an meinen Ruf, sondern an deinen.«

Sie betrachtete den Wein in ihrem Glas. »Eine des Mordes Angeklagte hat keinen Ruf mehr zu verteidigen. Außerdem hat der Wirt mich nicht gesehen. Ich bin hinter seinem Rücken die Treppe hinaufgeschlichen.«

Er ließ ihr ein Weilchen Zeit, sich zu sammeln, bevor er sagte: »Ich glaube nicht, daß du eine Mörderin bist, Deb. Ich habe es nie geglaubt. Als wir noch klein waren, hast du ständig verletzte Vögel und Tiere eingesammelt und sie in deinem behelfsmäßigen Krankenhaus im alten Schuppen hinter den Stallungen gesund gepflegt, weißt du noch? Du erträgst es gar nicht, jemanden verletzt zu sehen. Und wenn ich hingefallen oder in eine Rauferei geraten war, hast du mich oft beinahe umgebracht, indem du Vaters besten Brandy über die Wunden gegossen und mir dann dieses eklige Gebräu eingeflößt hast, das du den Zigeunern abkauftest.«

Sie lachte. »Das ist der Vorteil einer älteren Schwester. Die jüngeren Geschwister halten sie für so viel klüger, daß sie sich alles gefallen lassen.«

Die Verlegenheit war nun überwunden, und an ihrer Stelle breitete sich eine Vertrautheit aus, als hätten sie sich gestern zuletzt gesehen. Allmählich schwand zwar das Lächeln, doch die geschwisterliche Wärme blieb.

Seine Stimme klang rauh. »Ich wußte nicht und habe auch nicht darüber nachgedacht, wie sehr du gelitten haben mußt, als ich zur Schule geschickt wurde. Ich hatte dort meine Freunde, aber du hattest niemanden in Belvidere.«

»Es ließ sich nicht vermeiden. Und es war nicht so schlimm.« Er zog die Brauen hoch, und sie fuhr fort: »Es hätte schlimmer sein können. Ich hatte meine Gouvernante, erinnerst du dich noch an sie? Miss Hare. Sie hat großen Eindruck auf mich gemacht. Ohne ihre Hilfe wäre ich nie aus Vaters Klauen entkommen.«

»Ich glaube, ich erinnere mich nicht an sie. Wie sollte ich auch? Während meiner Schulzeit war ich ja kaum noch jemals zu Hause. Und in den Ferien war ich lieber bei Freunden, als in dem Haufen Marmor, den Vater so anbetete. Tut mir leid, Deb. Ich habe nicht an dich gedacht. Und dann war da auch noch unsere Stiefmutter, die immer wieder andeutete, daß es ein böses Ende mit uns nehmen würde, genauso wie mit unserer Mutter. Ich hätte ihr am liebsten den Hals umgedreht und fürchtete, mich eines Tages nicht mehr beherrschen zu können.«

»Sie mochte uns beide nicht«, sagte Deborah, »aber dich am allerwenigsten, weil du der Sohn und Erbe warst. Hörst du noch von ihnen?«

»So wenig wie möglich, wenn es nach mir geht. Das überrascht dich doch nicht etwa?« Er legte eine kurze Pause ein und sagte dann sanft: »Ich schwöre dir, ich habe dich nicht verraten, Deb. Ich war in jenem Gasthaus in Windsor, wie du mich in deiner Nachricht gebeten hattest. Ich hätte alles getan, um dir zu helfen. Gott allein weiß, wie Vater es herausgefunden hat. Ich war wie von Sinnen, als ich sah, wie die Miliz dich fortzerrte.«

»Das war nicht ich.«

»Wie bitte?«
»Ich hatte mich als Junge verkleidet. Ich weiß nicht, wer das Mädchen war, aber ich war es jedenfalls nicht. Und ich wollte dich auch nicht um Hilfe bitten. Ich wollte nur Abschied nehmen.«
Eine Weile verstrich, während der er ihre Worte auf sich wirken ließ. »Ich verstehe. Man sagte mir, daß du entkommen wärst, aber niemand erklärte mir, wie es dir gelungen war. Und du bist mit dem Gedanken fortgegangen, daß ich dich in eine Falle gelockt hätte?«
Deborah schluckte, sah ihm aber in die Augen. »Ich hätte es wohl besser wissen müssen. Aber was sollte ich glauben? Du warst erst fünfzehn Jahre alt. Ich dachte, Vater hätte dich dazu gezwungen.«
Seine Lippen verzogen sich höhnisch. »Vater hatte keine Macht über mich. Die hatte er nie, und sobald ich es konnte, folgte ich deinem Beispiel. Als ich sechzehn wurde, bin ich aus der Schule ausgerissen und habe mich zur Armee gemeldet. Die letzten acht Jahre war ich Soldat, Deb.«
»Das habe ich gehört.«
»Was hast du gehört?«
Sie forschte in seinem Gesicht. »Das du es verstehst, zu kämpfen und Menschen zu führen, deinen Vorgesetzten aber ein Dorn im Auge warst. Man sagt, du wärst unter widrigen Umständen aus Indien abgereist.«
»Wer sagt das?«
»Die Herren, die dich im Richmond Park zu einem Duell herausfordern wollten, weißt du, als ich vor dir davongelaufen bin.«
Er schwenkte den rubinroten Wein in seinem Glas, blickte zu Deborah auf und grinste. »So könnte man es nennen. Ich hatte den Befehl verweigert und würde es wieder tun, wenn

ich noch einmal entscheiden müßte. Mein Kommandeur war ein Esel, einer dieser wichtigtuerischen Langweiler, die glauben, alles zu wissen. Er hatte keine Ahnung vom aktiven Dienst. O ja, das gibt es viel zu häufig. Männer kaufen sich einen Dienstrang und denken, sie wären Experten in der Kriegsführung. Als er mir befahl, meine leichte Kavallerie gegen die Kanonen des Feindes zu führen, stellte ich mich taub. Leider hatte der Mann Einfluß an höchsten Stellen. Er hätte vors Kriegsgericht gestellt werden müssen. Mich machte man zum Sündenbock und schickte mich auf einen Posten in Dublin. Irland ist verdammt langweilig. Die Kämpfe dort sind nicht erwähnenswert.«

Sie beobachtete ihn schweigend und nippte an ihrem Wein. In ihm war so viel Zorn, so viel Verbitterung, daß sie die Geschichten, die sie über ihn gehört hatte, nicht länger in Zweifel zog. Sie konnte sich gut vorstellen, daß er wild und unbezähmbar war. Plötzlich war er ohne Feindbild, gegen das er hätte kämpfen können, also bekämpfte er die ganze Welt. Und wenn er es auch niemals zugegeben hätte, kämpfte er doch immer noch gegen seinen Vater.

»Was ist?« fragte er nach einem Blick in ihr Gesicht.

»Hast du wirklich geglaubt, ich wäre tot?«

»Was sonst hätte ich denken sollen? Es wäre ein Leichtes für dich gewesen, mich zu finden, wenn du gewollt hättest. Ich hielt mich nicht verborgen. Aber du hast mir nie geschrieben, keine einzige Nachricht bei meinen Freunden hinterlassen. Wo hast du dich die ganze Zeit über versteckt?«

Deborah rückte ein wenig vom Feuer ab, bevor sie antwortete. »Die meiste Zeit habe ich bei Miss Hare verbracht, der Gouvernante, von der ich dir erzählt habe. Als sie aus Vaters Diensten ausschied, hat sie eine Schule in Bath eröffnet. Mir gegenüber war sie wundervoll, Stephen. Sie hat nie an meiner

Unschuld gezweifelt. Später, das heißt in den vergangenen vier Jahren, habe ich dann als Quentins Gouvernante gearbeitet. Und jetzt bin ich hier.«

»Und es ist dir nie in den Sinn gekommen, mir zu schreiben, und sei es nur, um mich wissen zu lassen, daß du lebst?« Er beantwortete seine Frage selbst. »Du hast geglaubt, ich würde es Vater verraten. Schäm dich, Deb!«

Sie lächelte kläglich. »Du mußt mir sagen, was du von Vater und seiner Frau weißt. Unsere Schwester dürfte jetzt schon sechzehn Jahre alt sein. Wie ist sie so?«

»Ich weiß nicht viel über sie, abgesehen davon, daß Elizabeth unserem Vater ähnlich sieht. Man sagt, sie hoffen auf eine strahlende Saison, die ihr eine gute Partie bescheren soll.«

»Zumindest«, sagte Deborah, »ist Elizabeth nicht Vaters Machenschaften ausgesetzt.«

»Wieso?«

Sie forschte in seinem Gesicht. »Sie ist keine Erbin, oder?«

»Nein, natürlich nicht. Unsere Mutter war es ja, die Vermögen in die Ehe einbrachte, nicht Vater. Vater hat lediglich auf unsere Kosten in seine eigene Tasche gewirtschaftet. Soweit ich es beurteilen kann, hat er unser Geld für seine Gemäldegalerie und Sammlungen verschwendet. Bei seinem Tod gehen diese vermutlich in Elizabeths Besitz über.«

Deborah schauderte und streckte die Hände über die Flammen aus. »Ein Glück, daß Elizabeth kein eigenes Vermögen hat. So braucht sie nicht durchzumachen, was mir widerfahren ist.«

Leathes Augen wurden schmal. »Was ist dir widerfahren?«

Sie schüttelte den Kopf.

Er nahm ihre Hand und drückte sie fest. »Ich will wissen, was geschehen ist, Deb. Ich kenne nur Vaters Version der Ereignisse, und ich weiß, was die anderen munkeln, habe es aber nie geglaubt. Du bist nicht fähig, einen Mord zu begehen. Erzähl mir, was passiert ist.«

Eine ganze Weile war nur das leise Knistern des Feuers zu hören. Als Leathe Deborahs Arm berührte, schauderte sie und blickte zu ihm auf. »Weißt du, wer der Mann war, den ich getötet habe?«

Er nickte. »Albert Hollander, der Vetter unserer Stiefmutter. Vater sagt, du wärest mit ihm verlobt gewesen und hättest dann doch nicht heiraten wollen. Es wäre zum Streit gekommen, du hättest ihn angegriffen und ihn absichtlich die Treppe hinunter in den Tod gestoßen.«

»Das trifft nur zum Teil zu. Vater hat dir allerdings nicht verraten, daß er mich zu dieser Heirat zwingen wollte. Als ich mich wehrte, schlug er mich und sperrte mich in meinem Zimmer ein, um dann Albert zu mir zu schicken. Albert sollte mich vergewaltigen, damit ich mich daraufhin klaglos in mein Schicksal fügte. Er versuchte es auch, aber ich setzte mich zur Wehr. Ich lief weg, doch am Kopf der Treppe stellte er mich. Ja, ich ging auf ihn los. Ja, ich habe ihn auch gestoßen. Er fiel gegen das Treppengeländer. Es brach, und er stürzte zu Tode. Also bin ich wohl des Mordes schuldig.«

Leathes Gesicht war rot vor Zorn. »Das ist kein Mord! Und was ist das für ein Mann, der eine unschuldige Sechzehnjährige überfällt? Ich weiß, daß Vater uns beide haßte, aber was erhoffte er sich denn davon, daß er dich in eine ungewollte Ehe zwang?«

»Wenn du Albert gekannt hättest, wüßtest du es. Er war groß, dunkel und sah gut aus. Außerdem war er ein Schwachkopf, und das meine ich wörtlich. Er konnte nicht bis zehn zählen, konnte weder lesen noch schreiben. Meines Wissens kann ein Kind bei einer schwierigen Geburt solchen Schaden nehmen. Aber davon erfuhr ich erst, als es schon fast zu spät war.« Ihre Stimme klang immer erstickter. »Vater wollte verhindern, daß ich es merkte, bevor ich mit Albert verheiratet war.«

Leathe legte die Stirn in Falten. »Welchen Vorteil wollte er denn aus deiner Ehe mit einem Dummkopf ziehen? Für mich ergibt das alles keinen Sinn.«

Sie lächelte bitter. »Stephen, was geschieht mit dem Vermögen einer Frau, wenn sie heiratet?«

»Ihr Gatte verfügt darüber.«

»Und wenn der Gatte zu dumm ist, wer hat dann wohl die Kontrolle über das Vermögen?«

»Vermutlich der Dummkopf oder aber der, der seine Geschäfte führt.« Er verzog angewidert das Gesicht. »In diesem Fall wäre das natürlich Vater gewesen.«

Sie antwortete nicht, was auch nicht nötig war, und er fuhr fort: »Dann hätte er endlich das Vermögen in die Finger bekommen, das Mutter dir hinterlassen hatte.« Nachdem er die ganze schreckliche Tragweite des Gehörten begriffen hatte, sagte er hastig: »Es muß einen Ausweg geben. Wenn ich eine Möglichkeit finden würde, Vater zu zwingen, seine ...«

»Rede kein dummes Zeug. Natürlich würde Vater seine Anschuldigung zurücknehmen, sofern ich bereit bin, einen Mann seiner Wahl zu heiraten – einen anderen Albert. Er will mich nicht hängen sehen, er will mein Vermögen. Das hat er mir selbst gesagt.«

»Dann heirate doch einen Mann deiner Wahl. Damit nimmst du Vater den Wind aus den Segeln.«

»In dem Fall würde Vater mich vor Gericht stellen. Er ist durch und durch böse, das weißt du selbst. Außerdem, warum sollte ich einen Tyrannen gegen einen anderen austauschen? Ich will gar nicht heiraten.«

»Wie bitte? Niemals, Deb?« Er lächelte.

»Das kannst du fragen, obwohl du weißt, was für ein Leben Mutter führen mußte?«
»Nicht alle Männer sind wie Vater.«
»Ich will kein Risiko eingehen. Und überhaupt, wer würde denn das Risiko eingehen, mich zu heiraten, eine des Mordes Beschuldigte?«
»Es gibt einen Ausweg aus diesem Labyrinth, und ich werde ihn finden!«
»Nein! Laß die Finger davon! Ich stecke schon tief genug in Schwierigkeiten. Du hast gewiß auch von dem Mord an Lord Barrington gehört. Wenn all dies an die Öffentlichkeit kommt, werde zwangsläufig ich die Hauptverdächtige sein. Bitte, Stephen, wecke keine schlafenden Hunde.«
»Aber ... ich dachte, Lord Barrington wäre von einem Einbrecher getötet worden. Das sagte Meg jedenfalls.«
Sie war nicht fähig, ihm Einzelheiten über den Mord an Barrington zu erzählen. Sie war müde und verwirrt und sehnte sich nach ihrem Bett. »Das ist nur eine Theorie«, sagte sie. »Stephen, versprich mir, daß du nichts gegen meinen Willen unternimmst!«
Er versprach es nur widerwillig. »Du hast mein Wort. Aber wir werden eine Lösung finden, auch das verspreche ich dir.«
Daraufhin berichteten sie einander von den Erlebnissen der letzten Jahre. Als die Uhr die volle Stunde schlug, erhob Deborah sich widerstrebend. Es gab noch so viel zu sagen, so viel zu erfahren, doch es mußte noch warten.
Ihr Bruder brachte sie auf seinem Hengst zurück nach Channings. Als er sie auf dem Torweg absitzen ließ, konnte sie sich vor Erschöpfung kaum noch auf den Beinen halten.
»Ist dir aufgefallen«, fragte er, »daß wir kaum über Mutter geredet haben?«

Sie blinzelte zu ihm hinauf und griff nach seiner Hand. »Du siehst ihr so ähnlich.«
»Tatsächlich?« Seine Stimme klang rauh. »Wenn ich versuche, mir ihr Gesicht zu vergegenwärtigen, will es mir nicht gelingen. Es gibt kein Porträt von ihr. Nichts. Als hätte es sie nie gegeben.«
»Nein«, hauchte sie. »Ihre Erinnerung ist lebendig, solange wir beide noch atmen. Wir werden sie nie vergessen. Außerdem habe ich etwas, was einst ihr gehörte. Ihr Amulett. Erinnerst du dich? Sie schenkte es mir zum letzten Weihnachtsfest, bevor ... bevor sie fort mußte. Darin befindet sich eine Miniatur von ihr.«
»Darf ich sie sehen?«
»Ich habe das Medaillon nicht bei mir. Meine Freundin, Miss Hare, bewahrt es für mich auf. Wenn ich es wieder an mich nehmen kann, zeige ich es dir.«
»Wann wird das sein?«
Sie schüttelte den Kopf. Wenn Quentin in Sicherheit war, wenn sie in Sicherheit war, wenn, wenn, wenn.
»Schon gut, Deb, schon gut. Ich verstehe.«
Sie hob sich auf die Zehenspitzen, ergriff seine Rockaufschläge und zog seinen Kopf zu sich herab. Er legte den Arm um ihre Schultern und zog sie an sich, und sie hielten sich umfangen wie noch nie zuvor, nicht einmal in ihrer Kindheit.
Mit einem Lachen machte sie sich frei. »Geh jetzt!« sagte sie und wies in die Richtung des Dorfes. »Ich komme wieder, sobald ich kann.«
Als Pferd und Reiter in der Dämmerung verschwunden waren, schlüpfte sie durch eine Lücke in der Hecke und schlich am Torhaus vorbei. Das Haupthaus lag im Dunkeln, nur über dem Eingang brannte eine Laterne. Sie trat auf den Kiesweg

und atmete erleichtert auf, nur um dann einen Schreckensschrei auszustoßen, als eine ätzend scharfe Stimme sie begrüßte.

»Sehr eindrucksvoll«, sagte Gray. »Meg hat also recht. Leathe ist dein Liebhaber.«

Sechzehntes Kapitel

Hoch zu Roß dräute er über ihr, und das Spiel von Licht und Schatten auf seinem Gesicht gab ihm das Aussehen eines geisterhaften Ritters. Ihr blieb keine Gelegenheit, auf seine höhnischen Worte zu reagieren. Gray packte sie und zog sie vor sich in den Sattel. Ihr Muff aus Kaninchenfell rollte zu Boden. Deborah versuchte, sich seinem Griff zu entwinden, doch er drückte sie mit einem Arm fest an sich, und sie mußte einsehen, daß jegliche Gegenwehr sinnlos war.

»Ihr habt kein Recht ...«

»Ich habe jedes Recht«, fiel er ihr grob ins Wort. »Als Gast meiner Mutter stehst du unter meinem Schutz. Ich habe dich gewarnt. Du weißt, was geschieht, wenn du dich mir widersetzt.«

Sie schrie auf, als das Pferd einen Satz nach vorn machte. Zwar litt sie Todesängste, doch unter ihrer Angst begann bereits ein wilder Zorn zu schwelen. Wieder einmal nutzte Gray seine kräftemäßige Überlegenheit, um ihr seinen Willen aufzuzwingen.

Er ritt nicht zum Haus, wie sie erwartet hatte. Sie sprangen über eine Hecke und sprinteten mit halsbrecherischer Geschwindigkeit davon. Deborah schloß die Augen, lehnte sich an Grays Körper und umklammerte den Arm, der sie festhielt.

Als das Pferd das Tempo drosselte, schlug sie die Augen wieder auf. Ihr blieb kaum Zeit, den Umriß eines Hauses zu erkennen, bevor Gray vom Pferd sprang und nach Deborah griff. Ein Schlag auf die Flanke schickte das Tier in Richtung Stall.

»Das hier dürfte Sommerfield sein«, bemerkte Deborah. »Warum habt Ihr mich hierhergebracht?«

Seine Finger gruben sich schmerzhaft in ihren Arm; er zerrte sie rücksichtslos die Stufen hinauf. Als sie stolperte, riß er sie brutal hoch und zog sie mit sich ins Haus. »Meine Mutter hat ein weiches Herz«, sagte er. »Ich will nicht, daß sie sich wegen deines Geschreis grämt, wenn ich dir die Prügel verabreiche, die du dir selbst zuzuschreiben hast.«

Deborah warf den Kopf in den Nacken. »Wagt es, mich anzurühren, und Leathe wird Euch zur Verantwortung ziehen.«

Seine Augen sprühten in so wilder Gefühlsaufwallung, daß sie ihre unbedachten Worte gleich bereute. »Schön«, sagte er. »Es ist ohnehin an der Zeit, daß jemand diesem Grünschnabel eine Lektion erteilt.«

In der Halle erschien ein Diener, um die Tür aufzuhalten. Deborah zog ihre Kapuze tiefer ins Gesicht, um ihr Gesicht zu verbergen, und verkroch sich förmlich in ihren Mantel.

»Danke«, sagte Gray. »Ihr braucht die Wirtschafterin nicht aufzuwecken, Ames.« Eine Erklärung dafür, daß er zu so später Nachtstunde eine Frau ins Haus brachte, gab er nicht ab, sondern nahm nur einen Kerzenleuchter von einem Tisch und steuerte auf die Treppe zu. Deborahs Gesicht glühte vor Scham, als er sie hinter sich her zerrte.

Oben angelangt, öffnete er eine Tür und stieß Deborah in ein Zimmer. Gerade noch konnte sie ihren Sturz abfangen, prallte dann aber zurück, als sie sah, daß sie sich in einem Schlafzim-

mer befand, in einem eindeutig maskulinen Schlafzimmer mit dunklen Mahagonimöbeln und blau-beige gemusterten Bettvorhängen. Es war Grays Zimmer.
Sie fuhr heftig zu ihm herum und schrie: »Wie könnt Ihr es wagen, mich hierherzubringen!«
Sein Gesicht war eine starre Maske der Verachtung. »Ich habe keine unlauteren Absichten dir gegenüber, falls du das befürchtest. Selbst ich, degeneriert, wie ich sein mag, habe meine Grenzen. Ich habe noch nie im Leben eine Frau genommen, die frisch aus den Armen eines anderen Mannes kam. Dieses Zimmer kommt meinen Wünschen entgegen, weil wir hier unter uns sind. Niemand wird sich einmischen.« Er stellte den Kerzenleuchter ab, zog seine Handschuhe aus und warf den Mantel von sich. Langsam, gnadenlos schritt er auf Deborah zu. »Wie? Willst du dich nicht verteidigen, Deborah?«
Ihr Kopf war leer. Keine vernünftige Erklärung für das Zusammensein mit ihrem Bruder wollte ihr einfallen, und Schritt für Schritt wich sie vor Gray zurück, wobei sie peinlichst darauf achtete, einen Bogen um das Bett zu schlagen. Ihre Kehle war wie zugeschnürt, und ihre Stimme war nur ein rauhes Flüstern. »Was habt Ihr mit mir vor?«
»Dasselbe, was ich mit meiner eigenen Schwester tun würde. Ich werde dich übers Knie legen und die Aufsässigkeit aus dir rausprügeln. Dann werde ich Leathe aufspüren und Satisfaktion von ihm verlangen.«
Als er nach ihr griff, schrie sie auf und brachte sich auf der anderen Seite des Betts in Sicherheit. »Gray, Ihr irrt Euch! Leathe ist nicht mein Liebhaber.« Glücklicherweise begann ihr Gehirn, wieder zu arbeiten. »Ich habe ihn Megs wegen aufgesucht, wollte ihn zur Vernunft bringen.«
»Lügnerin«, schleuderte er ihr ins Gesicht. »Ich habe gesehen, wie du ihn geküßt hast!«

»Es war ein ganz unschuldiger Kuß. Hart küßt mich doch auch, oder? Und Nick? Es war völlig harmlos! Warum glaubt Ihr mir nicht?«
»Weil ich weiß, daß du eine geübte Lügnerin bist, aber bis heute abend habe ich dich immerhin noch nicht für eine Schlampe gehalten.«
Das grobe Schimpfwort ließ Deborahs Wut so hitzig aufwallen, daß es ihr die Sprache verschlug. Als sie ihre Stimme wiederfand, klang sie leise und giftig. »Das wagt Ihr, zu mir zu sagen, Ihr ... Heuchler! Wer unterhält denn für seine zahlreichen Frauen ein Haus in Hans Town? Wer entschädigt seine abgelegten Mätressen mit einem goldenen Armband?«
Er holte wild mit einer Hand aus. »Das ist etwas völlig anderes. Diese Frauen sind Kurtisanen von Beruf. Sie geben auch nicht vor, etwas anderes zu sein.«
»Wer lügt hier?« Ihre Stimme war beinahe zu einem Kreischen angeschwollen. »Ihr habt Helena Perrin ein rubingeschmücktes Goldarmband gegeben. Das habe ich mit meinen eigenen Augen gesehen, und Meg hat mir zugezwinkert, als wäre es ein köstlicher Scherz. Und Helena ist eine respektable, verheiratete Frau.«
Bevor sie ihm ausweichen konnte, war er übers Bett gesprungen und hielt ihre Schultern mit eisernem Griff umklammert. Er schüttelte sie so heftig, daß ihr die Kapuze vom Haar glitt. »Helena hat zahlreiche Liebhaber. Daß ich einer von ihnen war, hat nichts zu sagen. Das geschah, bevor ich dich kannte.«
»Was sagt Ihr da? Es hätte keine Frau mehr in Eurem Leben gegeben, seit Ihr mich kennt? Ihr lügt schon wieder! Ihr habt dieses Hurenhaus in Wells besucht und wart so unverfroren, diese ... diese Edelsteine zu Eurem Vergnügen nach Hause zu bringen. Ich war dabei und weiß, was ich gesehen habe.«
Allmählich verlosch das wütende Funkeln in seinen Augen. Er

starrte Deborah lange an, als wäre urplötzlich eine ihn blendende Einsicht über ihn gekommen. Schließlich ließ er die Hände sinken und trat einen Schritt zurück. Als er sprach, enthielt seine Stimme keinen Zorn, sondern nur eine gewisse Erschöpfung.

»Bist du deswegen zu Leathe gegangen? Um es mir in gleicher Münze heimzuzahlen? Das war allerdings völlig überflüssig. Ich kann nur wiederholen: seit ich dich kenne, bin ich mit keiner Frau mehr zusammengewesen.«

Er wandte sich ab und ging zu einem der Fenster. Ihr den Rücken zukehrend, sagte er: »Ich lasse nicht zu, daß du zu ihm gehst, Deborah, komme, was wolle. Der Junge ist zu wild, zu tollkühn.« Er stieß ein leises Lachen aus. »Ich habe mich zurückgehalten, weil ich dachte, du wärst zu gut für mich, ich wäre deiner unwürdig. Teufel auch, du hast mich deutlich genug spüren lassen, daß du auch so denkst. Und dann fängt einer wie Leathe dich ein. Ich fürchte, ich werde die Frauen nie verstehen.«

»Ich habe nie geglaubt, ich wäre zu gut für Euch, zumindest nicht so, wie Ihr denkt. Ihr habt mich entführt! Ihr habt mir Angst und Schrecken eingejagt! Meistens weiß ich einfach nicht, was ich von Euch halten soll.«

»Ich habe das alles erklärt, aber was ich sage, hat ja keinerlei Bedeutung. Wenn du nicht weißt, daß ich dir niemals weh tun würde, dann hast du recht: dann kennst du mich wirklich nicht.«

Als ihre Wut verrauchte, lichtete sich allmählich auch die Verwirrung und machte dem Verstehen Platz. Sie konnte kaum glauben, was ihr Gehirn ihr verriet. Ihre eigene Eifersucht überraschte sie nicht, aber sie hatte nie gewagt zu glauben oder zu hoffen, daß sie Gray tatsächlich etwas bedeutete. Jetzt mußte sie es wissen.

Ihre Stimme war kaum mehr als ein Flüstern. »Gray, seid Ihr eifersüchtig auf Leathe?«

Er antwortete nicht, sah sie nicht an, sondern stand nur reglos da und starrte in die dunkle Nacht hinaus. Sie spürte das Brennen von Tränen in ihren Augen, und ein bittersüßer Schmerz schnürte ihr die Kehle zusammen und breitete sich langsam in ihr aus. Sie machte einen Schritt auf Gray zu, dann noch einen, und mit jedem Schritt wurde alles klarer und einfacher für sie. Als ihre Röcke seine Beine streiften, blieb sie stehen. »Leathe ist nicht mein Liebhaber«, sagte sie. »Es ist nicht so, wie du denkst.«

Er drehte sich zu ihr um. »Nicht? Dann erkläre mir alles so, daß ich es begreifen kann.«

Ihr Entschluß war bereits gefaßt. Sie hob sich auf die Zehenspitzen und zeichnete mit den Fingern seine Lippen nach. Das hatte sie schon so lange tun wollen. Unter der zarten Berührung versteifte sich sein Körper. »Gray«, sagte sie, »Leathe und ich kennen uns, seit wir Kinder waren. Er ist wie ein Bruder für mich. Ich habe noch nie einen Geliebten gehabt. Ich habe immer nur einen einzigen Mann gewollt, doch er weist mich immer wieder ab.«

»Wer ist er?« fragte Gray heiser.

Ihre Grübchen wurden sichtbar. »Wer ist er?« äffte sie ihn nach. »Du bist es, du verflixter Dummkopf. Gray, bitte weise mich diesmal nicht zurück. Ich fürchte, ich könnte es nicht ertragen.«

»Dich zurückweisen?«

Sie nickte. »Ich warne dich jetzt, ich will dich haben, und du kannst nichts dagegen tun.«

Er war wie versteinert, und ihre Zuversicht wollte sie verlassen. Hatte sie ihn falsch verstanden? Dann sah sie das hilflose Verlangen in seinen Augen, und sie seufzte leise. Wie es geschehen war, wußte sie nicht, aber sie spürte, daß die Macht, die er in ihrer Beziehung ausgeübt hatte, auf sie übergegangen war. Das stärkte ihr Selbstvertrauen. Es stimmte sie milde und großzügig in ihrem Sieg.

Sie legte eine Hand um seinen Nacken und zog seinen Kopf zum Kuß zu sich herab. Seine Augen blieben offen, blickten sie fassungslos an. »Hab doch keine Angst«, flüsterte sie. »Diesmal verspreche ich, dich nicht zu beißen.«

Ihre Lippen strichen leicht über seinen Mund, und als er nicht reagierte, rückte sie näher an Gray heran, schmiegte sich fest an seinen Körper. Sie streichelte seine Brust und seine Schultern und fühlte, wie sich seine harten Muskeln unter ihren Fingerspitzen anspannten. Er war schlank, hart und kraftvoll, doch sie hatte nichts zu fürchten. Er würde seine rohe Kraft nicht als Waffe gegen sie einsetzen. Seine Drohungen waren leer, wie immer, und nachdem Deborah dies nun erkannt hatte, würde sie ihn nie mehr fürchten.

Sie vertiefte den Kuß und teilte mit der Zungenspitze seine Lippen. Als er den Atem anhielt, lachte sie leise an seinem Mund, dann bewegten sich ihre Lippen und forderten seine Unterwerfung.

Gray ballte die Hände an seinen Seiten zu Fäusten. Sie wußte ja nicht, was sie tat, ahnte nicht, was sie in ihm auslöste. Seine Worte hatten sie irgendwie zu der Überzeugung gebracht, daß er harmlos war wie ein Kätzchen. Sie hatte keine Angst mehr vor ihm. Doch sie würde Angst bekommen, wenn er seinen niederen Instinkten nachgab. In den letzten Stunden hatte er die Hölle durchlebt, als er sich Deborah in Leathes Armen vorstellte. Sein Gefühlsleben befand sich noch immer in wildem Aufruhr. Die mörderische Wut hatte sich in den unerbittlichen Entschluß verwandelt, diese Frau zu beherrschen. Er war nicht harmlos. Er war brandgefährlich. Er wollte ihr die Kleider vom Leibe reißen und sie aufs Bett werfen. Er wollte sie unter sich haben, sie zwingen, ihm alles zu geben, und das war nur der Anfang von allem, was er von ihr wollte. Mit ihr wollte er so intim sein wie mit keiner anderen Frau zuvor. Wenn sie nur geahnt hätte, wie verzweifelt er sie begehrte, hätte sie ihn nicht mit so großen, vertrauensvollen Augen angesehen. Dann wäre sie schreiend aus dem Zimmer geflüchtet, und wenn er sich nicht gewaltig zusammenriß, würde sie im nächsten Moment genau das tun. Indem er seine geballte Willenskraft zusammennahm, zwang er sich, unter ihrer unschuldigen, forschenden Berührung passiv zu bleiben.

»Nimm mich in die Arme«, flüsterte sie. »So, und jetzt küß mich.«

Er gehorchte, doch schon entwarf er im Geiste eine Strategie. Das Bett war bereit, das Zimmer lag weit genug entfernt vom Dienstbotentrakt, um keine Störung ihrer Privatsphäre fürchten zu müssen. Noch vor Morgengrauen konnte er sie nach Channings zurückbringen, und niemand würde je etwas erfahren. Das Folgende würde sich dann von selbst ergeben: die Verlobung, die Feste und Bälle zu ihren Ehren, die Hochzeit. Eines allerdings mußte er ihr unbedingt sehr nachdrücklich klarmachen: er hielt nichts von einer langen Verlobungszeit.

Sie beendete den Kuß und lächelte zu ihm auf. Sie spürte seine Unsicherheit, und das gefiel ihr. Es ließ sie kühner werden.

»Ich finde«, sagte sie, »im Bett hätten wir es viel gemütlicher.«

Lust wallte in ihm auf, mit solcher Macht, daß ihm schwindelte. Er zügelte sie und zwang sie nieder. Diesmal würde er Deborah nicht verschrecken. Diesmal würde er sie nehmen, und wenn es bedeutete, daß er vorsichtig sein mußte, sollte es ihm bis zu einem gewissen Punkt recht sein. Schließlich hatte sie ihn wissen lassen, daß es das erste Mal für sie sein würde, und er glaubte ihr. Ein Mann, der seine Leidenschaft nicht beherrschte und seine Frau mit der äußersten Zurückhaltung behandelte, war nicht besser als ein Tier. Selbst dann würde er ihr Schmerzen zufügen. Wußte sie das?

Er legte eine Hand zärtlich unter ihr Kinn und hob ihr Gesicht zu sich auf, um schmetterlingszarte Küsse auf ihre Augen, ihre Nase, ihre Wangen zu hauchen. »Ich werde sehr, sehr behutsam mit dir sein«, versprach er leise. »Du brauchst nicht zu fürchten, daß ich dir absichtlich weh tun würde.«

Sie lächelte ihn an. »Ich vertraue dir bedingungslos, Gray. Und ich werde sehr, sehr behutsam mit dir sein.«

Er öffnete den Mund und klappte ihn rasch wieder zu. Er hatte sie gewarnt, und mehr konnte man von einem Mann wohl nicht verlangen. Sein Gewissen war rein. Außerdem konnte er ihr nicht in allen Einzelheiten erklären, was sie zu erwarten hatte, denn er hatte selbst nicht die geringste Ahnung. Er hatte noch nie eine Jungfrau defloriert.

»Was ist so lustig?« Sie forschte in seinem Gesicht.

Er drückte einen Kuß in ihre Handfläche. »Soviel ich weiß, kann das erste Mal für eine Frau vielleicht ein bißchen enttäuschend sein.«

»Dann werden wir es wohl ein zweites Mal versuchen müssen, oder?«

Er senkte die Lider. Sie würden es ein zweites Mal versuchen, das stand außer Frage, und dann würde er es auf seine Art tun.

»Darf ich vorschlagen, ein Feuer anzuzünden? Es ist recht kühl.«

»Ein Feuer?« Ihr Blick folgte dem seinen zum Kamin, wo Zunder und Scheitholz bereitlagen und nur noch auf den Funken warteten, der sie entzünden sollte. Sie genoß es, wie er auf ihr Wohlergehen bedacht war, genoß es, wie er sie umsorgte. Lächelnd nahm sie eine Kerze aus dem Leuchter und hielt die Flamme an das zusammengeknüllte Papier unter dem Zunder. Als das Feuer knisternd aufflackerte, stellte sie die Kerze zurück und sah, daß Gray bereits auf dem Bett saß. Er hatte seinen Rock ausgezogen und löste seine Halsbinde.

»Zieh deinen Mantel aus«, sagte er. »Dann wird dir wohler.«

Blitzartig kamen Erinnerungen daran, wie ihr Entführer ihr befohlen hatte, alle Kleider abzulegen, doch da lächelte er auf diese ihm eigene Art, und die Bilder verblaßten. Sie sah nur noch Gray.

Die Augen groß auf ihn gerichtet, knöpfte sie ihren Mantel auf und warf ihn über eine Sessellehne. Hinter ihr knisterte das Feuer, und die Flammen färbten die Wände mit einem rötlichen Licht. Dadurch wirkte der Raum kleiner, wärmer, und Deborahs Haut heizte sich auf. Sie roch den schwachen Duft der Blütenmischung in der Glasschale neben dem Kamin und des Rosenwassers, mit dem sie sich nach ihrer Abendtoilette besprenkelt hatte. Ihre Sinne schärften sich, sie nahm noch manches andere wahr. Grays Brustkorb hob und senkte sich, sein Atmen war hörbar. Ihr eigener Atem stockte und wurde flach und unregelmäßig.

Er hob beide Hände. »Komm zu mir«, sagte er.

Ohne zu zögern ging sie zum Bett und nahm seine dargereichten Hände. Es bedurfte nur eines kleinen Rucks, und schon lag sie, halb über ihn geworfen, auf dem Bett. Sie roch die Stärke seines Hemdes und seinen sauberen männlichen Duft, und dann erhob sie sich ein wenig und suchte seine Lippen, während sein Kopf sich senkte.

Es war so leicht, so warm und süß, daß sie sich wunderte, warum sie jemals Angst davor gehabt hatte. Nie hätte sie erwartet, daß Gray solcher Zärtlichkeit fähig sein könnte. Aber sie hätte es wissen müssen. Sie hatte inzwischen genug

Zeit mit ihm verbracht, um zu wissen, daß er grimmig wie ein Löwe und sanft wie ein Lamm sein konnte. *Mein Löwe, mein Lamm*, dachte sie verträumt und stieß einen leisen, wohligen Seufzer aus.

Stöhnend zog er sie enger an sich, wälzte sich mit ihr auf dem Bett, bis sie sich seitlich gegenüberlagen. Er wollte nicht, daß sie seine Erektion oder die Last seines Körpergewichts spürte, wollte nicht, daß sie sich seiner übermächtigen Kraft bewußt wurde. Mit unbarmherziger Strenge zügelte er den Wilden, der in ihm wohnte, damit sie sich sicher fühlte und ihn als Partner akzeptieren konnte. Während seine Hände an ihrem Rücken hinaufglitten und Knöpfe öffneten, lenkte er sie durch einen innigen Kuß davon ab.

Niemand hatte ihr gesagt, daß Küssen so sein könnte. Seine Zunge war zwischen ihren Lippen hindurchgeschlüpft und erforschte behutsam das Innere ihres Mundes, stieß vor und zog sich zurück, forderte sie auf, es ihm gleichzutun. Als sie ihm zögernd gehorchte und mit der Zunge seinen Gaumen abtastete, fuhr er zurück, als hätte sie einen Dolch in sein Fleisch gestoßen.

»Entschuldige«, schrie sie auf und betrachtete ihn voller Angst, »ich bin nicht sehr gut in diesen Dingen.«

Er atmete schwer. »Du bist weit besser, als du selber weißt«, sagte er und preßte sie an sich.

Seine Küsse wurden heißer und feuchter. Das Streicheln seiner Hände war nicht mehr nur tröstlich, sondern vielmehr erotisch. Ihre Haut glühte so, daß sie dankbar war, als er das Kleid von ihren Brüsten streifte und dann über ihre Hüften, bis es irgendwo auf dem Boden lag. Weniger dankbar war sie jedoch, als ihr Hemdchen den gleichen Weg gehen sollte. Plötzlich war sie verlegen und sicherte das Hemd mit verkrampften Fingern über ihrer Brust.

Er ließ sie gewähren, versuchte nicht, ihre Finger zu lösen. Er legte einfach seine Lippen über der Seide auf eine zarte Brustspitze und dann auf die andere, reizte sie mit Zunge und mit Zähnen, und während sie vor Lust keuchte, befreite er sie von ihren Unterhosen.

Stumm sah sie zu, als er aufstand und anfing, seine Kleider abzulegen. Kein Wort wurde gesprochen, doch zwischen ihnen knisterte Hochspannung. Er zog sich nicht vollständig aus, behielt sein langes Unterhemd an. Es fiel ihm bis auf die Knie, und der Anblick der haarigen Beine unterhalb des Saumes ließen Deborahs Lippen zucken.

Gray lächelte ebenfalls, als hätte er wieder einmal ihre Gedanken gelesen. Eine Weile spielte er mit den Knöpfen seines Hemds, schien dann jedoch zu einem Entschluß zu kommen. »Nein, noch nicht«, sagte er und streckte sich neben Deborah auf dem Bett aus.

Ihre Enttäuschung versetzte sie selbst in Erstaunen. Natürlich war sie neugierig. Sie hatte noch nie einen nackten Mann gesehen, abgesehen von den weißen Marmorstatuen in Belvidere. Sie vermutete, daß er Rücksicht auf ihre Keuschheit nahm, und war tief gerührt.

Als er sprach, klang seine Stimme sehr ernst und sehr nüchtern, und das ließ sie aufhorchen. »Ich sagte bereits, daß das erste Mal für eine Frau manchmal, nein, meistens, eine Enttäuschung ist. Aber ich will, daß es unübertroffen für dich wird, Deb. Ich habe mir nie im Leben etwas so dringlich gewünscht.« Er flocht seine Finger in ihr Haar und küßte sie heiß, durchwühlte ihren Mund, um ihr einen Vorgeschmack auf das Kommende zu geben. »Vertrau mir, gib dich mir hin, und dann, das verspreche ich dir, wird es leichter für dich.«

Wird es leichter für dich? In einem versteckten Winkel ihres Bewußtseins gaben seine Worte ihr zu denken, doch sie

konnte das Rätsel jetzt nicht lösen. Seine Hände waren unter ihr Hemdchen geglitten und streichelten die Innenseite ihrer Schenkel. Ihr Atem stockte, und dann schnappte sie nach Luft, als seine Finger sie fanden und sanft erforschten. Zeit existierte nicht mehr. Sie spürte nichts mehr außer der Lust, die er so geschickt in ihr erweckte. Seine langsamen, unablässigen Liebkosungen zwischen ihren Schenkeln ließen sie nicht mehr los, und ihr gesamter Körper spannte sich, das Unglaubliche vorwegnehmend, voller Erwartung an.
Sie versuchte, ihn über sich zu ziehen. Er wehrte sie ab, bestand darauf, daß sie nebeneinander liegenblieben. Seine Hand schloß sich um ihre Kniekehle und zog ihr Bein über seine Hüfte. Sein Brustkorb hob und senkte sich heftig, während er sie streichelte und versuchte, den engen Zugang für seine endgültige Inbesitznahme zu dehnen.
»So ist es leichter beim ersten Mal«, flüsterte er beschwichtigend.
Sie war so mitgerissen von ungeahnter Leidenschaft, daß sie die Warnung nicht verstand. Er schlang einen Arm um sie, hielt sie wie in einem Schraubstock. Die andere Hand an ihrem Bein rückte sie in die richtige Stellung. Dann wurde sie erfaßt von dem brennenden, dehnenden Gefühl, als er ihren Körper in Besitz nahm. Mit einem Kuß erstickte er ihren Schrei. Sie konnte sich nicht bewegen, konnte ihn nicht abschütteln, und ihre Gegenwehr schien nur zur Folge zu haben, daß er noch tiefer in sie eindrang. Sie spürte etwas zerreißen, einen scharfen Schmerz, und dann war die Qual vorüber.
Gray hatte sich streng unter Kontrolle. Als er spürte, wie Deborahs Körper sich entspannte, hob er den Kopf. Tränen glitzerten an ihren Wimpern, und er küßte sie fort. Er ließ ihr keine Zeit, etwas zu sagen, keine Zeit zum Denken. Statt

dessen preßte er sie an sich, wälzte sie auf den Rücken und erhob sich über sie, begann, sich zu bewegen, langsam zunächst, vorsichtig, in dem Versuch, ihr eine Reaktion zu entlocken.
Seine Geduld wurde belohnt. Ihr Atem verhielt, als eine Woge der Lust sie überrollte, und sie drängte sich ihm entgegen. Sie stöhnte. Er lächelte. Voller Euphorie steigerte er die süße Qual, trieb sie Schritt für Schritt bis an die Grenze des Selbstvergessens. Als diese erreicht war, bäumte sie sich unter ihm auf und schrie hilflos und losgelöst auf. Er hielt inne, um ihr Gesicht betrachten zu können. Ihre Augen verschwammen; sie warf den Kopf von einer Seite zur anderen. Ihre Hände an seinen Schultern öffneten und schlossen sich im Rhythmus ihres Orgasmus. Sie stöhnte seinen Namen, und ihr verzweifeltes Flehen war mehr, als er ertragen konnte. Als ihn die Verzückung packte und ihn über die Wolken trug, erstickte er seinen rauhen Triumphschrei an ihrem Hals.

Siebzehntes Kapitel

»Ich hatte gehofft, dir nicht weh zu tun.«

»Hm?« Deborah schlug langsam die Augen auf und blickte um sich. Das Feuer im Kamin flackerte munter – offenbar waren frische Scheite nachgelegt worden – und Gray, inzwischen im Schlafrock, stand am Waschtisch und goß aus einem Porzellankrug Wasser in ein Becken. Sie lag unter der Bettdecke und erinnerte sich schwach, daß Gray sie dorthin gebettet hatte, als sie im Begriff war, einzuschlummern.

»Ich hatte gehofft, dir nicht weh zu tun«, wiederholte er und sah zu ihr hinüber.

Das Lächeln in seinen Augen gab ihr ein warmes Gefühl. Sie streckte sich genüßlich und lächelte zurück. »Du hast mich dafür entschädigt«, sagte sie.

»Ich wollte, daß es perfekt für dich war.«

Sie warf einen Blick auf das Becken mit Wasser, das er auf dem Tisch neben dem Bett abgestellt hatte. »Es war das allerschönste Erlebnis meines Lebens. War es ... war es auch für dich perfekt?«

Er lachte leise. »Nicht ganz. Ich hoffe nur, daß ich so etwas nie wieder durchstehen muß.«

Sie war, gelinde gesagt, enttäuscht und schmollte beinahe. »Was habe ich falsch gemacht?«

Er setzte sich auf die Bettkante und hob ihre Hand an seine Lippen. Mit dreistem Funkeln in den Augen knabberte er erst an einem, dann an einem anderen Finger. »Du hast gar nichts gemacht. Es war das erste Mal für dich. Deshalb war es für mich ja so schwer. Beim nächsten Mal wird es für uns beide besser sein.«

Jetzt schmollte sie tatsächlich. Er war erfahrene Frauen gewöhnt, Frauen, die genau wußten, was einem Mann im Bett gefiel. Sie wäre gern eine von ihnen gewesen, um es für ihn perfekt machen zu können.

Er hatte einen ihrer Finger in den Mund genommen und sog kräftig daran. Sie spürte das Ziehen seiner Lippen, als würden sie ihre Brustwarzen umfangen. Geistesabwesend rieb sie mit dem Arm über ihre Brust, um das Pochen dort zu stillen. Es wurde nur noch intensiver, und sie stieß einen bebenden Seufzer aus. Sie wollte nicht ungeschickt oder unfähig erscheinen. Sie wollte ihm Lust bereiten. Sollte sie auch an seinen Fingern saugen?

Der Gedanke verflüchtigte sich. Gray liebkoste jetzt ihr Ohr, schob sanft den Finger hinein und zog ihn wieder zurück. Was ihr dabei in den Sinn kam und nicht das geringste mit Ohren gemein hatte, war wohl sehr verworfen. Von ihren Ohren aus schoß ein hitziger Strahl hinab in ihren Schoß, wo ein neuerliches Pochen einsetzte. Deborah wand sich und unterdrückte ein Wimmern. Ihr war so heiß, sie glaubte, ihre Knochen schmelzen zu fühlen. Wenn es so weiterging, würde sie gewiß das Bett in Brand setzen.

Sie sammelte sich, so gut sie konnte, und versuchte, zur Normalität zurückzufinden. Sie deutete auf das Becken mit Wasser. »Ist das für mich?«

»Ja«, antwortete er.

Sie fuhr zusammen, als er plötzlich das Bettzeug wegzog. Ihr

Hemdchen hatte sich bis zur Taille hochgeschoben, und sie griff nach dem Laken, um sich zu bedecken. Er hinderte sie daran.

»Du warst noch Jungfrau«, sagte er. »Warte, gleich fühlst du dich besser.«

Ihre Augen verfolgten seine Blickrichtung, und sie errötete, als sie das getrocknete Blut an ihren Schenkeln sah. Doch das war nebensächlich im Vergleich zu der Erkenntnis, was Gray plante, als er einen Waschlappen naß machte und auswrang. Sie nahm die Knie zusammen und schüttelte den Kopf. »O nein«, sagte sie, »o nein.«

Seine Stimme war sehr leise und klang leicht belustigt. »Intimität, Deborah. Das ist ganz natürlich, wenn zwei sich lieben. Du mußt deswegen nicht schockiert sein.« Er hielt kurz inne und sagte dann noch weicher: »Zur Liebe gehört viel mehr als nur die körperliche Vereinigung. Ich möchte deinen Körper so intim kennenlernen wie meinen eigenen, und ich möchte, daß du mich genauso intim kennst.«

Seine Worte hatten eine verheerende Wirkung auf sie. Ein Gefühl des Schmelzens breitete sich von ihrem Unterleib bis in die Finger- und Zehenspitzen aus. Ihre Gliedmaßen waren wie schwerelos, und ihr Atem wurde flach und unregelmäßig. Als er ihre Beine öffnete, eines über seinen Schenkel legte und sich ihren Körper zugänglich machte, warf sie den Kopf zurück.

Der Waschlappen war warm, beinahe heiß, und verschwommen wurde ihr klar, daß Gray wohl eigenhändig heißes Wasser aus dem Untergeschoß geholt hatte. Um diese Nachtstunde war schließlich kein Dienstbote mehr auf den Beinen.

»Deborah«, sagte er. »Zieh dich für mich aus. Ich möchte dich nackt sehen.«

Die Worte kamen ganz von selbst. »Nie zuvor hat mich jemand nackt gesehen.«

»Doch, ich. Einmal. Als ich dich entführte. Du hast geschlafen, und ich wollte deine Verletzungen untersuchen. Dein Bild hat sich in mein Bewußtsein eingebrannt. Du hast keine Ahnung, welche Qualen ich seitdem gelitten habe, wenn ich dich sah und wußte, was sich unter deinen Kleidern verbirgt.«

Deborah litt Qualen eigener Art. Der Waschlappen zwischen ihren Beinen rieb, drang sanft in sie ein, teilte seinen forschenden Fingern die zarten Falten ihrer Weiblichkeit. Erneut schoß eine Hitzewelle durch ihren Körper. Deborah erstickte ein Stöhnen und griff nach dem Saum ihres Hemdes. Sie wollte es sich über den Kopf ziehen, als sie seine Finger in sich spürte. Da war sie kaum in der Lage, Luft zu holen.

»Du bist so wunderschön gestaltet«, sagte er. »Wirklich lieblich. Besonders hier.« Er teilte ihre Schamlippen.

Sie warf ihr Hemd zu Boden und keuchte, als wäre sie eine endlose Treppe hinaufgestürmt. Er lächelte träge und verbarg seine Gedanken hinter halb geschlossenen Lidern.

»Ist dir warm, Deborah?«

Ihr war heiß wie in der Hölle, doch das konnte sie ihm nicht sagen. Es war zu peinlich. »Eigentlich«, sagte sie, »finde ich es ein bißchen kühl hier.«

»Dann müssen wir dich aufwärmen.«

Es war unmöglich. Doch dann stellte sie fest, daß es sehr wohl möglich war. Er küßte ihren Unterleib und fuhr mit den Lippen abwärts, immer weiter nach unten bis zum Dreieck rötlich dunklen Haars zwischen ihren Schenkeln. In staunender Faszination sah sie zu, wie er sie dort küßte, dort an der verborgenen Stelle zwischen ihren Beinen. Das war der Gipfel der Intimität. Es war verdorben. Es war verworfen. Und es machte sie wild vor Begehren. *Küsse.* Sie erinnerte sich seiner Zunge, die in ihren Mund vorstieß, und obwohl er in diesem Augenblick nichts weiter tat, als sie sanft mit der Zungenspit-

ze zu berühren, erledigte ihre Phantasie den Rest. Sie schrie auf und wölbte den Rücken wie einen straff gespannten Bogen, so daß sein Gesicht zwischen ihren Schenkeln versank.
Für einen Augenblick erstarrten sie beide. Gray regte sich als erster. Als er langsam den Kopf hob, um sie anzusehen, und das Glühen in ihren Wangen bemerkte, lachte er zwar nicht, doch seine Heiterkeit war nicht zu übersehen.
»Ah«, sagte er. »Wie ich sehe, hast du es schon erraten. Himmel, du führst mich in Versuchung. Aber nein, lieber nicht. Noch nicht.«
Sie konnte ihre Enttäuschung nicht verbergen. »Das war alles? Du willst nicht ... naja, ... zu Ende führen, was du angefangen hast?«
»Was meinst du wohl?« sagte er.
Er lächelte über ihren Eifer, stand geschwind auf und schlüpfte aus seinem Schlafrock. Dann drehte er sich zu ihr um.
Zwar hatten sie sich schon einmal geliebt, aber jetzt sah sie ihn zum ersten Mal nackt vor sich. Langsam ließ sie den Blick über seinen Körper wandern. Ihr erster Eindruck war der von purer männlicher Schönheit, doch als ihr Blick verharrte, die Breite seiner Schultern maß, die festen Muskeln und sein vorspringendes Glied, da wurde sie sich seiner Kraft und Stärke überdeutlich bewußt. Sie fürchtete sich nicht; sie war fasziniert. Während des Liebesakts war all diese Kraft und Schönheit ihrer Macht unterworfen.
Sie fuhr mit der Zungenspitze über ihre Lippen und sah zu Gray auf.
»Was?« fragte er mit gerunzelter Stirn.
Er wirkte merkwürdig unsicher, als hätte er Angst, daß ihr nicht gefallen könnte, was sie da sah, und das rührte sie. »Hätte ich gewußt, was *du* unter deinen vornehmen Kleidern

verbirgst, wärst du schon bedeutend früher von mir verführt worden.«
Er lachte und ließ sich neben ihr nieder. »Du hast mich nicht verführt. Zur Verführung gehört Abwehr, aber ich begehre dich schon seit langer, langer Zeit.« Sie sah ihn zweifelnd an, und er nickte und fuhr fort: »Beinahe schon beim ersten Sehen, damals in Miss Hares Salon inmitten all dieser grauenvollen Mädchen. Die tanzten dir auf der Nase herum, und ich war sehr versucht, ihnen die Ohren langzuziehen.«
Sie wob ihre Finger in sein Haar. »Ich glaube, ich habe mein Herz an jenen netten Mr. Gray verloren.«
Er küßte sie sanft. »Aber als du in Wells, in der Kathedrale, vor mir davongelaufen bist, da wußte ich erst richtig, daß es um mich geschehen war. Weißt du das noch?«
»Wie sollte ich das je vergessen?« Sie hörte auf, mit seinem Haar zu spielen. »Ich hatte panische Angst vor dir.«
»Ich weiß.« Er küßte sie auf den Mund, und ihre Lippen wurden ganz weich. »Und ich war wütend, weil du kein Vertrauen zu mir hattest. Ich dachte nicht allein an Quentin. Ich glaube, schon zu dem Zeitpunkt wußte ich, daß ich dich nicht mehr würde vergessen können.«
Sie zog die Stirn in Falten, und da er Widerrede fürchtete, küßte er sie rasch. Als sie unter ihm ganz locker wurde, liebte er sie richtig. Er beugte sich hinunter und nahm ihre Brustspitze in den Mund, saugte zuerst sanft und dann kräftiger, als er ihre Reaktion spürte. Seine Finger strichen über ihr Schamhaar und glitten dann in sie hinein. Er fühlte die feuchte Hitze, die ihn erregte und ihm gleichzeitig Sicherheit gab, und dann erhob er sich auf die Knie. Sie war feucht und bereit, ihn zu empfangen.
»O Gray«, sagte sie. »O Gray«, und sie streckte die Arme nach ihm aus.

Er zog sie hoch auf die Knie, ihm zugewandt. »Du bist an der Reihe. Faß mich an, Deb. Bereite mir Lust. Ich habe dir gezeigt, wie einfach es ist.«
Ihr Blick wurde magisch angezogen von seiner Erektion. Sie hatte nicht die geringste Ahnung, wie einem Mann Lust bereitet werden konnte, vermutete jedoch, daß es sich kaum von dem unterschied, was ein Mann mit einer Frau machte. Sie packte sein steifes Glied mit beiden Händen – weiter kam sie nicht.
Gray fuhr hoch wie von der Tarantel gestochen. Sie wurde zurückgeschleudert, und er fing sie gerade noch auf, bevor sie zu Boden stürzte.
»Was habe ich getan?« schrie sie auf und hielt sich an seinen Schultern fest.
»Was du getan hast?« Er fing an zu lachen. »Du hast mich um ein Haar kastriert, verdammt noch mal! Wie eine Schraubzwinge haben deine Finger mich umklammert. So.« Er nahm ihre Hand und führte sie an sein hartes Glied. »Sanft«, sagte er. »Ganz behutsam, so etwa.« Er legte ihre Finger um sein Geschlecht und zeigte ihr, wie er es wünschte.
Sie war fasziniert von dem Gefühl glatter, seidiger Haut unter ihrer Hand, war fasziniert davon, wie sein Glied unter ihren sanften Zärtlichkeiten pulsierte und sich regte. Mit großen Augen blickte sie zu Gray auf. Seine Nasenflügel bebten, seine Wimpern zuckten, sein Mund war leicht geöffnet, und sie hörte sein heftiges Atmen.
»Küß mich«, verlangte er.
»Wo?« fragte sie.
Er öffnete ein Auge, und als er erkannte, daß ihre Frage ernst gemeint war, wälzte er sich auf den Rücken und legte eine Hand über die Augen. Seine Schultern bebten. »*Wo*, will das wollüstige Weib wissen«, prustete er. »O Gott, welcher Mann hat soviel Glück!«

Sie hatte genug davon, das Opfer seiner Heiterkeitsausbrüche zu sein. Ein einfühlsamerer Liebhaber hätte gewußt, daß sie überhaupt keine Ahnung davon hatte, was von ihr verlangt wurde. Ein einfühlsamer Liebhaber hätte ihre Frage beantwortet. Mit einem Schnauben, das ihren verletzten Stolz zum Ausdruck brachte, schickte sie sich an, vom Bett zu steigen. Er stürzte sich auf sie und wälzte sich über sie. Böse sah sie zu ihm auf und öffnete schon den Mund, um ihn zurechtzuweisen, doch ihr blieb keine Gelegenheit dazu. Er fuhr auf sie herab und brachte sie mit einem Kuß zum Schweigen. Sie schlang die Arme um seinen Nacken und erwiderte den Kuß. Er gab ihren Mund frei und verbarg sein Gesicht an ihrem Hals. »So ist es noch nie gewesen. Ich hätte mir nie träumen lassen, daß es eine Frau wie dich für mich gibt. Du bist alles, was ich mir je erwünscht habe.«
»Ist das wahr?«
Er hob den Kopf und blickte ihr fest in die Augen. »Es ist wahr«, flüsterte er.
Mit einem geschmeidigen Stoß drang er in sie ein. Er bewegte sich, sie reagierte. Er stützte sich mit den Ellbogen auf, um tiefer in ihren Schoß vorzudringen. Sie wölbte sich ihm entgegen. Sie lächelten beide.
»Perfekt?« fragte er.
»Perfekt«, bestätigte sie.
Dann löste das Lächeln sich auf, und sie wußten von nichts mehr, außer von dem drängenden Bedürfnis ihrer Körper nach der endgültigen Vereinigung.

Sie lag fest an ihn geschmiegt, und ihr Atem kitzelte seine Achselhöhle. Vorsichtig, um sie nicht aufzuwecken, löste Gray sich von ihr, wälzte sich aus dem Bett und stand auf, um noch einen Scheit aufs Feuer zu legen. Als er zum Bett zurückkehrte, legte er sich auf den Rücken, die Arme hinter dem Nacken verschränkt. Etwas sehr Süßes, unauslöschlich Zärtliches stieg in ihm auf. Seine reichen Erfahrungen mit Frauen hatten ihn in keiner Weise auf dieses kleine Mädchen vorbereitet. Er konnte sich nicht erinnern, jemals zuvor während des Liebesakts in Gelächter ausgebrochen zu sein. Seine bisherigen Erfahrungen beschränkten sich auf große Geschicklichkeit und Raffinesse, auf Stöhnen und Keuchen, und einen wilden Höhepunkt, der ihn sättigte, aber kaum den Hunger nach mehr in ihm weckte. Gray wußte, daß niemals der Zeitpunkt kommen würde, da er von Deborah genug hatte. Er würde immerzu nach mehr verlangen.

Er lächelte auf Deborah herab und drehte eine kurze, seidige Locke um seinen Finger. Selbst damals, als sie die Rolle der alten Jungfer spielte, hatte er sich schon zu ihr hingezogen gefühlt. Und ihr war es nicht anders ergangen. Alles wäre so viel einfacher gewesen, wenn sie sich unter normalen Bedingungen begegnet wären. Dann wäre sie sehr viel schneller die Seine geworden. *Die Meine,* dachte er, und etwas Dunkles, Ursprüngliches regte sich in seinem Inneren.

Er stöhnte. Er konnte sie doch nicht schon wieder nehmen. Sie war noch unschuldig gewesen, und alles war völlig neu für sie. Nur ein Mensch ohne Skrupel würde jetzt seinen niederen Instinkten nachgeben. Gray biß die Zähne zusammen und bemühte sich, seinen Körper unter Kontrolle zu bekommen.

Deborah war nicht eben hilfreich. Mit einer Hand streichelte sie versonnen seine Schulter, die andere lag eingeklemmt zwischen ihren Körpern und drückte auf seine Lenden. Allein der Gedanke daran ließ ihn bereits wieder hart werden von Verlangen.

Deborah regte sich und kam langsam wieder zu sich. »Perfekt«, flüsterte sie, »es war perfekt.«

»Wie hast du dich gefühlt?«
Sie stützte sich auf einen Ellbogen auf, um ihn besser ansehen zu können. »Wunderbar«, antwortete sie lächelnd. Sie schloß die Finger um sein Glied und drückte und streichelte.
Gray wand sich und stöhnte. »Diesen Trick hätte ich dir niemals zeigen dürfen.« Er biß die Zähne zusammen. »Ich dachte, du schläfst.«
»Wohl kaum«, erwiderte sie gelassen. »Das alles ist so neu für mich. Gray, wahrscheinlich bin ich einfach schamlos. Ich kann nicht genug von dir bekommen.«
Er nahm sie beim Wort. Er drängte sich an sie, rollte sie auf den Rücken und küßte sie voller Leidenschaft. Sanftheit und Zurückhaltung waren vergessen. Mit einem Wort, einer Geste hätte sie ihn bremsen können. Statt dessen heizte sie ihn zu immer größerer Leidenschaft an. Sein Ungestüm kam dem ihren gleich. Sein Drängen nährte das ihre. Gemeinsam wirbelten sie hinauf zum Gipfel besinnungslosen Entzückens. Einmal unterbrach sie ihn in seinen Bewegungen, nahm seine Hände und zeigte ihm, was sie sich wünschte. Er lachte sieghaft und stöhnte dann, als sie ihn intim berührte, so wie er es ihr gezeigt hatte. Er packte ihre Handgelenke und hielt sie oberhalb ihres Kopfes fest. Keuchend, sich aufbäumend drängte sie ihm entgegen, verlangte, daß er sie nahm.
Er nahm sich einen Augenblick Zeit, um ihren Gesichtsausdruck zu genießen, die vor Sinnlichkeit getrübten Augen, die bebenden Lippen, die heißen, geröteten Wangen. Dann bat sie ihn einmal zu oft, sie zu nehmen, und seine Kontrolle war dahin. Sie schnappte nach Luft, als er in sie eindrang.
»Deb?« stieß er entschuldigend hervor.
Statt einer Antwort schlang sie Arme und Beine um ihn und zog ihn fest an sich. Sie gab das Tempo an. Er folgte, beglückt über ihre ungehemmte Reaktion. Das war mehr als Lust,

mehr als Leidenschaft, mehr als alles, was er bisher gekannt hatte. Sie gehörte ihm. Er gehörte ihr.

»Mein«, sagte er grimmig, als er tief in ihrem Inneren die rhythmischen Konvulsionen einsetzen fühlte. »Du bist mein«, sagte er noch einmal, als sie sich unter seinen Stößen wand. Dann war er keines zusammenhängenden Gedankens mehr fähig und überließ sich ganz seiner eigenen explosionsartigen Erfüllung.

Danach lagen sie lange da und rangen nach Atem. Im Gefolge seiner ausgelebten Leidenschaft war Gray entsetzt über sich selbst. Er wußte, daß er grob mit Deborah verfahren war, wenn nicht gar gewalttätig. Bestimmt hatte sie Blutergüsse an den weißen Schultern, wo er sie zuletzt aufs Bett gedrückt hatte. Und was um alles in der Welt war in ihn gefahren, so an ihrer zarten Haut zu saugen, als wäre er ein direkt der Hölle entkommener Vampir? Keiner Frau sollte von ihrem Geliebten eine solche Behandlung widerfahren.

Er löste sich von ihrem Körper, wälzte sich auf den Rücken und machte sich auf die Vorwürfe gefaßt, die jetzt sicherlich auf ihn niederprasseln würden. »Keine Frau hat jemals solch eine Wirkung auf mich gehabt«, dachte er laut.

»Es tut mir leid«, sagte sie. »Ich bin im Grunde ein ganz sanftes Mädchen. Was über mich kommt, wenn mich die Leidenschaft packt, kann ich dir nicht sagen.«

Er schlug die Augen auf und sah Deborah an. »Was?«

Sie biß sich auf die Lippen. »Tut es sehr weh?«

Als sie mit den Fingern über seine Schultern strich, blickte er herab und sah die Kratzer und blutigen Striemen, die ihre Fingernägel hinterlassen hatten. Die Verkrampfung in seinem Inneren löste sich auf. »Ich mag es, wenn du mich zeichnest«, sagte er.

»Es ... es stößt dich nicht ab?«

»Frag mich in ein paar Stunden noch einmal, wenn du die Male siehst, die ich dir zugefügt habe.«
Sie zog die Augenbrauen hoch.
Beide lächelten.
Völlig natürlich in ihrer Nacktheit glitt sie vom Bett und begann, ihre verstreuten Kleidungsstücke aufzusammeln. Gray setzte sich aufrecht und stützte den Arm auf ein angewinkeltes Knie. Ein Lächeln spielte um seine Lippen. Der Feuerschein tanzte auf Deborahs Haut und betonte ihre weichen Rundungen. Es freute ihn, daß sie sich in seiner Gegenwart so natürlich bewegte. Das war wahre Intimität, und von der anderen Sorte hatte er für sein ganzes Leben genug gehabt.
Deborah betrachtete einen zerrissenen Strumpf. Als Gray ein Geräusch von sich gab, sah sie zu ihm herüber. »Das ist nicht zum Lachen«, sagte sie. »Es sind seidene Strümpfe, und sie sind unglaublich teuer.« Sie schob einen Finger durch das Loch im Zeh und winkte damit. »Zum Glück läßt es sich einfach stopfen.«
»Sorg dich doch nicht, Liebste. Wenn wir verheiratet sind, brauchst du dich nie mehr um den Preis für ein Paar Seidenstrümpfe zu sorgen.«
Als sie erstarrte, wollte er hastig erklären. »Ich werde ein großzügiger Gatte sein, Deborah. Du sollst mehr Nadelgeld bekommen, als du je ausgeben könntest.«
»Gatte?«
Er begriff, daß er sie erschreckt hatte, und straffte sich ein wenig. Etwas behutsamer fuhr er fort: »Ich denke, wir schaffen es innerhalb von vierzehn Tagen, gesetzt den Fall, ich bekomme eine Sondergenehmigung. Somit bleibt Zeit genug, das Brautkleid und all die hübschen Kleinigkeiten zu besorgen, die eine Frau zu einem solchen Anlaß benötigt.«

Sie benetzte mit der Zungenspitze ihre Lippen und blickte nervös auf die Uhr auf dem Kaminsims. »Apropos Zeit«, sagte sie, »müßten wir nicht längst unterwegs sein? Es dämmert bereits.«

Gray sah sie lange an und sagte leise: »Heiraten, Deb. Das ist doch kein schmutziges Wort. Du brauchst keine Angst zu haben. Jeden Tag heiraten irgendwelche Leute.«

Sie stieß einen leisen, abschätzigen Ton aus, ging zu dem ledernen Armsessel beim Kamin und fing an, ihre Strümpfe anzuziehen. »Mir ist nie in den Sinn gekommen, daß du ans Heiraten denken könntest«, sagte sie. »Warum auch? So etwas wie heute nacht erlebst du doch ständig.«

Das war zuviel. Mit einem drohenden Schrei sprang er vom Bett. Als er sich über Deborah beugte, die Hände auf die Armlehnen gestützt, wich sie zurück und senkte die Lider, um sich nicht von den mächtigen Muskeln seiner Brust und seiner Arme beeindrucken zu lassen. Das Herz klopfte ihr bis zum Hals, allerdings nicht unbedingt vor Angst. Jetzt wußte sie ja, wie er sich anfühlte, kannte seine Berührung und seinen Geschmack.

»Ich habe mich nie mit unschuldigen jungen Frauen eingelassen«, sagte er, und sein Tonfall ließ sie zusammenzucken. »Ich bin kein Wüstling; ich weiß, was sich gehört. Und ich war mir der Konsequenzen bewußt, als ich dir die Unschuld nahm.«

»Müssen wir jetzt darüber reden?« flüsterte sie mit einem verzweifelten Blick zur Tür.

»Das müssen wir, verdammt noch mal. Und, Deb, ich warne dich: du verläßt dieses Zimmer nicht, bevor alles restlos geklärt ist.«

»Wäre es dir recht, wenn wir uns dann zunächst einmal ankleiden würden?«

»Warum?« fauchte er, ohne auf die Bitte in ihren großen Augen zu achten. »Damit du so tun kannst, als wäre nicht das geringste zwischen uns vorgefallen? Ich kenne deinen Körper jetzt intim genug, und ich verspreche dir, ich werde ihn immer und immer wieder ganz intim erleben. Wenn ich dich nehmen will, dann tue ich es, und du wirst mich nicht daran hindern. Weißt du auch, warum, Deb? Weil du es auch wünschen wirst.«
Sie öffnete den Mund, und die Röte stieg ihr ins Gesicht. »Ich weiß«, sagte sie erstickt. »Und ich habe gehofft, daß du genau das vorschlagen würdest.«
»Ja, was denn?« fragte er ratlos.
Sie wandte den Blick ab. »Weißt du, ich habe ja keine Ahnung, wie diese Angelegenheiten geregelt werden, aber du hast doch dieses Haus in Hans Town. Ich habe eigentlich noch nicht sehr gründlich darüber nachgedacht, ... aber könnten wir uns dort nicht von Zeit zu Zeit treffen?«
Er richtete sich ruckartig auf und fuhr sich mit den gespreizten Fingern durchs Haar. »Deb, du kannst doch nicht annehmen, was ich jetzt vermute.«
»Warum nicht?«
»Weil ... weil du nicht dazu geeignet bist, die Mätresse eines Manns zu sein.«
Sie preßte die Lippen zusammen, ihre Augen blitzten. »Ich habe nicht vorgeschlagen, deine Geliebte zu werden. Ich will keine ausgehaltene Frau sein. Ich will mir kein goldenes Armband in die Hand drücken lassen, wenn du meiner überdrüssig bist.« Sie beugte sich vor, um ihren Worten Nachdruck zu verleihen. »Ich möchte, daß wir ein Liebespaar sind, Gray, ein Liebespaar.«
»Ein Liebespaar?« Das Wort polterte von seinen Lippen. »So, ein Liebespaar. Und was zum Teufel meinst du damit: wenn

ich deiner überdrüssig werde? Ich liebe dich, verdammt noch mal. Ich will den Rest meines Lebens mit dir verbringen.«
Wenngleich seine Worte sie rührten, brachten sie doch nicht ihren Entschluß ins Wanken. »Gray«, flüsterte sie, »ich werde niemals heiraten. Damit solltest du dich am besten schnellstens abfinden.«
»Du liebst mich nicht?«
Sie schluckte den Kloß in ihrem Hals hinunter. »Ich weiß nicht, was Liebe ist, aber nach dem, was ich bislang über die Liebe weiß, würde ich sie nicht einmal meinem ärgsten Feind wünschen. Nein, hör mir zu. Selbst, wenn ich dich lieben würde, änderte sich nichts. Ich würde dich trotzdem nicht heiraten.«
Doch, sie wußte durchaus, was Liebe war. Das erkannte er in ihren Augen. Noch war nicht alles verloren. Ein wenig besänftigt zog er das Laken vom Bett, wickelte sich darin ein und setzte sich ihr gegenüber in einen Sessel.
»Wir müssen jetzt wirklich aufbrechen«, sagte sie flehentlich.
»O nein, Deb. So leicht entkommst du mir nicht. Ich habe dich gebeten, meine Frau zu werden, und habe nun wenigstens das Recht, den Grund für deine Ablehnung zu erfahren.«
Sie schenkte ihm ein kleines Lächeln. »Im Grunde hast du mich nicht gebeten. In der dir eigenen hochfahrenden Art hast du mich wissen lassen, daß wir heiraten.« Kein Antwortlächeln kam auf seine Lippen, und nach einer Weile hob sie die Schultern und sagte: »Gegen die Ehe als Institution habe ich nichts einzuwenden. Aber ich liege mit dem englischen Gesetz in Fehde. Gray, weißt du, was mit dem Besitz einer Frau geschieht, wenn sie heiratet?«
»Da du keinen Penny besitzt«, sagte er gemein, »ist es wohl auch nicht von Bedeutung.«
Sie erstarrte. »Laß uns einfach mal annehmen, ich wäre eine

vermögende Erbin. Wenn wir heiraten würden, hättest du das Recht, über mein Geld zu verfügen.«

»Ich hätte wohl die Kontrolle, dürfte jedoch keineswegs nach Belieben damit verfahren. Denkst du etwa, ich ließe Meg heiraten, ohne ihr Vermögen zu sichern, damit sie und ihre Kinder jederzeit versorgt sind?«

»O ja, ich weiß, wie es in der Theorie gehandhabt wird, doch in der Praxis sieht alles ganz anders aus, und die Gesetze unseres Landes lassen es zu. Weißt du, daß Meg, wenn die Ehe ihr unerträglich würde und sie ihren Gatten verließe, ihre Kinder verlöre? Die Kinder würden ihm zugesprochen, und er könnte ihr verbieten, sie jemals wieder zu sehen. Und wenn sie Arbeit fände, um ihren Lebensunterhalt zu sichern, würden ihre Einkünfte auch ihm gehören. Sie wäre mittellos und würde schließlich froh sein, zu ihm zurückkehren zu dürfen, und sei es nur, um zu überleben.«

»Ich würde ihn umbringen, bevor es so weit käme.«

Sehr ruhig und sehr ernst sagte sie: »Meg kann sich glücklich schätzen, weil sie Brüder hat, die ihre Interessen im Auge haben. Nicht alle Frauen sind in dieser beneidenswerten Lage.«

»Ich verstehe.« Er dachte eine Weile über ihre Worte nach und sagte schließlich: »Ist es deiner Mutter so ergangen? Hat sie deinen Vater verlassen?«

Sie nickte. Ihre Stimme war nur noch ein brüchiges Flüstern. »Sie wollte uns mitnehmen, aber er verhinderte es. Ich habe sie nie wiedergesehen. Und als sie starb, durften weder mein Bruder noch ich am Begräbnis teilnehmen. Was meinen Vater betrifft ...« sie stieß ein ersticktes Lachen aus, »... er heiratete, bevor das Trauerjahr noch halb vorüber war.«

Er hätte Mitleid empfinden müssen, und bis zu einem gewissen Punkt empfand er es auch. Doch das Gefühl, das alle milderen Gedanken auslöschte, war Empörung. Daß sie ihn mit solch einem Mann über einen Kamm scheren wollte! Daß sie ihn derartig skrupellosen Verhaltens für fähig hielt! Er stand auf und stapfte im Zimmer auf und ab.

Plötzlich fuhr er zu Deborah herum und sagte mit Nachdruck: »Mein Mitgefühl. Es kommt von Herzen. Aber was um Gottes willen hat das alles mit uns zu tun? Ich bin nicht dein Vater. Ich mache Frauen, die sich meiner Obhut anvertrauen, nicht zu Opfern. Frage meine Mutter. Frage meine Schwestern. Verstehst du denn nicht? Ich will dir nichts wegnehmen. Ich will dir alles geben, was du dir nur erträumen kannst. Ich will dich behüten und beschützen.«

»Das sagst du jetzt, aber kannst du mir versprechen, daß du auch in einem oder zwei Jahren noch so denkst? Wenn die Liebe verblaßt, fliegen die guten Vorsätze zum Fenster hinaus. Ich weiß, wovon ich rede.«

Nur mit äußerster Mühe konnte er sich noch beherrschen. »Du hast keine sehr hohe Meinung von mir, stimmt's, Deborah?«

Sie machte eine verlegene Bewegung, wich seinem Blick jedoch nicht aus. »Es geht nicht gegen dich, Gray. Nicht einmal gegen die Männer im allgemeinen. Es ist, wie gesagt, das Gesetz.«

Es gab andere zwingende Gründe, die ihr verboten, ihn zu heiraten. Sie konnte sich sein Entsetzen nur zu gut vorstellen, wenn sie ihm sagte, wer sie war. Doch auch deswegen wies sie ihn nicht ab. Sie würde sich niemals in die Gewalt eines Mannes geben. Sie wollte niemals so hilflos sein wie ihre Mutter.

»Und nichts, was ich sage, kann dich umstimmen?«

»Ändere die Gesetze, und ich heirate dich gleich morgen.«

»Meines Wissens gibt es keine Gesetze, die die Liebe regeln, Deb.«

»Es tut mir leid«, flüsterte sie.
Als er begann, sich anzukleiden, tat sie es ihm nach. »Was das Haus in Hans Town betrifft«, begann sie, zögerte kurz und fuhr dann hastig fort: »Wirst du mir den Schlüssel geben?«
»Warum sollte ich?«
Für einen Augenblick war sie ratlos. »Du weißt schon, damit wir zusammensein können.«
Als er vollständig angezogen war, ging er zu ihr, drehte sie um und fing an, die Knöpfe an ihrem Kleid zu schließen. »Du willst meinen Körper, aber ich bin nicht gut genug für dich. Ist es so?« Diesen Ausspruch hatte ihm so manche enttäuschte Dame ins Gesicht geschleudert, die ihn gern vor den Altar gezerrt hätte, und er genoß den Geschmack jedes einzelnen Wortes auf der Zunge. Er war nicht wirklich zornig. Er wußte, daß er Deborahs Leidenschaft wecken konnte, und wenn es ihm auf diese Art und Weise gelingen konnte, sie zum Altar zu führen, sollte ihm jetzt keine falsche Rücksichtnahme im Weg stehen.
Sie fuhr zu ihm herum, tiefe Zerknirschung im Blick. »O nein, Gray. Ich will nicht nur deinen Körper. Wie kannst du das auch nur denken? Ich bewundere deinen Verstand, deine Intelligenz. Ich mag dich sehr.«
Diesen Ausspruch hatte er öfter getan, als er sich jetzt erinnern mochte. Er konnte sich ein Grinsen nicht verbeißen. »Wir haben die Rollen vertauscht«, sagte er.
»Wie bitte?«
»Du kannst meinen Körper nicht haben, solange ich dir keinen Ring an den Finger gesteckt habe. Das ist die nächste Zeile in diesem Drama.«
Sie blickte forschend zu ihm auf. »Geht es dir nicht gut?«
»Ich meine es ernst, Deborah. Bis du meinen Ring an deinem Finger trägst, kannst du meinen Körper nicht haben.«

»Das ist nicht fair.«
»Im Krieg und in der Liebe ist alles erlaubt. Dieser Spruch stammt aus einem anderen Stück.« Er amüsierte sich königlich, und das ärgerte sie.
»Würdest du bitte aufhören, solchen Unsinn zu reden?«
»Vielleicht kann ich folgendermaßen vermitteln, was ich dir erklären will.«
Er senkte den Kopf und küßte die erst kürzlich entdeckte, hochempfindliche Stelle unter ihrem Ohrläppchen. Als sie näher an ihn heranrückte, legte er die Hände um ihre Taille. Sie hob den Kopf, und er nahm die Einladung an. Seine Lippen fanden die ihren und verwöhnten sie mit feuchten Zungenküssen. Seine Daumen strichen unter ihrer Brust entlang. Sie wimmerte und schmiegte sich an ihn. Als er ihre Hände auf den Schultern spürte, die sich öffneten und schlossen, ließ er seine Hände herab zu ihrem Gesäß gleiten, hob ihren Körper leicht an und preßte ihn gegen seine harte Erektion.
»Bitte?« sagte sie keuchend. »Oh, Gray, bitte!«
Er ließ sie langsam los und stützte sie mit einer Hand im Rücken. Daß er es fertigbrachte, regelmäßig und ruhig zu atmen, beurteilte er als einen bedeutenden Sieg. Er ließ ihr einen Augenblick Zeit, um sich zu sammeln, bevor er sagte: »Mir fällt noch ein Spruch ein: Setz das Datum unserer Hochzeit fest, und ich gehöre dir.«
»Das kann und werde ich nicht tun.« Allmählich wurde sie wütend.
»Dann kann ich dir nur raten, dein keusches Bett allein zu genießen.«
Mit dem Zeigefinger tippte sie gegen seine Brust. »Und wenn ich das nicht tue? Wenn ich nicht will?«
Er mißverstand sie und lächelte nicht mehr. »Wenn du einem anderen Mann auch nur die geringste Berührung gestattest,

werde ich ihn wie auch dich zur Verantwortung ziehen. Das ist mein Ernst, Deb.«

»Idiot!« fuhr sie ihn an. »Ich bin nicht wie du. Ein Mann ist mehr, als ich verkraften kann, herzlichen Dank.«

Er behielt das letzte Wort, wie sie es nicht anders erwartet hatte. »Mehr als einen Mann wirst du auch nicht bekommen. Allerdings zu meinen Bedingungen. Denk darüber nach, Deb.«

Erst als er sie zurück nach Channings gebracht hatte und ausgestreckt auf seinem Bett lag, fing er an, die Hinweise, die sie ihm unwissentlich gegeben hatte, zu untersuchen. Es war Zeit, so sagte er sich, Leathe einen längst überfälligen Besuch abzustatten.

Achtzehntes Kapitel

Gray stand im Eingang zum *Weißen Schwan*, den Blick auf den jungen Mann geheftet, der am Bartresen beim Wirt seine Rechnung beglich. Ein Lichtstrahl streifte die dichten dunklen Locken des Viscounts und ließ sie rötlichgolden aufleuchten. Sein Kinn wirkte kantig, sein Gesicht zeigte im Augenblick keine Spur von Hohn. Er lächelte über etwas, was der Wirt gesagt hatte, und in seinen Wangen kamen Grübchen zum Vorschein, die stark an Deborah erinnerten, wenn sie lachte. Gray wußte nicht, welche Farbe Leathes Augen hatten, doch er ahnte schon etwas. Als Leathe sich umdrehte und seine Augen bei Grays Anblick aufblitzten, hatte Gray seine Antwort. Grüne Augen. Deborahs Augen. Warum war ihm die Ähnlichkeit nicht schon früher aufgefallen?

»Auf ein Wort. Ich muß mit Euch reden«, sagte Gray ruhig.

Leathes Feindseligkeit stand spürbar zwischen ihnen. »So schwer es mir fällt, Euch nicht zu Diensten zu stehen, Kendal, muß ich leider doch davon Abstand nehmen. Eine Angelegenheit in der Stadt erfordert meine unverzügliche Aufmerksamkeit. Ihr kennt meine Adresse. Besucht mich in ein, zwei Tagen, und dann bin ich gern bereit, Schmähungen mit Euch auszutauschen.«

Er machte Anstalten, sich an Gray vorbeizuschieben, doch

Gray hielt ihn am Arm zurück. »Es geht um Deborah«, sagte er.
»Was ist mit Miss Weyman?«
»Ich weiß, daß sie Eure Schwester ist.«
Alle Farbe wich aus Leathes Gesicht. Er stammelte etwas, dann sagte er grob: »Wer immer Euch das aufgebunden hat, ist ein verdammter Lügner.«
Gray sagte nichts, und nach einer Weile verzog Leathe mürrisch das Gesicht und forderte ihn nicht eben höflich auf: »Ach, was soll's. Kommt mit.«
Er führte Gray in den Salon, in dem er sich am Vorabend mit Deborah getroffen hatte. Das Feuer war heruntergebrannt, auf einem Sessel lag ein lederner Portemanteau. Leathe nahm ihn fort und bedeutete Gray, dort Platz zu nehmen. Er selbst rückte sich den gegenüberstehenden Sessel zurecht.
»Wie habt Ihr mich gefunden?«
»Ich habe heute früh die Derwents besucht. Matthew Derwent verriet mir, daß Ihr hier Wohnung genommen habt.«
Nach einer Weile des Schweigens verlangte Leathe: »Würdet Ihr so gütig sein und mir erklären, was Eure Bemerkung über Miss Weyman zu bedeuten hat?«
Gray kam ohne Umschweife auf den Punkt. »Ich will sie heiraten, versteht Ihr, und bevor ich das tue, will ich wissen, in was für Schwierigkeiten sie steckt, damit ich die beheben kann.«
Leathe starrte Gray an. Schließlich riß er sich zusammen und sagte verächtlich: »Ihr wollt sie heiraten, obwohl Ihr glaubt, sie wäre meine Schwester? Ihr haltet mich wohl für einen Esel. Ich weiß, wie Ihr über meine Familie denkt. Soll ich Euch erinnern, für den unwahrscheinlichen Fall, daß Ihr es vergessen habt? Meine Mutter starb in einer Irrenanstalt. Meine Schwester, also Eurer Meinung nach Miss Weyman, hat ihren

Verlobten ermordet und wird von Gesetzeshütern gesucht. Meine eigene Karriere ist kein Geheimnis. Ich bin ein Verschwender, ein Trunkenbold, ein Taugenichts. Euer Mitleid gilt meinem armen, leidgeprüften Vater und seiner Countess. Ist es nicht so, Kendal? Und Ihr erwartet, daß ich glaube, Ihr wolltet Euch in meine verrufene Familie einheiraten? Das glaube ich kaum.«

Gray senkte den Blick auf seine ineinander verschlungenen Hände und sah dann wieder Leathe an. »Das alles habt Ihr wohl von Meg erfahren? Ja, ich habe mich ihr gegenüber dahingehend geäußert. Solche Worte fielen im Zorn. Ihr seid kein passender junger Mann für sie. In dem Punkt habe ich meine Meinung nicht geändert. Allerdings entschuldige ich mich für meine ungerechtfertigte Verurteilung. Ich habe mich von Gerüchten beeinflussen lassen. Nachdem ich Deb kennengelernt habe und weiß, was für ein Mädchen sie ist, sehe ich ein, daß ich mich von Vorurteilen leiten ließ. Es tut mir leid.«

Leathe musterte Gray nicht weniger gründlich, als dieser ihn beim Eintreten in das Gasthaus gemustert hatte. Endlich sagte er: »Ich nehme Eure Entschuldigung an, aber was Miss Weyman betrifft, kann ich Euch nicht weiterhelfen.«

Gray stieß einen gereizten Seufzer aus. »Laßt uns unsere Zeit nicht mit Wortklaubereien vergeuden. Vermutlich hat Deb Euch auf absolute Verschwiegenheit eingeschworen oder sonst etwas Dummes. Wir müssen ihr helfen, auch gegen ihren Willen. Begreift Ihr das nicht? Wenn Ihr mir nicht sagen wollt, was ich wissen muß, kann ich es problemlos aus anderen Quellen erfahren.«

»Was für Quellen?« fragte Leathe rasch.

»Euer Vater. Ich bin gerade auf dem Weg zu ihm.«

»Verdammt!«

Sie tauschten einen langen Blick, dann schöpfte Leathe tief Atem. »Wie der Zufall es will, so bin ich ebenfalls gerade im Begriff, meinem Vater einen Besuch abzustatten.« Er hielt inne, zögerte und schien dann doch einen Entschluß zu fassen. »Bevor ich irgend etwas eingestehe, verlange ich Euer Wort darauf, daß Ihr nichts Böses gegen Deb im Schilde führt.«
»Darauf habt Ihr mein Wort.«
Leathe schüttelte den Kopf. »Ich weiß nicht, warum ich ausgerechnet Euch vertrauen sollte. Ich kann Euch nicht einmal leiden. Aber wenn Ihr mit meinem Vater alles wieder aufwühlen wollt, bleibt mir nichts anderes übrig, als Euch ins Vertrauen zu ziehen.«
»Gut«, sagte Gray, »dann beginnt am besten damit, mir zu erklären, wovor Deborah davonläuft. Sie ist des Mordes an ihrem Verlobten angeklagt, soweit erinnere ich mich noch an die Gerüchte, die damals kursierten, aber wenn ich ihr helfen soll, muß ich alle Einzelheiten über den Vorfall kennen.«
»Alles?«
»Ja, alles.«
»Es ist eine lange Geschichte, die noch bis in die Zeit vor Deborahs und meiner Geburt zurückreicht.«
Gray lehnte sich im Sessel zurück. »Laßt Euch Zeit«, forderte er Leathe auf. »Je mehr ich weiß und verstehe, desto besser bin ich in der Lage, Deborah zu helfen.«
Mit vielen Pausen, um seine Gedanken zu ordnen, berichtete Leathe von den Vorfällen, die zu Alberts Tod geführt hatten, und von Deborahs Verschwinden. Obwohl er völlig unbeteiligt erzählte, war Gray doch stark beeindruckt und hatte das Gefühl, als Zuschauer dabeizusein, ohne die Macht einzugreifen. Mehr als alles andere wünschte er sich, er hätte Deborah, ihre Mutter und ihren Bruder den Klauen des geldgierigen Monstrums entreißen können, das sie in seiner Gewalt hatte.

»Das Merkwürdige ist«, sagte Leathe an einem Punkt, »daß ich glaube, meine Mutter hat ihn einmal geliebt, wenn ich auch niemals begreifen werde, was sie in ihm sah. Deb weiß es nicht, aber unsere Stiefmutter, vormals Lady Hepburn, war schon lange, bevor Vater unsere Mutter heiratete, seine Geliebte.« Auf Grays fragenden Blick hin erklärte er: »Ein Junge erfährt in der Schule so mancherlei. Und ein paar von den Dienstboten hatten ein loses Mundwerk. Mein Vater war nicht unbedingt ein geachteter Dienstherr.
Wie auch immer, er und seine blaublütige Geliebte fanden in meiner Mutter das perfekte Opfer. Die Rossiters waren reich, und meine Mutter war die Alleinerbin. Natürlich wollte ihr Vater nur das Beste für sie und wählte ihr meinen Vater als Gatten aus. Kurz gesagt, mein Großvater ließ sich von der charmanten Art meines Vaters blenden. Die beiden heirateten also. Als Großvater starb, stand meine Mutter völlig schutzlos da, ohne Verwandte, an die sie sich hätte wenden können. Und zu dieser Zeit wurde mein Vater unerträglich. Meine Mutter versuchte, sich gegen ihn zur Wehr zu setzen, doch es war hoffnungslos. Sie starb in der Anstalt, in die mein Vater sie einsperren ließ.«
Leathe betrachtete Gray mit einem herausfordernden Blick, doch Gray bemerkte lediglich: »Ihr wart wohl noch sehr jung zu der Zeit.«
»Deb war sieben, ich ein Jahr jünger. Wir haben das Vermögen meiner Mutter geerbt, waren uns dessen aber gar nicht bewußt. Erst später wurde uns klar, welcher Fluch auf uns lastete. In den Augen unseres Vaters waren wir keine Kinder. Wir waren seine Einkommensquelle. Geld. Etwas anderes haben wir nie für ihn bedeutet. Deb trug noch schwerer an der Last, weil sie ein Mädchen war. Für sie gab es kein Entrinnen. Ich wurde zur Schule geschickt, dem Himmel sei Dank.«

»Und Deb hatte, dem Himmel sei Dank, Miss Hare«, sagte Gray voller Mitgefühl. »Entschuldigt bitte. Was wolltet Ihr sagen?«

»Mir ist bis gestern nacht überhaupt nicht klargeworden, wie sehr es meinen Vater gewurmt haben muß, daß er sein Einkommen verlor, sobald Deb heiratete und ich volljährig wurde. In seinem verdrehten Hirn glaubte er, das Geld gehöre rechtmäßig ihm, weil er sich so tief herabgelassen hatte, die Tochter eines Kaufmanns zu heiraten. Ihr habt vom Ruf meines Vaters als Sammler von Kunstgegenständen gehört, von dem repräsentativen Haus, zu dem er Belvidere ausgebaut hat. Ohne unser Einkommen wäre nichts davon möglich gewesen, und die Vorstellung, daß ihm all das aus den Fingern gleiten könnte, trieb ihn schier in den Wahnsinn. Deshalb legte er sich einen Plan zurecht, wie er sich Debs Anteil am Vermögen unter den Nagel reißen konnte.

Ich war damals in der Schule, als Deb mir schrieb, daß sie zu ihrer ersten Saison nach London reisen würde. Dort besitzt mein Vater ein Haus, Strand House. Kennt Ihr das?«

»Dieser uralte Dom von einem Haus, der seit Jahren leersteht?«

»Genau. Mein Vater hat versucht, es zu verkaufen. Nachdem Deb und ich nicht mehr da sind, fehlt es ihm am nötigen Geld zur Unterhaltung von zwei Häusern. Wie auch immer, dort ist es dann geschehen.«

Mit wachsendem Ekel und Zorn hörte Gray zu, als Leathe ihm diese Episode aus Deborahs Leben so schilderte, wie er sie wenige Stunden zuvor aus dem Mund seiner Schwester erfahren hatte.

Danach setzte ein langes Schweigen ein, bis Leathe sagte: »Deborah hatte keinen Menschen, an den sie sich wenden konnte. Ich war ein Junge von fünfzehn Jahren. Wie hätte sie sich gegen meinen Vater durchsetzen sollen? Oder ich? Also tauchte sie unter, und weil sie niemals schrieb, hielt ich sie irgendwann für tot. Ihr könnt Euch gewiß meinen Schock vorstellen, als sie mir im Richmond Park plötzlich gegenüberstand.«

Noch eine gestrichene Stunde lang unterhielten sie sich ausführlich. Leathe vermittelte Gray Klarheit in allen zweifelhaften Punkten. In Grays Kopf formte sich bereits eine Strategie, wie er gegen Leathes Vater würde vorgehen können.

Er lehnte sich im Sessel zurück. »Wo dein Schatz ist, dort ist auch dein Herz«, bemerkte er versonnen.

»Wie bitte?« fragte Leathe erstaunt.

»Ihr versteht nicht? Es geht ganz einfach um folgendes: Die Triebkraft im Leben Eures Vaters sind offenbar die Sammlungen, die er im Laufe der Jahre angehäuft hat.«

Leathes Lächeln troff vor Hohn. »Mein Vater betrachtet sich als kultivierten Mann und großen Connaisseur. Daß er ein Dieb ist und das Geld zur Finanzierung seiner Kollektionen zunächst von meiner Mutter, dann von Deb und mir gestohlen hat, belastet sein Gewissen nicht sonderlich.«

»Wenn Deborah etwas zustoßen würde, was geschähe dann mit ihrem Vermögen?«

»Den Großteil würde ich erben, es sei denn, sie hat geheiratet. Deshalb hat mein Vater sich auch nie die Mühe gemacht, sie offiziell für tot erklären zu lassen.«

»Über welche Summen reden wir überhaupt?«

»Mein Einkommen bewegt sich um hunderttausend pro Jahr, genau wie Deborahs. Kohle und Baumwolle sind einträgliche Geschäfte.«

Gray vergaß, den Mund zu schließen. »Gütiger Gott! Allmählich fange ich an zu begreifen.« Er dachte kurz nach und sagte dann: »Als ich hier ankam, wart Ihr im Begriff, Euren Vater aufzusuchen. Warum?«

»Ich hoffte, einen Streit mit ihm vom Zaun brechen zu können, ihn womöglich zu töten und Debs Leiden zu rächen.«
»Damit wäre Deborah nicht geholfen.«
»Nein. Aber mir wäre geholfen. Habt Ihr einen besseren Vorschlag?«
Gray lächelte diabolisch. »Ich bin Diplomat, Leathe. Meine Methoden habe ich an den Höfen Europas erlernt.«
»Diplomatie«, sagte Leathe mit einem abschätzigen Blick, »hat bei meinem Vater noch nie etwas ausrichten können.«
Diese Bemerkung trug ihm ein spöttisches Lächeln von Gray ein. »Weil Ihr es nie versucht habt, nicht auf die Art und Weise, wie die Minister Seiner Majestät Diplomatie auslegen. Ihr seid ein Hitzkopf, Leathe. Diplomatie aber erfordert Geduld, starke Nerven und eine undurchschaubare Miene.«
Gray hatte sich erhoben, und Leathe folgte seinem Beispiel.
»Ich vermute«, sagte Gray, »daß Euer Vater in Belvidere residiert?«
»Ja. Sie kommen vor dem Ende der Jagdsaison nie in die Stadt. Woher wißt Ihr das?«
»Weil Deborah niemals nach London gekommen wäre, wenn sie geglaubt hätte, Euer Vater könnte sich hier aufhalten. Bis zum Abend können wir in Belvidere sein, die Nacht in Windsor verbringen und morgen nachmittag wieder zurück sein.«
Leathe dachte immer noch über Grays Worte nach. »Was für eine Art Diplomatie praktizieren die Minister Seiner Majestät?« wollte er wissen.
»Auf dem Weg nach Belvidere kläre ich Euch auf. Ihr laßt Euch ganz auf meine Führung ein. Verstanden?«
Sie standen im Eingangsbereich des Gasthauses, als sie Meg entdeckten. Sie band gerade im Hof ihr Pferd an.
»Was zum Teufel will sie hier?« tobte Gray.

»Ich habe Ihr eine Nachricht geschickt«, schleuderte Leathe ihm ins Gesicht.
Gray knirschte mit den Zähnen. »So, habt Ihr?«
Sie standen sich gegenüber wie Hunde kurz vorm Angriff.
»Nun, schickt sie fort«, verlangte Gray. »Deborah darf nicht wissen, daß wir gemeinsam fortreiten. Sie würde erraten, daß wir etwas im Schilde führen.«
Gray suchte im Schankraum Deckung und verfolgte mit wachsendem Zorn das Spektakel im Hof des Gasthauses. Der Grünschnabel erdreistete sich tatsächlich, Meg in die Arme zu nehmen und sie zu küssen. Ein Umstand nur dämpfte Grays Wut. Meg war in Begleitung eines Reitknechts gekommen. Wenig später ritten Meg und der Bursche davon, und Leathe kehrte ins Gasthaus zurück.
»Ich habe eine Kutsche gemietet. Sie steht bereit«, sagte Leathe steif und wies auf das besagte Gefährt. »Wir können unsere Pferde bis zu unserer Rückkehr hier unterstellen.«
Bis sie in der Kutsche saßen, wechselten sie kein Wort mehr.
»Was ich gesagt habe, war mein voller Ernst«, sagte Gray dann. »Ihr seid kein passender Umgang für meine Schwester.«
Leathes Antwort fiel ebenso unverblümt aus. »In bezug auf Euch empfinde ich genauso. Ihr seid für meinen Geschmack viel zu sehr hinter Weiberröcken her, Kendal, und ich warne Euch: ich werde alles tun, was in meiner Macht steht, um meine Schwester vor Euch zu schützen.«
»Das solltet Ihr in der Gegenwart Eures Vaters besser nicht verlautbaren«, preßte Gray zwischen den Zähnen hervor. »Der Erfolg meiner Strategie hängt davon ab, ihn zu überzeugen, daß Deb schon bald meine Frau sein und damit unter meinem Schutz stehen wird.«
»Ich kann ebenso gut Theater spielen wie Ihr«, war die steife Antwort.

Sie tauschten feindselige Blicke, hoben die Schultern und zeigten sich dann beide übermäßig interessiert an der Landschaft draußen hinter den Kutschenfenstern.

Kurz nach acht Uhr erreichten sie Belvidere. Obwohl sich beide doch noch bereitgefunden hatten, ihre Strategie abzusprechen, begegneten sie sich lediglich höflich, keineswegs freundschaftlich.

»Ich habe schon viel über Belvidere gehört«, sagte Gray und schaute sich interessiert um. »Es heißt, Euer Vater habe das Haus zum prächtigsten privaten Palast in ganz England umgebaut.«

»Ganz richtig«, antwortete Leathe, »und der Gewinn aus Kohle und Baumwolle ist verantwortlich für all diese Pracht.« Mit einer umfassenden Handbewegung wies er auf die neoklassizistische Fassade mit weißer Marmortreppe und griechischen Säulen. »Mein Vater lebte wie ein König, während meine Mutter in der Irrenanstalt schmachtete. Das werde ich ihm nie verzeihen.«

Der Diener, der ihnen Mäntel und Hüte abnahm, verriet mit keiner Miene, ob er Leathe erkannte. Leathe hatte Gray vorgewarnt: damit wäre zu rechnen. Seit er aus der Schule ausgerissen war, hatte er keinen Fuß mehr über die Schwelle dieses Hauses gesetzt.

»Sagt seiner Lordschaft«, wies Gray den Diener an, »daß Lord Kendal grüßen läßt und um ein paar Minuten seiner Zeit bittet.«

Innerhalb von wenigen Minuten kam der Diener zurück und führte die Männer in ein grün und golden ausgestattetes Vorzimmer. Gemälde, die Gray auf Anhieb als echte Raphaels und Tizians erkannte, schmückten die Wände, und auf vergoldeten Podesten waren Kunstgegenstände ausgestellt.

Leathe amüsierte sich über Grays Gesicht. »Schaut Euch das Wandgemälde an«, sagte er. »Ist das zu fassen? Es stellt meinen Vater dar. Ja, die Szene stammt aus der griechischen Mythologie und zeigt meinen Vater als den griechischen Helden Theseus.«

Er sprach nicht weiter, als die Tür sich öffnete. Gray hatte den Earl of Belvidere nie kennengelernt und war nun völlig unvorbereitet auf die Erscheinung, die ins Zimmer trat. Nach allem, was Leathe ihm über die Untaten dieses Mannes ihm und Deborah gegenüber berichtet hatte, rechnete er mit einem bösartig aussehenden Ungeheuer. Statt dessen sah er einen bemerkenswert attraktiven Mann mit dunklem Haar und schmalem, von dunklen Augen beherrschten Gesicht. Seine Kleidung war von feinstem Stoff und teuerstem Schneider, und er trug sie lässig. Seine Haltung war majestätisch, aber auch vornehm. Ein Prinz, der über seinen Hof regierte. Gray erkannte, daß das prächtige Haus samt Inhalt lediglich die Bühne für das Ego dieses Mannes war. Es hätte ihn belustigen sollen. Doch ihm wurde kalt bis ins Mark.

Mit einer schlanken, schwer beringten Hand grüßte der Earl sie. »Kendal«, sagte er liebenswürdig. »Es ist mir eine Ehre! Bitte nehmt doch Platz.« Er wies auf einen golden gepolsterten Sessel an der Wand.

»Ich nehme an, Ihr kennt meinen Begleiter«, sagte Gray.

Leathe machte einen Schritt nach vorn, und für einen Augenblick vergaß der Earl zu lächeln. »Heißt das, der verlorene Sohn ist heimgekehrt?«

Leathes Stimme war nicht so ruhig wie die des Earls. »Du weißt, daß das Unsinn ist. Nur etwas völlig Außergewöhnliches kann mich zurück in dieses Haus geführt haben.«

Wieder folgte eine knappe Geste mit der schlanken Hand. »Deine Manieren sind, wie ich sehe, nicht besser geworden,

Leathe. Meine Herren, wollen wir uns nicht setzen, um der Gemütlichkeit willen? Es geht um etwas Außergewöhnliches? Ich bin ganz Ohr.«
Sie nahmen Platz, und Belvidere richtete das Wort an Gray. Seine Stimme klang belustigt und gönnerhaft. »Vermutlich hat Leathe mich als eine Art Ungeheuer dargestellt? Es scheint sein Lebenszweck zu sein, meinen Charakter möglichst schwarz zu malen. Wie Ihr seht, bin ich weiter nichts als ein Landadliger.« Er achtete nicht auf Leathes leisen Zwischenruf. »Der Junge hat Vorurteile. Man hat seine Einstellung mir gegenüber vergiftet. Falls wir ein einigermaßen sachliches Gespräch führen wollen, müßt Ihr das wissen, Kendal.«
Gray erwiderte freundlich: »Streit gibt es in jeder Familie. Ich bin nicht so naiv, alles, was Leathe sagt, als bare Münze zu nehmen.«
Belvidere lehnte sich lächelnd in seinem Sessel zurück. »Nun denn, wie kann ich Euch helfen?«
»Ich werde direkt auf den Punkt kommen«, sagte Gray. »Ihr habt eine Tochter, die Ihr seit neun Jahren nicht gesehen habt. Wir haben sie gefunden, Belvidere. Deborah. Eure Tochter Deborah. Deswegen sind wir hier.«
Für einen Augenblick ließ Belvidere seine Maske fallen, hatte sich jedoch sofort wieder im Griff.
»Deborah!« Der Earl legte eine Hand vor die Augen. »Ich frage mich schon so lange ... Was habe ich um sie gelitten ... ich wußte nicht ... Deborah!« Er hob den Blick, und seine Miene drückte tiefes Bedauern aus. Nur seine Augen verrieten ihn. Sie waren leer.
Er sagte: »Ich war sicher, daß sie tot wäre, weigerte mich jedoch, die Hoffnung aufzugeben. Wo ist sie?«
Leathe war mit seiner Geduld am Ende. »Da, wo du sie

niemals finden wirst! Glaubst du, wir lassen uns von deinem theatralischen Auftritt täuschen? Deborah war dir immer völlig gleichgültig, genau wie unsere Mutter.« Er hatte sich halb erhoben.

Gray sagte ruhig: »Leathe, reißt Euch zusammen.«

Als Leathe nachgab, bedachte Belvidere Gray mit einem entwaffnenden Lächeln. »Herzlichen Dank. Was immer Leathe auch denken mag, mir lag das Wohl meiner Kinder jedenfalls immer am Herzen.«

»Dann erkläre mir die Geschichte mit Albert«, forderte Leathe hitzig, »und warum du Deborah des Mordes angeklagt hast, ja, und ihr die Behörden auf den Hals gehetzt hast.«

Diese langen Hände vollführten eine elegante Geste, und Rubine und Diamanten blitzten auf. Belvidere sagte sanft: »Leathe, ich muß dir überhaupt nichts erklären. Was immer ich auch sage, du würdest es in Zweifel ziehen. Und was Lord Kendal betrifft, ich kenne ihn ja kaum.« Sein Blick wanderte fragend zu Gray. »Was wollt Ihr mir über Deborah mitteilen?«

Jeder normale Vater hätte Gefühle gezeigt, zu wissen verlangt, was der Tochter in den langen Jahren der Trennung widerfahren war. Belvidere jedoch verbarg sich hinter einer kalten, nichtssagenden Maske.

»Ich werde Deborah heiraten«, sagte Gray.

»Ah, ich verstehe«, erwiderte Belvidere. »Ihr Erbe ist nicht von der Hand zu weisen.«

Gray bemerkte aufgeräumt: »So ist es, nicht wahr?«

Belvidere lachte leise und streckte die Hände aus. »Ich wünsche Euch Glück, von ganzem Herzen.«

»Danke«, antwortete Gray, »doch da bleibt noch ein kleines Problem.«

»Ja.« Eine kaum merkliche Pause folgte, bevor die wohlklin-

gende Stimme weiterredete: »Man könnte den Mord als kleines Problem bezeichnen. Eine tragische Geschichte. Ich habe versucht, meinen Einfluß geltend zu machen, um die Anklage niederzuschlagen, aber leider vergeblich.«
Leathe stieß einen unartikulierten Laut aus.
Gray sagte: »Das erleichtert mich unendlich.«
Der Earl blickte ihn neugierig an. »Unglücklicherweise gab es Zeugen, Dienstboten, deren Aussagen nicht zu widerlegen waren. Sie haben gesehen, wie Deborah den armen Albert über die Balustrade stieß.«
»Daß es Zeugen gab«, sagte Gray, »habe ich mir wohl gedacht, aber Ihr wißt so gut wie ich, daß keine Jury in diesem Land – sollte die Sache vor Gericht gebracht werden – Deborah verurteilen würde, weil sie in Notwehr handelte. Und denkt nur an die Unannehmlichkeiten, die Spekulationen, den Klatsch. Ich fürchte, ich kann es nicht zulassen.«
»Tatsächlich?« entgegnete Belvidere. »Und wie wollt Ihr es verhindern?«
Gray legte die Fingerspitzen gegeneinander. »Ich schlage vor«, sagte er, »daß Ihr es noch einmal versucht. Im Klartext heißt das: wenn die Anklage gegen Deborah nicht fallengelassen wird, werde ich Maßnahmen ergreifen.«
Belvidere lachte ungläubig auf. »Ihr wollt mir *drohen*?« Mit aufrichtiger Belustigung im Blick sah er Gray an.
»Ich habe nicht den Wunsch, Euch zu drohen«, sagte Gray. »Viel lieber würde ich Euch einen Handel vorschlagen.«
»Was für einen Handel?«
»Leathe, bitte klärt Euren Vater auf.«
Leathe sprach im gleichen Tonfall wie Gray. »Die Gemälde und Kunstsammlungen gehören Deborah und mir. Ich habe meinen Anwalt konsultiert und erfahren, daß jedes Gericht im Lande zu unseren Gunsten entscheiden würde. Mein An-

walt sagt, Deborah und ich schulden dir Dank. Im Laufe der Jahre hat sich nämlich der Wert deiner Sammlungen gesteigert. Ich freilich hab' mir nie etwas aus Geld gemacht, und Deborah ebensowenig. Aber dir ist Geld wichtig, und wenn du nicht alles verlieren willst, wirst du tun, was wir verlangen.«

Belvideres Gesicht zuckte vor Wut. »Ich laß dich umbringen, bevor ich mich auch nur von einem Porzellanknopf trenne. Die Sammlungen gehören mir, und nach meinem Tod gehen sie in den Besitz meiner Tochter Elizabeth über. Stell mich doch vor Gericht und beweise deine Behauptungen! Hältst du mich für einen Narren? Es gibt keine Protokolle. Und was dein Vermögen angeht, werde ich mich auf Fehlinvestitionen oder inkompetente Führung deiner Geschäfte berufen, und das ist kein Verbrechen.«

Bis zu diesem Moment hatte der Earl das Wort fast ausschließlich an Gray gerichtet, doch nachdem sich Leathe in das Gespräch eingeklinkt hatte, war es, als wäre Gray nicht mehr vorhanden. Vater und Sohn waren aufgesprungen und standen sich drohend gegenüber. Der Haß zwischen ihnen war nahezu mit Händen zu greifen, und Gray spürte, wie sich die feinen Härchen in seinem Nacken aufrichteten. Es war nicht zu übersehen, daß in der Maske des Earls ein Riß entstanden war. Dies hatte die Bedrohung seiner kostbaren Sammlungen bewirkt, eine Bedrohung aus unerwarteter Richtung, von seinem Sohn und Erben nämlich.

»Du hast nicht die Spur von Ehre im Leib.« Leathe hielt inne, um zu Atem zu kommen, was ihm nicht gelang, und so fuhr er heiser fort: »Dich zu bestechen, dürfte nicht notwendig sein. Du bist Deborahs Vater, verdammt noch mal. Aber in deinem ganzen Leben hast du ja keinen Menschen geliebt. Du bist gar nicht fähig zu lieben. Nur tote Gegenstände sind dir wichtig.«

»Liebe?« Verachtung sprühte aus den Augen des Earls, er fletschte höhnisch die Zähne. »Was bist du nur für ein elender Köter! Wichtig ist allein der Stolz auf unser Erbe! Loyalität dem Namen gegenüber. Dieses Haus mit allem, was es enthält, gilt als der großartigste private Palast in ganz Europa, ist vergleichbar mit Windsor und Versailles. Und das ist mein Werk! Doch für einen Taugenichts wie dich hat das freilich keine Bedeutung.«

»Du hast meine Mutter wegen ihres Vermögens geheiratet und alles für dieses Haus verschwendet. Was aus ihr wurde, war dir völlig egal.«

»Deine Mutter!« Er spie das Wort aus wie Gift. »Die Heirat habe ich schon bald bereuen gelernt. Ich habe unter meinem Stand geheiratet. Deine Mutter hatte keine Vorstellung von der Verpflichtung der großartigen Familie gegenüber, in die sie eingeheiratet hatte.«

Leathes Stimme brach. »Diese großartige Familie war ihr Tod. Sie war dein Opfer, genauso wie Deb und ich. Gott ist mein Zeuge! Wir waren jung und hilflos, und du hast uns den einzigen Menschen genommen, der das Leben erträglich machte in diesem ... diesem versteinerten Mausoleum! Ich wenigstens konnte dir entrinnen, als ich zur Schule ging, aber Deborah ... Deborah – Wenn ich an Albert denke, könnte ich dir den Hals umdrehen.« Er holte tief und schaudernd Luft. »Doch die Art von Rache wäre zu billig. Nein. Umbringen werde ich dich nicht.«

»Mich umbringen?« Belvidere lachte. »Ich zittere wie Espenlaub.« Seine seidenglatte Stimme wurde samtweich. »Leathe, sieh dich vor. Du kannst mich nicht besiegen. Du konntest es nie und wirst es auch nie. Und weißt du auch, warum, Leathe? Weil du der Sohn deiner Mutter bist. Ein Schwächling, ein Versager, mehr wirst du nie sein.«

Hinter ihnen zerbrach etwas auf dem Boden, und beide Männer fuhren herum. Gray hatte sich auf ein Knie niedergelassen und sammelte die Scherben einer Urne auf. Im selben Moment stürmten zwei bewaffnete Diener in den Raum und blieben abrupt stehen.

»Lieber Himmel!« rief Gray. »Wie ungeschickt von mir!« Er zeigte dem Earl zwei große Scherben. »Es war ein mykenisches Gefäß, nicht wahr? Schade darum. Ich werde natürlich dafür bezahlen.« Er grinste gespielt verlegen, erhob sich und gesellte sich zu Vater und Sohn. »Oder Ihr könnt es, wenn es Euch recht ist, als Hochzeitsgeschenk abrechnen; Ihr wißt schon, für Deborah und mich.«

Die Dienstboten sahen ihren Herrn an, und als sie keine Anweisungen erhielten, zogen sie sich zurück.

Belvidere stand starr wie seine Marmorstatuen. Er verzog keine Miene. Er atmete nicht einmal. Doch seine Augen waren nicht leer. Sie glühten mit gewalttätiger Intensität, und Gray sah erfreut, daß seine Botschaft verstanden worden war. Vielleicht hatte ein Sohn nicht den Mut, seinen Vater anzugreifen, doch den Earl of Kendal konnte nichts aufhalten. Und Gray wußte, wie er Belvidere treffen konnte. Ein weniger vorsichtiger Mann hätte seine Diener angewiesen, die Gäste hinauszubefördern. Belvidere aber wollte zunächst wissen, wie weit sie gehen würden. Gut. Immerhin nahm der Earl ihn ernst.

»Ich an Eurer Stelle«, sagte Gray, »ich würde meine Schätze irgendwo verstauen, wo kein Dieb sie findet. Dieses Haus ist ein Paradies für Einbrecher.«

Belvidere hatte seine unerschütterliche Fassung wiedergefunden. Er gab sich lässig, doch seine Stimme war nicht fest. »Ihr glaubt, ich bin so dumm, meine Schätze nicht zu hüten? Ihr habt selbst gesehen, was eben geschah. Hört Euch um, Kendal,

dann werdet Ihr erfahren, daß jeder Dieb, der je in mein Haus eingebrochen ist, sein Leben am Galgen ausgeröchelt hat.«
»Ein Punkt für Euch«, sagte Gray leise. »Leathe, was schlagt Ihr vor?«
»Feuer«, antwortete Leathe ohne zu zögern. Er hatte seine Haltung wiedergefunden und erinnerte sich, wenn auch spät, an den Plan, auf den sie sich geeinigt hatten. »Ich habe immer davon geträumt, dieses Haus in Brand zu setzen, und will es jetzt mehr denn je.«
»Aber Leathe«, gab Gray zu bedenken, »es ist der Wohnsitz Eurer Ahnen. Das Haus ist Euer Erbe. Ein Brand würde alles zerstören, nicht nur die Sammlungen.«
»Dann würde ich es meinem eigenen Geschmack entsprechend wieder aufbauen.«
»Wie schade, daß ich es nicht mehr sehen würde!« fuhr der Earl ihn an. An Gray gewandt sagte er: »Was genau verlangt Ihr von mir?«
Er gab sich nun keine Mühe mehr, Höflichkeit vorzutäuschen. Grays Miene war genauso grimmig wie die des Earls. »Wenn es Euch gelungen wäre, Deborah in Eure Fänge zu bekommen, hättet Ihr die Klage gegen sie in kürzester Zeit problemlos abgewehrt. Ihr hattet einen dahingehenden Plan. Setzt ihn in Kraft. Zum Wochenende, allerspätestens aber Ende nächster Woche, will ich hören, daß der Fall zu den Akten gelegt wurde.«
»Und meine Sammlungen?«
»Leathe?«
»Wollen wir sagen, daß die Sammlungen bis zu Lord Belvideres Todestag unangetastet bleiben und dann zur Hälfte an Elizabeth und zu je einem Viertel in Deborahs und meinen Besitz übergehen? Unsere Anwälte können den Vertrag aufsetzen.«

»Das ist äußerst großzügig«, sagte Belvidere, und es klang überaus gelangweilt. »Doch ich fürchte, ich muß ablehnen. Eure Drohungen erschrecken mich nicht.« Er heftete den Blick auf Gray, und mörderische Wut flackerte in seinen Augen. »Ihr habt einen Fehler gemacht, indem Ihr heute abend zu mir kamt und mich in meinem eigenen Haus bedroht habt. Und diesen Fehler werdet Ihr ein Leben lang bereuen.«

»Zwei Wochen«, sagte Gray. »Mehr Zeit gebe ich Euch nicht. Wenn Ihr Euch nicht an das Ultimatum haltet, nehme ich Euch alles, Stück für Stück, bis zum letzten Porzellanknopf. – Ich gebe Euch einen Rat. Selbst in diesem Augenblick steht Ihr unter Beobachtung. Solltet Ihr auch nur das Geringste gegen Deborah oder Leathe unternehmen, erfahre ich davon.«

Als sie sich zum Gehen wandten, sprach der Earl noch einmal seinen Sohn an. »Du schlägst nach deiner Mutter.«

Leathe sagte nichts darauf.

»Sie war verrückt, Leathe. Und ihr Blut fließt in deinen Adern.«

Die gemeinen Worte ließen Leathe wie angewurzelt stehenbleiben, Gray jedoch nicht. Er trat zwischen Vater und Sohn und schlug dem Earl in aller Ruhe die geballte Faust ins Gesicht, so daß dieser zu Boden stürzte. Mit gespreizten Beinen und geballten Fäusten stand Gray über ihm. Blut spritzte aus der Nase des Earls und tropfte auf seine schneeweiße Halsbinde.

»Das ist für Deborah«, sagte Gray. »Oh, nicht für die Vergangenheit. Nichts außer einem langen, qualvollen Tod würde Eurer Rolle als mißbrauchtreibender Vater und Hüter zweier unschuldiger Kinder angemessen sein. Nein, das war dafür, daß Ihr nicht einmal nach Deborahs Wohlergehen gefragt, kein Wort des Bedauerns gesprochen und keinerlei Interesse daran gezeigt habt, wie es ihr in den vergangenen Jahren gelungen ist zu überleben. Ich würde Euch am liebsten fordern. Ihr könnt Euch glücklich schätzen, daß ich den Skandal um Deborahs willen vermeiden will.«

Als sich die Tür hinter Gray und Leathe geschlossen hatte, wischte sich Belvidere mit dem Ärmel das Blut aus dem Gesicht. Er war so außer sich, daß er nicht mehr wußte, was er tun sollte. Er rief nicht nach seinen Dienern, damit sie ihm zu Hilfe kamen. Die Erniedrigung, so vorgefunden zu werden, wäre mehr gewesen, als er hätte ertragen können.

Er erhob sich auf die Knie, dann auf die Füße und stützte sich auf eine Sessellehne, während er nach Atem rang. Das letzte Wort war noch nicht gesprochen, so schwor er sich. Für diese Demütigung sollten beide sterben, doch zunächst würde er sie leiden lassen. Vielleicht noch nicht morgen oder übermorgen, aber er würde es erleben. Er war ein geduldiger Mann. Und dann würde er Deborah finden und sich in angemessener Weise ihrer annehmen.

Zwischen Gray und Leathe fiel kein einziges Wort, bis sie in der Kutsche saßen und den Weg in das Dorf Windsor antraten, wo sie übernachten wollten.

»Nun«, brach Leathe dann als erster das Schweigen, »wenn das ein Beispiel für das Verhandlungsgeschick britischer Diplomaten war, wundert es mich nicht, daß wir ständig Krieg haben. Einen wehrlosen Mann niederzuschlagen!« Er lachte leise. »Das war der größte Schock meines Lebens. – Seid Ihr immer noch überzeugt davon, daß unser Plan Erfolg haben wird?«

»Jetzt mehr denn je. Euer Vater ist tatsächlich besessen von seinen Sammlungen.«

»Ihr habt doch nicht wirklich vor, das Haus niederzubrennen?«

»So weit wird Euer Vater es nicht kommen lassen. Vertraut mir, Leathe. Ich weiß, was ich tue. Übrigens, hättet Ihr etwas dagegen, den morgigen Tag in der Stadt zu verbringen? Ich habe noch einiges zu erledigen.«
»Hat das mit meinem Vater zu tun?«
Gray verschränkte die Arme über der Brust. »Es wird mir ein Vergnügen sein«, sagte er.
»Was habt Ihr vor?«
»Hm? Oh, ich werde natürlich verhandeln, auf eine Art, die Euer Vater versteht. Darum geht es doch in der Diplomatie, mein Junge.«
Nach kurzem Schweigen fragte Leathe ernst: »Wie schätzt Ihr meinen Vater ein?«
Gray nahm kein Blatt vor den Mund. »Grausam. Rachsüchtig. Verachtenswert. Er haßt Euch und Deborah zutiefst. Ich glaube, das hatte ich bislang nicht ganz begriffen. Und was er am Schluß über Eure Mutter sagte, die Behauptung, der Wahnsinn läge Euch im Blut, – er versteht es weiß Gott, Salz in offene Wunden zu reiben.«
»Ihr ... Ihr glaubt doch nicht, daß es wahr ist?«
Gray blickte Leathe abschätzend an. »Für Euch will ich nicht garantieren, aber ich kenne schließlich meine Deb. Ich baue meine Zukunft und die meiner Kinder auf meinem Instinkt auf. Sie ist geistig gesunder als ich.«
Leathe lachte und streckte seine langen Beine aus.
Sie verfielen in kameradschaftliches Schweigen, bis sie fast in Windsor angekommen waren. Da sagte Gray plötzlich: »Ihr habt meine Erlaubnis, Meg auf ihren Ausritten zu begleiten, aber nur unter der strengen Bedingung, daß sie niemals ohne Aufsicht ist.«
»Was!«
»Und wenn wir zurück in der Stadt sind, dürft Ihr sie in

Eurem Zweispänner ausfahren, allerdings nur in aller Öffentlichkeit, Hyde Park und so weiter.«

Leathe setzte sich stramm aufrecht, und Gray fuhr fort: »Solltet Ihr sie zufällig auf Bällen oder anderen Veranstaltungen treffen, dürft Ihr sie zum Tanz auffordern, aber vergeßt dabei eines nicht: laßt niemals die Etikette außer acht. Es ist wohl auch nichts dagegen einzuwenden, wenn Ihr sie gelegentlich zu Tisch führt. Über diesen Punkt werde ich mich noch mit meiner Mutter beraten.« Er hielt inne. »Damit habe ich nicht gestattet, daß Ihr meiner Schwester einen Antrag macht. Ist das verstanden?«

»Ja, Sir«, sagte Leathe.

»Ihr habt mit einem schlechten Ruf aufzuräumen, müßt Euch als Mann von Charakter beweisen. Wenn ich Fortschritte sehe, die mich zufriedenstellen, sprechen wir uns wieder. Versteht Ihr, was ich meine, Leathe?«

»Voll und ganz. Und erlaubt mir die Bemerkung, Sir, daß ich Euch Deb betreffend die gleichen Privilegien einräume.«

Es war scherzhaft gemeint, und beide lachten, doch Grays Lachen klang gezwungen. Allmählich verstand er Deborahs ablehnende Einstellung der Institution Ehe gegenüber, und je länger er darüber nachdachte, desto übler wurde seine Laune.

Neunzehntes Kapitel

Als Gray nach Channings zurückkam, fand er den gesamten Haushalt in großer Aufregung vor. Hart kam ihm an der Tür entgegen und schob ihn in ein kleines Zimmer.

»Ist Gussie etwas zugestoßen?« fragte Gray.

»Nein, nein, nichts dergleichen. Aber ich hielt es für das beste, erst mit dir zu reden, bevor du die Damen triffst. Sie sind ziemlich verstört wegen des Vorfalls.«

Gray stand da, die Beine gespreizt, und schlug sich mit den Handschuhen in die Handfläche. »Erzähl. Ich bin ganz Ohr.«

Hart berichtete hastig. »Es gab einen Jagdunfall. Nun, im Grunde war es kein Unfall, eher ein dummer Zufall. Niemandem ist etwas geschehen, das heißt, niemand wurde verletzt. Quentin allerdings hat einen schlimmen Schock davongetragen. Das hat wieder mal die alte Schwäche auf der Brust hervorgerufen. Dr. Tait hat ihn bereits untersucht und sagt, ihm wäre im Grunde nichts passiert. Ehrlich, Gray, dem Jungen geht es gut.«

»Wieso sagt Dr. Tait dann, *im Grunde* wäre ihm nichts passiert?«

»Wir dachten zuerst, Quentins Verstand könnte gelitten haben. Er wurde ohnmächtig, weißt du, und dann redete er wirres Zeug über Frankreich und über jemanden, der ihn verfolgte. Aber das, was ihn so erregt hatte, scheint jetzt vorüber zu sein.«

»Ich verstehe.« Gray überlegte kurz und sagte dann: »Erzähl mir von dem Unfall.«

»Es war wirklich nur ein Unfall, dessen darfst du sicher sein, Gray«, erklärte Hart, der wußte, was Gray durch den Kopf ging. »Es geschah heute früh. Die Jungen machten einen Spaziergang mit ihrem Tutor. Wie das Schicksal es wollte, war zur gleichen Zeit der Sohn unseres Nachbarn, Matthew Derwent, mit seinen Freunden unterwegs, um Moorhühner zu schießen. Sie waren vom Weg abgekommen und auf mein Land geraten.«

»Komm zur Sache, Hart. Was ist passiert?«

»Sämtliche Flinten gingen gleichzeitig los. Jason sagt, es war wie eine Explosion. Selbst er war erschrocken. Aber Quentins Reaktion war wirklich ungewöhnlich. Er schrie sich die Seele aus dem Leib. Als Jervis, der Tutor, sich ihm nähern wollte, zuckte er zurück und rannte in Panik davon. Jervis folgte ihm, und als er ihn eingeholt hatte, verlor Quentin das Bewußtsein. Der junge Derwent war völlig außer sich. Gibt sich die Schuld an allem. Stundenlang hat er hier gewartet, bis Dr. Tait Quentin untersucht hatte und ihn beruhigen konnte, daß der Junge keinen Schaden genommen hat.«

»Deborah und Quentin sind jetzt wohl in seinem Zimmer?« Gray war schon auf dem Weg zur Tür.

Hart beeilte sich, ihn zurückzuhalten. »Ja. Deborah läßt sich nicht überreden, ihn allein zu lassen, und ...« Schon stürmte Gray die Treppe hinauf, nahm immer zwei Stufen zur Zeit. Hart folgte ihm kopfschüttelnd.

Am Kopf der Treppe stieß Gray auf seine Mutter und seine Schwestern. »Wir haben deine Stimme gehört«, sagte die Witwe, hob sich auf die Zehenspitzen und drückte einen Kuß auf seine Wange.

Die Damen überschütteten ihn mit Fragen, und er brachte sie

zum Schweigen, indem er beide Hände hob. »Ich hätte euch warnen müssen, daß so etwas passieren könnte. Es gibt aber keinen Grund zur Sorge. Sieh mal, Gussie, ich habe seit dem Frühstück nichts mehr zu mir genommen. Würdest du mir bitte etwas richten? Wenn ich mit Deborah geredet habe, möchte ich gern mit euch allen sprechen. Geht doch bitte ins Frühstückszimmer und wartet dort auf mich.«

Er trat in Quentins Zimmer und sah Deborah auf einem Stuhl neben dem Bett sitzen, während der Tutor nervös vor dem Fenster auf und ab lief. Gray warf einen Blick auf Quentin. Er schien zu schlafen, doch als Deborah ihre Hand aus seiner lösen wollte, griff er fester zu. Aus einem kupfernen Topf über dem Feuer verbreitete sich Kräuterduft. Trotzdem ging Quentins Atem schwer und rasselnd.

»Sir?« fragte Mr. Jervis.

Gray legte einen Finger auf seine Lippen. »Ihr seht müde aus.« Er sprach leise, um Quentin nicht zu wecken. »Geht in die Bibliothek und schenkt Euch einen guten Schluck Brandy ein, oder auch mehr, wenn Ihr wollt. Ich komme gleich nach.«

Als der Tutor zögerte, wies Gray auf die Tür. »Geht jetzt!«

Leise schloß sich die Tür hinter Jervis. Gray ging auf Deborah zu und reichte ihr die Hand. Sie nahm sie und schmiegte ihre Wange hinein.

»Ach, Gray«, sagte sie erschüttert, »ich bin so froh, dich zu sehen.«

Der Blick, mit dem Gray Deborah umfing, hätte seine Familie wie auch seine Freunde bis ins Innerste schockiert. Er war so warm und lieb, so verheerend lieb, so, wie ihn Lady Helena auf der Soiree seiner Mutter bemerkt hatte.

»Was ist mit Quentin?« fragte er.

»Ich war nicht dabei, als es geschah. Ich hörte nur den Aufruhr und lief aus meinem Zimmer. Da trug Mr. Jervis Quentin die Treppe hinauf.« Sie konnte nicht aussprechen, was sie bei Quentins Anblick empfunden hatte. Sein Gesicht war weiß und still, und sie hatte gedacht, er wäre tot. »Quentin war ohnmächtig geworden. Als er wieder zu sich kam, dachte er zuerst, er und ich wären in Paris und müßten vor dem Mörder seines Vaters fliehen. Er hat einen entsetzlichen Schock erlitten, der einen Asthma-Anfall nach sich zog. Ich hatte geglaubt, das hätte er längst überwunden. Und jetzt das!«

Gray sprach ganz nüchtern. »Hattest du nicht gesagt, Quentin würde sich an nichts erinnern, was mit dem Tod seines Vaters zusammenhängt?«

»Doch. Aber ich habe ihm dann erzählt, was geschehen ist. Wahrscheinlich hat er daran gedacht.«

Gray antwortete nicht darauf, sondern drückte nur ihre Schulter. Im Augenblick gab es nichts weiter zu sagen.

Eine Bewegung im Bett brachte ihre Unterhaltung ohnehin zu einem abrupten Ende. Quentin regte sich, holte pfeifend Luft und wandte sich ihnen zu. »Ich habe Durst«, murmelte er benommen. »Und ich will nichts von deinem wäßrigen Gebräu, Deb. Gib mir was richtiges, Tee oder Bier.«

Gray lachte, doch Quentins Worte hatten eine völlig andere Wirkung auf Deborah. Sie schniefte, kramte in ihrer Tasche nach einem Taschentuch und putzte sich heftig die Nase.

»Geh nach unten, Deb«, sagte Gray, »und hol ihm was zu trinken. Bitte Hart, in zehn Minuten zu mir zu kommen. Jetzt übernehme ich erst einmal die Wache. Im Frühstückszimmer findest du meine Mutter und meine Schwestern. Warte dort auf mich.«

Nachdem sie gegangen war, sprach Gray den Jungen zunächst ganz ruhig auf die Jagd an und erklärte, wie glücklich sie alle sich schätzen konnten, daß die Männer auf Moorhühner schießen wollten und nicht auf Rotwild, denn dann hätten sie die Flinten ja nicht in die Luft gerichtet. Schritt für Schritt brachte er Quentin dahin zu berichten, was geschehen war.

Gray hörte dem Jungen schweigend zu, und wenn Quentin auch immer mal wieder keuchte und hustete, ließ er ihn doch bis zu Ende berichten. Was Quentin sagte, deckte sich mit Harts Darstellung.

»Wahrscheinlich«, sagte Quentin, »lachen sich Jason und alle anderen jetzt über mich kaputt? Bestimmt sagen sie, ich bin ein Baby.«

»Warum sollten sie? Jason hat auch einen Riesenschreck bekommen, als plötzlich die Flinten donnerten. Er war wie zur Salzsäule erstarrt. Du bist weggerannt. Nur ein ausgemachter Dummkopf hätte getan, als wäre nichts passiert. Weißt du, selbst Mr. Jervis braucht im Moment Onkel Harts besten Brandy, um seine Nerven zu beruhigen. Und dein Onkel Hart versteht ihn nur zu gut.«

»Stimmt das, Onkel Gray?«

»Ganz ehrlich.« Gray redete ganz aufgeräumt mit dem verstörten Jungen. »Außerdem wissen wir beide doch, daß du bedeutend mehr Grund zur Angst hattest als Mr. Jervis oder Jason. Die beiden sind noch nie im Leben von einem Mörder verfolgt worden.«

Hätte Quentin jetzt Angst oder Erregung gezeigt, wäre Gray nicht weitergegangen. Doch Quentin schien froh zu sein über die Gelegenheit, seine Gedanken zur Sprache bringen zu können.

»Als ich die Schüsse hörte, dachte ich, der Mörder meines Vaters wollte mich umbringen. Ich bin losgelaufen, um Deb zu suchen, und als Mr. Jervis mich einholte, habe ich ihn für jemand anderen gehalten, du weißt schon, für den Mörder.«

»Deb ist der Meinung, du hattest das Gefühl, wieder in Frankreich zu sein?«

»In Frankreich?« Quentin blinzelte zu Gray auf. »Wie kommt sie auf diese Idee?«

»Ich weiß es nicht. Vielleicht durch irgendwas, das du gesagt hast. Wahrscheinlich hat sie sich geirrt.«

Quentins Finger fuhren nervös über die Bettdecke. »Du wirst niemals herausfinden, wer meinen Vater getötet hat, stimmt's, Onkel Gray?«

»Wenn deine Erinnerungen zurückkommen, werden wir es wissen.«

»Aber warum kann ich mich nicht erinnern? Ich versuche es mit aller Macht, und trotzdem fällt mir nicht wieder ein, was geschehen ist. Ich will mich ja erinnern, aber ...« Er brach ab, senkte den Blick auf seine Hände und strich die zerknüllte Bettdecke wieder glatt.

»Ich schwöre dir«, sagte Gray, »daß ich den Mörder deines Vaters stellen werde, ganz gleich, ob du dich erinnerst oder nicht. Ah, da kommt das Mädchen mit – du liebe Zeit, sie bringt dir einen Krug Bier! Na, das dürfte der Beweis dafür sein, daß kein Mensch dich für ein Baby hält. Komm, laß dir helfen.«

»Verwässertes Bier«, beschwerte sich Quentin nach dem ersten Schluck.

»Also wirklich, hast du etwas anderes von Deborah erwartet?« fragte Gray, und sie tauschten einen Blick von Mann zu Mann, bevor sie beide anfingen zu lachen.

Gray verbarg seine Enttäuschung. Er hatte sich soviel mehr erhofft. Sein Eindruck war gewesen, daß Quentin im Begriff war, sich zu erinnern, wenn auch nur ansatzweise und nur, weil er Angst hatte. Nur etwas Unerhörtes würde den Jungen dazu bringen, sich ganz genau zu erinnern, und das wünschte Gray ihm keineswegs.

Weiß Gott nicht zum ersten Mal sagte Gray sich, daß Quentin immer in Lebensgefahr schweben würde, solange der Mörder nicht gefaßt war. So konnte es nicht weitergehen. Um Quentins willen mußte er etwas unternehmen.
Als Hart kam, um ihn abzulösen, verhärtete sich Grays halb gefaßter Entschluß zu felsenfester Entschlossenheit. Das hier war kein Leben für den Jungen. Nicht immer würden Menschen um ihn herum sein, die ihn beschützten. In einem Monat begann das Schuljahr in Eton. Dorthin konnte Deb ihn nicht begleiten, und sein Tutor ebensowenig. Zudem mochten die anderen Jungen grausam sein, wenn sie eine Schwäche bei Quentin entdeckten. Gray konnte sich nur zu gut vorstellen, welchen Streichen der Junge ausgesetzt sein würde, wenn die anderen erkannten, daß er bei plötzlichem Lärm in Panik geriet oder sich im Dunkeln fürchtete. Sie würden ihm das Leben zur Hölle machen.
Die nächsten fünf Stunden verbrachte Gray damit, jeden, der sich irgendwo in der Nähe des Schauplatzes aufgehalten hatte, zu befragen, selbst Matthew Derwent und seine Freunde. Wie erwartet, hatte sich nichts Verdächtiges ereignet. Es war, wie Hart es beschrieben hatte. In einem letzten verzweifelten Versuch, ein Vorgehen, das Deborah gewiß nicht billigen würde, zu vermeiden, ließ er sie zu sich in Harts Bibliothek rufen.
Sie sah sein ernstes Gesicht, spürte seine Entschlossenheit und setzte sich straffer aufrecht. Er blieb stehen, und sie wartete darauf, daß er zu reden begann.
Lächelnd sagte er: »Der arme Quentin. Das alles wäre nicht geschehen, wenn wir den Mörder seines Vaters schon gestellt hätten. Dann hätte Quentin gewußt, daß er nichts zu befürchten hatte.«
»Dasselbe habe ich mir auch schon überlegt«, sagte Deborah zu seiner Überraschung.

»Ach ja? Und welches weitere Vorgehen schlägst du nun vor?«
»Ich bleibe bei meinem ursprünglichen Vorschlag.« Sie blickte ihm ernst in die Augen. »Da du den Verräter noch nicht gestellt hast, sollten wir Quentin meines Erachtens zu seinem Onkel auf den Westindischen Inseln schicken. Nein, nicht für immer, versteh mich richtig, sondern nur, um ihm Zeit zu geben, seine Pariser Erlebnisse zu verarbeiten. Bei seinem Onkel wird er sich sicher fühlen, zumal ein ganzer Ozean zwischen ihm und dem Mann liegt, der ihm Böses will. In ein, zwei Jahren, wenn er alles überwunden hat, könnte er hierher zurückkehren und sein gewohntes Leben wieder aufnehmen. Bis dahin hat er vielleicht sogar sein Gedächtnis wiedergefunden.«
»Oder wir schlagen einen anderen Weg ein, um herauszufinden, wer der Mörder ist«, sagte Gray. Deborahs Körper versteifte sich sichtlich, und Gray verstand, daß er niemals ihre Zustimmung zu seinem Plan erringen würde.
So wechselte er das Thema. »Weißt du«, sagte er, »ich glaube nicht recht, daß du mir alles, an was du dich von jener Nacht erinnerst, berichtet hast. Vielleicht hast du mehr gesehen, als du selbst glaubst. Ich schlage vor, die Ereignisse der Nacht Schritt für Schritt noch einmal durchzugehen, sofern du dazu in der Lage bist.«
Sie stieß heftig den lange angehaltenen Atem aus, erleichtert, daß er nicht, wie sie befürchtet hatte, den Vorschlag machte, Quentin als Köder für den Mörder zu benutzen.
»Ich will gern alles tun, was Quentin hilft«, sagte sie schlicht. Schon bald wurde klar, daß er mehr als ein paar Fragen im Sinn hatte. Er plante eine genaue Nachstellung der Szene. Er hieß sie, an der Tür Aufstellung zu nehmen, und rückte auf ihre Anweisung hin den Schreibtisch an die Stelle, wo er auch in Lord Barringtons Bibliothek gestanden hatte.

»Wie viele Kerzen brannten?« fragte er.
Sie mußte überlegen. »Zwei. Eine auf dem Schreibtisch und eine auf dem Kaminsims.«
»Wo befand sich der Kamin?«
»Dort, der Tür gegenüber. Warst du denn nie in dem Haus?«
»Nein. Ich zog es vor, mich auf neutralem Boden mit Gil zu treffen.«
»Was heißt das?«
»Sophie«, erwiderte er vielsagend. »Sie ist die geborene Kokotte. Das störte Gils und meine Beziehung. Am Abend unserer Verabredung allerdings war ich sicher, daß Sophie Paris bereits verlassen hatte. Ich wußte jedoch nicht, daß Quentin noch da war.«
Während er sprach, rückte er einen kleinen Tisch an die Stelle, wo sich in Lord Barringtons Bibliothek der Kamin befand, und stellte eine Kerze darauf.
»Lord Barrington glaubte, du hättest dich verspätet. Er wartete auf dich.«
Gray drehte sich zu ihr um. »Der arme Gil.«
Sie schluckte und nickte.
Bis auf zwei löschte er alle übrigen Kerzen. »Und die Fenster? Wo befanden sich die Fenster?«
Deborah überkam eine Gänsehaut. Sie fuhr sich mit der Zunge über die Lippen. »An der gleichen Stelle wie hier, hinter dem Schreibtisch.«
»Waren die Vorhänge offen oder geschlossen?«
»Geschlossen.« Sie legte die Stirn in Falten. »Ja, sie waren zugezogen. Das fällt mir erst jetzt auf. Und es war ungewöhnlich, denn Lord Barrington schloß die Vorhänge nie. Wohl aber Quentin. Es war einer seiner liebsten Streiche, sich dahinter zu verstecken und mir dann unverhofft entgegenzuspringen. Bestimmt hatte er sich in jener Nacht in

der Bibliothek versteckt, weil er wußte, daß ich ihn suchen würde.«

»Woher wußte er das?«

»In der Nacht tobte ein Gewitter. Ich werde immer wach, wenn es donnert, und Quentin weiß es. Wenn er nicht in mein Zimmer kam, ging ich zu ihm.« Sie machte eine hilflose Handbewegung. »Ich bin bei Gewitter eben nicht gern allein. Und Quentin wird sich gedacht haben, daß ich ihn suchen würde, wenn ich ihn nicht in seinem Bett vorfand. Warum machst du so ein finsteres Gesicht?«

»Es kommt mir merkwürdig vor, daß ein Junge seiner Gouvernante mitten in der Nacht Streiche spielt.«

»Oh, Quentin heckt immer irgendwas aus. Glaubst du denn, er wäre ein kleiner Engel? O nein! Doch in diesem Fall steckt noch mehr dahinter. Er hat auch Angst vor Gewittern, aber das sollte niemand wissen. Ich dachte, er wollte seinen Mut beweisen, wie Jungen es nun mal tun.«

»Verstehe. Fangen wir also mit dem Moment an, als du Quentins Bett leer vorgefunden hast. Was hast du gedacht?«

»Daran erinnere ich mich genau. Ich war verärgert. Quentin hatte gerade ein Fieber überstanden. Ich wollte ihm gehörig die Meinung sagen, falls er Versteck mit mir spielte. Außerdem fürchtete ich, daß er barfuß umherlief, und ich ärgerte mich gleichzeitig, daß ich keine Kerze hatte. Ich mußte mich im Dunkeln die Treppe hinuntertasten.«

»Wieso bist du gleich zur Bibliothek gegangen?«

»Ich hatte einen Lichtschein unter der Türritze gesehen.«

»Gut, weiter. Du hast dich die Treppe hinuntergetastet und Licht unter der Tür zur Bibliothek gesehen. Und dann?«

Sie holte tief Luft. »Ich habe Quentins Namen gerufen, nicht laut genug, um das ganze Haus zu wecken, aber doch so, daß er meinen Ärger erkannte. Als ich keine Antwort bekam, bin ich hinuntergegangen.« Entsetzt riß sie die Augen auf. »Das hatte ich ja auch vergessen! Oben an der Treppe habe ich nach Quentin gerufen. Meinst du, sie könnten mich in der Bibliothek gehört haben?«

Gray antwortete ausweichend: »Was meinst du selbst?«

»Ich ... ich kann es nicht sagen. Ich weiß es nicht.«

»Lassen wir das jetzt. Du bist zur Bibliothek gegangen, um Quentin zur Rede zu stellen. Was passierte dann?«

Sie dachte angestrengt nach. »Ich hörte Stimmen. Das habe ich dir schon erzählt.«

»Gils Stimme?«

»Ja.«

»Wer war sonst noch im Raum?«

»Ich weiß es nicht.«

»Hätte es einer von den Dienstboten sein können?«

Sie schüttelte den Kopf. »Nein. Die Dienstboten sprachen französisch. Die Unterhaltung in der Bibliothek wurde aber in Englisch geführt.«

»War es eine Frauenstimme?« Er ließ ihr keine Zeit zum Überlegen. »Ja oder nein, Deborah?«

»Nein.«

»Die Stimme eines Fremden?«

»Ja. Nein. Das heißt ... ach, Gray, ich weiß es nicht.«

»Mach dir keine Gedanken. Weiter jetzt. Sag mir ganz genau, was Gil gesagt hat.«

»An den genauen Wortlaut erinnere ich mich nicht. Ich meine, er hat etwas gesagt wie: Laßt den Jungen laufen! Ausgerechnet Ihr! Habt Erbarmen, Kendal, Lord Kendal, tut ihm nichts! Und dann rief er: Quentin, lauf um dein Leben!«

Gray sagte heiser: »Du bist zweifellos die mutigste, einfallsreichste Frau, die ich kenne. Selbst ein erwachsener Mann hätte gezögert, diese Tür zu öffnen.«

Sie lächelte schwach. »Ich war nicht mutig. Ich habe gar nicht nachgedacht, sondern rein instinktiv gehandelt.«
Bei dem Gedanken an Gils letzte, verzweifelte Minuten und der Vorstellung, wie nahe Deborah und Quentin dem Tod gewesen waren, lief Gray ein Schaudern über den Rücken. Doch er schob diese schmerzlichen Überlegungen beiseite und machte einen Schritt auf Deborah zu. »Denk jetzt nicht an Gil«, sagte er. »Wir wollen uns auf den Eindringling konzentrieren. Schließ die Augen. Du hast gerade den Schuß gehört und stößt die Tür auf. Ich bin der Mörder, habe eben Gil niedergeschossen. Jetzt öffne die Augen, Deborah. Stehe ich an der richtigen Stelle?«
»Nein, zu nahe am Schreibtisch. Geh einen Schritt zurück und wende dich mir zu.«
Er tat, was sie verlangte, und sie sagte: »So ist es besser.«
»Deb«, sagte er leise, »schau mich an. Kannst du mein Gesicht sehen?«
Der Schein der Kerze auf dem Schreibtisch warf Schatten über sein Gesicht. Doch sie konnte ihn trotzdem erkennen.
»Gray, ich habe das Gesicht des Mörders nicht gesehen.«
»Warum nicht?«
»Ich weiß nicht. Die Kerze auf dem Kaminsims befand sich direkt hinter ihm. Vielleicht hat sie geflackert, und ich habe dorthin geschaut. Ich weiß es ehrlich nicht. Zuviel passierte auf einmal. Ich sah Lord Barrington am Boden liegen ...«
»Zeig mir, wo und wie.«
»Dort«, sagte sie, »vor deinen Füßen, und ... und Quentin kam plötzlich auf mich zugestürmt ...«
»Von wo?«
Sie wies auf die Ecke zwischen Fenster und Tür. »Und ich hatte entsetzliche Angst, daß der Mörder noch eine zweite Pistole haben könnte.«

»Hatte er eine?«
»Nein.«
»Woher weißt du das?«
»Weil ich sie direkt vor Augen hatte«, schrie sie auf. Ihr Busen hob und senkte sich, sie schluchzte. In ihrer Vorstellung hörte sie den Schuß und roch den Gestank von verbranntem Pulver.
»Ich denke, das reicht für heute«, sagte Gray sanft.
»Nein, Gray. Wenn wir Quentin damit helfen können, sollten wir weitermachen.« Sie lachte trocken auf. »Das Schlimmste ist vorüber. Was kannst du mich sonst noch fragen?«
»Nur noch eines. Erträgst du es wirklich noch?«
»Ganz sicher.«
Er musterte sie lange, nickte dann und sagte: »Schließ die Augen.«
Sie gehorchte und hörte, daß die Schreibtischschublade geöffnet wurde. Es raschelte, dann klickte die Lade wieder ins Schloß.
»Vergiß nicht, ich bin der Mörder«, sagte Gray. »Ich habe gerade Gil erschossen und will Quentin und dich verfolgen. Und vergiß auch nicht, was du mir gesagt hast. Du wirst mir nicht ins Gesicht sehen, Deb. Und jetzt öffne die Augen.«
Er war einen Schritt auf sie zugekommen, und die Pistole in seiner Hand war im Kerzenschein deutlich zu erkennen. Deborahs Blick huschte zu seiner linken Hand. Sie war leer. Deborah stieß zitternd den Atem aus.
»Gray«, sagte sie verdutzt, »der Mörder trug etwas in der rechten Hand, ein Taschentuch, glaube ich, doch die Pistole hielt er in der linken. Der Mörder ist Linkshänder, Gray.«

Sie war ihm eine wertvolle Hilfe gewesen, wenn auch nicht in der Art, wie sie glaubte. Die Hinweise reichten noch längst

nicht, um den Mörder stellen zu können. Doch sie hatten den richtigen Köder gefunden, um ihn in die Falle zu locken.
Gray sog kräftig an seinem Zigarillo und warf den Stummel in die Glut im Kamin. Gil und er hatten oft ein ruhiges Stündchen vor dem knisternden Feuer mit Zigarillos und französischem Brandy verbracht. Aber das war vor Sophie. Nach Gils Heirat hatte er offenbar keine freie Minute mehr für sich selbst. Und dann war seine Zeit abgelaufen.
Gray stand auf, ging zum Bett und schlüpfte zwischen die Laken. Schlafen konnte er jedoch noch nicht. Dazu beschäftigte ihn viel zu sehr, was er von Deborah erfahren hatte.
Er konnte sich ziemlich genau ausmalen, wie alles abgelaufen war. Im Glauben, daß er, Gray, zu ihrer Verabredung kam, hatte Gil die Tür geöffnet. Quentin war in die Bibliothek gehuscht und hatte sich hinter den Vorhängen versteckt, als sein Vater und dessen Mörder eintraten. Er wurde entdeckt. Gil hatte Quentin in sein Zimmer schicken wollen, doch das durfte der Mörder nicht zulassen, weil Quentin ihn hätte identifizieren können. Natürlich mußte er Gil zuerst töten. Der Junge stellte dann kein Problem mehr dar.
Deborahs Ruf von der Treppe her mußte ihm einen gehörigen Schock versetzt haben. Nun hatte er es mit drei Opfern zu tun. All das mußte Gil auch durch den Kopf gegangen sein. Hatte er den Mörder mit Worten abzulenken versucht, um sich dann auf dessen Pistole zu stürzen? War das der Aufprall, den Deborah gehört hatte? Er war beinahe sicher. So hätte er selbst jedenfalls gehandelt. Wie Deborah schon gesagt hatte, denkt man in einer solchen Extremsituation nicht nach, sondern handelt rein instinktiv.
Etwas rumorte in einem Winkel seines Bewußtseins, ließ sich jedoch nicht greifen. Was war es nur?
Sein Kopf fuhr herum, als die Tür zur Dienstbotentreppe sich

knarrend öffnete. Deborah stand auf der Schwelle, eine Kerze in der einen Hand, während sie mit der anderen ihren warmen, wollenen Schlafrock zusammenhielt.
»Ich dachte, du würdest zu mir kommen«, sagte sie.
Er unterdrückte mühsam ein Lächeln. »Warum sollte ich das tun?«
»Weil es so ein elender Tag gewesen ist. Weil du doch sicher weißt, daß ich Trost brauche. Weil ich *dich* brauche.«
Er schlug die Bettdecke zurück und klopfte neben sich auf die Matratze. »Wenn es um dich geht, versagt meine Willenskraft. Du bist wirklich skrupellos, Deborah, diese Schwäche so auszunutzen.«
Sie stellte die Kerze auf der Kommode ab und streifte auf dem Weg über den Teppichboden ihren Schlafrock ab. Gray empfing sie in seinen Armen und zog sie zu sich ins Bett.
Sie stützte sich auf seiner Brust ab und blickte ihm ins Gesicht. »Du hast ja kein Nachthemd an«, sagte sie.
»Ich schlafe immer nackt. Daran wirst du dich gewöhnen.«
Sie senkte den Kopf und flüsterte an dem kleinen Mal auf seiner Schulter: »Ich habe nicht gewußt, daß es so sein kann.«
»Daß es wie sein kann?« Er strich mit den Händen sacht über ihren Körper, nicht erregend, sondern wie um in aller Ruhe jede Rundung, jede Vertiefung, jeden Knochen und jede Sehne zu erforschen. Er küßte die leichten Falten von ihrer Stirn, dann ihre Augenbrauen und schließlich die Grübchen, die plötzlich in ihren Wangen auftauchten.
»Ich sagte es doch bereits. Es ist nicht nur das hier.« Sie drückte ihm einen Kuß auf die Lippen. »Du bist es. Es ... ich weiß nicht. Wie ich dich vermisse, wenn du nicht da bist. Wie ich mir wünsche, in deinen Armen zu liegen, mir wünsche, dich im Arm zu halten.«

»Ich habe auch nicht gewußt, daß es so sein kann. Ich glaube, das nennt man Liebe.«
Unter seinem intensiven Blick senkte sie die Lider. »Gray, warum akzeptierst du nicht einfach das, was wir haben, und damit genug?«
»Du«, sagte er mit Nachdruck, »bist feige. Du liebst mich, willst es aber nicht eingestehen. Abgesehen davon muß ich dir etwas sagen, etwas, was ich dir schon heute nachmittag bei meiner Rückkehr gesagt hätte, wenn ich nicht gleich wieder in eine neue Krisensituation hineingeraten wäre. Deb, ich war nicht im Auswärtigen Amt. Ich war in Windsor, genauer gesagt, in Belvidere.«
Sie sah ihm in die Augen und erzitterte unter dem Wissen, das sie in ihnen las. »Was sagst du?« flüsterte sie.
»Ich sagte, ich weiß, daß du Lady Deborah Montague bist. Du bist die Tochter des Earls of Belvidere. Leathe ist dein Bruder. Ich weiß alles, Deborah. Ich weiß von Albert und von der Mordanklage. Muß ich noch mehr sagen?«
In blindem, sprachlosem Entsetzen starrte sie ihn an. Als ihr wieder einfiel, daß sie atmen mußte, sog sie die Luft in tiefen Zügen ein. »Hat Leathe dir das verraten?«
»Nein. Ich habe es mir selbst zusammengereimt aus den ungewollten Hinweisen, die du fallengelassen hast.«
Ihre Stimme klang heiser. »Was hast du jetzt vor?«
»Ich will dich beschützen, was sonst? Zweifelst du daran?«
Sie befreite sich aus seinen Armen und setzte sich auf ihre Fersen. »Du hast meinen Vater aufgesucht, ohne mir ein Wort davon zu sagen?«
»Leathe hat mich begleitet.«
»Leathe!« Sie hatte das Gefühl, als hätte jemand ihr einen Schlag in den Magen versetzt. »Mein Gott, wenigstens er hätte klüger sein müssen.«

Gray hielt sie fest, als sie vom Bett gleiten wollte. »Du kannst nicht dein Leben lang vor deinem Vater davonlaufen!«
»Ach nein? Warte ab!«
Er mußte sie schütteln, damit sie ihm zuhörte. »Was ist mit Quentin? Willst du ihn im Stich lassen? Er wird dich nicht begleiten, Deborah. Er bleibt bei mir.«
Als Quentins Name fiel, wich alle Farbe aus ihrem Gesicht. Ihre Augen schwammen in Tränen. »Ach, Gray, was hast du getan? Jetzt geht es nicht mehr nur um mich. Verstehst du denn nicht? Wenn du dir meinen Vater zum Feind gemacht hast, findet er einen Weg, um sich auch an dir zu rächen.«
»Für deine Angst besteht kein Grund. Dein Vater ist nur ein einzelner Mann. Alles wird gut.«
Seine Nüchternheit angesichts ihres Entsetzens ließ Wut in ihr hochkochen. »Sag mir, was du getan hast!«
Im selben nüchternen Ton fuhr er fort: »Ich habe vor, deinen Vater dazu zu bringen, daß er die Mordanklage gegen dich fallenläßt. In einer Woche, höchstenfalls in vierzehn Tagen dürfte alles geregelt sein. Deine Akte wird geschlossen, und du wirst dich nicht mehr verstecken müssen. Dann bist du frei, Deborah, frei.«
Er lächelte sie an, wie er manchmal Quentin anlächelte. Aber sie war nicht Quentin. Sie wußte, daß Gray kein Halbgott war. Er war ein Mensch und somit sterblich und keineswegs unverletzlich. Und ihr Vater war ein Monster.
Schwankend zwischen Angst und Zorn schrie sie: »Ich wollte um keinen Preis, daß du dich in diese Sache einmischst. Leathe hatte mir versprochen, nichts ohne meine Zustimmung zu unternehmen. Du kennst meinen Vater nicht. Du weißt nicht, wie schlecht, wie hartnäckig, wie rachsüchtig er ist. Begreifst du denn gar nichts? Indem du dich einmischst, bringst du dich selbst in Lebensgefahr.«

Er küßte sie sanft auf den Mund. »Dazu bin ich viel zu vorsichtig. Dein Vater wird tun, was ich verlange, denn er weiß, – oder wird bald wissen – daß er andernfalls das verliert, was ihm das Liebste im Leben ist.«
»Mein Vater hat keine Liebe in sich.«
»Da irrst du dich allerdings, mein Liebling. Er ist sogar besessen. Er liebt seine Kollektionen, Deb, und würde alles tun, um sie zu erhalten.«
»Und das heißt ...?«
Mit dem Zeigefinger zeichnete er sanft ihr Profil nach. »Jeden Tag, mit dem er das Ultimatum überschreitet, wird er einen Teil seines Schatzes verlieren. Ich habe schon Schritte in dieser Richtung unternommen. Sorge dich nicht, Deborah. Ich weiß, was ich tue.«
»Du hast schon Schritte unternommen? Was soll das bedeuten?«
»Ich habe Freunde. Mächtige Freunde. Sie setzen sich für mich ein. Dein Vater wird bald wissen, daß er, wenn er nicht schnellstens etwas unternimmt, um deinen Namen reinzuwaschen, seine wertvollen Sammlungen verliert.«
Sie hätte ihm gern geglaubt, doch sie kannte ihren Vater nur zu gut. »Und wenn dein Plan nicht aufgeht? Was dann?«
Er hob gleichmütig die Schultern. »Dann sollen sie Anklage gegen dich erheben. Den Skandal können wir verkraften, und zur Verurteilung wird es nicht kommen. Niemand kann dir einen Vorwurf machen. Wegzulaufen war ein Fehler, Deb. Die Anklage gegen dich war substanzlos.«
Sie schloß vor Verzweiflung die Augen. Wie sollte sie ihn davon überzeugen, daß es nicht so einfach war, wie er es sich vorstellte? Ihr Vater war zu allem fähig. Gray durfte ihn nicht unterschätzen. Ihr Vater vergaß oder vergab nie etwas.
Deborah schauderte und barg ihren Kopf an Grays Schulter.

Ihre Welt war ins Chaos gesunken. Ihre Schultern waren nicht kräftig genug für diese schweren Bürden. Sie dachte an Quentin, an den Mörder, jetzt auch noch an ihren Vater und an Gray. Ein Ende war nicht abzusehen. Sie war gefangen in einem Labyrinth aus Angst, aus dem es keinen Ausweg gab.

Wieder einmal schien Gray ihre Gedanken zu lesen. »Vertrau mir, Deb. Ich weiß, was ich tue. Laß mich doch alles in die Hand nehmen.«

Die besänftigenden Worte zeitigten nicht den gewünschten Effekt. Eben noch lag sie vertrauensvoll an ihn geschmiegt da, und im nächsten Moment kniete sie mit wutsprühenden Augen neben ihm.

»Hör dich bloß an!« fuhr sie auf ihn los. »Du redest genauso wie mein Vater! Er wollte auch alles für mich in die Hand nehmen. Wenn ich auf ihn gehört hätte, wäre ich jetzt mit Albert verheiratet! Diese Angelegenheit geht nur mich etwas an. Du hast kein Recht, dich einzumischen.«

»Verdammt noch mal!« Er packte sie bei den Handgelenken und riß sie über sich. Sein Gesicht war ihrem ganz nahe. »Wie kannst du mich mit dieser elenden Schlangenbrut vergleichen? Ich will nur dein Bestes.«

»Und was ist das Beste für mich? Das weiß allein ich selbst! Ich wußte, daß es soweit kommen würde. Ich war eine Närrin, dir zu vertrauen, hierherzukommen. Von jetzt an möchte ich nur noch in Ruhe gelassen werden.«

Grays Augen waren dunkel vor Zorn. »In mancher Hinsicht, Deb, bist du leider erbärmlich feige.«

Bevor sie ihn schlagen konnte, wälzte er sich mit ihr übers Bett, um sie dann brutal zu küssen. Er riß ihr das Nachthemd vom Leibe, ohne auf ihr Luftschnappen zu achten, als die kleinen Perlknöpfe über das Bettzeug und zu Boden rollten. Sie machte keinen Versuch, sich zu wehren. Sie hatte keine

Angst. Sie konnte nicht klar denken, wenn er sie so berührte, so küßte. Dann konnte sie nur fühlen. Sie lebte, und würde, wenn auch nur für eine kleine Weile, Atem schöpfen können inmitten all ihrer Sorgen und Ängste. Sie klammerte sich an ihn und heizte damit seine Begierde an.

Er wußte, daß er zu heftig vorging, konnte jedoch nicht aufhören. Es würde andere Nächte geben, wenn er ihr all die Zärtlichkeit und Umsicht schenken würde, deren er fähig war. Aber nicht jetzt. Heute nacht würde er sich mit nichts weniger als ihrer völligen Unterwerfung zufriedengeben. Er war viel zu geduldig mit ihr verfahren, zu sehr darauf bedacht, sie von ihrem anfänglichen Mißtrauen ihm gegenüber zu befreien. Er hatte es satt, sie in Watte zu packen. Nach der heutigen Nacht würde sie ihn nie wieder abweisen.

Mit erschreckendem Tempo strebte sie einem explosiven, besinnungslosen Höhepunkt entgegen. Sie griff nach Gray, versuchte, ihn über sich zu ziehen. Er hielt sie zurück, bis sie im Nachspiel verausgabter Leidenschaft zitternd dalag.

»Macht das den Eindruck, als wolltest du in Ruhe gelassen werden?« fragte er nahezu wild. »Du liebst mich genauso sehr, wie ich dich liebe. Sag's mir, verdammt noch mal!«

Die Lüge verharrte bebend auf ihrer Zunge und starb dort. Etwas in Grays Gesichtsausdruck war ihr unerträglich. »Gray ...«

»Sag's mir, verdammt!«

Sie unterdrückte ein Schluchzen. »Ich liebe dich«, schrie sie und fragte sich gleichzeitig, ob es klug war, einem Mann soviel Macht in die Hand zu geben.

»Schau mich nicht so angewidert an«, flüsterte er mit lächelndem Blick. »Das ist nicht das Ende der Welt. Ich liebe dich auch. Also sind wir quitt.«

»Wenn ich es nur glauben könnte.«

»Glaub's einfach.«

Als er in sie eindrang, ging eine Veränderung mit ihm vor. Er überschüttete sie mit zarten Küssen und sanften Lobesworten. Mit rauhem, erotischem Flüstern ließ er sie wissen, daß er es über alles liebte, wie sie auf ihn reagierte, wie sie sich ihm ganz hingab in diesem ultimativen Akt des Vertrauens zwischen Mann und Frau.
Sein Geflüster wurde erotischer, und sie überließ sich dieser dunklen, sinnlichen Seite seines Wesens, die so durch und durch männlich war. Und als sie sich ihm überließ und sein Gesicht und seine Schultern mit wilden Küssen bedeckte, spürte sie, wie ihn die Beherrschung verließ.
Mit einem leisen Aufschrei bäumte sie sich auf und verharrte auf dem Gipfel unerträglicher Lust. Gray gab ihr, was sie brauchte. Er zog sie fest an sich und ritt sie zu einem wilden, berstenden Orgasmus, der ihnen beiden Schreie entriß. Deborah lag noch lange Zeit bebend unter ihm, bis ihr gesamter Körper nach und nach schlaff vor Erschöpfung wurde.
Später, als Gray sich von ihr löste und auf seine Bettseite wälzte, entfuhr ihr ein kleiner, wohliger Seufzer, dann schlief sie übergangslos ein. Gray lächelte; er kannte diese Eigenart Deborahs inzwischen. Er senkte den Mund auf ihre geschwollenen Lippen und küßte sie zärtlich. Langsam öffnete Deborah die Augen und blickte zu Gray auf.
»Ich erwarte, daß du dich ehrenhaft verhältst«, sagte er.
»Was?«
»Wir heiraten, Deb. Das ist die einzige Möglichkeit für uns.«
»Kendal, gibst du denn nie auf?«
»Nie.«
Sie brachte noch ein Lächeln zustande, war jedoch fast schon wieder eingeschlafen. »Ich lasse es mir durch den Kopf gehen«, flüsterte sie und rückte näher an ihn heran, bis sie halb über ihm lag.

Einer von ihnen mußte wach bleiben, damit Deborah zurück in ihr Zimmer fand, bevor das Mädchen die Morgenschokolade brachte. Mit nachsichtigem Lächeln setzte Gray sich im Bett auf. Er war überaus zufrieden mit sich selbst.

Noch lange dachte er über Deborahs Vater nach und fragte sich, ob es nicht klüger wäre, ihn einfach zum Duell zu fordern. Mit dem größten Vergnügen würde er dem Mann eine Kugel in den Kopf schießen. Ob Belvidere die Angelegenheit mit den Behörden klärte oder nicht, war nicht entscheidend. Gray hatte ernst gemeint, was er Deborah erklärt hatte. Zu einer Verurteilung würde es nicht kommen. Blieb der Skandal. Um Deborahs willen also sollte die Schlange doch am Leben bleiben.

Noch einmal dachte Gray an die Nacht, in der Gil ermordet wurde, und ließ alles, was er von Deborah erfahren hatte, Revue passieren. Lange Zeit grübelte er über die Szene, die sie in der Bibliothek nachgestellt hatten, nach, bedachte jede winzige Kleinigkeit. Und dann fiel es ihm ein! Der nicht zu greifende Gedanke, der ihn gequält hatte, nahm feste Formen an, und mit ihm ein Gesicht.

Zwanzigstes Kapitel

Im Laufe der Nacht verschlimmerte sich Quentins Zustand. Zwar atmete er freier, klagte aber über starke Kopfschmerzen, und die üblichen Gegenmaßnahmen brachten keinen Erfolg. Deborah schlief lange und erfuhr erst davon, als sie nach unten kam, wo die Familie das Frühstück eben beendet hatte.

Die Countess wirkte sehr mitgenommen. »Dr. Tait ist gerade bei ihm«, sagte sie. »Gray wollte nicht, daß wir Euch wecken. Er meinte, Ihr wäret völlig erschöpft. Erschreckt nicht, meine Liebe. Gray hat alles gut im Griff.«

Deborah nahm sich keine Zeit fürs Frühstück, sondern lief eilends zu Quentins Zimmer. Auf dem Weg nach unten war sie daran vorbeigekommen, hatte jedoch angenommen, Quentin würde noch schlafen, da die Tür geschlossen war. Gray und der Arzt traten gerade aus dem Zimmer, als sie den Flur erreicht hatte, aber abgesehen von ein paar Höflichkeitsfloskeln hatte Dr. Tait ihr nichts zu sagen. Er und Gray traten zur Seite und besprachen sich im Flüsterton.

Deborah fand Quentin aufrecht im Bett sitzend vor. Er trank aus einem Glas, das sein Tutor ihm an die Lippen hielt. »Ein Kopfschmerzmittel«, erklärte Mr. Jervis.

»Mein Kopf tut so weh, Deb«, sagte Quentin.

Er stöhnte, als er sich zurück ins Kissen legte, war jedoch

schon eingeschlafen, bevor Deborah sein Bettzeug gerichtet hatte. Sein Atem ging normal, und das wunderte sie.
Als Gray zurückkam, nahm er sie beim Ellbogen und führte sie hinaus in den Flur. Sein Gesichtsausdruck versetzte sie in Angst und Schrecken.
»Was ist los, Gray? Was hat Dr. Tait gesagt?«
»Er kann Quentins Krankheit nicht diagnostizieren.«
»Krankheit?« wiederholte Deborah nervös.
»Kopfschmerzen. Ich hätte von Kopfschmerzen sprechen müssen. Tait vermutet, sie sind eine Folge des gestern erlittenen Schocks.«
»O Gott! Was sollen wir tun?«
»Im Augenblick gar nichts. Die Schmerzen legen sich vielleicht von selbst. Und für den Fall, daß das nicht eintreten sollte, hat Tait mir die Adresse eines Mannes in der Stadt gegeben, der vielleicht helfen könnte.«
»Was ist das für ein Mann?«
»Er ist eigentlich kein Arzt, wenn er auch unter dem Titel bekannt ist. Er besitzt ein Haus, ein Hospiz in Pall Mall, ganz in der Nähe von Bell's Coffee Shop. Dr. Marchand. Hast du schon mal von ihm gehört?«
»Nein. Der Name klingt französisch.«
»Er ist Schweizer, ein Schüler von Dr. Mesmer.« Auf ihren fragenden Blick hin erläuterte er: »Der berühmte Dr. Mesmer, weißt du, der Wundertäter, der unzählige Patienten von psychischen Störungen geheilt hat.«
Deborah legte ihm die Hand auf den Arm. »O Gray, das gefällt mir irgendwie nicht.«
»Deb, es besteht keinerlei Grund zur Sorge, das verspreche ich dir. Marchand ist ein guter Mann. Bei ihm wäre Quentin in den besten Händen. Schau nicht so ängstlich drein. Vielleicht ist es ja auch gar nicht nötig.«

Seine Worte beruhigten sie; sie nickte.
Mit einem raschen Blick in die Runde vergewisserte Gray sich, daß sie allein waren, nahm Deborah dann in die Arme und küßte sie.
»Wofür war das?« fragte sie, als er sie losließ.
»Wofür?« schimpfte er und schüttelte den Kopf. »Ehrlich, ich glaube, die Seele einer Frau beherbergt nicht eine Spur von Romantik. Ich habe dich geküßt, weil ich dich liebe. Und weil du mich liebst. Und weil wir in zwei Wochen alle Welt wissen lassen können, daß Lord Kendal die Hand, wenn nicht das beträchtliche Vermögen der Lady Deborah Montague gewonnen hat. Jeder Mitgiftjäger im ganzen Land wird mich beneiden.«
»Wie bitte? Ich kann mich nicht entsinnen, gesagt zu haben, daß ich dich heiraten will.«
»Nein, aber du wolltest es dir durch den Kopf gehen lassen, und wenn sich in deinem besonders hübschen Köpfchen auch nur ein Körnchen Intelligenz verbirgt, wirst du wissen, daß es das einzig Richtige für uns ist zu heiraten.«
»Seit wann bist du so auf gute Sitten bedacht?«
»Seit ich mich in dich verliebt habe. Meine Mutter hat mir erzählt, wie das sein würde. Leider war ich da noch zu jung, um sie zu verstehen.«
Dieses Wortgefecht gab sie verloren, deshalb wechselte sie das Thema. »Was ist mit deiner Familie?« fragte sie. »Was werden sie von mir denken, wenn sie erfahren, daß ich sie getäuscht habe?«
»Sei nicht so ein Hasenfuß.« Er lächelte auf sie herab. »Deb, das wird das letzte sein, woran sie denken. Sie werden die Monate an den Fingern abzählen, bis unser erstes Kind geboren ist, wohl wissend, daß wir schon seit Monaten verheiratet sein müßten.«

Ihre Wangen röteten sich, und er nickte. »Vielleicht sollten wir auch mal zählen. Würdest du mich jetzt entschuldigen? Ich muß den gestern nacht verlorenen Schlaf nachholen. Wir haben später noch Zeit genug, über Dr. Marchand zu reden und die Frage zu klären, ob wir ihn Quentins wegen konsultieren sollten oder nicht.«

Den restlichen Vormittag verbrachte Deborah in Quentins Zimmer. Sie war froh darüber, daß er friedlich schlief. Als Gray aufgewacht war, schloß er sich ihr an, und sie nahmen gemeinsam einen leichten Imbiß ein. Die Gelegenheit, eingehender über Dr. Marchand zu reden, ergab sich jedoch nicht. Leathe traf ein und fragte nach Deborah.

Kaum waren sie allein, sagte Leathe: »Ich habe doch gewußt, Deborah, daß es einen Ausweg aus diesem Labyrinth gibt, und, bei Gott, wir haben ihn gefunden.«

Deborah hatte kein Lächeln für ihn übrig. »Was ist los?« fragte Leathe.

»Was los ist? Das fragst du, obwohl du weißt, wie Vater ist? Ich hatte gehofft, du würdest Gray zu Verstand bringen. Er denkt offenbar, er hätte Vater bereits in der Tasche.«

»Und das hat er auch, bald jedenfalls. Vater hat endlich seinen Meister gefunden, Deborah. Davon bin ich überzeugt.«

»Und wenn du dich irrst?«

»Ich bringe Vater um, ehe ich zulasse, daß er dir auch nur ein Härchen krümmt. Und Gray denkt genauso.«

Vor lauter Hilflosigkeit hätte sie beinahe mit dem Fuß aufgestampft. Um sich selbst hatte sie keine Angst, aber um Leathe und Gray. Ihr Vater würde einen Weg finden, sich zu rächen, oder es doch zumindest versuchen. Leathe war jedoch nicht eines Besseren zu belehren, und schließlich gab sie es auf.

Wie sich herausstellte, war Deborah nicht der einzige Grund für Leathes Besuch. Er und Meg hatten sich zu einem Spazier-

gang verabredet, vorausgesetzt, sie fanden, um des Anstandes willen, eine Begleitperson.
»O nein, Leathe«, wehrte Deborah ab. »Du und Meg? Gray würde es niemals gestatten.«
Leathe lachte. »Er gestattet es nicht nur, sondern hat es sogar selbst vorgeschlagen. Wir sind zwar nicht unbedingt die dicksten Freunde, gehen einander aber auch nicht mehr gleich an die Gurgel. Frag ihn, falls du mir nicht glaubst.«
Sie dachte immer noch über Leathes Worte nach, als Gray und Meg zusammen das Zimmer betraten. Statt den Ausflug zu verbieten, meinte Gray, daß ein bißchen frische Luft Meg wie auch Deb ausgesprochen guttun würde.
»Und wenn ihr schon ausgeht«, sagte er, »könntet ihr euch vielleicht ein wenig auf Sommerfield umschauen? Ich glaube, du hast das Haus noch nicht gesehen, Deb, oder?«
Sie errötete zart. Von Sommerfield kannte sie lediglich Grays Schlafzimmer, und das Lachen in seinen Augen verriet ihr nur zu deutlich, daß er um ihre Gedanken wußte. »Nein«, sagte sie und fügte, um ihre Verwirrung zu verbergen, hinzu: »Vielleicht möchte Gussie uns auch begleiten?«
Sie unterhielten sich freundschaftlich, während ein Diener sich auf die Suche nach ihrer Ladyschaft machte. Gray verhielt sich Leathe gegenüber völlig ungezwungen; Leathe wirkte nahezu respektvoll und Megs Distanziertheit war wie weggewischt. Deborah summte leise vor sich hin, als sie ihren Mantel holte.

»Ihr reist heute ab?« Meg sprach leise, doch der weinerliche Tonfall war nicht zu überhören. »Aber warum denn jetzt schon?«
Leathe warf einen Blick in Deborahs und Gussies Richtung, doch sie gingen so weit vor ihnen, daß sie das Gespräch

unmöglich mit anhören konnten. »Ich habe einige dringliche Sachen mit meinem Anwalt zu besprechen. Ich bleibe nur ein, zwei Wochen fort. Du wirst zurück in der Stadt sein, bevor ich nach Norden fahre, um meine Geschäfte zu beaufsichtigen, nicht wahr?«

»Ein, zwei Wochen?« Es klang, als handelte es sich um ein ganzes Jahrhundert. »Ich könnte doch Mama überreden, jetzt schon in die Stadt zurückzukehren. Dann hätten wir noch etwas mehr Zeit für uns, oder?«

»Nein«, sagte Leathe. »Wir könnten uns sowieso nicht treffen. Ich werde zu stark beansprucht sein, und Ihr ebenfalls. Ihr sagtet doch, Ihr hättet Termine bei der Schneiderin, Einkäufe zu erledigen und was weiß ich, was Frauen in der Weihnachtszeit sonst noch zu tun haben.«

Ein spannungsvolles Schweigen setzte ein, und dann brach es aus Meg heraus: »Ihr habt es Euch anders überlegt, nicht wahr, Stephen?«

Sein verdutzter Blick beschwichtigte ihre Sorge. »Sei keine Gans«, sagte er. »Anders geworden ist lediglich, daß Euer Bruder mir die Erlaubnis erteilt hat, um Euch zu werben. Mehr nicht, Meg. Ich dachte, es würde Euch freuen. Wir brauchen uns nicht mehr heimlich zu treffen oder durchzubrennen.«

»Aber Stephen, nach allem, was Ihr mir sagtet, kann es Monate, wenn nicht länger, dauern, bis Gray uns die Erlaubnis gibt zu heiraten.«

»Dadurch gewinne ich Zeit, meine Angelegenheiten zu regeln, ein passendes Haus zu suchen und so weiter. Ich besitze Kohleminen und Baumwollspinnereien, die ich noch nie betreten habe, beschäftige Arbeiter, die mich gar nicht kennen. Es ist an der Zeit, daß ich mich um meine Unternehmen kümmere. Ihr selbst wolltet doch, daß ich ein respektabler

Mann werde. Ihr wolltet nicht durchbrennen. Was also sollen Eure Einwände bedeuten?«
Sie legte ihm die Hand auf den Arm, und er wandte sich ihr zu. »Nicht übermäßig respektabel bitte«, sagte sie, »sonst erkenne ich Euch nicht wieder.«
Er lächelte sie frech an. »Sagt das noch einmal, wenn wir auf dem Heimweg in Sommerfield nach dem Rechten sehen.«
Ihr Gesicht leuchtete auf. »Es gibt dort einen Wintergarten, in den wir uns ...«
»Nein!«
»Wegen Deborah, nicht wahr? Ihr liebt Deborah?«
Er hielt sie zurück, bevor sie ihm den Rücken kehren konnte, und versuchte gar nicht zu verbergen, was in seinen Augen loderte. Als er erkannte, daß sie verstanden hatte, senkte er die Wimpern.
»Meg, ich raube Euch vielleicht gelegentlich einen Kuß, mehr jedoch wage ich nicht. Wenn ich Euch aber erst einmal im Arm halte, werde ich mich nicht mehr bremsen können, und Ihr seid mir in dem Punkt auch keine große Hilfe.«
»Aber ich mag es, wenn Ihr mich berührt. Ich will nicht, daß Ihr Euch bremst.«
»Versucht doch zu verstehen. Euer Bruder hat mich bei meiner Ehre gepackt – zwar nicht ausdrücklich, aber dadurch, daß er mir sein Vertrauen gezeigt hat. Sechs Monate. Mehr Zeit will ich ihm nicht lassen. Das ist doch nicht zuviel von uns verlangt, oder? Er gibt mir Gelegenheit, meine Fähigkeiten unter Beweis zu stellen, und ich gedenke nicht, ihn zu enttäuschen.«
Sie sah voller Verwunderung zu ihm auf. »Bedeutet Grays Achtung Euch so viel?«
Er hob die Schultern. »Nicht so viel wie Eure Achtung. Ihr habt mich schon geliebt, als ich mich von meiner schlimmsten

Seite zeigte; Ihr habt den guten Kern in mir geliebt. Wie sind wir bloß auf dieses Thema verfallen? Können wir nicht über etwas anderes reden?«
Megs Kehle schnürte sich zusammen, als sie sich seiner Erzählungen über seine früheren Jahre erinnerte, doch es gelang ihr, das Mitleid, das er nur verachten würde, nicht zu zeigen. »Und wenn Gray uns trotz allem nicht die Erlaubnis gibt zu heiraten?«
»Dann ist er nicht der Diplomat, für den ich ihn halte. Er weiß, daß ich nicht länger als ein halbes Jahr warten werde.« Er warf einen Blick auf Deborah und Gussie und küßte Meg dann rasch. »Dummerchen«, sagte er. »Seid Ihr blind? Seht Ihr denn nicht, daß Euer eigener Bruder Deborah liebt, und daß sie ihn liebt?«
»Das behaupten alle, aber Ihr könnt nicht abstreiten, daß sie Euch lieb und teuer ist, Stephen.«
Sie gingen weiter, und Leathe stieß mit der Stiefelspitze ein Steinchen vor sich her. »Sie ist mir lieb und teuer, aber nicht auf die Weise, wie Ihr denkt. In zwei Wochen werde ich Euch alles erklären. Und in sechs Monaten, das schwöre ich, werde ich Euch heiraten, ob nun mit oder ohne die Einwilligung Eures Bruders. Werdet Ihr ein halbes Jahr auf mich warten können, Meg?«
Ihre Ängste hatten sich in nichts aufgelöst, und sie lächelte zu ihm auf. »Wenn es sein müßte, würde ich bis zum Jüngsten Gericht auf Euch warten.«
Jetzt war er es, der einen Kloß in der Kehle spürte. »Holen wir die anderen ein«, sagte er rauh, »sonst kann ich für nichts garantieren.«

Mit glühenden Wangen und beschwingtem Schritt kehrte Deborah nach Channings zurück. Sie waren lange ausgeblieben, aber das lag daran, daß sie sich so lange in Grays Haus aufgehalten hatten. Es war ein bemerkenswert gut erhaltenes Haus aus der Tudor-Zeit, ohne griechische Säulen, ohne Marmor. Dafür gab es warme Eichenpaneele, kleine, längs unterteilte Fenster und ein großartiges, über drei Stockwerke reichendes Erkerfenster im Großen Saal. Deborahs Vater hätte über ein derart altmodisches Haus mit solch kleinen Zimmern und Kammern verächtlich die Nase gerümpft. Die Graysons aber waren stolz auf diesen Besitz. Jedes Zimmer hatte offenbar seine eigene Geschichte, die manchmal zurückging bis in die Zeit der Rosenkriege. Auch hier gab es Sammlungen, allerdings bestehend aus Waffen und Rüstungen, alten Pergamenten oder Gebetbüchern – historischen Reliquien früherer Generationen von Graysons. Und dann war da noch Old Warwick, das ausgestopfte Schlachtroß, das den Ehrenplatz im Großen Saal einnahm. Warum, hätte Deborah nicht sagen können, aber dieses schäbige Roß mit seinen Narben hatte es ihr angetan.

Sie brannte darauf, Gray zu berichten, wie herrlich sie sein Haus fand, doch als sie gerade ihre Stiefeletten auszog, trat die Countess ins Zimmer. Nach einer langen, zusammenhanglosen Einleitung Grays zahlreiche Fehlschläge betreffend, erklärte die Countess, daß Gray plötzlich beschlossen hatte, Quentin nach London zu bringen und Dr. Marchand vorzustellen. Jervis, der Tutor, hatte die beiden begleitet.

»Unverständlich ist mir das alles deshalb«, schloß die Countess, »weil Quentin sich gut von seiner Krankheit erholt zu haben schien. Er lachte und freute sich, als stünde ihm ein großartiges Abenteuer bevor.«

Gray hatte einen Brief hinterlassen, den Deborah in erstauntem Schweigen las. Gray informierte sie, daß Quentin, als er aufwachte, geglaubt hatte, wieder in Frankreich zu sein. Es war ihm gelungen, den Jungen zu beruhigen, er war dann jedoch zu dem Schluß gekommen, daß er Deborahs Wünschen nicht länger gerecht werden konnte. Für Quentin war es wichtig, daß er sein Gedächtnis wiederfand, und er, Gray, hoffte, daß Dr. Marchand dies erreichen würde.

»Warum hat er nicht gewartet und mich mitgenommen?« fragte Deborah matt.

»Wie sollte er denn, Liebe?« fragte die Countess. »Ohne mich als Anstandsdame hätten Gray und Ihr nicht im selben Haus wohnen können. Schaut nicht so mutlos drein. Sie bleiben nur eine Woche fort. Dann kehren wir alle zusammen zum Berkeley Square zurück.«

Es war eine vernünftige Erklärung, doch irgendwie stellte sie Deborah nicht zufrieden.

Gray zog die Decke über Quentins Beinen zurecht und lehnte sich dann in den Kutschensitz zurück. »Warm genug?« fragte er.

»Ja, danke, Onkel Gray.«

»Versuch, ein wenig zu schlafen.«

»Ich habe den ganzen Vormittag über geschlafen«, wehrte Quentin ab.

»Ach ja? Ich dachte, du hättest dich nur verstellt, weißt du, um Deborah in Sicherheit zu wiegen.«

»Zuerst war es auch so, aber dann bin ich wirklich eingeschlafen, ohne es zu wollen.« Er schien nicht sehr erfreut darüber zu sein.

»Sind die Kopfschmerzen weg?«

»Es waren nur ganz leichte Kopfschmerzen. Meinst du, Deborah ahnt, daß ich mich nur verstellt habe? Du weißt doch, sie ist ziemlich klug.«

»In diesem Fall denke ich trotzdem, daß sie dir geglaubt hat.

Du hast deine Rolle so gut gespielt, daß ich selbst dir beinahe geglaubt hätte.« Er bemerkte Quentins Verunsicherung und fuhr ernsthafter fort: »Du brauchst kein schlechtes Gewissen zu haben, weil du Deborah getäuscht hast. Wir haben ja nur ein bißchen übertrieben.«
»Deborah sagt, man darf schon mal lügen, aber nur, wenn man keinen ... wenn man nicht ...« Er fand nicht die rechten Worte.
»Wenn es keinen anderen Ausweg gibt?« half Gray ihm weiter.
»Ja. Das hat sie gesagt.«
»Das wundert mich nun aber wirklich. Wann hat sie das gesagt?«
»Als wir nach England heimkehrten, hat Deborah ständig gelogen, und zwar so, daß sich die Balken bogen.«
Gray grinste breit. »Dann finde ich unsere kleine Eskapade gar nicht so schlimm«, sagte er.
»Gibt es keinen anderen Ausweg?«
Grays Gesicht wirkte ernüchtert. »Genauso ist es, Quentin. Hör gut zu, was ich dir sage. Ich verabscheue Lügen und Täuschungen, und das mußt du auch lernen. Es gibt nur einen Grund, jemals zu Lügen zu greifen, und zwar dann, wenn es um Leben und Tod geht. Ich wollte, ich hätte Deborah alles sagen können, doch dann hätte sie nur all unsere Pläne durchkreuzt, und das wollen wir doch nicht, oder?«
Quentin dachte kurz nach. »Sind es gute Pläne, Onkel Gray?«
»Das wird sich noch herausstellen. Würde es dir etwas ausmachen, wenn ich mir jetzt eine Mütze voll Schlaf gestatte? Im Gegensatz zu dir war ich die halbe Nacht mit Vorbereitungen beschäftigt.«

Grays Plan trat in Kraft, als sich die ersten Gerüchte in London ausbreiteten. Matthew Derwent, der mit Leathe in die Stadt zurückgekehrt war, ließ manchen aufhorchen, als er Mitgliedern seines Clubs bei einem Whistspiel in White's Spielsalon von dem Jagdunfall erzählte.

»Quentin Barrington?« murmelte Lord Denning, indem er seine Gedanken, wenn auch mühsam, von seinem ewigen Problem losriß: von der Suche nach einer Mutter für seine beiden Töchterchen. Mit ungerührtem Gesicht nahm er es hin, daß Leathe den letzten Stich mit seinem Trumpf einheimste. Er überlegte, ob Leathes Benehmen sich seit ihrem letzten Zusammentreffen gebessert oder ob er den Burschen falsch eingeschätzt hatte. Er war gar nicht so ein aufbrausender junger Spund. In der richtigen Gesellschaft wirkte er durchaus liebenswert.

Er war an der Reihe zu geben, griff nach den Karten und fuhr fort: »Miss Weyman sagte, der Junge wäre gerade erst im Begriff, den tragischen Tod seines Vaters zu verwinden. Der arme Junge. Er ist also wohl ziemlich verstört?«

»Gott, ich hoffe doch nicht!« rief der junge Derwent, und einige Mitspieler zogen die Brauen hoch. »Sonst müßte ich mir die Schuld daran geben.«

Leathe hatte sich genau eingeprägt, was Gray ihm gesagt hatte, und während er jetzt sein Blatt musterte, warf er beiläufig hin: »Blödsinn, Matthew. Der Junge hatte sein Gedächtnis verloren, und der Büchsenknall versetzte ihm einen derartigen Schock, daß er anfing, sich wieder zu erinnern. Das ist alles.«

»Er hatte sein Gedächtnis verloren?« fragte einer der Herren interessiert.

»Ja«, bestätigte Leathe. »Der Tod seines Vaters hatte merkwürdige Folgen für ihn. Er konnte sich an nichts vor und direkt nach dem Vorfall erinnern. Es stimmt schon, daß er gewissermaßen verstört ist, aber Lord Kendal ist überzeugt davon, daß irgendein Londoner Arzt dem Jungen helfen kann. Deswegen hält Kendal sich zur Zeit mit Quentin in London auf.«

»Aber woher wißt Ihr das alles?« fragte Lord Denning.

»Jervis, der Tutor des Jungen, hat es mir erzählt, als ich Lady Margaret zu einem Spaziergang eingeladen hatte.« Er verzog sorgenvoll das Gesicht. »Ich fürchte allerdings, Lord Kendal wünscht nicht, daß etwas darüber bekannt wird.«

Die Bemerkung über Lady Margaret bot aufregenden neuen Gesprächsstoff.

»Ihr und Kendals Schwester?« fragte Lucas Spry ungläubig. »Das würde Kendal nie im Leben zulassen.«

Leathe lachte. »Lord Kendal ist gar nicht so ein Ungeheuer, wie Ihr zu glauben scheint.«

Der Aufschrei, den diese Äußerung nach sich zog, ließ die Geschichten über Quentin in Vergessenheit geraten, wenn auch nur zeitweise.

Lord Denning erwähnte sie am nächsten Nachmittag Sophie Barrington gegenüber, als sie in seiner Kutsche durch den Park fuhren. Da sie die Stiefmutter des Jungen war, vermutete er, daß sie genauestens Bescheid wußte, und fragte nach dem Befinden des Jungen. Er stach in ein Wespennest.

Am Vortag war ein Brief von Gray eingetroffen, in dem er ihren Besuch in Channings absagte, und das hatte ihr Mißtrauen geweckt. Zudem hatte sie von Helena Perrin von Gray und Deborah Weyman erfahren, und das Gehörte paßte ihr nicht sonderlich. Nein, es machte sie vielmehr wütend.

»In seinem Brief erwähnte Gray überhaupt nichts von Quentins Unwohlsein«, sagte sie.

»O weh«, entfuhr es Lord Denning, der sich zu spät an

Leathes Bemerkung erinnerte, daß Kendal die Geschichte nicht bekanntwerden lassen wollte. »Vielleicht hätte ich das nicht sagen dürfen. Vielleicht stimmt es auch gar nicht.«
Sie schleuderte ihr Täschchen aufs Polster, und das Mädchen, ihre Anstandsdame, fuhr zusammen. Lord Denning stutzte. Nachdem er bei Miss Weyman keinerlei Fortschritte hatte verzeichnen können, hatte er sich anderweitig umgesehen und schließlich sein Augenmerk auf Lady Barrington gerichtet. Das Mädchen war jung, sanftmütig und formbar. Das hatte er zumindest angenommen.
»Und Gray war nicht einmal so anständig, es mir persönlich mitzuteilen!«
Sie schäumte praktisch vor Wut, und eingedenk seiner geliebten, mutterlosen Mädchen im Kinderzimmer begann Denning, sich die Vorzüge des Witwenlebens vor Augen zu führen.
Lady Barrington war so erzürnt, daß sie kaum noch wußte, was sie sagte. »Wißt Ihr, was ich denke? Ich denke, sie hat es Quentin eingeflüstert. Das ist ein Trick, um uns voneinander fernzuhalten. Sie will mich nicht im Haus haben, weil sie weiß, daß er mir zugetan ist. O ja, er hat versucht, es zu verbergen, aber dergleichen spürt eine Frau doch!«
Ernstlich verwirrt, fragte Lord Denning vorsichtig: »Wer will Euch dort nicht haben?«
»Miss Weyman, wer sonst?«
»Aber warum sollte sie versuchen, Euch von Quentin fernzuhalten?«
»Doch nicht von Quentin, Ihr Dummkopf! Von Lord Kendal.«
Kaum waren ihr die Worte entschlüpft, wußte sie, was sie angerichtet hatte. Lord Denning richtete sich stocksteif auf, und obwohl Sophie sich gleich wieder auf ihre Flirtkünste

besann, redete er kaum mehr als zwei Worte mit ihr, bevor er sie vor ihrem Haus am Manchester Square absetzte.

Als sie sich, gefolgt von demselben Mädchen, am Nachmittag hinauswagte, hatte Sophie sich wieder gut im Griff. Vor Grays Haus am Berkeley Square angekommen, reichte sie dem Diener ihre Karte und fragte höflich, ob Lord Kendal ihr ein wenig von seiner Zeit zu opfern bereit wäre. Beim Eintreten in die Bibliothek jedoch, diesmal ohne das Mädchen, kam ihr Philip Standish entgegen.

Sie kannte Philip von verschiedenen diplomatischen Gesellschaften in Paris her, und wenn sie ihn auch ein bißchen trocken fand, setzte sie bei dieser Gelegenheit doch ihren geballten Charme ein. Ihr Charme allerdings versagte, als Philip ihr antwortete, daß Gray sich seines Wissens noch in Channings aufhielt.

»Aber wie ist das möglich?« fragte sie. »Der Brief, den ich erst gestern von ihm erhielt, war in London aufgegeben. Und vor nicht ganz einer Stunde ließ Lord Denning mich wissen, daß Gray und Quentin in die Stadt gekommen wären.«

»Wie merkwürdig.« Er setzte seine Nickelbrille ab und polierte sie mit einem Taschentuch. »Hier war er nicht, sonst wüßte ich davon.«

»Ob er sich in einem seiner Clubs eingerichtet hat?«

»Mit dem Jungen? Das glaube ich kaum. Ist die Angelegenheit dringend, Lady Barrington? Soll ich ihn für Euch suchen lassen?«

Sophie verbarg ihre Enttäuschung hinter einem nichtssagenden Lächeln. »Nein, dringend ist es nicht«, sagte sie. »Was Lord Denning über Quentin sagte, hat mich lediglich in Verwirrung gestürzt. Immerhin bin ich die Stiefmutter des Jungen und sollte meines Erachtens über seinen Zustand informiert werden.«

Sie sah ihn einen Augenblick so flehentlich an, daß Mr. Standish ihren Worten nicht mehr ganz folgen konnte. Leicht stammelnd fragte er: »Was ist denn mit Quentin?«
Sie berichtete, was sie von Lord Denning wußte, und schloß: »Hätte Lord Denning mir nichts gesagt, wüßte ich nichts von alldem. Ich finde das nicht richtig. Und daß ich jetzt nicht einmal weiß, wohin Kendal den Jungen gebracht hat! Vielleicht kann Miss Weyman mir Auskunft geben. Wißt Ihr, wo ich sie finden kann?«
»Ich nahm an, daß sie sich ebenfalls in Channings aufhielt.«
Wieder schenkte sie ihm einen hingebungsvollen Blick. »Wenn ich nicht so allein auf der Welt stünde, wenn ich doch jemanden hätte, der für mich handelt, würde ich bald wissen, daß Quentin keinen ernsthaften Schaden genommen hat.«
Dieser zweite Blick klärte Mr. Standish über ihre kleinen Tricks auf. Er erinnerte sich, wie sie sich in Paris lächerlich gemacht und obendrein noch ihren Gatten beschämt hatte, indem sie Lord Kendal nachstellte. Seiner Meinung nach sorgte sie sich nicht so sehr um Quentins Wohlergehen, sondern vielmehr um Deborah Weyman als Rivalin um die Zuneigung seiner Lordschaft.
Dennoch stand er vor einem Rätsel. Es war überhaupt nicht Lord Kendals Art, seinen Aufenthalt vor seinem Sekretär zu verheimlichen. Hier war etwas faul.
Er schob seinen Stuhl zurück, womit er das kleine Tête-à-tête für beendet erklärte, etwas, was er aus der Beobachtung seines Dienstherrn gelernt hatte. Lady Barrington erhob sich gleichzeitig mit ihm.
»Warum überlaßt Ihr die Sache nicht mir?« fragte er. »Ich bin sicher, es gibt eine ganz einfache Erklärung, und binnen weniger Tage findet sich des Rätsels Lösung.«

Mr. Standish täuschte sich. Des Rätsels Lösung fand sich nicht binnen weniger Tage. Niemand wußte, wie es geschah, doch die Gerüchte verbreiteten sich wie ein Lauffeuer, und eines war phantastischer als das andere.

»Wie ich höre«, sagte Eric Perrin zu seiner Frau, »geben sich unsere Leute nicht mehr damit zufrieden, daß Barrington von einem Einbrecher getötet wurde.«

Sie standen am Geländer der Galerie in Carleton House, dem Privatpalast des Prinzregenten in Pall Mall. Unter ihnen, in der großen, achteckigen Eingangshalle, bewegte sich Londons Prominenz langsam auf die Treppe zu. Helena genoß das Spektakel. Damen wurden höchst selten zu Gesellschaften in Carleton House geladen. Der Prinz hatte sich seiner Frau entfremdet, und das bereitete ihm gewisse Peinlichkeiten, wenn er Gäste empfing.

Helena hob ihr Champagnerglas an die Lippen und nahm einen kleinen Schluck. »Wie merkwürdig«, sagte sie.

Perrin nahm ebenfalls einen Schluck und bemerkte beiläufig: »Offenbar war der Junge Zeuge des Mordes an seinem Vater. Erst jetzt fängt er an, sich wieder an einiges zu erinnern, allerdings nur bruchstückhaft.«

Zufrieden bemerkte er, daß ihre Fassung einen Riß bekam.

»Er war dabei? Nein, wie entsetzlich für den armen Jungen! Und er fängt an, sich zu erinnern?«

»So sieht es aus, aber ihm fallen nur Bruchstücke ein.«

»Was bedeutet das?«

»Er erinnert sich, daß der Mörder Engländer und Linkshänder war.«

Ihre Hand zuckte, und ein wenig Champagner tropfte auf den Boden.

Perrin nickte lächelnd. »Ja, ich weiß«, sagte er. »Ich bin Engländer und Linkshänder.«

Als sie sprach, klang ihre Stimme rauh. »Eric, wo warst du in der Nacht, als Lord Barrington ermordet wurde?«
Er redete nicht lange um den heißen Brei herum. »Ich war mit einer Frau zusammen«, sagte er. Dabei behielt er sie fest im Auge, aber sie zeigte keinerlei Reaktion auf sein unverblümtes Geständnis. Er hob sein Glas und trank es aus. »Ich traf sie in der Umgebung des Palais Royale. Sie war Französin, versteht sich. Ihren Namen weiß ich nicht. Wie du siehst, habe ich kein Alibi.«
Ein Augenblick verstrich, während sie versuchte, dem Grund für seinen giftigen Tonfall auf die Spur zu kommen. Stark verunsichert fragte sie schließlich: »Glaubst du, daß du ein Alibi brauchen wirst?«
»Du weißt, daß Kendal und ich nicht eben Freunde sind. Was ist deine Meinung?«
»Ich frage mich, was für ein Motiv du für den Mord an Lord Barrington gehabt haben könntest.«
»Männer wie Kendal erfinden Motive, die ihnen in den Kram passen.«
Helenas Hand begann zu zittern, und sie wandte sich ab, damit ihr Gatte es nicht sah. »Hat Gray irgendwas zu dir gesagt?«
»Nein. Kendal hat nicht mit mir gesprochen. Seit einer Woche hat ihn kein Mensch mehr gesehen.«
»Was hat das deiner Meinung nach zu bedeuten?«
»Vermutlich fürchtet er, daß der Mörder, wenn Quentin sich jetzt wieder erinnern kann, dem Jungen nachstellt, und er will kein Risiko eingehen. Niemand weiß, wo er sich aufhält, nicht einmal unsere Leute im Auswärtigen Amt. Man munkelt, daß Kendal auf die Ankunft eines berühmten Arztes vom Kontinent wartet, eines Experten für psychische Störungen. Dieser Arzt kann dem Jungen vielleicht helfen, sein Gedächtnis wiederzufinden.«

»Es gibt einen Menschen, der weiß, wo Gray zu finden ist«, sagte Helena.
»Und wer?«
»Deborah Weyman.« Auf Perrins fragenden Blick hin nickte sie. »Sie würde niemals zulassen, daß Quentin ohne ihr Wissen untertaucht. Außerdem bin ich einigermaßen sicher, daß Gray beabsichtigt, das Mädchen zu heiraten. Wenn er sich überhaupt jemandem anvertraut hat, dann Miss Weyman.« In das sich ausbreitende Schweigen hinein sagte sie dann: »Was hast du, Eric?«
»Nichts.« Er wandte sich ab und grüßte jemanden unten in der Halle. »Da sind David Banks und seine Schwester«, sagte er.
Sie beugte sich über das Geländer. »Ich habe ihn in Paris kennengelernt. Er arbeitet mit dir im Auswärtigen Amt, nicht wahr?«
»Ja, so ist es, aber ich weiß nicht, ob Banks Linkshänder ist.«
Drunten im Großen Saal sprachen David Banks und seine Schwester ebenfalls über die wilden Gerüchte. Lord Lawford, aufs Feinste herausgeputzt, leistete ihnen Gesellschaft und zerrte immerzu an seiner Krawatte, als würde sie ihn ersticken.
Banks verbarg ein Lächeln. Er wußte, wie sehr Lawford diese förmlichen Gesellschaften verabscheute, doch wenn die Einladung vom Prince of Wales ausging, konnte niemand ablehnen, ohne sich den lebenslangen Zorn Seiner Königlichen Hoheit zuzuziehen.
»Dr. Mesmer?« fragte Rosamund Banks. »Ich habe nie von ihm gehört.«
Ihr Bruder aber schon. »Sicher, Sir, er ist ein Scharlatan. Aufgrund seiner heidnischen Praktiken haben fast alle europäischen Länder ihn bereits ausgewiesen.«

»Galileo erging es ebenso«, erwiderte Lawford, indem er die Wahrheit seinen Wünschen entsprechend ein wenig zurechtbog, »und dann haben seine Theorien sich doch als richtig erwiesen.«

»Was für Praktiken?« fragte Rosamund.

Banks antwortete ihr. »Er versetzt Leute in Trance – frag mich nicht, wie er das macht –, und versucht dann, sie von ihren Dämonen zu heilen.«

»Er vertritt so eine Theorie über den animalischen Magnetismus«, fügte Lawford hinzu.

Rosamund zog die Nase kraus. »Ich verstehe nicht, wie das Quentin helfen soll, sein Gedächtnis wiederzufinden. Ich finde, es klingt eher beängstigend.«

Lawford sagte: »Es ist drastisch, aber ich fürchte, Kendal sieht keinen anderen Ausweg. Marchand, der erste Quacksalber, den er aufgesucht hat, konnte dem Jungen zwar etwas weiterhelfen, riet Kendal dann aber, diesen Dr. Mesmer zu Quentins Behandlung nach London einzuladen.«

»Ihr seid überaus gut informiert«, bemerkte Banks und betrachtete seine Lordschaft durch sein Lorgnon.

Lawford lächelte und antwortete eine Spur herablassend: »Im Kriegsministerium, mein Lieber, ist es unsere Aufgabe, jedem Gerücht nachzugehen. Diese Angewohnheit hat sich auch auf mein Privatleben übertragen. Trotzdem solltet Ihr das, was ich sage, nicht allzu ernst nehmen. Ich wiederhole nur, was ich munkeln hörte. Ob es der Wahrheit entspricht, kann ich nicht sagen.«

Stunden später dachte Lawford gemütlich in seinem eigenen Haus noch einmal über den vergangenen Abend nach. Er saß in Nachthemd und Schlafrock vor einem lodernden Feuer, die Füße in einer Schüssel mit heißem Wasser, in jeder Armbeuge einen seiner Hunde.

»Erstaunlich, wie viele Linkshänder es gibt auf dieser Welt«, sagte er zu den Hunden.
Jezebel leckte sein Gesicht. Salome knurrte bestätigend.
»Allein in Carleton House habe ich fünfzig gezählt, bevor ich aufgab. Wißt ihr, was ich glaube, meine Mädchen?« Er lachte leise. »Ich glaube, eine Menge Leute im Auswärtigen Amt werden über Nacht beidhändig werden. Nun, ich würde es genauso machen. Ihr nicht auch?«
Beide Hunde bellten.
»Wenn das alles vorbei ist«, fuhr er fort, »erinnert mich daran, daß Kendal mir einen Riesengefallen schuldet. Ein Gerücht in die Welt zu setzen ist nicht weiter schwer. Aber Gerüchte in Umlauf zu bringen und zu verbreiten, ohne daß jemand ahnt, wer sie forciert, ist gar nicht so leicht. Und was die Plagen angeht, die den armen Lord Belvidere seit kurzem befallen haben – diesen schleimigen Hundesohn –, dafür könnte ich hundert Jahre ins Gefängnis kommen. O ja. Kendal wird mich für lange Zeit zum Dinner einladen müssen, das ist das mindeste.«
Zwei lange Schwänze peitschten wild die Armlehnen seines Sessels.
»Ich denke, ich warte noch ein, zwei Tage, bevor ich verrate, wann dieser Dr. Mesmer angeblich eintreffen soll. Am besten bespreche ich das zunächst mit Kendal, um sicherzugehen, daß alles nach Plan läuft. Was sagt ihr da? Oh, da könnt ihr gleich fragen, wer der Mörder ist. Offen gesagt, ich weiß es nicht. Aber …« Er hörte auf, die Hunde hinter den Ohren zu kraulen. »Ich schätze, Kendal weiß es, oder er hat zumindest eine sehr heiße Spur.«

Einundzwanzigstes Kapitel

Von den Gerüchten, die London überschwemmten, hörte Deborah erst bei ihrer Rückkehr zum Berkeley Square. Sie, Meg und die Countess trafen früher als beabsichtigt dort ein, nachdem sie einen Brief von Mr. Standish erhalten hatten, in dem dieser fragte, ob sie ihm die Adresse seiner Lordschaft nennen konnten. Nach seinen Worten wußte merkwürdigerweise niemand, wo Lord Kendal und sein Mündel geblieben waren.

Hart hatte die Damen zwar begleitet, plante jedoch keinen Aufenthalt. Gussie und Jason weilten noch auf dem Land, und Hart hatte es eilig, zu ihnen zurückzukehren. Er war überzeugt davon, daß sich das Rätsel um Grays Aufenthalt bald lösen würde. Allerdings änderte er seine Pläne, als ihm gleich nach dem Eintritt ins Haus klar wurde, daß Mr. Standish von mehr redete als von Grays ausgedehnter Abwesenheit.

»Wollt Ihr behaupten, Lord Kendal wäre überhaupt nicht in London eingetroffen?« fragte Hart verständnislos. »Ihr müßt Euch irren. Er hat uns über Quentin geschrieben, das heißt, er hat an Miss Weyman geschrieben.«

»Das stimmt«, bestätigte Deborah. »Irgendwo habe ich den Brief doch noch. Ich bin sicher, daß er in London abgeschickt wurde.«

»Das mag ja sein«, sagte Mr. Standish. »Ich stelle ja auch nur fest, daß seine Lordschaft nicht hierher nach Kendal House gekommen ist. Und niemand weiß, wo er steckt. Ich spiele mit dem Gedanken, die Behörden einzuschalten. Das hier sieht Lord Kendal überhaupt nicht ähnlich.«

Sie hielten sich noch immer in der Halle auf, während Diener Kisten und Portemanteaus hereinschafften. Auf Harts Vorschlag hin zog man sich in die Bibliothek zurück.

Als alle Platz genommen hatten, forderte Hart Mr. Standish auf, ihnen alles zu berichten, was er wußte. Das tat er kurz und knapp, wenngleich er durch zahlreiche Fragen immer wieder den Faden verlor.

Am Ende seines Berichts rief die Countess aus: »Ich wußte doch, daß Quentins Verstand durch den Tod seines Vaters Schaden genommen hatte, hatte aber keine Ahnung, daß er Zeuge des Mordes war. Deborah, wußtet Ihr davon?«

Die Frage traf Deborah unvorbereitet, und sie antwortete, während in ihrem Kopf noch die Gedanken um das eben von Standish Gehörte kreisten. »Ja, ja, ich wußte es. Deswegen ist Gray in die Stadt gefahren. Er wollte Dr. Marchand aufsuchen, in der Hoffnung, daß ...« Plötzlich fiel ihr ein, daß sie vielleicht zuviel verraten könnte, und sie schwenkte ab. »... daß er etwas gegen Quentins Kopfschmerzen unternehmen könnte.«

»Stimmt«, sagte Mr. Standish. »Lord Kendal hat tatsächlich Dr. Marchand aufgesucht. Er leitet ein Hospiz in Pall Mall, und ich habe ihn dort aufgesucht. Alles, was er mir sagen konnte oder wollte, war, daß er seine Lordschaft an einen gewissen Dr. Mesmer verwiesen hat.«

Diese Eröffnung führte zu weiteren Fragen über Dr. Mesmer und seine Arbeit. Hart schüttelte verwundert den Kopf, nachdem er Standish gefragt hatte, ob er wußte, wo dieser Dr. Mesmer zu finden sei.

»Nein. Ich habe ihn gesucht, aber in London gibt es keinen

Arzt dieses Namens. Man munkelt, Mesmer wäre ein Ausländer, und Lord Kendal hätte ihn zur Behandlung des Jungen herkommen lassen.«

Die Countess lächelte Mr. Standish an. »Ich stehe tief in Eurer Schuld, Mr. Standish. Mein Sohn kann sich glücklich schätzen, einen Sekretär wie Euch zu haben. Es tut mir nur leid, daß Ihr all diesen unerfreulichen Spekulationen allein ausgeliefert wart.«

Meg beugte sich etwas vor. »Das muß sehr schwer für Euch gewesen sein, Philip. Ihr hättet uns früher rufen sollen.«

Mr. Standish errötete. »Es war nicht einfach«, gab er zu. »Ich bedaure nur von Herzen, daß Lord Kendal mich nicht ins Vertrauen gezogen hat.«

Hart sagte barsch: »Und ich bedaure, daß Gray überhaupt keinen von uns ins Vertrauen gezogen hat. Es sei denn ...« Mit hochgezogenen Brauen sah er Deborah an.

Auch sie errötete. »Nein«, sagte sie, »ich weiß von nichts.«

Die Gerüchteküche brodelte weiter und beunruhigte Deborah. Wer hatte sie zum Brodeln gebracht, wenn nicht Gray selbst dahintersteckte? Wie konnten sie so ins Schwarze treffen? In diesem Punkt konnte Hart sie beruhigen. Seines Erachtens, so sagte er, hatte Matthew Derwent ungewollt den Stein ins Rollen gebracht, als er seinen Freunden von Quentins Reaktion auf den Büchsenknall erzählte. Zudem sah es so aus, als wäre Dr. Marchand nicht so diskret, wie man es von ihm hätte erwarten können. Als Sophie Barrington ihn aufgesucht hatte, um zu erfahren, was aus ihrem Stiefsohn geworden war, hatte der Arzt ungewollt viel zu viel verraten. Danach hatten sich die Gerüchte wie ein Lauffeuer ausgebreitet.

Nein, Deborah weigerte sich zu glauben, daß Gray Quentin als Köder benutzte. Sie vertraute ihm jetzt, war fest überzeugt, daß er nichts tun würde, was Quentins Leben bedrohen könnte. Deborah glaubte, hoffte zumindest, daß Gray ihr eine Nachricht würde zukommen lassen, und sei es nur, um ihr die Angst um Quentin zu nehmen. Ihr war bewußt, daß Quentin jetzt niemals mehr in Sicherheit sein würde, solange er nicht sein Gedächtnis wiederfand und den Mörder identifizierte. Wahrscheinlich setzte Gray nun alle Hoffnung auf Dr. Mesmer. Wahrscheinlich wußte das auch der Mörder, der gewiß auf seine Chance wartete, Quentin zu beseitigen, bevor Dr. Mesmer ihn behandeln konnte. Je länger Deborah über alles nachdachte, desto fester wurde ihre Überzeugung, daß Gray richtig gehandelt hatte. Sie gebot Hart, die Suche nach ihm einzustellen. Sobald Gray es für sicher und für richtig hielt, würde er eine Nachricht schicken.

Wenngleich sie wußte, daß es an den Haaren herbeigezogen war, fing sie doch an, jeden, der ins Haus kam, zu beobachten, als könnte er der Mörder sein. War er Linkshänder? War er zur fraglichen Zeit in Paris gewesen? Welches Motiv könnte er für den Mord an Lord Barrington haben? Sie wußte, daß Gray überzeugt war, der Mörder und der Verräter im Auswärtigen Amt wären identisch, sie allerdings war nicht so sicher. Womöglich hatte Lord Barrington sich Feinde gemacht, von denen Gray nichts wußte.

Ihre Überlegungen schlugen eine ganz andere Richtung ein, als Leathe eines Tages kam, um Meg zu einer Ausfahrt in seinem Zweispänner einzuladen. Meg und die Countess hatten einen Termin bei ihrer Schneiderin wahrgenommen, aber Deborah war zu Hause und nahm die Einladung ihres Bruders gern an.

»Was hältst du von den Gerüchten?« fragte er irgendwann.

»Du wirst es nicht glauben«, antwortete sie mit einem gezwungenen Lachen, »aber mittlerweile kann ich niemanden

mehr ansehen, ohne darauf zu achten, ob er vielleicht Linkshänder sein könnte.«
»Dann wirst du auch bemerken«, erwiderte er in gespieltem Ernst, »daß ich Linkshänder bin.«
Sie sah eine Weile zu, wie er mit leichtem Griff sein Gespann dirigierte. »Das hatte ich vergessen«, sagte sie. »Aber jetzt weiß ich es wieder! Vater hat dir immer die linke Hand auf den Rücken gebunden, damit du lerntest, die rechte zu benutzen. Das ist ihm offensichtlich nicht gelungen.«
»Hätte er es nicht getan, wäre ich jetzt wahrscheinlich Rechtshänder. Ich bin nahezu zweihändig. Aber du kennst mich ja. Ich habe immer das Gegenteil von dem getan, was Vater wünschte.« Er bemerkte ihre düstere Miene und lachte. »Oho! Verdächtigst du mich etwa, Deborah?«
»Kaum. Du warst nicht in Paris, als Lord Barrington ermordet wurde.«
Er warf ihr einen undeutbaren Blick zu. »O doch. Ich dachte, du wüßtest es. Dort habe ich Meg kennengelernt. Sämtliche Graysons waren dort.«
»Sämtliche Graysons? Nick und Hart auch?«
»Deborah, halb London war seinerzeit in Paris. Paris war uns für – wie lange? – zehn Jahre verwehrt geblieben. Als der Frieden erklärt wurde, kam Paris in Mode. Selbst Vater war dort mit unserer Stiefmutter und unserer Halbschwester. Wir waren überaus höflich. Wenn wir uns in die Quere kamen, haben wir einfach weggeschaut und so getan, als wären wir an etwas anderem furchtbar interessiert.«
Deborah ließ sich den Rest der Fahrt nicht anmerken, wie betroffen sie von den Erzählungen ihres Bruders war. Vergebens versuchte sie, die schrecklichen Gedanken, die über sie herfielen, zur Seite zu drängen. Wenn sie und Gray nun auf der falschen Spur waren? Wenn sie das beabsichtigte Opfer

gewesen war, nicht Lord Barrington? Sie wußte nicht, was in ihrem Todesfalle mit ihrem Vermögen geschah. Mit einem Anwalt hatte sie nie gesprochen, hatte kein Testament gemacht, nie in Erfahrung gebracht, ob das Geld, das ihre Mutter ihr vermacht hatte, irgendwie gebunden war. Soweit sie wußte, ging ihr Vermögen im Falle ihres Todes an ihren Vater. Oder an Leathe.

Als sie das Haus betrat, strebte sie unverzüglich ihrem Schlafzimmer zu. Sie legte Hut und Handschuhe ab, nahm sich jedoch nicht die Zeit, den Mantel auszuziehen. In einem Fach des Schreibtisches fand sie Papier, Feder und Tinte. Der Letzte Wille, ihr Testament, das sie aufsetzte, war schlicht und einfach. Sie vermachte alles, was sie besaß, Gray, und ihm war es überlassen, wieviel davon er Quentin zukommen lassen wollte oder anderen, deren Namen sie, wie sie ihr in den Sinn kamen, hinzufügte. Als die Tinte getrocknet war, suchte sie die Haushälterin und den Butler auf, schwor sie auf Stillschweigen ein und ließ sie das Dokument als Zeugen unterschreiben.

Am fünften Tag ihres Aufenthalts in der Stadt stürmte Nick während des Abendessens hinein und wollte wissen, ob die Gerüchte der Wahrheit entsprachen und wie zum Teufel sie überhaupt hatten in Umlauf kommen können.

Deborah sah ihn wachsam an und erwog jedes Wort, jede Geste, jede Miene, und obwohl ihr bewußt war, daß das Mißtrauen ihre Gedanken vergiftete, mochte sie keinem Menschen mehr trauen.

Harts Antwort klang gereizt. »Wahrscheinlich ärgerst du dich, weil du deine Freunde in Hampshire verlassen mußtest. Nun, du bist nicht der einzige, dessen Pläne durchkreuzt wurden.«

Nick verbiß sich eine Antwort darauf, weil die Diener mit dem

ersten Gang ins Zimmer kamen. Er wartete nicht ab, bis sie ein Gedeck für ihn aufgelegt hatten, sondern holte sich selbst Teller und Besteck vom Sideboard und setzte sich an den Kopf des Tisches, wo gewöhnlich Gray seinen Platz hatte. Als die Diener sich zurückgezogen hatten, sagte er aufgeräumt: »Ich bitte um Entschuldigung, Hart. An euren langen Gesichtern erkenne ich, daß ihr alle unter furchtbarer Anspannung steht. Allerdings frage ich mich, warum. Wenn ein Mensch weiß, was er zu tun hat, dann ist es Gray.«
»Dann sind die Gerüchte also schon bis nach Hampshire vorgedrungen?« erkundigte sich die Gräfin besorgt.
»O ja. Außerdem habe ich Helena Perrin am Piccadilly getroffen, und sie hat mich mit Fragen gelöchert, mit Fragen, die ich nicht beantworten konnte. Meg, was höre ich da über dich und den Viscount Leathe? Du sollst dich von ihm fernhalten, hast du verstanden?«
Meg stellte die Stacheln auf, doch bevor sie zum Angriff schreiten konnte, ergriff Hart das Wort. »Gray ist informiert über die Sache mit Leathe«, sagte er. »Nein, nein, darüber können wir später reden. Jetzt möchte ich wissen, was Lady Helena dir sonst noch erzählt hat.«
Nick berichtete. Es war im allgemeinen nichts Neues, abgesehen von einem Punkt: Lady Helena hatte Nick das Datum von Dr. Mesmers Ankunft in London nennen können.
»Übermorgen?« sagte Hart. »Und woher hat Lady Helena diese Information, bitte schön?« Es klang ärgerlich.
Nick bemerkte anscheinend nicht, daß er durch diese beiläufige Bemerkung alle Anwesenden verblüfft hatte. Ungerührt machte er sich über den Lammrücken her. »Was? Oh, Helena sagt, es wäre allgemein bekannt im Auswärtigen Amt. Sie weiß es von ihrem Gatten, und der müßte es genau wissen. Sie wollte mich aushorchen, ob ich wüßte, wo Gray steckt, aber

das wußte ich natürlich nicht.« Er sah auf und begegnete Deborahs Blick. »Wenn überhaupt jemand weiß, wo Gray sich aufhält, dann ist es Deb. Wo ist er, Deb?«
Seine Frage überraschte sie. Sprachlos starrte sie ihn an und stammelte dann etwas in der Richtung, daß Gray sich ihr nicht anvertraut hätte. Niemand sprach ein Wort, doch als sie sich verstohlen in der Runde umblickte, sah sie die Spekulation in allen Mienen.

An diesem Abend veranstaltete die Countess eine Soiree. Deborah hielt sich in ihrem Zimmer auf und versuchte, sich für ein Kleid zu entscheiden, konnte sich jedoch einfach nicht konzentrieren. Es klopfte leise, und bevor sie zum Eintreten auffordern konnte, trat Nick ein. Er legte einen Finger an die Lippen, als wollte er ihren eventuellen Aufschrei verhindern. Eine merkwürdige Anspannung bemächtigte sich ihrer, gefolgt von einer Woge der Erleichterung. Alles würde wieder gut werden. Noch bevor Nick den Mund aufmachte, wußte Deborah, was er sagen würde.
»Ich bringe Euch zu Gray«, sagte er. Als sie nicht antwortete, legte er den Kopf auf die Seite und betrachtete sie ausgiebig. »Habt Ihr gehört, Deborah? Ich bringe Euch zu Gray.«
»Wann?«
»Jetzt gleich. An der Ecke wartet eine Kutsche auf uns. In den nächsten ein, zwei Stunden wird Euch niemand vermissen. Zieht Euren Mantel an und kommt!«
Tausend Fragen lagen ihr auf der Zunge. Keine davon war jetzt wichtig. Bald würde sie bei Gray sein, und er würde eine Antwort auf alle Fragen haben.
Nick half ihr in den Mantel. »Ihr scheint nicht einmal überrascht zu sein«, bemerkte er.
»O doch. Aus Euren Worten bei Tisch habe ich geschlossen,

daß Ihr erst heute in die Stadt gekommen seid. Und als Ihr *mich* fragtet, wo Gray wäre, mußte ich doch wirklich annehmen, daß Ihr nichts wißt!«

»So etwas nennt man: eine falsche Spur legen.«

Sie verließen das Haus über den Dienstbotenausgang. Nick ging voran, und als er sich vergewissert hatte, daß die Luft rein war, winkte er Deborah, ihm zu folgen. Draußen auf dem Platz verbreiteten die Laternen über den Hauseingängen ein trübes Licht. Nur wenige Leute waren unterwegs, denn es war noch nicht einmal acht Uhr. In ein, zwei Stunden würden sich auf dem Platz die Kutschen und aufgeputzten Mitglieder der vornehmen Gesellschaft nur so drängen, wenn sie zur ersten Party des Abends aufbrachen.

Nick gab dem Kutscher eine Adresse in einer stillen Sackgasse an der Strand an. Deborah kannte die Gegend gut. Gleich um die Ecke befand sich das Haus ihres Vaters.

Eine kurze Verzögerung entstand, als sie eine wappengeschmückte Kutsche in die Charles Street einbiegen lassen mußten, dann fuhren sie los. Deborah hatte den Eindruck, daß Nick genauso nervös war wie sie. Er sprach kein Wort, bis sie den Piccadilly Square erreichten.

»Man kann nicht vorsichtig genug sein«, sagte er, als er sich plötzlich ihres Blicks bewußt wurde. Er griff in seine Manteltasche und zog eine Pistole heraus. »Habt keine Angst, Deborah. Bei mir seid Ihr in Sicherheit.«

Vor Pistolen hatte Deborah Angst. In dieser Beziehung war sie Quentin ähnlich, noch dazu aus demselben Grund. Pistolen konnten töten. Sie blickte auf die Pistole in Nicks rechter Hand, sah, wie der Schein der Kutschenlampe auf dem Lauf spielte, und begann, sich zu erinnern.

Da diese Gedanken ihr nicht behagten, beschäftigte sie sich lieber mit Nick. Hier hatte sie nichts zu befürchten. Sie hatte ihm beim Essen zugesehen; er war eindeutig Rechtshänder. Außerdem hatte sie ihn von Anfang an gemocht und ihm vertraut. Als Gray sie entführte, war Nick freundlich zu ihr gewesen. Nein, Nick hatte sie verraten. Er hatte vorgegeben, ihr Freund zu sein, dabei hatte er die ganze Zeit eine Rolle gespielt und sie absichtlich hinters Licht geführt.

Unwillkürlich schauderte sie. Wieder einmal verbreitete ihr Mißtrauen sein Gift. Wenn es so weiterging, würde sie am Ende auch noch Gray verdächtigen ... zum zweiten Mal.

»Wie geht es Quentin?« fragte sie, um sich abzulenken.

»Gut. Ihm geht es gut.«

Selbst jetzt galt Nicks Aufmerksamkeit nicht ihr, sondern dem Weg, den sie gekommen waren.

»Und Gray? Wann habt Ihr ihn zuletzt gesehen?«

»Bevor ich Euch abholen kam.«

Sie wußte nicht, ob er log oder die Wahrheit sagte. Seine Antworten waren so vage.

»Folgt uns jemand?« *Ein Linkshänder womöglich?*

»Macht Euch keine Sorgen. Ich weiß, was ich tue.«

»Warum haben wir Hart nicht mitgenommen?«

»Hart hat mit dieser Sache nichts zu tun.«

Sie wußte, daß sein Lächeln ihr Mut machen sollte, doch es hatte die gegenteilige Wirkung. Sie leckte sich die trockenen Lippen. »Was ist mit Leathe?«

Jetzt hatte sie seine ungeteilte Aufmerksamkeit. »Warum fragt Ihr nach Leathe?«

Diesmal bekam sie keine ausweichende Antwort. Aber auch sie konnte ausweichen. »Nur so.«

Sie näherten sich Charing Cross und Strand. Rechts lag das Haus ihres Vaters, und Deborah wandte sich schaudernd ab.

Sie fuhr zusammen, als Nick plötzlich auf das Dach seiner Kutsche klopfte und den Kutscher halten ließ. Sie schaute um sich und dann auf Nick. Er blickte über die Schulter zurück. Wie zufällig drehte Deborah sich halb um, um zu sehen, was sein Interesse geweckt hatte. Ein gutes Stück die Straße hinunter hatte eine Kutsche angehalten, aus der jetzt ein Mann stieg. Er war zu weit entfernt, so daß sie ihn nicht erkennen konnte, doch ein Blick in Nicks Gesicht verriet ihr, daß er wußte, wer der Verfolger war und sich darüber *freute*. Deborahs Puls raste; ihr Instinkt warnte sie. Was tat sie hier mit einem Mann, der sie schon einmal verraten hatte? Warum ließ sie sich von ihm auf eine dunkle, einsame Straße bringen, direkt beim Fluß? Niemand wußte, wo sie war. Wenn sie ertrank, würde es wie ein Unfall aussehen. Alle würden glauben, sie hätte sich fortgeschlichen, um zu Gray und Quentin zu gehen. Das hatte Nick den Anwesenden an der Abendtafel suggeriert. Es war eine falsche Spur, eine Spur, die von *ihm* ablenkte. Ihn würde niemand verdächtigen, Gray am allerwenigsten. Niemand würde erfahren, daß Nick einen Komplizen hatte. Niemand würde erfahren, daß in jener Nacht in Paris nicht Lord Barrington, sondern sie, Deborah, das Opfer hatte sein sollen.

Vom Fenster eines Hauses an der Ecke zu einer stillen Sackgasse blickte Quentin über die Strand hinweg und sah zu, wie Nick den Kutscher entlohnte. Quentin achtete sorgfältig darauf, daß er von der Straße aus nicht gesehen wurde. Er durfte eigentlich nicht am Fenster stehen. Onkel Gray hatte ihm eingetrichtert, daß alles im Haus ganz normal erscheinen mußte, wenn sie die Falle zuschnappen ließen. Seine Tür war von innen verschlossen, und er durfte das Zimmer erst verlassen, wenn Onkel Gray ihm persönlich sagte, daß die Luft rein war. Er konnte nicht weg, selbst wenn er gewollt hätte. Nebenan im Ankleidezimmer hielt sich Mr. Jervis auf, und der hatte den Befehl, darauf zu achten, daß Quentin Onkel Grays Anweisungen folgte. Die Tür zum Ankleidezimmer war offen, aber der Tutor konnte Quentin nicht am Fenster stehen sehen, weil er selbst aus dem Fenster sah. Dessen hatte Quentin sich vergewissert. In einem anderen Zimmer des Hauses brannte eine Kerze, und angeblich schlief Quentin dort. Er wußte nicht so recht, wie Onkel Gray den Mörder in die Falle locken wollte, wußte jedoch, daß es irgendwie mit jenem Zimmer zusammenhing.

Er schnappte nach Luft, als er sah, wie Deborah plötzlich ihre Röcke hob und über die Straße lief, fort vom Haus, zwischen Reitern und Kutschen hindurch. Onkel Nick hatte sie nicht gesehen. Was tat sie da? Sie würde alles verderben!

Mr. Jervis erschien plötzlich in der Verbindungstür. »Warte hier«, bellte er, »und schließ die Tür hinter mir ab.« Damit stürmte er davon.

Quentin bemerkte es kaum. Sein Blick war starr auf die Vorgänge unten auf der Straße gerichtet. Für einen Augenblick sah es so aus, als wollte Deb eine Kutsche anhalten, doch das Gefährt fuhr an ihr vorbei. Sie zögerte einen Moment, wendete sich zur Seite und huschte auf das Grundstück der Savoy Chapel. Mittlerweile hatte Nick sie gesehen und nahm die Verfolgung auf. Jetzt sah Quentin die andere Gestalt. Der Mann huschte gleichfalls über die Straße zur Savoy Chapel. Wußte Deb, daß jemand ihr folgte? Wußte Onkel Nick davon?

Er überlegte nicht mehr lange. Er stürmte zur Tür hinaus, den Flur entlang und die Treppe hinab. »Onkel Gray! Onkel Gray!«

Mr. Jervis hielt ihn zurück. »Geh wieder in dein Zimmer. Dein Onkel hat im Moment keine Zeit für dich. Geh jetzt, Quentin. Auf der Stelle!«

»Aber ... aber da draußen ist Deb. Sie ist weggelaufen, und ...«

»Ja, das wissen wir. Geh in dein Zimmer, Quentin. Sofort!«
Jervis sah zu, wie Quentin sich äußerst widerstrebend umdrehte und die Treppe hinaufstieg. Zufrieden mit Quentins Gehorsam ging er zu den Eingangstüren und verschloß sie, wie Lord Kendal befohlen hatte, bevor er aus dem Haus gestürmt war. Als er schließlich auch die Hintertüren verschloß, war Quentin längst fort.

Die Stimme, die aus der Dunkelheit nach ihr rief, war die letzte, mit der sie gerechnet hätte. *Quentin*. Aus Angst, einer Sinnestäuschung erlegen zu sein, antwortete Deborah nicht, sondern drückte sich flach an die Mauer. Sie war an der Gartenmauer von Adelphi Terrace, an der Südseite zur Strand, herausgekommen und hoffte, in einem der Häuser Unterschlupf zu finden. Doch alle Tore blieben ihr verschlossen.
Es gelang ihr kaum, den Atem anzuhalten, und sie schlug die Hand vor den Mund, um ihr Schluchzen zu ersticken.
»Deb?«
Es war keine Sinnestäuschung. »Quentin. Hier bin ich.«
Mit solcher Geschwindigkeit schoß er aus dem Schatten auf sie zu, daß sie nach rückwärts taumelte, als er sich ihr in die Arme warf. Er bekam kaum noch Luft, doch es gelang ihm, sich verständlich zu machen. »Sie glauben, du hättest dich in der Kapelle versteckt. Ich habe dich vom Fenster aus beobachtet und wußte, daß du nicht dort bist.«
»Sie suchen mich in der Kapelle?«
»Ja, Onkel Nick und ein anderer Mann. Ich wollte dich warnen.«
»Wo warst du?«
»In Onkel Grays Haus.«
Also hatte Nick doch nicht gelogen. Das bedeutete allerdings

nicht, daß sie ihm vertrauen durfte. Was sollte sie tun? O Gott, was sollte sie nur tun?
Aus der Richtung der Kapelle kam ein Geräusch wie das Explodieren eines Feuerwerkskörpers oder eines Pistolenschusses. Deborah spähte verzweifelt nach allen Richtungen in die Dunkelheit, fand jedoch keinen Hinweis darauf, wie nahe die Verfolger waren. »Wir reden später«, sagte sie. »Wir müssen jetzt ganz leise sein. Verstehst du, Quentin? Sie dürfen uns nicht finden.«
»Auch nicht Onkel Nick?«
»Onkel Nick schon gar nicht.«
Ihre Gedanken überschlugen sich auf der Suche nach einer Lösung. Jetzt mußte sie auf Quentin Rücksicht nehmen. Sein Atem ging jetzt schon rasselnd. Viel länger würde er nicht mehr durchhalten. Sie mußten schnellstens Unterschlupf finden. Mit dem nächsten Gedanken wurde sie ruhiger. Das Haus ihres Vaters war ganz in der Nähe und stand leer. Dort konnte sie Quentin verstecken, um dann Hilfe zu holen.
Sie wies in Richtung Fluß, und Quentin nickte. Der Boden war hartgefroren, und Deborah preßte Quentin fest an sich, damit er nicht ausglitt. Alle paar Minuten blickte sie über die Schulter zurück, und obwohl von den Häusern an der Strand genug Licht ausging, an dem sie sich orientieren konnte, sah sie doch nichts, hörte nichts außer ihrem eigenen Atem.
Sie wagte noch eine letzte Frage. »Weiß Onkel Gray von Nick und dem anderen Mann?«
Er antwortete genauso leise, wie sie gesprochen hatte. »Ich glaube schon, weiß es aber nicht genau.«
Es war nicht weit bis zum Haus, doch sie hatten einen Umweg gemacht und näherten sich von der Flußseite her. Deborah rechnete fest damit, daß die Verfolger sie an der Strand erwarteten, wo Kutschen und Menschen waren, die sie um

Hilfe angehen konnte. Sobald sie Quentin in Sicherheit gebracht hatte, wollte sie genau das tun.

»Wir sind schon fast da«, flüsterte sie und erstarrte, als sie jemanden gegen die Mauer taumeln hörte.

Sie fuhr herum und blickte auf den Mauerspalt, durch den sie sich eben hindurchgezwängt hatten. Dort waren Nick oder sein Komplize. Sie hörte, wie er über abgebröckelte Steine stieg. Sein Atem ging rauh und erinnerte sie an ein anderes Ereignis.

»Beeil dich!« flüsterte sie Quentin ins Ohr, und den Blick fest auf die erleuchteten Fenster im Untergeschoß gerichtet, liefen sie auf das Haus zu.

Zweiundzwanzigstes Kapitel

Der Earl of Belvidere stand mitten in der früheren Gemäldegalerie von Strand House und bewunderte die edlen Proportionen des Raumes. Dieser war so groß, daß der frühere Besitzer zur Krönung George III. sechshundert Gäste zum Feiern hierher geladen hatte. Diese Zeiten waren längst vorbei.

Es wurmte den Earl, daß Strand House in die Hände von Fremden fallen sollte, doch ihm fehlten die Mittel, um zwei prachtvolle Häuser seinem ästhetischen Empfinden gemäß zu unterhalten. Besonders die Gemäldegalerie war ein herber Verlust. Zwar hatte er alle Wertgegenstände nach Belvidere überführt, doch die prächtige vergoldete Stuckdecke und die Wandmalereien ließen sich leider nicht auslagern. Die vier großen Kristallüster waren eine andere Sache. Wenn er sich am Morgen mit Lord Holford traf, würde er versuchen, ihn davon zu überzeugen, daß die Kronleuchter vom Verkauf ausgeschlossen waren. Diese kleinen Extras mußten getrennt verhandelt werden.

Aus zwei Gründen hatte er Strand House aufgesucht. Zum ersten wollte er, bevor er Lord Holford das Haus zeigte, Inventur machen von allen kostbaren Möbelstücken, Teppichen und Nippes, die zusammengenommen eine hübsche Summe einbringen würden. Zum zweiten wollte er seine

Erinnerung an die vielen Vorzüge des Hauses auffrischen, die einen Käufer beeindrucken mußten. Es mangelte Strand House nicht an solchen Vorzügen, und es ärgerte ihn mehr denn je, daß er sich von diesem Prachtbau trennen mußte.

Daß er in diese Zwangslage geraten war, brachte ihn in Rage. Wenn dieses Weibsstück, das er nicht als Tochter ansah, nicht gewesen wäre, hätte es nie soweit kommen müssen. Dann hätten ihm reichlich Mittel zur Verfügung gestanden. Nach seinem Tod hätten seine Kinder ihn beerbt, wenn sie denn die Sorte Kinder gewesen wären, die er sich wünschte. Doch sie hatten sich gegen ihn gestellt, alle außer Elizabeth, und hatten seinen unsterblichen Haß entfacht. Als ob Kohle und Baumwolle sich mit den schönen Dingen vergleichen ließen, die er in seinem Leben angehäuft hatte! Das eine war eitel und nichtig, das andere pures Gold und hätte von künftigen Generationen von Montagues in Ehren gehalten werden sollen. Doch er hätte wissen müssen, daß die Brut einer Krämerstochter niemals einen Sinn für die schöneren Dinge des Lebens würde entwickeln können.

Aber er war noch längst nicht mit ihnen fertig. Lady Deborah und Lord Leathe mußten noch viel lernen, wenn sie glaubten, sie wären ihm gewachsen. Im Augenblick kam es ihm gelegen, sie im Glauben zu lassen, daß sie gewonnen hätten. In Lord Kendal hatten sie einen mächtigen Schutzherrn gefunden. Das würde ihnen aber auch nichts nützen. Er würde einen Weg finden, sie alle zu vernichten. Er würde sich erst zufriedengeben, wenn er ihnen mit Zins und Zinseszins all die Demütigungen heimgezahlt hatte, die er in diesen letzten zwei Wochen hatte hinnehmen müssen.

Sein weißes hageres Gesicht verfärbte sich bläulich bei der Erinnerung daran, wie alles angefangen hatte. An jenem ersten Morgen wachte er auf und fand sein Ankleidezimmer durchwühlt vor; jeder Porzellanknopf an seiner Kleidung war zerschmettert oder gesprungen. Er hatte die Botschaft verstanden. *Lieber sehe ich dich tot, bevor ich mich auch nur von einem einzigen Porzellanknopf trenne,* hatte er zu Leathe gesagt. Diese gesprungenen Knöpfe hatten ihn noch richtig amüsiert. Wenn das alles war, was Kendal zu bieten hatte, konnte er sich gut und gern auf das Spielchen einlassen. Dennoch hatte er die Wachen verdoppelt und die gesamte Dienerschaft in Alarmbereitschaft versetzt.

Am zweiten Morgen fand er, als er die Treppe hinunterkam, eine ägyptische Urne in Scherben auf dem Marmorboden. Er hatte gewütet, geweint, hatte die Behörden eingeschaltet. Und da hatte man ihn wissen lassen, daß gegen ihn Klage wegen Hehlerei erhoben worden war. Man hatte mehrere Gemälde »zweifelhafter Herkunft« beschlagnahmt, bis Berichte über das Verschwinden ähnlicher Gemälde aus Lord Lawfords Besitz bearbeitet werden konnten.

Er war immer noch in Gedanken versunken, als er das Geräusch von splitterndem Glas hörte. Er erschrak nicht etwa, er geriet in Wut. Schließlich hatte er den Hausmeister beauftragt, das Haus auf Hochglanz zu bringen, damit Lord Holford bei seiner Begehung am Morgen einen guten Eindruck gewann. Falls die Diener etwas Wertvolles zerbrochen hatten, würde er es ihnen vom Lohn abziehen.

Er griff sich einen Kerzenleuchter von einem der zahlreichen Simse und stürmte in die Halle. Er war beinahe sicher, daß das Geräusch von dort gekommen war. In kürzester Zeit hatte er die geschwungene Treppe umgangen, die Halle durchquert und die Bibliothek betreten. Die Beschimpfungen versiegten ihm auf der Zunge, als er die junge Frau und den Buben sah, die sich vom Fenster ab- und ihm zuwandten. Sofort zog er den Schluß, daß es sich um Diebsgesindel handeln mußte. Ein

Blick auf die Fenstertüren bestätigte seinen Verdacht. Sie standen offen, und der Parkettboden war von Glasscherben übersät. Rasch schnitt er den beiden den Fluchtweg ab, indem er sich zwischen sie und die Fenstertüren postierte. Die beiden wichen hinter seinen mächtigen Schreibtisch in der Mitte des Raumes zurück. Jetzt saßen sie in der Falle.
»So«, sagte er. »Ihr dachtet wohl, das Haus stünde leer, und ihr könntet es in aller Ruhe ausräumen. Unglücklicherweise aber habe ich euch auf frischer Tat ertappt.«
Das Mädchen bewegte lautlos die Lippen und starrte ihn an.
»O ja, gute Frau, wie ich sehe, wißt Ihr, was das heißt. Es bedeutet Verbannung in die Kolonien für Euch und den Jungen, und das geschieht Euch recht, möchte ich meinen.«
»Deborah?« sagte der Junge.
Belvideres Kopf ruckte hoch, er ließ den Blick langsam über ihre Erscheinung wandern. »Deborah? Nein, ich kann es nicht glauben. Es kann nicht sein! Bei Gott, du bist es!«
Einen Augenblick lang glaubte er an eine Falle, rechnete jeden Moment mit dem Auftauchen Lord Kendals oder Leathes, doch als er das nackte Entsetzen in Deborahs Augen sah, wußte er, daß das Schicksal seine Gebete erhört hatte.
Plötzlich lachte er, und das Geräusch hüpfte von einer Wand zur anderen. »Wie dumm von dir, hierherzukommen, Deborah. Dumm von dir, dich in meine Gewalt zu geben. Natürlich hast du nicht erwartet, mich in Strand House anzutreffen. Du dachtest freilich, ich wäre in Belvidere. Wie das Schicksal so spielt, Deborah. Jetzt habe ich dich, und Kendal bekommt dich nie zurück.«
Der Schock, der Deborah an die Stelle bannte, löste sich langsam und ließ sie schwach und zitternd zurück, doch immerhin arbeitete ihr Verstand wieder richtig. Sie hielt Quentins Hand fest in ihrer und machte einen raschen Schritt

auf die Tür zu. Der Earl bewegte sich schnell wie der Blitz, packte Quentin bei den Schultern und entriß ihn Deborah.
»Vater«, schrie sie auf. »Ich tue alles, was du willst, alles, wenn du uns hilfst. Jemand verfolgt uns, ein Mörder. Er muß jeden Augenblick hier sein. Du mußt uns helfen!«
»Dir helfen?« Er glaubte ihr nicht, aber die Worte, die er sprach, kamen aus vollem Herzen. »Viel lieber würde ich dem Mann die Hand schütteln, der dich beseitigt.«
Ihr Blick huschte über die Schulter des Earls hinweg. Sie sah die Gestalt eines Mannes im Schatten draußen vor den Fenstertüren und schrie auf. Als der Earl sich umdrehte, um nach dem Grund für ihren Schrei zu sehen, griff sie nach Quentin und zog ihn in ihre Arme. Jeder Nerv in ihr war angespannt und auf Flucht ausgerichtet, doch als die Gestalt ins Zimmer trat und erkennbar wurde, erschlaffte sie vor Erleichterung.
Grays Sekretär wirkte so normal, so solide und harmlos, daß sie beinahe hysterisch gelacht hätte, wenn ihr nicht klar gewesen wäre, daß die Gefahr noch nicht gebannt war.
»Philip«, sagte Deborah und schluchzte auf. »Ich weiß nicht, was für ein Spiel Kendal treibt, aber ...«
»Rührt Euch nicht«, sagte Standish. »Keiner von Euch rührt sich.« Aus den Falten seines Mantels zog er eine Pistole.
Deborah blickte auf die Pistole in seiner Hand, in seiner rechten Hand, und das gab ihr den Mut zu sagen: »Bitte. Ihr versteht nicht. Nick verfolgt uns, und er hat einen Komplizen.«
Wie hypnotisiert starrte er sie an, und Deborah drängte: »Wir müssen fort von hier, wir alle, bevor es zu spät ist.«
»Ich hatte niemals vor, jemandem Schaden zuzufügen«, sagte Standish. »Ich habe nicht gewollt, daß es soweit kommt.«
Quentins Hand lag fest in Deborahs. Die kleine Hand zitterte

und verkrampfte sich. »Er ist es«, flüsterte er. »Er ist der Mann, der meinen Vater erschossen hat.«
Die Pistole fuhr so blitzschnell hoch, daß alle stocksteif standen.
»Ich fühlte mich sicher«, sagte Standish, den Blick auf Deborah gerichtet. »Ich wußte, daß ich von Euch nichts zu fürchten hatte. Wir hatten uns auf dem Picknick kennengelernt, aber ihr habt nicht Alarm geschlagen, nachdem ich Barrington getötet hatte. Warum nicht?«
»Ich konnte Euch nicht deutlich sehen«, flüsterte sie, ohne zu wissen, daß sie überhaupt gesprochen hatte.
»Das hatte ich mir gedacht. Wie schade aber, daß der Junge sich wieder erinnern kann. Man sagte mir, es würde niemals dazu kommen.«
Allmählich begriff der Earl, er schüttelte den Kopf und rückte von Standish ab. Den Kerzenleuchter hielt er hoch in der rechten Hand. In seinem umnebelten Bewußtsein erkannte er, daß Deborah die Wahrheit gesagt hatte und er in Lebensgefahr schwebte. »Wollt Ihr sie und den Jungen?« Seine Stimme zitterte. »Ich überlasse sie Euch. Sie bedeuten mir nichts. Euch kenne ich nicht. Ich habe Euch nie im Leben gesehen. Und wenn ich diesen Raum verlasse, vergesse ich, daß ich Euch getroffen habe. Versteht Ihr nicht? Ich hasse sie ebenfalls.«
Deborah zuckte mit keiner Miene unter den haßerfüllten Worten. Etwas anderes hatte sie von ihrem Vater gar nicht erwartet. Ihr Blick war fest auf Standish gerichtet, wachsam und abschätzend, jede Veränderung in seinem Mienenspiel registrierend.
»Ich habe in meinem ganzen Leben keinen Menschen gehaßt.« Er war so ernst, daß es erschreckend wirkte. »Man lehrte mich, meinen Nächsten zu lieben.«

Entsetzen stieg in Deborah auf. Er war der Sohn eines Pfarrers. Er war praktisch ein Familienmitglied der Graysons. Sie hatten ihm vertraut. »Ihr seid der Verräter«, sagte sie. »Philip, ausgerechnet Ihr!« Dieselben Worte hatte Lord Barrington ausgerufen, bevor er erschossen wurde. Standish war der letzte, auf den jemals ein Verdacht gefallen wäre.

»Wenn er mich bloß nicht mit Talleyrand gesehen hätte. Aber er hatte mich nun mal gesehen, und ich mußte etwas unternehmen. Das versteht Ihr doch? Ich war angeblich in Rouen. Was hätte ich sagen sollen, wenn Lord Kendal mich befragte? Er hätte gewußt, daß ich der Informant war, und ich wäre in Schande gefallen.«

Deborah konnte nicht anders, die Worte kamen wie von selbst. »Philip, habt Erbarmen. Laßt den Jungen laufen. Lord Kendal weiß, daß wir hier sind. Er wird jeden Augenblick hier eintreffen.«

Das alles war so vertraut, und sie erkannte an seinem Gesichtsausdruck, daß auch er sich erinnerte. Sie wußte, was folgen würde. Gray hatte es ihr erklärt. Sie waren zu dritt. Zuerst würde er den töten, der die größte Bedrohung darstellte, dann die anderen.

Sie war wie gelähmt vor Angst. Da war noch etwas von äußerster Wichtigkeit, das sie ihrem Vater sagen wollte, etwas, das die Vergangenheit auslöschen und alles wieder ins rechte Lot bringen würde. »Vater, ich möchte ...«

»Sprich mich nicht an! Ich kenne dich nicht!« schrie ihr Vater. Zu Standish sagte er: »Das alles ist dermaßen ungerecht. Ich habe mit dieser Sache nichts zu tun. Ich weiß nicht einmal, worum es geht.«

»Es tut mir leid«, sagte Standish. »Furchtbar leid.« Er hob die Pistole und schoß dem Earl in die Brust.

Belvideres Augen weiteten sich im Schock, bevor er zurück-

taumelte. Deborah schrie und rief dann: »Quentin, lauf! Versteck dich!«
»Bleib, wo du bist!« Standish hatte eine zweite Pistole aus der Tasche gezogen und zielte auf Quentin. »Seht Ihr«, sagte er, »beim letzten Mal habe ich meine Lektion gelernt. Diesmal komme ich nicht unvorbereitet.«
Quentin stieß einen leisen Ton aus, und Deborah zog ihn an sich. Ihr Blick war auf ihren Vater geheftet. Sein Körper lag da wie ein knochenloser Haufen, und auf seiner Jacke breitete sich ein dunkler Fleck aus. Der Kerzenleuchter, den er in der Hand gehalten hatte, hatte sich in den seidenen Vorhängen verfangen.
Deborah wurde schwindlig, sie sank gegen den Schreibtisch. Ihre Hand streifte etwas Glattes, Hartes, und als sie sich wieder aufrichtete, schloß sie die Finger um einen Briefbeschwerer aus Onyx.
Mit einem Fauchen schossen Flammen vom Boden bis zur Decke an den Vorhängen hinauf. Deborah und Quentin klammerten sich aneinander. Standish beachtete sie kaum. Nichts schien ihn aus der Ruhe zu bringen. Er hatte gerade einen Menschen umgebracht. Das Zimmer ging in Flammen auf. Funken sprühten, die Zugluft aus den offenen Türen fachte das Feuer noch stärker an. Und Standish blickte sie an, ohne mit der Wimper zu zucken.
»Ich muß Euch töten«, sagte er. »Und den Jungen auch. Das werdet Ihr verstehen.«
Zu ihrer Überraschung klang ihre Stimme ganz ruhig. »Es wird Euch nichts nützen. Gray weiß, daß Ihr der Mörder seid.«
Es war eine Lüge, doch sie sagte es sehr überzeugend. Wenn sie ihn nur glauben machen konnte, daß es zu spät für ihn war, Grays Zorn zu entkommen, dann ließ er sie vielleicht gehen.
Seine nächsten Worte machten diese Hoffnung zunichte.

»Es ist gleichgültig, ob Lord Kendal es weiß. Ohne Euch und den Jungen kann er nichts beweisen. Ohne Beweise wird mein Vater ihm kein Wort glauben. Auf mehr kann ich im Augenblick nicht hoffen.«

»Versteht Ihr denn nicht?« schrie Deborah. »Wenn uns etwas zustößt, wird Gray Euch umbringen, ob mit oder ohne Beweis.«

Er lächelte milde. »Ihr seid es, die nicht versteht, Miss Weyman. Mir ist es völlig gleichgültig, was mit mir geschieht.«

Er war bereit zu sterben, aber nicht, bevor er die Zeugen zum Schweigen gebracht hatte, die ihn würden identifizieren können. Auf verworrene, bizarre Art und Weise verstand sie es vollkommen; sie begriff, daß er es für seinen Vater tat.

»Euer Vater würde so etwas niemals gutheißen«, rief sie.

Er blickte beschämt zu Boden. »Nein.«

»Warum?« Sie wollte es wirklich wissen. »Wozu diese Untaten?« Sie wies auf die Leiche des Earls und die brennenden Vorhänge.

»Ich habe es für Geld getan«, sagte er. »Das Einkommen eines Sekretärs reicht nicht aus, um mit Lord Kendals Freunden Schritt halten zu können. Und diesmal war ich entschlossen, einer von ihnen zu werden.«

»Diesmal?«

Ihr Verstand arbeitete auf zwei Ebenen zur gleichen Zeit. Sie wollte, daß er weiterredete. Mr. Standish sah nicht, daß die Paneele hinter seinem Rücken bereits schmorte. Bald würde sie wie die Vorhänge in Flammen aufgehen. Dann war der Zeitpunkt zum Handeln für sie gekommen.

Er hob die Schultern. »Wir waren fast alle zusammen auf der Universität. Ich war ständig der Außenseiter. Ich hatte kein Geld, versteht Ihr, und konnte nicht mit den anderen mithalten.«

»Ich weiß, wie das ist.« Deborah war sich ihrer Worte kaum bewußt. Sie sprach nur, um ihn hinzuhalten. Warum ging die Paneele nicht in Flammen auf? »Auch Gouvernanten werden oft behandelt wie die armen Verwandten.«

Ihr Blick streifte ihren Vater. Sie verstand nicht, warum sie das Gefühl hatte, weinen zu müssen. Soweit sie sich erinnern konnte, hatte er nie ein freundliches Wort für sie übrig gehabt. Er war nicht wie Quentins Vater und auch nicht wie Mr. Standishs Vater. Warum dann dieser Schmerz?

Er fuhr fort. »Ich war beinahe sicher, daß Lord Kendal mich in die Falle locken wollte. Es war gleichgültig, solange ich nur den Jungen bekam. Ich wußte, daß Ihr mich irgendwann zu ihm führen würdet. Ihr müßt verstehen, daß ich jetzt nur noch das Ziel verfolge, meinem Vater Kummer zu ersparen. Er würde sterben vor Scham, wenn etwas von diesen Vorfällen bekannt würde. Ich wollte nicht, daß es soweit kam.« Seine Stimme klang beinahe flehentlich, als bettelte er um Deborahs Verständnis. »Es hatte so klein angefangen. Im Grunde gab kein Mensch etwas auf die Informationen, die ich weitergab. Es ging nicht um Leben und Tod.«

»Aber es ging um Leben und Tod, als Lord Barrington drohte, Euch zu entlarven.«

Angesichts ihres scharfen Tonfalls verzog er das Gesicht. »So ist es«, sagte er. »Vergebt mir.« Damit machte er einen, dann noch einen Schritt auf sie zu.

Schon spürte sie beinahe die Vibrationen des Pistolenschusses, schmeckte den scharfen Geruch verbrannten Pulvers, genau wie früher schon einmal. Sie mußte etwas tun, etwas sagen, bevor es zu spät war. »Aber Ihr wart Linkshänder«, rief sie aus.

»Nein. Ich hatte mir die rechte Hand mit Siegelwachs verbrannt. Sie war verbunden. Das muß Quentin entgangen sein.«

»Aber eben darum geht es doch, Philip, versteht Ihr nicht? Quentin ...«

Sie hörte ein Dröhnen, und im Nu brannte eine ganze Wand lichterloh. In dem Augenblick, als Standish abgelenkt war, schob Deborah Quentin zur Tür. »Lauf, Quentin!« schrie sie, schleuderte den Briefbeschwerer auf Standish und traf ihn an der Schulter. Er ließ die Pistole fallen, hatte sie jedoch schon wieder aufgehoben, bevor Deborah sie erwischte. Deborah wich zurück und stürmte zur Tür. In der Halle hörte sie jemanden rufen. Irgendwo ganz in der Nähe zerbarst ein Fenster. Hilfe nahte. Sie mußte Quentin finden.

»Quentin!« schrie sie.

Seine Stimme kam wie ein geisterhaftes Flüstern von hoch oben aus dem gewundenen Treppenhaus. »Hier oben, Deb.«

Sie schluchzte vor Entsetzen. Es war wie eine Szene aus ihrem schlimmsten Alptraum. Die Zeit trieb ein Spielchen mit ihr. Genauso war sie vor Albert geflüchtet. »O Gott«, schluchzte sie.

Die Tür zur Bibliothek öffnete sich, und sie lief im Zickzack durch die Halle und dann die Treppe hinauf. Jeden Moment rechnete sie mit einem Schuß. Im ersten Stockwerk gelangte sie auf eine Galerie, von der aus lange Flure in alle Himmelsrichtungen führten. »Quentin!« rief sie.

»Hier oben!«

Ihr Mut verließ sie. *Bitte nicht dort, Quentin. Nicht ausgerechnet dort!* Die Galerie am Kopf der Treppe diente nur zur Dekoration und bot keinen anderen Ausgang als den zurück über die Treppe.

»Komm herunter zu mir!«

Sie erhielt keine Antwort, hörte aber seinen pfeifenden Atem. Dann vernahm sie Schritte hinter sich und eilte die letzte Treppe empor. Über ihr wölbte sich eine große gläserne

Kuppel, durch die sie den Mond und die Sterne sehen konnte. Zu beiden Seiten befanden sich Nischen mit Marmorstatuen neben Fenstern mit Blick über London und die Themse. Es gab keine Kerze, doch das Licht aus den Fenstern reichte aus, um Umrisse erkennen zu können. Alles ging so schnell, daß sie sich nicht die Zeit nehmen konnte, Quentin zu trösten. Ohne zunächst auf ihn einzugehen, versuchte sie, ein Fenster nach dem anderen zu öffnen. Alle waren verriegelt, und selbst wenn sie sich hätten öffnen lassen, boten sie lediglich den Fluchtweg auf einen schmalen Sims, aber keinen Weg nach unten. All dies hatte sie schon einmal durchlebt.

Sie ließ sich auf die Knie nieder und nahm Quentin in die Arme. Er war nicht in Panik, er weinte auch nicht. Mit seinen dunklen Augen sah er sie vertrauensvoll an. Dieser Blick ging ihr durch Mark und Bein.

»Deb, ich erinnere mich, ich erinnere mich an alles«, keuchte er.

»Ich weiß, ich weiß, mein Liebling.« Sie nahm ihn bei den Schultern, damit er ihr aufmerksam zuhörte. »Paß gut auf. Du mußt dich jetzt zusammenreißen, und wenn du die Möglichkeit siehst, mußt du so schnell du kannst aus dem Haus laufen. Schau dich nicht um. Bleib um nichts in der Welt stehen. Hast du mich verstanden?«

Seine Unterlippe zitterte. »Und du?«

»Ich komme sofort nach, aber du darfst nicht auf mich warten.«

»Nein, Deb. Ich möchte, daß du mitkommst.«

»Denk an deinen Vater. Er würde verlangen, daß du tust, was ich dir sage. Es ist genauso, wie es schon einmal war, und wir werden entkommen ...«

Die Zeit war um. Ein Geräusch auf der Treppe verriet ihr, daß Standish sie eingeholt hatte. Sie führte Quentin zu einer der

Nischen und schob ihn hinter die Statue. Dann schlich sie weiter über die Galerie, in der Hoffnung, Standish von Quentin fortlocken zu können.

Sie hörte seinen pfeifenden Atem, und ihr Herz setzte aus, vor Angst, daß Quentin entdeckt werden könnte. Dann betrat Standish die Galerie, und sie stellte fest, daß er es war, der so pfeifend atmete. Sie hätte es wissen müssen von jener Nacht in Paris her, als der Mörder sie verfolgte. Er rang nach Atem, genau wie Quentin.

»Ihr könnt mir nicht entkommen«, sagte Standish, nicht drohend, nicht bösartig, vielmehr so, als würde er übers Wetter reden. »Riecht Ihr den Rauch? Wißt Ihr nicht, was passiert? Das Feuer breitet sich rasend schnell aus. Für keinen von uns gibt es ein Entkommen.«

Wie zur Antwort ertönte ein Dröhnen, dann folgte eine Explosion. Rauch quoll ins Treppenhaus hinauf, und mächtige Feuerzungen spiegelten sich in der Glaskuppel, um dann grotesk von Fenster zu Fenster zu hüpfen. Das Höllenfeuer hätte nicht entsetzlicher sein können.

Mit dem Mut der Verzweiflung sagte Deborah: »Ihr habt verloren, Mr. Standish. Ich habe Euch auf eine falsche Fährte gelockt. Wie Ihr seht, ist Quentin nicht hier. Er wird der Welt berichten, was er gesehen hat, und jeder wird erfahren, daß Ihr Lord Barrington umgebracht habt.«

Standish blockierte den einzigen Fluchtweg. Deborah wünschte sich nichts weiter, als daß er ein paar Schritte auf sie zukam. Dann würde sie sich auf ihn stürzen, und der Weg wäre frei für Quentin. Warum rührte der Mann sich nicht von der Stelle?

»Quentin«, sagte er, »wenn du nicht sofort aus deinem Versteck kommst, schieße ich Miss Weyman eine Kugel in den Kopf.«

Der Rauch verriet ihn schließlich. Quentin fing an zu husten,

und Standish lächelte. »Komm heraus, Quentin«, sagte er. »Ich verspreche dir, daß ich dir nichts tun werde.«
Als Quentin aus seinem Versteck hervortaumelte, packte Standish ihn. »Ich habe vor, mein Wort zu halten«, sagte er zu Deborah. »Ich werde keinem von Euch etwas zuleide tun. Wir warten einfach in Ruhe ab und überlassen dem Feuer die Arbeit.«
Deborah war hilflos. Selbst wenn sie sich jetzt auf Standish stürzte, würde Quentin nicht entkommen. Er kannte sich im Haus nicht aus, und da das erste Stockwerk brannte, würde er nicht wissen, wohin er sich wenden sollte.
Der Rauch machte sie blind, und sie tastete nach dem Geländer, um sich zu stützen. Im selben Moment krachte etwas in die große Glaskuppel über ihr, und sie zerbarst. Deborahs Kopf ruckte in die Höhe, und als sie sich nach der Ursache umdrehte, sah sie Gray, eine rauchende Pistole in der Hand, die Treppe hinaufkommen.
»Zurück, Kendal, oder ich schieße dem Jungen ein Loch in den Kopf.« Während er sprach, wich Standish von der Treppe zurück und zog Quentin mit sich, indem er einen Arm um seinen Hals legte.
Gray trat auf die Galerie. »Es freut Euch sicher zu hören, Mr. Standish«, sagte Gray, »daß Nick Euren Schuß überlebt hat. Es war ein sauberer Schulterdurchschuß. Und Ihr solltet wissen, daß ich auch den zweiten Schuß gehört habe. Deborah, was ist geschehen?«
»Er hat meinen Vater erschossen.«
»Ah«, sagte Gray. »Zwei Schüsse. Darauf hatte ich gehofft.«
Deborah begriff nicht ganz, doch sie spürte eine Veränderung in Standishs Verzweiflung. Plötzlich geriet er in Bewegung. Er warf die Pistole von sich und stürzte, Quentin mit sich ziehend, zum Geländer. Deborah wußte nicht, daß sie schrie.

Sie wußte jedoch, was Standish plante. Er wollte in den Tod springen und Quentin mitnehmen. Während Gray sich ihm in den Weg warf, griff sie nach der Pistole. Ihre Hand zitterte, als sie sie entsicherte und zielte.
Gray schlug Standish die Faust ins Gesicht, und der Mann stürzte zu Boden, Quentin wiederum mit sich ziehend. Quentin grub seine Zähne in den Arm des Mannes, und Standish schlug ihm hart ins Gesicht, kam dann wieselflink auf die Füße und schob Quentin vor sich. Während des Kampfes hatte er seine Brille verloren. Deborah rückte näher heran, bis sie genau auf seinen Kopf zielen konnte.
»Laßt den Jungen los«, befahl sie, »oder ich drücke ab.«
Standish lachte. Es klang so unbeschwert und deshalb in Deborahs Ohren um so wahnsinniger.
»Deborah«, sagte Gray, »geh zur Seite.«
Gray begriff nicht, und jetzt war nicht der rechte Zeitpunkt für Erklärungen. Ihr Finger krümmte sich um den Hahn, und sie zögerte. Es war schrecklich, einen Menschen umzubringen. Da schluchzte Quentin und rang nach Atem, und ihre Entschlossenheit kam zurück. Sie zog den Hahn durch. Die Pistole klickte, doch es folgte keine Explosion. Sie war nicht geladen. Vor ihren entsetzten Blicken hob Standish Quentin auf das Geländer. Grays Hand schoß vor, und mit einem grauenhaften Knacken brach Standishs Arm. Deborah griff nach Quentin und zog ihn in Sicherheit.
»Raus hier«, schrie Gray, »bevor das ganze Haus zusammenstürzt!«
In dem Moment, als Gray sich um Deborah kümmerte, rappelte Standish sich mühsam auf und taumelte gegen das Geländer. Halb darüber hängend rang er nach Luft. Das Geländer schwankte und brach dann mit einem bedrohlichen Krachen unter seinem Gewicht zusammen. Vor den entsetzten Augen

der anderen verlor Standish das Gleichgewicht und stürzte in die Tiefe. Er schrie nicht. Das einzige Geräusch war der dumpfe Aufprall seines Körpers drei Stockwerke tiefer. Deborah hatte die Arme um Quentin geschlungen und hielt sein Gesicht abgewandt, obwohl er gar nichts hätte sehen können.
Mit kreideweißem, finsteren Gesicht griff Gray nach Deborah und Quentin. »Nichts wie raus hier«, sagte er.

Draußen an der Strand war die Straße von Kutschen verstopft. Miliz in roten Mänteln drängte die Massen zurück. Schon züngelten Flammen übers Dach. Die Rückfront des Hauses war ein Inferno, und der Brand griff in Windeseile auf die Vorderfront über.
Lady Helena Perrin saß in ihrer Kutsche und betrachtete das Spektakel mit distanziertem Interesse. Ihre Distanziertheit wich, als sie Nick Grayson erkannte, der aus dem Haupteingang stürmte. Sein Gesicht war rußgeschwärzt, ein Arm lag in einer Schlinge. Nachdenklich öffnete Helena den Schlag und trat trotz des heftigen Protests ihres Kutschers vorsichtig auf die Straße hinaus. Unverzüglich wurde sie in die drängende Menschenmasse hineingezogen.
»Weitergehen! Weitergehen!« brüllte der Hauptmann der Miliz. »Ansonsten tritt der Ausnahmezustand in Kraft!« Er saß zu Pferde, und die Schaulustigen wichen zurück, um nicht unter die Hufe zu geraten.
Helena drängte sich nach vorn durch. »Captain!« rief sie. »Was geht hier vor?«
Die kultivierte Stimme bremste die grobe Antwort, die dem Mann auf der Zunge lag. Die verwirrende Schönheit der Fragestellerin besänftigte ihn sogar noch mehr. »Eine verteufelte Geschichte«, sagte er. »Im Haus befinden sich noch Menschen.«

»Wer?« fragte Helena. Ihr Herz klopfte rasend schnell.
Der Hauptmann wies auf Nick. »Zunächst mal der Bruder dieses Herrn. Er wollte eine Dame mit einem Kind retten. Ein mutiger Mann. Ein überaus mutiger Mann.« Die Menge drängte nach vorn, und der Hauptmann wandte sich, Befehle brüllend, zu seinen Männern um.
In der Menge entdeckte Helena bekannte Gesichter von Menschen aus ihrem Kreis. Doch aufgrund des wilden Gedränges konnte sie nicht zu ihnen gelangen. Sie mußte wissen, was vorging. Sie mußte es wissen.
»Lord Lawford!« rief sie.
Lawford hörte sie und wandte den Kopf. Er lächelte, nickte und versuchte, sich zu ihr vorzudrängen. Es gelang ihm nicht.
»Was geht hier vor?« rief Helena über den Lärm hinweg.
»Ich glaube, Kendal hat seinen Mörder gefaßt«, rief er zurück.
Ein Schrei ertönte, und die Menge tobte, als drei Gestalten aus dem Portal traten. Gray, Deborah Weyman und Quentin. Nick stürmte nach vorn und legte seinem Bruder den gesunden Arm um die Schulter. Gray lächelte und sagte etwas zu dem Hauptmann. Zwei Milizsoldaten traten vor und führten sie weg. Keine weiteren Personen verließen das Haus.
Ein Gefühl schrecklicher Bedrohung senkte sich über Helena. Sie handelte in Panik, ohne zu überlegen. Stoßend und schiebend zwängte sie sich durch die Menge und lief dann blindlings los. Ihr Kutscher sah alles mit an, konnte aber nichts tun, da ihm der Weg von anderen Kutschen verstellt war. Er gab seinem Gefährten einen Wink, und dieser stieg vom Bock und folgte Helena.
Sie war besessen von einem einzigen Gedanken. Sie mußte nach Hause. Eric hatte sich einverstanden erklärt, sie am Abend zu Lady Kendals Soiree zu begleiten. Sie betete wie noch nie zuvor in ihrem ganzen Leben, daß er zu Hause sein möge.

Kaum hatte sie das Haus betreten, rief sie laut seinen Namen. Sie erhielt keine Antwort. Mit gerafften Röcken hastete sie die Treppe hinauf und in sein Ankleidezimmer.
Er hob den Blick aus seiner Zeitung und bemerkte sofort ihren aufgelösten Zustand, ihr angstvolles Keuchen und die unnatürlich leuchtenden Augen. »Helena, was ist geschehen?« fragte er. So hatte er sie noch nie gesehen.
Sie ließ sich gegen die Tür sinken, und Tränen traten ihr in die Augen. »Kendal hat seinen Mörder gefaßt«, sagte sie. Ihre Stimme brach. »Ach, Eric, ich glaubte, du wärst es gewesen. Ich dachte, du wärst es!«
»Wer ist es?«
»Ich weiß es nicht. Ich glaube, er ist im Feuer umgekommen.«
Er trat zu ihr und umfaßte ihre Schultern. Gierig sog sein Blick ihr Mienenspiel auf. »Und hätte es dir etwas ausgemacht, wenn ich der Mörder gewesen wäre?«
»Wie kannst du fragen, wenn du doch weißt, daß ich dich liebe?«
Er schloß die Augen, um sie dann sehr weit zu öffnen. »Ich dachte, ich wäre dir völlig gleichgültig.«
Sie schüttelte den Kopf. »Zu Anfang vielleicht, weil ich wußte, daß du mich nur meiner Beziehungen wegen geheiratet hast, aber später ...«
Er schüttelte sie wild. »Ich liebe dich, seit ich dich zum ersten Mal gesehen habe.« Sie sah ihn verunsichert an, und er schüttelte sie erneut. »Für mich gab es immer nur dich. Ich dachte, du hättest mich wegen meines Geldes geheiratet.«
»Das hab' ich, aber ich war so dumm.«
Er küßte sie, wie er sie noch nie zu küssen gewagt hatte, und gab damit seine tiefsten Gefühle preis, und die Kendals und ihre Soiree gerieten in Vergessenheit.

Dreiundzwanzigstes Kapitel

Lady Kendals Soiree war nicht unbedingt ein rauschender Erfolg. Einige der Eingeladenen befanden sich unter den Zuschauern des Brands von Strand House, und als der rote Schein über Charing Cross sichtbar wurde, verabschiedeten sich die übrigen Gäste, um nachzusehen, was dort los war. Ihre Gastgeberin und deren Tochter nahmen sie mit. Nick war froh, keiner überbesorgten Mutter ausgeliefert zu sein, als der Arzt eintraf, um den »Kratzer« an seiner Schulter zu behandeln.

Nachdem sie den Arzt verabschiedet hatten, versammelten sich die Überlebenden des Brandes in Grays Bibliothek und stärkten sich mit ihren Lieblingsgetränken. Hart war ebenfalls anwesend, aber nur, weil er bei seiner Heimkehr das Haus leer vorgefunden hatte. Die Stimmung war gedämpft, jedoch keinesfalls düster. Gils Mörder war endlich zur Strecke gebracht. Sie waren alle mit dem Leben davongekommen. Quentin war in Sicherheit und hatte das neuerliche traumatische Erlebnis relativ gut verwunden.

Irgendwann sagte Gray ganz ruhig: »Bitte, Quentin, berichte uns ganz genau, was in jener Nacht in Paris geschehen ist.«

Quentin schluckte und nickte. »Ich wollte Deborah einen Streich spielen, aber als ich Papas Stimme hörte, bin ich gleich hinter den Vorhängen hervorgekommen. Mr. Standish war bei ihm, und er hatte eine Pistole in der Hand. Er sagte: ›Keine Bewegung.‹ Dann hörten wir Deborah meinen Namen rufen. Papa sagte, ich sollte gehen, aber Mr. Standish ließ es nicht zu.«

Als er aufhörte zu reden, legte Deborah den Arm um seine Schultern. »Denk nicht daran, wenn du es nicht willst«, sagte sie.

»Aber ich will doch daran denken.« Seine Augen schwammen in Tränen. »Als Papa sagte, ich sollte weglaufen, dachte ich, er würde mitkommen. Aber er stürzte sich auf Mr. Standish. Und dann, dann ... ich weiß nicht. Die Pistole ging los, und Deborah war da, und wir rannten, und ... ich hatte alles vergessen.«

»Nun«, sagte Gray. »Heute abend ist dein Papa bestimmt sehr glücklich.«

»Meinst du, Onkel Gray?«

»Ich weiß es. Ohne dich hätten wir Mr. Standish nie erwischt. Das weiß dein Papa auch. Ich möchte wetten, er ... hm, ... blickt mit einem stolzen Lächeln oben vom Himmel auf dich herab.«

Quentin erklärte eifrig: »Als ich mich erinnerte, wer Mr. Standish war, hatte ich Angst, aber ich habe nicht geweint, stimmt's, Deborah?«

»Stimmt. Du warst sehr mutig.«

»Und ich habe ihn in den Arm gebissen, stimmt's, Onkel Gray?«

»Du hast gekämpft wie ein Trojaner. Richtig grimmig.«

»Er hat mich heftig geschlagen, Onkel Nick, aber ich habe nicht geschrien. Onkel Hart, was meinst du, ob ich morgen, wenn ich aufwache, einen Bluterguß im Gesicht habe?«

»Ich weiß nicht ...« Als Hart Quentins hoffnungsvollen Blick auffing, überlegte er es sich flugs anders. »Zweifellos. Würde

mich gar nicht wundern, wenn wir dich kaum wiedererkennen.«
»Dachte ich's mir. Das muß ich Jason zeigen. Deb, darf ich noch ein bißchen Ale haben?«
»O nein! Im Grunde, junger Mann, dürftest du gar nicht hier sein. Du müßtest schon lange schlafen.«
»Gut, dann nehme ich halt eine Limonade.«
»Schön. Ich bringe sie dir hinauf, sobald du im Bett liegst. In Ordnung?«
»Ich kann nach einem Diener läuten«, sagte Hart.
»O nein, kein Diener. Kann ich bitte Samuel haben?«
»Und wer«, fragte Deborah, »ist dieser Samuel?«
»Mein Kammerdiener«, erklärte Gray. »Und für dich, Bengel, heißt er Mr. Farley.«
Hart läutete nach einem Diener, der wiederum Mr. Farley holen mußte.
Quentin sprang auf und lief dem Mann entgegen. »Farley«, sagte er, »du rätst nie, was alles passiert ist. Wir haben den Mann gefangen, der meinen Vater erschossen hat. Ich hatte doch das Gedächtnis verloren, weißt du? Und als ich mich wieder an alles erinnerte ...« Ohne sich noch einmal umzusehen, verließ er den Raum.
Die Zurückbleibenden lachten leise.
»Schön, zu sehen«, sagte Nick, »daß Quentin sich von all den Schocks gut erholt. Ich weiß wohl, daß ich noch lange Zeit unter Alpträumen leiden werde.«
»Ich kann mir vorstellen, wie er sich fühlt«, sagte Gray. »Er hat nun wirklich Schlimmes durchgemacht, ist aber überglücklich, weil der Mörder seines Vaters gestellt worden ist. Und nicht nur das. Er selbst war daran beteiligt, ihn zu fangen. Er ist stolz auf sich, und mit Recht.«
Deborah nippte an ihrem Tee und behielt ihre Meinung für

sich. Sie war nicht so sicher, ob Quentin die Ereignisse der Nacht schadlos überstanden hatte, tröstete sich jedoch mit dem Gedanken, daß Dr. Mesmer in wenigen Tagen erwartet wurde.

Nick war ans Fenster getreten und blickte zum feurigen Himmel hinauf. Plötzlich schauderte er und zog die Vorhänge zu. Als er an seinen Platz zurückkehrte, lächelte er den übrigen kläglich zu. »Ich werde wohl nie vergessen«, sagte er, »wie Strand House in hellen Flammen stand, als ich mit der Miliz zurückkehrte. Ich wußte nicht, wo ich mit meiner Suche beginnen sollte. Wir hatten schon jedes Zimmer im Erdgeschoß durchsucht, als Hitze und Rauch uns zurücktrieben. Als ihr die Treppe hinunter- und zur Tür hinauskamt ...« Er schluckte, von der Erinnerung überwältigt.

»Und«, sagte Gray, »ich werde nie vergessen, wie ich diesen langen Flur im Obergeschoß entlanghastete. Er schien gar kein Ende nehmen zu wollen. Vor lauter Rauch war kaum etwas zu sehen, und der Boden unter unseren Füßen war so heiß, daß er Löcher in meine Schuhsohlen brannte.«

An Nick gewandt fragte Deborah: »Woher wußtet Ihr, daß ich in Strand House unterschlüpfen würde?«

»Von Gray. Ich allerdings verstehe nicht, warum. Ihr habt mich vollkommen überrumpelt mit Eurer plötzlichen Flucht, Deborah. Warum seid Ihr weggelaufen?«

Sie brachte es nicht fertig, ihm die nackte Wahrheit aufzutischen, daß sie ihn in Verdacht gehabt hatte, der Mörder zu sein. »Ich wußte, daß uns jemand verfolgte, und geriet in Panik.« Um ihn abzulenken, fuhr sie fort: »Was ist passiert, als Ihr mir folgtet?«

»Ich war wohl klüger, als gut für mich war. Natürlich wußte ich, daß Standish bewaffnet sein würde, und ich wollte von Euch ablenken. Mit Erfolg, wie Ihr jetzt wißt.« Er klopfte auf den Arm in der Schlinge. »Als Gray auftauchte, war ich nicht mehr in der Lage, Euch nachzujagen, konnte aber immerhin noch sagen, in welche Richtung Ihr geflüchtet wart und wieviel Vorsprung Ihr vor Standish hattet. Dann habe ich eine Droschke nach Whitehall genommen, wo sie darauf bestanden, meinen Arm in diese verdammte Schlinge zu verpacken. Dort habe ich die Miliz alarmiert. Soweit meine Rolle in diesem ganzen Debakel.«

Deborah gab sich noch nicht ganz zufrieden. »Ihr wußtet, daß Mr. Standish uns verfolgte?«

»Ja.«

»Aber woher?«

»Ich habe mich vergewissert, daß er im Haus war, bevor ich Euch abholte.«

Deborah zog eine nachdenkliche Miene und fragte: »Dann wußtet Ihr, daß Philip der Mörder war?«

»Ich nicht, aber Gray.«

»Zum Teufel!« fuhr Hart auf. »Und dir ist nicht in den Sinn gekommen, Gray, uns zu warnen? Standish ist in diesem Haus ein und aus gegangen, als gehörte er zur Familie. Niemand hat ihn je verdächtigt. Er hätte uns alle in unseren Betten umbringen können.«

»Das glaubst du doch selbst nicht«, sagte Gray. »Und wie hätte ich euch warnen sollen? Du weißt doch selbst, Hart, daß du nicht unbedingt ein guter Schauspieler bist. Wenn Standish der Mörder war – und dafür hatte ich keine Beweise –, war es oberstes Gebot für mich, daß er keinen Verdacht schöpfte.«

»Trotzdem«, sagte Hart, keineswegs besänftigt, »du hättest Deborah warnen müssen. Er hätte ihr etwas antun können.«

»O nein«, widersprach Gray. »Ich war sicher, daß er das nicht tun würde. Deb hatte ihn nicht erkannt, als sie hierherkam,

und sie hatte keinesfalls ihr Gedächtnis verloren. Sein Opfer war Quentin, und er zählte darauf, daß Deborah ihn zu dem Jungen führen würde.«
Eine Frage nagte an Deborahs Bewußtsein, aber Grays Worte lenkten sie ab. »Er wußte, daß ich ihn in jener Nacht in der Bibliothek nicht deutlich gesehen hatte. Nun ja, alles ging so schnell, und das Licht war ungünstig.«
»Woher wußte er das?« fragte Nick.
»Wir waren einander auf Quentins Picknick vorgestellt worden. Wenn ich sein Gesicht deutlich gesehen hätte, würde ich mich an ihn erinnert haben und hätte es Gray gegenüber erwähnt. Das hat er mir selbst gesagt.«
»Was hat er noch gesagt?« wollte Gray wissen.
»Er hatte nicht damit gerechnet, daß Quentin sich wieder erinnern würde. Wortwörtlich hat er gesagt: ›Sie meinten, dazu würde es niemals kommen.‹«
»Mit ›sie‹ meinte er wahrscheinlich die Franzosen?« fragte Hart.
Gray antwortete: »Daran besteht wohl kein Zweifel.«
Ein langes Schweigen setzte ein, dann fragte Deborah leise: »Wie kam es, daß dein Verdacht auf Philip fiel, Gray? Ist es passiert, als wir in der Bibliothek von Channings die Szene Schritt für Schritt nachgespielt haben?«
»Ja, aber in der Bibliothek ist es mir noch nicht eingefallen. Das geschah erst später, als ich Zeit zum Nachdenken hatte.«
Wieder war es eine Weile still, bis Hart mit beleidigtem Tonfall bemerkte: »Hör doch jetzt nicht auf. Wir sind alle maßlos gespannt. Erzähl uns, wie es dir gelang, das Rätsel zu lösen, während wir übrigen Tag für Tag, ohne es zu wissen, mit dem Mörder unter einem Dach lebten.«
Gray reichte die Brandy-Karaffe herum, bevor er fortfuhr, doch Hart war der einzige, der sich bediente. »Wie Deb schon

erwähnte«, begann Gray, »haben sie und ich in der Bibliothek von Channings die Mordszene nachgestellt, und dabei kamen ein paar interessante Dinge ans Licht. Dinge, die Deb vergessen hatte, bis wir sie Schritt für Schritt noch einmal durchgingen. Sie sagte, daß der Mörder in der rechten Hand ein Taschentuch oder etwas ähnliches hielt, die Pistole aber in der linken. Das ergab in meinen Augen keinen Sinn. Warum sollte ein Mörder ein Taschentuch in der Hand halten?«

»Es war kein Taschentuch«, sagte Deborah. »Philip hatte sich mit Siegellack die Hand verbrannt. Seine rechte Hand war verbunden.«

»Für einen Sekretär war das eine schlimme Beeinträchtigung«, bemerkte Gray. »Während der Friedensgespräche in Paris mußte ich mir mit einem der übrigen Delegierten einen Sekretär teilen.«

»Und daraus hast du geschlossen, daß Standish der Mörder war?« fragte Hart skeptisch.

»Kaum«, erwiderte Gray. »Es gab noch andere Dinge, Kleinigkeiten, die mich stutzig machten.«

»Was für Kleinigkeiten?«

»Etwas, das Gil gesagt hatte. ›Ausgerechnet Ihr‹ waren seine Worte. Da wußte ich, daß der Mann, den ich von Anfang an in Verdacht hatte, unschuldig war. Und bevor du fragst, Hart: mein Verdächtiger war Eric Perrin. Ja, ich weiß, um des Geldes willen würde er keine Staatsgeheimnisse verraten, aber vielleicht, um mich in eine peinliche Situation zu bringen, verstehst du, im Auswärtigen Amt. Schließlich war ich der Verantwortliche. Es wäre auf mich zurückgefallen. Ich weiß schon seit langer Zeit, daß Perrin mich nicht ausstehen kann. Aus Gils Worten jedoch schloß ich, daß der Mann wohlgeachtet sein mußte, was auf Perrin nicht zutrifft, oder daß er mir oder Gil nahestehen mußte.«

»Daß er dir sehr nahestehen mußte?« fragte Nick.
Gray konnte nicht widerstehen zu sagen: »Natürlich dachte ich zuerst an dich und Hart.«
Nick fuhr aus seinem Sessel hoch, und der Schmerz in der Schulterwunde ließ ihn nach Luft schnappen.
»Das ist überhaupt nicht lustig«, sagte Hart finster.
»Nein, das ist es nicht«, stimmte Gray ihm zu. »Und ihr freut euch sicher zu hören, daß ich den Gedanken abgetan habe, kaum, daß er aufgetaucht war.«
»Ach ja?« fragte Hart mit einem verkniffenen Lächeln. »Und warum?«
»Weil du und Nick jede Menge Gelegenheiten gehabt hättet, um Quentin zu beseitigen, aber nicht einen einzigen Versuch unternommen hattet.«
Nick lachte, Hart sah aus, als würde er gleich explodieren, und Gray gab noch eins drauf, indem er sagte: »Außerdem engte die Tatsache, daß es sich um einen wohlgeachteten Mann handeln mußte, die Zahl der Verdächtigen stark ein.«
»Oho«, trumpfte Nick auf, »deswegen also kamen wir nicht als Verdächtige in Frage. Hart, ich fürchte, er will uns wissen lassen, daß wir nicht gut genug dafür sind.«
Gray ging nicht weiter auf das Geplänkel ein. »Und Deborah konnte mir versichern, daß der Mörder keine Frau war. So verfiel ich schließlich auf Mr. Standish. Nun, wer sonst hätte es sein können? Denkt doch mal nach. Standish war Engländer. Er arbeitete mit mir im Auswärtigen Amt. Zwar hatte er keinen Zugang zu meiner persönlichen Korrespondenz, doch er konnte ohne große Schwierigkeiten Briefe oder Botschaften an mich abfangen.« Er schüttelte den Kopf. »Ich weiß nicht, wie Gil erfahren hat, daß Standish der Verräter war ...«
»Das kann ich erklären«, fiel Deborah ihm ins Wort. »Standish hat es in Strand House eingestanden. Er sagte, Lord

Barrington habe ihn mit Talleyrand zusammen gesehen, während er eigentlich hätte in Rouen sein sollen.«
»Und das war alles?« fragte Gray. Als Deborah nickte, meinte er: »Offenbar ist Standish in Panik geraten. Armer Gil. Er hätte nichts zu Papier bringen dürfen. Das war unklug. Aber vermutlich hat er niemals damit gerechnet, daß Standish zu einem Mord fähig sein könnte.« Nach kurzer Pause fuhr er fort: »Hinzu kommt, daß in der fraglichen Nacht Standishs rechte Hand funktionsuntüchtig war. Er hatte die Gelegenheit genutzt. Vergeßt nicht, in diesen letzten Tagen, als alle versuchten, aus Paris herauszukommen, herrschte Chaos. Außer Sophie Barrington hatte wohl niemand ein Alibi.«
»Ich habe ein Alibi!« platzte Hart heraus. »Ich war bei deiner Mutter und deinen Schwestern! Wir hielten uns nicht mal in der Nähe von Paris auf. Du hattest ja darauf bestanden, daß wir sofort abreisten, als wir erfuhren, daß die Grenzen geschlossen werden sollten.«
»Hart, ich weiß doch. Es war nur ein Scherz, als ich sagte, ich hätte dich verdächtigt.«
»Ich hatte kein Alibi«, sagte Nick.
»Auch das weiß ich. Da war aber noch etwas anderes«, sagte Gray, und Nick und Hart stöhnten.
»Was denn?« fragte Deborah mit einem strafenden Blick auf die anderen zwei.
Gray fuhr fort. »Deb erwähnte das Atmen des Mörders. Ja, es hat einen starken Eindruck bei ihr hinterlassen, und auch bei Quentin. Auch das konnte ich zunächst nicht einordnen. Warum atmete er so schwer? Einen Mann mit einer Pistole zu erschießen erfordert schließlich keine große körperliche Anstrengung.«
»Ich vermute«, sagte Deborah, »daß Mr. Standish an den gleichen Beschwerden litt wie Quentin.«

»Ich weiß es«, sagte Gray. »Schon damals in Oxford war er häufig indisponiert aufgrund seiner schwachen Brust. Ich erinnere mich gut daran, daß er mir oft leid getan hat.«
»Wie dem auch sei«, sagte Hart, »das alles sind doch nur Zufälle. Wenn du meine Meinung hören willst: ich glaube, du hast nur Glück beim Raten gehabt, Gray, sonst hättest du Standish doch gleich zur Rede gestellt.«
»Stimmt. Ich mußte erst ganz sicher sein.«
Hart schien sich über seine Schlußfolgerung zu freuen. Er lehnte sich in seinen Sessel zurück und schlug sich aufs Knie. »Und jetzt«, sagte er, »ist vielleicht mal jemand so freundlich und erzählt, was heute abend passiert ist? Ich habe nicht die geringste Ahnung. Bis zu dem Punkt, da Deborah vor Nick davongelaufen ist, weiß ich inzwischen Bescheid. Aber wieso war Quentin bei ihr? Und woher wußtest du, Gray, daß sie nach Strand House laufen würde?«
»Deb?« sagte Gray leise.
Sie saß ganz still, den Blick auf die Hände gesenkt, und das, was sie in den vergangenen ein, zwei Stunden aufrechtgehalten hatte, schien sie jetzt im Stich zu lassen. Sie bedauerte natürlich nicht, daß sie mit dem Leben davongekommen waren. Sie wünschte nur, daß alles anders gekommen wäre.
Sie sagte: »Quentin hat mich beobachtet, vom Fenster des Hauses aus, das Gray gemietet hatte. Er sah, daß Nick und Philip mir folgten, und ist mir nachgelaufen, um mich zu warnen.«
»Und wo warst du, Gray?« fragte Hart spitz.
»Oh, ich hatte auch alles mit angesehen. Ich habe das Haus noch vor Quentin verlassen. Ich wußte gar nicht, daß er bei Deborah war, bis ich beide in Strand House fand.«
»Wieso in Strand House?« fragte Hart, den Blick auf Deborah gerichtet.

Es erschien ihr sinnlos, das Versteckspiel jetzt noch fortzusetzen. Sie war nicht sicher, ob die Anklage gegen sie bereits fallengelassen war, aber es war auch nicht mehr wichtig. »Ich kenne das Haus«, sagte sie. »Wie sollte ich auch nicht? Es ist das Haus meines Vaters. Lord Belvidere ist mein Vater. Leathe ist mein Bruder. Ich habe keine Lust, jetzt in die Details zu gehen. Gray wußte das alles. Er wußte auch, daß das Haus leerstand und mein Vater versuchte, es zu verkaufen. Wo sonst hätte ich Quentin verstecken sollen, wenn ein Mörder hinter uns her war?«

Das Schweigen war so dicht, daß man hätte hören können, wenn eine Schneeflocke auf den Teppich gefallen wäre. Nur Gray sah sie an. Die anderen hielten den Blick gesenkt.

Nick sprach als erster. »Ich könnte mir die Zunge abbeißen, wenn ich daran denke, daß wir in dieser Situation unsere Witze gemacht haben. Was mußtet Ihr durchmachen! Vergebt mir, Deb, ich bin gewöhnlich nicht so gefühllos.«

»Ich habe Euch wirklich nichts zu vergeben. Meinen Vater kenne ich kaum. Der Schmerz, den ich fühle, ist nicht anders als der, den ich für jeden anderen kaltblütig ermordeten Fremden empfinden würde.« Es war die Wahrheit, wenn auch eine gewissermaßen verzerrte. Sie litt, wußte jedoch nicht, warum.

Hart sagte: »Oh, Deb, es tut mir so leid.« Er schüttelte den Kopf. »Gray hätte uns alles sagen müssen.«

Deborah zwang sich, mit ganz natürlich klingender Stimme weiterzureden. »Ich wollte nicht, daß jemand es wußte. Nach allem, was geschehen ist, erscheint es mir allerdings nicht mehr wichtig.«

»Habt Ihr gewußt, daß Euer Vater dort sein würde?« fragte Hart.

»Aber nein. Ehrlich gesagt, unser Verhältnis war so schlecht,

daß ich mich woanders hingewandt hätte, wenn mir seine Anwesenheit bekannt gewesen wäre.« Sie schluckte. »Wohin, weiß ich nicht.«
Gray musterte sie eingehend und versuchte, die hinter ihren ruhig gesprochenen Worten verborgene Bedeutung zu erkennen. Er fragte sich, was genau zwischen Deborah und ihrem Vater vorgefallen sein mochte, bevor Standish hinzukam. Nichts Gutes, so wie er Belvidere kannte.
Indem er nur sie allein anblickte, sagte er: »Es war sein Pech, im Haus zu sein, als Standish kam.« Das war nicht völlig ehrlich. Gray war vielmehr froh, daß Belvidere im Haus gewesen war, denn sonst hätte Standish seinen letzten Schuß für Deborah verwendet. Quentin zu beseitigen, wäre ihm dann ein Leichtes gewesen.
»Es war entsetzlich«, sagte Deborah. »Alles erinnerte so stark an den Mord an Lord Barrington, bis auf einen wichtigen Unterschied. Diesmal hatte Mr. Standish zwei Pistolen. Ich wußte jedoch nicht, daß die zweite schon vorher abgefeuert worden war. Aber du wußtest es, Gray.«
»Ich war ganz sicher. Eine Kugel hatte nämlich Nicks Schulter durchschlagen. Zeit zum Laden war Standish nicht geblieben. Ich näherte mich dem Haus von der Rückseite her, als ich den zweiten Schuß fallen hörte. In der Bibliothek fand ich Belvideres Leiche und ...«
»Du warst in der Bibliothek?« fragte Deborah.
»Als ich das Flammenmeer sah, dachte ich, du wärst noch dort. Ich habe mich dort nicht lange aufgehalten, wie du dir sicher vorstellen kannst.« Nur lange genug, um sich zu vergewissern, daß ihre und Quentins Leiche nicht auch dort lagen. Unter der Erinnerung an diese grauenhafte Angst schauderte er, und abrupt fuhr er fort: »Die Tür zu erreichen, war unmöglich, deshalb bin ich über die Terrasse gelaufen und

habe die nächste Tür aufgebrochen. Ich hörte dich nach Quentin rufen und folgte deiner Stimme zur Treppe.«

»Und dann?« fragte Hart.

Gray hob kaum merklich die Schultern. »Da war Standish, und ich war überzeugt, daß er Deborah und Quentin übers Treppengeländer stoßen wollte. Es kam zum Kampf. Er stürzte schwer gegen das Geländer, es gab nach, und Standish stürzte in den Tod. Den Rest wißt ihr.«

Alle schwiegen. Es knackte im Feuer, und sämtliche Blicke richteten sich auf den Kamin.

Hart räusperte sich. »Warum hat er das getan? Er war der Sohn eines Pfarrers. Was um alles in der Welt hat ihn veranlaßt, dem Feind Informationen zu verkaufen?«

»Das habe ich ihn auch gefragt«, sagte Deborah. »Es ging um Geld. Er wollte in Grays Kreisen mithalten können, und dafür brauchte er Geld. In Oxford hatte er sich ständig als Außenstehender gefühlt. Zum Schluß aber zählte für ihn nur noch der Wunsch, seinem Vater das schmerzliche Wissen zu ersparen, daß sein Sohn zum Verräter und Mörder geworden war.« Sie begegnete Grays Blick und wandte sich ab.

»Und dadurch wurde er zu einem neuen Mord getrieben.« Nick schüttelte den Kopf. »Sein Vater tut mir leid. Die Sache läßt sich wohl kaum geheimhalten?« Er schaute Gray dabei an.

»Nein«, sagte Gray. »Zu viele Menschen haben heute gesehen, wie wir Strand House verließen. Sie sind nicht dumm. Selbst wenn wir es vertuschen wollten, würden sie doch sehr schnell zwei und zwei zusammenzählen. Und abgesehen davon, daß Standish meinen besten Freund ermordet hat, ist das, was er heute abend getan hat und tun wollte, einfach ungeheuerlich. Ich fühle mich betrogen. Ich wollte ihn auf der Anklagebank sehen, in aller Öffentlichkeit seiner Verbrechen angeklagt, gezwungen, die Konsequenzen zu tragen. Jetzt findet lediglich eine gerichtliche Untersuchung statt. Ja, sein Vater tut mir leid. Wem nicht? Aber ich weigere mich, Falschaussage zu leisten, um Standishs Ruf zu retten. Das wäre zuviel verlangt.«

Sein Blick ließ Deborah nicht los, und sie schauderte unwillkürlich. Sie ahnte in ihm dieselbe unbändige Macht, die sie beängstigt hatte, als sie seine Gefangene war. Während sie noch darüber nachdachte, sprach er leise mit Hart und Nick.

»Würdet ihr mich bitte ein paar Minuten mit Deborah allein lassen? Zwischen uns beiden muß noch einiges geklärt werden.«

Nach einem Augenblick der Verlegenheit standen Hart und Nick auf und verließen mit ein paar banalen Äußerungen den Raum.

Plötzlich, ganz unerwartet, schwirrte Deborah der Kopf von diesen und jenen Gesprächsfetzen, die sie unter der starken Anspannung nicht hatte einordnen können. Ihr Blick forschte in Grays harter, unerbittlicher Miene, und sie wußte, daß sie etwas Wichtiges übersehen hatte, etwas, das sie hätte wissen müssen. Und sie hatte es im Grunde gewußt, sich jedoch geweigert, es zu glauben.

Blitzschnell zog ihr Verstand Schlüsse, und ihre Stimme zitterte vor Empörung, als sie sprach. »Du hast mir eingeredet, Quentin würde nur dann frei sein, wenn er sein Gedächtnis wiederfände. Und die ganze Zeit über hast du ihn als Köder benutzt, um den Mörder in die Falle zu locken.«

»Ich hatte keine Garantie dafür, daß Quentin sich je erinnern würde. Es war die einzige Möglichkeit, die Bedrohung auszuräumen, die Standish für Quentin darstellte.«

»Diese Gerüchte – du hast dahintergesteckt! Quentins Erinnerungsvermögen stellte sich keineswegs wieder ein. Du hast das, was du in Channings von mir erfahren hast, als Köder für deine Falle benutzt.«

Gray griff nach der Karaffe und füllte sein Glas. »Es war die einzige Möglichkeit, und wenn du in Ruhe darüber nachdenkst, wirst du es einsehen.«

Seine gelassene Sicherheit, es besser zu wissen, ließ sie zur fauchenden Wildkatze werden. »Weißt du, was mich von meinem Verdacht abgelenkt hat? Du warst so sehr darauf bedacht, nicht entdeckt zu werden. Niemand wußte, wo du mit Quentin stecktest.«

»Ja«, sagte Gray. »Ich wußte, daß Standish eine Falle vermuten würde, wenn ich es ihm zu leicht machte. Es mußte schwierig sein, aber auch wiederum nicht allzu schwierig.«

»Deshalb hast du mich benutzt, um ihn zu Quentin zu führen!«

»Deb ...«

Sie redete immer lauter. »Einen Dr. Mesmer gibt es gar nicht!«

»Doch, es gibt ihn, genauso, wie ich ihn dir beschrieben habe. Meines Wissens lebt er jetzt in der Schweiz, aber eine Zeitlang hielt er sich einmal in London auf. Was Quentins Behandlung betrifft – nein, ich hatte nie vor, mein Mündel Quacksalbern und Scharlatanen auszusetzen.«

»Dein Mündel? Dein Mündel?!« Sie zitterte am ganzen Körper. »Ich habe ebenfalls die Vormundschaft. Du hättest dich mit mir besprechen müssen, bevor du diese wilde Eskapade angezettelt hast. Ist dir klar, wie nahe Quentin und ich heute nacht dem Tode waren?«

Er betrachtete sie eine Weile mit ausdruckslosem Gesicht. Schließlich sagte er: »Das weiß ich sehr wohl. Da ist mir ein Fehler unterlaufen. Ich glaubte, du würdest Nick vertrauen und das tun, was er sagte. Hättest du wie geplant das Haus

betreten, in dem wir auf der Lauer lagen, wäre alles ganz anders gelaufen.«
Deb war aufgesprungen und schritt rastlos auf und ab, während Gray sie schweigend beobachtete und hin und wieder an seinem Glas nippte.
Plötzlich fuhr sie zu ihm herum und sagte: »Weißt du, daß du genauso redest wie mein Vater? Hätte ich nur getan, was er wollte, wäre ich heute mit einem Schwachkopf verheiratet oder in eine Irrenanstalt eingesperrt.«
Wut blitzte in seinen Augen auf, wurde aber schnell unterdrückt. »Wie hätte ich mich mit dir besprechen können? Du läßt deinen Verstand von deinen Gefühlen beherrschen. Du hast dich niemals einem Kampf gestellt. Oh, ich will damit nicht sagen, daß du nicht mutig wärst. Das bezweifle ich nicht. Aber erst dann, wenn du dich in die Enge getrieben fühlst. Du läufst vor Problemen davon, Deb, und du weißt es. Und einigen Dingen muß man sich nun mal stellen.«
»Das ist ja so ungerecht!« Sie umschlang ihren Oberkörper mit den Armen. »Was hätte ich denn tun sollen, als Lord Barrington ermordet wurde? Hätte ich bleiben und mit bloßen Händen gegen Philip Standish kämpfen sollen?«
»Du hättest dich an die Behörden wenden sollen. Ich weiß, es herrschten außergewöhnliche Zustände, aber in London hättest du sogleich zur Behörde gehen und aussagen sollen, daß du, ja, daß du mich des Mordes verdächtigtest. Statt dessen bist du mit Quentin davongelaufen. Ich glaube, jene Nacht auf dem Dach werde ich so schnell nicht vergessen.«
Sie schrie ihn an: »Wenn du uns nicht so verbissen verfolgt hättest, wären wir niemals auf dieses Dach geflüchtet.«
»Wir reden aneinander vorbei. Wie sah denn dein Leben in den vergangenen acht, neun Jahren aus? Du hast dich versteckt und bist darüber vorzeitig alt geworden. Wozu? Du bist

vor deinem Vater und einer nichtigen Anklage weggelaufen. Wärst du geblieben, hätte dich keine Jury der Welt verurteilt. Du aber hast dich für ein Flüchtlingsleben entschieden und wolltest Quentin das gleiche zumuten.«

»Aber nein! Er hätte zu seinem Onkel in Nevis –«

Mit einer heftigen Handbewegung brachte Gray sie zum Schweigen. »Hör dich doch an, Deb! Durch Weglaufen löst man keine Probleme.«

»Oh, du hast gut reden. Du bist ein Mann, hast Macht und Einfluß. Du weißt nichts von dem Grauen, schwach und hilflos zu sein, ohne Einfluß auf das eigene Schicksal. Frauen und Kinder sind beweglicher Besitz, weißt du das?«

»Du wirst meine Mutter oder meine Schwestern niemals so reden hören. Sagt dir das etwas, Deb?«

Sie lachte hohl. »O ja. Es sagt mir, daß sie nicht mit dir verheiratet sind. Gray, du machst mir angst. Ehrlich. Für dich heiligt der Zweck die Mittel. Dir ist es gleich, wie du vorgehst, solange du deinen Willen durchsetzen kannst.«

Sein Gesicht verhärtete sich und sah aus wie eine holzgeschnitzte Maske. Er stand auf und sah Deborah an. »Das ist nicht wahr.«

»Wie kannst du das abstreiten?« rief sie leidenschaftlich. »Du hast mich schließlich entführt und so sehr eingeschüchtert, daß ich dich zu Quentin führte.«

»Ach, wollen wir jetzt wieder damit anfangen?«

Sie schüttelte resigniert den Kopf, nicht fähig, ihre Gedanken in Worte zu fassen. Er tat es für sie.

»Du denkst, ich bin wie dein Vater. Ist es das? Mein Gott, wie kannst du mich mit einem solchen Wurm vergleichen?«

»Ich behaupte nicht, daß du schlecht bist. Aber du bist skrupellos. Du manipulierst die Menschen und Ereignisse. Du legst die Menschen herein. Du hast mich angelogen–«

»Ich habe dich nicht angelogen!«
»Dann hast du mich absichtlich in die Irre geführt.«
»Ich habe getan, was nötig war, um unsere Probleme zu lösen. Bedauerst du, daß Standish keine Bedrohung für Quentin mehr darstellt? Ich kann dir versichern, Quentin bedauert es nicht.«
Verzweifelt fuhr Deborah sich mit gespreizten Fingern durchs Haar. »Nein, das bedaure ich nicht, wohl aber die Art, wie es dazu kam. Du hättest dich zuerst mit mir besprechen müssen.«
»Wozu, da ich doch wußte, daß es nichts einbringt? Du vertraust mir nicht, hast mir nie vertraut. Was ich auch tue, es führt zum Streit zwischen uns. Aus irgendeinem verdrehten, mir unverständlichen Grund siehst du deinen Vater in mir. Das kommt unterm Strich dabei heraus, Deborah, nicht wahr? Ist es nicht so?«
»Ja!« schrie sie heraus.
Er wich einen Schritt zurück, als hätte ihr leidenschaftlicher Ausbruch ihn wie ein Schlag getroffen. Als Deborah weiterredete, klang ihre Stimme belegt.
»Als ich das Haus meines Vaters verließ, habe ich mir geschworen, mich nie wieder in die Macht eines Mannes zu ergeben.«
Er betrachtete sie aufmerksam. »Ich dachte, das hättest du überwunden?«
»Ich dachte, du wärst anders!« schrie sie. »Ich dachte, die Liebe hätte dich verändert! Aber du bist immer noch derselbe.«
»Ich verstehe.« Er hob die Schultern, als wäre es ihm völlig gleichgültig. »Du läufst mal wieder davon, nach deinem üblichen Muster. Es sollte mich eigentlich nicht wundern. Ich werde nicht versuchen, dich vom Gegenteil zu überzeugen.

Ich werde – wie sagtest du gleich? – die Ereignisse nicht so manipulieren, daß ich meinen Willen bekomme. Offenbar haben wir beide einen Fehler gemacht. Ich hoffe, du findest, was du suchst, aber augenscheinlich findest du es nicht bei mir. Mit einer Frau, die meinen Charakter unablässig in Frage stellt, könnte ich nicht glücklich sein. Und das hast du nun einmal zu oft getan. Wenn du dich mir jetzt nicht anheimgibst, Deborah, ist es das Ende für uns. Sei versichert, daß es mir sehr ernst ist, Deb.«

Sie hatte das Gefühl, als würde ihr das Herz aus der Brust gerissen. Nicht fähig, seinen kalten Blick noch länger zu ertragen, wandte sie sich um und strebte zur Tür. In diesem Moment öffnete sie sich und ließ Nick ein.

»Deb«, sagte er, »Lord Leathe ist hier und möchte Euch sprechen.«

Leathe erwartete sie im Vestibül. Sein Gesicht war weiß wie die Wand. »Deb, es hat einen schrecklichen Unfall gegeben. Vater.«

»Ja, ich weiß. Er ist tot.«

Er ergriff ihre Hände und musterte sie eingehend. »Wenn diese Tränen ihm gelten«, sagte er, »dann suchst du an der falschen Stelle Trost.«

»Sie gelten nicht nur ihm, sondern auch uns.«

»Was soll das heißen?«

Aber sie konnte es nicht erklären, nicht einmal sich selbst.

Vierundzwanzigstes Kapitel

Belvidere, wie Leathe jetzt hieß, sah noch eine Weile zu, wie die Totengräber Erde in die Grube schaufelten. Er fühlte nichts, nicht die Spur von Bedauern über den Tod seines Vaters. Das einzige, was er bedauerte, war, daß er sich von Deborah zur Teilnahme an dieser sinnlosen Wallfahrt hatte überreden lassen. In seiner Trauerkleidung kam er sich vor wie ein Heuchler. Mit seiner Teilnahme am Begräbnis zollte er nicht seinem Vater Achtung, so sagte er sich, sondern nahm lediglich Rücksicht auf Elizabeth, seine Schwester. Er trauerte nicht, und sobald er mit Deborah wieder abgereist war, würde er die Trauerkleider einmotten.

Aus einem unerfindlichen Grund fingen seine Augen plötzlich an zu brennen, und mit einem leisen Fluch drehte er sich um. Er war kein Junge mehr, er war ein Mann, und er weigerte sich, sich von der Vergangenheit formen zu lassen. Mit diesem Argument hatte Deborah ihn zum Mitkommen überredet. Sie unternahmen diese Wallfahrt, wie sie sagte, um sich ihren Geistern zu stellen und diese endlich zur Ruhe zu betten. Er fürchtete, daß das leichter gesagt war als getan. Er dachte an Meg, und das war wie frische Luft in seinen Lungen. Nichts sollte sich ihnen entgegenstellen, auch nicht Kendal. Plötzlich bemerkte er, daß die anderen ihm schon weit voraus waren, und er beeilte sich, sie einzuholen.

Die Witwe des verstorbenen Earls stützte sich schwer auf den Arm eines älteren Herrn, eines Verwandten, der Deborahs Wissens jetzt Elizabeths Vormund war. Ihre Halbschwester ging schweigend an Deborahs Seite und warf ihr gelegentlich einen verstohlenen Blick zu. Deborah bemerkte es kaum. Sie wappnete sich für das Bevorstehende. Belvidere war nicht weit entfernt, und in ihrer Erinnerung verkörperte das Haus etwas außerhalb ihres Fassungsvermögens. Sie wußte nur, daß sie, wenn sie sich mit Belvidere aussöhnen konnte, alle Rätsel lösen würde. Der Gedanke machte sie lächeln.
Als sie in diesem Moment den Blick hob, sah sie in Elizabeths Augen. Das Mädchen war dem Vater wie aus dem Gesicht geschnitten. In ihren großen, schwarzbewimperten Augen stand eine Frage, und plötzlich lächelte das Mädchen, und das Gesicht veränderte sich völlig, als sich zwei niedliche Grübchen in den Wangen zeigten.
Deborah lächelte zurück und nickte. Es war nicht viel. Es war bei weitem nicht genug, aber doch der Anfang einer Kontaktaufnahme. Jetzt tat es Deborah leid, daß sie seit dem Tag, da sie Belvidere verließ, kaum einen Gedanken an das Mädchen verschwendet hatte. Sie hatte Elizabeth nie richtig gekannt. Ihre Stiefmutter hatte sie voneinander ferngehalten. Hoffentlich würde sich das in der Zukunft ändern.
»Du mußt mich möglichst bald einmal zum Tee besuchen«, sagte sie zu Elizabeth.
Wieder verwandelte sich das Gesicht des Mädchens durch ihr Lächeln. »Wie gern! Und ... kommt Leathe auch?«
»Natürlich. Er ist dein Bruder. Natürlich wird er dich auch sehen wollen.«
»Elizabeth!« Die Hand der Witwe lag auf dem Kutschenschlag. Ihre Augen waren scharf und durchdringend wie die eines Falken. »Komm schon, Kind. Du fährst mit uns.«

»Ja, Mama.« Elizabeth senkte den Kopf und beeilte sich, dem Befehl ihrer Mutter Folge zu leisten.

Deborah seufzte leise und ließ sich vom Kutscher in den Wagen ihres Bruders helfen. Sie wünschte sich, etwas für Elizabeth tun zu können, wußte jedoch nicht, was. Das Mädchen hatte jetzt einen Vormund, und ihr und Leathe waren die Hände gebunden.

Auf dem Weg zum Haus sprachen sie und Leathe kaum ein Wort. Hin und wieder machten sie sich gegenseitig auf vertraute Dinge aufmerksam, doch als das Haus in Sicht kam, schwiegen beide.

Es war genauso, wie Deborah es in Erinnerung hatte, ein neoklassizistischer Palast in Anlehnung an die griechischen Tempel. Als Leathe ihr aus der Kutsche half, ging ihr Atem unregelmäßig.

»Es ist geradezu furchteinflößend, nicht wahr?« flüsterte sie, als hätte sie Angst, von dort wohnenden Göttern bemerkt zu werden.

Gleichgültig ließ ihr Bruder den Blick über das Haus schweifen. »Es ist das Mausoleum für das exaltierte Ego eines einzigen Mannes«, sagte er.

»Jetzt gehört es dir, Stephen. Willst du mit Meg hier wohnen?« Deb zweifelte nicht mehr daran, daß ihr Bruder und Meg heiraten würden. Trotz ihrer Jugend waren beide willensstark und sehr verliebt.

»Wenn Meg es wünscht.« Er grinste. »Sie sagt, es wäre schließlich nur ein Haus, und wenn wir es mit Kindern füllten, würde ich es nicht wiedererkennen. Natürlich werde ich auch einiges verändern. Zunächst einmal werden sämtliche Wandmalereien vernichtet, auf denen sich Vater verewigt hat. Und noch etwas würde ich gern tun. Mit deiner Erlaubnis möchte ich unsere Mutter malen lassen. Ich kenne einen

Maler, der sich allmählich einen Namen als Porträtist macht. Er sagt, er kann Mutter nach der Miniatur malen, die sich in deinem Amulett befindet.«

»Das ist eine großartige Idee.«

»Nichts hindert dich daran, daß Amulett jetzt kommen zu lassen, oder? Dein Name ist reingewaschen. Du bist frei.«

Frei. Sie war nicht so sicher, ob sie jemals völlig frei sein würde. »Ich schreibe sofort an Miss Hare.«

In der großen marmornen Halle blieb Deborah stehen. Sie hielt den Atem an, als das Gesicht ihres Vaters ihr aus einem der Wandgemälde entgegensah. Bevor ihr Bruder davon sprach, hatte sie nicht daran gedacht, daß ihr Vater in nahezu jedem Raum als irgendeine Sagen- oder Heldengestalt dargestellt war. Als Kind hatte er sie in Angst und Schrecken versetzt. Es war, als ob seine Blicke ihr überallhin folgten.

»Der Anwalt verliest das Testament«, sagte Leathe. »Für uns ist natürlich nichts vorgesehen, aber ich will trotzdem dabeisein, um die alte Hexe zu ärgern und dafür zu sorgen, daß Elizabeth ihr Recht bekommt.«

Deborah nickte, den Blick noch immer starr auf das Gesicht ihres Vaters gerichtet.

»Kommst du nicht mit?«

»Wie bitte?« Ihr Kopf fuhr herum.

Leathe sagte milde: »Der Anwalt und die übrigen warten in der Bibliothek auf uns.«

»Nein. Wenn es dir nichts ausmacht, sehe ich mich ein wenig um. Dazu bin ich hergekommen.«

Er streichelte ihre Wange. »Fehlt dir auch nichts? Du siehst so blaß aus.«

Ihr Lächeln sollte ihn beruhigen. »Mir fehlt nichts, Stephen, wirklich nicht. Es wird nicht lange dauern. Wenn ich fertig bin, warte ich in der Kutsche auf dich.«

Er blickte sie lange an, nickte und betrat dann die Bibliothek. Wie eine Schlafwandlerin blieb Deborah stehen und versuchte, sich gegen die Atmosphäre zu wehren, die ihr bis ins tiefste Innere drang. Sie riß sich zusammen. Schließlich war es nichts weiter als ein Haus. Sie hatte nichts zu befürchten. Sie holte tief Luft und begann ihre Wallfahrt, begann mit den Staatssälen im Erdgeschoß.
Während sie einen Raum nach dem anderen durchschritt, wuchs ein Gefühl der Angst in ihr. Seltsamerweise fühlte sie sich wieder wie ein kleines Mädchen, eingesperrt ohne Hoffnung auf Befreiung. Sie war aus einem Traum aufgewacht, der allmählich verblaßte. Gray und Quentin, Channings und Sommerfield existierten nicht. Die Familie der Graysons lebte nur in ihrer Einbildung. Sie hatte nie geliebt, war nie geliebt worden. Im nächsten Augenblick würde auch die letzte Erinnerung an diesen Traum verschwinden.
»Nein!« schrie sie auf. »Nein!« Sie raffte ihre Röcke und rannte zum Kinderzimmer. Wie von Furien gehetzt stürzte sie in diesen Raum. Er war vollgestopft mit Möbeln und Krimskrams aus Strand House. Was sie im Kinderzimmer zu finden gehofft hatte, wußte sie nicht, wohl aber, daß es dort nicht war.
Du läufst davon, und du weißt es. Manchen Dingen muß man sich stellen. Grays Worte kamen ihr in den Sinn und nahmen ihr ein wenig von ihrer Angst. Sie konnte sich aus dem Bann dieses Hauses befreien, und das verdankte sie Gray. Wie zur Antwort kamen ihr Bilder eines anderen Hauses in den Sinn. Sommerfield. In Gedanken wanderte sie durch das Haus, bis sie bei dem riesigen ausgestopften Schlachtroß im Empfangssaal angekommen war. Sie lächelte. Das war so typisch für Gray. Das Pferd war von Schlachten gezeichnet wie Gray, stand jedoch stolz da und bewachte das Haus. Warwick war

sein Name, Old Warwick, und Gussie hatte sie wissen lassen, daß sie sich nie von dem Pferd trennen würden. Nur Old Warwick war es zu verdanken, daß das Schicksal der Graysons nicht völlig andere Wege eingeschlagen hatte.
Lächelnd stand Deborah eine Weile da und schaute alles und nichts an, dachte an Sommerfield und was es repräsentierte. Allmählich verblaßte das Bild und damit auch ihr Lächeln. Wenn Gray nicht gewesen wäre, hätte Quentins Leben wirklich ganz anders ausgesehen. »Und meines auch«, sagte sie laut und verzweifelt, »meines auch.« Sie war frei von jeglicher Anklage und mußte sich nicht mehr verstecken. Es war allgemein bekannt, daß sie Lady Deborah Montague war, daß sie tun und lassen konnte, was ihr beliebte. Sie hätte außer sich vor Freude sein müssen. Sie war frei, aber sie fühlte sich nicht frei. Die Vergangenheit hatte sie immer noch fest im Griff. Wenn sie wirklich frei gewesen wäre, hätte sie nicht mehr solche Angst gehabt.
Und als wären ihre eigenen Gedanken nicht Qual genug, hörte sie Grays Stimme in ihrem Kopf: *Wir haben beide einen Fehler gemacht. Ich hoffe, du findest, was du suchst. Jetzt weiß ich allerdings, daß du es bei mir nicht findest. Mit einer Frau, die unablässig meinen Charakter in Frage stellt, könnte ich nicht glücklich sein. Und du hast einmal zu oft an mir gezweifelt. Wenn du dich mir jetzt nicht anheimgibst, bedeutet es das Ende für uns. Sei versichert, daß ich es ernst meine, Deb.*
Er verstand nicht. Es ging doch nicht um ihn. Es ging um die Geister von Belvidere. Es ging um ihren Vater und die Macht, die er über sie ausgeübt hatte. Wie konnte eine Frau sich gegen einen Mann stellen und siegen? Ihre Mutter hatte es versucht – und verloren.
Meine Mutter oder meine Schwestern wirst du nie so reden hören. Sagt dir das gar nichts, Deb?

Lange, lange Zeit stand sie reglos da, gefangen zwischen Verzweiflung und zaghafter Hoffnung. Sie war jetzt kein verängstigtes Mädchen mehr. Sie war stark, aber war sie stark genug? Und wenn, wozu? Gray würde sie nicht mehr haben wollen. Er hatte es ihr unmöglich gemacht, wieder zu ihm zurückzukehren. In den vergangenen drei Tagen, die er in Kendal House und weitestgehend im Auswärtigen Amt verbracht hatte, war sie mit Quentin und den übrigen Graysons nach Sommerfield gefahren. Dort konnte sie nicht länger bleiben. Jetzt hatte sie einen Bruder, und man erwartete von ihr, daß sie zu ihm ging. Das würde sie natürlich nicht tun. Sie würde sich schon allein einrichten und glücklich sein mit der Betätigung, die sich ihr bot.
Mit diesem Gedanken verließ sie das Kinderzimmer und stieg die Treppe hinauf. Das Haus hielt sie in seinem Bann, aber sie war stärker. »Old Warwick«, sagte sie zu den griechischen Säulen und ging weiter, bis sie wieder vor den Türen der Bibliothek ankam, wo sie Stephen traf.
»Wie war es?« fragte er.
Ihr Lächeln war strahlend. »Es ist viel kleiner als in meiner Erinnerung.«
»Keine Geister?«
»Nein. Damit ist es aus und vorbei.« Plötzlich spürte sie Stephens Sorge und fragte mit veränderter Stimme: »Stephen, was ist geschehen?«
»Nicht viel. Es war genauso, wie ich es erwartet hatte.«
»Warum dann dieses lange Gesicht?«
»Wegen unserer Schwester Elizabeth. Sie ist ein kleines Mäuschen, das Angst hat vor seinem eigenen Schatten. Ich fürchte, das Leben mit ihrer Mutter und diesem Vormund wird für sie nicht besser sein als das unsere bei unserem Vater.«
»Aber das ist unerträglich. Was können wir tun?«

»Wenn du es gestattest, würde ich sie auszahlen oder ihnen so lange drohen, bis sie Elizabeth mit uns ziehen lassen. Es könnte uns allerdings ein Vermögen kosten.«
Deborah stellte sich auf die Zehenspitzen und gab Leathe einen Kuß auf die Wange. »Wir müssen tun, was erforderlich ist, um alles zu einem guten Ende zu führen«, sagte sie.
Er grinste. »Ich habe gehofft, daß du das sagen würdest. Am besten wartest du hier draußen. Diese Sache könnte sehr unerfreulich werden.«
»O nein. Ich komme mit.«
Er verneigte sich. Arm in Arm betraten sie die Bibliothek.

Gray verbrachte seine Tage im Auswärtigen Amt und die Nächte in seinem Club. Er versuchte, so wenig wie möglich an Deborah zu denken. Er hatte die Wahrheit erkannt und würde sich damit abfinden müssen.
Eines Abends traf er Lord Lawford im Theater. Lawford trank Port, und nachdem er den Kellner beauftragt hatte, ein zweites Glas zu bringen, trank Gray mit, obwohl er etwas Stärkeres bevorzugt hätte, um seinen Seelenschmerz zu betäuben.
»Ich habe so gehofft, Euch zu treffen«, sagte Lawford.
»Ach?« fragte Gray, verzog das Gesicht und trank seinen Port aus.
In Lawfords Augen blitzte es listig auf. »Diese Sache mit Philip Standish – er war wirklich der Mörder, nicht wahr? Was Ihr im Auswärtigen Amt erzählt habt, nämlich das Standish ums Leben gekommen war, als er Lady Deborah retten wollte, war von Anfang bis Ende erfunden, stimmt's?«
Gray sank in seinem Sessel zusammen. »Ganz im Vertrauen?« fragte er.
»Müßt Ihr fragen?« Lawfords Tonfall enthielt eine milde Zurechtweisung.

»Nein. Entschuldigt bitte. Eure Hilfe bei seiner Überführung war maßgebend. Es war Standish, wie Ihr vermutet habt.«

»Warum dann die Geheimniskrämerei? Ich hätte gedacht, die ganze Welt sollte es wissen, wenn es nach Eurem Willen ging.«

»Ich habe seinen Vater kennengelernt«, antwortete Gray. »Er hat genug zu tragen; ich muß ihm nicht noch mehr Kummer aufbürden.«

»Ah. Der Pfarrer.«

Gray hob die Schultern. »Er hat großen Eindruck auf mich gemacht.«

Lawford lächelte. »Wißt Ihr, Kendal, ich mochte Euch schon immer, und jetzt verstehe ich auch, warum.«

Immerhin einer, der mich mag, dachte Gray trübsinnig. Seine eigene Familie hatte ihn im Stich gelassen und war mit Deborah nach Sommerfield gereist. Er bedauerte nicht, daß Deborah in dieser schweren Zeit Freunde zur Seite standen. Es wurmte ihn nur, daß niemand an ihn dachte.

Angewidert blickte er auf das Glas mit Port in seiner Hand. Allmählich kam er zu dem Schluß, daß Champagner und Port eine tödliche Mischung waren. Innerhalb kürzester Zeit würde er in Selbstmitleid baden und jedem, der es hören wollte oder auch nicht, die traurige Geschichte seiner Zeit mit Deborah erzählen.

Aus der Eingangshalle war ein Aufruhr zu hören. Ein junger Herr ereiferte sich, er hätte die Wette gewonnen, die im berühmten Wettkalender bei *White's* eingetragen war.

»Worum geht es?« fragte Gray gleichmütig.

»Um Eric Perrins neuesten Flirt«, klärte Lawford ihn auf.

Gray verzog höhnisch die Lippen. »Und wer ist die Glückliche?«

Lawford lächelte. »Seine Gattin, Lady Helena.« Lawford nickte auf Grays verständnislosen Blick hin. »Ihr Gesicht verrät mir, daß Ihr nicht um Perrins langjährige hoffnungslose Liebe zu seiner Frau wußtet?«

»*Perrin?*« sagte Gray, »Wenn das tatsächlich stimmt, hat er es nie gezeigt. Er hat sich mit seinen Mätressen stets vor Helena gebrüstet. Sie hat mir leid getan.«

»Und mir hat Perrin leid getan. Lady Helena hat ihn kaum wahrgenommen. Was sollte der arme Kerl tun?« Als Gray nicht antwortete, lachte Lawford. »Schaut nicht so betrübt drein«, sagte er. »Ich habe so eine Vorahnung, daß Euch dasselbe Glück blüht wie Perrin.«

»Ich bin nicht Perrin«, erwiderte Gray. »Ich verfüge nicht über seine Geduld.«

»Ich weiß«, sagte Lawford und lachte wieder.

Eine Stunde später war Gray zurück in Kendal House und wanderte von Zimmer zu Zimmer, ein Glas Brandy in der Hand. Das Haus sah so leer aus, wie er sich fühlte. Nichts von Deborah war hier zurückgeblieben. Nick hielt ihn auf dem laufenden. Offenbar hatten Deborah und ihr Bruder die Vormundschaft über ihre jüngere Schwester übernommen, und sobald Stephen ein geeignetes Haus gefunden hatte, würden die Mädchen zu ihm ziehen. In der Zwischenzeit wohnten Deborah und Elizabeth als Gäste seiner Mutter in Sommerfield. Zweifellos machten sie sich eine vergnügte Zeit ohne ihn. Sobald er sich dort sehen ließ, würde Deborah mit Sicherheit ihre Schwester bei der Hand nehmen und flüchten, als hätte er die Pest. Aber im Grunde war das nicht einmal notwendig. Er war genauso fest entschlossen wie sie, ihre Beziehung abzubrechen.

Er dachte, er hätte sein Schlafzimmer betreten, doch als er sich bewußt umschaute, erkannte er, daß er sich in Deborahs Zimmer befand. Es war nicht wichtig, denn sie würde wohl kaum hierher zurückkehren. Jetzt suhlte *er* sich in Selbstmitleid. Er lachte freudlos und nahm einen tiefen Zug aus seinem Glas.

Auf Deborahs Bett ausgestreckt, mußte er dann irgendwann eingeschlummert sein. Ruckartig wurde er wach, als er jemanden unten in der Bibliothek rumoren hörte. Wahrscheinlich war es einer der Dienstboten, aber er konnte sich einer leisen Hoffnung nicht erwehren. Zwar lief er nicht, aber ging raschen Schritts nach unten. In der Bibliothek traf er jedoch nicht Deborah an, sondern Mr. Riddley, seinen neuen Sekretär. Er würde künftig praktisch in Kendal House leben. Sobald Mr. Riddley eine Wohnung gefunden hatte, wollte seine Familie aus Oxford nachkommen.

»Was macht die Haussuche?« fragte Gray.

Mr. Riddley verzog das Gesicht. »Ich hatte keine Ahnung, daß Wohnungen in London so teuer sind. Mary sagt, dann müssen wir halt an anderen Dingen sparen.«

»Mary?«

»Meine Frau.«

»Natürlich. Wißt Ihr, Mr. Riddley, ich verlange nicht, daß Ihr bis tief in die Nacht hinein arbeitet.« Gray lächelte, damit seine Worte nicht falsch aufgefaßt wurden. »Ihr habt schließlich auch noch ein Privatleben. Dafür habe ich volles Verständnis.«

»Danke, Sir, aber ohne Mary und die Kinder weiß ich nichts mit mir anzufangen. Es macht mir wirklich nichts aus. Und wenn Ihr schon einmal da seid, könntet Ihr vielleicht mal einen Blick auf das hier werfen. Die Haushälterin hat es mir gegeben, und ich dachte, es könnte vielleicht wichtig sein.«

Gray nahm das schwere Papier von seinem Sekretär entgegen und überflog es. Es war Deborahs Letzter Wille und Testament. Gray las es mehrmals durch, las zwischen den Zeilen, und die verzweifelte Gewissenserforschung, all seine Unsicherheiten fielen von ihm ab.

»Wie ich sehe, ist es wirklich wichtig, Sir.«

»Was?« Gray hob den Blick und sah seinen Sekretär abwesend an, bis er schließlich sagte: »Nein, im Grunde nicht. Es ist sozusagen ein Ansporn, aber irgendwann wäre ich schon selbst drauf gekommen.«

»Sir?« fragte Mr. Riddley verwirrt.

Langsam breitete sich ein Lächeln auf Grays Gesicht aus. »Wißt Ihr, Mr. Riddley, vielleicht bin ich in der Lage, Euch zu helfen.«

»Sir?«

»Zufällig besitze ich ein kleines Haus in Hans Town, das schon seit geraumer Zeit leersteht. Es wartet auf neue Bewohner, nein, wirklich, und ich wäre Euch dankbar, wenn Ihr es mir abnehmen könntet, für eine angemessene Summe, versteht sich.«

Wie ein Lauffeuer verbreitete sich die Nachricht in der vornehmen Gesellschaft, daß Grays berüchtigtes Haus in Hans Town bald wieder bewohnt sein würde. Sie erreichte Deborah in Sommerfield, als ihr Bruder sie aufsuchte und verlauten ließ, daß angemessene Häuser in London schwer zu bekommen seien und er immer noch auf der Suche nach einer Wohnung sei. Das Haus in Hans Town habe er nur aus einem Grund erwähnt, so behauptete er, und zwar, um Deborah, falls nötig, zu überzeugen, daß sie Kendal ein für allemal los sei.

Deborah pflichtete ihm aus ganzem Herzen bei, zog ihr Taschentuch aus der Tasche und putzte sich die Nase.

Fünfundzwanzigstes Kapitel

Grays Kutsche näherte sich Sommerfield, als er von Straßenräubern angehalten wurde. Er hörte ihre scharfen Befehle, und schon ging die Kutschenlaterne aus. Alles war in Dunkel gehüllt, und er griff automatisch nach seiner Pistole, die schußbereit in einem Holster neben dem Sitz steckte. Als der Schlag aufgerissen wurde, spannte er den Hahn und versuchte zu feuern. Nur ein Klicken ertönte; die Waffe war nicht geladen.

Noch während er dachte, daß für die ungeladene Pistole ein Kopf rollen würde, stürzte er sich auf seinen Angreifer. Durch den Schwung wurde er mitsamt seinem Gegner hart auf die Straße geschleudert. Er holte schon zu einem gewaltigen Fausthieb aus, als grobe Hände ihn packten und hochzerrten. Er war noch längst nicht fertig, doch er hörte eine Stimme, die er zu kennen glaubte, *ihre* Stimme, und bevor er seine sieben Sinne wieder beisammen hatte, war er verschnürt wie ein Paket.

»Ich verlange zu wissen ...« setzte er an, und jemand lachte, bevor er ihm einen Knebel in den Mund schob.

Gray schäumte vor Wut. Er glaubte nicht recht an einen richtigen Straßenraub, sondern vielmehr an einen Streich übermütiger Halbwüchsiger. Wenn das der Fall war, würde er nach seiner Befreiung nicht ruhen, bevor er sie aufgestöbert und ordentlich verprügelt hatte.

Seine Würde nahm noch weiteren Schaden, als er wie ein Kartoffelsack auf ein Pferd geworfen und festgebunden wurde. Die Entführer ritten los, erst im Schritt, dann in leichtem Trab. Er hörte ihre Stimmen, wenn auch nur gedämpft. Trotzdem spürte er ihren Triumph. Erst nach langer, langer Zeit hielten sie die Pferde an. Mittlerweile spürte er einen pochenden Schmerz im Kopf, und seine Arme und Beine waren gefühllos. Die Männer durchschnitten seine Fesseln an Händen und Füßen und stießen ihm eine Pistole in die Rippen, damit er nicht auf dumme Gedanken kam.

Das Haus war klein, nicht viel mehr als eine Hütte, und kam ihm vage bekannt vor, doch man ließ ihm keine Zeit, sich gründlich umzusehen. Er wurde nach oben in einen der Schlafräume bugsiert, dann fesselte man ihm die Hände auf den Rücken und band ihn an den Bettpfosten. Seine drei Angreifer trugen Masken, und die einzige Kerze spendete nicht genug Licht, als daß Kendal irgendwelche besonderen Merkmale hätte erkennen können. Einer sagte im Flüsterton etwas zu den anderen, woraufhin sie alle lachend den Raum verließen.

Vor der Tür hörte er Stimmen, die sich berieten, aber es dauerte noch endlos lange, bis sich die Tür öffnete und jemand in den Raum schlüpfte. Als er sie sah, begann Gray, ernsthaft an seinen Fesseln zu zerren. Mit krampfhaften Bewegungen von Kopf und Kiefer gelang es ihm schließlich, den Knebel auszuspucken. »Was zum Teufel geht hier vor?« schrie er.

Deborah fuhr zusammen, erholte sich jedoch rasch wieder. Er sollte um jeden Preis erkennen, daß er es nicht mit einem kleinen Mäuschen, sondern mit einer Frau zu tun hatte, die sich ihrer Macht bewußt war. Sie war ihm durchaus gewachsen, und das sollte er endlich einsehen. Kerzengerade stand sie vor ihm. »Ich habe dich entführt«, sagte sie.

»Mich entführt? Du? Mach dich nicht lächerlich, Deb. Entführungen sind nicht dein Stil. Dafür hast du gar nicht die Nerven.«
Das faßte sie als Beleidigung auf, und nun verlor sie endgültig die Geduld. »Oh, aber ich lerne. Dein Spielchen kann ich auch spielen. Schau dich doch um, Lord Kendal. Du bist mir auf Gedeih und Verderb ausgeliefert.«
Er lachte. Er lachte tatsächlich! »*Skrupellos!*« sagte er und schüttelte den Kopf. »Wo bin ich hier?«
»Ich glaube«, sagte sie kalt, »das Häuschen gehört einem deiner früheren Pächter.«
»Es kam mir doch gleich so bekannt vor. Ist es Tom Baldwins Haus?«
»Woher soll ich das wissen?«
Er blickte sie eindringlich an und sagte: »Du hast den Brief geschrieben, der angeblich von meiner Mutter kam?«
»Ja.«
»Also kein Notfall. Die Decke im Großen Saal ist nicht eingestürzt? Es gab nicht den geringsten Anlaß, mich nach Sommerfield zu rufen?«
»Nein. Nein und nein.«
»Ist meine Mutter an diesem Streich beteiligt?«
»Ganz gewiß nicht! Als ob die Countess bei so etwas behilflich sein würde! Als ob ich sie auch nur fragen würde! Ich habe den Brief gefälscht, um dich herzulocken.«
Plötzlich brüllte er: »Ist dir eigentlich klar, daß heute abend jemand hätte verletzt werden können?«
Als das Dröhnen in ihren Ohren nachgelassen hatte, antwortete sie ruhig: »So dumm bin ich nicht. Ich habe ihnen befohlen, behutsam mit dir umzugehen.«
»Du warst dabei?«
Stolz erwiderte sie: »Natürlich war ich dabei. Ich habe schließlich die Anweisungen gegeben.«

Er knirschte mit den Zähnen. »Mal sehen, ob ich errate, wer deine Komplizen sind. Hart? Nick? Und der dritte im Bunde kann nur dein Bruder sein.«

»Du bist wirklich sehr schlau«, bemerkte sie voller Bewunderung.

Er preßte zwischen zusammengebissenen Zähnen hervor: »Und das werden sie merken, wenn ich erst einmal hier raus bin. Würdest du jetzt bitte die Güte haben, mich aufzuklären, was das alles bedeuten soll?«

Jetzt, da sie den Sinn ihres Unternehmens erklären sollte, erkannte Deborah, daß sie ihr Unternehmen hatte aus den Händen gleiten lassen. Gray hatte gefesselt und geknebelt, sie reumütig sein sollen. Die gegenseitigen Anfeindungen hatten sie aus dem Konzept gebracht.

So funktionierte es nicht. Er war zu wütend. Sie war zu feige. Wie dumm von ihr zu glauben, sie könnte ihn zum Zuhören zwingen. Wenn er wollte, war er starrsinnig wie ein Maulesel. Die Tür lockte zur Flucht, und ihre Entschlossenheit schwankte, aber nur für einen Augenblick. Sie war zu weit gekommen, um jetzt noch einen Rückzieher zu machen.

»Gray«, sagte sie so demütig sie konnte, »Ich war in Belvidere. Vor zwei Wochen waren mein Bruder und ich in Belvidere.«

»Das ist mir bekannt.«

»Ja, aber du kannst nicht wissen, welche Wirkung das Haus auf mich hatte. Das Haus und mein Vater sind in meinem Bewußtsein unentwirrbar miteinander verknüpft. Oh, es ist noch viel, viel mehr. Ich habe dort nach Antworten gesucht, Gray, und ich habe sie gefunden.«

»Faszinierend«, sagte er gelangweilt.

Verzweifelt fuhr sie fort: »Dort ist mir klargeworden, daß du ganz und gar nicht wie mein Vater bist, nicht einmal an der

Oberfläche. Tief im Inneren habe ich es immer gewußt.« Ihr Blick flehte um sein Verständnis.
Seine Miene gab nichts preis. Er sagte kein Wort.
Sie holte weiter aus. »Belvidere und Sommerfield? Ein Vergleich verbietet sich von selbst.«
»Verstehe. Hast du mir sonst noch was zu sagen?«
Sie hörte die Gleichgültigkeit in seiner Stimme und krümmte sich innerlich. Indem sie so tat, als hätte sie seine Gleichgültigkeit nicht bemerkt, fuhr sie fort: »In Belvidere haben wir unsere Schwester Elizabeth kennengelernt. Wir mögen sie, wir mögen sie sogar sehr, aber nicht ihre Mutter und ihren Vormund, und deshalb haben wir beschlossen, etwas zu unternehmen.«
»Ist das so wichtig?«
Irgendwo stieß jeder Mensch an die Grenze des Erträglichen. »Hältst du jetzt bitte den Mund und läßt mich zu Ende erzählen? Es fällt mir weiß Gott nicht leicht, glaub mir.«
Sie war nicht ganz sicher, glaubte aber zu erkennen, daß Gray sich ein Lächeln verbiß, und das brachte sie zur Weißglut. »Erzähl bitte weiter«, sagte er ohne Spott, ohne Herausforderung, und ihr Zorn verrauchte.
Deborah sammelte sich und begann von vorn. »Wie gesagt, wir mögen Elizabeth, und wir fürchteten, daß ihr das Leben genauso vergällt werden könnte wie uns. Deshalb überredeten wir ihre Mutter und ihren Vormund, sie mit uns kommen zu lassen.«
»Und war Elizabeth einverstanden?«
»Ach, Gray!« Sie blinzelte heftig, um das Brennen in ihren Augen zu vertreiben. »Wenn du ihr Gesicht gesehen hättest, als sie begriff, daß wir uns nicht abweisen lassen würden, daß wir alles dafür tun, alles dafür geben würden, sie mitnehmen zu dürfen. Es hätte dir das Herz gebrochen.«

Er sprach ganz ruhig. »Weiter, Deb. Sag mir, wie ihr es geschafft habt.«
Sie schnupfte und holte tief Luft. »Zuerst haben wir ihnen unseren Anteil an Vaters Sammlungen angeboten, und als das nicht reichte, haben wir noch fünfzigtausend Pfund in bar draufgelegt.«
Seine Brauen schossen in die Höhe. »Ihr habt die Sammlungen eures Vaters hergeschenkt und noch fünfzigtausend Pfund obendrein? Und Leathe war einverstanden?«
»Nein, war er nicht. Ich habe Leathe überredet, es zuerst auf meine Art zu versuchen. Doch das funktionierte nicht. Sie haben jedes Angebot rundweg abgelehnt.«
»Und dann?«
»Dann meinte Leathe, wir sollten uns ein Beispiel an dir nehmen.« Ihre Augen blitzten. »Es war grauenhaft. Drohungen. Einschüchterungen. Du weißt schon. Sie schwankten, und dann zog ich meinen Trumpf aus dem Ärmel.«
»Ich weiß nicht, ob ich es ertrage, das zu hören. Was war dein Trumpf?«
Sie wirkte sehr stolz auf sich selbst. »Ich drohte, mich an dich zu wenden, falls sie nicht zu einer Einigung bereit wären. Gray, das wirkte wie ein Zauber.«
»Gut gemacht. Und würdest du mir jetzt bitte sagen, worauf du mit all dem hinauswillst?«
Sie wollte es ihm gern sagen, doch sein Gesichtsausdruck ermutigte sie nicht unbedingt. Sie ließ die Schultern hängen.
»Worauf willst du hinaus, Deborah?« drängte er.
Ihre Antwort klang beschwörend. »Mir ist es gleich, wen du in deinem Haus in Hans Town untergebracht hast, Gray, aber sie wird dich niemals auch nur halb so sehr lieben, wie ich dich liebe.«
»Mein Haus in ...? Ah, das weißt du wohl von deinem Bruder?«

Das Funkeln in seinen Augen weckte ihren Mut. »Im Ernst, Gray. Ich bin die richtige Frau für dich. Ich bin nicht so ängstlich, wie du anscheinend glaubst. Ich habe mich gegen Elizabeths Mutter und ihren Vormund behauptet und habe gewonnen. Ich habe mich meinen Geistern in Belvidere gestellt. Ich habe dich entführt und zu meinem Gefangenen gemacht. Du mußt doch jetzt verstehen, daß ich wirklich das Mädchen sein kann, das du in mir sehen willst.«

Er fuhr sie dermaßen an, daß sie zusammenzuckte. »Du *bist* genau das Mädchen, das ich haben will. Du warst es schon immer.«

Er sah so grimmig aus, daß sie nicht wußte, ob seine Antwort ironisch gemeint war. Ihr fiel keine Antwort ein.

Er holte tief Luft. »Deborah«, sagte er, »was glaubst du wohl, wohin ich heute abend, als du mir aufgelauert hast, fahren wollte?«

»Du wolltest nach Sommerfield, um den Schaden in Augenschein zu nehmen.«

»Der Schaden in Sommerfield interessiert mich nicht die Bohne. Ich kam wegen dir.«

Ihr Herz klopfte heftig gegen die Rippen, und sie schluckte den Kloß in ihrem Hals herunter. »Warum? Wieso hast du es dir anders überlegt?«

Er antwortete schlicht: »Ich habe deinen Letzten Willen und dein Testament gefunden. Es war nicht versiegelt. Erst zu spät erkannte ich, was ich da las. Aber als ich es las, wußte ich, daß es noch Hoffnung für uns gibt. Ich hatte gedacht, du würdest deine Angst vor Männern niemals überwinden, verstehst du?«

»Ich habe keine Angst vor Männern!«

»Vor der Macht der Männer, hätte ich sagen sollen. Und trotzdem hast du einem Mann so sehr vertraut, daß du ihn

mit der Verwaltung deines Vermögens betrauen wolltest. Ich hatte erwartet, Miss Hares Namen an der betreffenden Stelle zu lesen, oder selbst den meiner Mutter. Und dann wußte ich, daß längst nicht alles verloren ist.«
Er hielt inne, schüttelte den Kopf und lachte. »Nein, das stimmt nicht ganz. Auch, wenn ich dein Testament nicht gelesen hätte, wäre ich irgendwann zu dir gekommen. Ich bedaure die Gesetzgebung unseres Landes, aber ich bin nicht für sie verantwortlich. Eines aber weiß ich: du wirst nie einen Mann finden, der dich auch nur halb so innig liebt wie ich. Wir sind vielleicht nicht das ideale Paar, aber in dieser unzulänglichen Welt werden wir prima zusammenpassen.«
Freude ergriff sie. »Du wolltest nach Sommerfield kommen, um mich um Vergebung zu bitten und zu versprechen, daß du dich ändern würdest?«
Seine Augen waren überaus blau. »Ich wollte dich entführen und gefangenhalten, bis du, verdammt noch mal, zur Vernunft gekommen wärst.«
Die ihm eigene Arroganz, die jetzt wieder zum Ausdruck kam, ließ sie die Stacheln aufstellen. Als ihr jedoch einfiel, daß sie ihm in puncto Entführung zuvorgekommen war, lächelte sie in purem weiblichen Triumph. Dann kam ihr das Haus in Hans Town wieder in den Sinn.
»Was denn nun schon wieder?« fragte er.
»Hans Town. Ich muß dich warnen, Gray, ich bin nicht so freizügig wie Lady Helena.«
Er grinste. »Und ich heiße nicht Eric Perrin. Ich habe das Haus einem achtbaren Herrn mit Familie vermietet. Genauer gesagt, meinem neuen Sekretär.«
»Aber Stephen sagte ...« Sie legte die Stirn in Falten und versuchte, sich an Stephens Worte zu erinnern.
»Deborah«, sagte Gray, »Hart, Nick und dein Bruder sollten

eigentlich *mir* helfen, *dich* zu entführen. Gibt dir das nicht zu denken?«
Sie begriff überhaupt nichts mehr und sah Gray verwirrt an. Er zerrte an seinen Fesseln. Mit einem Knacks rissen sie, und seine Hände waren frei.
Lachend zog er Deborah in seine Arme. »Du verstehst wohl immer noch nicht, wie?«
»Nein«, gestand sie.
»Deb, mein Liebling! Sie haben dich auch entführt! Versuch doch mal, ob die Tür sich öffnen läßt.« Schon wollte sie seiner Aufforderung folgen, doch er hielt sie zurück. »Später. Versuch es später. Glaub mir einfach. Wir sind beide entführt worden.«
Er zog sie so wild in seine Arme, daß jeder vernünftige Gedanke aus ihrem Kopf wich. Hart und fordernd ergriffen seine Lippen Besitz von ihrem Mund. Mit einem kleinen Schrei warf sie ihm die Arme um den Nacken und erwiderte seinen Kuß. Sie waren dermaßen vertieft in ihren Kuß, daß sie nicht einmal hörten, wie sich der Schlüssel im Schloß drehte und leise Schritte sich ihnen näherten. Erst das Knacken eines Pistolenhahns ließ sie auseinanderfahren.
Gray blickte nicht auf und ließ Deborah auch nicht los. »Raus hier«, sagte er und küßte sie erneut.
Nick lachte und schnalzte dann übertrieben mit der Zunge. »Gray, mein Alter, schämst du dich denn gar nicht? Du stürzt deinen kleinen Bruder moralisch ins Verderben.«
»Also wirklich!« stimmte Hart ihm zu, bemüht, empört zu wirken. »Du verdirbst uns alle.« Als er keine Antwort erhielt, sagte er zu seinen Begleitern: »Ich sagte doch, es war ein Fehler, sie ins Schlafzimmer zu sperren.«
»Kendal«, ließ sich der Earl of Belvidere vernehmen. »Ich warne Euch, ich habe mein diplomatisches Geschick trainiert,

seit wir uns das letzte Mal gesehen haben.« Er zielte mit der Pistole auf Grays Kopf. »Ich stelle Euch vor die Wahl: entweder heiratet Ihr meine Schwester oder Ihr heiratet meine Schwester.«
Mit sichtlichem Widerstreben löste sich Gray aus dem Kuß. Er lächelte Deborah an. »Wie soll ich mich entscheiden, Deb?«
Sie erwiderte sein Lächeln. »Du hast die Wahl«, sagte sie und fügte noch hinzu: »Beweist das nicht, wie sehr ich dir vertraue?«
Gray warf den Kopf in den Nacken und lachte.

Noch am selben Abend fand im Großen Saal von Sommerfield die Hochzeit statt. Nichts deutete darauf hin, daß es sich um ein übereilt geplantes Fest handelte. Die Halle war mit Blumengirlanden geschmückt. Die Sondergenehmigung, die vonnöten war, um ohne Aufgebot heiraten zu können, war über jeden Zweifel erhaben. Das Hochzeitskleid lag auf dem Bett bereit, ebenso der Brautstrauß und die Blumen für die Brautjungfer, ihre Schwester Lady Elizabeth. Der Geistliche, der die Trauung vornehmen sollte, fühlte sich trotz der späten Stunde geehrt. Die Gäste, lediglich Mitglieder beider Familien einschließlich der Kinder, zeigten sich in keiner Weise überrascht von der plötzlichen Hochzeit. Kurzum, Gray und Deborah hatten nicht den geringsten Anlaß zu Zweifeln daran, daß sie beide gründlich an der Nase herumgeführt worden waren. Und es trübte ihre Freude keineswegs.
Bevor Deborah ihr Zimmer verließ, um sich Gray im Großen Saal anzuschließen, holte sie das Amulett ihrer Mutter aus ihrer Schmuckschatulle. Eine Woche zuvor war es zusammen mit einem hocherfreuten Brief von Miss Hare eingetroffen. Ihr Bruder und ihre Schwester waren bei ihr, und Elizabeth,

die ahnte, daß dieser Moment Stephen und Deborah allein gehörte, wandte sich ab und ordnete die Nippes auf dem Frisiertisch.
Deborah öffnete das Amulett, und sie und Leathe betrachteten das Bild ihrer Mutter. Leathe sah es nicht zum ersten Mal, doch die Wirkung auf ihn war dennoch überwältigend.
»Ich wünschte ...«, begann er, brach dann aber ab.
»Was?« fragte Deborah.
»Ach, daß sie hier wäre, uns sehen könnte.«
Deborah lächelte unter Tränen. »Ich denke, sie *ist* hier. Ich denke, sie weiß alles. Ich fühle es hier.« Sie legte die Hand aufs Herz. »Leg es mir bitte um, Stephen.«
Dann rief Nick nach ihnen, und der feierliche Moment war vorüber.
Als der Zeitpunkt des Eheversprechens gekommen war, reichte Deborah ihren Freesienstrauß an Elizabeth weiter. Sie stockte nicht ein einziges Mal. Es war ein erhebender Augenblick, und Grays Miene zeigte, daß er es ebenso empfand. Deborah warf ihm einen verschleierten Blick zu, als er sein Gelübde tat, und spürte die Kraft und Stärke seiner Ausstrahlung so mächtig, daß ihre Hand in seiner zitterte. Gray wandte sich ihr zu, und sein Blick erfüllte sie mit süßer Wärme. Ihre Stimme bebte leicht, als sie ihr Gelübde tat.
Als sie vor dem Priester knieten, um den Segen zu empfangen, fühlte Gray eine nie gekannte Demut in sich. Es erschien ihm unfaßbar, daß Deborah gesiegt hatte, obwohl so vieles dagegen sprach, und aus heißem Herzen dankte er Gott dafür, daß er seine Geliebte so sorgsam gehütet hatte. Er dachte an ihre Mutter, an Miss Hare und an ihren Bruder Stephen. Er dachte auch an Gil. Schließlich dachte er an ihren Vater und an Philip Standish. Er betete für sie alle, und da er keine Gebete kannte, mußte seine Hoffnung ausreichen.

Deborahs Gebet war ganz einfach. Sie dachte an Gray und nur an ihn.
Als der Priester sie aufstehen hieß und Gray in Deborahs Augen blickte, glaubte er, sein Herz müsse zerspringen. Er küßte sie weich und ehrfürchtig, und sein Kuß enthielt das Versprechen ihres künftigen gemeinsamen Lebens.
Nick riß eine Zote, und alle lachten, dann nahmen die Anwesenden das Brautpaar in ihre Mitte und führten es unter Lachen und Scherzworten in den Speisesaal zum Hochzeitsfest. Deborah sah sich umgeben von den Menschen, die ihr am meisten bedeuteten, und schließlich blieb ihr Blick auf Quentin haften. Er bemerkte es und lächelte, und sie wußte, daß die Erinnerung an dieses Lächeln für immer in ihrem Herzen wohnen würde.

Deborah streichelte Old Warwick, als die letzten Gäste endlich zur Ruhe gegangen waren. Gray trat hinter sie und schloß sie in die Arme.
»Ich weiß, was du denkst«, sagte er.
Ihre Grübchen zitterten, und sie tätschelte liebevoll das alte Schlachtroß. »Das glaube ich nicht.«
»Du denkst, daß dieses Haus hoffnungslos veraltet ist. Du denkst, es wäre an der Zeit, es neu zu gestalten. Und du hast recht. Schau dir doch bloß diesen schäbigen alten Gaul an.« Er versetzte Old Warwick einen Klaps aufs Hinterteil, und Staubwolken erhoben sich. Gray stutzte. Deborah kicherte.
»Ja, nun«, sagte Gray und grinste. »Höchste Zeit, daß Old Warwick auf die Weide kommt. Das ist mein Ernst, Deb. Du hast meine Erlaubnis, alles von Grund auf zu renovieren. Mach aus dem Haus, was du willst. Statte es nach deinem Geschmack aus. Die Kosten spielen keine Rolle.«
Es war zu traurig. Der arme Gray. Sie sah es an seinem

Gesichtsausdruck, wie schwer ihm dieses großzügige Angebot gefallen war. »Du bist ein Esel«, sagte sie. »Du begreifst überhaupt nichts. Warum habe ich mir eigentlich die Mühe gemacht, dir alles zu erklären? Ach, um Himmels willen, küß mich. Wenigstens darin bist du gut.«
Es sah aus, als wollte er einen Streit anfangen, doch dann zuckte er mit den Schultern, nahm Deborah in die Arme und küßte sie auf die Nase.
»Da doch nicht«, beschwerte sie sich.
Er küßte ihr Ohr. Sie erschauerte, schüttelte jedoch den Kopf. »Da auch nicht.«
Er küßte ihren Mund, aber sie wich zurück und schüttelte erneut den Kopf.
»Wo denn?« wollte er wissen.
Sie erhob sich auf die Zehenspitzen und flüsterte ihm etwas ins Ohr. Er lachte laut auf und zog sie an sich.
»Nein, Gray! Nein!« Lachend wich sie zurück. »Es war nur ein Scherz!«
»Du loses Ding!« rief er und packte sie.
Kreischend vor Lachen riß sie vor ihm aus. Er jagte hinterher. Sie warf ihm einen Stuhl in den Weg. Als er darüber hinwegsprang, schrie sie auf und eilte zur Treppe, stieß jedoch unterwegs gegen eine Ritterrüstung, die zunächst auf den Fersen zu schaukeln begann und dann mit einem Getöse, das Tote hätte aufwecken können, zu Boden stürzte. Am Fuß der Treppe erwischte Gray seine Frau. Er hob sie auf die Arme und preßte sie an seine Brust. Dann küßte er sie wild, und das schrille Lachen wurde zu einem Kichern, dann zu einem leisen Wimmern und Stöhnen. Sie schlang ihre Arme um seinen Nacken, und unter leisem Liebesgeflüster trug Gray seine Frau die Treppe hinauf.